FVA

Roberto Schopflocher

Das Komplott zu Lima

Roman

FRANKFURTER  VERLAGSANSTALT

FSC
www.fsc.org
MIX
Papier aus ver-
antwortungsvollen
Quellen
FSC® C014496

© Frankfurter Verlagsanstalt GmbH,
Frankfurt am Main 2015
Alle Rechte vorbehalten
Herstellung und Umschlaggestaltung: Laura J Gerlach
Umschlagmotiv: Francisco de Goya,
Capricho No. 24 »No hubo remedio«
Motto: Siegfried Lenz: »Über das Gedächtnis.
Reden und Aufsätze«, Hoffmann und Campe, 1992
Satz: psb, Berlin
Druck und Bindung: GGP Media GmbH, Pößneck
Printed in Germany
ISBN 978-3-627-00221-3

Geschichte ist der Fundus von Ängsten, Taten, Irrtümern und Träumen, den wir mit wechselnden Resultaten befragen. Sie ist ein trügerisches Kontinuum ohne Ziel, das vertraute Fremde, in dem nach einem Sinn zu suchen müßig ist.

Siegfried Lenz, *Über das Gedächtnis*

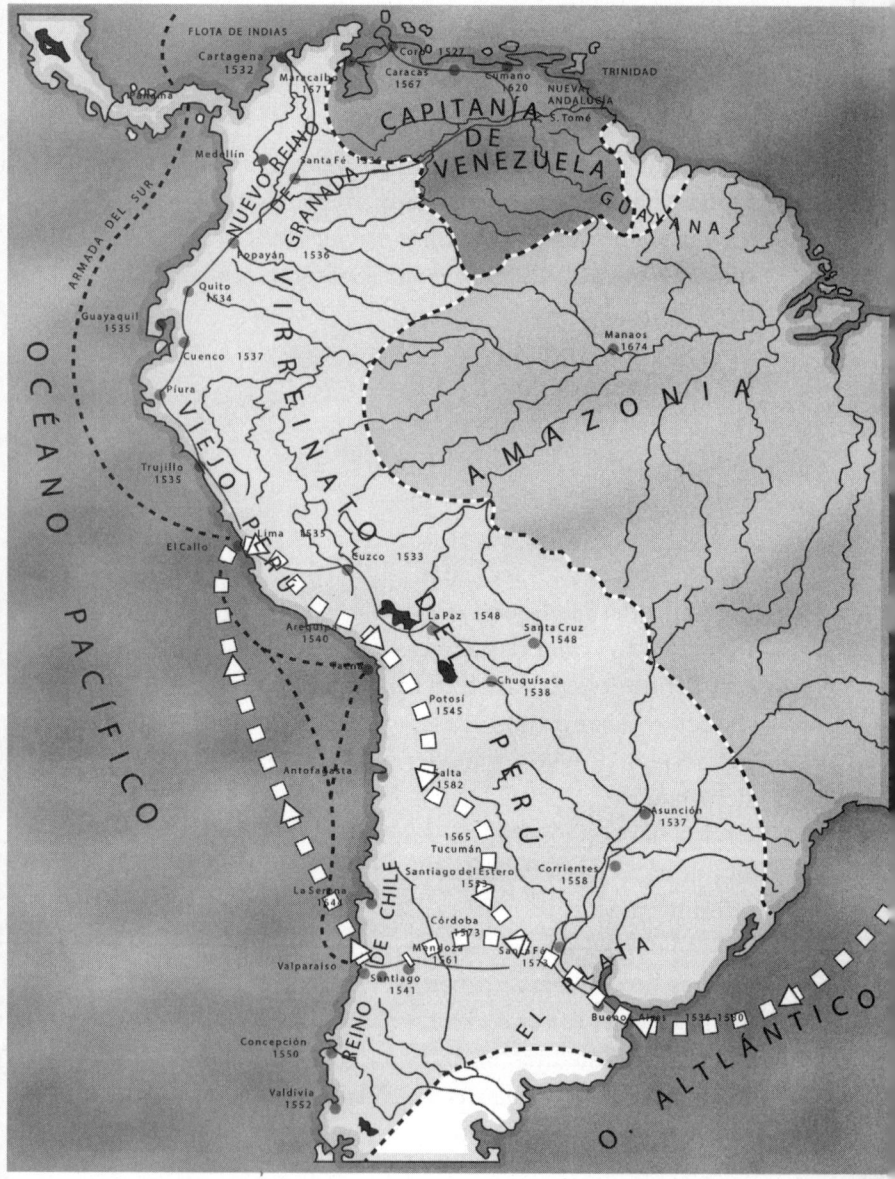

Vorspiel

Der Bachiller *und* Lizentiat *Juan Sáenz de Mañozca war der einflussreichste der drei sehr ehrwürdigen und illustren Inquisitoren, eingesetzt gegen die irrgläubige Ruchlosigkeit und Apostasie Limas, der Stadt der Heiligen Drei Könige. Er befand sich im Audienzsaal seines Palastes, wo er sich auf dem ihm vorbehaltenen vergoldeten Sessel niedergelassen hatte. Seine Füße ruhten auf einem riesigen Berberteppich. Über ihm breitete sich die prächtig getäfelte Zimmerdecke aus; an der Wand vor ihm hing ein mannshohes Kruzifix, dem er ein komplizenhaftes Lächeln schenkte.*
Nach einer Weile der Nachdenklichkeit erhob er sich, die Hände auf die Armlehnen gestemmt. Dann entblößte er sein schütteres Haar und schloss die Augen, um sich seinem Gebet hinzugeben:
»Hier stehen wir, Herr Heiliger Geist, von der Sünde des Hochmuts beherrscht, versammelt aber in Deinem Namen. Komme über uns, vergegenwärtige Dich; geruhe, Dich in unseren Herzen einzunisten; lehre uns, was wir tun müssen, um Dein Wohlgefallen zu verdienen! Sei unser Heil, der Du uns unser Urteil eingibst! Du, der Einzigartige, dem ein wahrhaft glorreicher Name zu eigen ist, gemeinsam mit dem Vater und dem Sohn. Du, dem die Unparteilichkeit wohlgefällig ist, verhindere, dass uns unsere Unwissenheit zur Verruchtheit verleite. Auf dass wir der Gerechtigkeit dienen, gemildert durch das Mitleid. Mögen wir in der Zukunft der ewiglichen Belohnung unserer guten Werke teilhaftig werden. Amen!«
Er nahm wieder Platz, klemmte sich seinen schwarzumrandeten Zwicker auf die Nase und rückte den Aktenstoß zurecht, der auf

9

einem imposanten Tisch mit kunstvoll gedrechselten Beinen bereitlag. Andere mochten diese von orthographischen Fehlern strotzenden Protokolle langweilig finden, schwerfällig wiederkäuend und mit umständlichen Floskeln behaftet. Für ihn stellten sie unerschöpfliche Fundgruben ständig neuer Entdeckungen dar, die ihm die Verirrungen des menschlichen Geistes und die Schwäche des menschlichen Fleisches bestätigten.

In tiefster Seele war er von der Niedertracht seiner Widersacher überzeugt, von denen er sich umstellt wähnte. Ein teuflisches Heer, das die alleinseligmachende Kirche bedrohte: Lutheraner, Anhänger des Talmuds und des Korans, Zauberer, Hexen. Und immer wieder Verblendete, die danach strebten, allein durch ihr Herz mit Gott zu kommunizieren – man stelle sich vor: Christen ohne Kirche!

Er war vom Bewusstsein erfüllt, dass ihn der Allmächtige in seiner Gnade mit der Sicht in die Vergangenheit ausgestattet hatte. Durchdrungen von dieser Überzeugung, dienten ihm die vorliegenden Schriftstücke als ein Instrument, dazu bestimmt, Unsichtbares sichtbar zu machen. Geheime Seelenkanäle, die ihm erlaubten, mit Verflossenem zu kommunizieren. Mit dem Zweimaster etwa, der fast zwanzig Jahre zuvor eine Gruppe judaizierender Brasilianer ans Ufer des Río de la Plata gebracht hatte. Die er in seiner, wie er fest glaubte, überirdischen Vorstellungsgabe nun genauer in Augenschein nahm, da sie für ihn Mosaiksteinchen darstellten im Schauprozess, den er seit einiger Zeit vorbereitete und der unter dem Namen La gran complicidad, »Das große Komplott«, in die Geschichte eingehen sollte.

1 Elvira oder die Parallelwelt

An einem trüben Herbstmorgen anno 1619 durchschneidet ein Zweimaster die lehmbraunen Wellen des Río de la Plata. Mit gestrichenen Segeln steuert er auf den Hafen von Buenos Ayres zu, der südlichsten Einfallspforte des spanischen Weltreichs in dem – stolzem Königswort gemäß – die Sonne niemals untergeht.

Sprühregen unter wolkenverhangenem Himmel. Aus dem Schiffsinnern dringen die Litaneien der Schwarzen, die den Tod eines der ihren beklagen. Ein junges Mädchen steht fröstelnd am Bug des Schiffes und versucht, durch den Regenschleier die Silhouette des Städtchens zu erkennen, dem sie sich nähern: vereinzelte Gebäude, zwischen denen sich ein paar ärmliche Kirchtürme abzeichnen. Santa María de las Buenos Ayres de la Santísima Trinidad. Was für ein langer Namen für eine so winzige Stadt!

Ein junges Mädchen: Elvira Acosta y Enríquez. Elvirilla, die kleine Elvira, »mein kluges Töchterlein« für den Vater, den toleranten Rodrigo. Die »Vergiss-nie-wer-du-bist« für Felipa, die herbe Mutter.

Standhaft verharrt die Kleine auf ihrem Posten, obwohl die Nässe durch ihr dünnes Kleidchen dringt. Was sie jedoch kaum wahrnimmt, denn der Fahrtwind, der ihr die Haarsträhnen ins Gesicht weht, vermittelt ihr ein Gefühl der Freiheit, das sie so sehr erfüllt, dass Wind, Nässe und Kälte unbemerkt an ihr abgleiten. Die Unruhe der letzten Wochen ist vergessen. Das sie erwartende Leben in Buenos

Ayres bedeutet ein spannendes Abenteuer für sie. Dem Gewisper der Erwachsenen mit der bangen Frage, ob man sie wohl unbehelligt an Land gehen lassen werde, schenkt sie keine Beachtung, zumal die Optimisten an Bord versucht hatten, derartige Sorgen zu zerstreuen. In Buenos Ayres nehme man alle Immigranten mit Kusshand auf. Die Behörden seien am Bevölkerungszuwachs interessiert, schon alleine, um sich besser vor den Angriffen der wilden Indianerstämme verteidigen zu können, die dort noch immer ihr Unwesen trieben. Und im Übrigen biete jeder Neubeginn Chancen, die es wahrzunehmen gelte. So die Behauptung der Zuversichtlichen.

Plötzlich aber wird die Kleine von der Erinnerung an den schrecklichen Ausgang ihrer Geburtstagsfeier heimgesucht. Ist es doch nur wenige Wochen her, dass ihre behütete Kindheitswelt jäh zusammengebrochen war: Nachdem sie ihre Geschenke in Empfang genommen hatte, war sie damals mit ihren Vettern und Kusinen im Park herumgetollt, als unverhofft einer der Onkel auftauchte und den Kindern befahl, ihre Spiele unverzüglich einzustellen. Dabei hatte er die Stimme erhoben, bis sie sich überschlug. Was sich anhörte, als schimpfe er mit ihnen. Verstört stoben sie auseinander. Dabei gewahrten sie die fremden Männer mit bösen Gesichtern, die ins Haus eingedrungen waren, um sich des Onkels zu bemächtigen. Dessen Sohn, Elviras Spielgefährte Eusebio, blieb schluchzend zurück.

Schmerzlich überkommt sie die Sehnsucht nach dieser Heimat, die sie so Hals über Kopf hatte verlassen müssen: die Sehnsucht nach dem fröhlichen, bunten Brasilien. Nach ihrem Hündchen Pequi mit dem verständigen Blick. Nach ihrer vielköpfigen Familie auf der Zuckerrohrplantage mit den sich unter tiefblauem Himmel wiegenden Königspalmen. Den Andeutungen der Erwachsenen hatte sie entnommen, dass viele der Onkel und Tanten, Kusinen und Vettern in sämtliche Himmelsrichtungen geflohen waren. Die meisten von ihnen nach der rettenden Karibik. In Orte, deren fremdartige Namen sie sich nicht gemerkt hatte. Dennoch war mehr als einer den Inquisitoren aus Lissabon in die Hände gefallen; wer weiß, was aus ihnen geworden war. Warum nur, warum? Und was ist eigentlich ein Inquisitor?

Während sie weiterhin am Bug des Schiffes steht und der Lärm der aufgeregten Passagiere an ihr Ohr dringt, die sich auf die Landung vorbereiten, beschleicht sie die Angst vor dem Unbekannten. Vermischt allerdings, diese Angst, mit der kitzelnden Neugier vor einer verlockenden Zukunft, die vor ihr liegt. Und als ihr geholfen wird, auf einen der großrädrigen Ochsenkarren zu klettern, der, die Konstellation der Gezeiten nutzend, die Reisenden ans Ufer bringen soll, überkommt sie erneut der unbändige Freiheitsdrang, der alle trüben Gedanken und widersprüchlichen Gefühle hinter sich lässt.

Kaum an Land – der Boden schwankte noch unter ihren Füßen –, mussten die Asylanten erfahren, dass der von den Optimisten als so sicher gepriesene Hafen doch nicht ganz so sicher für sie war, wie sie es sich vorgestellt hatten. Keiner der beiden sie in Empfang nehmenden Funktionäre warf ihnen Kusshände zu, und auch bei der Verteidigung vor Indianerüberfällen schien man nicht auf sie gewartet zu haben. Der etwas besser Gekleidete gab sich als Beauftragter des *Santo Oficios* zu erkennen. Kein gutes Omen! Der Gouverneur habe in den vergangenen Wochen bereits mehrere Schiffsladungen *Portugiesen* zurückgewiesen, schnarrte er zur Begrüßung. »Bah! Was sich so als

Portugiesen ausgibt!« Als ob man nicht wisse, dass sie nichts weiter seien als Scheinchristen und judaizierende Konvertiten.

Sein Begleiter in schäbigem Wams vertrat die Zivilregierung. Er ließ sich zum vor Anker liegenden Schiff rudern, um die Schmuggelware auszumachen, die er – nicht zu Unrecht, wie sich schnell herausstellte – an Bord vermutete. Er tastete Säcke ab und bohrte Fässer an. Beide Beamte aber hatten es vor allem darauf angelegt, die Flüchtlinge zu schikanieren. Die Dokumente, die sie als Altchristen auswiesen, riefen bei ihnen nur abfälliges Grinsen hervor. Die Spatzen pfiffen vom Dach, wie man sich derartige Bescheinigungen der Reinblütigkeit erschleiche.

Während sich der Zivilbeamte mit dem Kapitän der Brigantine zurückzog, um über die Höhe des Bestechungsgelds zu verhandeln, das lockergemacht werden musste, um das Schmuggelgut auszulösen, nahm sich der Vertreter des Glaubenstribunals die Reisenden vor. Als ein Sklave seiner Pflichten sei er gehalten, die Anordnungen des Inquisitions*kommissars* zu befolgen. Bedauerlicherweise sei er kein *Familiar* des Heiligen *Tribunals*, keiner der »Vertrauten« mit ihren beneidenswerten Privilegien, sondern nichts weiter als ein kleiner Schreiber, der Frau und Kinderchen zu ernähren habe. Arm, aber ehrlich. Mit dem goldenen Herzen am rechten Fleck, wenn es darum gehe, jemandem eine Gefälligkeit zu erweisen.

Das harte Spanisch des Beamten klang befremdlich in den Ohren der Brasilianer, die das melodische Portugiesisch sprachen. Doch das Stichwort des Amtsinhabers, in dessen Brust ein goldenes Herz pochte, hatten sie trotz der Sprachbarriere richtig erfasst. Eifrig gestikulierend erklärten sie sich bereit, die Gefälligkeiten des pflichteifrigen

Herrn gebührend zu honorieren. Allerdings möge der Caballero berücksichtigen, dass sie ins Unglück geratene Auswanderer seien, deren Vermögen man eingezogen habe. Was, wie Rodrigo Acosta hastig versicherte, keineswegs als Kritik am Heiligen Tribunal aufzufassen sei. Aber wie dem auch sei, fügte er verbindlich lächelnd hinzu, vielleicht ließen sich ein paar Pesos für einen gefälligen Caballero auftreiben.

Sie fuhren zusammen, als der goldehrliche Sklave seiner Pflichten aufbrauste. Ein paar Pesos? Habe er richtig verstanden? Er besitze seinen Stolz und lasse sich nicht beleidigen. Wie gesagt: arm, aber grundehrlich.

Einer der Flüchtlinge erhöhte das Angebot auf zwei *Dublonen*, das Äußerste, was zu geben sie in der Lage seien.

»Pro Kopf?«

»Nein, für die ganze Gesellschaft.«

Dann eben nicht, erwiderte der Funktionär achselzuckend. Die Señores könnten ja nach Brasilien zurückkehren. Und zwar am besten mit demselben Schiff, das sie hergebracht habe. Illegal, mit gefälschten Papieren. Gottesleugner. Spione womöglich, verbündet mit den holländischen Ketzern.

Wieder war es Acosta, der das Wort ergriff. Lächelnd. Devot. So dass sich seine kleine Tochter für die Selbsterniedrigung des Vaters schämte. Weder er noch seinesgleichen hätten etwas mit den Holländern zu tun, beteuerte er katzbuckelnd. Und alle seien sie rechtgläubige Christen und gehorsame Untertanen Ihrer allerkatholischsten Majestät, die ja bekanntlich auch in Portugal das Sagen habe, oder zumindest hatte.

Der Beamte gab sich nachdenklich. Letztlich, so räumte er zögernd ein, letztendlich dürfe man es mit der Rassenreinheit nicht allzu genau nehmen. Dass man die Ahnenprobe nur bis zu den Großeltern ausdehne, habe wohl seine guten Gründe. Andernfalls nämlich verblieben hierzulande kaum noch Spanier, deren gutes westgotisches Blut nicht durch irgendeine jüdische oder maurische Urgroßmutter verseucht sei. Leider! Leider! Er schwieg. Seinen zusammengekniffenen Lippen war anzusehen, dass er daran denken musste, wie häufig die Stadtväter den Anweisungen Madrids zuwiderhandelten, indem sie dem einen oder anderen Bader-*Chirurgen*, Müller oder Apotheker – samt und sonders *Neuchristen* mit fragwürdiger Glaubensstärke – das Niederlassungsrecht gewährten, weil ihre Fertigkeiten der Bevölkerung von Nutzen waren. Er raffte sich auf: In Anbetracht des guten Eindrucks, den die Herren auf ihn machten, wolle er mit sich reden lassen. Man sei schließlich kein Unmensch. Allerdings seien zwei Dublonen doch etwas zu dürftig, denn letztendlich ...

In diesem Augenblick zog ein Häuflein halbnackter schwarzer Sklaven an ihnen vorbei. Die menschliche Handelsware, dazu bestimmt, in Buenos Ayres versteigert zu werden, lenkte Elvira von den Verhandlungen der Erwachsenen ab. Peitschenschwingende Aufseher trieben die aneinandergeketteten Afrikaner an Land. Ihre Anwesenheit unter Deck hatte man zwar gerochen und gelegentlich sogar vernommen, doch während der ganzen Überfahrt waren sie keinem der Passagiere begegnet. Elvira graute es vor den hervorquellenden Augen in ihren angstverzerrten Gesichtern. Doch mehr noch berührten sie drei greinende Kinder – ein Mädchen und zwei Buben, nur Haut und Knochen alle drei –, die den Herumstehenden unverständliche Worte zuriefen. Die Verzweiflung jedoch, die aus ihrem Gebrüll sprach, bedurfte keines Dolmetschers. Obwohl Elvira an die Existenz von Sklaven gewöhnt war, erreichte sie wohl zum ersten Mal in ihrem kurzen Leben ein Hauch der menschlichen Tragödie, die sich hinter einem jeden dieser Geschundenen verbarg. Längst hatte sie die Gruppe aus den Augen verloren, als ihr einfiel, dass sie dem stolpernden Mädelchen eine ihrer Puppen hätte schenken können. Nun war es zu spät für diese Geste der Solidarität. Aber die Reue für dieses Versäumnis rumorte weiter in ihr. Eines Tages würde sie beteuern, dem schwarzen Kind tatsächlich eine ihrer Puppen gegeben zu haben – je älter sie wurde, umso überzeugter glaubte sie an diesen Akt der Menschenliebe: eine Scheinerinnerung, mit der sie, sobald es sich regte, ihr Gewissen beruhigte.

Dagegen entfiel ihr zunächst die sich unmittelbar daran anschließende Szene. Erst viele Jahre später sollte sie sich ihrer entsinnen. Und zwar ausgerechnet dann, als sie sich selbst einer lebensbedrohenden Lage ausgesetzt sah. Erst bei jener Gelegenheit fiel ihr wieder ein, wie damals plötzlich einige Mönche aufgetaucht waren, die dem Feilschen mit den Behörden ein abruptes Ende bereiteten und die Ankömmlinge ins Refektorium ihres Klosters führten, wo ihnen eine dickflüssige Suppe vorgesetzt wurde. Keiner der auf diese Weise Begünstigten ahnte, dass sie vom Protestakt der mutigen Klosterbrüder profitierten, die eine unterschiedliche Behandlung von Alt- und Neuchristen als die Folge einer verwerflichen Doktrin verurteilten.

Dies also war die Ankunft der Familie Acosta in Buenos Ayres. Genau betrachtet, war die Ortschaft nichts weiter als ein größeres Dorf: etwa zehn spärlich bebaute Häuserzeilen, die sich einige Quader tief am Strom entlangzogen, der so breit war, dass das gegenüberliegende Ufer nicht zu erkennen war. Ein kleines, im Umbau befindliches Fort an der Böschung: der Wohnsitz des Gouverneurs. Drei Klös-

ter. Das *Cabildo*, in dem die Ratsherren ihre Sitzungen abzuhalten pflegten. Die von den Einheimischen großspurig
als Kathedrale bezeichnete Kirche an der *Plaza mayor*, dem
Hauptplatz. Ein winziges Spital. Das Negerdepot. »Unsere
neue Heimat«, wie Rodrigo seiner Tochter mit dem ihm
eigenen leicht spöttischen Unterton erklärte, während er
gleichzeitig den Kopf schildkrötenartig vorschob, was aussah, als erreiche ihn eine leise Botschaft aus der Ferne.
Die neue Heimat? Elvira konnte sich unter diesem Begriff nichts vorstellen. Gab es denn »alte« und »neue« Heimaten? Kann man die Heimat etwa wechseln wie ein
Kleid? Oder ist man gezwungen, mit zwei Heimaten gleichzeitig zu leben? Oder gar mit dreien? Wie etwa ihre wirk-
lichkeitsentrückte Mutter, deren Geist gelegentlich in die
Welt der Enríquez y Espinosa abirrte, jener Ahnen, die vor
mehr als einem Jahrhundert aus der spanischen Heimat
vertrieben worden waren, weil sie sich der Taufe verweigert hatten.
Im Vergleich zu den meisten anderen Einwanderern hatte
Rodrigo, wie er selbst gerne von sich behauptete, Glück
im Unglück gehabt. Gewiss: Auch er war seines Vermögens verlustig gegangen. Doch ein Kapital war ihm geblieben, das ihm niemand entwenden konnte. Die Beziehung
zu seinem Cousin Manuel Bautista Pérez, dem einflussreichen Großkaufmann aus Lima. Der hatte ihn zu seinem
Agenten ernannt, um seine Interessen in der praktisch
noch unerschlossenen Region am Río de la Plata wahrzunehmen.

Viele Monate verstrichen, bis es ihm gelang, ein paar einigermaßen erfahrene Handwerker aufzutreiben, um den
heruntergekommenen Lehmbau instand zu setzen, der
seiner Familie als provisorischer Wohnsitz dienen musste.

Verloren standen die wenigen Truhen in den kahlen Räumen herum. Das verrottete Strohdach, durch das der Regen auf den Fußboden aus gestampftem Lehm tropfte, und der unkrautüberwucherte Hof, in dem sich die nahezu leeren Stallungen und die fensterlosen, noch unbewohnten Sklavenhütten befanden, bedrückten Elvira nicht weniger als die Enttäuschung über den unfreundlichen Empfang, den man ihnen bereitet hatte.

Wann immer möglich, versuchte sie daher, der düsteren Stimmung im Hause zu entfliehen, die vom geistesabwesenden Schweigen der Mutter ausging. Von ihrer Angewohnheit, Fenster und Türen aufzureißen, sobald sie einen geschlossenen Raum betrat. Vom beunruhigenden Zucken, das ihr ebenmäßiges Gesicht so häufig entstellte. Von der ständigen Ermahnung: »Vergiss nie, wer du bist, Elvi!«, mit der sie eine Vergangenheit heraufbeschwören wollte, die nur noch in ihrer Phantasie lebendig war.

Obwohl es Felipa für äußerst unschicklich hielt, dass ein junges Mädchen unbegleitet durch die Straßen streune, gelang es Elvira, die neue Welt auf eigene Faust zu erforschen. Denn da die Mutter gezwungen war, fast ohne Hausklaven auskommen und sich zudem viel mit ihrem Söhnchen abgeben musste, mit dem kleinen Diego, der an den Folgen einer schlecht ausgeheilten Halsbräune litt, bot sich ihr wenig Gelegenheit, ihre Tochter zu beaufsichtigen. Dazu kam, dass sie, noch während sie mit der Einrichtung ihres Hausstands beschäftigt war, in andere Umstände kam, die ihr sehr zusetzten.

Doch Beatriz kam pünktlich und gesund zur Welt. Die Mutter allerdings erholte sich nur langsam von der Geburt. Dass sie nicht genug Milch für das Neugeborene hatte, gab der ohnehin ständig von bösen Ahnungen Heimgesuchten Anlass zu weiteren Sorgen. Unberechtigte

Sorgen, denn die von einer schwarzen Amme gestillte Beatriz strotzte vor Gesundheit. Was die Mutter jedoch nicht von der Gewissensqual befreite, die ihr die Taufe ihrer Kinder bereitet hatte. Als sie von ihrem Mann auf die Konflikte hingewiesen wurde, die eine Verzögerung der Taufe unweigerlich nach sich ziehen würde, zitierte sie die Heilige Schrift im altertümlichen *Ladino* ihrer Vorfahren aus Hispanien: »Vor fremden Göttern sollst du dich nicht niederwerfen und ihnen nicht dienen. Denn ich bin ein eifervoller Gott, der die Schuld der Väter an den Kindern am dritten und vierten Grad ahndet.«

Beatriz wurde selbstverständlich der Taufe unterzogen. Dass Felipa das Weihwasser verstohlen abwischte, bemerkten zu ihrem Glück die wenigsten. Sie hatte versucht, die vorausgegangene Diskussion vor Elvira geheim zu halten. Vergeblich! Ohne die Erwachsenen mit Fragen zu belästigen, nahm die Kleine Kenntnis von diesem Gespenst aus der Vergangenheit. »Manchmal kommt es mir vor, als könne Elvira durch Bretter ohne Löcher gucken«, beklagte sich Felipa bei ihrem Mann. »Da kann sie mir leidtun«, die rätselhafte Erwiderung Rodrigos.

Der behandelte sein Lieblingskind nachsichtiger als die strenge Mutter. Elvira, die reifer wirkte, als es ihren Lebensjahren zustand, durfte ihn manchmal zu den aus Schilf und Lehm errichteten Lagerschuppen in der Nähe des Anlegeplatzes begleiten. Dort beaufsichtigte Rodrigo die Mestizen und Schwarzen, die getrocknete Häute stapelten und mit Ballen aromatisch duftender Kräuter hantierten. Ein Fernkaufmann vom Format eines Manuel Bautista Pérez hatte nämlich bei vielerlei Geschäften des Kontinents die Hand im Spiel. So partizipierte er unter anderem am Handel mit den Landesprodukten Paraguays, die er auf einer Flotille von Lastkähnen stromabwärts transportieren ließ: Ballen mit Tabak und Mateteeblättern, Töpfer- und Flechtwaren. Für diesen Zweig seiner Handelstätigkeit kam ihm dieser Vetter (um genau zu sein, nur ein angeheirateter Cousin zweiten Grads) wie gerufen; schon lange war er auf der Suche nach einem verlässlichen Kontakt in dieser gottverlassenen Gegend gewesen.

Wenn Elvira, in eine Ecke gedrückt, gelegentlich den Unterredungen beiwohnte, die ihr Vater mit einheimischen Kaufherren in seinem Kontor führte, gelang es ihr, sich nahezu unsichtbar zu machen. Aus den Gesprächen mit jenen vollberechtigten Bürgern, die naserümpfend auf die gewöhnlichen Einwohner ohne endgültiges Niederlassungsrecht herabsahen, lernte sie mehr als in der Schule des Francisco Monte de Oca, dem die Behörden erst unlängst gestattet hatten, auch Mädchen zu unterrichten. (Allerdings ging es dabei in erster Linie um den Katechismus. Lesen wurde den Mädchen weniger, Schreiben ausgesprochen zögerlich gelehrt; eine solche Fertigkeit verführe diese nur dazu, Liebesbriefe zu verfassen.) In dieser Schule bemühten sich nun die dummen Jungen mit vereinten Kräften, dieser Tochter eines zugewanderten Handelsmanns ihre untergeordnete Stellung als einziges weibliches Wesen spüren zu lassen.

Einer der Besucher des Vaters war der *Capitán Don* Juan de Vergara, erster Stadtrat, Schatzmeister des Heiligen Kreuzzugs und Sekretär des Heiligen Inquisitionstribunals. Der Titel eines Don war allerdings längst zur Höflichkeitsfloskel herabgesunken, und Kreuzzüge fanden, wie allgemein bekannt, seit über dreihundert Jahren nicht mehr statt. Auch hinter der ihm vom Santo Oficio verliehenen Amtswürde stand außer steuerlichen Vorteilen nur noch ein wenig Pomp, zumal es im Städtchen gar kein Ketzertribunal gab, sondern nur einen Glaubenskommissar, der in seiner Eigenschaft als Ermittlungsrichter das Inquisitionsgericht zu Lima vertrat. Nicht zuletzt waren es die überaus vertrauten Beziehungen zum Bischof, die zur Reputation des Capitáns beitrugen. Dazu kamen die sechs in öffentlicher Versteigerung erworbenen, mit Stimmrecht ausgestatteten Sitze im Cabildo. Die hatte er unter seinen Anhängern verteilt.

Steif saß der dunkel gekleidete Caballero mit dem weißen Spitzenkragen auf seinem Sessel und äußerte sich besorgt über die hohe Sterblichkeitsquote der Schwarzen im englischen Negerdepot vor der Stadt. Die dort grassierenden Seuchen hätten den Preis selbst minderwertiger Ware in die Höhe getrieben. Anschließend beklagte er den zunehmenden Schmuggel der unversteuerten Silberbarren aus Oberperu, der sich direkt unter den Augen der königlichen Beamten abspiele. Rodrigo nickte zustimmend zu den Ausführungen des geiergesichtigen Herrn. Auch als der die Rede auf den Verfall der Moral und guten Sitten des ehrbaren Städtchens brachte, befleißigte er sich, der Entrüstung seines Besuchers beizupflichten, dessen harte spanische Aussprache er nachahmte, anscheinend ohne sich dessen bewusst zu sein. Dabei führte er häufig den Herrn Jesus Christus und dessen gebenedeite Mutter Maria im Mund; weitaus häufiger, als dies der Capitán tat. Nach seiner langschweifigen Einleitung kam der Besucher auf die Verfügungsrechte zu sprechen, die ihm über zehntausend Stück der in den Pampas frei herumlaufenden Rinderherden zustanden. Vergeblich bemühte sich Elvira in ihrer Ecke um die Vorstellung einer Herde von zehntausend wilden Tieren und zerbrach sich den Kopf, wer sie wohl nachzählte. Dabei beobachtete sie den Vater, der sich aufmerksam die Erklärungen über die verbrieften Privilegien Don Juans anhörte und dann seinem Bedauern Ausdruck verlieh, dass das Fleisch der nur ihrer Felle wegen geschlachteten Rinder lediglich den wilden Hunden zum Fraß diene, während die Bevölkerung des von den *Deutschen Kriegen* heimgesuchten Alten Kontinents Hunger leide.

Die darbenden Europäer schienen den Stadtrat wenig zu rühren. Dagegen machte er sich daran, dem Neuetablierten vorzurechnen, welcher Nutzen vom Export jener Häute zu erwarten sei. Endlich brachte er das Anliegen vor, das ihn zum Besuch dieses wesentlich unter seinem Rang stehenden sogenannten Portugiesen veranlasst hatte: Vielleicht könne man den hochwohlgeborenen Don Manuel Bautista Pérez als Geldgeber für diese großangelegte Operation gewinnen. Rodrigo erklärte mit gewundenen Floskeln, er vertrete zwar die Interessen des Vetters aus Lima, sei jedoch nicht ermächtigt, derartige Zusagen zu machen. Mit größtem Vergnügen aber werde er sich bei seinem Prinzipal für die Belange seines geschätzten Freundes verwenden. Und ob er den verehrten Herrn Stadtrat bei dieser Gelegenheit ersuchen dürfe, seinen Einfluss dahin geltend zu machen, ihn von gewissen Einschränkungen zu befreien, unter denen er zu leiden habe.

Nachdem sich beide gegenseitiges Wohlwollen zugesichert hatten, kam Vergara auf die Rivalität zwischen dem Herrn Bischof und dem Gouverneur zu sprechen. Dieser leiste den Zwistigkeiten zwischen den beiden politischen Parteien der Stadt Vorschub – den konservativen *Beneméritos* und den sich fortschrittlich gebärdenden *Confederados*. Die Versicherung Rodrigos, seine Sympathien gälten selbstverständlich den sich für die bestehende Ordnung einsetzenden Beneméritos, nahm der Capitán beifällig auf. Dann erhob er sich und verabschiedete sich zeremoniell.

Als sie sich wieder alleine befanden, ergriff Rodrigo nach kurzem Zögern eine zierlich geschnitzte Schatulle und reichte sie seiner Tochter mit der Aufforderung, den Deckel hochzuheben. Ein Bündel Zettel kam zum Vorschein. Sie solle sich diese Papiere genau ansehen. Eifrig kramte das Mädchen in den Quittungen, Aufzeichnungen und alten Rechnungen. »Nichts weiter?«, ermunterte sie der Vater. Elvira war auf dem Boden der kleinen Truhe angelangt und schüttelte den Kopf: Nichts weiter. Der Vater nahm ihr das Kästchen aus der Hand. »Ganz leer, nicht wahr? Und jetzt pass gut auf!« Er drückte auf eine verborgene Stelle, wodurch er ein Federwerk betätigte. Ein Geheimfach sprang auf, in dem sich ein Päckchen Briefe befand. Rodrigo fand Gefallen am Staunen seines Töchterchens. Es folgte die Belehrung. Auch im Gespräch mit dem Capitán habe es Geheimfächer gegeben. Unausgesprochene Worte, bedeutsamer als die nichtssagenden Höflichkeitsfloskeln. Würde sie auf solche doppelte Böden achten, gäbe sich ihr die Parallel- oder Gegenwelt kund, die sich hinter der sichtbaren Alltagswelt verberge.

»Eine Parallelwelt?«, verwunderte sich die Heranwachsende.

Rodrigo, der endlich begriff, dass er dem Verständnis seines Kindes zu viel abverlangt hatte, zuckte mit den Schultern und lächelte entschuldigend. Elvira war Derartiges von ihrem Vater gewohnt.

Von weiteren Fragen nahm sie Abstand.

Der zweite erwähnenswerte Besuch, den Rodrigo in jener Zeit erhielt, war der eines gewissen Diego de la Vega, eines der Anführer der Confederados. Seine Widersacher verdächtigten ihn neuchristlicher Herkunft, doch war dieses Gerücht vermutlich auf den Neid zurückzuführen, der seiner Konkurrenz den Schlaf raubte. Man erzählte sich nämlich, der tüchtige Handelsmann verdiene allein am gemeinsam mit kirchlichen Kreisen en gros betriebenen Sklavenhandel jährlich gute fünfhundert Prozent seines Einsatzes. Im Gegensatz zum sich zurückhaltenden Stadtrat biederte sich der flott gekleidete, nach Orangenblütenwasser duftende Don Diego geradezu an. Er sei gekommen, um Don Rodrigo die Beteiligung am Geschäft vorzuschlagen, dem er sich selbst derartig erfolgreich widme, dass ihm neues Kapital willkommen sei. Rodrigo erklärte die Ziele der Confederados für durchaus unterstützenswert, fügte jedoch bedauernd hinzu, er könne den interessanten Vorschlägen seines Besuchers vorderhand nicht nähertreten, da sie mit der Politik seines Prinzipals nicht vereinbar seien, der auf strikte Neutralität Wert legte. Die Abschiedsworte Don Diegos fielen daraufhin etwas säuerlich aus.

Elvira, die auch diesem Gespräch aufmerksam gefolgt war, glaubte, einen Blick in die von ihrem Vater erwähnte Parallelwelt geworfen zu haben, in der allerdings nicht nur der Gast, sondern auch ihr Vater ein und aus gegangen war.

Stolz war der Vater auf die schnelle Auffassungsgabe seines Kindes, die er durch seine Gespräche zu fördern suchte. Wobei er sich mit vorsichtig dosiertem Abstand Galilei, der Madrider Dichter-Philosophen und gelegentlich sogar Aristoteles' oder Descartes' bediente. Wusste er sich ohne Zeugen, ließ er die Tochter an der Ideenwelt seiner Madrider Freunde teilhaben, mit denen er, wie er gerne behauptete, ohne allerdings je den Beweis anzutreten, in regem Briefwechsel stehe. Mit dem Medikus und Hofdichter Fernando Cardoso etwa, den er als einen Christen bezeichnete, der dennoch Jude geblieben sei. Mit dessen Gleichgesinnten: Philosophen, Dichter und Chronisten, deren Herzen von Gewissensnöten und Zweifeln zerrissen werde.

Ohne sich Gedanken darüber zu machen, wie viel sie von seinen Lehren begriff, mühte er sich ab, ihr von klein auf beizubringen, die Welt kritisch zu betrachten. Ihr wäre lieber gewesen, er hätte sie gelegentlich auf den Schoß genommen, um sie zu liebkosen. Einfach so. Trotz ihrer rauen Stimme, wegen der er sie gerne hänselte. Aber Streicheln oder gar Küssen schien ihm nie in den Sinn zu kommen, nur seine zärtlichen Blicke nahm sie in sich auf. Was die gestrenge Mutter mit ihrer melodischen Stimme und dem ihre innere Spannung enthüllenden Gesichtszucken anbelangt, so zeigte sie sich distanziert. In Anspruch genommen von den jüngeren Geschwistern und vor allem von den Schemen ihrer eigenen Welt.

Vielleicht hatte sie so unrecht nicht, wenn sie der Tochter ihr leichtsinniges Herumstreunen zu untersagen versuchte, selbst wenn diese dabei meistens ihren wiederhergestellten kleinen Bruder mitnahm. Sie genoss dann das Treiben in den Gassen, wo schwarze Pastetenverkäuferinnen kicherten und glucksten, die Wasserträger mit durchdringender Stimme ihre Dienste anboten und klobige Ochsenkarren den Reitern den Weg versperrten. Diego hingegen zog die an der Uferböschung vorherrschende Stille vor. Stundenlang konnte der Kleine von dort aus die wenigen Brigantinen und Galeonen beobachten, die am Anlegeplatz vor Anker dümpelten. Daneben aber machte er sich erstaunlich früh an die Eroberung der Zahlenwelt. Addieren, Subtrahieren, sogar Dividieren und Multiplizieren entdeckte er schon im Vorschulalter.

An einem jener herbstlichen Vormittage, bei denen tagsüber noch sommerliche Schwüle herrscht, schlich sich Elvira ohne Begleitung am Schlachthof vorbei, an der erst im Jahr zuvor eingerichteten Ziegelei und an den Hütten der Indios, *Zambos* und Mestizen, um am Stadtrand die stachligen Kaktusfeigen zu pflücken, die zu jener Jahreszeit blutrot heranreiften. Da wurde sie unversehens von einem zähnefletschenden Hund überrascht, der ihr aus dem Gebüsch entgegensprang. Sie erstarrte vor Schreck. Gerade noch rechtzeitig tauchte ein Junge auf, der den schwarzen Köter mit seiner Kinderarmbrust vertrieb.

Noch am ganzen Körper zitternd sah sie zu ihrem Retter auf, der sie aus großen grünlichen Augen anstarrte, ohne den Mund zu öffnen. Es dauerte eine ganze Weile, bis er eine etwas steife Verbeugung zustande brachte und sich mit seinem vollen Namen als Cristóbal Castro y Gaytán vorstellte. »Ich bin der Sohn eines *Ur-Siedlers* und Nachkomme von *Konquistadoren*«, glaubte er hinzufügen zu müssen. Da er sich im Stimmbruch befand, hörte sich diese Behauptung etwas komödiantenhaft an. Elvira murmelte ihren Namen. Dabei spürte sie zu ihrem Missvergnügen, dass sie errötete.

»Vater sagt, Ihr verleugnet unseren Heiland«, musste sie sich dann anhören. Bevor sie widersprechen konnte, fügte ihr Retter beschwichtigend hinzu, ihm sei das einerlei und außerdem hätten es ihm ihr langes schwarzes Haar und ihre schwarzen Augen angetan.

Geistesgegenwärtig erwiderte sie, ihre Augen seien zwar dunkel, aber nicht schwarz, sondern braun. Nussbraun. Er ließ es gelten und gestand, dass er sie immer beobachte, wenn sie sonntags ihre Eltern zur Kirche begleite.

»Da seht Ihr«, hakte sie schlagfertig ein, »dass wir den Herrn Jesus gar nicht verleugnen.« Sie erbot sich, das Vaterunser aufzusagen, um ihm ihre Rechtgläubigkeit zu beweisen. Doch er winkte ab, er glaube ihr auch so. Erst als sie sich aufmachten, um gemeinsam in die Stadt zurückzukehren, fiel ihr ein, sich bei ihm für die Rettung zu bedanken. Die großzügige Geste, mit der er den Dank abtat, hatte er wohl von seinen Vorfahren übernommen, von den privilegierten Ur-Siedlern und Konquistadoren.

Auf dem Nachhauseweg erzählte er ihr eifrig gestikulierend, er habe vier Sittiche und sechs Wildtauben erlegt. Er besuche die Schule der Patres der Gesellschaft Jesu. Sein Vater habe ihn zum Priester bestimmt, er aber sei sich seiner Sache noch nicht sicher. Das Mädchen gab zu bedenken, dass er als Geistlicher niemals würde heiraten können. Das schien ihn nicht zu stören, denn er erwähnte seine zwei einflussreiche Onkel, mit deren Unterstützung er es bestimmt zum Bischof bringen würde. Dann kam er auf seinen Vater zu sprechen. Der sei in Asunción del Paraguay zur Welt gekommen und habe als junger Mann Juan de Garay begleitet, als der in seiner Eigenschaft als stellvertretender Gouverneur vor gut vierzig Jahren Buenos Ayres neu gründete. Eine mutige Tat, hob er stolz hervor, nachdem die erste Niederlassung von den Indianern Jahre zuvor zerstört und ihre Bewohner massakriert worden waren. Er, Cristóbal, sei der jüngste der Castro-Söhne, seine Mama sei vor drei Jahren am Faulfieber verschieden und befände sich jetzt im Himmel beim lieben Herrgott, wo sie für ihre Kinder bitte.

Als er verstummte, stellte sich Elvira jene Mutter vor, wie sie als weißgekleideter Engel ihren Sohn vom Paradies aus beschützte. Schweigend schlenderten die beiden nebeneinanderher, bis sich der Junge dazu entschloss, seine Begleiterin aufzufordern, ihn an einem der nächsten Tag zum Fischen zu begleiten. Sie fühlte, wie sie über und über rot anlief. Da müsse sie ihre Mama um Erlaubnis fragen, murmelte sie und rannte grußlos davon.

Die Castros wohnten in der Nähe der Plaza mayor, unweit der Kirche. Als sich Elvira überwand und hinter dem Rücken ihrer Eltern ihren neuen Freund aufsuchte, fielen ihr die Unterschiede zwischen ihrer Wohnung und seinem Haus auf. Das Tageslicht drang nur gedämpft durch die schweren Vorhänge aus blauem Taft in die Räume, in denen für sie ungewohnte Gerüche vorherrschten. Die Staubschicht auf den klobigen Möbeln bezeugte, dass die Hausfrau fehlte. Der Alcarazteppich auf dem Fußboden und das große Kruzifix an der weißgekalkten Wand passten eigentlich nicht zur aus Lehmziegeln, Stroh und roh behauenen Balken errichteten Behausung. Weder war eine Bibliothek zu sehen, noch gab es herumstehende Koffer und Truhen, die dem Heim der Acostas den Eindruck des Provisorischen verliehen.

Verunsichert musste Elvira feststellen, dass sich das Verhalten Cristóbals verändert hatte. Nicht dass er seine Rolle als Gastgeber auf die leichte Schulter genommen hätte, doch schon bei der Führung durch die Wohnung schlug er einen unerwartet überheblichen Ton an. Als sie vor der Estrade aus Rosenholz mit geschnitzter Balustrade standen, behauptete er, seine gottselige Mutter habe dort ihre Besucher empfangen. Selbst die Gattin des Gouverneurs habe dort gesessen, um ihre Schokolade zu trinken. In den Ohren des Mädchens klang dies, als wollte er ihr bedeuten, *Eurer* Mama hätte man bestimmt niemals gestattet, dort Platz zu nehmen. Draußen im Patio musste sie dann den Ziehbrunnen bestaunen. Der Vater habe ihn erst vor kurzem ausheben lassen. Und zu guter Letzt führte er sie in die Küche, in der sich die das ganze Haus durchziehenden Gerüche verdichteten. Hier hantierten zwei Sklavinnen, die sogleich ihren Schwatz unterbrachen und das Mädchen neugierig musterten.

Ins Wohnzimmer zurückgekehrt, entschuldigte er sich artig; er müsse sie für ein paar Minuten allein lassen. Kaum wähnte sie sich unbeobachtet, als sie sich vor dem venezianischen Kristallspiegel drehte und wendete. Der befand sich zwischen zwei Ölbildern. Wie ihr Cristóbal erklärt hatte, entstammten sie der Mitgift seiner Mutter. Plötzlich überkam sie die unsinnige Versuchung, den Spiegel herumzudrehen, um den Dingen auf die Spur zu kommen, die sie hinter dem Kristall vermutete. Da fühlte sie inmitten ihrer vergeblichen Anstrengungen einen leichten Schmerz im Rücken. Erschrocken drehte sie sich um und sah sich einem beleibten, schwer atmenden Greis gegenüber, der sie mit stechendem Blick musterte.

»Verzeihen Euer Gnaden«, brachte sie mühsam hervor, und ihre Stimme hörte sich rauer an denn je. »Ich wollte nur, ich wollte nur ...«, stammelte sie verlegen.

»Gewiss kamt Ihr, um auszukundschaften, was es auf der anderen Seite zu sehen gibt, was?«, fuhr sie der Alte mit knarrender Stimme an. »Typisch für Eure *Nación*; schon die kleinen Kinder ...« Er unterbrach sich, um scheppernd zu lachen. Elvira fühlte sich den Tränen nah. »Ihr seid also die naseweise Tochter des Portugiesen Acosta«, stellte er dann fest. »Mein Sohn erzählte mir bereits von Euch. Ihr seid in der Tat eine recht unbesonnene Jungfer.« Ein Hustenanfall brachte seine Vorhaltungen zum Stocken. Nach einer Pause erklang wieder das rasselnde Gelächter, dem nichts Ansteckendes anhaftete. Das zu den Geheimnissen gehörte, die dieses Haus zu bergen schien, zu den fremdartigen Gerüchen, dem gedämpften Licht, dem Kruzifix und den Heiligenbildern an der Wand.

Als Cristóbal zurückkehrte, gab sein Vater die feindselige Haltung auf. Er lud die Kleine ein, auf einem Sessel Platz zu nehmen, und verstrickte sich in den Monolog eines vereinsamten Menschen, der reden muss, um das ihn umgebende Schweigen zu übertönen. Alle seine Gefährten seien bereits ins Jenseits abberufen worden und mit seinen erwachsenen Söhnen verbinde ihn kaum noch Gemeinsames. Männer, die schmutzigen, eines *Hidalgos* unwürdigen Geschäften nachgingen, ohne sich darum zu scheren, ob ihre Partner gute Altchristen oder portugiesische Konvertiten seien. Dann senkte er die Stimme, um ihr zuzuwispern, man verfolge ihn wegen seiner Prinzipien. Elvira entdeckte ein unheimliches Flackern in seinem Blick. Die verschlagenen Krämer, denen er das beste Land seiner Güter habe überlassen müssen, stellten ihm nach, erzeugten nächtens sonderbare Geräusche auf dem Dach, um ihn in den Wahnsinn zu treiben, und hätten es fertiggebracht, die von ihm mit drei Kreuzen unterzeichneten Dokumente in tückische Fallen zu verwandeln. Und seine Schwiegertöchter, diese Luder, schütteten ihm Gift in den Wein, der längst nicht mehr so schmecke wie früher.

Ein einziger Sohn sei ihm geblieben, fuhr er nach kurzer Verschnaufpause fort: Cristóbal, das Licht seiner alten Tage, dazu ausersehen, seine, des Vaters, Jugendideale zu verwirklichen. Die spanische Monarchia Universal sei vor den Ketzern zu verteidigen, die danach trachteten, das wahre Christentum zu vernichten. Er schaltete eine weitere Pause ein, während der er seine Fäuste ballte. Dann ließ er verlauten, sein Sohn käme demnächst auf das Priesterseminar in Córdoba. Wo man ihm beibringen werde, wie der Heiland gegen seine Feinde zu verteidigen sei.

»Vielleicht wäre es doch besser, ich würde Advokat«, gab Cristóbal zaghaft zu bedenken und warf seiner Freundin einen beifallheischenden Blick zu. Aber sein Vater gestattete keinen Widerspruch.

»Priester, mein Sohn, Priester! Das ist ein Gelübde und der letzte Wunsch deiner gottseligen Mutter«, ereiferte er sich keuchend. Von den Rechtsverdrehern wollte er nichts wissen. Nicht umsonst hätten die Behörden die Einwanderung von Advokaten seit kurzem untersagt. Die würden die Bevölkerung nur in unnötige Prozesse verwickeln. Dann klatschte er in die Hände, worauf eine junge Sklavin erschien. »Temba«, herrschte er sie an. »Tisch Essen auf für unseren Besuch! Von den Leckerbissen, die du so gut zubereitest. Ja, und eine Schnitte Brot mit einem ordentlichen Happen gerösteten Specks. Die Jungfer da hat bestimmt Hunger.«
Dann wandte er sich an Elvira, um sich zu erkundigen, ob ihr Schweinespeck munde. Eigentlich nicht, gab sie zögernd zur Antwort. Sie verspüre gar keinen Hunger und außerdem sei es höchste Zeit für sie, nach Hause zu gehen.
Die Züge Castros verfinsterten sich.

»Esst Ihr etwa Speck nicht gerne?«, knurrte er, und seine Pupillen verengten sich. Kleinlaut gestand sie, noch nie im Leben Speck gekostet zu haben; ihre Mama meine nämlich, Schweinernes sei in diesem warmen Klima unbekömmlich.

»Schweinefleisch bekommt Euch also nicht?«, forschte der Vater Cristóbals. Eine Drohung schwang in der Frage mit; erneut ballte er seine Hände.

Nun wurde die völlig Eingeschüchterte einem scharfen Verhör unterzogen. Der Alte wollte wissen, ob ihre Mutter freitagabends Kerzen anzündete, ob sie sich an diesem Tag bade und die Kleidung wechselte, um den *Sabbat* zu ehren. Streng erkundigte er sich, welche Fasttage man in ihrem Hause einhalte, welche Gebete man verrichtete und ob der Vater etwa die Bibel auf Spanisch lese. In ihrer Seelennot richtete Elvira den Blick auf Cristóbal. Der aber sah verlegen zur Seite, ohne ihr zu Hilfe zu kommen.

Endlich wurde sie entlassen und durfte den Nachhauseweg antreten. Dabei verspürte sie vage das Grausen des Abgrunds, der sich zu ihren Füßen aufgetan hatte.

Trotz dieser unangenehmen Erfahrung kam sie der Einladung Cristóbals nach und begleitete ihn zum Fischen im Riachuelo. Wieder hatte sie unterlassen, ihr Vorhaben zu Hause anzukündigen; die Mutter hätte es ihr bestimmt untersagt. Ihre Verschwiegenheit kam ihr gut zustatten, denn so gelang es ihr auch, eine Erfahrung für sich zu behalten, die sie noch wochenlang beschäftigte: den ersten Kuss in ihrem Leben!

Cristóbal war sich sehr erwachsen vorgekommen, als er sich der Freundin so sehr näherte, dass diese unwillkürlich den Kopf senkte, um ihm auszuweichen. Dennoch fand er ihre Lippen, auf die er einen flüchtigen Kuss drückte, der ein erregendes Gefühl in ihr hervorrief. »Nicht doch!«, stammelte sie, während er, der vom Vater zum geistlichen Beruf Bestimmte, sie feierlich zu seiner Verlobten erklärte. Sie fühlte sich einer Hitzewelle ausgesetzt, die ihren ganzen Körper erfasst hatte. Dabei gelang es ihr, den Kopf verneinend zu schütteln. Eine Zeitlang standen sich die beiden noch unschlüssig gegenüber. Dann gingen sie verlegen auseinander.

Noch nie hatte sich Felipa so kopflos gezeigt wie beim Ausbruch der Seuche. Als sich das Gerücht verbreitete, es handle sich um die Pestilenz, die damals in Spanien und Italien grassierte, verlor sie die Nerven gänzlich. Den Kindern wurde jeglicher Ausgang untersagt. Sie bekamen Säckchen geheimnisvollen Inhalts um den Hals und Tücher vor Mund und Nase gebunden, um sie vor den Miasmen zu schützen. Man besuchte emsig die Kirchen, wo die verängstigten Gläubigen dicke Wachskerzen entzündeten. Bittprozessionen zogen durch die Stadt, und zu nächtlicher Stunde überraschte Elvira die Mutter, wie sie Gebete in einer ihr unverständlichen Sprache vor sich hinmurmelte.

Der Familienarzt Xixón tat den Pestverdacht allerdings als unbegründet ab. Es handle sich um die Schwarzen Blattern, die zusammen mit einem besonders bösartigen Scharlachfieber aufträten. Mit den von den Badern praktizierten Aderlässen sei dem Übel genauso wenig beizukommen wie mit den Prozessionen. Der Herrgott habe anderes zu tun, als ausgerechnet in diesem Nest ein himmlisches Strafgericht abzuhalten. Mit kaum verhohlener Schadenfreude – er war als Zyniker bekannt und ließ gerne seine Kritik an den sozialen Zuständen im Lande durchblicken – verstieg er sich zur Behauptung, die Epidemie sei recht irdischen Ursprungs. Eine unlängst aus Afrika eingetroffene Ladung Neger habe sie eingeschleppt. Felipa ließ sich von diesen Erklärungen nicht beruhigen, zumal ruchbar wurde, dass die Krankheit bereits über siebenhundert Todesopfer gefordert hatte, wenn auch glücklicherweise fast nur Indianer und Schwarze.

Als man dazu überging, die Leichen auf außerhalb der Stadtgrenzen angelegten Notfriedhöfen zu begraben, gab Rodrigo dem Drängen seiner Frau nach, auf das mehrere Tagesreisen von Buenos Ayres entfernte Gut bei Magdalena überzusiedeln. Er hatte es vor nicht langer Zeit gegen zwei Schwarze mit ihren Weibern und einen sechsjährigen Jungen eingetauscht. Ein Handel übrigens, den er schon wenige Monate später bereute, da der Preis der Sklaven durch die von der Seuche hervorgerufenen Verluste sprunghaft anzog.

Elvira ließ sich von der Unrast ihrer Mutter nicht beeindrucken. Das primitive Landleben sagte ihr zu, trotz der Moskitos, die sie im Schlaf umsurrten, und der winzigen roten Spinnen, die sich unter die Haut bohrten. Trotz des eintönigen Essens – am Spieß gebratenes Fleisch und Landzwieback, an dem man sich die Zähne ausbeißen konnte –, trotz des salzhaltigen Trinkwassers und der Lehmhütte mit unverglasten Fenstern, die ihnen zum Wohnsitz diente. Sie liebte die warmen Nächte unter dem ausgesternten Himmel, das Quaken der Frösche, das Konzert der Zikaden, das Muhen der wilden Rinder; den schweren Geruch, den die Blüten der Mimosensträucher verströmten, der sich mit dem scharfen des Pferdeschweißes und gelegentlich mit dem penetranten der Stinktiere vermengte.

Freilich gab es Parallelwelten, die ihre nächtlichen Träume durchdrangen, aufsteigend aus dem Seelenfundus, der sich nach und nach bereicherte. *Nimm, kleines Negermädelchen, nimm meine Puppe! Grün glitzern die Knabenaugen. Der*

Kuss! Der Eingang zur anderen Welt hinter dem Spiegel. Mundet
Euch etwa unser Speck nicht? ...

Die Weite der Pampa verleitete Diego dazu, im Galopp
dem Horizont entgegenzureiten. Erstaunlich, wie schnell
der Knirps den Umgang mit den Pferden erlernt hatte!
Tagsüber, im hellen Sonnenlicht, das unbändige Gefühl der Freiheit, beeinträchtigt allerdings von der zur
Schau getragenen Angst der Mutter, die Seuche könne sie
auch auf dem Land erreichen. Indem sie mehr als einmal
glaubte, die ersten Anzeichen der Krankheit an einem der
Kinder oder an sich selbst zu bemerken, trug sie zum Unbehagen der Familie bei. Irgendein Unglück läge in der
Luft, mutmaßte sie, unbeherrscht grimassierend. Wobei
der aufsässigen Tochter auf der Zunge lag, dass sie sich
hier wenigstens nicht über Luftmangel beklagen könne.

Trotz der mütterlichen Vorahnungen verbrachte Elvira
glückliche Monate, da ihr Vater viel Zeit fand, sich mit ihr
abzugeben. Wenn die beiden vor der Feuerstelle hockten,
wobei ihnen von der Sonne gebleichte Rinderschädel als
Sitzgelegenheit dienten, belehrte er sie über den Einfluss
der Gestirne auf die Geschicke der Menschen, über die
den Edelsteinen innewohnenden Kräfte und die Gesetze
der Natur, hinter denen ein Bauplan stünde, dem alle Le-
bewesen untertan seien.

»Der göttliche Bauplan?«, wollte Elvira wissen.

»Der Bauplan, Elvirilla«, antwortete der Vater mit
Nachdruck.

Diego profitierte von diesen Gesprächen auf seine Weise.
Wo der Liebe Gott herkomme, wo er gewohnt habe, bevor
er die Welt schuf. Und wieso es auf dieser Welt Sünder
gäbe, Krankheiten und schlechte Menschen, die uns nach-
stellen, wo doch der Herr in seiner Allmacht das Böse gar
nicht erst hätte zulassen müssen.

Wenn sie nicht gerade wieder die mutmaßlichen Symptome der Seuche in Atem hielt, widmete sich die Mutter ganz der kleinen Beatriz, die schon längst feste Nahrung zu sich nahm. Elvira gegenüber zeigte sie eine abweisende Haltung, so, als wolle sie sich diese Tochter vom Leibe halten. Was deren schlechtes Gewissen erweckte, da sie in der mütterlichen Haltung einen stummen Vorwurf zu erkennen glaubte, der sich gegen ihren vertrauten Umgang mit dem ungläubigen Vater richtete. Das allerdings war nur die halbe Wahrheit. In Wirklichkeit nämlich witterte Felipa eine von den ihr fremden Göttern ausgehende Gefahr. Und nichts fürchtete sie mehr als den Zorn Jahwes, ihres eifernden Gottes.

Wähnte sie sich unbeobachtet, richtete sie bei Sonnenuntergang den Blick gen Osten und bewegte die Lippen fast unmerklich, was aussah, als sei sie flüsternd in ein heimliches Gespräch vertieft.

Erst als die Tage kühler wurden und die Seuche abgeklungen war, kehrten die Acostas in die Stadt zurück. »Wie du siehst, hat uns das von dir vorausgesagte Unheil nicht erreicht«, äußerte sich Rodrigo seiner Frau gegenüber. »Noch nicht ist aller Tage Abend«, antwortete diese bedeutungsvoll, so als verfüge sie über Informationen, die nur ihr allein zugänglich waren.

Rodrigo setzte sein ironisches Lächeln auf. Das tat er öfters. Besonders dann, wenn ihm keine passendere Erwiderung einfiel.

Nach tagelangem Zögern überwand Elvira ihre Scheu und sprach im Hause Cristóbals vor. Im Eingang wurde sie von einem mürrischen Herrn abgefertigt, der sich als der älteste Bruder ihres Freundes auswies. Von ihm erfuhr sie, dass der Vater vor einigen Wochen das Zeitliche gesegnet hatte. Nicht der Epidemie war er zum Opfer gefallen, sondern einem Asthmaanfall. Cristóbal habe man in den Norden geschickt. Aufs Priesterseminar. Der Mann, der seinem wesentlich jüngeren Bruder nicht ähnlich sah, schien sich an der Verlegenheit des vor ihm stehenden Mädchens zu weiden, das unter seinen Blicken über und über rot angelaufen war.

Die wahre Todesursache des alten Castro wurde erst Monate später ruchbar. Nicht am Asthma sei er erstickt, verriet Doktor Xixón in einem eigentlich nicht für Kinderohren bestimmten Gespräch mit Rodrigo, sondern sein Herz sei gewissen Anstrengungen nicht mehr gewachsen gewesen. Der Verteidiger althergebrachter Sitten und Gebräuche habe den Geist nämlich in seinem Himmelbett aufgegeben, in den Armen seiner Lieblingssklavin Temba. Als einziges Vermächtnis habe er der ein Söhnchen hinterlassen. Soweit man das Junge einer Sklavin als ein für die Mutter bestimmtes Vermächtnis bezeichnen könne. Denn, wie der Arzt nicht ohne eine Spur kritischer Bitterkeit bemerkte, gehöre das Kind, genau wie die aus Steuergründen und zur Bestätigung der Besitzerrechte auf den Wangen gebrandmarkte Mutter, zum Nachlass, den die Castro-Söhne unter sich aufteilten.

2 Doña Ana oder die Begegnung zweier Königinnen

Ein paar erfolgreiche Geschäfte hatten genügt, um Rodrigo, nicht zuletzt dank des langen Arms seines mächtigen Verwandten, wieder zu einem gewissen Wohlstand zu verhelfen. Auf dem in der San-Francisco-Straße erworbenen Grundstück, in der Nachbarschaft der angesehensten Bürger der Stadt, entstand nach und nach sein Haus mit zwei Innenhöfen, einer umlaufenden Galerie und einem Dach aus Schindeln. Versehen mit Ställen, Hütten zur Unterbringung der Sklaven und einem Garten, in dem Obstbäume angepflanzt wurden. Anlagen, deren Errichtung sich allerdings über längere Zeit hinzog, weil es an tüchtigen Handwerkern mangelte und man zudem mit Luftziegeln mangelhafter Qualität vorliebnehmen musste.

Mehrere Schwarze kamen ins Haus. Sie waren zwar nicht mehr ganz jung und wiesen schon allerlei Gebrechen auf, zeigten sich aber einigermaßen bewandert in der spanischen Sprache. Ein verheirateter Gärtner, ein Pferdeknecht und María, die kochen konnte. Dass dieser Erwerb eine fatale Fehlentscheidung war, sollte sich erst Jahre später herausstellen. Wer hätte damals die Rachsucht erahnen können, die in diesem Weib steckte?

Allmählich gewöhnten sich die auf ihre westgotische Abstammung stolzen Damen und Herren an die Anwesenheit der Zugereisten. Sie ließen zwar nach wie vor eine gewisse Distanz fühlen, erwiderten aber die Grüße auf der

Straße. Elvira durfte sich sogar der Freundschaft der beiden Schulkameradinnen erfreuen, die inzwischen zu ihr in die Klasse gestoßen waren.

Die Entwicklung dieser Beziehungen brachte es mit sich, dass Felipa eines Tages den Besuch von Doña Ana erhielt, der Gattin des Ratsherrn Vergara. Schon zweimal hatte sie ihre Visite angekündigt und unter dürftigen Begründungen wieder abgesagt. Dass sie ihrer gesellschaftlichen Pflicht endlich nachkam, geschah zweifelsohne auf Verlangen ihres umsichtigen Gemahls, der dem Agenten Manuel Bautista Pérez' eine Botschaft besonderer Art zustellen wollte. So segelte die Dame eines Tages vor den Augen der halben Stadt den erst unlängst gepflasterten Bürgersteig entlang, gefolgt von einer jungen Schwarzen, die den Sonnenschirm schützend über sie hielt. Schon seit Jahren lag sie ihrem Mann in den Ohren, er möge ihr endlich einen jener Tragsessel besorgen, wie sie die Damen der Gesellschaft Limas benutzen, um nicht mit jedem Straßenkot in Berührung zu kommen. Bisher vergeblich! Was den Damen der Residenzstadt zukam, zieme sich noch längst nicht für die in Buenos Ayres ansässigen Weiber, erklärte er patzig seiner Gattin.

Huldvoll erwiderte sie die Grüße der Nachbarinnen: eine stattliche Matrone, die stolz war auf ihre Reinblütigkeit, auf ihre römisch-katholisch-apostolische Religion und auf ihren schneeweißen Teint. Dabei war nicht zu übersehen, dass sich der Schmelz ihrer mediterranen Schönheit bereits in Auflösung befand, dass ihre Muskeln erschlafft waren und ihr Hinterteil einen monumentalen Umfang aufwies. Gegen diese Alterserscheinungen vermochten weder ihre aus Sevilla importierte Garderobe noch ihre Ringe, Medaillons oder die mehrreihige Perlenkette etwas auszurichten.

Man hätte meinen können, die Apostel auf den erst unlängst angebrachten Gemälden an den Wänden sähen
dem Empfang zu, den die Herrin des Hauses Doña Ana
zuteilwerden ließ. Die würdevolle Begegnung zweier Köni-
ginnen. Ungleiche Herrscherinnen, die Artigkeiten aus-
tauschten. Noch einigermaßen jung die eine; die andere
bemüht, ihre Runzeln hinter einer dicken Schminkschicht
zu verbergen. Beide saßen steif auf ihren unbequemen
Sesseln, wedelten sich mit ihren Fächern Luft zu, verbreiteten schweren Moschusduft, schlürften, den kleinen Finger abspreizend, die schaumig geschlagene heiße Schokolade, knabberten am Gebäck, das María auf silbernem
Tablett reichte. Und bemühten sich tastend um einen
Waffenstillstand, dem sie beide nicht so recht trauten. Sie
unterhielten sich über ihren Ärger mit den Schwarzen, die
sich von Tag zu Tag unverschämter benähmen. Doña
Ana konnte nicht umhin, den Kopf über die Trägheit der
fetten Sklavin ihrer Gastgeberin zu schütteln und ihrer
Überzeugung Ausdruck zu verleihen, dass nur die Peitsche gehorsame Sklaven schaffe.
Als sie Elvira entdeckte, die, unauffällig in einer Ecke sitzend, der Unterhaltung folgte, erkundigte sie sich höflich
nach dem Wohlergehen der Kinderchen ihrer geschätzten
Freundin. Ohne deren Antwort abzuwarten, zählte sie
dann ihre sechs Kinder und zwölf überlebenden Enkel auf,
die sich alle – der gebenedeiten Jungfrau sei Dank! – bester Gesundheit erfreuten. Während ihr Felipa versicherte,
dass die Gesundheit zweifelsohne ein Geschenk des Himmels sei, ertönte das Angelusläuten. Es war, als hätten die
Glocken auf dieses Stichwort gewartet. Beide Damen bekreuzigten sich.
Elvira, die sich des portugiesischen Akzents ihrer Mutter
schämte, den sie für ihr Teil schon weitgehend abgelegt

hatte, folgte den Blicken der Besucherin, die zunächst missbilligend das weit geöffnete Fenster streiften, danach voller Argwohn erst auf dem Bücherregal – sie beherrschte nicht die Kunst des Lesens –, dann längere Zeit auf den Gobelins, Teppichen und ledernen Truhen verweilten. Anschließend erfuhren die Zinnschüsseln, das chinesische Porzellan und ein paar silberne Kandelaber ihre eingehende Musterung. Endlich stellte sie ihre Tasse ab und starrte beharrlich auf ein mit golddurchwirkten Quasten geschmücktes Paradekissen aus scharlachrotem Samt. »Was für ein herrliches Kissen«, brachte sie hervor. Ihre Augen glitzerten begehrlich.

Felipa wusste, was sich schickte. »Gefällt es Euer Gnaden? Es sei Euer! Ein bescheidener Beweis meiner Hochachtung.«

»Aber allerliebste Freundin! Wie könnte ich Euch eines solchen Schmuckstücks berauben!«, lehnte sie ab und setzte eine gekränkte Miene auf. Worauf der Gastgeberin nichts anderes übrig blieb, als ihre Besucherin mit ihrer melodiösen, wenn auch fremdartig klingenden Stimme zu bedrängen: »Ich darf Euer Gnaden recht inständig bitten! Ihr wollt mich doch nicht kränken, Doña Ana!«

Nein, kränken wollte sie niemanden. »Nun gut, wenn Euch so viel daran liegt, und einzig und allein, um Euch nicht vor den Kopf zu stoßen ...« Nach kurzem Nachdenken dann die Rechtfertigung vor sich selbst: »Gewiss kann Euch Euer Herr Gemahl weitere Kissen dieser Art beschaffen. Mit dem vielen Geld, über das Eure Nación verfügt.« Sie lachte gekünstelt, wobei sie sich die Hand vor den Mund hielt, um ihre Zahnlücken zu verbergen.

Felipas Züge verhärteten sich. »Ich weiß wirklich nicht, auf welche Nation sich Euer Gnaden beziehen«, entgegnete sie mit krampfhaftem Lächeln, das eher einer ihrer nervösen Grimassen glich.

Doña Ana, die, wie jedermann wusste, in Anwesenheit ihres Mannes den Mund kaum aufmachte, konnte nicht an sich halten und gab die Vorurteile zum Besten, mit denen sie aufgewachsen war.

»Auf die Nation der Hebräer beziehe ich mich natürlich, Doña Felipa«, flötete sie mit frommem Augenaufschlag. »Die, wie mein Gatte sagt, einen Staat im Staate bildet, dem nicht beizukommen ist.«

»Aber, gnädigste Señora!«, entrüstete sich Doña Felipa. »Wir sind doch getaufte Christen und genauso katholisch wie Euer Gnaden!«

An der resignierten Geste der Besucherin war zu erkennen, dass sie ihrer allerliebsten Freundin die verseuchten Wurzeln nicht verzieh. »Aber eben doch Portugiesen, nicht wahr?«, zwitscherte sie bedauernd. »Niemand stellt Eure Klugheit in Abrede, der Ihr Eure Macht verdankt«, ging es beschwichtigend weiter. »Listig wie die Schlangen, wie mein Beichtvater betont! Vom Brokat bis zum gröbsten Tuch, vom Diamanten bis zum Kümmel geht ja alles durch Eure Hände. Unter uns gestanden« – sie senkte die Stimme vertraulich –, »eine ganze Reihe von Geschäftspartnern meines Gatten sind hebräischen Ursprungs. Außerdem verteidigte er vor Jahren den neuchristlichen Lehrer Cardoso Pardo, als der Stadtrat dessen Glaubenstreue anzweifelte. Und in San Miguel de *Tucumán* rettete mir sogar ein neuchristlicher Arzt das Leben. Ein gewisser Núñez de Silva, vielleicht sagt Euch der Name etwas. Leider verlor ich ihn, als ihn die Heilige Inquisition in Gewahrsam nahm, weil er nicht von seinen überholten Judenbräuchen lassen wollte. Hätte er das nötig gehabt? Nicht einmal mein Gemahl mit all seinen Beziehungen konnte ihm aus der Patsche helfen.«

Endlich versiegte der Redefluss. Ein unbehagliches Schweigen breitete sich im Raum aus, so dass man die krächzenden Schreie der *Terotero*-Vögel hörte, die mit gestutzten Flügeln auf dem Hof herumstolzierten. Nach einer weiteren Tasse Schokolade – der letzten, und man solle sie bitte nicht weiter in Versuchung führen – klatschte Doña Ana in die Hände und verlangte nach ihrem Sklavenmädchen, dem sie befahl, das eingeheimste Kissen in Empfang zu nehmen. Es gelang ihr, mit ihrem Dank den Eindruck zu erwecken, als stelle die Annahme des Geschenks eine Gunst dar, die sie einer ganz netten, aber auf den Sprossen der Gesellschaft weit unter ihr stehenden Person gewährte.

Der Abschied schien ihr schwerzufallen; anscheinend hatte sie noch etwas auf dem Herzen. Schließlich begann sie, sich über das öde Dasein in diesem abgelegenen Nest zu beklagen. Nichts geschehe hier; die einzige Zerstreuung sei die Sonntagsmesse mit den Predigten, hin und wieder ein kaum erwähnenswerter Stierkampf auf der Plaza mayor, der eher einem unanständigen Gemetzel gleiche als einem ehrlichen Schauspiel, und einmal im Jahr der Empfang beim Gouverneur. »Ah! Und selbstverständlich die vielen Prozessionen, an denen sich sämtliche Gläubigen der Stadt beteiligen.«

»Bitt- und Bußprozessionen«, ergänzte Felipa mit undurchdringlicher Miene.

»Wir sind ein sehr frommes Volk, Doña Felipa«, versicherte Doña Ana.

»Und königstreu«, ergänzte die Dame des Hauses, was die Besucherin zu einem beifälligen Nicken veranlasste.

»Ach, und bevor ich's vergesse«, fiel dieser dann ein, »in der kommenden Woche ehren wir den Schutzpatron der Stadt.«

»Ich weiß, Euer Gnaden: San Martín de Tours«, pflichtete ihr Felipa bei.

»Ganz richtig! Man wird einen Umzug der Standarten veranstalten.« Sie schnalzte mit der Zunge. »Nicht sehr aufregend. Die Vertreter der Krone und der Kirche werden antreten. Na ja. Euer Gnaden verstehen mich schon.«

Sie warf ihrer Gastgeberin einen bedeutungsvollen Blick zu, musste jedoch feststellen, dass die ihre Anspielung nicht mitbekommen hatte. Deshalb entschloss sie sich, deutlicher zu werden. Ein politischer Konflikt läge in der Luft und ihr Gemahl erwarte, Don Rodrigo würde als Agent des Don Manuel Bautista Pérez seine Beziehungen in Lima mobilisieren, falls sich die Auseinandersetzung zwischen dem Herrn Bischof und dem Gouverneur zuspitzen sollte. Schließlich sitze man ja im selben Boot.

»Ganz richtig!«, kam es zustimmend aus Felipas Mund, obwohl sie bei ihrer Tochter den Verdacht erweckte, dass sie noch immer nicht so recht begriff, was Doña Ana eigentlich von ihr wollte.

Ein Lächeln, das die scheidende Dame offensichtlich für unwiderstehlich hielt und ein »Wir rechnen also mit Euer Gnaden«, in befehlsgewohntem Ton vorgebracht, leitete die Abschiedsszene ein. Der Neid musste es ihr lassen: Ihr gelang ein wahrhaft pompöser Abgang.

Elvira hatte sich an den väterlichen Rat gehalten, die doppelten Böden ihrer Umwelt aufzuspüren. Gespannt war sie dem höflichen Gespräch gefolgt, das nicht selten genau das Gegenteil dessen ausdrückte, was in Wirklichkeit gemeint war. Sie schämte sich über die gespielte Unterwürfigkeit der Mutter, mit der sie ihr Kissen abgegeben hatte, als sei es ein Tribut, den sie jener Doña Ana schuldig sei. Es kam ihr vor, als öffneten sich die Geheimfächer in den Köpfen der beiden, um ihr deren Inhalt preiszugeben.

Nur wenige Tage nach dem Besuch der Gattin des Capitáns verdichtete sich die von dieser angedeutete Krise zu einer Gewitterwolke, die sich über dem Städtchen entlud. Die von den Handelsinteressen der feindlichen Parteien verursachten Spannungen gingen in ein allgemeines Machtgerangel über. Hinter den großspurigen Erklärungen der Wortführer der sich immer kriegerischer gebärdenden Gruppen, in denen das Wohl der Allgemeinheit beschworen wurde, waren unschwer deren selbstsüchtige Motive zu erkennen. Die Stadträte und die königlichen Beamten, die traditionsverhafteten Beneméritos und die relativ fortschrittlich gesinnten Confederados scheuten nicht davor zurück, mit ihren jeweiligen Widersachern zu paktieren, wenn es ihnen in den Kram passte. Geheime Bündnisse wurden geschlossen und wieder gebrochen. In Acostas Kontor trafen Boten mit Briefen Don Manuel Bautistas ein. Dessen Anweisungen waren selbstverständlich mit sympathetischer Tinte geschrieben, mit Zuckerwasser oder Zitronensaft, wie Rodrigo seiner Tochter erklärte, während er hinter verriegelter Tür eine Kerze entzündete und das Papier über die Flamme hielt. Gebannt beobachtete Elvira, wie zwischen den Zeilen unverfänglichen Inhalts verschlüsselte Mitteilungen sichtbar wurden. Anweisungen, die den Empfänger befriedigten, denn sie entsprachen seinem lavierenden Charakter, den er so gerne als sein diplomatisches Geschick bezeichnete. Mit allen Parteien möge er sich gut stellen; er könne vorsichtig gehaltene Sympathieerklärungen in beide Richtungen abgeben, habe sich jedoch davor zu hüten, bindende Verpflichtungen einzugehen, die sich eines Tages geschäftsschädigend auswirken könnten.

Die Confederados riefen der Bevölkerung die üblen Machenschaften des Capitáns Vergara ins Gedächtnis, dank derer es dem gelungen war, sich das Cabildo gefügig zu machen. Unterschlagungen habe man dem Intriganten nachgewiesen, als ihm, ein junger Mann noch, die Verwaltung der Staatskasse oblag. Die Wortführer der Beneméritos taten die Beschuldigung eines der Ihren als Verleumdung ab und wiesen entrüstet auf den Sklavenschmuggel hin, den die Gegenpartei zum Schaden der Krone betreibe. Dass sich in Wirklichkeit alle diesem lukrativen Geschäft widmeten, wusste natürlich Gott und alle Welt.

Die Bedächtigen unter der Bevölkerung versuchten, die Gemüter zu besänftigen: Der ganze Aufruhr sei einzig und allein auf den erbitterten Konkurrenzkampf zurückzuführen, den die Sklavenhändler unter sich ausfochten. Es gehe um die über den Hafen von Buenos Ayres illegal importierten Afrikaner, die von hier aus nach Potosí, der Silberstadt im Hochgebirge Perus, transportiert wurden, wo man sie gegen unversteuerte Goldziegel und Silberbarren eintauschte, die dann den umgekehrten Weg zurücklegten.

Als sich der Gouverneur Don Francisco Céspedes zur Gefangennahme des umstrittenen Vergara entschloss, berief sich der auf die Immunität, die ihm als Ehrenfunktionär des Inquisitionstribunals zustand. Seine Inhaftierung stelle einen Angriff auf die Belange der Kirche dar. Fray Pedro de Carranza, der Bischof, der schon mehr als eine Kompetenzstreitigkeit mit dem Gouverneur ausgetragen hatte, frohlockte über die sich ihm bietende Gelegenheit, seiner Autorität Geltung zu verschaffen. Er ließ sämtliche Glocken der Stadt läuten.

Diese Provokation konnte der Gouverneur nicht auf sich beruhen lassen. Er zog seine Streitkräfte zusammen, die unter dem Lärm ihrer Pauken und Trommeln die wehrhafte Bürgerschaft einberiefen. Zwar wurde nach diesem martialischem Auftakt eine Waffenruhe vereinbart, um den Anführern der beiden Fraktionen Gelegenheit zu Verhandlungen zu geben. Doch alles zur Bestechung schon bereitgestellte Gold der Sklavenhändler erwies sich als machtlos gegen den Eifer, der den Bischof beseelte. Als der Seelenhirte seine Gläubigen von der Kanzel herab aufforderte, das Gefängnis zu stürmen, um den Capitán zu befreien, fand der Waffenstillstand ein jähes Ende. Das aufgewiegelte Volk schickte sich an, das Gefängnistor einzuschlagen. Die Wache war vernünftig genug, dem Tumult keinen Widerstand entgegenzusetzen, und ließ es zu, dass der Häftling im Triumph auf den Schultern seiner Parteigänger in die Kirche getragen wurde.

Doch nun sah sich der Gouverneur gezwungen, dem Aufruhr Einhalt zu gebieten. Er forderte den Bischof auf, den Übeltäter unverzüglich der zivilen Gewalt auszuliefern. Als sich der diesem Befehl widersetzte, befahl Céspedes, die sechs Kanonen seines Forts abzufeuern. Nachdem sich deren Getöse als wirkungslos erwies, stellte er sich in voller Uniform an die Spitze seiner Soldaten und marschierte zum Wohnsitz des Bischofs. Gespannt genossen die Bürger das Schauspiel, das endlich einmal etwas Leben in ihr Städtchen brachte. Einige schüchterne Hochrufe wurden laut; die meisten Zuschauer verharrten in abwartendem Schweigen.

Mit seinen Truppen am bischöflichen Tor angelangt, verriet der Gouverneur durch sein Zaudern, dass er sich über seine weiteren Schritte im Unklaren war. Die Initiative des Prälaten nahm ihm die Entscheidung ab. Angetan mit Stola und Mitra, in der einen Hand den Krummstab, in der andern ein mit Trauerflor verschleiertes Kruzifix, näherte er sich den Soldaten, reckte das verhüllte Kreuz gen Himmel und schleuderte dem verblüfften Don Franciso in sonorem, wenn auch nicht ganz einwandfreiem Latein seine Exkommunikation entgegen.

Eingekeilt in die aufgebrachte Menschenmenge, wurde Elvira Zeugin des Geschehens, dem sie mit wachsender Erregung folgte. Der Gouverneur trat den Rückzug an und verschanzte sich in seiner Festung, was einen älteren Herrn in den Nähe Elviras veranlasste, einen imposanten Sieg des Geistes über die Macht der Kanonen zu verkünden. Fray Carranza hingegen ließ es sich nicht nehmen, das versammelte Volk mit einer segnenden Geste für die Kundgebung zu belohnen, bevor er erhobenen Hauptes in seiner Residenz verschwand.

Erst da überkam Elvira die Ernüchterung. Sie bemerkte die Menschen um sich herum, ihre Ausdünstung, die sie bis dahin nicht wahrgenommen hatte. Der Gestank nach Schweiß, Urin, Alkohol, Knoblauch und ungewaschener Kleidung verursachte ihr Übelkeit. Sie fühlte sich beschmutzt; mehr noch: beschämt, weil sie eine unkontrollierte Exaltation erfasst hatte, deren Ursachen sie sich nicht erklären konnte.

Plötzlich kam sie sich wie ein Fremdkörper vor, umringt von feindlichen Gesichtern. Sie bildete sich ein, das gefährliche Fauchen einer vielköpfigen, sie bedrohenden Bestie zu vernehmen. Schwindel überkam sie. Eine Hitzewelle nahm ihr den Atem und versetzte sie in Panik.

Der Eingang zur anderen Welt hinter dem Spiegel ... Gefällt Euer Gnaden das Kissen? Es sei Euer! ...

Ihr Kopf schmerzte. Mit großer Anstrengung gelang es ihr, dem Gedränge zu entkommen. Als sie sich endlich in einem stillen Gässlein erschöpft an einen Baum lehnte, verspürte sie heftiges Ziehen im Unterleib. Aber trotz ihrer Verfassung war sie imstande, sich darüber zu wundern, dass hier, kaum zwei oder drei Häuserblocks von der Plaza mayor entfernt, das Treiben der Ortschaft gemächlich weiterging, unberührt vom dort stattfindenden Aufruhr. Eine Kinderschar spielte lärmend Versteck; ein Wasserträger schritt, die leeren Eimer geschultert, zum Fluss, und eine Schwarze watschelte, einen Wäschestapel auf dem Kopf, mitten auf der Straße entlang.

Als sie endlich in sichtbarer Verwirrung zu Hause eintraf, wurde sie von den besorgten Eltern mit Vorwürfen empfangen. Einer jungen Dame ihres Standes gezieme es nicht, sich unbegleitet auf der Straße zu zeigen, und schon gar nicht, wenn der Pöbel losgelassen ist. Tränen der Scham stiegen in ihr hoch, denn sie fühlte sich ungerecht behandelt. Gleichzeitig hätte sie am liebsten ihre Mutter umarmt und um Verzeihung gebeten. Um Verzeihung für was? Das war ihr nicht klar. Nur dass es um mehr ging als um die Eskapade zur Plaza mayor, das erkannte sie selbst im Zustand ihrer Verwirrung.

Dieser Stimmung war es zuzuschreiben, dass es ihr schwerfiel, die Eröffnungen der aufgebrachten Mutter in ihrer ganzen Tragweite in sich aufzunehmen. Vom Besuch war die Rede, den man aus Lima erwartete: Juan Rodríguez Duarte und seinen Onkel Pablo Rodriguez, zwei junge Herren aus der nächsten Umgebung Manuel Bautistas. Und was sollten diese Vettern von einer Elvira Acosta y Enríquez denken, falls man ihnen deren schamloses Benehmen hinterbrachte?

Juan und Pablo aus der nächsten Umgebung Manuel Bautistas? Natürlich wusste Elvira Bescheid über das ferne Familienoberhaupt, den Prinzipal ihres Vaters. Kein Tag verging, ohne dass sein Namen gefallen wäre. Ein einflussreicher Handelsherr, der beim Vizekönig ein und aus ging. Wäre sie nicht so verstört gewesen, so hätte sie hinter der Ankündigung dieses Besuchs womöglich ein Indiz der Hauspolitik Manuel Bautistas gewittert, der sorgfältig ausgewählte Heiratskandidaten nach Buenos Ayres entsandte, um durch die verwandtschaftlichen Bindungen einer arrangierten Ehe das Netz seiner den Kontinent umspannenden Macht zu festigen.

Den Rest des Abends verbrachte sie in sich gekehrt, erleichtert, als sich die Gespräche der Eltern anderen Themen zuwandten. Die spöttisch herausgezogene Zunge Beatrizens, die sich über die Zurechtweisung ihrer großen Schwester diebisch freute, übersah sie.

Später dann, als sie sich ihrer Kleider entledigte, entdeckte sie erschrocken die Blutflecken in ihrer Wäsche. Sie erinnerte sich des Getuschels ihrer kichernden Schulfreundinnen. Die Erbsünde! Einen Moment lang überkam sie der Wunsch, sich ihrer Mutter anzuvertrauen, doch dann zog sie vor, ihr Geheimnis für sich zu behalten.

Endlich fiel sie in unruhigen Schlaf, bedrängt von quälenden Träumen, die sie beim Erwachen schon wieder vergessen hatte. Nur die Beklommenheit blieb ihr, das schlechte Gewissen und die Blutflecken in Wäsche und Bettzeug. Als die Mutter ihrer gewahr wurde, unternahm sie es, nicht ohne Befangenheit, ihre unwissende Tochter aufzuklären und vor den Gefahren zu warnen, die sie andeutete, ohne sich genauer darüber auszulassen.

Don Juan de Vergara, der geschäftstüchtige Capitán, zog sich in das Kloster der Dominikaner zurück, nicht etwa, um sich dort zerknirscht der Buße hinzugeben, sondern um den neu erworbenen Ruf eines Märtyrers in den Dienst gewinnbringender Intrigen zu stellen. Niemandem blieb verborgen, dass er hinter den dicken Klostermauern seine Geschäftsfreunde empfing. Auch Rodrigo suchte ihn zwei- oder dreimal auf und zog Nutzen aus diesen Besuchen. Denn der vielseitige Stadtrat war als Ehrensekretär des Ketzergerichts nicht nur unantastbar für die weltlichen Gerichte, sondern er genoss auch weitgehende Steuerfreiheit. Von seiner Zelle aus brachte er es fertig, die Mehrheit der Ratsherren auf seine Seite zu ziehen. Wochenlang lagen Handel und Gewerbe lahm. Zu guter Letzt waren es die Jesuiten, denen es gelang, sich als Vermittler einzuschalten und die Ruhe wieder herzustellen. Die bischöfliche Exkommunikation des Gouverneurs wurde ohne großes Aufheben widerrufen, und die Ratsversammlung beschloss, alle vor der Küste Gestrandeten ohne weitere Formalitäten ins Land zu lassen. Seitdem kippten die Sklavenhändler ihre als schiffsbrüchig deklarierte Ware kurzerhand über Bord und zwangen sie, das Ufer schwimmend zu erreichen. Dort betätigte sich ein Partner Vergaras als Menschenfreund, indem er dieses lebende Strandgut auffischen und in seine Schuppen unterbringen ließ, bevor er es nach Hochperu verfrachtete. Ein blendendes Geschäft, auch wenn der Tod eines Teils der Menschenware erhebliche Verluste verursachte. Denn ein gesunder Schwarzer, von den Sklavenhändlern in Afrika für vierzig Pesos erworben, kostete in Buenos Ayres, der Drehscheibe des Sklavenhandels, bereits hundert, brachte es in Lima auf vierhundertfünfzig und in der Silberstadt Potosí, in der es immer an Arbeitskräften fehlte, sogar auf gut und gern achthundert Pesos.

Äußerlich hatte sich das Leben Elviras kaum verändert. Nur dass sie sich nun etwas sorgfältiger kleidete, dass ihre Stimme nicht mehr ganz so rau klang wie bisher und dass sie öfters die Nähe der Mutter suchte, in der meist vergeblichen Bemühung, sich ihr anzuvertrauen. In ihrem Herzen aber schien sich doch einiges verändert zu haben. Sie zeigte sich oft zerstreut; ihr Interesse an den belehrenden Vorträgen des Vaters erlahmte, und sie trieb sich nicht mehr jungenhaft auf der Straße herum, wie dies bisher ihre Gewohnheit gewesen war.

Dagegen regte sich ihre Phantasie, stimuliert durch die wispernd vorgebrachten Intimitäten ihrer Freundinnen, die von der Liebe sprachen, dieser süßen Sünde, von verbotenen Küssen und lustspendenden Zärtlichkeiten. In ihren Tagträumen spielte der in Aussicht gestellte Besuch der Vettern aus Lima eine Rolle, während sie nächtens von unkeuschen Bildern heimgesucht wurde, die ihr Schamgefühl verletzten. Es kam so weit, dass sie, die von ihrem Vater zur Skepsis erzogene Elvira, sich schließlich einredete, in Juan verliebt zu sein, obwohl sie noch nicht einmal wusste, wie er aussah.

Aber derartig paradoxe Anwandlungen behielt sie selbstverständlich für sich und brachte sie noch nicht einmal im Beichtstuhl über die Lippen.

3 Juan auf Freiersfüßen oder im Schatten des Herrn

Die Ankunft Juan Duartes und Pablo Rodriguez' ver-
zögerte sich. Erst kurz vor Weihnachten kamen sie in Begleitung eines kleinen Gefolges angeritten. Elvira war die
Erste, die sie entdeckte, als sie eines Abends staubbedeckt
vor dem Haus abstiegen. Ungestüm rannte sie zur Tür,
um sie willkommen zu heißen. Aber als sie mit hochrotem
Kopf ihrem Nennvetter Juan gegenüberstand, der sie an-
starrte, ohne den Mund aufzutun, schwieg sie verlegen.
Endlich machte sich ein Lächeln auf dem Gesicht des jun-
gen Mannes breit, an dem seine traurigen Augen selt-
samerweise nicht teilnahmen:
»Ihr seid gewiss meine Kusine Doña Elvira?«
Sie nickte stumm. Bislang hatte sie noch niemand mit
Doña angesprochen. Ehe sie sich fassen konnte, war ihre
Mutter zur Stelle, schob sie zur Seite und begrüßte die
Gäste geziemend.
Man hatte Elvira berichtet, Juan begleite seinen um nur
wenige Jahre älteren Onkel Pablo unter dem Vorwand,
Land und Leute kennenzulernen. Der wirkte mit seinem
gepflegten Spitzbart wesentlich älter, als dies sein Tauf-
schein auswies. Vielleicht lag das an seinem gravitätischen
Gehabe; vielleicht waren die Angaben seiner Urkunden ge-
fälscht, um die Behörden aus unergründlichen Gründen
zu täuschen.

Die Großzügigkeit der Verwandten aus Lima äußerte sich in den prächtigen Geschenken, die sie vor den erstaunten Augen ihrer Gastgeber ausbreiteten. Felipa erhielt einen silbernen Rosenkranz und eine Goldbrosche mit einem Smaragd aus Cartagena de las Indias. Rodrigo wurde mit verschiedenen Büchern und mit einem holländischen Fernrohr bedacht, und der verschämten Elvira hängte Juan ein goldenes Kettchen um, an dem ein elfenbeingeschnitztes Kreuz hing.

Wie er humorig berichtete, hatten ihnen die mitgeführten Bücher und das optische Instrument erhebliche Unannehmlichkeiten bereitet. Zwei Familiare der Inquisition hatten sich in Santiago del Estero angemaßt, ihr Gepäck zu durchwühlen, um dann die in ihren Augen stark ketzerverdächtigen Gegenstände zu beschlagnahmen. Die Bücher – den Don Quijote, die Gedichte Góngoras und einige Werke in Latein –, weil man nie wissen könne, ob sie nicht glaubenswidrige Proposita enthielten. Und das Teleskop, erstens, weil es ein Werk der Holländer und somit des Satans sei, und zweitens, weil es dem Menschen nicht zustehe, den göttlichen Plan zu durchkreuzen. Denn hätte es der Herrgott für gut befunden, die Sterblichen mit schärferer Sehkraft auszustatten, so wäre es ihm ein Leichtes gewesen, dies ohne Zuhilfenahme gläserner Linsen zu bewerkstelligen. Etliche *Reales* mussten lockergemacht werden, um den Glaubenseifer der Familiare zu beschwichtigen.

Am Gesicht Pablos war abzulesen, dass ihm das muntere Geplauder seines Neffen missfiel. Wohl in der Absicht, dem ein Ende zu setzen, öffnete er eine andere Reisetasche, um weitere Gaben zum Vorschein zu bringen: Stoffe aus Flandern, zwei venezianische Kristallkelche und ein mit Perlen aus Cubagua gefülltes silbernes Schmuckkästchen.

Selbst Beatriz und Diego wurden bedacht. Spielzeug gab's für die Kleinen und Heiligenbilder.

Als Juan begann, von ihren Reiseabenteuern zu berichten, heftete sich Elvira an seine Lippen. Er beschrieb Potosí, die volkreiche Stadt, wo die Silberbarone den Cerro Rico ausbeuteten und die Indianer nicht minder. Wo man zu Karneval eine ganze Gasse mit massivem Silber hatte pflastern lassen. »Hundertsechzig Tonnen Silber im Jahr! Soweit bekannt ist, die Hälfte des Weltaufkommens aus einem einzigen Berg!«, warf Pablo trocken ein. »Allerdings geht die Produktion seit einigen Jahren ständig zurück.« Sein Neffe ließ sich durch keine Statistiken aus dem Konzept bringen. Cuzco schien es ihm angetan zu haben, jene uralte Residenzstadt der Inkas, mit ihren Zyklopenmauern, die – hier konnte er ein besserwisserisches Lächeln nicht unterdrücken – bekanntlich mit des Teufels Hilfe errichtet worden waren. Es gelang ihm, seine Kusine mit der Beschreibung des mit Gold und Edelsteinen ausgeschmückten Inti-Huasi-Tempels derart in seinen Bann zu schlagen, dass der war, als wohne sie dem geschilderten Sonnenuntergang bei und sähe mit eigenen Augen, wie sich die Silhouette der Mauern schwarz vom blutrot gefärbten Horizont abhob.

Dann ging er dazu über, die Herrlichkeiten zu preisen, die Lima zu bieten habe, die Stadt der Heiligen Drei Könige: den Palast des Vizekönigs, die von den bedeutendsten Architekten des Abendlandes errichteten Kloster- und Kirchenbauten, die Spitäler und Schulen, die durch ein kompliziertes Kanalsystem berieselten Gärten, in denen das Wasser bergauf fließe. Plötzlich unterbrach er seine Rede, und Elvira nahm erstaunt die Schatten wahr, die sein ebenmäßiges Gesicht umdüsterten. Die Begeisterung über Lima schien schlagartig verflogen, als er auf das elende

Dasein der zwanzigtausend Sklaven Limas zu sprechen kam, das im krassen Gegensatz zum Luxus der Weißen dieser Prachtstadt stand.

Als er begann, die *Mita* zu kritisieren, den Frondienst, dem die Indianer Charcas' und Potosís unterworfen waren, fiel ihm sein griesgrämiger Onkel ins Wort, um ihm vorzuwerfen, dass er die Statistiken ganz falsch interpretiere. Die Gesetze schützten die Eingeborenen vor ungebührlicher Ausbeutung. Und was die Schwarzen anbelange, die man überall dort einsetze, wo die Indios versagten, so hätten die es hierzulande wesentlich besser als in ihrem afrikanischen Dschungel, wo sie vor Hunger verreckten, sich gegenseitig totschlügen und von ihren eigenen Häuptlingen an die arabischen Sklavenjäger verschachert würden. Und die Behauptung, das Wasser in Lima fließe bergauf, sei, gelinde ausgedrückt, stark übertrieben.

Juan war die Beherrschung anzumerken, die es ihn kostete, dem Onkel nicht zu widersprechen. Der schloss seine Ausführungen mit dem rechtfertigenden Hinweis, ohne die schwarzen Arbeitskräfte lägen sämtliche Ländereien Westindiens brach. Und Sklaven habe es schon immer gegeben; das werde auch in Zukunft so bleiben.

Elvira richtete den Blick auf ihren Vater, der sich angesichts dieses Wortwechsels auffallend schweigsam verhielt. Sie musste daran denken, wie er noch vor wenigen Tagen beteuert hatte, die Gesetze der Indias bestünden nur auf dem Papier und die Minenbesitzer verpachteten die ihnen zugewiesenen Indianer für einen Peso pro Tag. Die armen Kerle zwinge man mit der Peitsche, fern ihrer Familien fünf Tage und Nächte hintereinander in den Stollen zu schuften. Sie erwartete daher, dass er Stellung beziehe, um Juans Standpunkt zu unterstützen. Doch Rodrigo saß in Gedanken versunken auf seinem Stuhl, ohne sich zu Wort zu melden.

Womöglich war sein zerstreutes Benehmen auf die Besprechungen zurückzuführen, die er mit seinen Besuchern hinter verschlossener Tür führte. Gespräche, die, wie sich herausstellte, auch das Interesse der Sklavin María erweckten. Als Pablo einmal unverhofft aus dem Zimmer trat, überraschte er die Schwarze, die das Ohr ans Schlüsselloch gepresst hatte. Als sie sich entdeckt sah, prallte sie zurück und entfernte sich, wobei sie Unverständliches vor sich hin murmelte. Pablo legte dem Hausherrn daraufhin dringlich nahe, dieses Weib unverzüglich zu verkaufen, je weiter weg, desto besser. Man wisse nie, welches Unheil der Feind im eigenen Haus anrichten könne.

Dabei war es unwahrscheinlich, dass María auch nur ein Wort von dem verstanden hatte, was hier, wenn auch nur in halben Sätzen, zur Sprache gekommen war. Von den verstiegenen Plänen des Peruaners nämlich war die Rede gewesen, der die Stellung eines jener *Bailes generales* anstrebte, die einst die Finanzen der spanischen Könige verwaltet hatten. Mit den von ihm vermittelten Krediten beabsichtigte Manuel Bautista nichts Geringeres, als auf die Politik nicht nur in Peru, sondern sogar im Mutterland Einfluss zu nehmen. Dass er es darauf abgesehen hatte, dem Machtapparat des *Heiligen Offiziums* Paroli zu bieten, um die bedrängten Neuchristen vor deren Machenschaften zu schützen, war bisher noch nicht einmal seinen engsten Mitarbeitern bekannt. Nur dass ihm zur Erreichung seiner Ziele alle Mittel recht waren, das erahnten Pablo und Juan, ohne sich weiter darüber auszulassen. Wie teuer Manuel Bautista eines noch fernen Tages die Überschätzung seiner Möglichkeiten und die Unterschätzung der Macht des Glaubenstribunals zu stehen kommen würde, konnte zu jenem Zeitpunkt noch niemand ermessen. Welchen Schaden hätte da eine ignorante Schwarze an-

richten können, selbst wenn sie das Ohr noch so fest ans
Schlüsselloch presste?

Juans Heiratsantrag brachte Elvira aus der Fassung, obwohl sie ihn im Stillen erwartet, ja ersehnt hatte. War sie
etwa nicht in ihn verliebt gewesen, noch bevor er ihr überhaupt zu Gesicht gekommen war? Sie sah in ihm, der so
fesselnd erzählen konnte, keinen gewöhnlichen Jungkaufmann, sondern einen sensiblen Poeten. Doch trotz der be-
geisterten Zuneigung, in die sie sich hineingesteigert hatte,
konnte die zur Skepsis erzogene Tochter eines Rodrigos
nicht umhin, der Werbung Juans gleichzeitig kritisch zu
begegnen.
Er hatte sie eines Abends im Garten abgefangen. Dass ausgerechnet der Vollmond das Stelldichein beleuchtete, kam
ihr irgendwie unstatthaft vor. ›Den Mondschein hättet
Ihr Euch ersparen können‹, lag ihr auf der spottbereiten
Zunge. Juan schob ihr unbeholfen einen Ring über den
Finger und erklärte ihr stockend, er stamme von seiner
gottseligen Mutter – das einzige Schmuckstück, das ihr
geblieben war. Dass er sie nach anfänglichem Zaudern behutsam auf die Stirn küsste, ließ sie mit geschlossenen
Augen geschehen. Als sie jedoch Anzeichen ihrer körper-
lichen Erregung verspürte, wandte sie sich schamvoll ab.
Ganz im Gegenteil zur Gesprächigkeit, die er bei der Beschreibung seiner Reiseerlebnisse an den Tag gelegt hatte,
verriet er ihr nun mit gepresster Stimme, er müsse ihr ein
Geheimnis anvertrauen, das schrecklich und zugleich
herrlich sei:

»Juden sind wir, Diener des lebendigen Gottes!«
Das Pathos seiner Erklärung schien dem Mädchen fehl
am Platz.

»*Sind wir*, oder waren unsere Vorfahren?«, gab sie kratzbürstig zurück und befingerte das elfenbeinerne Kreuz, das er ihr umgehängt hatte. Das ganze Gehabe mit der Religion kam ihr übertrieben vor und zudem ein Spiel mit dem Feuer. Dass die Eltern das Alte Gesetz nicht gänzlich aufgegeben hatten, wie es vor allem die von der Mutter heimlich begangenen Fastentage und allerhand seltsame Tischsitten bezeugten, war ihr natürlich genauso bekannt wie die Vorbehalte, die ihr Vater sämtlichen Religionen entgegenbrachte. Unumstößliche Tatsache jedenfalls war, dass alle ihre Familienangehörigen Jesus Christus öffentlich verehrten, dass sie sich bekreuzigten, wenn sie an einer Kirche vorbeigingen, und dass sie regelmäßig der heiligen Messe beiwohnten. Was hatte sie, die rechtmäßig getaufte Elvira Acosta, die ihre kleinen Sünden gehorsam zu beichten pflegte, noch mit dem Glauben ihrer längst verblichenen Vorfahren aus Saragossa oder Valladolid zu tun?

»Eine Sache ist es, um die Vergangenheit der Ahnen zu wissen, eine ganz andere, starrsinnig deren altem Glauben anzuhängen«, gab sie verstimmt von sich. Dabei erfasste sie die Komik des Gesprächs, das so vielversprechend begonnen und eine so ernüchternde Wendung genommen hatte.

Juan ergriff ihre Hand. Er sprach von der Lebenslüge, die man ihnen aufgezwungen habe. Man belade die Neuchristen mit einer durch ihre Abstammung bedingte Schuld, ganz egal, ob sie die Heilige Dreieinigkeit bedingungslos anerkennen oder noch Judengebräuchen nachgehen. Sei es da nicht ratsam, man lege die Maske ab und vertraue dem Gott seiner Väter? Hatte doch schon Rabbi Yom Toff Zahalón einst verkündet, die *Marranen* würden noch in tausend Generationen Juden bleiben. In Amster-

dam gebe es zwei Synagogen und eine hebräische Drucke-
rei; in Hamburg, Livorno, Venedig und Smyrna könnten
sich die Juden unbekümmert zu ihrem Glauben bekennen,
und als die Holländer vor wenigen Jahren Bahía einnah-
men, habe der dortige Gouverneur die Religionsfreiheit
verkündet ...

»Ein Glück, das nicht lange währte«, unterbrach Elvira
die Ausführungen Juans trocken.

Der wollte einen solchen Einwand nicht gelten lassen.
»Selbst hierzulande ist der Eifer der Inquisitoren erlahmt«,
behauptete er, »denn, wie unser Prinzipal aus glaubwürdi-
ger Quelle in Erfahrung gebracht hat, kam der allmächtige *Graf-Herzog* Olivares zur Einsicht, dass die weltweiten
Verbindungen der Unsrigen dem Königreich von Nutzen
seien. Momentan erwägt er sogar, einer Gruppe neuchristlicher Kaufleute und Bankiers Handelskonzessionen in
den *Indias* zu erteilen, ohne sich um deren religiöse Überzeugungen zu scheren.«

»Gegen den Widerstand des Adels. Und gegen die Zahlung von viermal hunderttausend *Escudos*«, ergänzte das
Mädchen diese Mitteilung, um zu zeigen, wie gut es informiert war. »Ein Batzen Geld, mit dem der Minister Olivares seinen teuren Krieg in Flandern finanzieren möchte.
Mein Vater meint, Don Manuel sei gar nicht so erbaut
über die zu erwartende Konkurrenz vor seiner Haustür.«
Juan schüttelte den Kopf. »Jedenfalls muss heutzutage sogar Spaniens Regierung Rücksicht auf die internationale
Gemeinschaft nehmen«, lenkte er ein.

»Rücksicht auf die internationalen Kredite, wollt Ihr
wohl sagen. Mit denen die Nachkommen der aus Spanien
vertriebenen Juden England schon zu Zeiten der Königin
Elisabeth aushalfen und dies noch immer tun. Nicht wahr?
Übrigens: So ganz scheint die Inquisition ihren Schrecken

doch noch nicht verloren zu haben«, meinte die für ihr Alter erstaunlich gut bewanderte Elvira und erinnerte ihn an die heftige Reaktion seines Onkels, als er María beim Spionieren an der Tür überrascht hatte.

Das stehe auf einem anderen Blatt, winkte Juan ab. Dass die Sklaven ihre Herrschaft hassen, stieß auf sein Verständnis. Die Inquisition trage dieser Feindschaft Rechnung und nutze sie für ihre Zwecke aus: Ein Sklave, der seine Herrschaft beim Glaubenstribunal anzeigt, dürfe, falls es zur Verurteilung der Angeschuldigten kommt, mit seiner Freilassung rechnen. Da alle Denunzianten, *Konfidenten* und Belastungszeugen unter dem Schutz der Anonymität stünden und ihnen obendrein ein Teil des eingezogenen Ketzerguts winke, sei die Versuchung groß, die persönlichen Feinde, Gläubiger, Konkurrenten und Nebenbuhler anzuzeigen. Es gebe sogar eine Bruderschaft berufsmäßiger Spitzel, die *Espeiretas*; die von der Erpressung ihrer Opfer lebten. Aber solchen unschönen Erscheinungen dürfe man keine allzu große Bedeutung beimessen. Sie gehörten nun einmal zu den Risiken des Lebens, nicht mehr und nicht weniger wie das Sumpffieber, die Blattern, die fliegenden Wanzen oder die Erdbeben im Andengebiet.

»Und zum Ausgleich müssen wir in den Indias Occidentales weder den Schwarzen Tod noch die Deutschen Kriege befürchten«, ergänzte Elvira sarkastisch die Ausführungen Juans. Der gab sich den Anschein, ihren Spott nicht zu bemerken. Sondern nach kurzem Zögern zog er ein schmales Heft aus der Rocktasche.

»Ein Gebetbüchlein«, erklärte er, »ein *Tikkun*. Es möge Euch Glaubenskraft verleihen. Suchet ihm ein sicheres Versteck.«

Widerstrebend nahm Elvira das gefährliche Geschenk in

Empfang und gab sich Mühe, den Ausdruck des in fahles Mondlicht getauchten Gesichts ihres Vetters zu deuten. Plötzlich verlor sie die abstandnehmende Sicherheit, mit der sie sich umgeben hatte. Sie empfand ein fast mütterliches Mitleid mit diesem jungenhaften Mann: Auf Freiersfüßen hatte er die beschwerliche Reise quer durch den Kontinent unternommen. Und keine bessere Formulierung der Liebeserklärung war ihm eingefallen, als sie in ein Bekenntnis seiner Glaubenstreue zu kleiden.

Sie sagte weder ja noch nein zu seinem Antrag, eine Haltung, die der zu seinen Gunsten auslegte.

Zu später Nachtstunde nahm sie sich den Tikkun vor, um beim Schein einer Kerze darin zu lesen. Die hebräischen, in lateinischen Lettern abgefassten Texte sagten ihr nichts. Bis sie auf eine Strophe in altertümlichem Ladino stieß, die sie berührte wie das Echo eines längst verklungenen Kinderlieds:

Im Schatten des Herrn schlummre ich beruhigt,
Unter Deinen Flügeln bin ich geborgen.
Nicht fürchte ich die Schrecken der Nacht.

Sie schob das Heft unter ihr Kissen und blies die Kerze aus. Lange wälzte sie sich wach auf ihrem Lager hin und her. *Der Kuss Cristóbals! Der Eingang zur anderen Welt hinter dem Spiegel ... Die Erbsünde ... Juden sind wir, Diener des lebendigen Gottes!* Endlich verfiel sie in unruhigen Schlaf. Im Traum erschien ihr Jesus Christus. Unter seiner Dornenkrone warf er ihr einen Blick aus traurigen Judenaugen zu. Es waren Juans Augen, die sie anblickten.

Dieser Traum wollte ihr nicht aus dem Sinn, als sie der mitternächtlichen Weihnachtsmette in der Kathedrale beiwohnte. Zu ihrer Rechten saß Beatriz, das dickliche Schwesterlein, mit offenem Mund und andächtigem Blick, was ihr einen dümmlichen Ausdruck verlieh; zu ihrer Linken der in den letzten Monaten in die Höhe geschossene Bruder. Sie hätte gerne in Erfahrung gebracht, ob sich Diego als Christ empfand. Die Mutter hatte sich ihre Mantille über den Kopf gezogen und hielt den Blick gesenkt; vermutlich überlegte sie sich, wie sie die Hochzeit der Tochter hinausziehen könne. Was wohl der Vater darüber dachte? Die Art, wie er sich betont angestrengt über sein Gebetbuch beugte, fand sie belustigend, denn sie zweifelte nicht daran, dass er den Entdeckungen Galileis und Keplers weitaus größere Bedeutung beimaß als der Geburt Christi. Dann erprobte sie die Wirkung ihres Blicks, indem sie den in der Reihe vor ihr sitzenden Juan so lange fixierte, bis der sich umwandte und sie anlächelte. Stolz erfüllte sie, als sie ihn so sah, ihren Zukünftigen, in feinstes Tuch aus Segovia gekleidet, mit einer kleinen Halskrause aus flandrischen Spitzen und Seidenstrümpfen aus Neapel, umgeben vom Duft des Orangenblütenwassers. Ihm hatte sie zu verdanken, dass ihre enge Welt innerhalb weniger Wochen weiter geworden war, erfüllt von volkreichen Städten, von Bergen, Seen und Flüssen, von Palästen und Tempeln, Werkstätten und Kontoren, Brigantinen, Galeonen und Karavellen. Erfüllt freilich auch von der Ahnung um die Gefahren, die diese Welt in sich barg.

Als der Chorgesang anschwoll, wurde sie von einer unerklärlichen Unruhe erfasst. Sie redete sich ein, den Herrn Jesus zu lieben. Der Sohn Gottes war schließlich auch für sie am Kreuz gestorben. Ach, wie gerne hätte sie die geheimen Gedanken der in der Kirche versammelten altchristlichen Würdenträger in Erfahrung gebracht! Waren sie wirklich alle von der Überzeugung beseelt, sämtliche Neuchristen seien Reptilien, deren giftiger Odem ansteckend wirkte? Ketzer, die, wie bereits Thomas von Aquin gefordert hatte, nicht nur aus dem Gremium der Kirche, sondern auch aus dieser Welt ausgestoßen werden müssten?

Feist und glotzäugig thronte der Gouverneur auf vergoldetem Sessel, angetan mit seiner Paradeuniform. Man sagte ihm nach, der Neid verzehre ihn, wenn er seine mageren Bezüge mit den Einkünften der Kaufleute vergleiche. Dass sein Hintern nur auf zwei Kissen ruhte, während man den geistlichen Herren deren drei zugebilligt hatte, dürfte zu seiner schlechten Laune beitragen. Zurzeit ließ er die jungen Herren aus Lima zappeln: Die Audienz, um die sie ihn ersucht hatten, war erst für die Woche nach dem Epiphanienfest anberaumt, obwohl sie Empfehlungsschreiben mit sich führten, die sich sehen lassen konnten. Eine offensichtliche Repressalie, weil die Peruaner, kaum in Buenos Ayres angelangt, als Erstes dem Bischof und dann dem Glaubenskommissar ihre Aufwartung gemacht hatten, ohne dem Geltungsbedürfnis des weltlichen Amtsinhabers Rechnung zu tragen.

Der Bischof hatte die Sendboten Manuel Bautistas, des Stifters einer klangvollen Glocke für seine erst unlängst in den Rang einer Kathedrale erhobenen Kirche, mit aalglatter Liebenswürdigkeit empfangen. Der Besuch beim Vertreter des Heiligen Offiziums de Trejo dagegen war weniger erfreulich verlaufen.

Manuel Bautista unterhielt einen gut funktionierenden

Spionagedienst, der in seiner Effizienz dem des Santo Oficios kaum nachstand. Bis zu jenem, noch in ferner Zukunft liegenden fatalen Moment jedenfalls, als er den Täuschungsmanövern seiner Gegenspieler anheimfallen sollte. Seinen Agenten war es gelungen, die Vergangenheit des verschwiegenen Mannes auszukundschaften. In seiner Jugend habe sich der in die mystischen Schriften des Franziskaners Gerónimo de Mendieta versenkt. Der betrachtete die Neue Welt als den Schauplatz des Tausendjährigen Reiches, das zu verwirklichen die Ordensbrüder berufen seien, gemeinsam mit der englischen Rasse der Indios. Englisch, da den Engeln gleich. Damals – so jedenfalls lauteten die dem Peruaner vorliegenden Informationen – habe de Trejo danach getrachtet, dem Beispiel Vasco de Quirogas zu folgen, jenem Bischof von Michoacán, der die indianischen Gemeinschaften in Mexiko gegründet hatte, fernab vom schlechten Vorbild der habgierigen Spanier. Besorgt über die Anwesenheit judaizierender Neuchristen, die den noch nicht gefestigten Glauben der erst vor kurzem bekehrten Indios gefährden könnten, habe sich der aus niedrigem Landadel stammende Lizentiat dazu entschlossen, in die Dienste der Heiligen Inquisition zu treten. Auf diese Weise hoffe er, seine Ideale verwirklichen zu können.

Er hatte seine Besucher aus Lima äußerst zurückhaltend empfangen. Das mitgebrachte Geschenk Manuel Bautistas – ein mit Edelsteinen besetztes, auf der Brust zu tragendes Kreuz – wies er zurück. Denn: »Häufet keine Schätze an auf dieser Welt. Sondern sammelt Schätze im Himmel, wo sie weder den Motten noch dem Rost zum Fraß fallen können, spricht der Herr.«

Nach diesen Worten hüllte er sich in abwartendes Schweigen. Dabei fingerte er an den Borsten herum, die auf seinem Nasenrücken wucherten. Pablo setzte zu seiner umständlichen Rede an. Er habe die Ehre, dem Herrn Kommissar im Auftrag seines Prinzipals, der ihm höchst respektvolle Grüße entbiete, seine Aufwartung zu machen. Der geistliche Herr beschäftigte sich weiterhin mit den Haaren auf seiner Nase und neigte den kahlen Kopf zum Zeichen der Entgegennahme der respektvollen Grüße. Gewohnt, mit Zeugen umzugehen, stellte er keine Fragen und zwang dadurch seinen Besucher, weiterzureden.

Besagter Manuel Bautista Pérez gestatte sich, dem hochwürdigen Herrn Comisarius hiermit ein kurzgefasstes Protokoll zukommen zu lassen, ein in Sevilla ausgefertigtes Schriftstück, um sein Gesuch zu untermauern, auch hierzulande nicht länger als Ausländer angesehen zu werden. Er bitte ihn mit allem gebotenen Respekt, dieses Dokument mit seinen Beweisstücken, Zeugenaussagen, Vorstellungen, Erhebungen, Beglaubigungen, Bestätigungen und Gegenbestätigungen gütigst zur Kenntnis nehmen zu wollen. Wie er sich unschwer überzeugen könne, gehe daraus hervor, dass Besagter ein legitimer Sohn des Francisco Pérez und seiner Gattin Doña Isabel de Gómes sei, dass er in der Kirche Santa María La Blanca zu Sevilla die Taufe empfangen habe und im Alter von sechs Jahren nach Lissabon gebracht worden sei, woselbst er bis zu seinem dreizehnten Lebensjahr verweilt habe. Danach sei die Familie nach Sevilla zurückgekehrt, wo seine Eltern verblieben waren, was notorisch und aktenkundig sei. Und später habe sich besagter Manuel Bautista Pérez nach den Indias begeben, zwei Reisen hin und zurück unternommen, und sich mit neunzehn Jahren endgültig in Lima niedergelassen, in der Stadt der Heiligen Drei Könige.

Der Vertreter des Glaubensgerichts nahm das Aktenstück mit spitzen Fingern entgegen. Um seiner Bitte Nachdruck zu verleihen, erwähnte Pablo nun den Vizekönig, der Manuel Bautista Pérez gestattet habe, in diesen Königreichen zu residieren, Geschäfte zu tätigen und rechtsgültige Verträge abzuschließen, wie das jedem anderen Vasallen ihrer Majestäten von Kastilien und León zustand. Am verkrampften Mienenspiel de Trejos erkannte Pablo seinen Fehler, den weltlichen Machthaber ins Spiel gebracht zu haben.

Mit einem resignierten Seufzer setzte sich der Kommissar seinen Zwicker auf und warf einen lustlosen Blick in das Protokoll, für dessen Anfertigung, wie genau verzeichnet stand, eine Gebühr von zweiundachtzig Reales entrichtet worden war. Nach einer Weile erhob er den Blick von den Papieren und richtete das Wort an Pablo. Er fühle sich außerordentlich geehrt vom Besuch seiner geschätzten Gäste, doch könne er nicht umhin, sich zu fragen – und er frage dies nun auch seine Besucher –, warum man diese aufschlussreichen Urkunden ihm und nicht den weltlichen Behörden unterbreite, die für derartige Anträge zuständig seien. Sintemal man ja offenbar bereits am Hof des Vizekönigs den gewünschten Erfolg erzielt habe. Er nahm seinen Zwicker ab und kniff die Augen zusammen. Ohne die Antwort Pablos abzuwarten, erhob er sich ächzend, gab die Dokumente zurück und schickte sich an, den Raum zu verlassen. Bereits im Aufbruch begriffen, bat er die verdutzten Sendboten aus Lima, Don Manuel Bautista Pérez seine allergnädigsten Grüße zu übermitteln – einem so angesehenen Herrn, der, wie er soeben erfahren durfte, in der Kirche Santa María La Blanca zu Sevilla die Taufe empfangen hatte.

Als die vor den Kopf gestoßenen Bittsteller Rodrigo von der erlittenen Abfuhr berichteten, mutmaßte der, das ab-

rupte Verschwinden des Kommissars sei auf sein Blasen-
leiden zurückzuführen. Denn obgleich er – das wusste er
dank der Indiskretion eines befreundeten Apothekers – zu
einem indianischen Wunderkraut Zuflucht nehme, das er
öffentlich verdamme, setze ihm sein Harndrang zu. Abgesehen davon sei anzunehmen, dass er darauf brannte,
sich unverzüglich an seinen Rapport zu machen. Mit derartigen Meldungen werde das Informationsnetz des Santo
Oficios gespeist, das sich von Sevilla bis Mexiko, von Valladolid bis Lima, von Buenos Ayres bis Cartagena de las Indias und den Philippinen erstrecke. Wahrscheinlich, vermutete Rodrigo, wisse der gewiefte Alte weitaus mehr
über die Absichten Manuels, als ihnen lieb sein könne. Es
würde ihn nicht wundern, wenn er, angeregt vom Besuch
aus Lima, nun auf den Gedanken käme, ein Allgemeines
Glaubensedikt zu verkünden und die genealogischen Register der Nachkommen aller *Gebüßten* seines Sprengels
zu durchmustern. Er sei durchaus imstand, die Namens-
schilder der *Sambenitos* erneuern zu lassen, jener Arme-
sündergewänder der Glaubensverbrecher, die zur Schande
ihrer Kinder und Kindeskinder an den Wänden der Kirchen hingen.
So weit also zur Unterredung mit dem Glaubenskommissar. Die peinliche Erinnerung an sie beeinträchtigte die
Andacht der jungen Herren aus Lima erheblich.

Endlich war der Gottesdienst zu Ende. Die Eltern und
ihre Kinder verbeugten sich höflich vor ihren Bekannten.
Glückwünsche wurden ausgetauscht. Im Hochgefühl der
Weihnachtsstimmung dachte jeder das Beste von seinen
Mitmenschen. Draußen hatten es alle eilig, denn Blitze
und Donnerkrachen kündigten den bevorstehenden Re-
genguss an. Dem wollte sich niemand aussetzen.

Dass Felipa ihren Einspruch wort- und gestenreich anmelden würde, als Juan tags darauf vor versammelter Familie in aller Form um die Hand Elviras anhielt, war zu erwarten gewesen. Sie hielt den Antrag für übereilt. Nicht dass sie grundsätzlich etwas gegen eine Vetternheirat einzuwenden habe. Ganz im Gegenteil. Auch Manuel Bautista sei ja ein Cousin seiner Gattin Guiomar. Und außerdem sei es ja nur eine entfernte Vetternschaft. Doch sehe sie nicht ein, warum sich ihr Töchterlein, fast ein Kind noch, bereits binden solle.

Bevor Elvira ihren Protest laut werden lassen konnte, übernahm Pablo die Rolle des Vermittlers. Beschwichtigend wandte er sich an diese:

»Ihr habt ja noch das ganze Leben vor Euch.«

»Richtig!«, erwiderte sie aufsässig und überließ Juan ihre Hand heimlich unter dem Tisch. »Meines Wissens leide ich weder an der Auszehrung noch an *Morbus Gallicus*. Und wenn mich nicht das Faulfieber, die Lepra oder die Blattern erwischen, wenn ich weder bei einem Erdbeben erschlagen werde noch im Kindsbett sterbe oder gar auf dem Scheiterhaufen ende, habe ich mit etwas Glück noch vierzig Jahre vor mir und kann der Taufe meiner Enkelkinder beiwohnen.«

Die Reaktion Felipas auf die vorlaute Rede ihrer Tochter ließ nicht auf sich warten. Schon als kleines Kind habe sie ihren Eigensinn gezeigt; Aufsässigkeit bescheinigte sie ihr und die fatale Fähigkeit, durch Bretter ohne Löcher gucken zu können. Und dass ein anständiges Mädchen eine entehrende Krankheit erwähne, treibe ihr die Schamröte ins Gesicht. Elvira war mehr erstaunt als verletzt über diesen mütterlichen Ausbruch. Juan setzte ein verlegenes Gesicht auf, während sich sein Onkel darauf beschränkte, mit undurchsichtiger Miene vor sich hin zu starren. Endlich verstummt, lehnte sich Felipa erschöpft in ihrem Stuhl zurück. Die ihre Gesichtszüge entstellenden Grimassen trugen zum allgemeinen Unbehagen bei.

Über Elviras Kopf hinweg einigten sich die Familienangehörigen auf zwei Jahre Wartezeit; dann erst solle das genaue Datum der Hochzeit festgelegt werden, um die übelgesinnten Geister so lange wie möglich im Ungewissen darüber zu belassen. Rodrigo sprach erleichtert seine Glückwünsche aus und murmelte dann einen Segensspruch vor sich hin, an dessen Wirkung er ganz bestimmt nicht glaubte.

Übergangslos brachte Pablo Rodriguez die Sprache dann auf die bevorstehende Audienz beim Gouverneur. Dabei sprudelte er allerhand Daten hervor und entwarf ein Bild der Kolonialwirtschaft, die fast gänzlich von der Förderung des Silbers abhänge.

Elvira wechselte Blicke mit Juan, der ihr ins Ohr flüsterte, an diesem Silber klebe nicht nur das Blut und der Schweiß der Unterdrückten, sondern es sei obendrein mit einem Fluch belastet. Spanien werde durch diese die Inflation und Kriege anheizende Silberschwemme zugrunde gerichtet. Aber darüber würden sie sich wohl kaum mit dem Gouverneur am Río de la Plata unterhalten.

Noch bevor es zur Audienz im Fort des Gouverneurs kam, betätigte eines Morgens ein Familiar den Türklopfer. Der eintretende »Vertraute« der Inquisition kam Elvira bekannt vor, nicht so die beiden schwarz gekleideten Herren in seiner Begleitung, die begehrten, die Bibliothek des Hauses zu überprüfen. Auch wenn sie nicht in ihrer geistlichen Tracht erschienen wären, hätte man sie an ihrem anmaßenden Gehabe unschwer als vom Kommissar entsandte Beamte erkannt – vermutlich die von makabrem Humor geprägte Erwiderung des Besuchs der Gäste aus Lima in der Höhle des Löwen.

Sie seien *Qualifikatoren*, erklärten die Unbekannten ohne Umwege. Ihre Aufgabe bestehe darin, die Bücherregale der Stadt nach verbotenen Schriften zu durchsuchen. Sie machten sich unverzüglich an ihre Arbeit und beschlagnahmten zwei Bücher, die auf dem *Index librorum prohibitorum* standen. Bei mehreren anderen Texten lokalisierten sie anhand einer mitgebrachten Liste die anstößigen Stellen und machten sie mit Druckerschwärze unleserlich. Beklommen beobachtete Elvira die Tätigkeit des Trios und wunderte sich über die Gelassenheit ihres Vaters.

Als sich der unerwartete Besuch entfernt hatte, wurde sie von ihrem Vater zur Seite genommen: »Nun hast du gesehen, für was alles die Druckerschwärze taugt, Elvi. Einige meiner Madrider Freunde schreiben dem gedruckten Wort eine größere Sprengkraft zu als dem Schießpulver.«

Elvira war sich im Unklaren darüber, was sie von der Bemerkung ihres Vaters zu halten hatte. Sein verschmitztes Lächeln entging ihr nicht. Endlich verblüffte er sie mit dem Geständnis, er selbst habe die Inspektion seiner Bibliothek veranlasst, indem er dem Kommissar seine Zweifel an der Unbedenklichkeit verschiedener seiner Bücher gemeldet habe, begleitet von der Bitte, ihn von seiner Gewissensqual zu erlösen. Sie begriff, dass er durch die Selbstanzeige seine Unterwürfigkeit zum Ausdruck bringen wollte. Ein kleines Opfer also, um die Rache der Götter abzuwenden.

Der Gouverneur Don Francisco empfing den von Rodrigo Acosta begleiteten Besuch aus Lima mit unverhohlenem Argwohn: unruhige Geister in seinen Augen, deren Anliegen ihm nichts als Scherereien verursachen würden. Warum, zum Teufel, trugen sie ihre Projekte nicht direkt dem Indienrat oder dem Stapelhaus in Sevilla vor?

Erst als Pablo Rodriguez die nicht ganz unbedeutenden Investitionen seines Prinzipals erwähnte, von denen auch in Buenos Ayres ansässige Partner – Geschäftsleute und eventuell sogar königliche Funktionäre – profitieren könnten, erhellte sich die Miene des feisten Mannes. Am Río de la Plata – so Pablo – sei zwar bekanntlich weder Gold noch Silber zu holen, doch die in den Pampaebenen frei umherziehenden riesigen Rinderherden könnten sich als genauso einträglich erweisen wie die Bergwerke Oberperus, vorausgesetzt, es gelänge, das Fleisch der gehäuteten Tiere haltbar zu machen, das momentan lediglich den wilden Hunden zum Fraß diene. Es sei ja kein Geheimnis, dass zurzeit nur der Talg und die ungegerbten Häute vermarktet würden. Sieben bis acht Reales pro Fell! Eine Bagatelle! Das dicke Geschäft machten die internationalen Handelshäuser.

»Vor allem die Holländer«, warf Céspedes in bitterem Tonfall ein.

»Eben! Die Holländer«, bestätigte Pablo, »die das Vier- bis Fünffache des Einstandspreises einstreichen.« Wenn es um Zahlen ging, war er in seinem Element. Er regte die Errichtung von Gerbereien an, von Seifensiedereien und vor allem von Anlagen, in denen das Rindfleisch durch Einsalzen und Lufttrocknung exportfähig gemacht würde. Dafür müsse man deutsche oder französische Fachleute einsetzen.

»Besser, man hält sich an die Spanier«, warf der Gouverneur ein, wohl weniger aus Überzeugung, als um die Beflissenheit unter Beweis zu stellen, mit der er die Einwanderung unerwünschter Ausländer bekämpfte. Nach kurzem Nachdenken äußerte er seine Zweifel: Die Krone untersage nicht nur die Verarbeitung der lokalen Rohstoffe vor Ort, um die Monopolstellung des Mutterlands nicht zu gefährden, sondern verbiete auch die Beteiligung ihrer Beamten an Privatgeschäften. Pablo zerstreute diese Bedenken, indem er auf die einflussreichen Beziehungen seines Handelshauses hinwies.

Rodrigo und seine jungen Begleiter trennten sich als gute Freunde vom Gouverneur, der sich Mühe gab, nicht nur ihr Einvernehmen mit dem Bischof und mit Vergara zu vergessen, sondern sogar ihre Abstammung, deren Reinblütigkeit so viel zu wünschen übrig ließ.

Der Abschied der Vettern rückte näher. Die letzten Tage ihres Aufenthalts waren mit den Verhandlungen ausgefüllt, die sie mit verschiedenen Kaufleuten führten, mit Ratsherren, Kornetts und königlichen Schatzmeistern. Mit einem Heer von Funktionären, die sich alle darum bemühten, ihren Zeitgenossen Hindernisse in den Weg zu legen, um anschließend ihren Beistand teuer an den Mann bringen zu können.

Erst am Vortag der Abreise gelang es den Verlobten, eine Unterredung unter vier Augen herbeizuführen. Dabei versuchte Juan, Elvira über den bevorstehenden Trennungsschmerz hinwegzuhelfen, indem er ihr versprach, die räumliche Entfernung durch den brieflichen Kontakt zu überbrücken. Er gedenke, das Nachrichtennetz in Anspruch zu nehmen, das sämtliche Agenten und Partner der Unternehmen Manuel Bautistas verband. Ärgerlich über die Gelassenheit, mit der er der Forderung der Familie nachgegeben hatte, das Datum der Hochzeit hinauszuschieben, machte sie ihm klar, wie wenig Wert sie auf einen papierenen Verlobten legte. Daraufhin versuchte Juan, seine zärtlichen Gefühle hinter der unpersönlichen Erläuterung seines komplizierten Weltbilds zu verbergen.

Er ließ sich über die Machtkämpfe der Staaten und Dynastien aus: Leviathane, wie er irgendwo gelesen habe, die sich gegenseitig zu verschlingen trachteten, ohne sich um das Wohl ihrer Untertanen zu kümmern. Gestand ihr dann die Hoffnung, die er in den stetig wachsenden völkerverbindenden Welthandel setzte, der in die Zukunft weise. An diesem Punkt seiner Ausführungen angelangt, die ihm dringlicher zu sein schienen als die Zusicherung seiner Liebe, mit der Elvira gerechnet hatte, verklärten sich seine Züge.

Als er dazu überging, die Erzväter, die Propheten und *Adonai*, den Ich-bin-der-ich-bin mit dem unaussprechlichen Namen ins Feld zu führen, verlor sie die Beherrschung und brachte ihn durch ihre Umarmung zum Schweigen. Sie presste sich an ihn, bis sie ernüchtert spürte, wie er vor ihrer Leidenschaft zurückwich, so, als fürchte er sich vor ihr.

Wie sie ihn nun vor sich stehen sah, unbeholfen und verlegen, kam ihr zum ersten Mal zu Bewusstsein, dass sie sich mit einem ihr im Grunde unbekannten Wesen eingelassen hatte. Im Bestreben, ihm näherzukommen, kam sie daher auf die Idee, ihn aufzufordern, ihr von seiner Vergangenheit zu erzählen.

Kaum hatte sie diesen Wunsch geäußert, als er begann, von der Einsamkeit eines Waisenknaben zu sprechen, dem man frühzeitig die Kindheit geraubt hatte. Im Hause der

Onkel und Tanten in Montemayor war er aufgewachsen, wohin sich seine Mutter verkrochen hatte, nachdem sie, gebrochen an Leib und Seele, aus dem Kerker der Inquisition entlassen worden war.

»N... n... nie werdet Ihr verstehen können, Elvi, w... w... was ein Kind empfindet, das dem Gespött der Straßenkinder ausgesetzt ist, weil sein Vater in einem *Auto* abgeurteilt wurde.« Überwältigt kämpfte er mit den Tränen. »Ein Herold war ihm vorangeschritten und hatte das Strafmaß verkündete, mit dem Beisatz ›Jedem das seine!‹ Mit entblößtem Oberkörper ... trieb man ... jagte man die Verurteilten durch die Straßen, einen Strick um den Hals und eine ... gr... gr... grüne Kerze in der Faust. Abgezählte ... hun... hund... hundert Peitschenhiebe musste Papa hinnehmen. *De vehementi* ließen sie ihn abschwören, meinen ... a... ar... armen ... V... V... Vater. Bevor sie ihn auf die Galeeren schickten. Sechs Ja... J... Jahre ... R... R... Riemendienst, was der Todesstrafe gleichkommt.«

»Nie mehr sah ich Papa«, fuhr er mit tränenerstickter Stimme fort, »aber im Traum erscheint er mir oft. Da rennt er dann st... str... strauchelnd durch die Straßen Sevillas. Stöhnend, mit sch... sch... schmerzverzerrter Miene empfängt er die H... H... Hiebe der Lederriemen auf die blutig gepeitschte Haut. Von weither kommen die Gaffer angeströmt, um sich an diesem Schauspiel zu ergötzen. Sie johlen, sie beschimpfen ihn, bespeien ihn. Und ich, sein kleiner Sohn, muss seine ... Sch... Sch... Schande ... s... s... muss seine Erniedrigung mit ansehen. Und kann nur hilflos heulen. Und kann ihm nicht beistehen, meinem Papa ... Ja, ja: ›J... J... Jedem das seine‹.«

Er verstummte, übermannt von der heraufbeschworenen Szene, die sein Leben vergiftet hatte. So lernte sie ihn kennen in seinem Schmerz, am Tag vor seiner Abreise. Oder glaubte, ihn kennenzulernen. In jugendlicher Verkennung ihrer Möglichkeiten nahm sie sich vor, ihn durch ihre Liebe von seinen Gespenstern zu befreien. Denn noch hatte sie nicht erfahren, dass der Mensch in seinem Schmerz, genau wie in seiner Todesstunde, auf sich alleine angewiesen ist und ihm dann niemand Gefährte sein kann.

Als er sich wieder gefasst hatte, schilderte er ihr seinen autoritären Verwandten Manuel Bautista Pérez, in dessen – im Volksmund als das »Haus des Pilatus« bekannten – Palais er wohnte. So ganz kenne man sich bei ihm nicht aus. Einerseits sei er ein Kenner der jüdischen Religion, deren Gesetze er heimlich zu befolgen trachtete. Andererseits benehme er sich in der Öffentlichkeit wie ein guter Christ. Seine Sammlung indianischen Goldes sei nicht weniger berühmt als die Karosse, mit der er sich durch die Straßen Limas fahren lasse. Über seine politischen Absichten seien viele Gerüchte in Umlauf; nie wusste man mit Sicherheit, ob man nicht unwissentlich zu seinem Werkzeug auserkoren war.

Elvira erkannte, dass Juan redete und redete, um jene innere Stimme zu übertönen, die an Folter, Tod und Schuld gemahnte. Nachdem er sich eine Zeitlang über das Leben in Lima ausgelassen hatte, versuchte er, sie auf seine Weise über die Verzögerung der Hochzeit zu trösten. »Was bedeuten schon zwei oder drei Jahre Wartezeit, verglichen mit den zweimal sieben Jahren, die Jakob auf Rahel ausharren musste?«, fiel ihm ein. Und als sie, den Tränen nahe, stumm nickte, ohne zu verstehen, auf welchen Jakob und auf welche Rahel er sich bezog, empfahl er ihr, Abend für Abend vor dem Zubettgehen zum Mond aufzublicken. Er werde das Gleiche tun. »Dort am Himmel werden sich dann unsere Blicke und Gedanken treffen«, behauptete er wenig überzeugend.

Da Elvira immer noch nichts sagte, versuchte er es mit der Poesie und zitierte einen Vers Góngoras:
»Fliege, Gedanke, und
bekenne den Augen,
dass ich Dich entsende.
Und dass Du mein bist.«

Da hielt sie nicht länger an sich, sondern schloss ihn erneut in die Arme, um ihn leidenschaftlich zu küssen. Einen Augenblick lang gab sie sich der Hoffnung hin, sie könne mit der Zeit das Eis in seiner Brust zum Schmelzen bringen.

Pünktlich eine Woche nachdem er sich verabschiedet hatte, traf Juans erster Brief ein. Darin beschrieb er ausführlich den Trennungsschmerz, der ihm den Schlaf geraubt habe. Anschließend schilderte er die Eindrücke, die er auf der Reise durch die baumlosen, schier unendlichen Ebenen der Pampas empfangen hatte. Im nächstfolgenden Absatz wurde Elvira empfohlen, den Allmächtigen nicht zu vergessen, der seine schützende Hand über sie halte. Der Herr im Himmel schien seine Gedanken auf den Mond gelenkt zu haben, von dem er sich erhoffe, dass sich dort absprachegemäß ihre Blicke träfen. Sein Treueschwur las sich wie eine Kreditzusage und veranlasste die Empfängerin, das Blatt über die Flamme einer Kerze zu halten, in der Hoffnung, auf diese Weise zärtlichere Botschaften zu entdecken. Doch das Papier offenbarte keine Geheimnisse, und auch der Mond gab keine solchen preis, so angestrengt sie auch zu ihm aufblickte.

4 Rodrigo oder verflucht mit allen Flüchen des Alten und des Neuen Paktes

In den Monaten, die der Abreise ihres Verlobten folgten, befand sich Elvira in einem Zustand der Schwebe, erfüllt von unbestimmten Erwartungen und Träumen. Den lehrhaften Vorträgen des Vaters ging sie nun aus dem Weg, denn sie hegte die Befürchtung, ihre schwärmerische Verfassung, der sie zu manchen Stunden selbst nicht so recht traute, könne seiner Ironie nicht standhalten. Überkamen sie diese Zweifel, fragte sie sich, ob sie wohl wirklich verliebt sei oder ob sie sich dies nur einbilde. Von der Mutter konnte sie keinen Beistand erwarten, obwohl sie jetzt deren Nähe suchte, indem sie Interesse an der Haushaltführung heuchelte. Felipa nahm zwar mit herablassendem Spott die, wie sie sich ausdrückte, verliebte Zerstreutheit ihrer Tochter hin, ließ sich gelegentlich sogar auf Gespräche ein, soweit sie die Aussteuer oder die zu übermittelnden Küchengeheimnisse betraf, doch sobald sich das Gespräch intimeren Dingen zuwandte, verschloss sie sich. Darüber rede man nicht und was sich die Tochter eigentlich vom Leben erwarte. Nichts weiter als ein ganz normales Leben erwarte sie, bekannte Elvira nach kurzem Nachdenken. Was Felipa zu einer barschen Zurechtweisung veranlasste: Ein ›normales‹ Leben? Ein höchst unbescheidener Wunsch! Und bei der Gelegenheit möge sie es sich gesagt sein lassen: nie heirate man seinen Partner anhanglos. Gewissermaßen lade man sich stets auch dessen ganze Verwandtschaft auf – und zwar die lebenden nicht weniger als die toten. Mehr ließ sie nicht verlauten, wodurch sie den Eindruck erweckte, sie bereue bereits ihre Worte.

Die Briefe Juans trafen regelmäßig ein. Ihre Beantwortung nahm viel Zeit in Anspruch, denn Elvira bemühte sich, deren sonderbare Mischung von hölzernem Geschäftsstil und dichterischer Schwärmerei nachzuahmen.

Sie rückte von den wenigen Freundinnen ihrer Kindheit ab. Von den behüteten Jungfern, die, im Käfig ihrer Heime gefangen, auf das Eintreffen eines geeigneten Heiratskandidaten warteten. Genau genommen ging dieser Entfremdungsprozess weniger von ihr aus als von den Freundinnen, denen die unbändige Acosta-Tochter nie so recht geheuer gewesen war. Ein Mädchen, das nicht nur Bücher liest und in ihren Gesprächen auch vor heiklen Themen nicht zurückschreckt, sondern sich sogar unbegleitet auf die Straße wagt und dort den Passanten schamlos ins Gesicht blickt, anstatt die Augen sittsam niederzuschlagen, stellte keine passende Gesellschaft für sie dar.

Damals war es, dass sie sich wieder ihrem Bruder Diego anschloss, der sie eines Tages mit der Frage überraschte, wie sie es anstelle, derartig strahlend zu wirken, »so, als leuchte es ständig aus deinem Innern heraus«. Eine seiner Fragen, auf die ihr keine rechte Antwort einfiel. Gern unterhielt sie sich mit dem quirligen Bruder, der sich bei den Patres der Gesellschaft Jesu als ausgezeichneter Schüler hervortat, auch wenn er es seinen Schulmeistern nicht immer leichtmachte. Die spitzfindigen Fragen, die er auf Grund der Widersprüche zwischen seinen Beobachtungen und den vorgetragenen Lehrmeinungen zu stellen liebte, hatten ihm den Ruf eines Advocatus Diaboli eingebracht. Im Munde seiner Lehrer hörte sich diese Bezeichnung recht zweideutig an. Insgeheim hielten sie ihn nämlich für einen geborenen Skeptiker, den man von Kindesbeinen an im Auge behalten müsse, damit er nicht vom rechten Weg abkomme.

Zu Beatriz, ihrem Schwesterlein, fühlte sie sich weniger hingezogen: ein naschhaftes, dickliches Kind, das, wie die Mutter lobend hervorzuheben liebte, ihren Eltern keine Umstände bereitete. Ein Franziskanermönch, der im Hause der Vergaras deren jüngster Tochter und etlichen ihrer Kusinen Unterricht erteilte, brachte auch ihr das Notwendigste bei. Die Entdeckung ihrer kleinen Diebereien behielt Elvira für sich, bis sie das Schwesterchen eines Tages dabei ertappte, wie sie mit den Briefen Juans hantierte, die sich, mit einem rosa Seidenbändchen gebündelt, im selben Versteck befanden, in dem sie ihr Gebetbüchlein aufbewahrte. Da konnte sie nicht an sich halten, schlug mit den Fäusten auf die laut heulende Kleine ein und zerrte sie an den Haaren, bis die Mutter herbeieilte und Elvira auszankte, weil sie sich an dem armen Kind vergriffen habe. Seitdem gingen sich die beiden Geschwister aus dem Weg.

Die Emissäre Manuel Bautistas waren kaum abgereist, als Rodrigo eine fieberhafte Aktivität entfaltete. Mehrmals suchte er den Gouverneur auf, bis ihm dieser – gewohnt an die unter dem spanischen Beamtentum übliche Maxime »gehorchen, aber nicht ausführen« – seinen Unwillen über die merkantile Hast zu verstehen gab, die eher einem Holländer oder einem Engländer anstände als einem Vasallen ihrer allerkatholischsten Majestäten. Juan de Vergara hingegen, den Rodrigo fast als einen Freund betrachtete, hatte nichts dagegen einzuwenden, dass der Agent des Peruaners den Kontakt zu den vermögenden Bürgern der Stadt aufnahm, den Zárates, Martels, Icarras und Garays, um sie für die Gründung einer Compagnie zu erwärmen, die seine Phantasie entzündet hatte.

Da versuchte er nun mit seinem noch immer etwas fremdartig klingenden Spanisch, diese vorsichtig abwägenden Kaufleute, die ganz anders geartete, schnellere Geschäfte gewohnt waren, für die Herstellung von Dörr- und Pökelfleisch zu begeistern, für die Manufaktur von Talgkerzen und wohlriechenden Seifen, für Gerbereien, für Export und Welthandel. »Weitblick, Señores!«

Nun ja, meinten die Herren kühl, man wolle sich den Fall überlegen. Und wie viel Kapital man von jenem Caballero aus Lima erwarten könne. Und was wohl für die einzelnen Teilhaber herausspringe und in welcher Zeitspanne. Und wie eigentlich die Behörden zu dem Vorhaben ständen. Hundert Widerstände, mit denen Rodrigo nicht gerechnet hatte. Nicht nur, dass die Bedenken der Funktionäre und Ratsherren mit Hilfe angemessener Zuwendungen beseitigt werden mussten, sondern als weitere Schwierigkeit erwies sich bald, dass den Gesellschaftern in spe jeder Sinn dafür abging, was es bedeutet, sich an einer Compagnie zu beteiligen, in der allen gleiche Rechte und Pflichten zukommen. Jeder einzelne der ehrenwerten Herren mobilisierte seine Beziehungen, um sich besondere Vorteile zu verschaffen. Einig waren sie sich lediglich im Bestreben, nutzbringend über das Kapital verfügen zu können, welches jener in Gold schwimmende portugiesische Peruaner in Aussicht gestellt hatte. Nutzbringend für die eigene Tasche, versteht sich.

Zu allem Missgeschick wurde sowohl der innere wie auch

der äußere Frieden der Stadt von Gefahren bedroht, die niemand vorausgesehen hatte. Was die Geschäfte in Frage stellte, war nämlich nicht allein der alte Konflikt, der zwischen der Partei des Gouverneurs und der des Bischofs weiterschwelte, sondern auch der Umstand, dass in den bislang friedlichen Gewässern des Río de la Plata englische Piratenschiffe gesichtet wurden und dass obendrein eine Schar verwegener Kerle aus dem Norden mehrmals in das Hinterland von Buenos Ayres einfiel, um sich der dort weidenden Rinder, Esel und Pferde zu bemächtigen.

Zum Zeitpunkt, als Rodrigo bei den Behörden die Eintragung der Marke eines Brenneisens beantragte, um die zur Schlachtung bestimmten Herden zu kennzeichnen, war das Ende des hochfliegenden Projekts bereits absehbar. Die Aktionäre zogen es vor, sich auf den weitaus lukrativeren Sklavenhandel zu konzentrieren. Und kurz darauf traten Ereignisse ein, die den Plan der zu gründenden Gesellschaft endgültig zu Fall bringen und das Leben der Familie Acosta von Grund auf verändern sollte.

Ganz wie es Rodrigo vorausgesehen hatte, zeigte sich nämlich der Kommissar zur Veranstaltung eines Allgemeinen Glaubensedikts entschlossen, wie diese eigentlich einmal im Jahr hätten stattfinden müssen, und nicht nur dann, wenn es den Veranstaltern gerade einfiel. Kurz vor dem ersten Fastensonntag erschien er hoch zu Ross in den Straßen der Stadt, umgeben von den lokalen Würdenträgern. Unter dem Klang der Trompeten, Trommeln und Pauken führte er den Zug an – ein alter Mann mit steifen Gliedern, der als Reiter keine gute Figur abgab. Ihm folgten, nach ihrem Dienstalter geordnet, die in ihren Trachten schwitzenden Familiare. An einer belebten Wegkreuzung angelangt, machten sie halt, um dem öffentlichen Ausrufer Gelegenheit zu geben, seinen Spruch aufzusagen. Allen Bürgern und Nachbarn, allen sich vorübergehend hier aufhaltenden, wie auch allen sesshaften Einwohnern der Stadt im Umkreis von sechs Meilen wurde befohlen, sich am kommenden Sonntag in der Kathedrale zur Verkündung des Allgemeinen Glaubensedikts einzufinden. Und am vierten Sonntag habe man in Begleitung all seiner Hausgenossen der Verlesung des Bannfluchs beizuwohnen, widrigenfalls man der großen Exkommunikation anheimfalle.

Selbstverständlich ließen sich auch die Acostas in der Kathedrale sehen, wo sie der Verlesung des Glaubensedikts beiwohnten, dieses, wie man insgeheim spottete, für den Volksgebrauch bestimmten Ketzerkatalogs. Der Kommissar in seinem Ornat hatte auf dem mit Kissen und Teppichen ausstaffierten Hochsitz Platz genommen, ein paar Zoll höher als der Gouverneur. Gravitätisch das Gehabe des *Alguacils*; selbstgefällig der Gesichtsausdruck des mit Medaillen reich behängten Ehrensekretärs Vergara; verschlagen die Blicke der Familiare auf ihren teppichgepolsterten Bänken und versteift die Haltung der vollzählig erschienenen Ratsherren.

Nach dem Evangelium erhob sich Vergara, dem die Ehre der Verlesung des Edikts zukam. Flankiert von den beiden rangältesten Familiaren bestieg er die Kanzel, erwies zuerst dem allerheiligsten Altarsakrament, dann dem Bischof, dem Kommissar, dem Gouverneur und schließlich den übrigen Würdenträgern seine Reverenz. Endlich räusperte er sich und verkündete mit der tragfähigen Stimme eines Tribuns:

»Wir, die Inquisitoren gegen die ketzerische Ruchlosigkeit und Apostasie in den Ländern des Königreichs Peru, entbieten allen Bürgern und Einwohnern dieser Stadt, ohne Unterschied ihres Standes, ihrer Stellung, ihrer Prärogativen und Würden, den Gruß unseres Herrn Jesus Christus, der die einzig wahre Gesundheit darstellt.

Und somit geben Wir Euch kund, dass es zur Bekräftigung des Glaubens angebracht ist, die schlechte Saat von der guten zu trennen und jede Missachtung Unseres Herrn zu ahnden. Daher fordern Wir Eure Gesamtheit, wie auch jeden Einzelnen von Euch auf, Uns mitzuteilen und zu gestehen, ob Ihr Personen gesehen oder von ihnen gehört habt, oder ob Euch solche bekannt sind, seien sie lebend, anwesend, abwesend oder schon verstorben, die Handlungen verübt, Worte geäußert oder Ansichten gehuldigt haben, die ketzerisch, verdächtig, irrig, vermessen, anstößig, unanständig oder gotteslästerlich sind.«

Ein unbeteiligter Betrachter hätte sich vielleicht in ein Puppentheater versetzt gefühlt, umgeben von Marionetten, die ihre abgezirkelten Bewegungen den von fremden Händen gezogenen Schnüren verdankten. Die Gesichter Rodrigos und Felipas hatten sich in ausdruckslose Masken verwandelt. Ihr Sohn Diego starrte unbeteiligt Löcher in die Luft, während der weit geöffnete Mund der Schwester kindliche Hingabe ausdrückte. Vergaras sonore Stimme hallte in der Kirche wider:

»Wir befehlen Euch, Uns anzuzeigen, ob Ihr von Personen wisst oder gehört habt, die in Befolgung des alten Gesetzes den Sabbat einhalten, indem sie reine Hemden und bessere Kleidung anziehen, saubere Decken auf den Tisch legen und das Bett mit frischen Laken beziehen, um den besagten Samstag zu ehren, an dem sie keine Leuchten entzünden, die sie deshalb schon vom Freitagnachmittag an brennen lassen ...«

Elvira musste an María denken, die sich, entgegen dem

Ratschlag von Pablo, noch immer im Hause befand. Wenn es ihr einfallen sollte, die Mutter zu denunzieren?

»... Oder von Personen, die gewisse Teile des zur Speise bestimmten Fleisches verschmähen ... Oder die am Großfasttag der Juden, dem sogenannten Versöhnungstag, fasten ... Oder die das *Passahfest* feiern ... Oder die ihr Mahl nach jüdischen Riten segnen ... Oder die die Psalmen Davids ohne *gloria Patri* aufsagen ... Oder die den Messias erwarten ... Oder ob Euch Weiber bekannt sind, die während der ersten vierzig Tage nach der Entbindung keinen Tempel betreten ... Oder Personen, die ihre Knaben beschneiden und ihnen jüdische Namen geben ... Oder die nach erfolgter Taufe die Stelle abwaschen, die mit dem Weihwasser in Berührung kam ... Oder die nach jüdischem Brauch geheiratet haben ... Oder die in Trauerfällen im Hause des Verblichenen Wasser aus Krügen vergießen ... Oder die behaupten, das Gesetz Mosis sei ebenso gut wie das Christi ...«

Elvira war es, als schalle die Aufzählung all der Vergehen aus den Wänden des Gotteshauses. Von der Decke rieselte sie herab, quoll aus dem Fußboden empor, um sich in Drohungen zu verwandeln, in grausige Flüche. Sie sehnte sich nach Juan; vielleicht hätte er ihr helfen können, das in ihr aufsteigende Schuldgefühl zu bewältigen. *Gewiss kamt Ihr, um auszukundschaften, was es auf der anderen Seite zu sehen gibt, was? ... Juden sind wir, Diener des lebendigen Gottes!*

»... oder Personen, die behauptet haben, dass die *Sekte* Mohammeds gut sei und dass es keine andere gebe, um ins Paradies zu gelangen ... Oder die irgendwelche mohammedanischen Riten einhalten ... Oder die weder Speck essen noch Wein trinken ... Oder die behaupten, wie schön waren doch die Zeiten, in denen unsere Großeltern als Moslems oder als Juden starben ... Oder die sagten, dass die Sekte Martin Luthers gut sei ... Item fordern Wir Euch auf, dass Ihr Uns diejenigen anzeigt, die sich Hausdämonen halten, die Hexen oder Hexer sind oder waren, die ein Bündnis mit dem Teufel unterhalten, oder die behauptet haben, unehelicher Beischlaf, Fluchen oder Wucher seien keine Sünden. Oder die den Magnetstein oder das Blut menstruierender Frauen unstatthaft verwenden. Item befehlen wir Euch, dass Ihr Uns anzeigt, wenn Ihr von jemandem wisst, der eine Bibelausgabe in spanischer Sprache, den Koran, den Talmud oder Werke Martin Luthers besitzt. Oder irgendwelche verwerflichen Bücher, die im Verzeichnis des Heiligen Offiziums als verboten angeführt werden ...«

Elvira war versucht, sich die Ohren zu zuhalten, am liebsten wäre sie aus der Kathedrale gerannt. Doch ihr war bewusst, dass eine einzige unbedachte Geste sie und die ganze Familie ins Verderben stürzen konnte. *Juden sind wir, Diener des lebendigen Gottes!*

Die Stimme des Ehrennotars klang jetzt erschöpft und monoton, aber nicht weniger eindringlich:

»... Oder die Ketzer begünstigten, indem sie Personen oder Güter verbargen ... oder die die Tätigkeit des Heiligen Gerichts behinderten ... Oder die in der Pfarrkirche einen Sambenito von der Stelle entfernt haben, an der ihn das Glaubensgericht hatte aufhängen lassen ... Oder dass einer der Ausgesöhnten behauptet habe, sein Geständnis nur aus Angst oder aus Ehrerbietung abgelegt zu haben ... Oder dass er die vom Tribunal auferlegte Schweigepflicht gebrochen habe ... Oder ... Oder ... Oder die mit Kokablättern zaubern oder die Inkagötzen oder die Sonne anbeten, oder die ihre Toten in Bestattungsurnen begraben ... Oder ...«

Elvira fühlte sich schwindlig. Nur noch wenige Minuten,

und sie würde zu Boden sinken, um sich nie mehr zu erheben. Nur nicht weiter dieser Stimme ausgesetzt sein! ... *Dieser Stimme! Dieser Stimme! ... Mundet Euch etwa unser Speck nicht? Das Grauen regt sich hinter dem Spiegel!*

»... Und so ordnen Wir an und befehlen einem jeden, der etwas über die oben angeführten Dinge weiß oder sich ihrer selbst schuldig gemacht hat, Uns binnen sechs Tagen nach Veröffentlichung dieses Edikts aufzusuchen, um sie Uns zu berichten und zu gestehen, unter der Androhung die Wir Euch hiermit kundtun, dass Wir, wenn diese Frist verstrichen ist, ohne dass der Betreffende seiner Anzeigepflicht nachgekommen war, gegen solche Personen vorgehen werden. Und nachdem nur Uns die Freisprechung von Ketzereien zusteht, untersagen wir allen Beichtigern, Sünden dieser Art zu vergeben. Denn solche Personen müssen Uns zugewiesen werden, damit Wir die Wahrheit ermitteln können, auf dass die Bösen bestraft, die Guten aber geehrt werden und unser heiliger katholischer Glaube gerühmt sei.«

Nachdem er seine Lesung mit zunehmender Heiserkeit beendet hatte, bezeugte der Capitán den Würdenträgern wieder die gleichen Artigkeiten, die er ihnen vor Besteigen der Kanzel erwiesen hatte, und kehrte zu seinem Sitz zurück. Das Gemurmel, das sich in den Reihen der Gläubigen erhoben hatte, verstummte, als ein junger, soeben aus Spanien eingetroffener Prediger das Wort ergriff, um die Höllenqualen zu beschreiben, zu denen sämtliche mit der Kirche nicht ausgesöhnten Ketzer verdammt seien. Er malte die Einzelheiten derartig drastisch aus, dass er den Anschein erweckte, er sei soeben von einem Abstecher in die Unterwelt zurückgekehrt.

Einsilbig machten sich die Acostas auf den Nachhauseweg. Dort schien sonntägliche Ruhe zu herrschen. Doch
kam keine frohe Mahlzeit zustande, denn die vom Glaubensedikt heraufbeschworenen Gespenster ließen sich
nicht verscheuchen. Unsichtbar, aber durchaus wahr-
nehmbar für jeden, der mit offenen Sinnen ausgestattet
war, untersuchten sie die Speisen auf den Tellern, beurteil-
ten das Benehmen der Tischgesellschaft, überprüften ein
jedes ihrer Worte und versuchten, in ihre geheimsten Gedanken einzudringen.

Alle fuhren zusammen, als sich Beatriz, überfordert von
der seelischen Belastung der letzten Stunden, heulend zu
Boden warf und mit ihren plumpen Beinchen in der Luft
strampelte. »Ich bin keine Jüdin und will auch keine
sein!«, stieß sie unter Schluchzen hervor. Nichts wolle sie
mit jener verruchten Sekte zu tun haben, die den lieben
Heiland gekreuzigt hatte.

Der Anfall des sonst so artigen Kindes überraschte die Familie. Die Eltern versuchten, ihr Töchterchen zu beruhigen. Der Vater mit einer beschwichtigenden Gebärde, die
Mutter, indem sie ihr versicherte, alle Mitglieder der Familie seien ordnungsgemäß getaufte Katholiken.

Später dann, nachdem die beiden jüngeren Geschwister
zu Bett gegangen waren, entschloss sich Rodrigo, Elvira in
die Geschichte seiner Vorfahren einzuweihen, die er bisher
hinter seinen weltanschaulichen Tiraden verborgen hatte.
Zum ersten Mal in seinem Leben verbreitete er sich über
die Kette der Verfolgungen, Folterungen und Zwangs-
taufen, die seine leidgeprüfte Familie mehrere Generationen hindurch erlitten hatte. Bis seine Eltern eines Tages
nach Bergança auswanderten, wo er zur Welt gekommen
war. Als aber das Königreich Portugal an die spanische

Krone fiel, nahm das Glaubenstribunal auch dort seine Tätigkeit auf. Was den noch jungen Rodrigo veranlasste, in Begleitung eines Bruders nach Pernambuco weiterzuziehen, wo beide auf der Zuckerrohrplantage ihrer dort ansässigen Verwandten unterkamen. Schnell arbeitete sich Rodrigo hoch, machte sich selbständig und nahm sich seine weitläufige Verwandte Felipa zur Frau. Im Bestreben, ihrer Religion treu zu bleiben, hatte es deren Familie ebenfalls nach Brasilien verschlagen. Dank dieser Verkettung der Umstände war er zu seiner Gattin gelangt. »Ein Glücksfall, für den ich dem Allmächtigen täglich von neuem danke«, wie der gestandene Gottesleugner galanterweise hinzufügte.

Er hatte es fertiggebracht, die Geschichte seiner Familie gelassen vorzutragen. Mehr noch: Es glückte ihm sogar, einen ironischen Kommentar über die Großtat des – wie er behauptete – Marranen Kolumbus einzubringen, der seinen bedrängten Schicksalsgenossen mit der Unterstützung jüdischer Geldgeber, Kartographen und Mathematiker den rettenden Weg in die Neue Welt gewiesen habe. Und zwar ausgerechnet, wie er mit schildkrötenartig vorgerecktem Kopf bemerkte, im gleichen Jahr, in dem sie aus Spanien vertrieben wurden, was gewiss kein Zufall gewesen war. Und wie viele Judenstämmlinge sich unter der Mannschaft der drei Karavellen des Admirals befunden haben mochten, werde man wohl nie in Erfahrung bringen.

Elvira war das unterschiedliche Verhalten aufgefallen, das von den Erinnerungen an das unsagbare Leid noch bei den Nachkommen der Opfer ausgelöst wurde. Während ihr Juan die ihn bedrückende Familiengeschichte stotternd, schluchzend und von Gewissensbissen geplagt verraten hatte, war ihr Vater um eine abstandnehmende Zusammenfassung der erlittenen Verfolgungen bemüht gewesen. Es war ihm sogar gelungen, historische Reminiszenzen zweifelhaften Wahrheitsgehalts einfließen zu lassen.

Der Mutter hingegen, die nicht hinter dem Geständnis ihres Mannes zurückstehen wollte, brachte es fertig, eine trotzige Auflehnung offen zum Ausdruck zu bringen, wie sie ihre Tochter von ihr nicht erwartet hätte. Dass sich in ihrem Stammbaum berühmte Gelehrte und Finanzmänner befanden, war Elvira längst bekannt, denn Felipa führte diese illustren Ahnen ständig im Mund. Doch dass sie als junges Mädchen noch in der alten Heimat vom Räderwerk der Inquisition ergriffen worden war, wo sie zur Verleugnung ihrer Ahnen gezwungen wurde, war ihrer Tochter neu. Erst nach vielen Verhören und zweimaliger Anwendung der Wasserfolter, bei der sie fast erstickt war, habe man sie aus dem Kerker entlassen. Allerdings nur auf Widerruf, ohne ihren Prozess zum Abschluss zu bringen. Bevor man sie in die einstweilige Freiheit entließ, habe sie schwören müssen, alles beim Heiligen Tribunal Gesehene oder Erfahrene streng geheim zu halten. Diesen Befehl zu missachten widerstrebe ihr noch immer.

Erst nachdem sie sich vergewissert hatte, dass die Tür gut geschlossen war, fuhr sie fort:

»Erst tauft man uns gewaltsam, dann verfolgt man uns, weil uns das Weihwasser nicht automatisch in treue Katholiken verwandelt hat, die an die Heilige Dreieinigkeit glauben und Schweinebraten fressen. Über hundert Jahre ist es nun her, dass man meine Leute aus ihrer spanischen Heimat vertrieb, weil sie sich der Taufe verweigert hatten. Die dann ihren nach Portugal geflüchteten Kindern doch nicht erspart blieb. Unter dem wortbrüchigen König Manoel I. schleppte man sie in die Kirchen, um sie mit Weihwasser zu besprengen.«

Sie lachte sarkastisch auf, ein Schnauben eher als ein Gelächter.

»Christen sind wir seit jener Zeit, beargwöhnt als rückfallverdächtige *Judaizantes*, als mit dem Judentum liebäugelnde Scheinchristen. Als Marranen, als Schweine also. Als verschlagene Pseudoportugiesen. Während anderthalb Jahrtausenden war Hispanien unsere Heimat gewesen. Jetzt müssen wir uns in den äußersten Winkel des Erdballs verkriechen, als seien wir Verbrecher.«

Sie erhob sich, um nervös auf und ab zu gehen. Als sie sich gefasst hatte, fuhr sie stehend fort:

»Was wir auch unternehmen, alles wird zu unseren Ungunsten ausgelegt, um den irrsinnigen Hass zu rechtfertigen, den man gegen uns hegt. Den man schon mit der Muttermilch einsaugt. Man grenzt uns aus und wirft uns gleichzeitig vor, wir seien es, die sich von der Allgemeinheit absondern. Versuchen wir aber, in der altchristlichen Gesellschaft aufzugehen, so beschuldigt man uns der Anbiederung und finsterer Machenschaften. An Händen und Füßen gebunden, sind wir wehrlos jedem dahergelaufenen Denunzianten ausgeliefert! Wo bleibt der Makkabäer, der aufsteht, um die Ehre der Unsrigen zu verteidigen?«

Nach diesem Gefühlsausbruch verfiel sie in Schweigen. Eine Grimasse verzerrte ihr hübsches Gesicht. Ihre für gewöhnlich melodische Stimme hatte einen schrillen Ton angenommen, der Elvira durch Mark und Bein ging. Schwer atmend erweckte sie den Eindruck, ihr fehlten die Worte.

Ihr Mann gab sich Mühe, die Erregte zu beruhigen, indem er seine angeblichen Freunde ins Feld führte: die neuchristlichen Poeten und Philosophen aus Madrid, den Antonio Enríquez Gómes und den Rodrigo Méndez Silva, wobei er es allerdings unterließ, zu erwähnen, dass sie alle misstrauisch vom Santo Oficio beschattet wurden. Anschließend fielen ihm noch die Finanzleute vom Schlage eines Jacobo Cansino ein, die, protegiert vom Grafen-Herzog, der Krone gute Dienste als Kreditgeber leisteten. Doch damit forderte er seine Frau zum Widerspruch heraus. Von den Literaten mit ihren verworrenen Ansichten halte sie herzlich wenig. Und die charakterlosen Bankiers kümmerten sich seit eh und je nur um ihre eigenen Geschäfte, selten um die Belange der Religion und am allerwenigsten um das Schicksal ihrer einstigen Glaubensgenossen.

Dann seufzte sie tief und kam auf die Verkündung des Glaubensedikts zu sprechen. Jeder misstraue einem jedem. Ein unbedachtes Wort, die böswillige Auslegung einer unwillkürlichen Geste, die Abneigung gegen eine bestimmte Speise oder irgendeine harmlose Schrulle könne unsagbares Unheil über eine ganze Familie bringen. Wer nicht als guter Konfident kollaboriere, laufe Gefahr, als Ketzer festgenommen und der Folter unterworfen zu werden. Während ihr Mann und ihre Tochter betreten schwiegen, riss sie das Fenster auf, um ostentativ Atem zu schöpfen.

Der Bevölkerung stand nun eine *Gnadenfrist* von sechs Tagen zu, während der ein jeder Gelegenheit hatte, sich freiwillig beim Glaubenskommissar zu melden. Den Selbstanklägern war eine gnädige Behandlung zugesagt, aber die wenigsten trauten dieser Verheißung. Abgesehen davon, dass man sich in diesem Fall der Gefahr aussetzte, eines unvollständigen Geständnisses bezichtigt zu werden, galt kein Verfahren als abgeschlossen, solange es keine Aussagen in *caput alienum*, also gegen die Verwandten und Freunde des Angeklagten enthielt. Auch schützte das Eingeständnis irgendeiner unbedeutenden Verfehlung keineswegs vor dem *confisco*, der Gütereinziehung. Bestenfalls begnügte sich das Tribunal mit der Abgabe eines *Almosens*, das einem Drittel oder der Hälfte des Vermögens des Sünders zu entsprechen pflegte. Ein zweischneidiges Schwert also, meinte Rodrigo und erwog die Möglichkeit, im Einvernehmen mit seinem Prinzipal, nach dem nördlich gelegenen Córdoba zu ziehen. Zumal die lokale Geschäftswelt von seinen Projekten nichts wissen wollte und die Bewohner Córdobas den Ruf größerer Aufgeschlossenheit genossen. Felipa gab daraufhin zu bedenken, dass es auch in Córdoba einen Comisarius gebe, der bestimmt unverzüglich Auskünfte über die Neuankömmlinge einholen würde.

Als sie zaghaft vorschlug, vorderhand gar nichts zu unternehmen, sondern den Lauf der Dinge abzuwarten, zeigte sich ihr Mann sofort einverstanden. Nicht umsonst habe man seine Freunde in der Stadt, meinte er.

Das *Anathemaedikt* wurde am vierten Fastensonntag verkündet. Die Exkommunikation, mit ihrem düsteren Pomp! Der Anblick der mit Trauerflor verschleierten Kreuze und die Priester in ihren schwarzen Chorhemden, die, brennende Kerzen in der Hand, ihre Litaneien anstimmen, verfehlten ihren Eindruck nicht. Das Anathema im Namen des Vaters, des Sohnes und des Heiligen Geistes, geschleudert gegen die Ketzer, jenes verfluchte Teufelspack, das aus dem Schoße der Kirche zu verstoßen ist! »Gott strafe sie mit Hunger und Pestilenz! Aus ihren Häusern sind sie zu vertreiben, tausendfach verflucht im Leben und im Tod! Verflucht sei die Frucht ihrer Leiber und ihrer Äcker mit allen Flüchen des Alten und des Neuen Paktes, mit dem Fluch Sodoms und Gomorrhas, verflucht wie Luzifer mit allen Teufeln der Hölle!«

»Amen, Amen!«

Die Kerzen wurden in das Weihwasser getaucht. »So wie diese Kerzen erloschen, so mögen auch die Seelen der Rebellen und Verstockten ausgelöscht und in der tiefsten Hölle vergraben werden.«

»Amen, Amen, Amen!«

Die Glocken der Stadt erklangen. Ein Totengeläut.

Der leise Gesang, schauerlich anzuhören: *Deus laudem meam en ta cueris.* Die Responsorien und das Miserere.

Argwöhnische Blicke von allen Seiten: Wo verbirgt sich der Verräter, der seinen Nächsten denunzieren wird, sei es aus Rache, aus Hass, aus Neid oder aus echter Überzeugung? War es doch bekannt, dass mehr als einem guten Christen eine unbedachte Äußerung Jahrzehnte später zum Verhängnis geworden war.

Die Unsicherheit brachte die Acostas und nicht wenige ihrer Bekannten um den Schlaf. Doch nach und nach verblasste der Eindruck der Flüche und Drohungen. Man vergaß die Hölle und den Scheiterhaufen. Und selbst diejenigen, die nicht vergessen konnten, hörten auf, ständig in Furcht und Bangen an das Heilige Offizium zu denken, so wie ja auch ein Gesunder nicht unablässig an Tod und Krankheit denkt.

Monate verstrichen. Ein tagelang anhaltender Winterregen hatte die Straßen der Stadt in Morast verwandelt, als es eines Freitagnachmittags heftig an der Haustür

pochte. Eine raue Männerstimme herrschte das herbei-
geeilte Sklavenmädchen an, es möge ihm öffnen und ihn
unverzüglich beim Herrn des Hauses melden. Der empfing den Fremden zurückhaltend und hörte sich mit stei-
nerner Miene dessen geflüstertes »Gelobt sei Adonai,
unser Gott, König der Welt« an.

»Euer Gnaden müsset verzeihen. Ich weiß nicht, von
was Ihr redet«, erklärte er dann mit gebotener Vorsicht.
Das besserwisserische Grinsen des Fremden:

»Baltasar López de Núñez, Euer untertänigster Diener«,
stellte er sich mit einem übertriebenen Kratzfuß vor, um
mit Verschwörerstimme fortzufahren: »Aber mein wahrer
Namen ist Jehuda ben David, der das Gesetz Mosis achtet
und ehrt.«

»Und was wünschen Euer Gnaden?«, fragte Rodrigo
von oben herab, ohne den Besucher zum Sitzen aufzufordern.

Und erneut dessen Grinsen:

»Warum ein solches Misstrauen, mein Herr? Ich werde
Euch das Siegel Abrahams an meinem Fleisch zeigen, damit Ihr mir Glauben schenkt.«

Er schickte sich tatsächlich an, seine Hose herunterzulas-
sen.

»Barmherziger Heiland!«, rief Rodrigo aus. »Ich bin weder Bader noch Gerichtsprüfer.«

»Euer Gnaden erlauben sich einen Spaß«, erwiderte der
Fremde. »Warum führt Ihr jenen falschen Gott aus Metall
und Holz im Munde?«

Er zog ein Kistchen aus der Rocktasche und behauptete,
es enthalte die Asche seines gottseligen Vaters. Er habe sie
auf dem Scheiterhaufen zu Lissabon eingesammelt, wo jener zu Ehren Adonais seine Seele ausgehaucht habe.

Als ihn Rodrigo aufforderte, seine lästerlichen Reden einzustellen, brach der vorgebliche Jehuda ben David in Gelächter aus und schlug ihm vor, Anzeige beim Kommissar zu erstatten. Der solcherart Herausgeforderte zögerte mit der Antwort, woraufhin der Eindringling seine Frechheit auf die Spitze trieb:

»Wollt Ihr mich nicht zum Essen einladen, Don Rodrigo? Zu Eurem Sabbat-Abendmahl?«
Der entschloss sich nach einigem Zögern, eine Sklavin zu beauftragen, ihrer Herrin zu melden, dass man einen Gast zum Abendbrot erwarte.

Der Tischgenosse, in der schmuddeligen Eleganz seiner abgewetzten Halskrause, der unreinlichen Handstulpen und schäbigen Stiefeln, bestand darauf, als Don Jehuda angesprochen zu werden. Ungerührt ließ er den christlichen Tischsegen über sich ergehen, drückte allerdings nach dem Amen seine Verwunderung darüber aus, dass die Hausfrau keine Sabbatkerzen entzündet hatte und der Hausherr den *Kiddusch*, die Heiligung des Weines, unterließ. Er könne seine Vorsicht durchaus verstehen, die ihm gegenüber jedoch unbegründet, ja geradezu beleidigend sei. Dann lobte er die blütenweiße Tischdecke und das reinliche Aussehen der Kinderchen, die sich offenbar zu Ehren des Sabbats frisch gewaschen hätten. Seine Zudringlichkeit ging so weit, dass er die adrette Kleidung der Damen hervorhob, die deren Schönheit so recht zur Geltung brächte, die Schönheit der Töchter Zions.
Während Felipa errötete, erkundigte sich Rodrigo höflich, ob sein Gast die Reinlichkeit für eine Sünde halte.

»Wie könnt Ihr Derartiges von mir denken!«, entrüstete sich Don Jehuda. »Schreiben uns nicht die *Thora* und der Talmud persönliche Sauberkeit vor?«
Der ihm anhaftende Geruch nach ungewaschener Klei-

dung, nach Fusel und Schweiß bewies, dass er für sein Teil diese Gebote missachtete. Elvira sah den Moment gekommen, ihrem Vater beizustehen.

»Was ist denn eine Thora?«, fragte sie den Mann, der sie daraufhin eingehend musterte:

»Sollten Euch Eure Eltern wirklich noch nicht eingeweiht haben, gnädige Jungfer?«

»Eingeweiht in was, Euer Gnaden?«

Das Eintreten Marías mit dem Fischgericht unterbrach den Dialog. Einen Augenblick lang schien es Elvira, als wechsle die Sklavin einen verstohlenen Blick mit dem ungebetenen Gast. Sie war sich ihrer Beobachtung zwar nicht sicher, bedauerte aber im Stillen wieder einmal, dass sich die Eltern dieses Weibs noch immer nicht entledigt hatten.

»Ich möchte doch annehmen, dass man in diesem Haus keine vom Gesetz verbotenen Fische verzehrt«, wandte sich Don Jehuda fragend an die Schwarze. Goldbrassen gebe es, erklärte die über die Köpfe ihrer Herrschaft hinweg. Der Señor könne ganz beruhigt sein, in diesem Hause genieße man keine kiemen- oder schuppenlosen Fische.

»Hab' ich mir doch gleich gedacht.« Don Jehuda schmunzelte und bediente sich ausgiebig.

Beim folgenden Gang fand er anerkennende Worte für den Fleischüberfluss am Río de la Plata und zeigte Interesse an den hierzulande üblichen Schlachtmethoden. Er sei ernstlich besorgt, ob man sich nicht das Blut der Tiere und somit deren Seele einverleibe, weil man das Fleisch nicht ordnungsgemäß vorbehandle. Wollte wissen, ob man den Schliff des Schlächtermessers überprüfe und ob es der Schlachter etwa unterlasse, die *Berachah* zu rezitieren, den Segensspruch, um den Namen des Herrn der

Welt zu lobpreisen. Erkundigte sich dann eingehend, ob man in diesem Haus Fleischernes vorschriftsgemäß von den Milchprodukten getrennt halte.

An diesem Punkt angelangt, griff die Sklavin gegen alle Sitten und Gebräuche von neuem in das Gespräch ein und versicherte, sie habe Anweisung, sämtliche Adern sowie bestimmte runde Stückchen aus dem Fleisch zu entfernen. Dass man in der Küche das Fleischerne von den Milchprodukten getrennt halte. Und dass man kein Schweinefleisch über die Lippen brächte, weil dies keinem Mitglied der Familie bekomme.

»Wegen des warmen Klimas«, erklärte sie mit Unschuldsmiene.

Felipa war erblasst.

Nach einem Moment des Schweigens erhob ihr Mann die Stimme, die ungewohnt hart klang.

»Bring die Kanne mit Sahne!«, fuhr er María an.

»Sahne, Euer Gnaden? Aber ...«

»Halt dein schmutziges Maul! Marsch, oder die Peitsche wird dir Beine machen!«

Kopfschüttelnd trabte die Schwarze zur Küche. Als sie mit dem Zinnkrug zurückkam, goss Rodrigo dessen Inhalt über seinen Braten. Einen Rest der Sahne schüttete er auf den Teller seiner Frau, ohne sich um deren angewiderte Miene zu kümmern.

»Eine Delikatesse!«, verkündete er mit vollem Mund. »Die Sahne verbessert den Geschmack des Bratens.«

Ein Stuhl polterte um. Felipa hatte sich ruckartig erhoben und stürzte aus dem Raum. Kurz darauf erklang draußen im Flur ihr Würgen.

»Was ist denn mit Doña Felipa los?«, erkundigte sich Don Jehuda teilnahmsvoll.

»Nichts Besonderes«, antwortete Rodrigo. »Es ist ihre

schwarze Leber, die ihr gelegentlich zu schaffen macht. Lasst Euch nur nicht stören bei Eurem Mahl!«

Nein, Don Jehuda ließ sich nicht stören. Er sprach dem Essen und dem Wein ungehemmt zu, ohne sich um das eisige Schweigen zu scheren, das ihn umgab. Als er endlich seine Mahlzeit beendet und seine Fingerspitzen in der bereitstehenden Wasserschale gesäubert hatte, faltete er die Hände über dem prominenten Bauch und äußerte seine Bereitschaft, sich das Tischgebet anzuhören, um dem Herrn für die erwiesenen Wohltaten zu danken. Rodrigo wies ihn zurecht, indem er ihm die christliche Gewohnheit seines Hauses erklärte, den Heiland vor Beginn der Mahlzeit zu preisen.

Trotz der Holzkohlenglut der beiden Heizbecken machte sich die aus dem Fußboden dringende feuchte Kälte bemerkbar. Don Jehuda besaß die Unverfrorenheit, seinen unfreiwilligen Gastgeber um Nachtquartier zu ersuchen. Nach kurzem Zaudern überwand sich der und erklärte sich einverstanden. Die Sorge um seine Frau war ihm anzusehen.

Endlich konnte sich Elvira in ihre Schlafstube zurückziehen. Sie nahm ihr Gebetbüchlein aus dem Versteck und las im Schein der Kerze das Nachtgebet ihrer Vorfahren:
»Breite über uns Deines Friedens Zelt
und leite uns im Rechten mit gutem Rat.
Und hilf uns um Deines Namens willen und schirme uns.
Wende ab von uns Feind und böse Krankheit,
Schwert und Not und Sorge,
Und entferne jeden Feind
vor unserem Antlitz und hinter unserem Rücken.
Und im Schatten Deiner Fittiche birg uns!«

Kurz nachdem sie eingeschlafen war, schreckte sie ein Rumoren in einem der Nebenzimmer auf. Hastig erhob sie sich und warf sich einen Poncho über. Ein Lichtschimmer drang aus der Schreibstube ihres Vaters. Dort entdeckte sie den Eindringling, der, eine Laterne in der Hand, die Bücherregale durchsuchte. Elvira war sich über ihr Verhalten noch unschlüssig, als ihr Vater im gegenüberliegenden Türrahmen auftauchte.

Auch Baltasar López, alias Jehuda ben David, hatte den Hausherrn wahrgenommen. Da er keinen Schlaf gefunden habe, erklärte er unverfroren, sei er auf den Gedanken gekommen, ein Gebetbuch zu seiner Erbauung zu suchen, die Psalmen vielleicht oder eine Bibel in Spanisch.

Rodrigo zwang sich zur Ruhe. Derartige Bücher suche man vergeblich in seinem Haus. Mit einer Handbewegung wies er auf die Schriften des heiligen Thomas von Aquin hin, auf die Klassiker und auf die spanischen Autoren. Unter ihnen etwa das *Lob der grünen Farbe* seines Freundes Fernando Cardoso und dessen Abhandlung über das Fieber. »Alles erlaubte Bücher, der Herr. Erst kürzlich wurden die Texte gereinigt.«

»Schon gut«, brummte der Mann, der behauptete, Jehuda ben David zu heißen. »Ich sehe: alles unverfängliche Schriften. Dürften ein kleines Vermögen wert sein. Die andern Bücher stehen natürlich nicht so offen herum. Durchaus verständlich.«

Als Rodrigo die Zertifikate erwähnte, die seine und seiner Familie Glaubensreinheit bestätigten, betrat Elvira kurz entschlossen den Raum und erlebte somit aus nächster Nähe, wie der Unverschämte endlich sein wahres Gesicht zeigte.

»Was faselt Ihr von Zertifikaten?«, musste sie seine zynische Rede mit anhören. »Bildet Ihr Euch wirklich ein, man kenne nicht die Vergangenheit Eurer Familie? Abkömmlinge von Verbrannten, deren Sambenitos in den Kirchen hängen! Wer hat Euch eigentlich gestattet, in den Indias zu wohnen? *Composiciones* werdet Ihr sagen, Vergleiche! Bah! Alles auf Grund von Bestechung, erschlichener Gutachten und gefälschter Dokumente!«

Er blätterte in einem der aufgestöberten Bücher, womit er den Anschein erweckte, als suchte er darin nach weiteren Argumenten. Endlich erhob er den Blick und fuhr fort:

»Natürlich gibt es in unserem Königreich nichts, was man nicht käuflich erwerben könnte: Ablässe, richterliche Bescheide, Nutzrechte über die Viehherden der Pampa, öffentliche Ämter, Adelspatente, die Bescheinigung der Reinblütigkeit. Einfach alles lässt sich kaufen.«

Mit theatralischer Geste schlug er sich gegen die Stirn:

»Ach, fast hätte ich's vergessen! Natürlich kann man auch Zeugenaussagen kaufen. Und die Unterlassung der Anzeigen ist auch für gutes Geld erhältlich. Euer Gnaden haben großes Glück; ich hoffe, Ihr wisst es zu schätzen. Ihr befindet Euch nämlich just vor dem Caballero, der Euch diskretes Schweigen verkaufen kann. Ihr seid ja Kaufmann: erstklassige Ware gegen gutes Geld! Mit meinen Verbindungen kann ich Eure Vergangenheit aktenmäßig ungeschehen machen.«

Seine abschätzenden Blicke glitten über die ihn umgebenden Einrichtungsgegenstände und trafen schließlich die vor Entrüstung bebende Elvira.

»Ein hübsches Inventar, eigentlich zu schade für den Confisco und die Zwangsversteigerung, aus der Eure Nachbarn ihren Nutzen ziehen würden«, urteilte er sarkastisch. Er schien sich seiner Sache sehr sicher zu sein, denn er gestand unumwunden, dass er als Espeireta der Körperschaft der Spitzel angehöre, die sich damit befasse, dem Glaubensgericht vertrauliche Informationen zukommen zu lassen. Dafür stehe ihnen ein Teil des eingezogenen Ketzerguts zu. »Ein Geschäft wie jedes andere. Und immer sind wir bereit, einen Vergleich mit unseren Klienten zu schließen.«

Im unsicheren Kerzenlicht glaubte Elvira zu erkennen, wie dem Vater die Glut ins Gesicht stieg. Seine Hände zitterten. »Schweigegeld also, ein Geschäft wie jedes andere«, murmelte er vor sich her. Ausnahmeweise enthielt er sich der Angewohnheit, die Sprechweise seines Gegenübers nachzuahmen.

Der Dickwanst nämlich bediente sich nunmehr eines öligen Tonfalls. Er versicherte Rodrigo, dass das Heilige Tribunal im Besitz sämtlicher Informationen über seine Familie sei. »Da genügt eine einzige kleine Anzeige, um einen Brand zu entfachen, wenn Ihr mir diese Metapher gestattet«, erläuterte er schmunzelnd. »Und auch wenn es nicht gleich zum Brand kommt, allein der Aufenthalt in den Verliesen des Tribunals schädigt Ruf und Gesundheit.«

Es war nicht zu verkennen: Ein gescheiterter Seminarist stand vor ihnen. In seiner Jugend mit der Inquisition in Konflikt geraten, vielleicht weil man ihn bei unzüchtigen Handlungen ertappt hatte, in wohlwollendem Geheimverfahren verurteilt, diente er nun dem Tribunal als Informant.

Rodrigo versicherte kühl, dass er die Genauigkeit der Register der Heiligen Inquisition nicht in Zweifel zöge. Doch habe er ein reines Gewissen und besäße keine Feinde.

»Keine Feinde?«, verwunderte sich sein Peiniger und schüttelte den Kopf ob so viel Naivität. »Habt Ihr noch nie darüber nachgedacht, wie viele Euch um Euren Wohlstand beneiden? Und dann gibt es solche, Weiber vor allem, die regelrecht Angst vor Euch haben.«

»Angst?«

»Jawohl: Angst!« Mit einschmeichelnder Stimme, so als bemühe er sich darum, ein Kind zu überzeugen, belehrte er ihn: »Immer fürchtet man sich vor denen, die ein wenig verschieden von einem selbst sind. Und – glaubt mir – der Folterbank, der Wassertortur oder der Wippschaukel widersteht niemand. Nach der ersten Drehung der Seilfolter werdet Ihr gegen Euch selbst Anklage erheben, nach der zweiten sagt Ihr gegen Eure Freunde aus und spätestens nach der dritten gegen Euer Weib und gegen Eure Kinder. Denn das Fleisch ist schwach.«
Rodrigo wollte Einspruch erheben, aber der Heimtücker ließ ihn nicht zu Wort kommen. »Einer wird Euch denunzieren, weil er sich eine Belohnung erhofft oder weil er sich eine Konkurrenz vom Hals schaffen möchte. Ein anderer will tatsächlich sein Gewissen erleichtern und verrät Euch aus echter Überzeugung. Ihr verschanzt Euch hinter Eurem Christentum und merkt gar nicht, dass es wesentlich günstiger um Euren Casus stände, wenn Ihr die Taufe nie empfangen hättet. Denn als Jude hätte unser Heiliges Offizium keine Handhabe gegen Euch. Aber Ihr seid ein judaizierender Christ und die Häresie ist bekanntlich das abscheulichste aller Verbrechen, weil es sich gegen Gott, den Herrn, richtet.«
Endlich gelang es dem Hausherrn, sich Gehör zu verschaffen:
    »Ich ersuche Euch, mein Haus sofort zu verlassen!«
Der Espeireta zeigte sich verblüfft:
    »Jetzt? Mitten in der Nacht kündigt Ihr mir die Gastfreundschaft auf?«
    »Jetzt! Auf der Stelle!«
Eine knappe Verbeugung. Und ein schiefmäuliges Lächeln in Elviras Richtung. Er fiel in den hämischen Ton zurück, mit dem er sich eingeführt hatte:

»Nun gut. Ganz wie es Euch gefällt. Euer Gnaden haben das Sagen. Vorläufig jedenfalls noch. Ich halte mich zu Eurer Verfügung. Für den Fall, dass Ihr Euch doch noch eines andern besinnen solltet.«
Schulterzuckend verließ er den Raum.

Sich Marías zu entledigen war nicht schwer. Rodrigo verkaufte sie an einen Sklavenhändler, der gerade eine Fracht Schwarzer nach Potosí zusammenstellte.
Als Elvira wenig später ihre leere Hütte betrat, entdeckte sie auf dem Fußboden ein roh geformtes Lehmfigürchen, das von stinkenden Kräutern umgeben war. Seine Augen und sein Geschlecht waren von Nadeln durchbohrt: eine Botschaft des Hasses, die sie tief traf. Hatte man María etwa nicht gut behandelt? Mit der Peitsche war sie so gut wie nie in Berührung gekommen; richtiggehend fett war sie bei ihnen geworden! Am Abend wollte sie ihr Gebetbüchlein zur Hand nehmen. Es lag nicht im gewohnten Versteck, und sosehr sie es auch suchte, es blieb unauffindbar.

Obwohl es sich niemand eingestehen wollte, spürten alle die gespannte Atmosphäre im Hause. Rodrigo zeigte sich wie gelähmt, in Erwartung der Antwort auf die dringliche Anfrage, die er am Tag nach dem Besuch des Espeiretas an seinen Verwandten in Lima gerichtet hatte. Dabei wurde er nicht müde, zu beteuern, es gehöre nun einmal zum Dasein in den Indias, dass die Neuchristen gelegentlichen Erpressungen ausgesetzt seien. Was sich im Allgemeinen mit ein paar Dukaten in Ordnung bringen ließe.
Vergeblich bemühte er sich, bei Vergara vorgelassen zu werden. Und Felipa, die dessen Gattin ihre Aufwartung

machen wollte, musste sich durch eine der Sklavinnen
sagen lassen, die Dame sei unpässlich und fände sich daher zu ihrem allergrößten Bedauern außerstande, ihre
liebe Freundin geziemend zu empfangen.

Es kam der Abend, an dem Rodrigo seine Familie um sich
versammelte. Er verriegelte Fenster und Türen, worauf
sich Felipa prompt über Luftmangel beschwerte. Ohne
auf ihre Klagen zu achten, zog er einen schweren Schlüssel aus der Tasche. Es sei der Schlüssel des Hauses in Valladolid, das seine Vorfahren verlassen mussten, als man
sie aus Spanien vertrieb. Der Moment sei gekommen, dieses von Geschlecht zu Geschlecht vererbte Symbol der
alten Heimat seinen Kindern vorzuweisen, denn der Abschied von Buenos Ayres stehe bevor. Vor wenigen Stunden habe ihn die Order aus Lima erreicht, der längere Verhandlungen vorausgegangen waren, die er der Familie bislang vorenthalten hatte, um sie nicht zu beunruhigen.
Nach dieser Ankündigung schaltete er eine Pause ein.
Er sandte seiner Frau einen aufmunternden Blick zu und
eröffnete den Seinen, dass sie demnächst nach Córdoba
übersiedeln würden, einer aufstrebenden Stadt, in der
das Leben wesentlich unterhaltsamer sei als in Buenos
Ayres.
Diese Mitteilung rief bei den einzelnen Familienmitglie-
dern unterschiedliche Reaktionen hervor. Diego erhoffte
sich ein Studium an der Universität, die die Gesellschaft
Jesu wenige Jahre zuvor in Córdoba gegründet hatte. Der
zufriedene Ausdruck Beatriz' war auf ihre Erwartung zurückzuführen, in die dortige Nonnenschule aufgenommen zu werden. Eine solche Anstalt gab es in Buenos
Ayres noch nicht. Und Elvira behagte die Aussicht, durch

die Veränderung des Wohnsitzes ihrem Verlobten näher zu kommen.

Das Gesichtszucken Felipas bewies ihre Verwirrung. Nach einer Weile wandte sie sich an ihren Mann und erkundigte sich, ob er bedacht habe, dass ein derartiger Umzug kurz nach der Verkündigung des Glaubensedikts und des Bannfluchs unweigerlich Verdacht bei den Vertretern der Inquisition erwecken müsse.

Rodrigo, noch immer unter dem Eindruck, den der Besuch des Erpressers in ihm hinterlassen hatte, schien keine vernünftige Antwort einzufallen. Er beschränkte sich darauf, seinen schmiedeeisernen Schlüssel zu umklammern. Das Haus, in dessen Türschloss er einst gepasst hatte, war längst im Staub versunken.

Was er seiner Familie verschwieg, war eine zusätzliche Anordnung seines Prinzipals. Nicht gewillt, eine bestehende Niederlassung mir nichts, dir nichts aufzugeben, hatte er Rodrigo angewiesen, sich unverzüglich auf die Suche nach einem Nachfolger zu machen, den er allerdings nur mit einer beschränkten Vollmacht ausstatten wolle. Der Kandidat müsse – so die befremdliche Order – ein tadelloser Altchrist sein. Noch immer zerbrach sich Rodrigo den Kopf, um dem Geheimnis auf die Spur zu kommen, das hinter dieser ungewöhnlichen Verfügung stecken musste.

5 Baltasar oder das Tausendjährige Reich des Friedens

Zu Beginn des Frühlingsmonats September machte sich die Karawane endlich auf den Weg. Mehrere Ochsenkarren, begleitet von zahlreichen Pferden, Maultieren und Reservezugochsen beförderten die Kaufleute, die sich aus Sicherheitsgründen für diese Fahrt nach dem Norden zusammengetan hatten. Denn man musste nicht nur mit räuberischen Überfällen der vagabundierenden Verbrecherbanden rechnen, sondern gelegentlich auch mit den Attacken lanzenbewaffneter halbnackter Indianer, die sich mit bemalten Gesichtern und flatternden Mähnen unter markerschütterndem Kriegsgeschrei auf die Reisenden stürzten. Aus diesem Grund führte Rodrigo zwei Musketen mit sich, auch wenn er mit deren Handhabung nicht die geringste Übung hatte. Von den Wilden wusste man, dass sie die Flucht ergriffen, sobald einer von ihnen getötet wurde.

Auf zwei der mit zusammengenähten Rinderhäuten überdachten zweirädrigen Wagen wurden die paar Sklaven und der sonstige Besitz der Reisenden untergebracht. In einem weiteren Karren reiste die Familie. Auf Anordnung der lufthungrigen Felipa hatte man Öffnungen in dessen lederne Seitenwände geschnitten.

Obwohl die Räder der Wagen täglich mit Rindertalg geschmiert wurden, übertönte ihr Knarren und Quietschen sowie das Gebimmle der Glocken an den Zugtieren für gewöhnlich die flüsternden Unterhaltungen der Eltern. Doch erriet Elvira unschwer deren Befürchtung, die Reisevorbereitungen könnten unter den Einwohnern von Buenos Ayres unliebsames Aufsehen erregt haben. Wo sich doch ein jeder befleißigte, dem Nachbarn in die Töpfe zu schauen – wenn nicht gar in diese hineinzuspucken. Erst nachdem viele Tage verstrichen waren, ohne dass Verfolger gesichtet wurden, beruhigten sie sich allmählich. Vielleicht habe der Kommissar keinen Verdacht geschöpft, vielleicht habe der Espeireta doch keine Anzeige erstattet, vielleicht ...

Nach langem Grübeln glaubte Rodrigo endlich, seinen umsichtigen Verwandten zu verstehen, der offenbar mit der Ernennung eines altchristlichen Agenten die unverfängliche Landesverbundenheit seines Unternehmens unter Beweis stellen wollte. Zu diesem Schluss gelangt, konnte er nicht umhin, das politische Geschick zu bewundern, mit dem es Manuel Bautista mit seiner Hilfe gelungen war, einen Sprössling der Zárates, einer alteingesessenen Familie, für seine Zwecke einzuspannen. Gegen den Widerstand von dessen Sippe übrigens, die sich jedoch gegen das verlockende Angebot des Peruaners nicht durchsetzen konnte.

Während der ersten Woche ihrer eintönigen Reise hielt sich Felipa meist in Begleitung Beatrizens im Gefährt auf. In Gedanken vertieft die beiden: das träge Mädchen den Rosenkranz zwischen den Fingern, ihre Mutter in einem Winkel des Fahrzeugs kauernd, als könne sie sich auf diese Weise vor ihren Feinden schützen. Als Elvira das erste Mal auf den haushohen Karren geklettert war, schien ihr, als schwankte der Boden unter ihren Füßen, noch bevor sich das Gespann in Bewegung gesetzt hatte: ein unheimliches Gefühl, das ihr den Aufenthalt im Wagen verleidete. Viel lieber ließ sie sich ein Pferd satteln, um ihren Vater und Diego auf ihren Ritten durch die baumlose Gegend zu begleiten, wo sie die Sklaven beim Einsammeln des trockenen Rindermists und der verdorrten Disteln für das abendliche Lagerfeuer beaufsichtigten, während die Mestizen grölend ein Stück wildes Vieh mit dem Lasso einfingen, um es zu schlachten. Ein abstoßender Anblick! Noch scheußlicher war es anzusehen, wie sie eines Spätnachmittags einer zappelnden Kuh bei lebendigem Leib die Zunge aus dem Rachen schnitten. Das blutige Organ brieten sie am Spieß, ohne sich um die Qual des langsam verendenden Tiers zu scheren. Eine der landesüblichen Grausamkeiten! Um das nicht enden wollende Gemuhe der geschundenen Kreatur nicht mehr mit anhören zu müssen, verkrochen sich Felipa und Beatriz in ihren Wagen und zogen sich die Bettdecke über die Ohren. Rodrigo war es gelungen, sich aus dem Staub zu machen, um sich in geziemender Entfernung der Betrachtung des Sternenhimmels hinzugeben. Nur Elvira und Diego sahen sich den herzzerreißenden Lauten ausgesetzt, die ihnen den Schlaf raubten. Bis sich der Junge endlich aufmachte und mit seinem Messer der Todesqual des verstümmelten Tiers ein Ende setzte. Kommentarlos kehrte er zu seinem Lager zurück. Schweigend empfing ihn Elvira. Noch viele Nächte hindurch verfolgte beide das brutale Ereignis in ihren Träumen.

Die Fahrt erwies sich als beschwerlich. Ständig waren die Reisenden von Wolken feinen Staubs umgeben, der in alle Poren drang und die Augen reizte. Die Moskitoschwärme setzten ihnen nicht weniger zu als die Flöhe und die Stechbremsen, die unzulänglichen Waschgelegenheiten, die einförmige Nahrung und das salzhaltige Trinkwasser. Streunende Hunde und wilde Schweine, Scharen herrenloser Kühe, Stiere, Pferde und Esel durchzogen die Ebene in allen Richtungen. Der Weg: nichts weiter als eine ausgefahrene Spur, auf der ihnen nur selten ein Gaucho zu Pferd begegnete, seltener noch eine jener Kutschen, die, von fünf Pferden gezogen, umtanzt von einer kläffenden Hundemeute und gefolgt von einem Trupp Reservegäulen, die weit auseinanderliegenden Ortschaften miteinander verbanden.

Ihr Nachtlager schlugen sie meist im Schutz der im Geviert abgestellten Karren auf. Elvira umfing dann das Schweigen der Pampa, unterstrichen von fernem Fauchen, Krächzen und Schnauben. Wenn ihr der Mond das Versprechen ihres Verlobten ins Gedächtnis rief, dort oben würden sich ihre Blicke treffen, versuchte sie mit krauser Stirn, in sich die Züge Juans zu gewärtigen. Aber trotz aller Anstrengung wollte ihr dies nur selten gelingen. Ließ sie ihrer Phantasie freien Lauf, so hielt sie es für nicht ausgeschlossen, in Córdoba Cristóbal Castro wiederzubegegnen, jenem Spielgefährten ihrer Kindheit, an dessen grünliche Augen sie sich zu ihrer Verwunderung deutlicher erinnern konnte als an die dunklen ihres Verlobten. *Grün glitzern die Knabenaugen. Der Kuss! Der Zugang zur Parallelwelt hinter dem Spiegel ... Das Grauen ... Bildet Ihr Euch wirklich ein, man kenne nicht die Vergangenheit Eurer Familie? ... Das herzzerreißende Gemuhe der gequälten Kreatur.*

Der in solchen Nächten an ihrer Seite tief schlafende Bruder vermittelte ihr ein Zusammengehörigkeitsgefühl, nach dessen Wärme sie sich ihr Leben lang zurücksehnen sollte. Ein klein wenig beneidete sie ihn damals um seine Aussicht, an der Universität zu studieren, auch wenn diese unbedeutend war und nicht den Ruf der Lehrstätte von Lima besaß.

Um seine Familie aufzumuntern, erging sich der Vater in ausführlichen Schilderungen Córdobas. Die durch das gesunde Klima ihrer gebirgigen Umgebung berühmte Stadt mit ihren rund fünfhundert von Spaniern bewohnten Häusern stelle dank ihrer verkehrsgünstige Lage ein nicht unbedeutendes Handelszentrum dar. Es folgte ein wirtschaftspolitischer Exkurs, der wie eine Rechtfertigung ihres fluchtartigen Aufbruchs klang. Die Versorgung mit Importgütern sei vom Konsularhof der Handelsherren Perus monopolisiert. Dessen Stellung aber werde in letzter Zeit durch die in Buenos Ayres beheimateten Handelsleute unterlaufen, die ihre über den Atlantik beförderten Waren preisgünstiger anbieten konnten, als es die über den Pazifik mühsam nach Peru gelangten Erzeugnisse des Mutterlands waren. Eine Situation, wie er nachdenklich hinzufügte, die ihm delikate Pflichten auferlege, da er sich die Sympathie aller miteinander konkurrierenden Interessengruppen erwerben müsse.
Die Vorfreude auf das kulturelle Leben, das in Córdoba weitaus reger sei, als in Buenos Ayres war ihm anzumerken. Mit großen Erwartungen sah er den literarischen Zirkeln entgegen, an denen er teilzunehmen gedachte. Felipa und den Kindern versprach er die Darbietungen fahrender Theatertruppen die dort, wie er wusste, von Zeit zu Zeit gastierten.

Die wohlwollende Aufnahme, welche die dortige Gesellschaft den Ankömmlingen bereitete, war vermutlich in erster Linie dem Ruf zu verdanken, der Rodrigo, dem

Agenten des vermögenden Manuel Bautista Pérez, vorausgeeilt war. Amüsiert erzählte er der Familie beim Abendessen, welch übertriebenen Vorstellungen sich die örtliche Kaufmannschaft vom immensen Reichtum des Peruaners machte, aus dessen Füllhorn sie sich einen goldenen Segen für ihre Stadt versprach.

Schnell jedoch stellte sich heraus, dass sich die Dinge doch schwieriger anließen, als er es sich erhofft hatte. Für die Errichtung einer Gerberei fehlte stets irgendeine behördliche Genehmigung, für die Seifen- und Kerzenfabrik die Erteilung der entsprechenden Lizenz. Er klagte über die unerwartete Engstirnigkeit der ansässigen Handelsherren, die, darin ihren Kollegen aus Buenos Ayres nicht unähnlich, zwar gerne das sagenhafte Vermögen Manuel Bautistas angezapft hätten, aber nicht im Traum daran dachten, auch nur ein einziges ihrer Privilegien aufzugeben.

Auch die gesellschaftlichen Zusammenkünfte, von denen sich Rodrigo so viel erhofft hatte, entschädigten ihn nicht für den täglichen Ärger. Denn auf diesen kamen nicht etwa literarische oder philosophische Themen zur Sprache, sondern hauptsächlich die *Chronique scandaleuse* der Stadt. Während die Damen und Herren Limonade schlürften, Süßigkeiten knabberten und Karten spielten, unterhielten sie sich genüsslich darüber, wer es mit wem trieb, welches Unternehmen vor dem Bankrott stand und welche Schikanen sich die Bürokraten am Hof des Vizekönigs in Lima wieder einmal ausgedacht hatten. Sogar ein »trockenes«, das heißt hafenunabhängiges Zollamt hatten sie sich letzthin einfallen lassen, um denen von Buenos Ayres eins auszuwischen. Die gelegentlich aufgeführten Theaterstücke waren enttäuschend: nichts weiter als überladene Allegorien, bei denen der Sieg der Liebe oder, häufiger noch, der Triumph der Religion mit schwülstig deklamierten Versen gefeiert wurde.

Momentan hechelte man den Prozess durch, den ein Sklavenhändler gegen den Arzt Asencio Trelles de Rojas anstrengte. Dieser hatte einen Posten achtzig kranker Schwarzer zwei- bis dreimal pro Tag zur Ader gelassen. Die einer solchen Rosskur Unterworfenen stammten aus einem auf den Kanarischen Inseln eingerichteten Akklimatisierungslager. Höchst mangelhafte Ware, die mit Auszehrung und Blattern behaftet angekommen war, wozu sich noch eine seuchenartige Magenentzündung eingestellt hatte, vermutlich die Folge des Genusses verdorbener Lebensmittel während der langen Überfahrt. Solchermaßen geschwächt, zeigten viele von ihnen die Symptome einer besonders bösartigen Lungenentzündung, von Trelles als Flankenkrankheit diagnostiziert, der er durch den täglichen Aderlass der armen Kerle beizukommen suchte. Die seiner Behandlung unterworfenen Kranken starben wie die Fliegen. Dem Sklavenhändler entstand dadurch ein in die Tausende gehender Verlust, was ihn veranlasste, sich an den Statthalter des Gouverneurs zu wenden, um Schadenersatzklage zu erheben. Trelles habe das gute Negerblut leichtfertig vergeudet. Außerdem sei er gar kein staatlich geprüfter Arzt, sondern nur ein ganz gewöhnlicher Chirurg, der nicht einmal den Urin seiner Patienten untersucht oder deren Puls befühlt habe. Auch mache er sich verdächtig, weil er keinen schwarzen Umhang trage, wie dies bei den Ärzten Usus war.

Der Beklagte brachte Zeugen bei, die schworen, dass Trelles in Lissabon sein Arztdiplom rechtmäßig erworben habe. Und überdies seien ja auch Kranke eingegangen, die sich seiner Behandlung entzogen hatten. Womit der Beweis erbracht sei, dass die beanstandete Einbuße nicht auf einen Kunstfehler zurückzuführen sei.

So ging es monatelang hin und her; immer mehr Zeugen marschierten auf, die sich gegenseitig widersprachen und die logen, dass sich die Balken bogen. Langjährige Freundschaften gingen in die Brüche; längst vergessene Zwistigkeiten wurden aufgewärmt, und Advokaten traten auf, denen es gelang, die Dinge noch mehr zu komplizieren. Irgendwie – niemand wusste Näheres – hing der Streit auch mit der Rivalität zwischen den Kaufleuten aus Lima und denen aus Buenos Ayres zusammen. Zu guter Letzt sprach man in der ganzen Stadt von nichts anderem als von den verpfuschten Negern und von den Zauberkräften, derer sich jener Trelles bedient haben musste, um den geachteten Sklavenhändler zu schädigen. Angeblich ein Racheakt, der mit Weibergeschichten zusammenhing.

Vermutlich war es dem Mangel an Ärzten zu verdanken, dass Trelles nach vielem Hin und Her freigesprochen wurde. Verbittert führte der ruinierte Sklavenhändler sein Missgeschick auf die Machenschaften der Neuchristen zurück, die man am besten mit Kind und Kegel dem Heiligen Tribunal ausliefere.

Dass dieser Skandal die Gemüter Córdobas weitaus mehr beschäftigte als die Gedankenflüge der von Rodrigo ständig im Munde geführten Dichter und Philosophen im fernen Madrid, stellte eine schwere Enttäuschung für ihn dar.

Seine Tochter Elvira hingegen hatte mehr Glück, da es ihr gelang, neue Freundschaften zu schließen.

Blanca war die Tochter des verwitweten Apothekers Francisco Rodrigues de Porto, dessen Haushalt sie führte.

Beim Gehen zog sie das rechte Bein leicht nach, doch bewirkten ihr lebendiges Wesen und das Feuer ihrer schwarzen Augen, dass man dieses Gebrechen für gewöhnlich übersah. Es dauerte nicht lange, bis die um ein paar Jahre Ältere die beste Freundin der Acosta-Tochter wurde.

Auch Diego liebte den Aufenthalt in der Apotheke, deren Duft nach aromatischen Kräutern und Essenzen ihn anzog. Er konnte sich nicht sattsehen an den Mörsern, Waagen und Retorten; den Tiegeln, Karaffen und den verzierten Krügen aus Steingut mit ihren seltsamen Aufschriften: *Asphalto, Acqua de calidonia, Syrupus capillorum Veneris, Pilules de cynoglosse, Aaqve de farfara u.epigtiago*, oder *Aq.chamael*. Ständig lag er dem alten Apotheker in den Ohren, er möge ihn in die Geheimnisse seiner Heilmittel einweihen: in die Eigenschaften des Kampfers und des Schwefels, des zerriebenen, meist in Wein verabreichten Bernsteins, der Eingeweide getrockneter Schlangen und der zu Pulver gemahlenen roten Korallen. Denn er beabsichtige, Medizin zu studieren. Don Francisco, ein in sich gekehrter, schmächtiger Herr, fühlte sich geschmeichelt, einen Zuhörer gefunden zu haben, der seine Kenntnisse zu schätzen wusste. Er klärte den wissbegierigen Jüngling über die Eigenschaften des chilenischen Boldotees auf, den man gegen Darmgrimmen trank, und über die schmerzbetäubende Wirkung der Kokablätter aus den Anden. Ließ sich über die Heilkraft der Ipecanawurzel aus und über die fiebersenkende Wirkung der aus *Neugranada* stammenden Chininrinde. Verbreitete sich über die dem Perubalsam und dem venezianischen Storax innewohnenden Kräfte. Und verriet ihm die des grünen Mexiaöls aus dem peruanischen Dorf Cañete, eines Wundermittels, das selbst die tiefsten Wunden innerhalb weniger Stunden vernarben lasse, zuverlässiger als die Spinnweben, mit denen man offene

Wunden zu bedecken pflegte, um den Heilungsprozess zu fördern.

Diego verfügte damals über viel freie Zeit, weil er darauf wartete, in die Universität aufgenommen zu werden. Er hing an den Lippen des Apothekers. Als die Rede auf die *Bezoare* kam, jene schwarzen aus den Eingeweiden der *Guanakos* und *Vikunjas* stammenden, mit Gold aufgewogenen Steine, erkundigte er sich, ob sie die Panazee darstellten, das berühmte Allheilmittel, von dem es hieß, es könne die Menschheit von sämtlichen Gebrechen befreien. Don Francisco beschränkte sich darauf, seinen Zwicker abzunehmen und runde Augen zu machen, was ihm den Ausdruck kindlichen Erstaunens verlieh. Dann verdüsterten sich seine Züge, so als riefen die aus den tierischen Gedärmen stammenden Gebilde böse Erinnerungen in ihm wach. Wohl um sie zu verscheuchen, erzählte er ausführlich, wie es zur Bildung der wertvollen Steine komme. Hatte ein Tier versehentlich eine schädliche Pflanze gefressen, so suche es instinktiv ein Gegenkraut, um den aufgenommenen Giftstoff unschädlich zu machen. Die Verbindung der beiden Gewächse gegensätzlicher Wirkung bringe jene Bezoare hervor, Magensteine, mit denen sich wohl nicht alle, aber doch viele Krankheiten heilen ließen. Vorausgesetzt, man verfüge über genügend Geld, um sich dieses Medikament leisten zu können. Und vorausgesetzt natürlich auch, man sei von dessen Wirkung überzeugt. Denn wer den Glauben an die Heilkraft seiner Mittel nicht aufbringe, dem sei nicht zu helfen. Für den seien alle Kräuter, Pulver, Pillen, Salben und Elixiere wertlos.

Erst nach und nach erfuhr Elvira vom grauenhaften Schicksal, welches das Dasein des Apothekers und seiner

Tochter überschattete. Die unter den Einwohnern seines spanischen Heimatstädtchens grassierende Pest hatte das Gerücht ausgelöst, er habe die öffentlichen Brunnen vergiftet, um die altchristliche Bevölkerung auszurotten. Es gelang ihm, mit seiner Familie vor der aufgebrachten Menge zu fliehen. Ein Schiffseigner zeigte sich gewillt, ihn gegen Zahlung eines um ein Vielfaches überhöhten Fahrpreises mitsamt seiner Frau und der vier Kinder an Bord zu nehmen. Kaum aber befanden sie sich auf hoher See, als die Besatzung über sie herfiel, um sie auszurauben. Seiner Frau schlitzten die Matrosen den Leib auf, in der Erwartung, in ihren Eingeweiden Edelsteine zu finden, die sie verschluckt habe, um sie vor den Augen ihrer Verfolger zu verbergen. Sie und drei der Kinder hatten damals ihr Leben lassen müssen; Blanca war zum Krüppel geschlagen worden. Nur sie beide – Vater und Tochter – waren mit dem Leben davongekommen. Elvira fiel es nicht schwer, sich die Schreckensszenen auszumalen, die sich auf jenem verfluchten Schiff abgespielt haben mussten und die nun hinter der schön gewölbten Stirn ihrer Freundin weiterwirkten. Das vergebliche Flehen um Erbarmen. Das Aufblitzen der Messer. Die Angstschreie der Kleinen und die in stummem Entsetzen geweiteten Augen der Mutter. Und die brennende Frage, die sie sich schon oft gestellt hatte und auf die es keine Antwort gab: »Warum, mein Gott, warum lässt Du solches zu?«

Blanca trug ihr Schicksal, ohne dass je eine Klage über ihre Lippen gekommen wäre. Auch wenn sie es sich noch nicht so recht eingestand, hatte sie die Hoffnung auf Ehe und Mutterschaft bereits hinter sich gelassen. Trost fand sie in der Musik. Ihr Cembalo, damals das einzige in ganz

Córdoba, besaß einen zart-silbernen Klang. Und wenn sich ein derartiges mit dem farbenprächtigen Bild eines Engelsorchesters verziertes Instrument im Besitz einer Jungfer befindet, die sich zwar mit leicht schleppendem Gang fortbewegt, deren durch große, dunkle Augen belebter Gesichtsausdruck jedoch durchaus dazu angetan ist, die Kavaliere ihrer Umgebung nachdenklich zu stimmen, dann stellt sich früher oder später auch ein Musiklehrer ein.

Baltasar war Andalusier, wie dies bereits seine lispelnde Aussprache verriet. Ein Altchrist, angesteckt freilich von den neuen Ideen, die in der Luft der von ihm insgeheim bereisten Länder lagen: Frankreich, England und sogar die niederländischen Provinzen. Er ließ durchblicken, dass er rufschädigenden Rankünen zum Opfer gefallen war, die ihn veranlasst hätten, der Alten Welt den Rücken zu kehren. Über die Einzelheiten dieser Angelegenheit ließ er sich nicht aus; sie schienen ihm noch immer zuzusetzen. Nach einem kurzen Aufenthalt in Lima war er nach Mendoza weitergezogen, wo er sich eine Zeitlang als Hauslehrer betätigt hatte, bis ihn die Schwindsucht dazu zwang, Heilung im milden Klima der Berge Córdobas zu suchen. Dort, auf einem Landgut der Jesuiten in der Nähe von Alta Gracia, hatte er einen aus jungen Indios bestehenden Chor ins Leben gerufen, der seitdem den Gottesdienst der Padres mit engelgleichem Gesang verschönte.

Die Gebirgsluft hatte, wie er versicherte, seine Gesundheit inzwischen wiederhergestellt. Eine labile Gesundheit, wie sein Teint erkennen ließ, dessen Blässe das pechschwarze Haar und den fiebrigen Glanz seiner schwarzen Augen hervorhoben. Es war nicht anzunehmen, dass er den gastfreundlichen Padres seinen Glauben an das Tausendjährige Reich des Friedens und der Freude anvertraut hatte. Die betreffende Auslegung des Buches Daniel, zu der er sich bekannte, war damals unter den Spaniern kaum verbreitet, ging aber in der restlichen Christenheit von Mund zu Mund. »Und in den Tagen dieser Könige wird der Gott des Himmels ein Reich erstehen lassen, das in Ewigkeit nicht zerstört wird. Und Seine Herrschaft wird auf kein anderes Volk übergehen; es wird all jene Reiche zermalmen und vernichten, selbst aber bis in alle Ewigkeit bestehen.«

Stundenlang konnte der seltsame Musiklehrer über den uralten Menschheitstraum vom in die Zukunft projizierten Goldenen Zeitalter reden, dem er verfallen war und an dessen bevorstehende Erfüllung die skeptische Tochter eines Rodrigo Acosta nur zu gerne geglaubt hätte. Es gelang ihm, die beiden von ihm unterrichteten Mädchen, mehr noch als durch seine Worte, durch die Glut seiner Blicke in seinen Bann zu schlagen. Wobei vielleicht die im Hause vorherrschenden, den Tiegeln und Destillierkolben des Apothekers entweichenden Dünste zu ihrer Exaltation beitrugen. Worte und Blicke, die, begleitet von den Melodien Palestrinas, Gabrielis, Monteverdis und Schützens sowie einiger mexikanischer Komponisten in der nicht üblen Bearbeitung des Globetrotters aus Andalusien, Botschaften aus einer anderen Welt übermittelten.

»In aller Güte möchte ich Euch darauf aufmerksam machen, dass unserem Zeitalter mit Vorsicht zu begegnen ist, denn der siebente Engel hat schon seine Posaune angesetzt.« Solchermaßen zitierte der Andalusier den Mystiker Jakob Böhme. Sodann näherte er sich dem Tisch, auf dem sich das Cembalo befand, improvisierte eine Melodie und eröffnete seinen Schülerinnen, dass das Alte Testament in den letzten Jahrzehnten in fast allen protestantischen Heimen Eingang gefunden habe. Und ein gewisser Abraham von Frankenberg habe in einem inzwischen berühmt gewordenen Brief an Menasseh ben Israel, einen jungen Rabbiner aus Amsterdam, sogar seiner Überzeugung Ausdruck verliehen, dass das wahre Licht von den Juden ausgehe, deren Stunde sich nähere. Tagtäglich erfahre man von neuen Wundern, die der Herrgott in den verschiedensten Gegenden der Erde an Seinem Volke vollbringe. Schon Jesus Christus habe ja den Samaritanern prophezeit, die Rettung würde von den Juden kommen.

Solches versicherte Baltasar mit krankhaft flammendem Blick.

Damit noch nicht zufrieden, verkündete er, man erhoffe sich vom Franzosenkönig, er werde die in aller Welt verstreuten Juden um sich scharen und an ihrer Spitze das Heilige Land erobern, damit das auserwählte Volk dort das universelle Priestertum antreten könne. Solcherweise werde die ursprüngliche Reinheit der Welt wiederhergestellt, wie dies der Mystiker Serrarius, ebenfalls ein Freund jenes Rabbis Menasseh, von dem man noch viel hören werde, erkannt haben wollte.

Die Ausführungen Baltasars riefen eine ungesunde Röte auf den Wangen Blancas hervor. Ihre so offen zur Schau getragene Leidenschaft und ihre schmachtenden Blicke ernüchterten Elvira. Da es auch mit ihrer Fertigkeit auf dem Cembalo nicht allzu weit her war, beschloss sie, den Andalusier ihrer Freundin zu überlassen. Mochten die beiden sich ihren millenaristischen Spekulationen hingeben!

Sie hingegen erwartete sehnsüchtig den angekündigten Besuch ihres Verlobten.

Blanca hatte ihr die Bücher ihrer kleinen Bibliothek gelie-
hen, in denen sie selbst gerne schmökerte: Abenteuer-
romane, schaurige Gespenstergeschichten, mehrere Bände
mit Liebesgedichten, die Elvira, übersättigt von den an-
spruchsvollen Werken, mit denen sie ihr Vater jahrelang
traktiert hatte, mit Begeisterung verschlang. Angeregt von
dieser Lektüre begann sie selbst, Verse zu schmieden, in
denen sie den Gefühlen Ausdruck verlieh, die sie für den
fernen Geliebten zu hegen glaubte. Während sie ihre Her-
zensergüsse zu Papier brachte, malte sie sich die Rührung
aus, mit der Juan diese Gedichte aufnehmen würde.

Als der endlich in Córdoba auftauchte, konnte sie es kaum
erwarten, ihm ihre Verse vorzulesen. Die enttäuschende
Gleichgültigkeit, mit der ihr Verlobter darauf reagierte,
verletzte sie zutiefst. Nicht das geringste Lob brachte er
über die Lippen, sondern er begnügte sich damit, Vers-
maß und Wortwahl zu bekritteln. Von der erhofften Rührung keine Spur.
Als wolle er von diesem Thema ablenken, packte er die
mitgebrachten Geschenke aus. Unter ihnen befand sich
ein Gebetbüchlein. Es war in Spanisch abgefasst, verlegt,
wie er erklärte, vom Drucker Ishak Franco zu Amsterdam.
Es solle den Tikkun ersetzen, der unter verdächtigen Umständen zusammen mit der Sklavin María verschwunden
war. Eine Botschaft der Hoffnung, die, wie er ihr schon
einmal erklärt hatte, von Amsterdam, dem am Ufer der
Amstel gelegenen Jerusalem des Nordens, ausgehe, wo die
Juden ihre Religion frei ausüben konnten. Elvira blätterte
geistesabwesend das Büchlein durch. Dabei versuchte sie
vergeblich, sich eine Stadt auszumalen, in der es Synagogen gab, in denen die Juden ungestraft ihrem Glauben
huldigen durften.

Das unaufmerksame Benehmen Juans vergällte ihr die Wiedersehensfreude. Hatte er etwa aufgehört, sich als ihren Seelenbräutigam zu betrachten? Als sie endlich den Tikkun beiseitelegte und ihm seine kränkende Kälte vorhielt, schob er geschäftliche Sorgen vor. Sie flüsterte ihm daraufhin kokett schmollend die Frage ins Ohr, ob er sich in Lima vielleicht ein neues Schätzchen zugelegt habe – man wisse ja, wie es um den Ruf der dortigen Damenwelt bestellt sei. Er verneinte guten Gewissens.

Die Verwandlung, die ihr Verlobter seit seinem Besuch in Buenos Ayres auch in anderer Hinsicht durchgemacht hatte, verunsicherte sie. War es ihm bei seinen früheren Gesprächen vordringlich um die bedrängte jüdische Identität gegangen, so schien ihn nunmehr vor allem die chaotische Wirtschaftslage Spaniens zu beschäftigen. Er zählte eine lange Liste von Misshelligkeiten auf, die das Reich an den Rand des Zusammenbruchs gebracht hätten. Anstelle schwärmerischer Liebesschwüre musste sie sich jetzt die Klagen über die Verfallserscheinungen des Mutterlands anhören: die Teuerungswelle, der durch den Schwarzen Tod und durch die törichte Vertreibung der fleißigen Morisken verursachte Mangel an Arbeitskräften, der Niedergang des Ackerbaus, der Viehzucht und des Handwerks, die korrupte Bürokratie, die Unruheherde in Katalonien und Portugal und die katastrophalen Folgen aufwendiger Kriege. Der Schiffsverkehr zwischen den Indias und Spanien sei fühlbar zurückgegangen. Nachdem der Zufluss der Silberbarren nachgelassen habe, enthielten die in Spanien geprägten Reales immer weniger Silber, was die Inflation anheize.

Elvira gelang es nicht, den Poeten wiederzuerkennen, in den sie sich verliebt hatte. In seinem ganzen Gehabe schien es Juan jetzt darauf anzulegen, das Idealbild eines

Jungkaufmanns aus Lima zu verkörpern. Behutsam wählte er jeden seiner Sätze, wobei es ihm gelang, den Eindruck hervorzurufen, mehr zu wissen, als zu verraten er gewillt und berechtigt sei.

Elvira gab sich Mühe, ihrem Verlobten Glauben zu schenken, sein zerstreutes Wesen sei lediglich auf geschäftliche Sorgen zurückzuführen.

»Geschäftliche Sorgen, weiter nichts? Keine Gefahr im Anzug?«

Juan lächelte nachsichtig über das ängstliche Gehabe Elviras, das sie wohl von ihrer Mutter übernommen habe. Nein, sie könne ganz beruhigt sein. Die Freunde Manuel Bautistas am Hof und unter dem Klerus stellten den besten Schutz gegen sämtliche vom Inquisitionstribunal ausgehenden Gefahren dar. Selbst der Vizekönig, der von Don Manuels kreditträchtigen Beziehungen zu den in Amsterdam, Venedig und Hamburg ansässigen jüdischen Finanzmännern profitiere, empfinge ihn häufig in allen Ehren. »Die Dinge sind nicht mehr wie früher. Viele reinblütige Altchristen umwerben uns sogar, damit wir sie als Teilhaber aufnehmen. Setzte Euer Vater etwa nicht auf Geheiß Don Manuels den auf seine Reinblütigkeit eingebildeten Pedro Zárate als seinen Nachfolger ein? Glaubt mir, Elvi, die Zeiten haben sich geändert.«

Also sprach Juan Rodríguez Duarte, der Sohn, Enkel und Neffe von Gebüßten. Der, davon überzeugt, dass die Dinge nicht mehr so seien wie ehemals, dem Sieg der Vernunft und der Gerechtigkeit auf Erden vertraute.

Elvira versuchte, ihre Bedenken zu unterdrücken. Unter Missachtung der herrschenden Sitten umarmte sie ihn. »Küss mich, mein Liebster!«, flüsterte sie ihm dabei mit

heiserer Stimme zu und schmiegte sich an ihn. »Fest...
fester!«

Es kam ihr vor, als entströmte seinen Haaren ein brenz-
liger Geruch, durchdringender als das Parfüm seines
Engelswassers. Was, wie sie genau wusste, nur ihrer Einbildung zuzuschreiben war.

Und seine Küsse schmeckten bitter.

Mit klopfendem Herzen hatte sich Diego zur Universität
begeben, wo er von einem bejahrten Geistlichen in der
Ordenstracht der Jesuiten empfangen wurde. Der unterzog die vorgelegten Zeugnisse, Empfehlungsschreiben
und vor allem das Attest der Reinblütigkeit einer eingehenden Prüfung. Letzteres hielt er sogar ostentativ gegen das
Licht und gab dann ein trockenes »Wir bedauern!« von
sich.

»Verzeihen, Euer Gnaden?«, stammelte Diego verdat-
tert.

»Hochwürden!«, berichtigte ihn der Greis. »Ihr seid
eigentlich erwachsen genug, um zu wissen, dass wir angehalten sind, die Reinheitsstatuten strikt zu befolgen.«
Tadelnd betrachtete er den Jüngling, der verschüchtert vor
ihm stand.

»Aber hier habt Ihr doch das Attest meiner Reinblütigkeit, Hochwürden«, wagte Diego einzuwenden. Der Beamte verzog verächtlich die Mundwinkel.

»Ein Reich, ein Glaube, eine Rasse! Nur so können wir
unserem Gotte dienen. Wo kämen wir hin, wenn wir die
Pforten unserer Universität sämtlichem Gesindel schlech-
ter Rasse öffnen würden? Da könnten wir ja gleich alle
Schwarzen, Indios, Mestizen, Mulatten, Zambos, gestandene Juden und Mauren aufnehmen!«

»Aber mein Zertifikat, Hochwürden!«

»Hier werden nur die in Spanien ausgestellten Reinheitszeugnisse anerkannt«, erklärte der Geistliche mit Bestimmtheit. »Und auch diese unterziehen wir genauster Überprüfung.« Nach diesen Worten erhob er sich, zum Zeichen, dass das fruchtlose Gespräch für ihn abgeschlossen war.

Seitdem pilgerte Diego mit seinen Urkunden von einer Amtsstube zur andern. Man legte ihm nahe, am nächsten Tag wiederzukommen oder in der folgenden Woche. Man verschanzte sich hinter Bestimmungen und Dienstordnungen. Auf diese Weise ließ ihn die unterbezahlte Beamtenschaft ihre winzige Macht fühlen. Fast ein Jahr verstrich. Mit der Zeit besuchte Diego die Kanzleien nur noch aus purer Gewohnheit.

Der Fluch der Verfolgung schien auch in Córdoba nicht von ihnen zu weichen. Allerdings schenkte keiner den Worten Elviras Glauben, als sie eines Abends behauptete, sie sei in der Dämmerstunde dem Espeireta begegnet, der sie damals in Buenos Ayres heimgesucht hatte. Als Halluzination tat man ihr Erlebnis ab, als ein Produkt der morbiden Phantasie eines Mädchens, das sich nach ihrem Verlobten sehnt. Diego neckte seine Schwester: Sie sei wohl einem der vielen Gespenster aufgesessen, die sich in dieser Stadt herumtrieben. Und der Mutter fiel ein, dass ihre Tochter kurz nach ihrem Einzug in Córdoba Cristóbal Castro auf der Plaza mitten in der Stadt entdeckt haben wollte. Im ungewissen Licht der Abenddämmerung sei er ihr erschienen, habe sie aber nicht beachtet. Schiere Einbildung, da sich herausstellte, dass sich der hoffnungsvolle junge Mann auf der Universität zu Charcas dem Studium der Rechtswissenschaft und der Theologie widmete.

Elvira bestand auf ihrer Behauptung, den Espeireta entdeckt zu haben. Zwar sei kein einziges Wort zwischen ihnen gefallen, doch der unverschämte Geselle habe sie mit impertinentem Blick gemessen. Und habe dabei ein schmutziges Feixen aufgesetzt, das eine Drohung zu enthalten schien.

»Phantastereien!«, meinte Rodrigo mit einer Bestimmtheit, die der Tochter erzwungen vorkam. Felipa machte der Unterhaltung ein Ende, indem sie Elvira nahelegte, sich im Haushalt nützlich zu machen; Arbeit sei das beste Mittel, um dumme Gedanken zu verscheuchen. Außerdem: Wie oft solle sie es noch wiederholen, sie möge endlich von ihrer gefährlichen Gewohnheit ablassen, sich unbegleitet auf der Straße herumzutreiben. Kein Wunder, dass sie unter solchen Umständen Phantome mit ihrem schmutzigen Feixen belästigten.

Der gefürchtete Besuch des Spitzels blieb aus. Aber eine gereizte Spannung schien in der Luft zu vibrieren. Sie zerrte an den Nerven der Einwohner und gab Anlass zu Vorfällen, die in diesem friedlichen Städtchen beispiellos waren. Als verträglich bekannte Kaufleute strengten absurde Prozesse an, und der Rechtsstreit um den Arzttitel Trelles de Rojas' flackerte erneut auf. Kurz darauf musste eine größere Anzahl aufsässiger schwarzer Sklaven öffentlich ausgepeitscht, zwei ihrer Rädelsführer sogar, trotz des damit verbundenen finanziellen Verlustes, gehängt werden, um ein abschreckendes Exempel zu statuieren. Nach einem Stierkampf kam es zu einer Schlägerei, bei der mehrere der Gehilfen von herumgefuchtelten Banderillas schwer verletzt wurden. Und zwei rabiate Mönche wurden bestraft, weil sie sich gegenseitig als Juden beschimpft hatten, obwohl sie erwiesenermaßen makellose Altchristen waren.

Im Übrigen besuchten die in der Stadt ansässigen Neuchristen pflichtschuldig die heilige Messe. Ihre Nachkommen heirateten die Söhne und Töchter der Altchristen, hatten die Gebräuche ihrer Vorfahren abgelegt und verschwendeten keine Gedanken an theologische Haarspaltereien. Sie waren weder in ihren an den Tag gelegten Überzeugungen noch in ihren Essgewohnheiten vom Rest der Bevölkerung zu unterscheiden. Die Überwachung der wenigen unzuverlässigen Elemente durch den örtlichen Inquisitionskommissar Fray Bartolomé Delgado tat ein Übriges.

Vergeblich bemühte sich Elvira um eine Erklärung für die Sturheit, mit der Diego die Ämter weiterhin aufsuchte, um ein Zertifikat zu erlangen, das er auf normalem Weg niemals erhalten würde. Auch die Weigerung des Vaters, die Bemühungen seines Sohns zu unterstützen, konnte sie sich nicht erklären. Mit Hilfe der Beziehungen Manuel Bautistas wäre es doch bestimmt ein Leichtes für ihn gewesen, meinte sie, die Hürden zu überwinden, die seiner Aufnahme in der Universität im Wege standen. Ausgerechnet der Vater, ein Anhänger der neuen Wissenschaften, verdamme auf diese Weise seinen einzigen Sohn zur Unwissenheit. Dessen Argument, man halte sich ohnehin nur vorübergehend in Córdoba auf – ein Provisorium, das ein geregeltes Studium in Frage stelle, schien ihr an den Haaren herbeigezogen.
Die gelegentliche Abwesenheit des Bruders beunruhigte

sie nicht weniger wie die Vielfalt der herumschwirrenden Gerüchte und die scheelen Blicke, die sie immer öfters auf der Straße streiften. Auch waren die lästigen Auswirkungen der Wirtschaftskrise, die bereits mehrere Kollegen Acostas an den Bettelstab gebracht hatte, nicht zu übersehen.

Die Eröffnung des Vaters, sie würden demnächst Córdoba verlassen, um im Generalkapitanat Chile Wohnsitz zu nehmen, begrüßte Elvira daher freudig. Endlich weg vom sie beengenden Leben! Auch der Aufenthalt in Santiago solle nur vorübergehender Natur sein, hieß es weiter. Im Jahr darauf wollten sie sich endgültig in Lima niederlassen, wo ihnen bekanntlich eine Hochzeitsfeier bevorstünde.

Elvira fühlte, wie sie über und über rot wurde. Ihre Mutter murrte über den erneuten Ortswechsel, der weder ihr noch den Kindern guttäte. Beatriz, die weder ihre kindliche Redeweise noch ihre christlichen Anwandlungen abgelegt hatte, war anzusehen, dass sie sich schon als Novizin in einem der Nonnenklöster Limas betrachtete. Allein Diego überraschte die Seinen, indem er ihnen eröffnete, er beabsichtige, sich von der Familie zu trennen, um eigene Wege einzuschlagen. Lange musste Elvira in ihn dringen, bis er ihr verriet, dass er, nachdem sich seine Hoffnung auf ein Studium zerschlagen hatte, sein Glück in San Juan de Vera de las Siete Corrientes versuchen wolle, dem ein halbes Jahrhundert zuvor im Territorium der Guarani-Indianer am Ufer des Paranás gegründeten Städtchen, kurz Corrientes genannt. Dort, nicht weit von der Grenze mit Paraguay, hoffe er, sein bisheriges Leben hinter sich zu lassen. Man habe ihm berichtet, die Männer und Frauen jener abgelegenen Gegend würden alle Zugewanderten vorurteilslos willkommen heißen. Begeistert sprach er von der jungfräulichen Erde, die man dort noch mit hölzernen Grabstöcken bearbeite. In die dortige Gesellschaft habe die Inquisition bislang noch keinen Eingang gefunden. Die Inquisition, die, wie er von seinem Lehrmeister erfahren habe, noch nicht einmal davor zurückgeschreckt war, den ehrwürdigen Ignacio de Loyola in den Kerker zu werfen.

»Von deinem Lehrmeister?«, staunte Elvira.

Es stellte sich heraus, dass der in ihren Augen noch immer kleine Bruder seit Monaten mit einem Pater Jerónimo verkehrte. In einer der Amtsstuben, die er ebenso beharrlich wie vergeblich aufzusuchen pflegte, habe er ihn kennengelernt. Diego beschrieb ihn als einen hochgebildeten Priester, der tiefe Religiosität mit kritisch hellwachem Geist verbinde. Er lebe auf der *Estanzia* der Jesuiten in der Nähe von Alta Gracia, wo einst der Musikus Baltasar seinen Chor organisiert hatte. Dorthin habe man ihn verbannt, zur Strafe, weil er sich dem Verlangen des Inquisitionsgerichts widersetzt hatte, das Beichtgeheimnis preiszugeben, um als Belastungszeuge gegen einen der Häresie Angeklagten seines Sprengels aufzutreten. Bald wurde der Schwester klar, dass sich jener Pater zur Aufgabe gemacht hatte, den unruhigen Geist ihres Bruders nach seinen eigenen Vorstellungen zu formen. Nicht ohne Erfolg, wie sich bald herausstellte. Denn sosehr ihn die Eltern auch von seinem Entschluss abzubringen versuchten, indem sie ihm die Gefahren schilderten, denen er sich – fast ein Kind noch – in solch unwirtlichen Gegenden aussetzte, ließ er sich sein Vorhaben nicht ausreden.

Als Rodrigo und Felipa endlich einsehen mussten, dass sie ihren Sohn nicht umstimmen konnten, trösteten sie sich mit dem Gedanken, er werde wahrscheinlich beim Auftauchen der ersten Schwierigkeit reumütig in den Schoß der Familie zurückkehren. Zerstreut hörte er sich die väterlichen Ermahnungen an und bedankte sich kaum für das Säckchen mit Goldmünzen, das ihm der Vater zusammen mit den Empfehlungsschreiben an dortige Geschäftsfreunde aufdrängte. Noch nie hatte Elvira eine solche Zuneigung zu dem Bruder empfunden wie im Augenblick des Abschieds. Es war nicht zu verkennen: Im Geist befand er sich schon weit weg von Córdoba und dachte nicht im Traum daran, sich der Beziehungen seines Vaters zu bedienen.

Im Spätsommer verließen die Acostas Córdoba. Die Eltern und Elvira trauerten Diego nach, als sei er ihnen vom Tod entrissen worden. Beatriz hingegen schien das Scheiden des Bruders kaum bemerkt zu haben.

Überall saßen die Agenten Manuel Bautistas, die die Eltern von Zeit zu Zeit über das Schicksal ihres Sohns auf dem Laufenden hielten. Der Anfang war hart gewesen für ihn. Mit monatelanger Verspätung wurde seinen Eltern zugetragen, er sei in seiner Unerfahrenheit in schlechte Gesellschaft geraten. Zwei Tunichtgute hatten sich ihm zugesellt und ihn bis nach Santa Fe begleitet. Dort waren die beiden Halunken auf Nimmerwiedersehen verschwunden, unter Mitnahme nicht nur seines Geldbeutels, sondern sogar seines Pferdes mitsamt Sattel und Zaumzeug.

Es sprach für ihn, dass er seine Pläne weiterverfolgte, ohne die Eltern um Hilfe zu ersuchen. Die Gastfreundschaft der Einwohner Santa Fes und der Fischer am Ufer des Quiloazas gestatteten ihm, seinen Hunger zu stillen. Irgendwie bewerkstelligte er die Weiterreise. Als die Nachricht von seinem Pech bei den Eltern eintraf, hatte er längst Corrientes erreicht.

Möglicherweise durch die Unterstützung der Amtsbrüder des Paters Jerónimo, vor allem aber wohl dank seines natürlichen Charmes und seiner Tüchtigkeit, nahm ihn die dortige Bevölkerung im Laufe der Zeit in ihrer Mitte auf.

Zeit ihres Lebens hielten Felipa und Rodrigo an ihrer Hoffnung fest, ihr verlorener Sohn kehre eines Tages zu ihnen zurück.

6 Teresilla oder die erste Kunde von Maldonado de Silva

Eine Überquerung der Kordilleren muss von langer Hand vorbereitet werden. Da die Gebirgspässe nur während der warmen Jahreszeit einen ungehinderten Durchgang gewährleisten, verbrachten die Acostas den Herbst und die Wintermonate in Mendoza, einem am östlichen Fuß der Kordilleren gelegenen Städtchen, bekannt für seine guten Weine und für die Zucht besonders widerstandsfähiger Maultiere. Nur wenige der mitgeführten Kisten und Truhen wurden ausgepackt, so dass an keinen geordneten Haushalt zu denken war.

Der Müßiggang bekam Felipa schlecht. Meist irrte sie flatterhaft im Hause herum, legte auch hie und dann Hand an, oft ohne die begonnene Arbeit zu vollenden. Rodrigo entzog sich der von seiner Frau verbreiteten Unruhe, indem er häufig die Thermalbäder der Umgegend aufsuchte, von denen er sich eine Linderung des ihm seit einiger Zeit zusetzenden Gliederreißens versprach. Auch die Verhandlungen mit den Maultierzüchtern dienten ihm als Vorwand, um sich außer Haus aufzuhalten. Bei Tisch versuchte er, der spannungsgeladenen Stimmung zu begegnen, indem er sich über die Eigenheiten des Landstrichs ausließ, dem sie entgegenzogen. Er erwähnte die kriegerischen *Araukaner*stämme im Süden Chiles, die sich den Spaniern nicht unterwerfen wollten – nicht ganz zu Unrecht, wie er meinte, denn schließlich verteidigten diese

Wilden ihr Land und ihre Lebensform. Oder er kam auf die verwegenen Einfälle der Holländer zu sprechen, die immer wieder die zerklüfteten Küsten Chiles heimsuchten, um Spanien zu schädigen, wo sie nur konnten.

Elvira hatte die väterlichen Belehrungen satt. Sie vermisste die klugen Fragen ihres Bruders, mit denen dieser den Vater mehr als einmal in die Enge getrieben hatte. Ein Versuch, sich mit der kleinen Schwester anzufreunden, scheiterte an derer Indolenz. Eines Tages fasste sie sich ein Herz, nahm sich den Vater vor und wiederholte ihre Frage, warum er Diego nicht geholfen habe, bei der Universität zugelassen zu werden. ›Und den wir daher verloren haben‹, setzte sie im Geiste hinzu. Da ihr sein Hinweis auf den begrenzten Aufenthalt in Córdoba wie eine Ausrede klang, drang sie weiter auf ihn ein.

Mit Anzeichen der Verlegenheit gestand Rodrigo endlich, er habe es nicht übers Herz gebracht, an den Reinheitsattesten Diegos zu rühren. Deren genaue Überprüfung hätten ihm bestimmt Konflikte mit den Behörden eingebracht. Elvira schwieg zu diesem Bekenntnis, denn sie erkannte die unsichtbaren Ketten, derer sich ihre Eltern genauso wenig entledigen konnten, wie dies Juan, ihrem zukünftigen Mann, gelungen war.

Es wurde November, bis sich die Acostas bei sonnenklarem, trockenem Wetter aufmachten, um in Begleitung indianischer Führer die Anden zu überqueren. Während sie auf ihren Mauleseln zwischen dunklen Bergmassen auf engen Pfaden Schritt für Schritt in die Höhe ritten, das ständige Sausen des Windes im Ohr, suchte Rodrigo die Nähe seiner Tochter. Sie solle das große Schweigen in sich aufnehmen, das sie im Hochgebirge umfinge. Es möge ihr die Winzigkeit und die Verletzbarkeit des Menschen vor Augen führen: ein Rädchen im kosmischen Mechanismus, dazu bestimmt, zum Staub zurückzukehren, dem er entstammte. Der ewige Kreislauf der Natur – ein trostreicher Gedanke.

Die in den wolkenlosen Himmel ragenden nackten Felsen und die tiefen Schluchten rechts und links der Pässe gaben den Rahmen für Rodrigos Betrachtungen ab, die von der Tochter als die Überlegungen eines alten Mannes aufgefasst wurden. Allerdings wurden ihre Beobachtungen von den Schmerzen beeinflusst, die ihr, genau wie allen anderen Reisenden, die von der beißenden Kälte aufgeplatzten Lippen verursachten. Dazu gesellte sich bald die Höhenkrankheit, deren Symptome allen philosophischen Gesprächen ein Ende setzten. Selbst der von den Indios zubereitete Sud aus Kokablättern half nur wenig gegen die Übelkeit, das Kopfstechen und die Atembeklemmung. Als sie das Schlottern der Glieder ihres Vaters bemerkte, die aschgraue Farbe seines faltigen Gesichts, wurde ihr so recht bewusst, dass er schon auf die Fünfzig zuging und somit den Zenit seines Lebens überschritten hatte. Wie viele Hoffnungen lagen schon begraben hinter dem verhinderten Poeten, wie viele Pforten waren bereits endgültig hinter ihm zugeschlagen! Sie empfand Mitleid mit dem grauhaarigen Mann, der sein Leben lang von Land zu Land gezogen war, immer auf der Suche nach ein wenig Sicherheit für sich und die Seinen. Und der sich nun mit der tröstenden Erwartung auf die Rückkehr in den Schoß der Natur abfinden musste, nachdem ihm der Glauben an ein glückliches Jenseits nach dem Tod abhandengekommen war.

Die Gedankengänge ihrer Mutter und der Schwester erriet sie nicht. Wortkarg gaben sich die beiden ihren jeweiligen Hoffnungen und Ängsten hin.

Die Sommerhitze hatte bereits eingesetzt, als sie in Santiago eintrafen. Elvira verliebte sich auf den ersten Blick in die Hauptstadt des sogenannten Königreichs Chile, die sich im Schatten dichtbelaubter Bäume verbarg. Ihren Hang zur Selbständigkeit hatte sie sich bewahrt: So oft sie es ermöglichen konnte, erstieg sie den Santa-Lucía-Hügel, um sich an der Aussicht auf die Stadt zu erfreuen. Unter ihr lagen die beiden Arme des in der Sonne glitzernden Mapocho-Flusses, die Weingärten, die Bauernhütten von Ñuñoa und die Herrensitze in der Nähe der Cañada, deren durch die häufigen Erdbeben verursachten Risse auf die Entfernung nicht zu erkennen waren. Der westliche Horizont war von der Gebirgskette beherrscht, an deren ständig wechselnden Farbtönen sie sich nicht sattsehen konnte. Wenn sie daran dachte, dass Juan diese herrliche Landschaft auf seinen Reisen in sich aufgenommen hatte, bildete sie sich ein, sie verspüre seine Nähe.

Sie bezogen ihren Wohnsitz unweit des Klosters der Santa-Clara-Nonnen. Rodrigo, der nach der anstrengenden Reise wieder aufgelebt war, zeigte sich äußerst rührig: In seinen Lagerschuppen im Hafen vom zwei Tagesreisen von Santiago entfernten Valparaiso stapelten sich bald Fässer mit Wein, Tonnen mit eingelegten Oliven, Flaschen mit Branntwein, Tonkrüge mit Honig und Öl, Körbe mit Trockenobst und gelegentlich sogar Halbzeug aus Kupfer und Bretter aus den Wäldern des Südens. Alles Produkte, die er nach Callao verfrachten ließ, wo sie von den Sklaven Manuel Bautistas in Empfang genommen wurden.

Seine mehrfach geäußerte Beteuerung, der Aufenthalt in Chile sei nur von kurzer Dauer; die Weiterreise hinge lediglich von »gewissen Dingen« ab, die er zuvor erledigen müsse, erweckte in Elvira den Verdacht, seine rege Handelstätigkeit diene in erster Linie dazu, diese geheimnisvoll angedeutete Aufgabe vor der Öffentlichkeit zu verschleiern. Der sich in ihr festigende Eindruck, der eigenmächtige Verwandte in Lima verwende die Familie als Werkzeug für Pläne, die er ihnen verschwieg, verdross sie. Dabei richtete sich ihre innere Auflehnung auch gegen das Umfeld des Peruaners, einschließlich gegen ihren Verlobten. Und dies, obgleich seine in säuberlicher Kaufmannsschrift abgefassten Briefe, die nun wieder regelmäßig eintrafen, nicht nur seine blumenreiche Zusicherung ewiger Liebe enthielten, sondern oftmals auch gepresste Blütenblätter, deren zarter Duft im Gegensatz zur verletzenden Gleichgültigkeit stand, die er bei seinem Besuch in Córdoba ihren Versen entgegengebracht hatte. Eine, wer weiß durch welche inneren Hemmungen verursachte Gleichgültigkeit, die er – so jedenfalls hoffte sie – inzwischen bereute und auf seine Weise vergessen machen wollte.

Sie schloss neue Freundschaften.

Der Vater Teresillas, Don José Gutiérrez y Carranza, war der angesehenste Schneider Santiagos. Für einen Anzug forderte er einen Preis von zehn Pesos und mehr. Wofür er dann allerdings ein Kleidungsstück lieferte, das sich mit den aus Rouen, Cabray oder Brüssel eingeführten Gewändern durchaus messen konnte und das im Testament seines Besitzers aufgelistet und noch von dessen Erben getragen wurde. Zwei seiner Söhne hatten die militärische Laufbahn eingeschlagen, ein dritter war Seminarist. Die einzige erwähnenswerte Tochter war Teresilla, Elviras neue Freundin. Denn die andere war eine geistesgestörte Kreatur. Ihre Eltern hielten sie in einem Bretterverschlag in der äußersten Ecke des Hofs verborgen. Manchmal wurden sie von ihren gellenden Schreien aus dem Schlaf geschreckt.

Die stets heitere Teresilla hatte bei den Nonnen eine sorg-
fältige, wenn auch einseitige Erziehung erfahren, die sie
zur Hoffnung auf eine gute Partie berechtigte. Doch die
potentiellen Anwärter schienen es nicht eilig zu haben.
Die Wartezeit vertrieb sich die fast Vierundzwanzigjährige
mit der Teilnahme am Kirchenchor und mit Gitarren-
spiel.

Sie war ganz anders geartet als die zu mystischen Anwandlungen neigende Apothekerstocher Blanca aus Córdoba.
Bei Teresilla lernte die zu kritischer Bewertung ihrer Umwelt erzogene Elvira eine unbeschwerte Lebenshaltung
kennen, die sie im Stillen bewunderte, obwohl sie nicht
ihrem Stil entsprach. So wäre es ihr nie in den Sinn gekommen, dass man aus einem beliebigen Grund losprusten
könne, bis die Tränen kamen. Ein nichtiger Anlass wie
etwa das Lallen eines Betrunkenen, der stutzerhafte Aufzug eines bejahrten Schürzenjägers, die bilderreiche Sprache der kulleräugigen Schwarzen, die leicht zu durch-
schauende Verlogenheit der Mestizen, die Schliche der
sogenannten Portugiesen, die Hochnäsigkeit der halb-
gebildeten Beamten, die Scheinheiligkeit der Priester –
menschliche Schwächen, die sie geschickt nachzuäffen
verstand. Und manchmal lachte sie sogar ohne ersicht-
lichen Grund aus vollem Hals. Wahrlich: Die saumseligen
Heiratskandidaten mussten mit Blindheit geschlagen
sein! Teresilla war zwar nur eine für ihren Stand vielleicht
ein wenig zu anspruchsvolle Schneiderstochter, aber nicht
nur stets guter Laune, sondern auch hübsch, mit ihrem
funkelnden Blick, der dem Zeitgeschmack entgegenkom-
menden molligen Figur, den vollen Lippen und den Grübchen in den Wangen, die sich beim Lachen vertieften.

Von ihr erfuhr Elvira, wie wohltuend es sein kann, die von
der Kirche auferlegten Pflichten mit der gleichen Selbst-

verständlichkeit zu erfüllen, mit der man Hunger und Durst stillt oder sich morgens kämmt und sich das Gesicht wäscht, ohne sich dabei mit Gewissensfragen herumzuplagen. Immer wenn sie die wohlige Befriedigung wahrnahm, die ihre Freundin nach der empfangenen Kommunion erfüllte, musste sie sich eingestehen, dass auch sie sich nur allzu gern der Gnade Gottes teilhaftig gefühlt hätte. Doch ihr Vater hatte sie schon von Kindesbeinen an dazu angehalten, der menschlichen Vernunft zu vertrauen und darüber die Abgründigkeit der Seele weitgehend zu ignorieren. Sie konnte noch so inbrünstig in der Kirche knien, mochte noch so eifrig in ihrem Tikkun blättern – es half alles nichts. Das Gefühl jener inneren Sicherheit, das dem rückhaltlos Glaubenden zu eigen ist, blieb ihr versagt.

Bei den Gutiérrez machte sich niemand Gedanken über Astronomie oder über philosophische Spekulationen. Die Dichter Madrids waren in diesem Hause unbekannt. Und auch die Krisen des internationalen Handels gaben hier kein Gesprächsthema ab, denn das Geschäft des Schneiders florierte. Und wenn einmal der Krieg Erwähnung fand, den die Soldaten des Königs gegen die *Mapuche*-Stämme irgendwo südlich des Bio-Bio-Stroms ausfochten, so geschah es nur, um mit den Heldentaten der Söhne zu prahlen, und keineswegs, um die Zustände im Land zu kritisieren, denn solches – so der Schneidermeister – stand ihnen nicht zu.

In diesem gastlichen Haus erfuhr Elvira zum ersten Mal vom Fall des Bachillers Francisco Maldonado de Silva. Als einen Anhänger der jüdischen Religion hatte ihn der Kommissar der Inquisition in Concepción vor mehr als vier Jahren unter strenger Bewachung nach Lima schaffen lassen; seitdem befand er sich in den Verliesen des Tribunals. Die Frau des Schneiders, deren üppige Figur die zukünftige körperliche Entwicklung ihrer Tochter vorausahnen ließ, fand es ganz in Ordnung, dass ein Verleugner des heiligen katholischen Glaubens genau wie jeder andere Verbrecher seiner gerechten Strafe zugeführt wurde. Gleichwohl hätte sie es begrüßt, wenn man in diesem Fall ausnahmsweise Gnade vor Recht walten ließe und dem Arzt das Leben schenkte. Denn als ein wenig verschroben habe er ja schon immer gegolten, und weder seinen beiden Schwestern noch seiner armen Frau könne man Schlechtes nachsagen. Hätte sich der Dickschädel doch nur auf die Ausübung seines Berufs beschränkt!

Teresilla dagegen vertrat die Ansicht, dem unbelehrbaren Ketzer geschähe recht. Unkraut müsse man jäten, bevor es überhandnehme. Eine Bemerkung, die Don José veranlasste, seine Tochter strafend anzublicken und, an die Acosta-Tochter gewandt, dieser zu versichern, in seinem Hause hege man keinerlei Vorurteile gegen die Neuchristen, die zu den besten Kunden seiner Werkstatt gehörten und genauso getauft seien wie er und seine Familie.

»Durchaus ehrbare Leute«, bestätigte seine Frau. »Aber eben doch ein wenig anders als unsereins.« Dann pries sie uneingeschränkt die Tüchtigkeit des Bachillers, dessen Patientin sie einige Jahre lang gewesen war. »Ihr hättet sehen sollen, wie uns der Mann kurierte! Sobald er unser Haus betrat, fühlte ich mich schon halb geheilt.«

Ihrem Mann war es anzusehen, dass ihm bei diesem Gespräch mulmig zumute war. Er hatte nämlich einen Familiar des Heiligen Glaubenstribunals bedient, einen jener Kunden, denen man besser aus dem Weg geht, weil sie nicht nur säumige Zahler sind, sondern obendrein unverschämt werden, wenn man zu seinem Geld kommen will. Anstatt seine Rechnung zu begleichen, hatte der Kerl dem erschrockenen Schneider eine Vorladung des Kommissars ins Haus geschickt. Der forderte zwanzig *Patacones* von ihm, das Honorar, welches er dem Bachiller Francisco Maldonado noch schuldig geblieben sei, wie aus dessen sorgfältigen Aufzeichnungen hervorgehe. Und das selbstverständlich ebenso dem Sequester anheimgefallen war wie das sonstige Vermögen des Angeklagten. Dieser Umstand sei seinem Gedächtnis völlig entschwunden gewesen, redete sich Carranza stotternd heraus. Worauf er vom Kommissar belehrt wurde, dass das Tribunal mit einem vortrefflichen Erinnerungsvermögen ausgestattet sei. Eine Behauptung, die der verängstigte Schneidermeister nicht in Abrede stellte. Er zahlte noch am selben Tag, erleichtert, weil keine schwerer wiegenden Klagen gegen ihn vorlagen. Etwa die, dass er einer vom Satan besessenen Tochter Unterkunft gewähre.

Teresilla erhob sich. Mit gespielt gichtsteifen Schritten begann sie, auf und ab zu stelzen. Indem sie ihr Kinn nachdenklich in die linke Hand stützte und sich die rechte vor die zusammengekniffenen Augen hielt, als blickte sie durch ein Messglas, parodierte sie den kurzsichtigen Medikus:

»Gestattet, dass ich Euren werten Urin untersuche, dieses wunderbare Sekret Eures vom Gotte Israels in Seinem Ebenbild erschaffenen Leibes. Sein unwürdiger Diener wird Euer Übel heilen. Mit Hilfe der Psalmen, die ich alle auswendig weiß, und der Zaubersprüche Mosis, der Alchemie, des Korans und des Talmuds. Euer Gnaden mögen mir gütigst die werte Zunge herausstrecken ... Ahhh! Ahhh! ... Einen Aufguss von Brombeerblättern gegen die Halsentzündung, dazu einen Abführtee aus Sennesblättern. Und gelegentlich sollten Euer Gnaden fasten. Das hilft dem Körper nicht weniger als der Seele.«

Teresilla imitierte die knarrende Stimme des unglück-

lichen Bachillers so komisch, dass sich ihre Zuhörer vor
Lachen krümmten.

Elvira gehorchte dem Drängen ihres Vaters, die Mutter
zur jüngeren Schwester jenes Maldonado de Silva zu begleiten. Auf ihr Zögern hin verriet er ihr mit geheimnis-
voller Miene, sein Verlangen sei auf eine dringende Bitte
Manuel Bautistas zurückzuführen. Sie sollten versuchen,
von dieser Dame Genaueres über ihren Bruder zu erfahren, über den man sich so Seltsames erzählte. Wer weiß,
ging es Elvira durch den Kopf, welche Erwartungen der in
diesen seltsamen Heiligen setzte! Vielleicht sah er in ihm
gar eine Symbolfigur, um die sich die auf der ganzen Welt
verstreuten Juden scharen könnten.
Sie trafen eine zierliche Dame an, die sie in der Tracht
einer Beate der Gesellschaft Jesu empfing. Ihre Lider waren gerötet und leicht geschwollen. Auffallend waren die
schneeweißen Hände, deren feingliedrige Finger sich nervös bewegten, als wären sie Vipern.
Felipa rechtfertigte ihren Besuch mit Grüßen, die sie angeblich aus Córdoba zu überbringen habe. Pater Jerónimo
habe sie ihr aufgetragen.
»Ich kenne keinen Pater Jerónimo«, murmelte die Beate
abweisend.
Felipa gab sich nicht so schnell geschlagen. »Es gibt noch
allerhand Leute in Córdoba, die sich an die Familie Eurer
Gnaden erinnern und die auch Eure Geschwister nicht
vergessen haben«, behauptete sie kühn. Elvira warf ihr
einen anerkennenden Blick zu. Ausnahmsweise zeigte sich
kein Zucken in ihrem Gesicht.
Die Dame des Hauses schielte auf die Fliesen des Bodens,
als wolle sie diese zählen.

»Ja, meine Geschwister!«, entrang sich ihr nach einer Weile die seufzende Antwort. »Diego, der Älteste: gebüßt, als er kaum zwanzig war. Man sagt, er sei ins Kloster gegangen. Aber man erzählt sich ja so vieles ... Mein gottseliges Schwesterlein Juana weilt schon lange nicht mehr im irdischen Jammertal. Vater konnte noch nicht einmal bei ihrer Bestattung zugegen sein; er war ... er war ... er war verhindert.«

Sie unterbrach sich und schlug ein Kreuz. Die Besucherinnen folgten ihrem Beispiel.

Ohne den Blick zu heben, fuhr sie gepressten Tones fort: »Der Heiland und seine gebenedeite Frau Mutter sind Zeugen, dass mich keine Schuld am Unglück Franciscos trifft. Hat sich alles selber zuzuschreiben ... Oder vielleicht ist's ein Werk des Teufels ... Hab' viele Tränen vergossen ... Vergieße sie noch immer und schließe ihn in meine Gebete ein. Der Heilige Geist möge ihn erleuchten!«

Sie unterdrückte einen Schluchzer, zog ein Spitzentaschentuch aus dem Ärmel und schnäuzte sich flüchtig. »Wenn meine Schwester erfährt, dass ich mich mit fremden Leuten unterhalte, wird sie mich bestimmt auszanken«, fiel ihr ein.

Felipa beruhigte sie. Niemand werde von diesem Gespräch erfahren.

»Denn Isabel sagt mir immer, wir dürften die Geheimnisse des Heiligen Tribunals nicht ausplaudern. Das sei eine schwere Sünde, sagt sie ... Eine Sünde, ein Fluch, der Vater hat ihn auf die Söhne übertragen, die was meine Brüder sind! Hab' ihn kaum gekannt, den Vater. War auch Arzt gewesen, Núñez de Silva, war in Lissabon zur Welt gekommen und als junger Mann nach Brasilien ausgewandert. Nirgends hielt er es lange aus, der Vater. Zog immer wieder weiter. Von Ort zu Ort, wie gehetzt. In San

Miguel de Tucumán angekommen, nahm er unsere rechtgläubige Mutter zur Gattin. Noch heute zerbreche ich mir
den Kopf, warum. Es gibt Männer, die sollten nie heiraten.
Dann wohnte er eine Zeitlang in La Rioja und endlich in
Córdoba, wo ihn die Herren der Inquisition verhaften
mussten. Wegen seiner Judenbräuche. Und seitdem hab'
ich ihn nie wiedergesehen, den Vater. Aus dem Gefängnis
entließen sie ihn mit der Auflage, sich in Callao niederzulassen, weil es dort keine Ärzte gab. Ein schweres Leben,
das können mir Euer Gnaden glauben. Schwer für ihn,
schwer für uns. Und seit man ihm den Prozess gemacht
hat, verweigern uns die Nachbarn den Gruß. Wie denn
auch nicht: die Töchter eines Gebüßten! Ein Glück, dass
uns die Mutter in der wahren Lehre erzog und dass uns
Satanas nie in Versuchung führte, wie Francisco, meinen
irrgläubigen Bruder, den ich liebe, denn er war es, der immer für unseren Unterhalt aufgekommen war. Und ich
hab' keine Schuld, dass er jetzt im Kerker sitzt, da könnt
Ihr fragen, wen Ihr wollt ... Der Herr im Himmel steh' ihm
bei!«
Fast wäre Elvira ein »Amen« entfahren. Sie gab sich Mühe,
Verständnis für diese schmächtige Frau aufzubringen,
deren weinerlichem Tonfall etwas Kindliches anhaftete.
Ihre zur Schau getragene Untröstlichkeit über das Schicksal ihres Bruders schien nicht weniger ehrlich empfunden
zu sein wie ihre Überzeugung, mit ihrem Verrat an ihm
recht gehandelt zu haben.

Die Unterhaltung mit Doña Isabel ließ sich schwieriger an
als die mit ihrer jüngeren Schwester. Sie war eine in tiefes
Witwenschwarz gekleidete knochige Frau mit harten Gesichtszügen, und ihr Empfang war feindselig. Sie wüsste

nicht, was sie der Señora zu erzählen habe. Der Bruder Francisco? Nun ja, der befinde sich in Untersuchungshaft. Ein tragischer Vorfall, der die Ehre der ganzen Familie beflecke. Man solle bitte nicht weiter in sie dringen, denn das Inquisitionsgeheimnis sei ihr heilig.

Sie schluckte und fuhr unaufgefordert fort: »Stellt Euch meine Bestürzung vor, Señora, als mir Francisco eines Tages eröffnete, er sei Jude und befolge die Gesetze Mosis. Der Leibhaftige musste ihn geblendet haben, denn unser christliches Gesetz ist doch das einzig seligmachende, gnadenspendende Gesetz, nicht wahr?«

Bevor Felipa eine Erwiderung auf diese rhetorische Frage fand, fuhr Doña Isabel mit schriller Stimme fort: »Da sagte er mir doch tatsächlich, er lege sein Leben und seinen Tod in meine Hände. Alle Christen kämen in die Hölle, behauptete er, und es gebe nur einen einzigen Gott, dem wir unser Dasein verdankten und den zu ehren wir gehalten seien. Er verleugnete sogar die Heilige Dreifaltigkeit und schalt mich eine Götzendienerin, weil ich Heiligenfiguren aus Holz und Stein verehrte. Und dann sagte er viele Sprüche auf, die ich zum Glück nicht verstand.«

Tief seufzend bekreuzigte sie sich. Elvira wäre am liebsten aufgestanden und hätte das Haus verlassen.

»Um Gottes willen, warnte ich meinen Bruder: Lass ab von deinen sündigen Gedanken. Er aber ließ nicht locker, und als ich mir die Ohren zuhielt, kam er auf den Einfall, mir Zettel unter die Tür meiner Kammer zu schieben, auf die er all seine Proposita geschrieben hatte. Natürlich verbrannte ich sie ungelesen. Als er mich immer weiter bedrängte und mich sogar dazu verleiten wollte, nicht mehr zur Beichte zu gehen, weil man seine Sünden nur Gott alleine, ohne Zwischenträger, gestehen solle, da bekam ich es mit der Angst zu tun. Ich beriet mich mit meinem

Beichtvater, der mir und meiner Schwester befahl, den Bruder unverzüglich anzuzeigen, um auf diese Weise seine Seele zu retten.«

»Was blieb uns da anderes übrig?«, fragte sie störrisch. »Manchmal kam mir vor, als legte er es geradezu darauf an, vor das Heilige Tribunal gebracht zu werden, um mit den Richtern disputieren zu können, zänkisch, wie er nun einmal ist ... Und jetzt wird es wohl besser sein, wenn mich die Damen gütigst allein lassen mit meinem Schmerz.« Der Blick, den sie ihren Gästen zuwarf, die es gewagt hatten, die Witwe eines Hidalgos zu belästigen, war vorwurfsbeladen. Dann schloss sie die Augen zum Zeichen ihrer Erschöpfung. Mit einem gehauchten »Gott befohlen« entließ sie Mutter und Tochter.

7 Manuel Bautista oder Lima, die Stadt der Heiligen Drei Könige

Wenige Monate nach diesen unerquicklichen Gesprächen traf endlich der ersehnte Bescheid Manuel Bautistas ein, sie sollten nach Lima aufbrechen, ihrem endgültigen Wohnsitz.

Obwohl die Reise dorthin ohne Zwischenfälle verlief, verbrachte Elvira unruhige Nächte an Bord, gequält von bösen Träumen, die sie zwar beim Erwachen bis auf wenige Bruchstücke schon wieder vergessen hatte, die ihr aber ein Gefühl der Beklommenheit hinterließen, das sie auch tagsüber in Bann hielt. Die erinnerten Fragmente waren beunruhigend genug: *Diego, ein bluttriefendes Messer in Händen, durchschneidet die Kehle einer verstümmelten Kuh. Der erpresserische Espeireta hockt schmatzend am Esstisch und bedroht sie mit verzerrter Fratze. Ihre Mutter wirft ihr unzüchtige Begierden vor, über die man nicht spricht.*

Der von derartigen Träumen verursachten Stimmung war es zuzuschreiben, dass sie der Ankunft in Callao mit weniger Enthusiasmus entgegensah, als zu erwarten gewesen wäre. Während sich ihr Schiff der Hafenbucht näherte, drängte sich ihr die Erinnerung an die Einfahrt in den Hafen von Buenos Ayres auf, die sie als kleines Mädchen fröstelnd erlebt hatte, belebt von der Vorfreude auf die sie erwartenden Abenteuer, beunruhigt zugleich vom geheimnisvollen Getuschel der Erwachsenen. Während sie nun vom Deck aus das Menschengewimmel im Hafen beobachtete, das unter einem wolkenlos blauen Himmel zwischen den Karren und Lasttieren wogte, beschlich sie die Furcht vor der ihr unbekannten Welt. Dabei hielt sie nervös Ausschau nach Juan, der längst hätte erscheinen müssen. Natürlich in Begleitung Manuel Bautistas, wie es ihr die Eltern in Verkennung ihrer untergeordneten Stellung eingeredet hatten.

Verstohlen beobachtete sie diese und ihre Schwester; alle drei blickten angestrengt über die Reling, ein jeder von ihnen in seine Gedanken vertieft.

Ein von einem halbnackten Indianerjungen geschickt gesteuertes Schilffloß näherte sich ihrem Fahrzeug, um es zu registrieren. Anschließend entfernte es sich blitzschnell, um den Behörden Meldung zu erstatten. Doch Elvira hatte kein Auge für die Bewegungen im Hafen, für die vielen Galeonen und Fregatten, die vor Anker lagen, denn plötzlich kam ihr die Absurdität ihrer Lage zu Bewusstsein. Was wusste sie denn eigentlich von Juan, mit dem sie ihr Leben teilen sollte? Was von den Verwandten, die ihre Eltern ständig im Munde führten? Ihr kam zu Bewusstsein, dass sie ihren Verlobten mehr aus seinen Briefen kannte als aus dem persönlichen Umgang. Dabei beschlich sie, nicht zum ersten Mal übrigens, der Verdacht, man habe ihre Unerfahrenheit ausgenutzt, um sie der Hauspolitik eines Manuel Bautista Pérez zuliebe zu verkuppeln.

Die Stimme des bärtigen Kapitäns in ihrem Rücken schreckte sie aus ihren Grübeleien. Er machte Rodrigo auf die in der Bucht dümpelnden Kriegsschiffe aufmerksam, deren Bordgeschütze unter den Strahlen der Morgensonne aufblitzten. Die ganze Wirtschaft des Vizekönigreiches hinge von den regelmäßigen Fahrten der Silberflotte ins Mutterland ab, glaubte er erläutern zu müssen, als hätte er irgendeinen Ignoranten vor sich und nicht den

Agenten eines Großkaufmanns aus Lima. Ohne den Schutz der Kriegsmarine könnten es diese Schiffe gar nicht wagen, in See zu stechen: Die Piraten! Die Holländer! Die Engländer! Alle seien sie wie beutegierige Haie hinter dem spanischen Silber her.

Der Seebär war noch nicht fertig mit seinen Ausführungen: Mit ausgestrecktem Arm wies er auf die Küstenbatterie, von der er mit vertraulichem Augenzwinkern behauptete, diese Geschütze müssten die Einfahrt vor dem Überfall des ständig auf der Lauer liegenden Feindes bewahren.

Rodrigo fiel nichts Besseres ein, als den Argwohn der Peruaner zu rechtfertigen, indem er den Überfall des Piraten Joris van Spilbergen erwähnte, dem es einst fast gelungen war, die Stadt einzunehmen.

»Fast!«, lachte der Kapitän lauthals. »Nur fast war es ihm gelungen! Und obendrein ist das bereits Jahrzehnte her.« Sein Gelächter wirkte unheimlich auf die Acosta-Tochter. *Die Parallelwelten. Immer wieder und überall!* Erst als die von zwei Rappen gezogene Karosse Manuel Bautistas endlich am Kai auftauchte, hellte sich ihre Stimmung auf. Sie erkannte das auffällige Gefährt sofort; Juan hatte es ihr mehr als einmal beschrieben.

Der berühmte Verwandte ließ sich allerdings nicht blicken, worüber sich ihr Vater enttäuscht zeigte. Der Kapitän war ihren Blicken gefolgt. »*Santa María, madre de Dios!*«, rief er aus. »Das nenne ich mir eine prächtige Equipage! Derer müsste sich nicht einmal unser Vizekönig schämen!«

»Gehört dem hochwohlgeborenen Señor Manuel Bautista Pérez«, mischte sich einer der Passagiere in die Unterhaltung ein, »einem guten Bekannten von mir.« Widerwillig betrachtete Elvira den aufdringlichen Kerl, einen stämmigen Dreikäsehoch mit pockennarbigem Gesicht, breiter Stirn und buschigen Augenbrauen unter einem schwarzen, mit einer Pfauenfeder geschmückten Schlapphut. Er nannte sich Don Francisco, und einige Mitreisende munkelten, er sei ein heruntergekommener Hidalgo, der irgendwelche lichtscheue Geschäfte betrieb. Aber wer gab sich in diesen Breitengraden nicht mit zwielichtigen Geschäften ab?

»Hut ab! Da habt Ihr Euch ja wirklich einen mächtigen Verwandten ausgesucht!«, stellte der Wicht mit einer volltönenden Bassstimme fest, die angesichts seiner knirpsartigen Erscheinung erstaunlich wirkte. »Arbeitet mit Riesenkrediten, geht beim Hof ein und aus und hegt derzeit die durchaus berechtigte Hoffnung, dass man ihm die Verwaltung des Verteidigungssystems der Stadt anvertraut.« Er wandte sich an den Kapitän, um sich zu erkundigen, ob ihm schon die Monstranz zu Gesicht gekommen sei, die dieser Caballero erst unlängst der Kathedrale gestiftet habe. »Nein? Eine herrliche Goldschmiedearbeit, über und über mit Smaragden, Diamanten und Perlen besetzt. Die ganze Stadt spricht davon.« Mit einem plumpvertraulichen Blick auf Acosta fügte er scheinheilig hinzu: »Eine ausgezeichnete Investition, die sich bezahlt machen wird!« Nach dieser Bemerkung schwenkte er den Hut, verrenkte die Glieder, um seinen Zuhörern eine Reverenz nach altspanischer Sitte vorzuführen, und empfahl sich.
Der Kapitän hatte sich inzwischen auf den Weg gemacht, um seinen Pflichten nachzukommen.
Erst nach einer ganzen Weile raffte sich Rodrigo zu einem Kommentar auf: »Hier geben die Hofschranzen den Ton an. Wir werden uns an ihren hinterhältigen Stil gewöhnen müssen, Elvi.« Die nickte schweigend und beschloss, sich einer solchen Redeweise nie und nimmer anzupassen.
Dann entdeckte sie ihren Verlobten, der ihnen vom Lan-

dungssteg aus eifrig zuwinkte. Es dauerte mehrere Sekunden, bis sie seinen Gruß erwiderte.

Die kühle Begrüßung, mit der ihre Eltern die Enttäuschung darüber zum Ausdruck brachten, dass Manuel Bautista nicht zu ihrem Empfang erschienen war, berührte Elvira peinlich. Juan gab sich Mühe, um das Benehmen seines vielbeschäftigten Prinzipals zu entschuldigen. Wenn er nicht gerade beim Vizekönig in Audienz zu erscheinen habe, müsse er an einer Unterredung mit einer ausländischen Delegation oder an einer Sitzung des Konsularhofs teilnehmen. Und, mit Verlaub zu sagen, Lima sei schließlich nicht irgendein Provinznest, sondern eine Weltstadt. Er versicherte seinen kleinstädtisch verschnupften Schwiegereltern in spe, der Vetter würde sie höchstpersönlich begrüßen, sobald sie in dessen Palais einträfen. In dem sie übrigens vorübergehend einquartiert werden sollten. Eine Auszeichnung, der sie sich hoffentlich bewusst seien und die von der ungewöhnlichen Geste unterstrichen werde, dass er ihnen, von seinem Personal über die bevorstehende Ankunft ihres Schiffes unterrichtet, seinen Reisewagen zur Verfügung gestellt hatte.

Er unterbrach sich, um den schwarzen Lastträgern zu befehlen, sich des Gepäcks der Ankömmlinge anzunehmen, wobei Elvira der harte Ton auffiel, in dem er sie zur Eile antrieb. Auch entgingen ihr die Blicke nicht, mit denen er mehrmals den Stand der Sonne prüfte, so als unterläge er einem unerbittlichen Zeitdruck. Vergeblich bemühte sie sich darum, den Poeten wiederzuentdecken, dem ihre Liebe galt.

Die Fahrt nach dem gut vier *Leguas* entfernten Lima ging nur langsam vonstatten, denn die Landstraße war vom Verkehr überlastet. Juan erwies sich als ein guter, wenn auch etwas fahriger Unterhalter. Seine Kommentare bewirkten, dass die Ankömmlinge ihre Verstimmung allmählich überwanden.

Als sie eine Reitergruppe überholten, gewahrte Elvira Don Francisco, den Wichtigtuer, der seinen befiederten Hut überschwänglich grüßend zog. Aus der Art, mit der Juan diese Höflichkeitsbezeugung erwiderte, schloss sie, dass sich die beiden kannten. Und in der Tat: Auf ihre Erkundigung hin erfuhr sie, dass dieser Mann mit den *Huaqueros* zusammenarbeite, die nach verborgenen Grabstätten der Indios fahnden, um sie zu plündern. Manuel Bautista, vermutlich sein bester Kunde, rette durch seine Sammelleidenschaft viele der solcherart ans Tageslicht gelangenden Schätze. Diese von der Kirche als Götzenbilder verteufelten Goldschmiedarbeiten der Tumascos, Quimbayas, Nariños und wie die Stämme sonst noch hießen schmölzen die Spanier, so sie ihrer habhaft wurden, bedenkenlos ein, da sie in ihrer Habgier einzig und allein auf das Edelmetall aus seien.

Während sich Rodrigo einsilbig verhielt und Beatriz den Mund überhaupt nicht aufmachte, war es Felipa anzusehen, dass sie den Redeschwall ihres zukünftigen Schwiegersohns gern auf Persönliches gelenkt hätte. Endlich nahm sie eine Gesprächspause wahr, um sich nach dem Ergehen ihrer Kusinen Guiomar und Isabel zu erkundigen. Aber gerade als Juan zu einer Antwort ansetzte, wurde er durch einen Zug Lamas am Wegrand abgelenkt. Etwas zu beflissen nahm er die kleinen Kamele zum Anlass, um einen Exkurs über die, wie er sie bezeichnete, »südamerikanischen Landschafe« vom Stapel zu lassen. Man setze diese nützlichen Wiederkäuer im Hochgebirge als Lasttiere ein und schätze nicht nur ihre Wolle, sondern auch ihr etwas süßliches Fleisch, ja sogar die Exkremente, das *Waikuna*, welches man in getrocknetem Zustand als Brennmaterial im holzarmen Gebirge verwendete. »Solcherart greift ein Rädchen ins andere«, beendete er seinen Vortrag, »um jenen wunderbaren Mechanismus aufrechtzuerhalten, der die Wirtschaft des Landes darstellt.« Die Frage Felipas nach ihren Kusinen blieb unbeantwortet.

In Lima angelangt, befahl Juan dem Wagenlenker, den Weg über den Hauptplatz zu nehmen. Die Aufgabe, den ihm Anvertrauten die Wunder seiner Stadt vor Augen zu führen, schien ihn derartig zu erfüllen, dass es ihm gar nicht in den Sinn kam, sich zu erkundigen, ob sie sich nicht vielleicht lieber erfrischen und von den Strapazen der Reise erholen wollten. Sie sahen sich genötigt, nicht nur die Plaza principal mit den von dort ausgehenden acht Straßen zu bewundern, sondern auch den Palast des Vizekönigs, den Wohnsitz des Erzbischofs und die eindrucksvolle Kathedrale. Dann überquerten sie eine Steinbrücke, um ans andere Ufer des Rimac zu gelangen, in einen Stadtteil, in dem sich viele Kaufläden dicht aneinanderdrängten. An mehreren der, wie sie von Juan belehrt wurden, insgesamt fünfzehn Klöster der Stadt rollten sie vorbei, an der San-Marcos-Universität, an Schulen und Spitälern, am Armenasyl und am Theater. Voller Stolz zeigte ihnen Juan alle Merkmale der aufstrebenden Stadt, die Balkone mit ihren Holzgittern, für die Lima berühmt war, die kunstvoll geschmiedeten Eisengitter und Tore, die Karossen und Sänften auf den gepflasterten Straßen. Dann ließ er es sich nicht nehmen, sie zum Platz der Inquisition zu fahren, zur Residenz der Glaubensrichter.

Wie um die an ihm gewohnte Behauptung zu widerlegen, das Glaubenstribunal belästige heutzutage niemanden mehr, erreichte just in diesem Augenblick ein Fahrzeug mit heruntergelassenen schwarzen Vorhängen das sich öffnende Tor des Gebäudes. Ein gutes Dutzend schwarze Sklaven mit gezückten Schwertern begleiteten das Gefährt im Eilschritt:
Sie waren einem der drei amtierenden Inquisitoren begegnet. Juan war verstummt.

Als er sich nach längerem Schweigen Felipa zuwandte, sah es aus, als kehre er aus weiter Ferne zurück. Aus Montemayor vielleicht. Oder aus Sevilla, wo er als Knabe der Auspeitschung seines Vaters beigewohnt hatte. Verstohlen suchte Elvira seine Hand und streichelte sie, bis er sie ihr entzog. Sie befürchtete, er werde nun sein übliches Beruhigungssprüchlein aufsagen, um die vom Santo Oficio ausgehende Gefahr abzustreiten. Längst kannte sie die Argumente auswendig: Das Volk verabscheue die Inquisition, eine massive Beschlagnahmung des Vermögens der Neuchristen hätte den Zusammenbruch des Kreditwesens der Indias zur Folge, die Altchristen würden ihren bedrängten Geschäftsfreunden zu Hilfe eilen; man könne mit dem Wohlwollen des Grafen-Herzogs in Madrid und mit der politischen Einsicht des Vizekönigs rechnen. Und sollten wirklich alle Stricke reißen, so würde die landesweite Bestechlichkeit der Beamten die wenig wahrscheinliche Verfolgung in Grenzen halten.
Doch bevor solches über Juans Lippen kam, hielt der Wagen vor dem im Volksmund als das »Haus des Pilatus« bekannten Palast des Manuel Bautista Pérez. Noch nie hatte Elvira eine so prächtige Privatresidenz gesehen. Mit den

zwei in Stein gehauenen Wappen, die seine Fassade zierten, glich sie einem Adelssitz.

Sie hatten kaum den Fuß aufs Pflaster gesetzt, als Pablo
Rodriguez aus dem Haus trat. Dass er seit seinem Besuch
in Buenos Ayres gealtert schien, lag wohl vor allem daran,
dass er inzwischen an Gewicht zugenommen hatte. Vielleicht auch an der Last der Verantwortung, die auf seinen
Schultern ruhte, seitdem sich der Chef des Unternehmens
immer mehr seinen gesellschaftlichen Pflichten zuwandte
und den Gang der täglichen Geschäfte seinen jüngeren
Mitarbeitern überließ, freilich, ohne die Entscheidungsgewalt aus der Hand zu geben. Hinter Pablo erschien ein
schmächtiger junger Herr mit blondlichem Spitzbart und
auffallend hoher Stirn, der die Ankömmlinge freundlich
anlächelte. Juan stellte ihn als Sebastián Duarte vor: ein
Halbbruder Pablos und der Schwager Manuels, dessen uneingeschränktes Vertrauen er besäße.

Im Innenhof des Palais wurden die Acostas von den beiden Schwestern Enríquez begrüßt. Hochgewachsene,
schlanke Damen in enganliegenden Wämsen und mehrfarbigen, tonnenförmig geschnittenen Röcken, wie sie den
Ankömmlingen noch nie im Leben begegnet waren. Penetrante Duftwolken umgaben sie. Beiden stand der Hochmut in den schmalen Gesichtern geschrieben; beide besaßen den gleichen olivenfarbigen Teint, und bei beiden
schimmerten bronzefarbige Strähnen im dunklen Haar,
in dem sie als Mädchen wohl nach andalusischem Brauch
eine rote Rose getragen hatten. Ihre dünnen, etwas zu
lang geratenen Hälse und die scharfgeschnittenen Profile,
die ihnen ein nahezu knabenhaftes Aussehen verliehen,
waren fast zwillingsgleich. Vielleicht wirkte das Gesicht
Isabellens, das jetzt der Anflug eines Lächelns erhellte,
etwas weicher als das Guiomars, der Gemahlin Manuel

Bautistas, die Ältere der beiden. Ein Frauentyp, auf den die herkömmlichen Begriffe von Schönheit oder Hässlichkeit keine Anwendung finden.

Juan übernahm die Vorstellung, deren Förmlichkeit Elvira verwunderte. Doña Isabel also, die Gattin Sebastián Duartes, und Doña Guiomar, die Hausfrau, Letztere umgeben von ihren drei Kindern, die gekleidet waren wie kleine Erwachsene. Felipa stürzte sich auf die Damen des Hauses, um sie zu umarmen. Doch angesichts dieses verwandtschaftlichen Ungestüms erstarrte Doña Guiomar, womit sie die Provinzlerin in ihre Schranken wies. Damit nicht genug, vervollständigte sie die abweisende Geste durch ihre lächelnd hervorgebrachte Begrüßungsformel:

»Ich hoffe, Euer Gnaden hatten eine angenehme Reise.«

»Exzellent, meine Liebe, exzellent, Gott dem Herrn sei Dank«, zwitscherte Felipa, die inzwischen die Haltung wiedergefunden hatte, allerdings ohne ihres entstellenden Gesichtszuckens Herr zu werden.

Tapfer ertrug sie die prüfenden Blicke der beiden Schwestern. Elvira versuchte, sich vorzustellen, wie sie und die Ihren sich wohl in deren Augen ausnehmen mochten. Allzu großartig dürfte der hervorgerufene Eindruck kaum gewesen sein, gestand sie sich ein. Nachdem die Damen Platz genommen hatte, entfernten sich die Herren unter höflichen Floskeln.

Dann befahl die Dame des Hauses einer ihrer Sklavinnen, die Schokolade zuzubereiten, »und schlag sie sorgfältig schaumig, wie sich's gehört!« Als gebe es kein wichtigeres Thema auf der Welt, nahm sie sich dann die Base vor, um sie in die Geheimnisse der Zubereitung der peruanischen Trinkschokolade einzuweihen. Dabei konnte sie sich nicht der Frage enthalten, ob ihr lieber Gast dieses köstliche Getränk überhaupt gewohnt sei. Ihr sei nämlich zu Ohren

gekommen, man nehme in Buenos Ayres nur den para-
guayischen Matetee zu sich, den die Jesuiten eingeführt
hatten, um den Indios das Saufen ihrer *Chicha* abzugewöh-
nen. Sie machte keinen Hehl daraus, dass sie die Schokolade für einen wesentlich vornehmeren Trank hielt als
jenes barbarische Gesöff.

»Ich bin in Brasilien aufgewachsen«, stellte Felipa ver-
krampft lächelnd fest. »Und in Buenos Ayres trinkt man
natürlich auch Schokolade ...«

»... Ihr müsst dem Kakao Gewürznelke und Zimt zu-
setzen«, fuhr Doña Guiomar ungerührt fort, als sei ihr der
Einwand ihres Gastes entgangen. »Wenn es Euch beliebt,
könnt Ihr auch Gewürzpfeffer und Achiot beifügen, sowie
Geruchswasser und Eierschnee. Ich kenne sogar Damen,
die etwas Moschus und Ambra einrühren. Das hängt eben
ganz vom persönlichen Geschmack ab.« Sie senkte die
Stimme, um von den anwesenden Mädchen nicht gehört
zu werden: »Einigen Rezepten sagt man sogar aphro-
disische Wirkung nach.« Ohne sich um Felipas Verlegenheit zu kümmern, nahm sie kurz Atem und fuhr dann
munter mit ihren Ausführungen fort: »Also, man nimmt
zunächst einen Brocken Schokolade, zerkleinert ihn und
erhitzt ihn in einer Kupferkasserolle mit Wasser. Auf ein
Viertel Wasser kommen zwei Unzen Schokolade. Ja, und
der Zucker! Das Getränk muss angenehm süß schmecken.
Je süßer, desto besser. Anstelle des Wassers könnt Ihr mei-
netwegen auch Milch verwenden.«

Am wohlsten schien sich Beatriz zu fühlen, das kleine
Leckermaul. Vorsichtig balancierte sie die Tasse in der
Rechten, während sie mit der Linken nach dem auf dem
Tisch bereitstehenden Gebäck angelte und es in das dick-
flüssige Getränk tunkte, bevor sie es zum Mund führte.
Elvira war noch in die Beobachtung ihrer Schwester ver-

tieft, als sich feste Schritte dem Innenhof näherten. Dann
stand Manuel Bautista im Raum. Nein: Er füllte ihn regelrecht aus. Breit lachend begrüßte er die Neuankömmlinge,
wobei er sein blendend weißes Gebiss entblößte.

Natürlich hatte sich Elvira längst eine bestimmte Vorstellung von diesem Verwandten gemacht. Sie war im Bild
über die mehrfache Verschwägerung des peruanischen Fa-
milienzweigs mit dem ihrigen, sowie über die Herkunft
Manuels. Auch dass er einst im Ruf eines Frauenhelden
gestanden hatte, war ihr nicht unbekannt. Ein begehrter
Junggeselle, der sich in der Gunst der frivolen Damenwelt
Limas gesonnt hatte. Für seine Freunde: ein Wohltäter der
Bedürftigen, ein Förderer der Kunst und der Wissenschaft;
für seine Neider: ein ebenso prunkliebender wie skrupel-
loser Handelsherr und Finanzier, der über Leichen gehen
konnte und dessen schnell erworbener Reichtum zu allerhand Klatsch Anlass gab.
Als er nun leibhaftig vor ihr stand, schlug sie die konzentrierte Energie in Bann, die dieser massige, die meisten seiner Mitmenschen um Kopfeshöhe überragende Mann
ausstrahlte. Von der inneren Unrast, die ihr an ihrem Verlobten unangenehm aufgefallen war und die anscheinend
auch andere Bewohner dieses Hauses beseelte, war bei
ihm nichts zu spüren. Es dauerte geraume Zeit, bis es ihr
gelang, die Einzelheiten seiner Physiognomie zu erfassen.
Die ausgeprägte Adlernase vermittelte ihr den Eindruck
der Kühnheit und bildete einen Kontrast zum sinnlichen
Mund. Das eckige, mit einem graumelierten Knebelbart
geschmückte Kinn schien ihr Willenskraft, vielleicht sogar
Brutalität zu verraten, die durch eine auffällige Narbe entstellte breite Stirn dagegen deutete sie als ein Merkmal der

Geistigkeit. Beherrscht wurde dieses widerspruchsvolle Gesicht von hellwachen grauen Augen.

Rodrigo habe er bereits begrüßt, teilte er Felipa mit. Nun wolle er seine Pflicht – seine angenehme Pflicht, wie er zuvorkommend hinzufügte – erfüllen und den Damen seine Aufwartung machen. Ob sie gut gereist und zufriedenstellend untergebracht seien. Dabei war ihm anzusehen, dass er die Antwort Felipas kaum zur Kenntnis nahm, weil sein Geist mit ganz anderen Dingen beschäftigt war. Er ließ sich nieder, wies die angebotene Schokolade mit einer Handbewegung zurück und befasste sich damit, seine Gäste eindringlich zu mustern. Um ihre Verlegenheit zu vertuschen, machte Felipa Anstalten, das Gespräch auf gemeinsame Verwandte zu lenken, doch Manuel winkte ab: Wichtigeres läge ihm am Herzen. Mit an Unhöflichkeit grenzender Insistenz erkundigte er sich nach dem Eindruck, den sie anlässlich ihres Besuchs in Santiago bei den Schwestern des Bachillers Maldonado de Silva gewonnen habe. Er halte nämlich viel von der weiblichen Intuition. Das diese Feststellung begleitende Lächeln erlosch schnell, was aussah, als senke sich ein Vorhang vor seinem Gesicht.

Jene Schwestern, die nicht davon zurückgeschreckt waren, den eigenen Bruder zu verraten, hätten ihr gar nicht gefallen, erklärte Felipa befangen. Aber wahrscheinlich könne ihre Tochter Elvira mit näheren Auskünften dienen, zumal sie mit früheren Patienten des Bachillers verkehrt habe, mit einer Schneiderfamilie aus Santiago. Manuel wandte sich der Jungfer zu, um sie mit aufdringlicher Neugier in Augenschein zu nehmen und seinem Verhör zu unterziehen. Ihr Umgang mit der Tochter eines Schneidermeisters war ihm neu; er schien ihn sogar befremdlich zu finden. Nachdenklich nahm er ihren Bericht entgegen. Nachdem er ihr sein Lob für die, wie er sich ausdrückte, geleistete Arbeit spendete, glaubte Elvira sich zur Frage berechtigt, warum ihn denn das Schicksal jenes Arztes so sehr beschäftige. An der Verhärtung seines Gesichtsausdrucks erkannte sie ihren Fehler.

»Zu gegebener Zeit sollt Ihr's erfahren«, seine schroffe Antwort.

Um ihn freundlicher zu stimmen, verfiel sie daraufhin auf die Idee, sich nach seiner Sammlung indianischer Kunstfertigkeit zu erkundigen. Erleichtert sah sie, wie sich seine Züge aufhellten.

»So erreichte Euch also bereits der Ruf meines kleinen Museums?«, fragte er, sichtlich geschmeichelt. Übrigens: Was jenen de Silva anbelange, so bemühe er sich noch, herauszufinden, ob man es lediglich mit einem armen Irren zu tun habe, mit einem falschen Propheten oder mit einem Märtyrer seines Glaubens.

Ein Gerücht kam Elvira in den Sinn, das ihr einst zu Ohren gedrungen war. Der ehrgeizige Manuel Bautista Pérez sei unter vielem andern auch stiller Teilhaber der mächtigen Niederländisch-Westindischen Handelscompagnie und unterstütze den Rabbiner Menasse ben Israel aus Amsterdam in seinen langwierigen Bemühungen um die Wiederzulassung der Juden in England, von wo man sie vor Jahrhunderten ausgewiesen hatte. Dass dem Peruaner alle Mittel recht sein würden, um die Interessen der Verfolgten zu verteidigen, und dass er sich, wenn es sein musste, sogar des Märtyrertods eines Wirrkopfs bedienen könnte, hielt sie nun, da sie ihn kennengelernt hatte, nicht mehr für so abwegig.

Anscheinend hatte er ihr die vorlaute Frage verziehen. Denn während Doña Guiomar in ihrer Schokolade rührte, erhob er sich und bat sie, ihm zusammen mit ihrer kleinen

Schwester zu folgen. Elvira übersah die missbilligende Miene ihrer Mutter und begleitete ihn in einen schwarz austapezierten Raum. Ein aus mehreren Spiegeln bestehender Mechanismus bündelte die vom Oberfenster eindringenden Lichtstrahlen und ließ sie auf die Goldschmiedearbeiten fallen, die den spanischen Schmelztiegeln entgangen waren. Auf Regalen und Tischen aus dunklem Palisanderholz waren Masken angeordnet, Götterfiguren, Hals- und Nasenschmuck, Ohrringe, Brustschilde.

Manuel zeigte sich erfreut von der Wirkung, die seine Sammlung bei seinen jugendlichen Gästen hervorrief. Er wies darauf hin, dass die Schöpfer jener Kunstwerke primitiven Urwald-Stämmen angehörten – Kopfjäger, angeblich sogar Menschenfresser. »Unglaublich, nicht wahr?«

Ohne Beatriz zu beachten, die unschlüssig in einer Ecke stehen geblieben war, ergriff er eine kleine Skulptur und setzte sie Elvira auf den Handteller. Dabei legte er eine Behutsamkeit an den Tag, die sie dem robusten Mann nicht zugetraut hätte. »Die Nachbildung einer Fähre der Muiscas«, erklärte er ihr. Mit verhaltener Stimme, so als vertraue er ihr ein Geheimnis an, belehrte er sie, dass diese Miniatur die Sage des Eldorado versinnbildlichte. Sie möge die Gestalt des Häuptlings genauer betrachten. Den bloßen Körper eingeölt, über und über mit Goldpuder bestäubt, steuere er in Begleitung seines Gefolges auf das Zentrum des heiligen Sees zu, um dort die den Göttern geweihten Gaben – Gold und Smaragde – zu versenken. Niemand hätte damals voraussehen können, dass eines Tages weiße Eroberer in ihrer Habgier den See trockenlegen würden, um die Juwelen dem Grund zu entreißen.

Gedankenverloren strich Elvira mit den Fingerkuppen

über die vom anonymen Künstler festgehaltene Szene. »Eldorado!«, kam es ihr über die Lippen. »Sollte es diese Goldstadt wirklich gegeben haben, tief verborgen im Urwald, unseren Blicken entzogen?«

Lange stand Manuel schweigend vor ihr. Ganz nah war er ihr gekommen, ohne den Blick von ihr zu wenden. »Das Eldorado existiert«, versicherte er ihr endlich mit leiser Stimme, »auch wenn wir es nie entdecken werden. Eine Illusion ... ein Traum ... Und daher dauerhafter als die greifbare Realität, die der ätzenden Wirkung der Zeit ausgesetzt ist.«

Verwundert, eine solche Ansicht aus dem Mund dieses Handelsherrn zu hören, der mit beiden Beinen im Leben stand, reichte sie ihm das zarte Gebilde vorsichtig zurück. Und da sie den Drang empfand, ihm mit ihrem Wissen zu imponieren, gab sie die von ihrem Verlobten übernommene Erkenntnis zum Besten, das Gold als solches sei wertlos in den Augen der Indianerstämme. Erst in verarbeitetem Zustand verwandle es sich für sie in den Spiegel der Sonne und brächte die Kräfte der Fruchtbarkeit zum Ausdruck. Als Barren oder Ziegel hingegen entbehre es jeder magischen Vorstellung.

Als sie fühlte, wie sie errötete, blickte sie verlegen auf den Mann vor sich, in ängstlicher Erwartung seines Spotts über die fremden Federn, mit denen sie sich geschmückt hatte. Zu ihrer Erleichterung sah sie sein verständnisvolles Nicken und nahm seinen Kommentar in sich auf: »Jedes wahre Kunstwerk spiegelt nicht nur den Abglanz der Seele seines Schöpfers wider, sondern auch den Geist des Allmächtigen.«

Es kam ihr vor, als wäre sie den magischen Kräften ausgesetzt, die diese im Raum versammelten Kunst- und Kultgegenstände ausstrahlten. Die Anwesenheit ihres

Schwesterchens hatte sie vergessen. Sie hielt den Kopf gesenkt und wartete auf ein erlösendes Wort Manuel Bautistas, sie hätte nicht sagen können, auf welches.

»Erreicht Euch der Abglanz der Seele?«, fragte er nach langem Schweigen. »Es gibt Menschen, von denen ein inneres Leuchten ausgeht. Für gewisse Augen jedenfalls, die dafür empfänglich sind. Für die leuchten solche Menschen.«

Der Kommentar Diegos, ihres kleinen Bruders, kam ihr in den Sinn, dem einst das innere Leuchten aufgefallen war, das er an ihr entdeckt haben wollte.

Sie wagte nicht, aufzusehen, denn sie fühlte den Blick Manuels auf sich ruhen, der ihr soeben eine unerahnte Facette seines vielschichtigen Charakters offenbart hatte. Auf einmal kam ihr das Gespräch ungehörig vor, obwohl kein einziges unziemliches Wort gefallen war. Da wurde ihr bewusst, dass sie sich einer ähnlichen Doppelzüngigkeit bediente, die sie an dem federgeschmückten Knirps so abgestoßen hatte, der zu dieser Sammlung beigetragen hatte.

Gerade als sie sich, einem unbestimmten Schamgefühl nachgebend, Beatriz zuwandte, um mit ihr den Raum zu verlassen, trat Juan herein. »Da finde ich Euch ja endlich!«, rief er unbefangen. »Wie schön, dass Ihr Euch schon so gut versteht.«

Im Obergeschoss des »Hauses des Pilatus« befand sich ein holzgetäfelter Festsaal. Dort verlas der Notar Domingo Botella Aguado in Anwesenheit von zehn Zeugen das Schriftstück, in welchem Don Juan Rodríguez Duarte, wohnhaft in dieser Stadt der Heiligen Drei Könige zu Peru, unter Anrufung unseres Heilands und dessen glorreicher Mutter seine Bereitschaft erklärte, Doña Elvira Acosta y Enríquez, ebenfalls wohnhaft in dieser Stadt, zu ehelichen. Im Folgenden wurde ihre Mitgift aufgezählt und das Versprechen des Bräutigams festgehalten, zu Ehren der Jungfräulichkeit und Reinheit der besagten Doña Elvira dreitausendfünfhundert Pesos à acht Reales sowie eine Reihe genau aufgelisteter Wertobjekte zur Mehrung ihrer Mitgift zu überschreiben.

Unter den Geschenken befand sich zu Elviras Überraschung ein italienisches Klavichord mit fünfzig Tasten, ein Tischinstrument mit aufklappbarem Tafelbild, das die Bewunderung sämtlicher Anwesenden hervorrief. Das kostbare Gerät war der Großzügigkeit Manuel Bautistas zu verdanken.

Die kirchliche Trauung fand wenige Tage später in der Kathedrale statt, wo der Erzbischof, assistiert von mehreren Prälaten, der Zeremonie durch seine Mitwirkung besonderen Glanz verlieh. Selbst der Lizentiat Antonio de Castro y Castillo Gaytán, der jüngste der drei Richter des Glaubenstribunals, hatte sich herabgelassen, der Hochzeit beizuwohnen, obwohl sich seinesgleichen im Allgemeinen allen gesellschaftlichen Veranstaltungen fernhielt. Aus diesem Grund, und wohl auch, weil die drei Inquisitoren unter sich verzankt waren, hatten sich seine beiden älteren Amtskollegen nicht eingefunden. Der Blick aus den grünlichen Augen des Lizentiaten erinnerte die Braut flüchtig an dessen Großneffen, ihren Jugendfreund Cristóbal. *Mit der Hilfe meiner Onkel bringe ich's bestimmt zum Bischof ... Der Kuss! Und jetzt seid Ihr meine Verlobte ... Priester, mein Sohn, der Wunsch der Gottseligen!* ... Castro y Castillo Gaytán maß sie mit prüfendem Blick, während er seinen salbungsvollen Glückwunsch darbrachte, der eher wie eine Ermahnung klang. Die solchermaßen Ausgezeich-

nete musste an das vermutlich nur aus boshafter Klatsch-
sucht in die Welt gesetzte Gerücht denken, der Lizentiat
leide an der Fallsucht. Kaum anzunehmen, dachte sie, bei
einem Mann, der es zu einer solch einflussreichen Stellung gebracht hatte. Aber wer kennt sich schon aus bei der
Geheimniskrämerei der Inquisition?

Zahlreiche Zuckerbäcker, Schneider, Putzmacherinnen,
Haarkünstler, Kranzflechterinnen, Juweliere, Feuerwerker,
Handschuhmacher und Parfümeure, mit einem Ratten-
schwanz von Gesellen, Lehrlingen, Nähmädchen und
Sklaven trugen zum Gelingen der Festlichkeiten bei. Monatelang bildeten sie das Gesprächsthema der Gesellschaft Limas.
Die hinter verschlossenen Türen nach jüdischem Brauch
abgehaltene Zeremonie hingegen blieb der Öffentlichkeit
verborgen. Ganz im Geheimen fand sie im Oberstock des
»Hauses des Pilatus« statt, im gleichen Festsaal, in dem
der Notar kurz zuvor der Ehekontrakt verlesen hatte.
Dort streifte nun Juan seiner Braut den Ehering über den
Finger, wobei er sich der Formel bediente, gemäß der er sie
nach dem Gesetz Mosis und Israels zur Gattin nahm. Als
er anschließend seinen Kopf mit einem Sacktuch bedeckte,
um die traditionellen Segenssprüche etwas stockend her-
zusagen, erkannte Elvira in ihm endlich wieder den
sensiblen Poeten, in den sie sich vor drei Jahren verliebt
hatte.
Nachdem Honigkrapfen herumgereicht worden waren,
zum Gedenken an die süßen Waben, die der Engel der
Tochter Potiphars gegeben hatte, als sie den Joseph ehe-
lichte, füllte der Arzt Tomé Quaresma, der intimste Freund
des Hausherrn, einen silbernen Becher mit Wein, an dem
zuerst der Bräutigam und dann die Braut nippen mussten.

Anschließend küssten sie sich. ›Das ist der Höhepunkt‹, schoss es Elvira durch den Kopf. Dann dachte sie gar nichts mehr, schloss die Augen und gab sich ganz ihren Gefühlen hin.

Beim darauffolgenden Festmahl hielt Manuel Bautista eine Tischrede, in der er Platon, Mark Aurel und Maimonides bemühte und etwas zusammenhanglos das von der göttlichen Lehre ausgehende Licht erwähnte. Dessen Glanz spiegle sich in der Seele der Auserwählten wider. Woraufhin sich der Brautvater veranlasst sah, in seiner Ansprache den Hofdichter und Medikus Fernando Cardoso zu erwähnen, der vor kurzem Spanien verlassen habe, um in Italien zum Glauben seiner Väter zurückzukehren. Damit noch nicht genug, brachte er es fertig, vermittels eines gewagten Gedankensprungs bei seinem Lieblingsthema zu landen: beim neuen Bild der Welt, das man vorurteilslosen Männern wie Kepler und Galilei verdanke.

Nur wenige Tage nach der Hochzeit kam Beatriz in die Obhut der frommen Schwestern der Encarnación. In deren Kloster hatte sie ihr Vater eingekauft.
Seitdem fiel der Namen Beatrizens nicht mehr im Hause der Eltern, wo man es schon seit langem vermied, Diego zu erwähnen.

Rodrigo und Felipa schien es nicht leichtzufallen, das Leben eines älteren Ehepaars zu führen. Nicht lange nach ihrer Ankunft in Lima hatten sie eine Wohnung mit Blick auf die Berge bezogen. Obwohl sie aus Platzgründen ungeeignet für große gesellschaftliche Veranstaltungen war, fehlte es dort an nichts. Und für große Feiern gab es ohnehin keinen Anlass, denn Rodrigo hatte man im Kontor der Firma zwar eine durchaus respektable Stellung zugewiesen, doch viel zu sagen hatte er dort nicht. Der Selbständigkeit, die er als Agent Manuel Bautistas in dessen Niederlassung genossen hatte, war er verlustig gegangen. Und mit ihr des größten Teils seines Aplombs. Einbußen, die er hinter seiner zunehmenden Geschwätzigkeit zu verbergen suchte. Wobei er mit der ständigen Wiederholung seiner Prahlerei mit seinen Madrider Dichter- und Philosophenkreisen seiner Umwelt auf die Nerven ging.

Felipa litt auf ihre Weise unter dem gesellschaftlichen Stellungsverlust. Ihre Gereiztheit ließ sie nicht nur an ihrem Mann und am Hausgesinde aus, sondern auch, soweit sie erreichbar war, an Elvira. Die bekam sie allerdings nach der erfolgten Eheschließung nicht mehr täglich zu Gesicht.

Für Elvira folgten Monate des prickelnden, wenn auch nicht ganz ungetrübten Glücks, des Heranreifens, der Entdeckungen. Flitterwochen, Lehrzeit. Mit all ihren Sinnen nahm sie die Düfte, Farben und Formen der auf den Straßen feilgebotenen Landesprodukte in sich auf: der Garnelen, Muscheln, Austern und Seeigel, die zwar genauso wenig in ihre Küche gelangten wie das Dörrfleisch und die Lama-Feten, die sie jedoch bereits in Santiago durch ihre Freundin Teresilla kennengelernt hatte. Gelbe und rosafarbige Bananen wurden an den Straßenständen feilgeboten, süße Erdgurken, Melonen, Apfelsinen und zahllose andere Obstarten, hinter denen ausdruckslos vor sich hin glotzende Indias hockten. Gelegentlich trat das junge Paar in die Werkstatt eines Goldschmieds ein, wo Juan seiner Frau ein Kettchen oder einen Ring kaufte. Sie schlenderten an den Lokalen der Wachsbildner und Konditoreien vorbei, an den Werkstätten der Waffenschmiede, Schneider und Schuhmacher. Sie atmeten die Gerüche ein, die den Apotheken entströmten und die in Elvira Erinnerungen an ihre Freundin Blanca und deren Vater wachriefen. Sie durchstreiften die Straße der Hutmacher und die der Parfümeure. Welcher Überfluss! Selbst in der Gasse der Händler, bei denen man sich mit Kleidung für die Schwarzen eindeckte, machte sich der Reichtum der Stadt noch bemerkbar.

Juan schärfte den Blick Elviras für die Quacksalber, die ihre Heilmittel gegen Aussatz, Lepra und die Franzosenkrankheit feilhielten, und machte sie auf die Bänkelsänger aufmerksam und auf die herumlungernden halbverhungerten Waisenkinder. Sie alle, nicht weniger wie die zerlumpten Soldaten und die mit Schwären bedeckten Bettler, bildeten den Hintergrund des bunten Treibens. Und dazwischen die Indios und die schwarzen Sklaven – die rechtlose Mehrheit.

Manchmal begaben sie sich auf den San-Cristóbal-Hügel, wo Juan seiner jungen Frau, wie er sich ausdrückte, Lima zu Füßen legte. Mit ihren Blicken verfolgten sie den Weg, der sich im Dunst der Berge verlor, vorbei an den Indianerdörfern, am Rain der Mais-, *Quinoakorn-* und Luzernefelder. Direkt unter ihnen: die Paläste und Kirchen, Schulen und Spitäler, Klöster und Wohlfahrtsanstalten, Plazas und Anlagen – es war kaum fassen, dass diese lebenssprühende Stadt erst hundert Jahre zuvor neu gegründet worden war. Als die christliche »Stadt der Heiligen Drei Könige«, die das Lima der Inkas schnell verdrängt hatte.

Sonntags, nach der Messe, begaben sie sich meist zur Alameda, der Prunkallee, auf der sich alles traf, was Rang und Namen hatte. Damen zogen in ihren Tragsesseln vorüber;

Karossen wurden von hüteschwenkenden Reitern gegrüßt. Sie versäumten kein Fest, nahmen an den Prozessionen teil, besuchten die literarischen Zirkel und vergnügten sich auf Maskenbällen. Den Stierkämpfen wohnten sie bei und ließen kaum eine Theatervorführung aus.

Das prickelnde, wenn auch nicht ungetrübte Glück! Denn ganz hatte sich die Unrast Juans nicht gelegt, und in der Intimität des Ehebetts erwies sich die ihn umgebende Schutzhülle als undurchdringlich. Enttäuscht musste Elvira einsehen, dass ihr es nicht vergönnt war, ganz eins mit ihm zu werden, so, wie sie sich dies erträumt hatte.

Juan mit den vielen Gesichtern: der Poet, der Jungkaufmann, der von den Monstren der Vergangenheit Gejagte! *Die hinter dem Spiegel verborgene Parallelwelt ...* Den Außenstehenden blieb die Vereisung seines Herzens verborgen. Mit sichtlichem Stolz führte er seine junge Gemahlin in den Kreis seiner Bekannten ein, ohne sich um das Getuschel der Gesellschaftsdamen zu scheren, die vom weiblichen Geschlecht ein züchtig zurückhaltendes Wesen forderten. Er gab sich Mühe, ihr das komplizierte Fadengewirr zu erläutern, das die Männer und Frauen miteinander verband. Da gab es zum Beispiel den Fechtmeister Juan Rodriguez Silva, der auf den Bällen fast immer den ersten Preis für seine einfallsreiche Verkleidung errang. Niemand wusste, mit welchem Einkommen er seine aufwendige Lebenshaltung bestritt. Oder den Seidenhändler Enrique de Paz: Während er mit seinen Stoffen hantierte, ließ er durchblicken, dass er einen Familiar des Heiligen Tribunals zum Teilhaber habe. Elvira hielt dies für Aufschneiderei, erfuhr jedoch von ihrem Mann, dass der Tuchhändler die Wahrheit gesprochen hatte: Er profitierte von der Steuerfreiheit des Familiars und dieser vom Gewinn des Geschäftes. Nicht selten bediene man sich derartiger Verbindungen, um frühzeitig über allfällige Maßnahmen gegen die neuchristliche Minderheit unterrichtet zu sein. Bis vor kurzem habe auch Manuel Bautista die Dienste jenes Paz in Anspruch genommen. Doch in letzter Zeit seien Bedenken aufgetaucht: Der Mann hatte irreführende Informationen in Umlauf gesetzt.

Bei einer anderen Gelegenheit wurde ihr Don Simón Ossorio vorgestellt, ein blasierter Herr, der sich benahm, als sei er einer der Granden. Er verwaltete die Güter der Gräfin de Lerma, die dank seiner Vermittlung vor dem Vizekönig als Fürsprecherin der Neuchristen auftrat. Es hieß von ihm, er sei mit einer Einlage von achttausend Dukaten an der holländischen Westindischen Compagnie beteiligt. Elvira behandelte er von oben herab. Der elegante Amaro Dionis dagegen schenkte ihr schmeichelhafte Beachtung: ein stets zu Späßen aufgelegter, sich als Caballero ausgebender Liebhaber von Musik, Tanz und Tänzerinnen. Juan äußerte lächelnd die Vermutung, die Aufmerksamkeiten des lockeren Vogels gälten weniger ihrer Person als Manuel Bautistas Geschäftsbüchern. Bei dem nämlich stecke er tief in der Kreide.

Bündnisse und Intrigen, Kabalen und Geschäftsinteressen. Jeder schien seine Vorgeschichte zu haben. Manchmal kam es Elvira vor, als betrachte sie diese vergnügungssüchtige Gesellschaft durch eine rußgeschwärzte Linse, ähnlich der Gläser, mit deren Hilfe sie eines Tages die Sonnenfinsternis beobachtet hatte, von der behauptet wurde, sie künde Unheil an.

Einen ganz anders gearteten Einblick in das Leben Limas verdankte sie den Bemühungen Manuel Bautistas. Er gab ihr Bücher zu lesen: von Aristoteles bis zu Tommasso

Campanella, wobei er, ganz wie einst ihr Vater, die Auffassungsgabe seiner Schülerin überschätzte. Stets fand er etwas Zeit, um sich mit ihr über das Gelesene zu unterhalten. Sogar ihre Kleidung und ihre Haartracht unterzog er gelegentlich einer behutsamen Kritik, denn er schien Gefallen daran zu finden, diese unerfahrene Frau nach seinem Willen und seinen Vorstellungen zu formen. In diesem Haus begegnete sie den Besitzern von Manufakturen und von Silberminen, Sklavenhändlern und Großkaufleuten. Von weither kamen sie angereist, um den einflussreichen Fernkaufmann zu sprechen.

Den einfachen Krämern seiner Stadt begegnete er mit Hochmut. Herren, die sich mit falschen Titeln schmückten, wie etwa der leichtsinnig verschuldete Caballero Amaro Dionis, mussten sich damit begnügen, von seinem Schwager Sebastián Duarte abgefertigt zu werden. Den von sich eingenommenen Simón Ossorio hingegen empfing er persönlich, wenn auch mit betonter Kühle. Denn die im Konsularhof ausgefochtenen Meinungsverschiedenheiten trennten die beiden Herren. Diese nützliche Institution, so Manuel, überwachte den legalen Handel des ganzen Landes, indem sie die Import- und Exportabgaben regulierte und sämtliche Mindest- und Höchstpreise festsetzte. Nun aber besäßen etliche der mit den erschlichenen Ehrenposten etwa eines Kornetts oder eines Capitáns ausgestatteten Emporkömmlinge die Stirn, die gleiche Kontrollgewalt zu fordern, die den Konsuln, Faktoreidirektoren und Bankiers seit Jahrzehnten zustand. Da sei es nicht weiter verwunderlich, dass der Schwarzhandel blühe, vom weitverbreiteten Schmuggel ganz zu schweigen. Selbst die unlängst ausgehobene Falschmünzerei einiger pfiffiger Indios, die sich erfrecht hatten, Reales aus einer Bleilegierung zu prägen, brachte der erboste Manuel mit dem Gerangel am Konsularhof in Zusammenhang. Den auf beiden Schultern Wasser tragenden Simón Ossorio bezeichnete er als einen der Hintermänner jenes Gesindels. Trotzdem müsse er freundliche Beziehungen zu ihm unterhalten. Denn wenn es um die großen Abschlüsse mit der Regierung ging, um die Steuerpacht etwa oder um die Verwaltung des Verteidigungssystems der Stadt, hingen alle Finanzleute gegenseitig voneinander ab.

Die Ordnung dieser Welt, das Räderwerk! Dass Manuel Bautista oder Juan ihre Aufrechterhaltung nicht weniger am Herzen lag als den Inquisitionsbehörden, gab Elvira zu denken Anlass. Und überhaupt: Um welchen Preis wurde diese Ordnung aufrechterhalten? Eines Tages bot ihr Manuel Bautista einen tieferen Einblick in seine erstaunlichen Überlegungen. Er hatte einen Geschäftsfreund aus *Neuspanien* in sein Haus aufgenommen – den angesehenen Don Simón Váez Sevilla. Dieser Neuchrist dritter Generation widmete sich dem untersagten, von der Obrigkeit jedoch geduldeten Interzonenhandel zwischen den drei Vizekönigreichen des Kontinents.

Als sein Abschied herannahte, machte er seinem Gastgeber den handtellergroßen Fetzen einer alten Thorarolle zum Geschenk. Es gab wohl in ganz Peru kaum jemanden, der in der Lage gewesen wäre, den Text des Fragments zu entziffern, doch behandelte der mexikanische Freund das Pergament mit der gleichen Verehrung, die ein gläubiger Katholik der Reliquie eines Heiligen entgegenbringt.

Manuel Bautista bedankte sich mit gemessenen Worten für das wertvolle Präsent. Doch kaum hatte er seinen Besuch verabschiedet, als er sich eine brennende Kerze bringen ließ. Entgeistert schaute Elvira zu, wie er das Pergament der Flamme näherte, bis es von ihr erfasst wurde. In seiner offenen Hand verbrannte es zu Asche. Ein stechender Geruch nach versengtem Leder erfüllte den Raum. Und während er die junge Frau mit seinen Blicken fixierte, zitierte er: »Du sollst dir kein Bild machen, kein Abbild dessen, was im Himmel droben, oder was auf Erden unten, oder was im Wasser unter der Erde ist. Du sollst dich nicht niederwerfen vor ihnen und ihnen nicht dienen.«

»Der Mensch neigt dazu, sich Idole zu schaffen«, fuhr er fort. Dieser menschlichen Schwäche wolle er Rechnung tragen und sei daher auf der Suche nach einem Helden. Nach einer Symbolfigur aus Fleisch und Blut, auf die sich die Hoffnung der hebräischen Nation konzentrieren könne.

Mit unbewegter Miene betrachtete er die Brandblasen, die sich auf seiner Hand gebildet hatten. Während Elvira die Selbstbeherrschung bewunderte, die er mit seiner Haltung an den Tag legte, fuhr er in seinen Ausführungen fort:

»Wenn unsere Widersacher wüssten, wie schwach und ungeeint wir sind! Unsere übervorsichtigen Brüder, die da glauben, es genüge, der Religion unserer Väter abzuschwören, um für gute Spanier gehalten zu werden! ›Um Himmels willen, nur keine politische Aktion!‹ Die andern – ja, die andern dürfen ›Judenpolitik‹ treiben, während wir stillhalten und uns verbrennen lassen müssen. Wenn wir uns gegen unsere Todfeinde auflehnen, erhebt sich entrüstetes Geschrei.«

Unvermittelt kam er auf den chilenischen Medikus zu sprechen, jenen Francisco Maldonado de Silva. Vielleicht war er der ersehnte Bannerträger? Die inzwischen erhaltenen Auskünfte schienen die Hoffnung zu bekräftigen, dass es sich bei dem Lizentiaten keineswegs um einen Spinner handelte, sondern um einen aufrechten Mann, dem die Ehre seines Volkes am Herzen liege.

»Eine Jungfrau von Orléans?«, gestattete sich Elvira die

spöttische Frage, um dann einzuwenden, ihre Gespräche mit dessen Schwestern hätten ihr eher das Bild eines exaltierten Fanatikers vermittelt.

»Schon möglich«, räumte Manuel ein. »Aber ohne einen Schuss Fanatismus und ohne Heldenverehrung kommt kein Volk aus.«

Elvira erinnerte ihn daran, dass er selbst mehr als einmal die heilige Thora als die sammelnde Kraft der Nation gepriesen habe.

»Die Thora?«, schnaubte Manuel verächtlich. »Ihr habt es ja soeben mit eigenen Augen gesehen. Die bringen es fertig, sogar die Gesetzesrolle in ein heidnisches Idol zu verwandeln. Ein gedemütigtes Volk, das nur noch von der Erinnerung an eine glorreiche Vergangenheit zehrt! So weit haben es unsere Feinde mit uns gebracht. Die Thora: ein Talisman!«

Er öffnete das Fenster; die warme Feuchtigkeit des Gartens drang ins Zimmer.

»Sagt mir«, fuhr er fort, während er seine verletzte Hand mehrmals öffnete und schloss, womit er den Anschein erweckte, als überprüfe er ihre Funktionstüchtigkeit. »Warum sollten denn die Länder hier den Juden und Morisken weniger Heimstätte sein als den Nachkommen der Phönizier, Römer, Goten, Kelten und Iberer, die sich Spanier nennen? Länger als die meisten ihrer Ahnen, seit mehr als anderthalb Jahrtausenden, leben unsere Vorfahren auf der Iberischen Halbinsel.«

Elvira blickte auf die üppige Pflanzenwelt draußen im Patio. Auf die Glyzinien und Santa-Rita-Ranken, auf die Orchideen und Schlinggewächse, auf die von Faltern und Kolibris umflatterten Zitronen- und Orangenbäume. Die Sammlung indianischen Goldes kam ihr in den Sinn, die sie im Nebenraum wusste; die uralten Tempel in Cuzco, die ihr Juan beschrieben hatte. An den geduldigen Menschenschlag in den Dörfern musste sie denken; an die imposante Gebirgskette der Anden mit den von ewigem Schnee bedeckten Gipfeln. Zum ersten Mal überkam sie so etwas wie ein Heimatgefühl.

Mit ihren Gedanken in die Gegenwart zurückkehrend, bemerkte sie, wie Manuel seine verbrannte Hand vorsichtig abtastete. Da durchrieselte sie ein Schauder, ähnlich dem vor langer Zeit empfundenen Gefühl, als sie in der verlassenen Hütte der Sklavin María den von Nadeln durchbohrten Fetisch entdeckt hatte.

Manuel war noch nicht fertig mit seinen Ausführungen, sondern gab Elvira überraschenderweise seinen Lebenstraum preis – einen Traum, der sich im absolutistischen Imperium der Habsburger höchst seltsam anhörte. Denn er befürwortete nichts Geringeres als einen korporativen, pluralistischen Staat, in dem die Traditionen und Eigenheiten sämtlicher Stände und Nationen gleichberechtigt nebeneinander existieren sollten. Ein dem Monarchen beigeordneter Reichstag sollte christliche, maurische, jüdische, eines Tages vielleicht sogar indianische und schwarze Fürsten zusammenfassen, deren Traditionen sich gegenseitig befruchten würden. Ihnen obliege es, die Interessen ihrer jeweiligen Gemeinschaft zu wahren, die, aufeinander abgestimmt, dem Wohle Spaniens zu dienen haben. Dies sei hohe Staatskunst, meinte er: keine Entzweiung, keine Förderung des Hasses, sondern die brüderliche Einigung sämtlicher Volksgruppen unter dem Zepter eines toleranten Königs.

›Und wo findet Ihr Euren weisen Monarchen‹, lag Elvira die Frage auf der Zunge, ›der sich gegen den Widerstand des Hochadels und des Klerus durchsetzen könnte?‹ Doch dann entschloss sie, die Tochter eines zu philosophischen Betrachtungen neigenden Vaters, sich, den gedanklichen Höhenflug Manuels mit den spöttischen Worten zu kontern: »Ein messianisches Zeitalter also, wenn ich Euch richtig verstanden habe? Oder gar die Republik der Gelehrten?«

Der schwere Mann kam ihr näher. Mit glasigem Blick schien er durch sie hindurchzusehen, bis sie errötete:

»Haltet Ihr mich für einen Schwärmer?«

Elvira schüttelte den Kopf. Und plötzlich war ihr, als gäbe ihr ein Geist der Zukunft einen Satz ein. »Alle großen Werke beginnen mit einem Traum«, kündete sie, kaum hörbar, unter dem Diktat jenes Geistes. »Und wie Träume zerstäuben sie eines Tages wieder ins Nichts.«

Manuel erhob seine rechte Hand. Einen Augenblick lang hielt er sie in der Schwebe, als hätte er der von ihm stehenden jungen Frau eine zärtliche Geste zugedacht. Aber dann ließ er den Arm sinken, ganz so, als kehre er in die Wirklichkeit zurück.

In eine Wirklichkeit, die ihn veranlasste, die weltweiten Beziehungen »unserer *Nação*« zu erwähnen. Er zählte eine Reihe von Philosophen auf, die sich in ihren leider nicht sehr verbreiteten Büchern für Staatsreformen einsetzten, und ließ vor den Augen seiner Zuhörerin ein dichtes Netz von Allianzen und Zugeständnissen, von Pakten, Absprachen und Bestechungsmanövern entstehen, die seine Pläne begünstigten. »Verkennt nicht die Macht der Kaufleute!«, empfahl er ihr dann. »Landsknechte und Söldner lassen sich ebenso kaufen wie Feldschlangen und Munition. Geneigte Ministerohren, Kriege, ja sogar Kaiserwahlen müssen finanziert werden. Und wer weiß, ob die Deutschen Kriege, die momentan in Europa wüten, nicht eine neue Weltordnung hervorbringen, die zu einem Kräftegleichgewicht sämtlicher Nationen führt, das letzten Endes auch uns begünstigt.«

Die Eröffnungen dieses Mannes, der seine Pläne sicherlich nicht jedermann preisgab, beeindruckten Elvira. Mit gesenktem Blick sann sie darüber nach, ob sie das Geständnis als Vertrauensbeweis aufzufassen habe, oder vielleicht gar als eine verschlüsselte Werbung.

Eine Glocke ertönte im Innern des Hauses.

»Wir werden zum Abendessen erwartet«, entfuhr es ihr erleichtert.

8 Mencía Luna oder das Zittern der Mimosen

Das Klavichord im Hause der Neuvermählten erfüllte verschiedene Aufgaben, abgesehen natürlich von der, die man von einem Musikinstrument gemeinhin erwartet. Es stellte ein Symbol ihres Wohlstandes und ihrer kulturellen Aspirationen dar und bildete einen fast ebenso beliebten Gesprächsstoff für die Freunde des geselligen Ehepaars wie die drei Uhren in ihrem Heim, um deren Gleichtakt sich Juan genauso vergeblich bemühte wie weiland der abgedankte Kaiser Karl V. um den Lauf der seinigen im Kloster zu Yuste.

Elvira schloss neue Bekanntschaften. Mencía de Luna wurde ihre beste Freundin: eine mädchenhaft wirkende Frau, mit der sie sich stundenlang über alles Mögliches unterhalten konnte, nur nicht über das, was sie in ihrem Innersten bewegte.

Doña Mayor, ihre ältere Schwester, galt in Bezug auf Modefragen für tonangebend in der Stadt. Ihre Freundinnen rächten sich für diese Stellung, indem sie über ihre Schwäche herzogen, ihr wahres Alter zu vertuschen.

Manuel Bautista sah es nicht gerne, dass sich Elvira den Damen Luna anschloss. Denn für den Ehemann Doña Mayors hatte er nicht viel übrig. Nicht nur, weil jener Antonio Morón seinem Unternehmen ganz im Stillen heftig Konkurrenz machte, sondern auch, weil ihn die Kritik wurmte, die er an seinem öffentlich zur Schau gestellten Luxus übte.

Für den hingegen bildete das bescheidene Auftreten eine
Geheimwaffe, der er sich meisterhaft zu bedienen wusste.
Immer wieder gingen ihm Arglose ins Netz, weil sie seine
Verschlagenheit unterschätzten. Den Grundstock seines
Vermögens hatte er bereits als Jüngling mit der Silberförderung im Hochgebirge gelegt. Ein opferreiches Leben
in unwirtlichen Gegenden, wo Räuber ihr Unwesen trieben, wo man nicht krank werden durfte, wenn man überleben wollte, wo man im Winter von der Nahrungsmittel-
versorgung abgeschnitten war. Ein paar Jahre später
konnte er es sich leisten, primitive Staudämme zu errich-
ten, um den Lauf einiger Gebirgsbäche umzuleiten. In den
freigelegten Flussbetten ließ er die Schlammschichten
ausheben, um das darin enthaltene Gold auszuwaschen.
Auf diese Weise zu einem gewissen Reichtum gekommen,
hatte er sich in Lima niedergelassen, wo er sich in den
Überseehandel einschaltete und Finanzgeschäfte tätigte.
Erfolgreich und unauffällig. Ohne in eleganten Karossen
durch die Stadt zu fahren, ohne akademische Ehrungen
herauszufordern, ohne am Hof des Vizekönigs zu verkeh-
ren. Ohne aufwendige Monstranzen zu stiften. Er handelte mit Edelsteinen und Riechstoffen, wenn es sich ergab, auch mit Zucker und Tabak. Finanzierte vielerorts den Verhüttungsprozess des Silbers. Hatte, wie er
versicherte, keine Zurschaustellung seines Reichtums
nötig.
Wenn er – selten genug geschah es – auf einer der Veranstaltungen seiner Gattin auftauchte, warf sein Erscheinen einen lähmenden Schatten auf das vergnügte Treiben
der Gesellschaft dieser Schauspieler, jungen Dichter, Stu-
denten von der Universität San Marcos und Jungkaufleute.
In seinen Augen nichts weiter als von seiner Frau mit seinem Geld geförderte Schmarotzer, die sich in seinem Haus

einfanden, um sich an den freigiebig gereichten Krapfen zu delektieren. Am Mandelgebäck, an der heißen Schokolade, dem Gefrorenen, dem Obstsalat und selbstverständlich auch an den musikalischen und dichterischen Darbietungen. Manche der Gäste kamen sogar einzig und allein, um die Damen des Hauses anzuhimmeln.

Anzuhimmeln, nichts weiter. Denn mit ihrer Schwester Mencía und ihrer Tochter Isabel Antonia bildete Doña Mayor ein unzertrennliches Trio, das sich trotz aller Leutseligkeit Fremden gegenüber weitgehend verschloss. Wenn man dem Stadtklatsch glauben durfte, waren alle drei unglücklich verheiratet. Die verschwenderisch veranlagte Doña Mayor mit ihrem knauserigen Antonio; die blutjunge Isabel Antonia mit Rodrigo Váez Perisa, einem bejahrten Kaufmann, der altersmäßig gut und gern ihr Vater hätte sein können. Und die kinderlose Mencía, so zart, so sensibel, verehelicht mit dem von Unrast getriebenen Enrique Núñez, der sich fast das ganze Jahr über auf Geschäftsreisen befand. Keine der drei Frauen, so kokett sie sich auch gaben, zeigte auch nur das geringste Interesse an amourösen Abenteuern, dem Lieblingszeitvertreib der Damen Limas.

Von der kinderlosen Mencía hieß es, ihr Leben sei von einem Geheimnis überschattet. Näheres wusste keiner. Dass Elvira eines Tages die Ahnung des verborgenen Herzenskummers ihrer Freundin streifte, verdankte sie einem Erlebnis, das dieser die Zunge löste. An einem Dezemberspätnachmittag nämlich, als beide, gefolgt von ihren Sklavinnen, über den Hauptplatz der Stadt schlenderten, wurden sie Zeuginnen der jährlichen Tötung der herumstreunenden tollwutverdächtigen Straßenköter. Ein Trupp wegen ihres vorgeschrittenen Alters freigelassene Schwarze hieb mit bleibeschwerten Knüppeln auf die jaulenden Hunde ein: eine Gegenleistung für die städtische Genehmigung, sich als Wasserverkäufer betätigen zu dürfen. Ungerührt erledigten sie ihre grausame Aufgabe. Der Anblick der blutenden Tiere, die sich im Todeskampf auf der Straße wälzten, war schwer zu ertragen. Besonders abstoßend jedoch wirkte der Ausdruck beifälliger Gehässigkeit auf den Gesichtern der Zuschauer, die sich zu dem Spektakel eingefunden hatten.

Plötzlich klammerte sich Mencía an den Arm ihrer Freundin.

»Nach Hause! Schnell!«, stieß sie atemlos hervor.

In ihr Heim zurückgekehrt, dauerte es eine ganze Weile, bis sie sich einigermaßen erholt hatte. Endlich nahm sie ihre konsternierte Freundin an der Hand, führte sie auf den vergitterten Balkon und zeigte ihr die Blumentöpfe, in denen hauptsächlich Nelken und Zierkresse wuchsen.

»Sieh dir die Blättchen meines Mimosenstöckchens an«, sagte sie, noch immer verstört, und wies auf einen zierlichen Strauch. »Merkst du, wie die Pflanze zittert?« Und wirklich: Obwohl kein einziger Windhauch zu verspüren war, bebten die feinen Zweige, als würden sie von einer unsichtbaren Hand leicht geschüttelt.

»Ein unsicherer Boden, auf dem wir leben«, fuhr sie fort, indem sie plötzlich ins Ladino verfiel, der alten Sprache der Spaniolen, was Elvira an die Gewohnheit ihrer Mutter erinnerte, sich dieses Idioms zu bedienen, wenn sie an Dinge rührte, die ihr nahegingen. »Wenn dieses Vibrieren zunimmt, dann kündigt es eine Katastrophe an. Ein Erdbeben vielleicht oder einen Vulkanausbruch. Alle wissen es. Und alle verschließen die Augen vor der Gefahr. Ich beobachte die Mimose und muss an den Horror denken, der in den Verliesen unter der Erde rumort. Und nicht nur dort. Sondern auch in vielen menschlichen Herzen. Der sich in den Gesichtern der Zuschauer widerspiegelt, die sich bei Stierkämpfen erregen oder die sich, wie du vorhin sehen konntest, an der Tötung unschuldiger Straßenköter ergötzen.«

Leichenblass stand sie vor Elvira, schmächtig, zerbrechlich. Eine Mimose sie selbst, eine aus Fleisch und Blut. »Glaubst du«, kam es wispernd über ihre Lippen, »glaubst du, unsereins hat ein Recht darauf, Kinder in die Welt zu setzen, die vom Tage ihrer Geburt an mit einem Stigma behaftet sind?«

Ihre Eröffnung berührte Elvira peinlich. Schweigend hörte sie zu, wie die Freundin, nun wieder übergangslos ins Spanisch des Alltags verfallend, von ihrem Mann sprach. »Ein guter Mann, ich habe ihn gerne«, behauptete sie. Er sei in Lissabon zur Welt gekommen, doch habe man ihn schon als Kind nach Frankreich geschafft. Von dort aus sei er nach Lima gelangt. Noch halbwüchsig, habe ihn die Inquisition festgenommen. Nach zwei Jahren wurde der Prozess mangels Beweisen eingestellt. Da jedoch kein Freispruch erfolgt sei, befinde sich das Verfahren in der Schwebe und könne folglich jederzeit erneut aufgenommen werden, eine Behauptung, die Elvira an das Schicksal ihrer eigenen Mutter erinnerte. Seitdem sei er fast ständig auf Fahrt: nach Quito und nach Cartagena de las Indias, nach Portobello und nach Potosí, nach Havanna, Santa Fe de Botogá und Buenos Ayres. Ganz, als befände er sich fortwährend auf der Flucht. Geschäftsreisen? Niemand wusste so recht, in was diese Geschäfte bestanden. »Sie werden mich erneut ergreifen« sei eine seiner stehenden Redensarten. »Sie werden unser Vermögen einziehen und mich als Rückfälligen verbrennen. Ein wahres Glück, dass wir keine Kinder haben. Gebrandmarkte Ketzerkinder wären die. Ein Leben lang hätten sie unter den Folgen des Sambenitos zu leiden, in das man uns stecken wird.« Solchermaßen rede er daher, als gäbe es überhaupt kein anderes Thema auf der Welt.

Was blieb Elvira anderes übrig, als ihre Freundin mit dem Hinweis auf die angeblich sechstausend Neuchristen Limas zu beschwichtigen? Die meisten von ihnen seien längst in der christlichen Umwelt aufgegangen und seien überzeugte Katholiken. Unmöglich, sich ihrer aller zu bemächtigen; so viele Kerker gebe es ja in der ganzen Stadt nicht. Darüber hinaus sei kaum anzunehmen, dass der Vizekönig ein derartig kreditschädigendes Vorgehen billigen würde. Sie möge also ihrem guten Gewissen vertrauen, denn wen die Glaubensrichter zu fassen bekämen, der sei vermutlich nicht so ganz unschuldig. Solches gab sie Mencía zu bedenken, ohne zu bemerken, dass sie sich mit dieser Argumentation unwillkürlich der Sichtweise des Offiziums annäherte.

Nach und nach beruhigte sich Mencía, allerdings ohne dass die Farbe in ihr Gesicht zurückkehrte.

Eine Weile lang saßen die beiden noch zusammen und beobachteten die Mimose. Deren Beben schien an Heftigkeit zuzunehmen. Doch das müsse wohl auf einer Täuschung beruhen, versuchten sie sich gegenseitig einzureden. Dann verebbte ihr Gespräch, und eine jede hing ihren Gedanken an.

»Was heißt eigentlich ein gutes Gewissen und was bedeuten Schuld und Unschuld?«, ließ sich Mencía endlich vernehmen, womit sie ihre Auflehnung gegen die unbedachte Äußerung der Freundin andeutete. Die aber befand sich bereits im Aufbruch und enthielt sich einer Erwiderung.

Wenn sich Elvira zu jener Zeit im Spiegel betrachtete – und das tat sie häufig –, so konnte sie nicht umhin, die Veränderungen in ihrem Aussehen festzustellen. Veränderungen, die nicht nur von ihrem Mann, sondern auch von Manuel Bautista und von den Schwestern Luna lobend erwähnt, von ihrer Mutter dagegen getadelt wurden. Viel hatte sie an ihrer Tochter auszusetzen: Ihre Haartracht sei zu auffällig, ihr Parfüm zu penetrant, und die mondäne Kleidung stehe ihr nicht zu. Sogar die affektierte Sprechweise hielt sie ihr vor, die sie sich ihrer Meinung nach angeeignet habe. Ein solch frivoler Lebenswandel lenke den bösen Blick nicht nur auf sie, sondern auch auf das Kind, das, noch verborgen unter ihren weiten Röcken, in ihrem Schoß heranwuchs.

Damals, zur Zeit ihres Hochgefühls, hatte sie den Einfall, einen langen Brief an ihre Freundin Blanca zu richten. »Oft muss ich an Dich und an Deinen Vater denken«, begann sie ihr Schreiben. »Ich flehe zu Gott, dem Allmächtigen, er möge Euch Gesundheit und ein langes Leben schenken.« Als sie aber versuchte, ihre Lebensumstände zu beschreiben: die herrliche Stadt, die Persönlichkeit ihres Mannes und Manuel Bautistas, ihre Hochzeitsfeier und ihren Zustand guter Hoffnung, musste sie feststellen, dass alle ihre Schilderungen farblos ausfielen. Sie erwähnte ihr Klavichord und ihre Freundin Mencía. Das zitternde Mimosenstöckchen auf ihrem Balkon unterschlug sie. Mit der Aufforderung, sie zu besuchen, schloss sie ihre Botschaft. Rasch schmuggelte sie dann noch ein mit Zuckerwasser geschriebenes Lob des lebendigen Gottes zwischen die sichtbaren Zeilen, altem Brauch folgend, eher als innerer Überzeugung.

Die Antwort, die Elvira wenige Wochen vor ihrer Niederkunft erreichte, kam zu ihrer Überraschung nicht aus

Córdoba, sondern aus San Miguel de Tucumán, kurz einfach Tucumán genannt. Blanca versicherte ihr darin, dass sie sich über das Glück ihrer Freundin freue und dass sie ihr alles Gute zur Geburt ihres Kindes wünsche. »Hoffentlich wird es ein Knabe!« Ihr Vater sei vor nunmehr fast zwei Jahren für immer von ihr gegangen. Der Lizentiat Trelles de Rojas habe die Ansicht geäußert, es sei das Herz gewesen. »Es mag ja sein, dass er recht hatte mit seiner Diagnose, obwohl doch jeder weiß, welch vertrauten Umgang die Apotheker mit den Giften pflegen.«

Die Apotheke und sogar ihr Cembalo habe sie zu Spottpreisen verschleudert, und nun sei sie in Tucumán ansässig. Die Gründe ihres Umzugs waren dem Schreiben genauso wenig zu entnehmen wie Näheres über ihre derzeitige Beschäftigung. Zum Schluss stellte sie der Freundin einen gelegentlichen Besuch in Aussicht, allerdings ohne sich auf ein Datum festzulegen, denn ihr Gebrechen behindere sie mit zunehmendem Alter immer mehr und die weite Reise sei ja ziemlich umständlich.

Als Elvira den Brief, alter Gewohnheit gemäß, über eine Kerze hielt, erschien ein hingekritzelter Nachsatz: »Manchmal vermisse ich den Sabbatsegen meines seligen Vaters.«

Auch an Teresilla hatte sie geschrieben. Obwohl sie keine Antwort erhielt, ahnte sie, dass sie die Schneiderstochter aus Santiago irgendwann in ihrem Leben wiedertreffen würde.

Die Niederkunft verlief ohne Zwischenfall. Um Juan eine Freude zu bereiten, schlug Elvira vor, den Knaben nach ihm zu nennen. Doch davon wollte der nichts wissen. Sie einigten sich schließlich auf Enrique, zur Erinnerung an seinen Vater. Acht Tage nach der Geburt nahm ihn Tomé

Quaresma im Bund Abrahams auf. Vergebens hatte sich die Mutter gegen den Eingriff gesträubt, denn sie wollte ihr Kind vor dem verräterischen Stigma verschonen, das es eines Tages den Händen der Glaubensrichter ausliefern könne. Manuel Bautista aber ließ keine Widerrede gelten, sondern bezeichnete den kleinen Schnitt als eine Wohltat für Körper und Seele. Quaresma wies auf die hygienischen Vorzüge der kleinen Operation hin und erklärte lächelnd, diese würde der Mutter mehr Schmerzen zufügen als dem Knaben, verhelfe diesem hingegen zu seinem wahren Ich.

»Kein geringer Preis für ein so zweifelhaftes Privileg«, erlaubte sich Rodrigo zaghaft einzuwenden. Und in welcher Weise der Beschneidungsschmerz Einfluss auf die charakterliche Entwicklung des Menschleins ausübe, sei schwer nachvollziehbar. Dieser schüchterne Einwand war der einzige Beistand, den Elvira erhielt. Als ihr klar wurde, dass sie selbst von ihrem Mann keine Hilfe erwarten durfte, ergab sie sich ins Unvermeidliche.

Quaresma ließ es bei einem winzigen Schnitt in die Vorhaut des Säuglings bewenden, der, wie er versicherte, selbst einer gewitzten Prüfkommission verborgen bliebe. Während er etwas Eiweiß auf die kaum blutende Wunde träufelte, murmelten die Anwesenden ihre alttestamentarischen Segenssprüche.

Die von der Zeremonie ausgeschlossenen Frauen betraten nun den Raum, um Erfrischungen und Marzipan herumzureichen. Der Arzt fühlte den Puls der Wöchnerin und verabreichte ihr einen Stärkungstrunk. Noch geschwächt von der Entbindung, lehnte sie sich in ihre Polster zurück. Wie aus weiter Ferne drang die Behauptung Don Manuels an ihr Ohr, der Prophet Elias, bekanntlich der Sendbote des Messias, wohne insgeheim jeder Beschneidung bei.

Mit geschlossenen Augen hörte sie dann noch, wie er die Weiber schalt, die Knoblauch und Raute an der Wiege des Kleinen angebracht hatten.

»Aber damit verhindern wir doch das Eindringen der ränkesüchtigen Lilith!«, keiften die beiden Frauen, denen die Nachtwache bei der jungen Mutter zugefallen war. »Dummes Zeug!«, fuhr sie Manuel an. »Hoffentlich lässt der Allmächtige seinen Zorn über euren Aberglauben nicht an dem Kind aus!«
Während die Anwesenden mit verhaltener Stimme zu Ehren des Stammvaters Abraham den Gesang des Königs Nimrod anstimmten, schlummerte Elvira ein.
Wenige Wochen danach trug sie ihren in Spitzen gehüllten Enriquillo in die Kathedrale, wo er feierlich getauft wurde.

Nie hätte sie sich träumen lassen, wie sehr sich ihr Leben durch die Geburt ihres Sohnes verändern sollte, dessen Pflege sie sich hingebungsvoll widmete. Ihr war, als sei die Luft mit ungeahnten Gerüchen erfüllt. Jeder Bissen, den sie zu sich nahm, kam ihr süßer, schärfer, salziger oder saurer vor als gewohnt. Die Farben trafen ihre Augen mit erhöhtem Glanz, und die einfachsten Melodien ihres Klavichords konnten sie zu Tränen rühren. Die Gegenstände des täglichen Gebrauchs: die Stühle, Tische, Betten und die Küchengeräte fühlten sich irgendwie intensiver an als früher: glatter, rauer, weicher oder härter.
Juan blieb aus dieser Welt ausgeschlossen. Manchmal überkam sie das Gefühl, als seien sie beide Gefangene, jeder von ihnen in einer Einzelzelle untergebracht. Vergeblich rüttelten sie an der Wand, die ihre Zellen trennte.

Wie gerne hätte sie ihm geholfen! Diesem Mann, der seine seelische Qual hinter der Fassade eines kühl rechnenden Kaufmanns zu verbergen suchte. Aber selbst in den Nächten der innigsten Verbindung fühlte sie den dünnen, aber zähen Panzer, mit dem er sich abschirmte.

Dank ihrer gesteigerten Empfindsamkeit vermeinte sie damals, Kern und Wesen der Dinge zu erspüren. Kern und Wesen ihres eigenen Körpers und ihres Kindes. Lag es an ihrer Brust, versuchte sie, sich seine Zukunft auszumalen. Dabei überraschte sie sich, wie sie die gleichen Melodien *Sepharads* vor sich hin summte, die ihre Mutter, und gewiss auch ihre Großmutter und die Mutter ihrer Großmutter ihren Kindern vorgesungen hatten und die sie wie der Widerhall längst vergessener Träume erreichten:
»Bäume weinen im Regen,
Berge, luftumweht.
So weinen meine Augen,
weinen nach dir, Geliebter.
Ich wende mich ab und sage,
was soll nun aus mir werden?
In fremden Landen werde ich sterben.«

Die traurige Weise rief die Erinnerung an ihren Bruder Diego in ihr wach, mit dem sie, beide noch Kinder, an der Uferböschung des Río de la Plata gesessen hatte. In ihrer Vorstellung lebte er als Jüngling in ihr fort, so, wie er sie in Córdoba verlassen hatte. In plötzlich erwachter Sehnsucht griff sie zur Feder, um ihm zu schreiben. Eigentlich hatte sie ihn überreden wollen, sich in Lima niederzulassen, um hier ein neues Leben zu beginnen. Doch dann begnügte sie sich damit, ihm die Geburt Enriques bekanntzugeben, seines ersten Neffen.

Eine Antwort erhielt sie nie.

An einem besonders schönen Tag begleitete Elvira ihren Mann nach Callao hinunter, um dem Auslaufen der Südflotte beizuwohnen. Selten hatte sie ihn so gut gelaunt gesehen wie an diesem Morgen. Er zeigte sich kindlich begeistert vom geschmückten Flaggschiff, das den mehrreihigen Zug anführte; vom Admiralsschiff, das diesen beschloss, von den bestückten Begleitbooten an der Lavierseite und den wendigen Schnellschiffen, die der Verbindung zu den schwerfälligen Galeonen und Brigantinen dienten.

Eine lärmende Menschenmenge hatte sich eingefunden, um das Schauspiel zu genießen. Von weitem erblickte sie den von seinem Hofstaat umringten Vizekönig *Conde* Chinchón. Juan meinte, der Graf wirke recht erleichtert, vermutlich weil man das vorgesehene Datum der Ausfahrt eingehalten hatte, so dass der Silberschatz zur Handelsmesse in Portobello eintreffen und pünktlich den immer leeren Staatssäckel im Mutterland auffüllen könne.

Elvira hörte diesen Erklärungen nur mit halbem Ohr zu. Sie war besorgt, denn sie hatte ihr Kind in der Obhut seiner schwarzen Amme zurückgelassen; wer weiß, was inzwischen passiert war?

Dazu gesellte sich ein gruseliger Traum, der ihr mehrere Nächte hindurch zugesetzt hatte. Es war ihr nämlich gewesen, als läge die Leiche ihres Schwiegervaters, dessen Namen nun ihr Enrique trug, im Ehebett zwischen ihr und Juan.

Im Bestreben, sich von dieser Erinnerung zu befreien, gab

sie Juan den Alptraum in allen Einzelheiten wieder, doch der maß ihm keine Bedeutung bei. Und wie wollte sie eigentlich seinen Vater erkannt haben, der ihr doch nie im Leben begegnet war? Elvira hörte sich diesen vernünftigen Einwand schweigend an. Und plötzlich wusste sie, wem die weit aufgerissenen Augen des Toten gehört hatten. Grünliche Augen waren es gewesen, die sie angestarrt hatten. Die Augen Cristóbal Castro y Gaytáns, ihres Jugendgespielen. Doch diese Erkenntnis behielt sie für sich.

Der grämlich dreinblickende Capitán Antonio Morón hielt sich in der Nähe des Vizekönigs und seines Gefolges auf. In einer solchen Gesellschaft wirkte er besonders unbedeutend. Angeregt vermutlich von der Anwesenheit seines Konkurrenten, erklärte Juan seiner Frau im dozierenden Tonfall, den er von seinem Onkel Pablo übernommen hatte, dass die Edelmetalle über neunzig Prozent des peruanischen Exports darstellten. Zwar sei die Produktion in den letzten Jahren deutlich zurückgegangen, doch noch immer beachtlich.

»Ich weiß«, erinnerte sich Elvira. »der Silberexport ist der Aderlass des Kontinents.«

»Da hast du nun eine Zurschaustellung der Macht Spaniens«, fuhr Juan fort, ohne der Bemerkung seiner Frau Beachtung zu schenken. Mit einer umfassenden Handbewegung wies er dann auf die Flottenparade im Hafen hin, konnte aber nicht umhin, heimliche Blicke auf den Konkurrenten seines Hauses zu werfen. Auf den Capitán Morón.

Nach und nach entfernte sich die Armada mit halben Segeln in nördlicher Richtung. Am Horizont stiegen die ersten Wolken auf.

Elvira drängte ihren Mann, endlich die Rückfahrt nach Lima anzutreten; wer weiß, was Enriquillo in ihrer Abwesenheit zugestoßen sein konnte. Juan schüttelte zwar den Kopf ob so viel mütterlicher Besorgtheit, die sich auch tatsächlich als unbegründet erweisen sollte, kam jedoch ihrer Bitte nach.

9 Der Sendbote aus Amsterdam oder das letzte Abendmahl

Sie sei gekommen, um sich von den Fortschritten ihres Enkels zu überzeugen, erklärte Felipa ihrer Tochter, als sie ohne Voranmeldung zu ungewohnter Stunde in deren Haus auftauchte. Ein fadenscheiniger Vorwand; noch nie war es der Mutter gelungen, sich glaubhaft zu verstellen.

Kaum hatte sie das Fenster aufgerissen, wie dies ihre Art war, und einen flüchtigen Blick auf Enriquillo geworfen, der sie anlächelte und dabei seine ersten Zähnchen zeigte, als sie dem Ärger über ihren Mann Luft machte. Schon seit langem benehme er sich ja ein wenig seltsam mit seinem Hang zur Philosophie, der einem Geschäftsmann nicht anstehe. Aber bis vor kurzem habe er seine Skepsis wenigstens nur im Kreise der engsten Familie in Worte gekleidet. Nun aber hätten ihn sämtliche guten Geister verlassen. Er sei darauf und daran, durch sein unvorsichtiges Geschwätz Kopf und Kragen der ganzen Sippe aufs Spiel zu setzen.

In einem literarischen Zirkel habe er die gefährliche Meinung geäußert, man verfolge die Judenabkömmlinge, weil ihre Vorfahren die Zehn Gebote unter die Menschheit gebracht hätten. Das verziehen ihnen ihre Widersacher nicht, die in ihren Herzen nie aufgehört hatten, Heiden und Götzendiener zu sein. Und eigentlich seien nur die Juden in der Lage, das wahre Wesen der Lehre Christi, ihres Blutsverwandten, zu verstehen, der nie die jüdische Religion verleugnet habe und angetan mit dem *Tallith*, dem traditionellen Gebetsschal, begraben worden sei. Im Übrigen bedauere er, nicht in jenem glücklichen Zeitalter gelebt zu haben, als Juden und Christen noch in denselben Gotteshäusern beteten.

Wer weiß, ob man diese verfänglichen Theorien nicht schon dem Inquisitionstribunal hinterbracht hatte!

Seine Geschwätzigkeit sei altersbedingt, brachten die Wohlgesinnten zur Entschuldigung ihres Freundes vor. Manche führten sogar sein Herzleiden als mildernden Umstand ins Feld. Aber seitdem unlängst die beunruhigende Nachricht aus Cartagena de las Indias eingetroffen war, das dortige Glaubensgericht habe zahlreiche Judenverdächtige unter Einziehung ihrer Vermögen in den Kerker geworfen, begannen viele Freunde und Bekannte den Umgang mit diesem Mann zu meiden, der sich auf so gefährliche Abwege begeben hatte.

Felipa seufzte tief, wobei die den Eindruck hervorrief, als hätte sie noch mehr auf dem Herzen. Und richtig: Nach kurzer Pause überraschte sie Elvira mit einer leise vorgebrachten Frage:

»Bist du eigentlich glücklich, mein Kind?«

Ein derartiges Interesse an ihren Gefühlen war Elvira nicht gewohnt von ihr. Sie nickte und suchte nach geeigneten Worten, hinter denen sie, ohne die Unwahrheit zu sagen, ihr gestörtes Verhältnis zu Juan verbergen könnte.

»Ich fühle mich hier zu Hause, Mama«, gab sie zur Antwort. »Zum ersten Mal so richtig zu Hause ... Vielleicht verdanke ich dieses Heimatgefühl meinem Enriquillo, was meint Ihr?«

Auf der Straße erklangen die melancholischen Töne einer *Quena*, die ihre Worte musikalisch untermalten.

Sie mache sich nicht nur Sorgen um ihren Mann, sondern auch sie, ihre erwachsene Tochter, bereite ihr Kummer, eröffnete ihr die Mutter, ohne auf deren Frage einzugehen. Um es geradeheraus zu sagen: Man munkelte bereits über ihre Beziehung zu Manuel Bautista.

Der Stadtklatsch! Die Entrüstung trieb Elvira das Blut ins Gesicht.

Es bestehe keinerlei Grund, sich um ihren guten Ruf zu sorgen, erwiderte sie verstimmt, und zudem sei sie alt genug, um selbst auf sich aufpassen zu können. Manuel sei ein außergewöhnlicher Mensch; von ihm ließe sich ungeheuer viel lernen. Sie betrachte sich als seine Schülerin. Nichts weiter als das: die Schülerin eines, wie Papa sagen würde, besonders klugen Mannes. Unvermittelt unterbrach sie sich, ärgerlich über sich selber, weil sie sich zu einer Rechtfertigung hatte hinreißen lassen, die sich vielleicht ein wenig zu überschwänglich anhörte.

Felipa tat, als habe sie den gekränkten Ton überhört. Sie zweifle nicht an der Ehre ihrer Tochter, lenkte sie ein. Doch dürfe sie keinen Anlass zur üblen Nachrede geben. Nach kurzem Zögern drang sie weiter in sie.

Sie hätte gerne erfahren, was wohl Juan über das anstößige Benehmen seiner Frau denke, gab sie von sich. »Und davon abgesehen, solltest du auch Guiomar berücksichtigen! Du machst dir keine Vorstellung, wie eifersüchtig die Sevillanerinnen sind.«

Jäh brach sie ihre Vorhaltungen ab. Denn plötzlich, als habe sie nur auf ihr Stichwort gewartet, betrat Doña Guiomar das Zimmer. Die Anmeldung durch die Haussklavin war ihnen entgangen. Elegant gekleidet wie immer, stand die Kusine und Ehefrau Manuel Bautistas vor ihnen, verbreitete den Duft ihres verschwenderisch benutzten

Parfüms und nahm Kenntnis von der Verlegenheit der beiden Frauen.

Sie sei in ihrer Sänfte zufällig am Haus der Verwandten vorbeigekommen und da wolle sie eben schnell einmal hereinsehen; man möge ihr die Ungezogenheit des unangekündigten Besuchs verzeihen. Und bei dieser Gelegenheit wolle sie den beiden Damen auch gleich ihre Einladung zum Passahfest übermitteln. Pünktlich in der Vollmondnacht, an dem von der Heiligen Schrift festgelegten Datum, sollte es begangen werden, und nicht etwa zwei Wochen zuvor, wie dies hierzulande üblich sei, um die Denunzianten zu täuschen. Außerdem wolle sie die Kusine auffordern, sich mit den Ihren in der Nacht vor dem Fest am Ufer des Rimac einzufinden, um dort das Wasser mit Weidenruten zu schlagen, zum Gedenken an Moses, der Wasser aus dem Felsen geschlagen hatte, auf dass die Kinder Israels auf der Wanderung durch die Wüste nicht verdursteten.

»Und wenn uns die Denunzianten bei dieser Zeremonie überraschen?«, ließ sich Felipa hören. Guiomar tat den Einwand mit einer Geste ab. »Das könnt Ihr ganz beruhigt meinem Gatten überlassen.«

Nachdenklich betrachtete Elvira die undurchdringlichen Züge ihrer Besucherin. Schlagartig – sie hätte nicht sagen können, wie sie zu dieser Einsicht gelangt war – überkam sie da die Erkenntnis, dass es diese Frau es sein müsse, die hinter den politischen Aspirationen ihres Mannes stand, die eigentliche Triebfeder seines Handelns.

Guiomar ließ sich auf dem Sofa nieder, ordnete die Falten ihres Rocks und nahm die ihr gereichte Schokolade in Empfang.

»Haben die Damen schon vom üblen Scherz gehört, den sich Antonio Morón geleistet hat?«, begann sie in munterem Plauderton. »Nein? Unter uns gesagt, nie konnte ich verstehen, wie die Luna, unsere Doña Mayor, so einen Geizkragen heiraten konnte, der doch wahrlich kein Adonis ist. ›Nur nicht auffallen‹ ist seine Devise. Kaum dass er das Maul aufmacht, aus lauter Angst, er könne ein Geschäftsgeheimnis ausplaudern. Aber diesmal hat er nun doch übertrieben. Man erwischt ihn, als er sich gerade einschiffen will, um die Messe von Acapulco zu besuchen. Die Behörde schöpft Verdacht. Man unterzieht ihn einem Verhör: Mit wessen Genehmigung verlasst Ihr das Land? Man überprüft die Reisepapiere. Verlangt die schriftliche Bestätigung, dass er tags zuvor das Sakrament empfangen habe, wie dies Vorschrift ist, um eine Seereise antreten zu können. Das übliche Woher und Wohin, und welchen Beruf übt Ihr aus? Und der Capitán, Ihr möchtet's glauben oder nicht, in der Absicht, sich ganz klein und unscheinbar zu machen, bekennt sich als Berufsspieler, ›Ein Spieler, Euer Gnaden?‹ ›Jawohl‹, versichert Morón allen Ernstes. ›Von Beruf Kartenspieler!‹ Dabei lässt er sich bekanntlich nie in seine Karten sehen, der Leisetreter. Nun, was halten die Damen von solch einer Unverfrorenheit? Man steckt ihn ins Gefängnis, die Inquisition interessiert sich für den Fall, denn die versucht ja immer wieder, auch die Zivilprozesse an sich zu reißen, als wenn's nicht genug Ketzer, Bigamisten, Zauberer, Lutheraner und Lästerer gäbe, die in ihren Kompetenzbereich fallen. Zwei Tage lang sitzt er bei Wasser und Brot. Einen schönen Batzen Dukaten dürfte ihn sein verrückter Einfall gekostet haben. Ha, ha, Falschspieler! Und ganz Lima kennt ihn als einen der reichsten Männer der Stadt!« Sie stellte ihre Tasse ab und erhob sich.

»Falschspieler!«, wiederholte sie kopfschüttelnd und lachte gurrend. »Tja, manchmal kommt es mir wahrlich so vor, als seien wir alle nichts anderes als Spieler. Heute noch im Tragsessel, morgen schon im Kerker.«

Sie näherte sich der Wiege, um Enriquillo zu begutachten, der sie, den Daumen lutschend, mit großen Augen ansah.

»Sehr hübsch«, stellte sie trocken fest. »Wem sieht er eigentlich ähnlich?« Ihr Gesicht mit dem strengen Profil gab keine Gefühlsregung preis. Mutter und Großmutter hatten ein blumenreiches Kompliment erwartet. Sie fuhren zusammen, als sie stattdessen den Ausruf hörten:

»Armes Wurm!«

Spannungsgeladenes Schweigen, während dem sich in Elvira der Eindruck festigt, der Besuch Guiomars sei keineswegs einer plötzlichen Laune entsprungen, sondern stelle wohlüberlegte Absicht dar. Und tatsächlich: mitten hinein in das betreten Schweigen, ihre unerwartete Frage:

»Haben sich Euer Gnaden eigentlich schon Gedanken darüber gemacht, wie wir unsere Kinder in Sicherheit bringen könnten, wenn es hier zur Katastrophe kommt?«

»Im Fall eines Erdbebens, meint Ihr?«, fragte Elvira harmlos.

»Im Falle eines Anschlags der Inquisition gegen unsere Nation, meine ich!«, erklärte Guiomar energisch. Da erst begriff Elvira, dass es dieses Anliegen war, das ihr die Ehre des Besuchs verschaffte.

Sie sah das nervöse Zucken im Gesicht ihrer Mutter. Instinktiv näherte sie sich der Wiege Enriquillos, als müsse sie ihr Kind beschützen.

»Unsere Männer wollen die Gefahr nicht sehen. Sehr bequem und typisch Mann! Wir Frauen dagegen riechen das in der Luft liegende Unheil, das unsere Zukunftspläne in Frage stellt. Jetzt geht es vordringlich darum, unsere Kinder in Sicherheit zu bringen.«

»Und da geht Ihr hin und bearbeitet die Fluten des Rimac mit Weidenruten, als gäbe es nichts Dringlicheres auf der Welt!«, protestierte Elvira. Guiomar schien diesem Einwand keine Bedeutung beizumessen.

Verschiedene ihrer Freundinnen, angeführt von Doña Enriqueta Soldana, hätten sich eine Rettungsaktion der Kinder ausgedacht, die beim ersten Anzeichen der Gefahr durchgeführt werden solle. Schon seien Reeder und Kapitäne bestochen, schon habe man vielerorts Agenten angeworben, denen es obliege, die Kinder in Empfang zu nehmen, wenn es so weit sei.

Sie sah die junge Mutter eindringlich an und legte ihr nahe, die ihr gebotene Möglichkeit wahrnehmen, solange es noch nicht zu spät sei.

Elvira erwiderte betreten, sie wolle den Vorschlag überschlafen und natürlich auch mit ihrem Mann besprechen. Schließlich drohe keine unmittelbare Gefahr. Und welche Mutter möchte sich schon ohne zwingende Not von ihrem Kind trennen.

»Stimmt genau!«, stellte Guiomar sarkastisch fest. »Nicht die Spur einer Gefahr! Und sollte man uns auch nur ein einziges Härchen krümmen, so ginge das ganze Land augenblicklich bankrott. Und natürlich würden uns unsere Alliierten unverzüglich zu Hilfe eilen. Das Rote Meer wird sich auf Gottes Geheiß spalten, damit wir trockenen Fußes und mit erhobenem Panier ins Gelobte Land ziehen können. Nicht wahr, die Damen?«

Sie stampfte temperamentvoll mit dem Fuß auf und verabschiedete sich, nicht ohne ihre Einladung zum Passahfest, das sie als *Seder*abend bezeichnete, zu wiederholen. Die beiden Frauen blieben betroffen zurück und nahmen sich beide im Stillen vor, der nicht ungefährlichen Zeremonie am Rimac fernzubleiben.

Eine ganze Zeitlang blieb das schwere Parfüm Guiomars noch im Raum hängen. Ein Parfüm, das Elviras unruhigen Schlaf durchwehte. Wie so oft, brachte auch in dieser Nacht das schwache Beben des vulkanischen Bodens die Mimosenstöckchen auf den Balkonen der Stadt zum Erzittern. So sachte ließen sich die unterirdischen Wellen an, dass sie nur von besonders feinfühligen Menschen wahrgenommen wurden.

In einer Vollmondnacht im April 1635 versammelte sich die Familie Manuel Bautistas im Oberstock des »Hauses des Pilatus« im selben Saal, in dem Elvira und Juan einst ihren Ehebund nach dem Gesetz Mosis besiegelt hatten. Als die beiden nun den kerzenbeleuchteten Raum betraten, fiel Elvira als Erstes das Kreuz mit der überlebensgroßen Figur des Heilands ins Auge. Mit schmerzgekrümmtem Leib schien der von der Wand her dem Abendmahl vorzustehen. Die Teilnehmer der Tafelrunde verständigten sich nur flüsternd.

Dem jungen Paar wurde ein Platz in die Nähe des Hausherrn zugewiesen. Doña Guiomar saß strengen Blicks zu seiner Rechten. Es folgten ihre Schwester Doña Isabel und deren Mann Sebastián Duarte.

Der Arzt Tomé Quaresma, schmal, mit vergeistigten Zügen und silbergrauem Haar, seine pferdegesichtige Frau neben ihm, befanden sich unter den wenigen Gästen, die nicht der Großfamilie der Pérez angehörten. Es hieß, ihren Söhnen sei es gelungen, sich in Pernambuco niederzulassen, wo sich der eine dem Zuckerhandel widme, der andere im Holzexport tätig sei. Als Elvira Ausschau nach ihren Eltern hielt, entdeckte sie diese am Ende der Tafel, in der Nähe der unruhigen Kinderschar. Sie erweckten den Eindruck, als hätten sie sich innerlich von den übrigen Gästen zurückgezogen, verirrt aus einem früheren Jahrhundert in die Gegenwart, in der sie sich nicht zurechtfanden. Einsilbig saßen sie vor ihren Weinbechern und den Tellern mit bitteren Kräutern, wie sie vor jedem der Anwesenden standen: ein Symbol für das bittere Los ihrer Vorfahren in Ägypten.

Es dauerte eine geraume Weile, bis Elvira der Unbekannte auffiel, der sich durch seine für das Klima Limas viel zu schweren Kleidung von den übrigen Gästen unterschied. Sie hielt ihn für einen jener Sendboten, wie sie die freien Judengemeinden Europas gelegentlich in die Welt schickten, um ihre Glaubensbrüder zu belehren und aufzurichten. Sie beobachtete, wie er kopfschüttelnd eines der herumliegenden Päckchen Spielkarten in Augenschein nahm. Der naive Trick, mit dem eine harmlose gesellige Zusammenkunft vorgetäuscht werden sollte, falls die Häscher der Inquisition die Anwesenden beim Passahmahl überraschten, schien ihn zu amüsieren.

Drei erst vor kurzem importierte Sklaven reichten die Speisen. Obgleich sie noch kein Wort Spanisch verstanden, verstummten die Gespräche jedes Mal, wenn sie den Raum betraten. Manuel eröffnete die Zeremonie, indem er den Segen über Brot und Wein sprach und Gott dankte, dass er ihn bis zu diesem Tage am Leben erhalten hatte. Danach wurden etliche Gebetsfragmente laut. Den Sinn des Singsangs, von den Tischgenossen in einer kuriosen Mischung von altertümlichem Spanisch, Portugiesisch und Hebräisch vorgebracht, verstanden diese wohl selber nicht. Das schien, seinem spöttischen Gesichtsausdruck nach zu urteilen, auch die Meinung des Fremden zu sein.

»Sklaven waren wir ...«, rezitierte Manuel Bautista dann die Erzählung vom Auszug der Kinder Israels aus Ägypten,

»... eingesetzt zum Bau der Pyramiden Pharaos.« Elvira musste an die Sklaven ihrer Umgebung denken. Ob ihre eigenen Vorfahren den Schwarzen glichen, die sie kannte? Vielleicht erhoffte sich der eine oder der andere dieser kaum als Menschen wahrgenommenen Kreaturen einen Moses, der sie in die Freiheit führe »mit starker Hand und ausgestrecktem Arm«, wie es in der Schrift heißt? Seltsame Gedanken, wie sie sich selbstkritisch eingestehen musste und die sie auf die im Saal vorherrschende unwirkliche Stimmung zurückführte.

Als Quaresma nach dem Dessert die uralte Formel hersagte, die den Ewigen, gelobt sei sein Name – beschwor, im kommenden Jahr Sein Volk nach Jerusalem zurückzuführen, ließ der Unbekannte ein bekräftigendes Amen vernehmen. Und als ganz leise *Un cavrítico* angestimmt wurde, ein Lied im Ladino ihrer Vorfahren, das die Juden Spaniens seit Jahrhunderten zu diesem Anlass zu singen pflegten, war auch sein Tenor zu hören:

»Un cavrítico! Ein Zicklein!
Es kaufte mein Vater für zwei Levanim.
Chad gadiah, chad gadiah!
Da kam voll Tück' und Hader
die Katz' und fraß es auf,
el cavrítico,
gekauft von meinem Vater, für zwei Levanim ...«

Kaum war das Lied verklungen, als sich alle Blicke dem fremden Gast zuwandten. Wer jedoch einen Lehrvortrag zu seiner Erbauung erwartet hatte, sah sich getäuscht. Denn der geheimnisvolle Besucher, der, wie sich schnell herausstellte, in eiligem und delikatem Auftrag von Amsterdam entsandt worden war, hatte die gefahrvolle Reise nicht etwa auf sich genommen, um die Kryptojuden

Limas in der Schrift zu unterweisen, sondern um sie zu warnen. In seinem altertümlichem Portugiesisch informierte er sie über die Spannungen zwischen dem Großinquisitor Antonio de Sotomayor und dem Grafen-Herzog Olivares. Dessen dem König vorgelegtes Projekt, einigen finanzkräftigen Juden aus Oran und anderen nordafrikanischen Städten das Niederlassungsrecht und die Glaubensfreiheit zu gewähren, um durch deren Millionenkredite die Wirtschaft des Landes zu beleben, sei auf den wütenden Protest der Kirche und des Hochadels gestoßen. Worauf sich der schwache König gezwungen gesehen habe, seine bereits halbherzig erteilte Einwilligung zurückzuziehen. Der ebenso stolze wie staatsmännisch denkende Minister Olivares habe daraufhin veranlasst, etliche Gefangene aus den Kerkern der Inquisition zu entlassen und ihre Gerichtsakten zu vernichten. Eine Geste, um seine ungebrochene Macht zu demonstrieren, die der Großinquisitor zähneknirschend habe hinnehmen müssen. Doch nun setze dessen Tribunal alles daran, um seine Allmacht im ganzen Reich deutlich zu machen. *Ecclesia triumphans!* Dieses Gerangel sei übrigens der eigentliche Beweggrund des vor einiger Zeit veranstalteten Madrider *auto de fe* gewesen. Ein wahres Volksfest anlässlich der glücklichen Niederkunft der Gemahlin des Königs. Um dem Jubel Ausdruck zu verleihen, habe man sechs rückfällige Juden *in persona* und weitere vier *in effigie* verbrannt.

Der Amsterdamer hielt inne und heftete den Blick auf Manuel Bautista, der ihm schweigend zugehört hatte. Auch hierzulande sammle das Heilige Offizium Zeugenaussagen und Indizien, fuhr er nach kurzer Pause fort. Alles deute darauf hin, dass in Lima ein Schauprozess und ein eindrucksvolles *Auto* vorbereitet werde. Bedauerlicherweise habe sich die Mehrheit der Judenstämmlinge längst in überzeugte Christen verwandelt, die von ihren einstigen Glaubensbrüdern abrückten und nun alles daran setzten, um sich das Vertrauen der Kirche zu erwerben. Es fehle nicht an sich anbiedernden Verrätern, die ihre Kenntnisse beisteuerten, als man die Listen der Verdächtigten zusammenstellte. »Hohe Politik, meine Herren!« Der arrogante Gesichtsausdruck des Sendboten. Und das betroffene Schweigen seiner Zuhörer.

Erst als Pablo Rodriguez Einspruch erhob, entspannten sich die Mienen der Anwesenden. Mit einem beifallheischenden Seitenblick auf seinen Patron erwähnte er dessen Beziehungen zu Kirche und Hof: »Wir wären hier doch die Ersten, die über derartige Machenschaften Bescheid wüssten.«

Elvira erwartete ein befreiendes Wort aus dem Mund Manuels. Zu ihrem Erstaunen aber war es ihr zurückhaltender Vater, der Pablo unterstützte. Nach alter Gewohnheit reckte er seinen Hals schildkrötenartig vor: »Aus der Ferne sieht alles weitaus gefährlicher aus, als es in Wirklichkeit ist. Entspräche der Bericht unseres geschätzten Gastes den Tatsachen, so hätten mich meine Madrider Freunde schon längst gewarnt.«

Der Fremde hatte nur ein mokantes Lächeln für den Alten übrig. Sebastián Duarte beugte sich vor und blickte auf seinen Chef, der stumm auf den silbernen Elias-Becher stierte, den man in Erwartung des Propheten bis zum Rand mit Wein gefüllt hatte. Plötzlich überwand er seine Schüchternheit und ergriff das Wort. Es möge ja sein, dass man ein paar Angeklagte inhaftiert habe. Das sei schon öfters passiert und werde wohl auch weiterhin passieren. Umstürzlerische Elemente wahrscheinlich, denen man am besten aus dem Weg gehe. Aber kein Grund zur Aufregung.

›Umstürzlerische Elemente!‹ ... In diesem Augenblick bedauerte Elvira, dass es ihr nicht gestattet war, sich in die Männergespräche einzumischen. Sie bemerkte, wie sich Tomé Quaresma räusperte, um die Aufmerksamkeit auf sich zu lenken. Doch Manuel, plötzlich wieder hellwach, kam ihm zuvor:

»Es ist mir nicht bekannt, aus welchen Quellen Ihr Eure Informationen schöpft, werter Herr«, hub er an. »Tendenziöse Gerüchte aus der Küche der Engländer höchstwahrscheinlich, die nicht nur uns, sondern ganz Spanien schädigen.«

Ein Geräusch auf der Treppe unterbrach seine Ausführungen. Hastig wurden die auf dem Tisch liegenden Spielkarten unter den Anwesenden verteilt.

Einige der Frauen stießen ein schnell unterdrücktes Gegilpse aus, während Juan und Sebastián zur Tür stürzten, um sie aufzureißen. Sie konnten gerade noch einen Schatten ausmachen, der sich eilig entfernte. Einen Augenblick lang glaubte Elvira unsinnigerweise, die Erscheinung Marías, ihrer ehemaligen Sklavin in Buenos Ayres, wahrgenommen zu haben. Sie erhob sich, um nach Enriquillo zu sehen, der friedlich in seiner Wiege schlummerte. Im Begriff, wieder Platz zu nehmen, fing sie den Blick Guiomars auf, der sie aufzufordern schien, die Rettung ihres Sohnes zu erwägen, bevor es zu spät sei.

Erst als sich die Aufregung gelegt hatte, ließ sich der überseeische Gast erneut vernehmen.

»Ich sehe schon«, meinte er lächelnd. »Hier steht alles zum Besten. Die uns vorliegenden Informationen sind samt und sonders aus der Luft gegriffen. Nichts weiter als die Schwarze Legende Albions, um Spanien zu verleumden.«

Nur zu gern hörten die Festteilnehmer die beruhigenden Ausführungen Manuels: Er sähe keinen Zusammenhang

zwischen einem *auto de fe* und den geschilderten wirt-
schaftspolitischen Intrigen. Die übertrieben alarmieren-
den Nachrichten aus Amsterdam seien womöglich dem
Casus des Bachillers Francisco Maldonado de Silva zuzuschreiben. »Ein höchst ungewöhnlicher Fall übrigens,
mit dem man sich letzthin sogar in Europa beschäftigt.
Weit davon entfernt, vor seinen Richtern um Gnade
zu winseln, weigert sich dieser standhafte Mann, auf die
Evangelien zu schwören, und besteht darauf, seinen Eid
auf den lebendigen Gott Israels abzulegen. Disputiert im
Kerker mit den berühmtesten Theologen der Stadt. Legt
sich Bußübungen auf und tröstet obendrein seine Mitgefangenen. Ein Vorbild für uns alle!«
Ohne auf die Erklärungen seines Gastgebers einzugehen,
ergriff der Fremde erneut das Wort: »Haben Euer Gnaden
schon einmal von einem gewissen Antonio Cordero gehört?«, erkundigte er sich betont höflich.
Manuel stutzte. Man sah ihm an, dass er sein Gedächtnis
anstrengte. Sebastián Duarte kam ihm zu Hilfe: Es müsse
sich um einen Angestellten des Kollegen Diego López de
Fonseca handeln. Zufällig habe er in Erfahrung gebracht,
dass der junge Mann unter Hinterlassung einer trostlosen
Gattin spurlos verschwunden war.
      »Wurde sein Vermögen beschlagnahmt?«, erkundigte
sich Pablo sachlich.
      »Nicht dass ich wüsste«, musste Sebastián achsel-
zuckend zugeben.
      »Dann kann es sich um keine Inquisitions-Affaire han-
deln«, stellte Manuel fest. »Denn das ist die erste Maßnahme, die diese Kerle ergreifen, wenn sie eine Verhaftung
vornehmen.«
Elvira beobachtete den Holländer, der die herumliegenden Brotkrumen zu grotesken Figürchen knetete. Weil

das Brot aber aus Maismehl bestand, da keine vorschriftsmäßige *Mazzah* aufzutreiben war, diese ungesäuerten Pessach-Fladen, zerbröckelten die Produkte seiner Kunstfertigkeit unter seinen Fingern. Ohne diese Beschäftigung zu unterbrechen, bemerkte er beiläufig:

»Cordero befindet sich in den Kerkern des Offiziums.« Nach dieser Eröffnung sah er auf und blickte in die verdutzte Runde.

»Er erweist sich als ein willfähiger Konfident«, fügte er hinzu.

Und nach einer kurzen Pause:

»Und ich darf annehmen, die Herrschaften wissen, was das zu bedeuten hat.«

Das ihn umgebende Schweigen bestätigte seine Annahme. Sie wussten.

»Und sicherlich weiß man in diesem geschätzten Hause auch, was man vom Lizentiaten Juan de Mañozca zu halten hat«, fuhr er fort. »Ein äußerst strebsamer Priester, der es sich in den Kopf gesetzt hat, unsere Nation auszurotten, weil sie die Ernte des Herrn gefährde. Schon als junger Mann verdiente er sich seine ersten Sporen in Cartagena de las Indias, wo er das dortige Ketzergericht einrichtete. Es dürfte dieser Gesellschaft auch bekannt sein, dass er seit zehn Jahren der einflussreichste Inquisitor Limas ist.«

»Seit 1624«, korrigierte ihn Pablo besserwisserisch.

»Ein verschlagener Charakter«, warnte der Holländer. »Von der Aufgabe beseelt, alle Häretiker und Ketzer zu vertilgen. Und Ketzer sind in seinen Augen vor allem sämtliche Judenabkömmlinge.« Durch Indiskretionen habe man Kenntnis vom Inhalt einiger seiner Briefe an die *Suprema*, den obersten Rat der Inquisition, erhalten. Er lasse Beweismaterial zusammentragen, um ein gewaltiges *auto de fe* in Szene zu setzen. Mit der vollen Unterstützung des

Vizekönigs könne er rechnen, der Conde Chinchón krieche ja den Pfaffen, mit Verlaub gesagt, in den Hintern.

»Na und wenn schon?«, knurrte Manuel Bautista, der gegen seine Gewohnheit bereits mehrere Becher chilenischen Weins zu sich genommen hatte. »Seit Jahren brüten die Hunde schon über ihren Protokollen. Die lieben nun einmal den Papierkram; ganz versessen sind sie auf ihre Akten. Lassen wir ihnen diesen Spaß!«

Der fremde Besucher sah Manuel fragend an, als erwarte er eine Erklärung für die zur Schau getragene Sorglosigkeit. Als sie ausblieb, fühlte er sich dazu verpflichtet, nochmals auf die politische Konstellation hinzuweisen, die eine verstärkte Tätigkeit der Inquisition begünstige. Er erwähnte die Spannungen zwischen Spanien und Frankreich, die Unruhen in Portugal, besonders aber die Intrigen am Hofe des Königs. Die Regierung in Madrid benötige einen Sündenbock für die Schuld an der Misere des Landes. »Konkurrenzneid und Habsucht, politische Machtpläne, Aberglauben und Fanatismus bilden ein höchst explosives Gemisch!«

Er verstummte und versuchte, in den Mienen seiner Zuhörer ein Echo auf seine Worte zu entdecken. Aber nur verschlossene, ja feindselige Gesichter begegneten ihm und wandten sich von ihm ab. Manuel konnte es nicht unterlassen, das Gold als den besten aller Bundesgenossen zu preisen, der vor Verfolgungen schütze. Schon die Generation seiner Urgroßeltern habe das Wohlwollen der Päpste Klemens VII. und Paul III. erkauft, um die Einführung der Inquisition in Portugal zu verhindern.

Der Mijnheer zerquetschte seine Brotfigürchen zwischen den Fingern.

Jener teuer erkauften päpstlichen Nachsicht sei bekanntlich nur kurze Dauer beschieden gewesen. Und wie die Geschichte lehre, sei es für die Glaubensrichter ein Leichtes, ihren Opfern den erwähnten Bundesgenossen abspenstig zu machen, indem sie sich derer Vermögen bemächtigten.

Manuel konterte mit dem Hinweis auf die mächtige Kriegsflotte der niederländischen Generalstaaten, was den Amsterdamer zur Bemerkung veranlasste, ihm sei keine Klausel in den Statuten der Westindischen Handelscompagnie bekannt, die eine Verteidigung der Neuchristen vorsehe. Und nach Ansicht der Vorsteher der Gemeinde, als deren Repräsentant er den Vorzug genieße, das Passahfest in dieser illustren Gesellschaft zu begehen, sollten die Herren schnellstens den Auszug aus dem Lande des spanischen Pharaos verwirklichen. Wobei ihnen die sprichwörtliche Bestechlichkeit der spanischen Beamtenschaft sicherlich von Nutzen sein werde.

»Und unsere Investitionen in Peru? Habt Ihr vergessen, dass das Heilige Offizium jeden Fluchtversuch als Eingeständnis der Schuld ansieht und den Betreffenden *in contumaciam* verurteilt? Unter Sequestration seines Vermögens, versteht sich.«

»Aber Euer Leben könntet Ihr retten, mein Herr. Was, wie die Dinge nun einmal liegen, nicht wenig wäre.«

»Alles halb so schlimm«, erwiderte Manuel und erntete die Zustimmung seiner Gäste. Die hochrote Färbung seines Gesichts, in dem sich die Narbe seiner Stirn dunkel abhob, flößte Elvira Unbehagen ein.

Der Amsterdamer richtete seine Worte nur noch an ihn. Die Wirtschaft sei ins Wanken geraten, gab er zu bedenken. Müsse er eigens darauf hinweisen, dass eine beängstigende Anzahl der Riesenkredite geplatzt sei, was den Zusammenbruch erster Adressen bewirkt habe, den der Bank Juan de la Culvas zum Beispiel? Die Bankrotte der Kaufleute, die Verarmung der breiten Masse und die Verderbtheit des aufgeblähten Beamtenapparats müssten zur Katastrophe führen. Glaube er wirklich, dass man ihn und die Seinen verschonen werde, wenn diese eintraf?

Verwundert bemerkte Elvira die komplizenhaften Blicke, die Manuel Bautista mit seiner Gattin wechselte. Blicke, die geheime Kenntnisse zu signalisieren schienen, die das Ehepaar nicht preisgeben wollte. Als sie diese Blicke wahrnahm, überkam sie eine Welle des Schauders, die sich verstärkte, als Manuel in wieherndes Gelächter ausbrach. Sämtliche Anwesenden fuhren zusammen; ein solches Verhalten entsprach ganz und gar nicht dem Charakter des im Allgemeinen so beherrschten Mannes.

»Mit Verlaub zu sagen und nichts für ungut, der Herr«, rief er herausfordernd aus. »Wir brauchen niemanden, der uns die Lokalprobleme Perus auseinandersetzt. Sind etwa die Generalstaaten nicht vom Tulpenfieber erfasst? Tausende von Gulden für eine einzige Knolle, ein Bauernhof für eine Zwiebel!« Und mit einem Blick auf Rodrigo am Tafelende: »Ein ansteckender Taumel übrigens, der zeigt, wie wenig man der menschlichen Einsicht vertrauen kann.« Und erneut an seinen Gast aus Amsterdam gerichtet: »Der finanzielle Zusammenbruch wird nicht mehr lange auf sich warten lassen, hochgeschätzter Mijnheer. Dann könnte es durchaus sein, dass Euer Gnaden eine Verlegung des Wohnsitzes nach Lima in Erwägung ziehen. Bitte schön! Mein Haus wird Euch offenstehen. Zu Euren Diensten und besten Dank für die wohlgemeinten Ratschläge!«

So endete das letzte Abendmahl im »Haus des Pilatus«.

Wenige Tage nach der von Doña Guiomar beharrlich als Sederabend bezeichneten Passahfeier schiffte sich der Holländer unter falschem Namen ein, um unverrichteter Dinge in seine Heimat zurückzukehren. Nach Amsterdam, das man gelegentlich das Jerusalem des Nordens nannte.

Manuel Bautista Pérez gab tags darauf die Errichtung zweier neuer Lagerhäuser in Auftrag. Er unterzeichnete die von Pablo Rodriguez ausgehandelten Kaufkontrakte für Baumwolle, Felle und Färbepflanzen und prorogierte die Anleihe, die er dem Vizekönig seit Jahren zu gewähren pflegte. An einem der darauffolgenden Abende nahm er an einem akademischen Festakt in der San-Marcos-Universität teil, wo ihm, wie üblich, ein Ehrenplatz zugewiesen wurde.

Tomé Quaresma stattete seinen Patienten die gewohnten Visiten ab.

Felipa erwarb einen neuen Hut und bestellte zwei hübsche Kleider, was wesentlich zur Verbesserung ihrer Stimmung beitrug.

Elvira musste sich über ihre schusselige Haussklavin ärgern, die einen feuchten Staublappen im Klavichord liegen gelassen hatte, was dazu führte, dass sich die Saiten des empfindlichen Instruments verzogen. Und wo, zum Donnerwetter, ließ sich hierzulande ein kompetenter Stimmer auftreiben?

Eines Nachts, kurz nach der Passah-Versammlung im »Haus des Pilatus«, wurde Lima von einem mittelschweren, von unterirdischem Grummeln und Dröhnen begleiteten Erdbeben heimgesucht. Die Bodenwellen dauerten nur ein paar Sekunden. Dergleichen war man gewohnt in der Stadt. Einige Häuser wurden durch die Erdstöße beschädigt; und Juans Uhren blieben stehen. Menschenleben waren zum Glück keine zu beklagen.

Enriquillo war von dem Naturereignis aufgewacht und weinte stundenlang, ohne sich beruhigen zu lassen. Vielleicht, ja höchstwahrscheinlich, zahnte er wieder einmal.

Nein, die alte María war nicht jene Gestalt gewesen, die treppabwärts huschte, als Juan an jenem denkwürdigen Abend die Tür des Festsaals aufgerissen hatte, um nach dem Rechten zu sehen. Wie man auf Umwegen erfahren sollte, war es ein dem Trunk ergebener Halunke gewesen, der sich da eingeschlichen hatte, um die Gesellschaft Manuel Bautistas zu bespitzeln. Schnurstracks war er dann zum Inquisitionskommissar gelaufen, wo er angab, eine Versammlung vieler Portugiesen belauscht zu haben, die Satanas huldigten. Einer nach dem andern der Anwesenden habe sich erhoben, um den an der Wand hängenden Leib Christi auszupeitschen. Der Heiland habe blutige Tränen vergossen und seine Peiniger gefragt, warum sie ihm solches antäten. Der Gerichtsschreiber, der diese beeidigte Aussage zu Protokoll nahm, hegte seine Zweifel. Denn auch wenn er insgeheim zugeben musste, dass die Juden Grund genug gehabt hätten, um das Abbild zu schänden, in dessen Namen man sie drangsalierte, hielt er sie doch als für zu gewieft, um sich zu einer solch ebenso sinnlosen wie gefährlichen Handlung hinreißen zu lassen. Dennoch wurde der gemeldete Frevel dem von Tag zu Tag wachsenden Dossier einverleibt, das den Kreis um Manuel Bautista Pérez immer schwerer belastete. Willkürlich abgefasste Protokolle, die die Aussagen seiner Feinde enthielten, nicht aber die der Entlastungszeugen. Gewäsch, absurde Anschuldigungen, alle mit der formelhaften Versicherung versehen, der Denunziant gebe sie nicht aus Feindschaft oder Hass zu Protokoll, sondern einzig und allein, um sein Gewissen zu erleichtern und der heiligen Sache zu dienen.

Vergebens hätte man in diesen Papieren nach einem Anhaltspunkt über den geheimnisvollen Tod jenes Gauners gefahndet, der das Ärgernis im »Haus des Pilatus« angezeigt hatte. In einer Vorstadtspelunke hatte er sich mit seiner bedeutsamen Aussage gebrüstet: einen Dienst, den ihm – wie er im Suff verriet – ein hochgestellter Caballero aufgetragen und großzügig honoriert habe. Diese Indiskretion war ihm zum Verhängnis geworden. Die Leiche des unvorsichtigen Denunzianten, einen Dolch säuberlich im Rücken, wurde kurz darauf am Ufer eines Bewässerungsgrabens aufgefunden. Nie wurde der Mord aufgeklärt. Menschenleben waren schon immer billig gewesen in den Indias.

10 Juan Sáenz de Mañozca oder das Raunen der Mauern

Wenige Wochen nach dem Passah-Abendmahl im »Haus des Pilatus« kam es vor dem Palast des Heiligen Offiziums zu einem aufsehenerregenden Skandal.

Im Morgengrauen eines Tages, der trotz der fortgeschrittenen Jahreszeit heiß zu werden versprach, wurden die zur Frühmesse eilenden Gläubigen von der Anwesenheit eines toten Riesenkraken überrascht. Weitaus mächtiger als die sich gelegentlich in den Netzen der Fischer verfangenden Seespinnen, bedeckte seine gallertartig zerfließende Masse den Rasen der Plaza der Inquisition. Die vorbeihastenden Passanten betrachteten das verendete Meeresungeheuer mit scheuen Blicken, ohne dabei ihre Schritte zu verlangsamen. Seine acht dunkelvioletten Fangarme waren säuberlich auf dem Boden ausgebreitet. Niemand wagte, im Schatten des gefürchteten Tribunals stehen zu bleiben, um das Monster näher zu besichtigen, von dem kein Mensch hätte sagen können, wie es ins Herz Limas gelangt war. Als die Temperatur im Laufe der Stunden anstieg, lockte der tote Bewohner ferner Gewässer einen Schwarm Schmeißfliegen an, deren Flügel metallisch im Sonnenlicht glitzerten. Gegen Mittag steigerte sich der penetrante Gestank ins Unerträgliche, während sich die Bürokraten in den Ämtern der Stadt immer noch darüber stritten, wer für diesen in den Reglamenten nicht vorgesehenen Fall zuständig sei. Erst kurz vor Sonnenuntergang

erschien ein Trupp Schwarzer, um das in Zersetzung über-
gegangene Aas abzutransportieren.

Der Bachiller und Lizentiat Juan Sáenz de Mañozca y
Zamora konnte nicht umhin, immer wieder an jenes Seeungeheuer zu denken. Die von ihm hinterlassenen bräun-
lichen Flecken verunzierten die Grünfläche vor seiner
Residenz noch immer. Ein persönlicher Affront! War er
doch der einflussreichste der drei sehr ehrwürdigen und
illustren Inquisitoren, eingesetzt gegen die irrgläubige
Ruchlosigkeit und Apostasie der Stadt der Heiligen Drei
Könige. Nicht nur sämtliche Familiare waren von ihm ab-
hängig, die sich auf die rund hundert Dörfer und Städte
des Vizekönigreichs verteilten, sondern ihm unterstanden
auch die Kommissare der sechs Gerichtsbezirke und vier-
zehn Bistümer sowie eine weitere Anzahl Beamter, die
für die Überwachung der Hafenbewegungen zuständig
waren.
Er hatte sich auf einem vergoldeten Sessel im Audienzsaal
niedergelassen. Seine Füße ruhten auf einem riesigen Berberteppich; über ihm breitete sich die prächtig getäfelte
Zimmerdecke aus; an der Wand vor ihm hing ein mannshohes Kruzifix. Als ihm einfiel, dass das abergläubische
Volk dem Schmerzensmann nachsage, er pflege jedes Mal
zu nicken, wenn er seine Einwilligung zu den in diesem
Raum gefällten Entscheidungen erteilen wolle, machte
sich ein flüchtiges Lächeln auf seinen dünnen Lippen be-
merkbar.
Die Hände auf die Armlehnen gestemmt, erhob er sich.
Dann entblößte er sein schütteres Haar und schloss die
Augen, um sich seinem Gebet hinzugeben:
»Hier stehen wir, Herr Heiliger Geist, von der Sünde

des Hochmuts beherrscht, versammelt aber in Deinem Namen. Komme über uns, vergegenwärtige Dich; geruhe, Dich in unseren Herzen einzunisten; lehre uns, was wir tun müssen, um Dein Wohlgefallen zu verdienen! Sei unser Heil, der Du uns unser Urteil eingibst! Du, der Einzigartige, dem ein wahrhaft glorreicher Name zu eigen ist, gemeinsam mit dem Vater und dem Sohn. Du, dem die Unparteilichkeit wohlgefällig ist, verhindere, dass uns unsere Unwissenheit zur Verruchtheit verleite. Auf dass wir der Gerechtigkeit dienen, gemildert durch das Mitleid. Mögen wir in der Zukunft der ewiglichen Belohnung unserer guten Werke teilhaftig werden. Amen!«

Er nahm wieder Platz, klemmte sich seinen schwarzumrandeten Zwicker auf die Nase und rückte den Aktenstoß zurecht, der auf einem imposanten Tisch mit kunstvoll gedrechselten Beinen bereitlag. Andere mochten die vor ihm ausgebreiteten, von orthographischen Fehlern strotzenden Protokolle langweilig finden, schwerfällig wiederkäuend und mit umständlichen Floskeln behaftet. Für ihn waren sie unerschöpfliche Fundgruben ständig neuer Entdeckungen, die ihm die Verirrungen des menschlichen Geistes und die Schwäche des menschlichen Fleisches bestätigten. Er war vom Bewusstsein erfüllt, dass ihn der Allmächtige in seiner Gnade mit der Sicht in die Vergangenheit ausgestattet hatte. Durchdrungen von dieser Überzeugung, dienten ihm die Schriftstücke auf dem Tisch als Instrument, dazu bestimmt, Unsichtbares sichtbar zu machen.

In tiefster Seele war er von der Niedertracht seiner Widersacher überzeugt, von denen er sich umstellt wähnte. Ein teuflisches Heer, das die alleinseligmachende Kirche bedrohte! Lutheraner, Anhänger des Talmuds und des Korans, Zauberer, Hexen. Und immer wieder Verblendete, die danach strebten, allein durch ihr Herz mit Gott zu kommunizieren – Christen ohne Kirche! Dass man ihm den stinkenden Polypen vor die Amtspforte gelegt hatte, erschien ihm ein neuer Beweis der Tücke jener Feinde Christi und somit der Feinde seiner eigenen Person zu sein.

Es unterlag ihm keinem Zweifel, dass die *Monarchia universal* die monolithische Einheit in Glaubenssachen zur Voraussetzung habe, um einen Abglanz des himmlischen Reichs auf Erden herbeizuführen, jenes Ideal der vollkommenen Reinheit. Da waren es die Abtrünnigen, die es darauf anlegten, die Ordnung der Welt durcheinanderzubringen. Ginge es nach ihm, so exhumierte man sogar noch die Gebeine des San Juan de la Cruz, der heiligen Therese mitsamt ihrem jüdischen Großvater, und sämtliche Mystiker dazu, um ihre Reste dem Scheiterhaufen zu überantworten.

Die Einrichtung der Inquisition stellte für ihn ein göttliches Instrument dar, dazu berufen, die gemeingefährlichen Lehren der englischen, französischen und holländischen Philosophen zu bekämpfen. Die drangen zusammen mit den von den Fernkaufleuten importierten Gütern ins Land. Selbst am Hof des Vizekönigs werden heimlich indexierte Bücher gelesen. Noch nicht einmal vor der Heiligen Schrift machen diese Gottlosen halt, sondern unterziehen sie ihrer zersetzenden Kritik! Das kommt davon, wenn die Laien dem Verbot zuwiderhandeln, die Bibel im Original zu lesen, wie dies die Lutheraner tun! Suspekt die neumodischen Gedanken, suspekt die Kaufherren, vor allem die mit jüdischen Wurzeln behafteten. Da gab es einen politisierenden Handelsherrn, der seine wahren Absichten hinter der Stiftung goldener Kelche und prunkvoller Monstranzen an die Kathedrale verbirgt.

Ein gewisser Manuel Bautista Pérez. Längst hatten ihn seine Spitzel über dessen vermessenen Plan informiert, die Gleichberechtigung der Neuchristen zu erringen. Die Gleichberechtigung! Was sollte ein so absurder Begriff? Er fühlte sich von diesem Mann herausgefordert. Zur Verteidigung der Heiligen Dreieinigkeit musste er derartigen Bestrebungen einen Riegel vorschieben, bevor es zu spät war. Dabei war er sich darüber im Klaren, dass seine religiösen Aufgaben allmählich eine politische Färbung annahmen. Eine Situation, die seiner Selbstgefälligkeit entgegenkam.

Unlängst hatte er seinen achtundfünfzigsten Namenstag gefeiert. Bevor er vor den Thron Gottes gerufen wurde, wollte er seine Amtstätigkeit mit einem Glaubensfeuerwerk krönen, dessen Glanz die Jahrhunderte überdauern sollte. Sogar die Bezeichnung hatte er sich schon ausgedacht, die der angestrebte Schauprozess tragen würde: *La gran complicidad*, »Das große Komplott«. Ein derartiger, nach Verschwörung riechender Namen könnte seine Wirkung nicht verfehlen, würde in der Bevölkerung alten Groll und verborgene Ängste wachrufen und den Beifall der Suprema finden.

Die ersten Vorbereitungen waren bereits getroffen. Hunderte von Zeugenaussagen waren noch zu überprüfen. Sorgfältig sammelte er Steinchen für Steinchen, um ein Mosaik entstehen zu lassen, das seinen längst feststehenden Vorstellungen entsprach. Meldungen rachsüchtiger Sklavinnen über die gesetzwidrigen Essgewohnheiten ihrer Herrschaft wurden ergänzt durch die abgefolterten Geständnisse peinlich Befragter und erhärtet durch die Anzeigen berufsmäßiger Espeiretas, übelgesinnter Nachbarn und neidischer Konkurrenten.

Da hatte im vergangenen Jahr ein gewisser Juan de Salazar

eine Beschuldigung gegen seinen Bekannten Antonio Cordero erhoben. Ein von der göttlichen Vorsehung gesandter Fall, der versprach, die prominentesten »Portugiesen« Limas zu belangen! Einen ersten Verdacht hatte jener Cordero auf sich gelenkt, als er sich weigerte, seine Kundschaft samstags zu bedienen. Erschwerend wirkte, dass er keinen Schweinespeck aß und sich sogar damit brüstete, dass weder sein Vater noch sein Großvater je Schweinernes über die Lippen gebracht hätten. In Erwartung weiteren Belastungsmaterials hatte Mañozca beschlossen, mit besonderer Umsicht und List vorzugehen, so, wie es das Reglement vorschrieb. Erst vor kurzem hatte er, in Übereinstimmung mit dem Ordinarius und den Konsultoren, die Falle zuschlagen lassen. Still und heimlich. Von einer Vermögenseinziehung wurde abgesehen, denn eine solche wäre an die Öffentlichkeit gedrungen und hätte die gewitzten Komplizen des Verbrechers frühzeitig gewarnt. Schon beim ersten Verhör gestand jener Cordero seine Judendelikte, weigerte sich jedoch strikt, seine Spießgesellen zu nennen.

In den meisten Fällen pflegte Juan de Mañozca für die peinliche Befragung zu plädieren, wie sie bereits im Jahre 1376 der umstrittene Generalinquisitor von Aragon Nicolás Eymerich in seinem *Directorium Inquisitorium* empfohlen hatte, vornehmlich, um Hexen und Zauberer zu entlarven. Auch hier schien es ihm angebracht, der Aussagewilligkeit des Angeklagten vermittels der Tortur nachzuhelfen. Die Erfahrung lehrte ihn, dass es ein Kinderspiel war, einen Verdächtigten zur Selbstbezichtigung zu veranlassen, verglichen mit den Anstrengungen, derer es bedurfte, um ihn dazu zu bringen, seine Freunde und Verwandten zu belasten. Und im vorliegenden Fall war ein umfassendes Geständnis besonders wichtig.

Auf einmal überkam ihn die Erinnerung an eine äußerst beunruhigende Szene, die sich vor kurzem in diesem Saal abgespielt hatte.

Sie hatte sich während eines Disputs mit dem Bachiller Maldonado de Silva ereignet, jenem hartnäckigen Gottesleugner. Der hatte die Frechheit besessen, um eine Audienz zu ersuchen. Nur um zu disputieren, der rechthaberische Greis. Verdreckt und verlaust blies er aus dem letzten Loch, wie sich der Gefängnisarzt fachkundig ausdrückte. Er glaubte nämlich, vor diesem durch ständiges Fasten nahezu ertaubten Kollegen kein Blatt vor den Mund nehmen zu müssen.

In Anwesenheit aller drei Inquisitoren und vier Professoren der Theologie ließ der Alte eine lange Rede in lateinischen Versen vom Stapel. Sie handelte von der Wahrheit und der ewigen Dauer der Gesetze Mosis. Eine harte Geduldsprobe für die Prüfungskommission, die sich dennoch redlich abmühte, wenigstens die Seele des Verblendeten zu retten, nachdem dessen Leib offensichtlich nicht mehr zu helfen war.

Vielleicht war der kuriose Anfall von Geistesverwirrtheit Antonio de Castro y Castillos, des jüngsten der versammelten Glaubensrichter, den schier endlosen Versen zuzuschreiben, die der starrköpfige Bachiller mit der gellenden Stimme eines Schwerhörigen von sich gab. Vielleicht lag es an der stickigen Atmosphäre im Audienzsaal oder an einem nicht ergründbaren seelischen Konflikt des geachteten Richters. Selbst der Verdacht war nicht von der Hand zu weisen, dass man es mit einem Blendwerk des Leibhaftigen zu tun habe. Der der Sitzung vorstehende Lizentiat Mañozca für sein Teil war davon überzeugt, der ärgerliche Vorfall sei auf eine der Zaubereien zurückzuführen, wie sie sich die indianischen und schwarzen

Hexenmeister gerne bedienten, um auf unstatthafte Weise eine ferne Zukunft heraufzubeschwören.

Entgeistert hatten seine Kollegen mit ansehen müssen, wie sich Castro y Castillo ruckartig von seinem Sitz erhob, um sich der Instrumente zu bemächtigen, die zur beschlagnahmten Habe Maldonado de Silvas gehörten. Niemand hätte sagen können, was diese auf dem Tisch ausgebreiteten *Corpora Delicti* hier zu suchen hatten. Wie der Protokollführer später zu seiner Entlastung aussagte, habe einer der Sklaven diese Zangen, Spiegelchen, Lanzetten und Vergrößerungsgläser kommentarlos angeschleppt. Mañozca war bislang der irrigen Meinung gewesen, man habe auch dieses Ketzergut zusammen mit seiner übrigen Habe versteigert, um mit dem Erlös die Unterhaltungskosten des Häftlings wenigstens teilweise zu bestreiten. Tatenlos mussten die Sitzungsteilnehmer nun zusehen, wie Castro y Castillo eine kuriose Zusammenstellung von Lupen ergriff, die man als *Microscopus* bezeichnet. Dieses Instrument hielt er gegen ein Fenster und blickte hindurch, so, als handle es sich um eines der Fernrohre, mit denen verwegene Ketzer den Bauplan Gottes zu erkunden suchten, um die Wahrheit der Heiligen Schrift in Frage zu stellen.

»Wir verschwenden unsere Zeit«, kreischte er mit einer Stimme, die nicht die seine war, »um diese jüdischen Portugiesen in christliche Spanier zu verwandeln. Vergebliche Liebesmüh! Denn ihre Rasse ist nun einmal anders beschaffen als unsereins. Mit dem Gestank, der ihnen anhaftet, dem watschelnden Gang, mit dem Kopf, den sie nicht zum Himmel erheben können. Mit den menstruierenden Mannsbildern. Noch nicht einmal geradeaus spucken können sie.« Er schöpfte Atem und fuhr dann in wachsender Erregung fort: »Ich sehe Kreuze! Die schwarzen Krummkreuze des Antichrist, die alle Andersdenkende töten. Im Namen der Religion tun sie's, im Namen des Vaterlands, der Neuen Ordnung, der Alten Ordnung, der Freiheit, der Gerechtigkeit, der Rassenreinheit ... Die Endlösung!«

Erneut schaltete er eine Atempause ein, um dann im gleichen Tonfall fortzufahren: »Ich sehe die Geräte voraus, mit denen wir in die Gehirne der Verdächtigen eindringen werden, um ihre Gedanken zu erspähen, selbst bevor sie den Verruchten selbst bewusst sind. Ein All-Spion, dem nichts auf der Welt entgeht, um solcherart jede ketzerische Regung im Keim zu ersticken ...«

Mit Zeichen der Erschöpfung murmelte der Besessene ein kaum verständliches »Und die Ketzer ersticken wir dazu« und gab das Instrument aus der Hand, ohne weitere Worte zu verlieren. Schaum hatte sich auf seinen Lippen gebildet; seine Pupillen zeigten sich unnatürlich verengt. Ein Schauder durchlief seinen ganzen Körper. Nach einer Weile blickte er, wie erwacht aus einer Trance, erstaunt in die Runde der geistlichen Herren, bevor er sich unsicheren Schritts auf seinen Platz zurückbegab. Dort sackte er lautlos in sich zusammen.

Juan de Mañozca entschloss sich, den Bann zu brechen. Er rief einige Gehilfen herbei und befahl ihnen, sämtliche Spiegel und Linsen fortzuschaffen, um sie unverzüglich zu vernichten. »Und den unverbesserlichen Ketzer bringe man in sein Loch zurück. Besser, man hätte ihn nie heraufgebracht!«

Dann wandte er sich an den Schriftführer: »Löschet alles, was Ihr soeben gesehen und gehört habt, aus dem Protokoll.« Und indem er der Blick wie beifallheischend auf das große Kruzifix an der Wand warf, befand er mit seiner näselnden Stimme: »Diese Sitzung hat nie stattgefunden!«

Bereits in der zweiten Audienz gab Cordero eine ganze Reihe von Namen preis. Bekannte aus Sevilla, von denen er behauptete, sie hätten ihm das Gesetz Mosis beigebracht. Doch das Tribunal vermutete – wie die Nachforschungen ergeben sollten, zu Recht –, dass sich jene Belasteten durch ihren Tod der irdischen Gerechtigkeit längst entzogen hatten. Was die Richter nicht daran hinderte, in langwierigen Prozessen ihre Schuld nachzuweisen, ihre Hinterlassenschaft einzuziehen, ihre Gebeine auszugraben und zu verbrennen.

Als Cordero seine weitere Mitarbeit verweigerte, indem er vorgab, ihm fielen keine anderen Schuldigen ein, ließ ihn Mañozca in die Folterkammer schaffen. In der Absicht, ihn mit dem Anschauungsunterricht knieweich zu machen, erklärte er ihm den sinnreichen Mechanismus der Marterwerkzeuge. Er zeigte ihm den Wippgalgen und drohte, ihn dort mit auf dem Rücken gefesselten Händen in die Höhe ziehen und schlagartig herunterfallen zu lassen, was eine schmerzhafte Verrenkung seiner Glieder zur Folge habe – eine Behandlung, der er sich durch ein umfassendes Geständnis entziehen könne. Danach erläuterte er die Wasserfolter und führte ihm die horizontal gelagerte Leiter mit ihren scharfkantigen Sprossen vor, auf die man ihn unbekleidet, mit dem Kopf nach unten anbinden würde, um ihm einen Knebel in die Kehle zu stopfen und Wasser in seinen Rachen laufen zu lassen, bis er dem Erstickungstod nahe wäre. Sei es da nicht vernünftiger, ein freiwilliges Geständnis abzulegen?

Cordero biss sich auf die Lippen und schüttelte den Kopf. Die Weigerung Corderos, seine Freunde zu verraten, reizte den Inquisitor aufs äußerste. Er winkte zwei vermummte dominikanische Laienbrüder herbei und befahl ihnen, den Widerspenstigen zu entkleiden und ihm die härene

Schandhose überzuziehen. Dann verwarnte er ihn: Falls er bei dieser Prozedur sterbe, verunstaltet würde oder Blut verliere, so habe er sich dies selbst zuzuschreiben, ohne dass dem Heiligen Gericht irgendeine Schuld zufiele. Denn er habe sich ja geweigert, die Wahrheit auszusagen. Solchermaßen belehrt, wurde er auf die Seilfolter gespannt.

Ein letztes Mal ermahnte ihn Mañozca, die Wahrheit zu gestehen. Als Cordero zähneklappernd erklärte, er habe seinen Aussagen wirklich nichts hinzuzufügen, nahm einer der Folterknechte auf ein Zeichen seines Vorgesetzten die erste Drehung vor. Das Seil durchschnitt die Glieder des Gemarterten bis auf die Knochen. Brüllend flehte er um Erbarmen und versprach, alles zu gestehen, was man nur von ihm hören wolle. Daraufhin wurde er losgebunden und auf eine Holzbank gesetzt.

Den Normen Folge leistend, hatte man den Untersuchungshäftling mit nüchternem Magen der Folter unterzogen. Er bettelte um einen Schluck Wasser, aber Mañozca bedeutete ihm, er müsse zuvor sein Gewissen erleichtern. Daraufhin begann der Verängstigte, mit ausgetrocknetem Gaumen, den Blick starr zu Boden gerichtet, so überstürzt zu reden, dass der Schreiber größte Mühe hatte, mit der Protokollierung nachzukommen.

Den Vorwurf der Grausamkeit hätte Mañozca entrüstet von sich gewiesen, im unwahrscheinlichen Fall, ein Verwegener hätte ihn eines solchen Charakterzugs bezichtigt. Besessen vom Glauben an seine Mission, die göttliche Ordnung auf Erden herzustellen, ging es ihm darum, die Persönlichkeit der in seiner Hand Befindlichen Schicht um Schicht zu demontieren. Dabei stellte er zu seiner Genugtuung fest, dass die Geständnisse der Angeklagten fast immer seinen Erwartungen entsprachen. Lediglich aus formaljuristischen Gründen benötigte er noch das Bekenntnis der für ihn im Vornherein feststehenden Schuld. Um diese zu erlangen, bediente er sich der Folter als einer verfahrensrechtlichen Form des Verhörs. Für den Betreffenden zwar lästig, stellte sie jedoch keinen Strafvollzug dar. Spielregeln, die sowohl vom Häftling wie von seinen Richtern eingehalten werden mussten.

In seiner Seelennot beschuldigte Cordero seine Nächsten als »jüdische Judaizierende«: seinen jugendlichen Brotgeber Antonio de Acuña, dessen Chef und väterlichen Freund Diego López Fonseca und Manuel de la Rosa, mit dem er innig befreundet war. Alle schuldig, Teilnehmer an Veranstaltungen und Zeremonien, die in umständlicher Ausführlichkeit vom Schriftführer des Tribunals verzeichnet wurden.

Früher oder später packen sie alle aus, dachte der Lizentiat selbstgefällig. Jeder der von Cordero Denunzierten würde ein halbes Dutzend weiterer Schuldiger aufdecken, die wiederum neue Namen preisgeben würden: eine noch gar nicht übersehbare Kette von Komplizen und Helfershelfern.

Von weiteren Drehungen des Folterseils wurde Abstand genommen.

Um gegen die von Cordero Angezeigten vorgehen zu können, hätte es eigentlich einer förmlichen Ratifikation seines Geständnisses bedurft. Die Inquisitoren kamen jedoch überein, ausnahmsweise von der Regel abzuweichen. Juan de Espinoza, der oberste Gerichtsvogt, überrumpelte daher auftragsgemäß die Beschuldigten beim Mittagessen. Ohne öffentliches Aufsehen zu erregen, schaffte er sie in geschlossenen Wagen ins Gefängnis. Noch am selben Tag wurde die Beschlagnahme ihrer Vermögen verfügt.

Unmittelbar nach ihrer Verhaftung, noch ganz benommen von der erlittenen Erniedrigung, wurde einer nach dem andern in den Audienzsaal geführt, wo sie schwören mussten, die Wahrheit und nur die Wahrheit zu sagen. Anschließend nahm man die Personalien eines jeden auf, erkundigte sich nach ihren Verwandten, ob sie Alt- oder Neuchristen seien und ob sie bereits früher mit der Inquisition in Konflikt geraten wären. Nach Abschluss dieser Formalität fragte man sie, ob sie wüssten, annähmen oder argwöhnten, aus welchem Grund man sie verhaftet hatte. Dabei wurde ihnen die Auskunft vorenthalten, welcher Verbrechen man sie bezichtigte. Denn – so die Logik der Inquisition – würde einem Angeklagten der Grund der Verhaftung entdeckt, so könne der nicht nur Argumente für seine Verteidigung ersinnen, sondern auch seine Denunzianten erraten. Was unter allen Umständen zu vermeiden war. Zudem pflegten die im Ungewissen belassenen Häftlinge für gewöhnlich noch andere, dem Gericht noch nicht bekannte Vergehen gestehen.

Da alle Angeklagten unabhängig voneinander erklärten, sie hätten keine Ahnung, wessen man sie beschuldigte, wurde einem jedem die »Erste Mahnung« vorgelesen, die da lautete, es sei nicht die Gepflogenheit des Santo Oficios, irgendjemanden zu verhaften, ohne über ausreichende Information zu verfügen über alles, was er gesagt oder getan, oder bei anderen Personen gesehen oder gehört habe, das gegen den heiligen katholischen Glauben und das römische evangelische Gesetz verstoße, oder zumindest den Anschein erwecke, dies zu tun. Aus Ehrfurcht vor Gott, unserem Herrn Jesus Christus, und seiner glorreichen, gebenedeiten Mutter seien sie daher ermahnt, ihr Gedächtnis zu durchforschen, die ganze Wahrheit zu gestehen und, ohne irgendwelche eigene oder fremde

Delikte zu verheimlichen und ohne gegen sich selbst oder gegen andere falsches Zeugnis abzulegen, zu sagen, welcher Verbrechen sie sich schuldig fühlten. Durch ein solches Verhalten entlasteten sie ihr Gewissen als katholische Christen und retteten ihre Seelen; ihr Casus würde dann baldmöglichst und mit aller vertretbaren Milde erledigt werden. Anderenfalls träfe sie das Gesetz in seiner ganzen Härte.

Zwischen einem ersten Verhör und dem nächstfolgenden konnten Wochen, Monate, sogar Jahre vergehen. Diesmal aber blieb den Untersuchungshäftlingen eine derartige Wartezeit erspart, da ihre Richter sie vorderhand nicht als Geständige benötigten, sondern als Belastungszeugen. Schon nach wenigen Tagen brachte man sie daher erneut gesondert in den Audienzsaal, um sie einer zweiten und kurz darauf einer dritten Befragung zu unterziehen. Mañozca beglaubigte die Untersuchungsprotokolle mit der vorsichtigen Einschränkung: »Ich erkenne dieses Geständnis an, soweit es zu meinen Gunsten spricht, aber nicht mehr.«

Die Seilfolter, die Wippschaukel und die Daumenschrauben frischten das Gedächtnis der in die Fänge des Inquisitionsgerichts gelangten Männer und Frauen auf. In den meisten Fällen genügten schon zwei Umdrehungen der Seilfolter, um die Geständnisse zu erhalten, mit denen viele der angesehensten neuchristlichen Familien Limas belastet wurden. Die erzielte Unterwerfung der Gefolterten war so erfolgreich, dass das Tribunal der Suprema berichten konnte, ständig würden neue Judaizierende aufgedeckt, wodurch immer mehr Licht auf die Konspiration falle.

Die ersten bedeutenden Arreste wurden für den Namenstag des Heiligen Lorenz angesetzt. Bedeutend, weil sich die Aktion gegen derartig hochgestellte Persönlichkeiten richtete, dass es der Einwilligung des Vizekönigs bedurfte. Diese ließ nicht lange auf sich warten. Dabei ging es dem verantwortungsbewussten Grafen Chinchón weniger um Religionszwistigkeiten als um die große Politik. Genauer gesagt, um die von den Holländern ausgehende Gefahr. Es war ihm nämlich das Gerücht zu Gehör gekommen, die jüdischen Scheinchristen hätten sich mit den Niederländern verbündet, um sich der amerikanischen Niederlassungen Spaniens zu bemächtigen. Als Gegenleistung habe man diesen Feinden Christi nicht nur die Glaubensfreiheit, sondern eine ganze Reihe wirtschaftlicher, gesellschaftlicher und sogar politischer Konzessionen zugesichert. Die angeblich eigens zu diesem Behufe ins Leben gerufene Niederländisch-Westindische Handelscompagnie sei, wie man ihm zugetragen hatte, zum nicht geringen Teil von jüdischem Geld gespeist. Gerüchte, die wahr sein konnten oder auch nicht. Dass die auf ihren Geldbeutel bedachten Kaufherren das Risiko aufnehmen würden, sich ihrer Glaubensgenossen zuliebe auf Abenteuer mit ungewissem Ausgang einzulassen, lief seinen Geschichtserfahrungen eigentlich zuwider. Auch bezweifelte er die den Juden zugeschriebene Macht. Besäßen sie die wirklich, gäbe es weder Scheiterhaufen, wo man sie verbrannte, noch Massenpogrome, wie sie gerade in der Ukraine stattfanden. Eine nicht zu bestreitende Tatsache allerdings war, dass ein paar einflussreiche Kaufleute Limas mit neuchristlichen Wurzeln behaftet waren, was sie a priori spionageverdächtig machte. Und wie dem auch sei, so verspürte er nicht die geringste Lust, es auf einen Zwist mit dem Heiligen Offizium ankommen zu lassen und sich durch eine Verweigerung seiner Einwilligung den Ruf eines Ketzers einzuhandeln.

Und so kam es, dass die Inquisitoren triumphierend nach Madrid berichten konnten: »Der Tag des Jüngsten Gerichts schien hereingebrochen zu sein; die ganze Stadt blieb sprachlos und wie betäubt. Alle lobpriesen den katholischen Glauben und rühmten das Santo Oficio«, man habe bereits sechzehn alte Gefängnisse in Gebrauch genommen und errichte in aller Eile neue Kerker.

Hatte Manuel Bautistas Informationsdienst versagt, oder mimte er nur Überraschung, als die Familiare vor seinem Haus erschienen und im Namen des Santo Oficios Einlass forderten? Es war sicher kein Zufall, dass er ausgerechnet in der Nacht zuvor seine Kinder in Sicherheit gebracht hatte.

Die nach ihm ausgesandten Familiare herrschte er an, als seien sie seine Sklaven. »Ihr scheint Euch an der Pforte geirrt zu haben!« Sie hätten lediglich die Befehle ihrer Vorgesetzten auszuführen, erwiderten diese daraufhin ungerührt. Als der Notar des Inquisitionsgerichts mit einem Schwarm von Schreibern ins Haus drang, um die der Sequestration vorausgehende Bestandsaufnahme in die Wege zu leiten, verlor Manuel seine Beherrschung. »Ich werde mich natürlich bei Seiner Exzellenz, dem Herrn Vizekönig, beschweren«, fauchte er die Familiare an, die sich anschickten, ihn abzuführen. Unwillig schüttelte er die Hand ab, die ihm einer derselben auf die Schulter gelegt hatte. Sebastián Duarte, gegen den ebenfalls ein Haftbefehl vorlag, versuchte, seinen Schwager zu besänftigen.

Vor dem Tor des Palastes hielten Soldaten den Auflauf der Neugierigen zurück. Viele, die ihn noch wenige Stunden zuvor unterwürfig gegrüßt hatten, zeigten jetzt schadenfrohe Gesichter. Unter ihnen befand sich Don Francisco, der Wicht mit pockennarbigem Gesicht, der Manuel jahrelang mit indianischen Kunstwerken beliefert hatte. Er reckte den Hals, um sich bemerkbar zu machen.

»Heute kann ich Euch nichts abkaufen«, rief ihm Manuel mit grimmem Humor zu. Don Francisco schwenkte vergnügt seinen Hut, an dem die gewohnte Pfauenfeder prangte. »Wer weiß, vielleicht trete demnächst ich als Käufer auf!«, gab er mit weit vernehmlichem Bass zurück.

Kurz darauf bahnten sich die beiden Sevillaner Schwestern Enríquez den Weg durch die Menschenansammlung. Fassungslos schluchzend umarmte die sonst so zurückhaltende Isabel ihren Mann und küsste ihn leidenschaftlich. Guiomar dagegen zeigte sich beherrscht und hielt stumme Zwiesprache mit Manuel. Dabei erweckten die beiden den Anschein, als teilten sie sich Geheimnisse mit, Botschaften der Liebe, des Einverständnisses oder des Trostes. Nur mit den Augen unterhielten sie sich, nur mit ihren Blicken. Befremdet stellte Elvira fest, dass sie denen ähnelten, die das Paar während des denkwürdigen Passahmahls miteinander gewechselt hatte.

Die Söhne Manuels hatte man in der Nacht vor der Festnahme ihres Vaters, zusammen mit weiteren mehr als fünfzig Kindern, im Rahmen einer großangelegten Rettungsaktion aus der Stadt geschafft. Von ihren Spitzeln unterrichtet, ließen die Inquisitoren den Hafen von Callao streng überwachen, denn Mañozca hatte vor, eine Treibjagd zu veranstalten, um sich möglichst vieler neuchristlicher Kinder zu bemächtigen. Als *doli capaces* eingestuft, als vernehmungsfähige Jugendliche, wollte er ihnen Aussagen gegen die eigenen Eltern abfoltern.

Die Kinder also, Zukunft und Hoffnung einer tödlich bedrohten Nation. In kleinen Gruppen entfernten sie sich aus der Stadt. Ohne so recht zu wissen, was ihnen geschah, hatte man sie aus ihren Betten gerissen. Noch spürten sie die Abschiedsküsse ihrer Eltern auf den Wangen, als sie von indianischen Führern auf Schleichpfaden ins Gebirge gebracht wurden. Viele Geschwister wurden auseinandergerissen. So auch die Söhne Manuel Bautistas und Guiomars. Der Älteste fand Unterschlupf in einem der Klöster in den Bergen, wo sich mitleidige Mönche seiner annahmen, um ihn vor dem Hungertod zu bewahren und im wahren Glauben zu erziehen. Die beiden Jüngeren zogen den uralten Königswegen der Inkas entlang und erreichten das Ufer des Titicacasees, wo sie von den dort ansässigen Indios aufgenommen wurden.

Wieder andere gelangten bis zu den Ufern des Caucas, weit im Norden. Dort kamen sie bei einer jüdischen Splittergruppe unter, die sich im Urwald vor den Häschern des Santo Oficios verborgen hatte.

In gewisser Hinsicht führten Elvira, Juan und die ihnen verbliebenen Freunde und Verwandte von nun an ein Doppelleben. Kaum verging ein Tag, ohne dass irgendeiner ihrer Bekannten verschwand. Noch gestern hatte ihr der Arzt Tomé Quaresma versichert, er wisse aus sicherer Quelle, dass Juan de Mañozca auf dringende Empfehlung des Vizekönigs demnächst abgesetzt und nach Spanien verbannt werde. Schon tags darauf waren die Türen und Fenster seines Hauses mit Brettern verrammelt und seine geringe Habe eingezogen. Gefangen gesetzt der hochnäsige

Don Simón Ossorio, der sich auf den Schutz der Gräfin von Lerma verlassen hatte. Von der Erdoberfläche verschwunden Isabel Antonia, die Tochter des Antonio Morón und der Doña Mayor de Luna, die man beim Versuch ertappt haben wollte, ein Loch in den Pulverturm von Guadalupe zu bohren. Sie habe beabsichtigt, die ganze Stadt in die Luft zu sprengen, um solchermaßen einen Überfall der Holländer vorzubereiten, wie die frei erfundene Anschuldigung lautete. Sogar einige Hausierer gab es unter den Festgenommenen; die armseligen Kinkerlitzchen ihrer Bauchläden hatte man eingezogen.

Wenngleich die heiteren Zusammenkünfte ein Ende gefunden hatten, bemühten sich viele der noch auf freiem Fuß befindlichen Bekannten Elviras und Juans dennoch um ein normales Leben. Die Beobachtung, wie diese Menschen das über ihnen schwebende Damoklesschwert ignorierten, erzeugte in Elvira ein Gefühl der Unwirklichkeit. Sie nahm davon Kenntnis, wie die neuchristlichen Importeure nach Callao fuhren, um, genau wie ihre altchristlichen Kollegen, die für ihre Unternehmen eingetroffenen Waren zu inspizieren. Wie andere ihre Wohnungen instand setzen ließen und neue Kleider in Auftrag gaben, als sei nichts geschehen. Wie alle der heiligen Messe beiwohnten und zur Beichte gingen. Wie sie sich Flüsterwitze über die Inquisition erzählten, nur um nicht an das denken zu müssen, was sie in ihrem Innersten bewegte. Denn sie alle wussten sich beobachtet und bedroht. Es war schließlich kein Geheimnis, dass sämtliche aus der Stadt führenden Straßen bewacht waren und dass sich die Nachbarn, egal ob Alt- oder Neuchristen, in potentielle Denunzianten verwandelt hatten.

Nachdem das Vermögen des Besitzers eingezogen war, befand sich das Unternehmen Manuel Bautistas in einem Zustand der Auflösung. Die Beamten der Inquisition, mit keiner Kenntnis des Geschäftswesens ausgestattet, hatten sich wie lästiges Ungeziefer eingenistet, um die Bücher zu überprüfen und jeden Winkel der Lagerhallen zu durchschnüffeln. Alle Mitarbeiter – selbst der seit längerer Zeit in den Ruhestand versetzte Rodrigo Acosta – hatten den misstrauischen Inspektoren Rede und Antwort zu stehen. Die Laune Juans war miserabel. Die in Umlauf befindlichen Gerüchte bildeten nur einen schwachen Trost, Seifenblasen gleich, die keinem Windhauch standhielten. Da konnte man etwa vernehmen, die Inquisitoren seien im Grunde keine bösen Menschen; sie wüssten gar nicht, welche Exzesse einige Subalterne in ihrem Namen verübten. Dann erfuhr man von der Vorbereitung einer Generalamnestie. Man würde sämtliche Häftlinge entlassen, da der gute Ruf vieler einflussreicher Familien auf dem Spiel stehe. Der Papst bereue, dass er die Domherrnpfründe Amerikas der Inquisition überlassen hatte, und beabsichtige, die Neuchristen zu unterstützen, in der Absicht, die spanische Krone zu schwächen. Der Bischof von Cuzco habe jüdisches Blut in den Adern und sei ein erklärter Feind der Inquisitoren Limas. Der Gefängnisvogt Bartolomé de Pradera stehe im Sold der Häftlinge; für ein paar Münzen in die offenen Hände der Folterknechte könne man deren lasche Handhabe der Marterinstrumente erreichen, es gebe sogar einen festen Tarif für diese Dienstleistung. Der Unfug müsse bald ein Ende finden, das Gericht könne doch nicht die halbe Stadt hinter Schloss und Riegel sperren.

Und immer wieder die beschämende Behauptung, das Heilige Tribunal wisse schon, was es täte – irgendetwas hätten die Verhafteten schon auf dem Kerbholz. »Ich habe ein reines Gewissen; folglich kann mir nichts passieren.« Viele mit pathetischer Blindheit Geschlagene im Umfeld Elviras und Juans pochten auf ihre Verdienste, von denen sie sich Schutz vor Verfolgung erhofften: eine großzügige Spende für den Bau der Kathedrale, günstige Kredite für die Regierung, die erfolgreiche Behandlung ranghoher Kranker. Man hatte es zum Ratsherrn gebracht, zum Capitán, zum königlichen Schatzmeister. Die Reichen sahen von Fluchtversuchen ab, weil sie sich nicht von ihrem Vermögen trennen wollten. Und die von der Hand in den Mund lebende Mehrheit besaß ohnehin keine Mittel, um eine Umsiedlung in Erwägung ziehen zu können.

Widerstrebend empfing Elvira die Visite von Mencía de Luna, ihrer besten Freundin. Deren Mann hatte man am selben Tag verhaftet, an dem auch Manuel Bautista ins Gefängnis gekommen war.

»Bald kommt mein Mann frei«, vertraute ihr die Freundin an. Sie benutzte ein neues Parfüm, das Geschenk ihrer Schwester Mayor. »Die haben ja schon keinen Platz mehr in den Kerkern.«

Elvira musste daran denken, dass ein nicht abgeschlossenes Verfahren gegen den Gatten Mencías anstand, das nur mangels Beweisen vorläufig eingestellt worden war. Jetzt würde sich das Tribunal an ihm rächen, auch wenn ihm sein Schwager Antonio Morón versprochen hatte, sich bei zugänglichen Beamten für ihn zu verwenden. Elvira hatte weder zum duckmäuserischen Schwager Mencías Vertrauen noch zu den zugänglichen Beamten.

»Mein Enriquillo macht schon seine ersten Laufversuche«, teilte sie ihrer Freundin mit, um sie zu zerstreuen. Ihre schönen, großen Augen waren von Schatten umgeben.

»Jeden Tag sieht er deinem Mann ähnlicher«, stellte Mencía fest.

›Ob ich wohl richtig gehandelt habe mit der Weigerung, mich von meinem Kleinen zu trennen, um ihn in Sicherheit zu bringen?‹, überlegte sich Elvira. Und: ›Wann werden sie Juan abholen? Sie scheinen ja alle Verwandten und Mitarbeiter Manuels im Visier zu haben und benehmen sich in der Firma, als seien sie die Herren im Haus.‹ Sie sah es ihrer Freundin an: Die dachte vermutlich dasselbe und bereute, das Haus einer Gefährdeten betreten zu haben, wo sie doch selbst so kompromittiert war.

Elvira dachte bedrückt an die zunehmenden Spannungen in ihrer Ehe. Juan war ja schon immer, selbst in den intimsten Augenblicken, innerlich abwesend gewesen. Sobald sie ihn fassen wollte, hatte sie ins Leere gegriffen. Aber auch wenn es ihrer Glut noch nie gelungen war, sein Herz zum Schmelzen zu bringen, so hatte sie sich bisher doch die Hoffnung bewahrt, ihn eines Tages ganz für sich zu gewinnen. Eine Hoffnung, die sie in den letzten Wochen aufgegeben hatte.

»Spielst du eigentlich überhaupt nicht mehr auf deinem Klavichord?«, erreichte sie die Frage Mencías.

»Es ist leider verstimmt«, brachte Elvira hervor. »Eigentlich schade, denn Enriquillo hört gerne Musik. Obwohl ich ja nur recht stümperhaft klimpere.«

›Als ob uns nach Musik zumute wäre!‹, fuhr es beiden gleichzeitig durch den Kopf.

›Ob die nahezu gebrechliche Mencía die Folter aushalten wird? Sie weiß zu viel, gewiss wird sie uns alle verraten, wenn man ihr zusetzt‹, überkam es Elvira.

Die Freundinnen verabschiedeten sich mit einem Kuss.
›Sie benutzt ein viel zu starkes Parfüm‹, dachte Elvira.
In der Woche darauf ergriffen die Schergen Mencía de
Luna und ihre ältere Schwester. Beide kamen sie ins Ge-
fängnis, wo sich bereits Isabel Antonia befand, die Tochter
Doña Mayors, der man unsinnigerweise eine Pulver-
verschwörung nachsagte.

Kaum eine Woche verging, ohne dass Botschaften von
Manuel Bautista eingetroffen wären. Billetts, die in aller
Heimlichkeit von bestochenen Sklaven überbracht wurden. Befehle, Anweisungen, Ratschläge, Empfehlungen.
Im Falle einer Befragung sollten die Seinen ihr Judentum
abstreiten, sollten keine Gefährten verraten und das Vertrauen auf den Allmächtigen nicht verlieren, der sie mit
starker Hand und mit ausgestrecktem Arm retten werde.
Pablo, Sebastián und Juan wurde auseinandergesetzt, wie
das Unternehmen weiterzuführen sei. Absurde Anweisungen, wie Juan seiner Frau auseinandersetzte, erschüttert,
dass sich dieser mit der internationalen Geschäftswelt eng
verbundene Handelsherr in so kurzer Zeit derart von der
Realität entfernt hatte. Die wirklichkeitsfremden Verfügungen, die er über sein eingezogenes Vermögen traf,
entbehrten nicht der Tragik.
Verschleiert, um nicht erkannt zu werden, wohnte Elvira
einigen der Versteigerungen bei, auf denen beschlagnahm-
tes Ketzergut noch vor der Verurteilung ihrer Eigentümer
verschleudert wurde. Viele Gegenstände gingen zu Billig-
preisen an Händler, die sich untereinander abgesprochen
hatten. Die hübschesten jungen schwarzen Sklavinnen
wurden den Mittelsmännern hoher Geistlicher zugeteilt.
Das Nachtgeschirr der ins Unglück geratenen Nachbarn

bildete den Anlass zu unflätigen Bemerkungen. In den Höfen und Gärten der Verhafteten grub man zu nächtlicher Stunde nach verborgenen Schätzen.

Die sich ihr nähernde Gefahr schlug sich auf Elviras Gemütszustand nieder. Auf Fassungslosigkeit folgte lähmende Angst. Anfälle der Auflehnung gegen die Treibjagd, der sich ihre Gemeinschaft ausgesetzt sah, wurden von Tagen trügerischer Hoffnung abgelöst, während derer sie sich der Realität gegenüber verschloss. Einerseits fühlte sie sich schuldig, weil sie sich noch immer in Freiheit befand, während so viele ihrer Freunde in den Verliesen schmachteten. Zum andern aber war sie fest entschlossen, um ihr Leben zu kämpfen.

In dieser launenhaften Stimmung fand sie ihr Vater vor, als der einst ohne Voranmeldung bei ihr auftauchte. Zwar begründete er sein Kommen mit dem Wunsch, seinen Enkel zu sehen, doch die drolligen Einfälle des Kleinen, der seine ersten Worte stammelte, entlockten ihm nur ein trauriges Lächeln. »Ein Flämmchen«, murmelte er dann nachdenklich und richtete den Blick auf das junge Leben vor ihm. »Das ist der Mensch: ein Flämmchen, das für den Bruchteil einer Sekunde zwischen dem Dunkel zweier Ewigkeiten aufzuckt, um alsbald wieder zu verlöschen.«

So als schäme er sich seiner hochtrabenden Worte, wandte er sich übergangslos einem prosaischen Thema zu. Er setzte seiner Tochter auseinander, dass der Fanatismus des Heiligen Offiziums eine Wirtschaftskrise sondergleichen ausgelöst habe. Der rücksichtslose Eingriff in das Handelswesen habe dessen delikates Gleichgewicht erschüttert. Das Tribunal bemächtige sich aller Guthaben der Häftlinge, einschließlich deren Außenstände, käme aber deren Verpflichtungen Dritten gegenüber nur schleppend oder gar nicht nach. Zudem stelle es die Legitimität längst abgewickelter Transaktionen in Frage. Konnte einem der an ihnen Beteiligten, und sei es auch lange nach dessen Tod, irgendein Verstoß gegen die Gebote der Kirche nachgewiesen werden, so erkläre man die einst von diesem getroffenen Abmachungen rückwirkend für null und nichtig. Die Einmischung der Inquisition in sämtliche Geschäfte des Landes ziehe immer mehr Bankrotte nach sich, und zwar nicht nur in der Neuen, sondern auch in der Alten Welt. Kurzum: Die Rechtssicherheit und das auf gegenseitigem Vertrauen beruhende Kreditwesen sei ins Wanken geraten; die Folgen seien noch gar nicht abzusehen.

Die Berechnungen der Sachverständigen, das Fassungsvermögen der Kerker sei unzureichend, um alle Verfolgten aufzunehmen, habe sich als korrekt erwiesen, wusste der Vater zu berichten. Nur die daraus abgeleitete Voraussage, der Platzmangel würde den Verhaftungen Grenzen setzen, hatte sich als irrig herausgestellt. Um etwas Raum zu schaffen, habe unlängst ein kleines *Auto* in der Kapelle des Inquisitionspalastes stattgefunden. Dabei hätten die Herren über Leben und Tod ein paar Dutzend arme Schlucker aus der Haft entlassen, unter ihnen sogar einige verängstigte Vettern und Kusinen Manuels, die ihre Treue zum Christentum überzeugend nachweisen konnten. Während der ganzen Sommermonate würde nun ein Teil des Erlöses aus den Gütereinziehungen in die Errichtung neuer Kerker investiert. In ihrem Hang für das Geheimnisvolle, Unterirdische, habe die Inquisitionsbehörde viele dieser Kasematten durch ein Tunnelnetz miteinander verbunden. Haarsträubendes gehe dort vor sich. Man flüstere von verdächtigen Selbstmorden, von unzüchtigen Beziehungen zwischen den Gefangenen und von der Vergewaltigung der Frauen durch das Kerkerpersonal.

Dann wechselte der Vater erneut das Thema. Zur Verblüffung seiner Tochter eröffnete er ihr, der von der Inquisition ausgehende Terror sei schon im Buche Daniel als »eine Zeit der Not« prophezeit worden, die eine baldige Ankunft des Erlösers ankündige. »Ich selbst werde sein Erscheinen zwar nicht mehr erleben«, fuhr er fort, während er mit abwesender Miene dem Spiel seines Enkels zusah. »Aber ich gebe mich mit dem Bewusstsein zufrieden, dass Enriquillo die Ankunft des Messias erleben wird. Aus allen Winkeln der Erde erhebt sich der Ruf, der seinem Erscheinen vorausgeht.« *Die flammenden Blicke des Andalusiers Baltasar: der siebente Engel hat schon seine Posaune angesetzt.*

Er verstummte, und Elvira schien es, als bereue er schon die der Tochter gegenüber so offen zur Schau gestellte Messias-Erwartung, die im Widerspruch zu all seinen früheren Überzeugungen stand. Erst nach einer Weile bemerkte sie das leicht spöttische Lächeln, das sie an den Vater früherer Zeiten erinnerte:

»Es soll Leute geben, die allen Ernstes glauben, der Messias käme eines Tages in Form eines Fisches den Tajo oder den Guadalquivir heraufgeschwommen, um den Argusaugen der Inquisition zu entgehen. Schwer zu glauben, nicht wahr, Elvi?«

Er schwieg erneut, aber das feine Lächeln leuchtete weiter in seinem bleichen Gesicht. Nach einer Weile gab er zu bedenken:

»Aber schließlich ist ja alles möglich auf dieser Welt.«

Nach und nach erlosch sein Lächeln. Er betrachtete die Tochter, als sähe er sie zum ersten Mal. Oder vielleicht zum letzten. *Mein kluges Töchterlein.* Lange war es her, dass er sie so zärtlich angesehen hatte. Zärtlich und leidvoll wissend. Schwankend in seinem ständigen Ringen mit dem Engel, den er nicht bezwingen konnte. Einen Augenblick lang sah Elvira vor ihrem geistigen Auge den noch jugendlichen Auswanderer vor sich, an Bord des Schiffes, das sie aus dem unsicher gewordenen Brasilien nach Buenos Ayres brachte; sah ihren Vertrauten und Beschützer, zu dem sie bewundernd aufgeblickt hatte, als er ihr die Geheimnisse des Weltalls erklärte. *Die Parallel-, die Gegenwelt, die sich hinter der sichtbaren Alltagswelt verbirgt.* Sah ihn, wie er sich mutig dem Eindringling entgegengestellt hatte, dem unverschämten Espeireta, der gekommen war, um ihren Hausfrieden zu stören. Sah noch einmal den Skeptiker, der sie in die geistige Selbständigkeit geleitet hatte; sah das Familienoberhaupt auf der langen Fahrt nach Córdoba und während der Überquerung der Kordilleren, als sie zum ersten Mal die Anzeichen seines Leidens bemerkt hatte. Und fand wieder zurück zu dem vom Alter gebeugten Mann, der sein bescheidenes Dasein im Schatten der protzigen Großkaufleute Limas fristete, jener aufgeblasenen Herren, die kein Verständnis aufbrachten für einen Grübler und für dessen Welt, in der es so wenig Platz gab für Kreditzusagen, Kaufverträge und Schiffsladungen.

So sehr war sie mit ihren Visionen beschäftigt, dass sie seine Bitte, wie eingehüllt in weiche Nebel, mit Verspätung erreichte:

»Achte auf deine Mutter, Elvi! Behüte sie vor Bösem!«
Elvira spürte, was sich hinter dieser Bitte verbarg: die Einsamkeit, die akzeptierte Nähe des Todes, die schmerzende Abwesenheit des einzigen Sohns und die nicht weniger schmerzende Entfremdung Beatrizens, die, seitdem sie Novizin geworden war, das Haus der Eltern mied. Ihre Aufnahme ins Kloster hatten die Eltern teuer erkauft; ein Erbe zu Lebzeiten, dem Missfallen sämtlicher Pérez' und Enríquez' zum Trotz.

Der Abschied! Elvira ließ den Blick zuerst auf Enriquillo ruhen, dann auf ihrem Vater und fühlte sich von Liebe und Mitleid überwältigt.

Erfolglos mühte sie sich ab, Juan ihren seelischen Zustand begreiflich zu machen. Zuvor hatte sie seine alten Liebesbriefe zur Hand genommen, die sie, zusammen mit einigen gepressten Blüten, in einem Kästchen aus Palisanderholz aufbewahrte, Schätze aus einer anderen, unglaublich weit zurückliegenden Etappe ihres Lebens, als ihr noch der Mond als Vermittler ihrer Gefühle diente. ›Man kann uns unserer irdischen Güter berauben‹, wollte sie ihrem Mann sagen, ›sogar unsere Ehre und das Leben können sie uns nehmen, nie aber unsere Liebe.‹ Aber dann verwarf sie den gestelzten Satz. Besser, der Vollmond redete für sie. Oder die Musik. Oder, am aussichtsreichsten, ihr warmer Körper.

Juan jedoch wich ihr aus. Bis er es war, der eines Tages die Initiative ergriff. Er bat sie, auf einem Sessel Platz zu nehmen, kauerte sich zu ihren Füßen und umfasste ihre Handgelenke mit schmerzhaft festem Griff.

»Die Geschichte wiederholt sich«, murmelte er. »Die Kindheit holt mich ein. Man ruft mich. Ich soll meine Schuld *büßen*.«

»Deine Schuld, Juan?«

»Die Sch... Schuld, weiterzuleben, während so viele l... l... leiden müssen. Die Sch... Schuld, so lange Jahre glücklich und sorglos verbracht zu haben. Die Sch... Schuld, die ich auf mich lud, als ich frei herumlief, während man m... meine Eltern verurteilt hatte.« Lange hatte er nicht mehr so stark mit dem Stottern zu kämpfen wie bei dieser Gelegenheit.

240

Elvira versuchte, sich aus dem Griff ihres Mannes zu lösen und ihn davon zu überzeugen, dass ihn, der die öffentliche Auspeitschung des Vaters erlebt hatte, keine Schuld am Schicksal seiner Eltern treffe.

Doch Juan war keinem Trost zugänglich. Er ließ ihre Gelenke los und vergrub den Kopf in seinen Händen.

»Ich gehorche den Anweisungen Manuels so gut ich kann. Versuche, bei den Behörden vorstellig zu werden, die sich weigern, mich zu empfangen. Wende mich an unsere Partner auf der ganzen Welt, damit sie endlich die Aktionen in die Wege leiten, auf die Manuel noch immer wartet. In Triplikat sende ich die Briefe ab, für den Fall, dass sie abgefangen werden. Doch was sollen all diese Bemühungen? Nicht einmal unser Gewissen können sie beschwichtigen, geschweige denn, das Schicksal von uns abwenden.«

Elvira versuchte, ihn davon zu überzeugen, dass man nicht sämtliche Neuchristen Limas einkerkern könne. Die meisten seien längst gute Katholiken geworden, verheiratet und verschwägert mit authentischen Altchristen. Sollten die jetzt alle in Sack und Asche herumlaufen? Doch während sie noch sprach, überkam sie die Scham über die Hohlheit ihrer Argumente.

Sie begann, sich nach und nach von den sie umgebenden Dingen innerlich zu trennen, wobei sie öfters an den Abschied denken musste, den sie als kleines Mädchen von ihrer Kindheitsheimat genommen hatte. *Pequi mit dem verständigen Blick. Königspalmen, die sich vom blauen Himmel abheben.* Sie fuhr mit den Fingerspitzen über die Tasten des verstimmten Klavichords, des Hochzeitsgeschenks Manuel Bautistas; beugte sich über die Blumen ihres Gartens, deren Duft ihr stärker vorkam denn je. Wog versonnen die kleinen Gegenstände in der Hand, die Dinge des Alltags, die sie mit unsichtbaren Fäden ans Leben banden. Ein chinesischer Porzellanteller: das Geschenk ihrer Mutter. Ein Zierglas aus Venedig: die Gabe ihrer Freundin Blanca. Ein Buch: das Andenken an Manuel. Der Ring, den ihr Juan in Buenos Ayres an den Finger gesteckt; das Seidenkleid, das sie am Abend ihres Debüts in der Gesellschaft Limas getragen hatte. Ihren Brautschleier.

Stunden konnte sie am Lager Enriquillos verbringen, um seinen Schlaf zu bewachen und seinen Geruch in sich aufzunehmen. War sie allein, so betrachtete sie sich forschend im Spiegel. Es war ihr bekannt: In den Kerkern gibt es keine Spiegel.

So saugte sie die Essenz dieses zu Ende gehenden Lebensabschnitts in sich ein. Angst? Gewiss: Sie empfand auch Angst. Eine verzweifelte Suche nach Sicherheit? Ein Klammern an die altgewohnte Ordnung? Das Verlangen, sich mit ihrem Kind in ein Versteck zu verkriechen? Die Hoffnung, vom Schicksal verschont zu bleiben? Der Wunsch, ihre Verfolger mögen an der Pest verrecken? All dies, in verwirrender Vielfalt.

Und tief in ihrem Innern, die Erwartung eines Zeichens. Wie dieses Zeichen beschaffen war, das allerdings hätte sie nicht sagen können.

11 Cristóbal oder mit Milde und Barmherzigkeit

Trotz all ihrer Vorahnungen traf Elvira die eines frühen Morgens erfolgte Festnahme überraschend. Es gelang ihr gerade noch, Enriquillo mit einer ihrer Sklavinnen durch eine Hintertür zu ihren Eltern zu schicken. Kaum waren die beiden außer Haus, als der Sequesternotar sämtliche Schwarzen, mitsamt allem weiteren lebenden und toten Inventar, in Beschlag nahm. Der Oberalguacil, ein massiger Kerl mit finsterem Gesicht, wies seinen Befehl vor, sich aller Angeklagten zu bemächtigen, ganz gleich, wo sie sich befänden, selbst in Kirchen, Klöstern oder sonstigen heiligen, befestigten oder privilegierten Stätten. Im Gefängnis angelangt, wurde Elvira von Juan getrennt und in eine dunkle Einzelzelle gesperrt.

Die Operation hatte sich blitzschnell abgewickelt. Als man Elvira sich selber überließ, versuchte sie, sich mit dem Gedanken zu beruhigen, dass man sie bestimmt bald wieder aus der Haft entlassen würde. Die Familie besaß schließlich noch immer gute Freunde am Hof und im Klerus – solches bildete sie sich jedenfalls ein. Als sich ihre Augen an die Dunkelheit gewöhnt hatten, nahm sie die Schatten wahr, die auf dem feuchten Boden umherhuschten.

»Ratten!«, hallte ein Schrei. Erst nach einer ganzen Weile kam ihr zu Bewusstsein: Sie selbst war es gewesen, die da geschrien hatte. Niemand kam ihr zu Hilfe. Und da endlich begriff sie ihre Lage. Begriff, dass sie feindlichen

Mächten ausgeliefert war, die mit ihr nach Gutdünken verfahren konnten.

Abstoßende Gerüche erreichte sie. Ein Gestank nach Kot, Verwesung und Angst.

»Enriquillo!«, hörte sie jemanden stöhnen. »Mein Kind!« Und wieder dauerte es eine ganze Weile, bis sie ihre eigene raue Stimme erkannte.

Es muss ein böser Traum sein. Ich bin krank, ich habe Fieber. Gleich werde ich in meinem Bett erwachen; der alte Doktor Xixón wird mich auffordern, die Zunge herauszustrecken, und wird mich fragen, was ich denn am Vortag gegessen habe.

Allmählich schärfte sich ihr Gehör, und sie begann wahrzunehmen, wie sich die sie umgebende Stille belebte. Klopfzeichen an der Wand. Ein gellender Schrei dann, der in den Gängen widerhallte und sie zusammenfahren ließ. Schlurfende Schritte. Sie versuchte, sich zu orientieren. Vergeblich ... Getuschel ... Man rief sie beim Namen ... Eine Halluzination?

»Elvira, liebste Freundin! Ich bin's, Mencía.«

Mencía de Luna, meine Zellennachbarin? Dann bin ich also doch nicht so allein und verlassen. Dann gehöre ich einer Gemeinschaft an. Dann haben die Wände Ohren.

»Die Wände haben Ohren und Augen. Und vor allem haben sie Spalten; lockere Steine, die sich verschieben lassen, um Zetteln Durchgang zu gewähren. Pss! ... Nicht so laut! Man beobachtet uns. Konfidenten werden in die Kerker eingeschleust. Lockspitzel, die uns verraten ... Ich werde dir das Alphabet der Klopfzeichen beibringen. Du wirst Zettelchen erhalten. Mit Urin geschrieben, das ist hier unsere sympathetische Tinte. Meine Schwester Mayor schreibt mir, und Don Manuel. Und der Bachiller Maldonado ...«

»Manuel? Maldonado de Silva? Das hört sich ja an wie Zauberei.«

»Ach, liebste Freundin! Du kannst dir gar nicht vorstellen, wie einfach es sich hier mit ein paar Reales in der Hand zaubern lässt. Selbst Besuche von einer Zelle zur andern lassen sich auf diese Weise ermöglichen; man kann seine Verpflegung aufbessern; Nachrichten von der Außenwelt erhalten ... Du befindest dich hier in einer ganz anderen Welt. Anders als alles, was du gewohnt bist. In einer Gegenwelt. Bestimmt von eigenen Gesetzen und anderen Zeitbegriffen.« *Die Parallelwelt.*

»Und wo hat man Juan hingebracht? Was wurde aus meinem Kind?«

»Man merkt, dass du hier noch neu bist, Liebste. Du musst viel Geduld aufbringen, die Verschleppung der Prozesse ist eine der vergifteten Waffen dieser Monster. Denke immer daran: Das Allerwichtigste ist, zu überleben. Unsere Verbündeten rüsten sich bereits, um uns zu Hilfe zu eilen. Ich habe erfahren, dass das ganze Land am Rande des wirtschaftlichen Zusammenbruchs steht.«
Und ein letzter Rat:

»Merke dir deine Träume in der ersten Nacht deiner Haft! Die werden dir deine Zukunft enthüllen.«
War es nur Einbildung gewesen, oder hatte sie sich wirklich mit Mencía unterhalten?
Unversehens fiel ihr einer der Gebetsfetzen ein, den ihr die Mutter einst beigebracht hatte; er könne ihr eines Tages zum Trost und zur Erbauung gereichen. *Gib uns Frieden, Segen und Wohl ... Erteile uns Deinen Segen, Vater unser.*

Sie nahm sich vor, den Rat Mencías zu befolgen, indem sie auf ihre Träume achtete. Vielleicht würden die ihr verraten, was ihr bevorstand. Am folgenden Morgen *(aber war es wirklich bereits morgen?)* erinnerte sie sich nur dunkel an ein Gewirr von Traumschatten. Ein schwarzer Hund war ihr erschienen. Der biss sie in den Hals. Eine verhüllte Gestalt sang ein Passah-Lied. Eine Schlange wand sich um ihren Hals. Auf ihre Hilferufe hin eilte ein Mann auf sie zu, der eine Tasse Milch brachte, um die Schlange abzulenken. Als diese von ihr ließ, ergriff er einen großen Stein und erschlug sie. Im Halbschlaf erkannte sie in ihrem Retter Cristóbal Castro, den Gespielen ihrer Kindheit.

Die Eisentür quietscht in den Angeln. Zwei Kerkergehilfen erscheinen mit Kerzen in der Hand, um sie in den Audienzsaal zu führen. Schweigend durchqueren sie lange Tunnels und steigen Treppen empor. Eine Pforte öffnet sich. Die Lichtflut trifft Elvira so unvermittelt, dass sie die Augen schließen muss. Als sie sie blinzelnd wieder öffnet, sieht sie sich einem halben Dutzend Männern im Priesterornat gegenüber. Der Alte mit dem Spitzbart, den dünnen Lippen und dem Zwicker auf der schmalen Nase muss der Inquisitor Mañozca sein, von dessen Unerbittlichkeit sie schon viel gehört hatte. An der Wand die überlebensgroße Figur des Schmerzensmanns, die der ähnelt, die sich im Festsaal des »Hauses des Pilatus« befand. Dort, wo man das geheime Pessach-Abendmahl zelebriert hatte. *Nicht daran denken! El cavrítico ...*

›Ich bin unschuldig!‹, fühlt sie sich versucht ihm zuzurufen. ›Entlasst mich, ich muss nach Hause, mein Kleiner weint nach mir!‹

Näselnd leitet Mañozca das Verhör ein. Lässt sie schwören, dass sie nur die Wahrheit aussagen werde. Will wissen, wie sie heißt, woher sie stammt und wie alt sie sei. Erkundigt sich nach der Geschichte ihrer Familie, nach ihren Lebensumständen.

Sie redet eifrig; sie hat nichts zu verbergen. Der Gänsekiel des Sekretärs kratzt auf dem Papier. Sie erzählt von ihrer Kindheit in Bahía de Todos los Santos, von ihren Eltern, die hierzulande als Portugiesen gelten, in Wirklichkeit aber spanischen Ursprungs seien, gehorsame Untertanen Philipps IV. Sie gibt die in Buenos Ayres verbrachten Jahre zu Protokoll und hebt hervor, dass sie dort die Erstkommunion empfangen habe und dass ihre Schwester Novizin sei. Sie schildert den Aufenthalt in Córdoba und in Santiago. Sie erklärte sich bereit, den illustren Herren ihre ganze Vergangenheit zu unterbreiten. »Ich habe nichts zu verbergen.« ... *Diener des lebendigen Gottes* ...

Erschöpft hält sie inne und wartet auf den Spruch ihrer Richter. Die aber geben sich mit ihrer Aussage nicht zufrieden, wie sie ernüchtert feststellen muss.

Sie solle gestehen, ob sie wisse, vermute oder argwöhne, aus welchem Grund man sie verhaftet habe. Es müsse sich um einen Irrtum handeln, erwiderte sie. Oder vielleicht um eine Verleumdung. Einer der Richter belehrt sie mit gelangweilter Amtsstimme, dass das Santo Oficio nicht gewohnt sei, jemanden zu verhaften, ohne vorher genaue Erkundigungen eingezogen zu haben. Sie täte also gut daran, ihr Gedächtnis anzustrengen und die Wahrheit zu gestehen. *Die geheimen Fächer einer Parallelwelt.*

Bevor sie in ihre Zelle zurückgeschickt wird, ermahnt sie einer ihrer Richter »sehr dringend«, ihr Gewissen zu durchforschen. *Die Wahrheit, die ganze Wahrheit!*

In der darauffolgenden Nacht wälzt sie sich lange auf ihrem unbequemen Lager, ohne Schlaf zu finden. Ist es wirklich Nacht? Das Zeitgefühl hat sie verlassen. Sie ver-

spürt Hunger, denn sie hatte die Gefängniskost zurückgewiesen, vor der ihr ekelte. Nur Wasser hatte sie zu sich
genommen. Ihre Gedanken verwirren sich. *Sie wird mit ihren
Eltern ins Refektorium eines Klosters geleitetet, wo ihnen barm-
herzige Mönche eine dickflüssige Suppe vorsetzen. Misstrauisch
schnuppert die Mutter an ihrem Teller und schiebt ihn dann mit
einem Ausdruck der Abscheu von sich. Begnügt sich endlich mit
einem Stück Brot, an dem sie lange kaut.*
Ob man sie foltern würde? Und: Wer konnte sie angezeigt
haben? Irgendein Häftling, der unter der Folter zusammengebrochen und dem in seiner Todesangst ihr Name
eingefallen war? Der Möglichkeiten gibt es viele. Zu guter
Letzt fällt ihr Verdacht auf ihre schmächtige Freundin
Mencía. Sicherlich war sie es gewesen, die sie unter der
Tortur verraten hatte.
Der Hunger zwingt sie, das Essen anzunehmen, den
Schlangenfraß, den ihr ein Gehilfe des Kerkermeisters
bringt. Ein Gespräch mit ihm kommt nicht zustande.
Klopfzeichen an der Wand, deren Sinn sie nicht zu deuten
weiß. Heftiges Hämmern.
Sie zermartert sich den Kopf, um zu erraten, was man gegen sie vorbringen könne. Die Beschneidung ihres Sohnes
vielleicht, diesen unscheinbaren Schnitt, den sie damals
nicht verhindern konnte? *Enriquillo!* ... Eine unvorsichtige
Bemerkung? ... Vielleicht wurde das Gebetbüchlein gefunden, das ihr damals in Buenos Ayres abhandengekommen
war? Ein abgefangener Brief? ... Ein verletztes Beichtgeheimnis, wo doch alle Priester angehalten waren, die im
Beichtstuhl erfahrenen Glaubensverstöße unverzüglich
zu denunzieren. Dann kommt ihr das Glaubensedikt in
den Sinn: Ach, wie konnte sie, die Enkelin eines zum Tragen des Sambenitos Verurteilten, es wagen, in seidenen
Kleidern herumzulaufen!

›Man hat mich vergessen.‹ Bin ich noch klar im Kopf? Eins-
zweidreiMontagDienstagMittwoch ... VaterunserderDubist-
imHimmel. Nein, ich bin nicht verrückt! Und sie werden mich
nicht unterkriegen! Mich nicht! Ein kleines, vom Fahrwind und
Sprühregen umspieltes Mädchen, erfüllt von unbändigem Frei-
heitsdrang, steht fröstelnd am Bug des Schiffes, das sie mit ihren
Eltern nach Buenos Ayres bringt.
Vergebens bleibt sie in Erwartung eines neuen Besuchs
ihrer Freundin Mencía. Meine Freundin? ... Wer weiß, wen
sie wohl verraten hat, um sich freizukaufen.
Ein kleines Mädchen ... erfüllt von unbändigem Freiheitsdrang ...
fröstelnd am Bug des Schiffes ...

Sie wird von widersprüchlichen Gefühlen übermannt. Die
Reue über das, was sie unterlassen hat im Leben, die Angst
vor der Zukunft, die schmerzliche Sehnsucht nach ihrem
Kind. Und die Anwandlung des Schuldgefühls: Warum
nur habe ich Guiomars Ratschlag nicht befolgt, Enriquillo
beizeiten in Sicherheit zu bringen?
Immer wenn der Gefängniswärter mit dem Essen erscheint, erkundigt er sich mit falscher Höflichkeit nach
ihren Wünschen. »Schreibzeug, um Euer Schuldbekennt-
nis niederzulegen? Rubrizierte, durchnummerierte Bogen,
Euer Gnaden?« Er misst sie mit lüsternen Blicken, vor denen ihr schaudert.
Schlaf und Wachsein fließen ineinander über. *›Nicht wahn-*
sinnig werden! Die Hoffnung nicht aufgeben! Weiterleben!‹ Die
Abgeschossenheit von der Umwelt, die Ungewissheit, der
sie ausgesetzt ist, erweisen sich als Folterqual.
Eines Tages lässt ein Gehilfe wie aus Unachtsamkeit einen
unbeschriebenen Fetzen Papier auf ihrer Pritsche liegen.
Sie begreift. Behutsam nähert sie das Papier der Flamme

ihrer Kerze, worauf die Schriftzüge Doña Mayors zum Vorschein kommen: »Bald werdet Ihr dem zweiten Verhör unterzogen. Seid vorsichtig mit dem, was Ihr zugebt! Fast alle fielen in ihre Hände. Eure Eltern mit eingeschlossen. Viele haben der Folter nicht widerstanden. Sollte man Euch ein Geständnis entreißen, so müsst Ihr es in der darauffolgenden Sitzung widerrufen.«

Elvira verbrennt den Zettel in der Flamme der Kerze. ›Eure Eltern mit eingeschlossen ...‹ »Enriquillo!«, schreit jemand. Schreit eine Frau. Schreit sie.

Schritte ... Der ferne Widerhall eines Gelächters ... Das Gemurmel vieler Stimmen ... Todesstille. Die Ratten ... *Die Schlange, Sinnbild des Verrats, die sich um meinen Hals windet, bis sie sich in einen schwarzen Hund verwandelt, den Cristóbal verjagt ... Der das Zicklein biss, das Vater für zwei Levanim gekauft ... Mit bleibeschwerten Knüppeln wurde es von den Wasserträgern erschlagen ... Das Zicklein. Un cavrítico! ... Ein Abgrund im Hochgebirge, das schmerzverzerrte Gesicht Papas ... Der Segen des Apothekers in Córdoba, erteile mir Deinen Segen, Vater unser ... Juan, mein Poet mit dem vereisten Herzen. Das Lächeln Enriquillos. Der Abgrund. Die Dunkelheit. Ein kleines Mädchen ... erfüllt von unbändigem Freiheitsdrang ... Ein kleines Mädchen ... erfüllt ...*
Schweigen.

Ein Lichtstrahl dringt in ihre Zelle. Sie vernimmt die tiefe Stimme Manuel Bautistas. Ist es Wirklichkeit? Er hat sich den Besuch mit ein paar Reales erkauft. ›*Mit starker Hand und mit ausgestrecktem Arm.*‹ *Manuel kommt, um mir mein Kind zu bringen.*

Er errät ihre Erwartungen. »Noch ist es nicht so weit!«, flüstert er ihr zu. »Aber ich stehe mit unseren Freunden in Verbindung.«

Nicht um sie zu erlösen, sei er gekommen, sondern um

das *Kaddisch* gemeinsam mit ihr zu beten. Elviras Herz setzt aus; es fällt ihr schwer, den Sinn seiner Worte zu erfassen. Das Gebet der Hinterbliebenen! Mein Mann? Mein Kind? ... Gestern Abend sei Don Rodrigo gestorben, Gott in seiner Barmherzigkeit habe ihm die Folter erspart. »Preiset Adonai, den wahren Richter, gelobt sei Sein Name in alle Ewigkeit. *Jidgadal wejidkadasch schemei rabbah.*«
Automatisch spricht sie das Gebet nach, darum bemüht, keines der ihr unverständlichen Worte auszulassen, mit denen die Juden auf Aramäisch, der Sprache Christi, Gott zum Gedenken an ihre Toten preisen. Welchem Gott hatte der Vater wohl seine Seele empfohlen? Die Wohltaten der gnadenspendenden Kirche waren ihm während der Dauer des Prozesses ohnehin versagt gewesen. War ihm die Messias-Hoffnung, mit der er sie noch vor wenigen Wochen verblüfft hatte, Trost auf seinem letzten Weg gewesen? Der Gedanke an den ewigen Kreislauf der Natur, als deren Bestandteil er sich betrachtet hatte? Oder war er als Apostat aus dem Leben geschieden, als ein Skeptiker, der die Unsterblichkeit der Seele verneint – diesen Trost, an den sich der Mensch klammert, um das Wissen um seinen Tod ertragen zu können?

»Wie nahm Mutter den Tod Papas auf? Wie erfuhrt Ihr von seinem Tod?«
Das Herz sei's gewesen und er habe nicht leiden müssen, antwortet Manuel ausweichend. Dann schweigt er und denkt wohl an das Gleiche, das auch ihre Gedanken beschäftigt: an die Gepflogenheit des Tribunals, die im Kerker Gestorbenen in ungeweihter Erde zu verscharren und das Verfahren unbeirrt weiterzuführen. Bis zur Verurteilung, zur Verbrennung *in effigie* womöglich. Und auf jeden Fall: die Vermögenseinziehung und die Schande für alle Nachkommen.

Sie bemüht sich, im ungewissen Licht den Gesichtsausdruck Manuels zu erkennen. Wie weit ist er wohl über das Schicksal seiner Frau und seiner Söhne unterrichtet?

Als habe er ihre Gedanken gelesen, teilt er ihr mit, Guiomar habe ihn angezeigt, wodurch sie der Verhaftung entkommen sei.

Elviras Empörung beschwichtigt er mit der Erklärung, Guiomar habe nichts weiter getan, als seine Anordnungen zu befolgen. Gelegentlich werde sie ihre Anzeige widerrufen, um dadurch zur Verwirrung der Richter beizutragen.

Irgendetwas sträubt sich in Elvira, dieser Geschichte Glauben zu schenken. Ein Spiel mit dem Feuer! Es scheint ihr wahrscheinlicher, dass die stolz-verschlossene Sevillanerin, die einst die politischen Aspirationen ihres Mannes unterstützte, die sich ihr bietende Gelegenheit wahrgenommen hatte, um sich für seine amourösen Eskapaden zu rächen. Vielleicht war sie, Elvira, unschuldigerweise der Anlass zu diesem Verrat gewesen? *Du machst dir keine Vorstellung, wie eifersüchtig die Sevillanerinnen sind,* entsinnt sie sich der mütterlichen Warnung. Oder vielleicht war alles ganz anders gewesen.

Plötzlich fühlt sie sich von den Sorgen um Enriquillo überwältigt.

»Um Gottes willen, wo steckt mein Sohn, geht es ihm gut, ist er gesund?« Sie fleht ihn an, fußfällig fast, als stände es in seiner Macht, ihr den Knaben wiederzugeben.

Er hebt die Schultern in einer hilflosen Gebärde, die dem einst so selbstsicheren Mann seltsam ansteht. Das Schicksal des kleinen Enrique sei ihm zwar unbekannt, doch nehme er an und hoffe, dass er sich in Sicherheit befinde. In der Hütte irgendeiner Schwarzen vielleicht, oder bei einem der vielen Portugiesen mit gefestigtem katho-

lischem Glauben, die sich samt und sonders als ausgezeichnete Konfidenten hervorgetan haben. Seine Verachtung für die *Meschudanim*, die freiwillig Übergetretenen,
ist nicht zu verkennen.

Mit knappem Gruß lässt er die Gefangene zurück in
ihrem dunklen Verlies, allein in ihrem Schmerz und mit
ihren Erinnerungen.

Traum oder Wirklichkeit? Erneut die Stimme Mañozcas.
Ob ihr Weiteres zu den Geschäften eingefallen sei, die sie
in diesem Audienzsaal geführt hätten. Nein, nichts sei ihr
eingefallen. Die schnarrende Stimme des Sekretärs, das
Protokoll der ersten Mahnung: Erläuterungen, Einschränkungen, Berufungen auf unseren Heiland und Seine glorreiche und gebenedeite Mutter Maria. Die Angeklagte
solle ihr Gedächtnis anstrengen. Die Wahrheit, die ganze
Wahrheit! ... Die auf den Kopf gestellte Welt, in der »*Relaxierung*« den Tod auf dem Scheiterhaufen bedeutet, auf
den die von der Inquisition Verurteilten über den Umweg
der weltlichen Gewalt geschickt werden, denn »die Kirche
verabscheut das Blutvergießen«. In der »Barmherzigkeit«
die Erdrosselung am Würgpfahl umschreibt; »*Aussöhnung*«
die Schande für Kinder und Kindeskinder, »Almosen« den
Vermögenseinzug. Wo der Verräter seiner Freunde ein
Konfident ist, ein »guter Vertrauter«.

   »Ich habe die Wahrheit gesprochen, illustre Herren.
Und ich rufe Gott und die allerheiligste Jungfrau zu meinen Zeugen auf!« Schweigen.

*›Ich darf mich nicht unterkriegen lassen von den Richtern, Sekre-
tären, Auditoren, Fiskalprokuratoren, Zensoren, Qualifikatoren
und Konsultoren, die sich miteinander verschworen haben, um
mir das Bekenntnis einer Schuld zu entreißen, von der sie von*

vornherein überzeugt sind.‹ »Liebet eure Feinde, erweiset Gutes
denen, die euch hassen.« »Richtet nicht, auf dass ihr nicht gerichtet
werdet; verzeihet, auf dass man euch verzeiht!«

»Dringend ermahnt« wird sie in den Kerker zurückgeschickt. In dem sie sich ihren Grübeleien hingibt, die
unweigerlich in die quälenden Fragen münden: In welche
Hände ist Enriquillo geraten? Wie hat wohl Juan die Folter überstanden?
Nach und nach sickern die Nachrichten über das Los
verschiedener ihrer Bekannten durch die Zellenwände.
Ein bewunderndes Flüstern über die Standhaftigkeit
des Arztes Tomé Quaresma, des Manuel Bautista Pérez,
Sebastián Duartes und Rodrigo Váez Perisas macht die
Runde. Ihnen war es gelungen, die Richter zu narren, indem sie unbescholtene Christen durch irreführende Aussagen belasteten. Von Männern und Frauen ist die Rede,
die Trost in der vergessenen Religion ihrer Vorväter suchen, wobei sie absurde Zeremonien durchführen, die
sie für einen Ausdruck des wahren jüdischen Glaubens
halten.

Chimäre oder Wirklichkeit. Eines Nachts (war es wirklich
zur Nachtzeit?) erhält sie den Besuch einer hageren Gestalt mit eisgrauem Bart und verzotteltem Haupthaar.
Schlaftrunken vernimmt sie den Gruß:
    »Gelobt sei der Herr!«
Elvira daraufhin automatisch: »Euer Gnaden dienet dem
Herrn.«
Obwohl sie ihn lediglich aus Beschreibungen kennt, weiß
sie trotz der sie umgebenden Dunkelheit sofort, dass ihr
der Bachiller Francisco Maldonado de Silva gegenüber-

steht. Während sie der unangenehme Atem eines Menschen mit nüchternem Magen erreicht, kommt ihr die Hoffnung in den Sinn, die Manuel Bautista einst auf ihn gesetzt hatte. Mit zitternden Händen entzündet sie eine Kerze.

»Wie brachte Euer Gnaden fertig, zu mir vorzudringen?«

»Darf ich Euch bitten, etwas lauter zu sprechen?«
Die Wiederholung ihrer Frage ruft ein kindliches Lächeln auf dem eingefallenen Gesicht des Bachillers hervor. Er habe sich ein Seil aus Maisblättern gedreht, verrät er ihr, das ihm gestatte, seine Zelle zu verlassen.

»Samstag für Samstag sage ich die Psalmen und die Gebete der Propheten auswendig auf«, erklärt er ihr dann. »Ich beuge die Knie vor unserem lebendigen Gott und flehe ihn an, mir meine Sünden und die Seines Volkes zu vergeben, in der Hoffnung, dass ich – wenngleich dieser Gnade unwürdig – Seinen Zorn besänftigen kann, auf dass unser Volk gerettet werde und sich versammle.«
Nach diesen Worten prophezeit er Elvira, dass sie demnächst aus dem Kerker entlassen werde. Er hingegen sei dazu ausersehen, den »flammenden Altar« zu besteigen, »auf dass mich Gott als Holocaust zu sich nehme, als Brandopfer, um unser aller Sünden willen«.
Elvira fällt das schauspielerische Geschick ihre Freundin Teresilla in Santiago ein, mit dem sie den Bachiller parodiert hatte. *Sein unwürdiger Diener wird Euer Übel heilen. Mit Hilfe der Psalmen, die ich alle auswendig weiß, und der Zaubersprüche Mosis, der Alchemie, des Korans und des Talmuds.* Endlich bemerkt sie das Bündel Papiere, welches ihr der Bachiller entgegenstreckt.

»Nehmt diesen Brief entgegen, den ich an die Synagoge unserer Glaubensbrüder in Rom gerichtet habe«, fordert er von ihr. »Und wählet das Leben, wie dies unser Lehrer Moses gebot.«

Als sie ihre Augen anstrengt, um das lange Schreiben im schwachen Kerzenlicht zu überfliegen, stellt sie fest, dass es in Latein verfasst war. Die Juden Roms? Soviel sie wusste, hausten diese, sämtlicher Zivilrechte beraubt, verarmt in ihrem engen Ghetto. Aussichtsreicher wäre es wohl, sich an die Amsterdamer Judenheit zu wenden.

»An die Juden Roms?«, will sie sich vergewissern, obwohl dieses Reiseziel für den Moment genauso unerreichbar für sie ist wie Amsterdam, Jerusalem oder der Mond.

Eine Antwort erhält sie nicht. Der Lizentiat hatte sich in seine eigene Welt und in seine Taubheit zurückgezogen. Mit einem »Der Ewige segne und behüte Euch und sei Euch gnädig, Señora!« nimmt er Abschied.

Wäre nicht der Brief gewesen, den sie noch immer in den Händen hält, sie hätte diese Begegnung für eine Ausgeburt ihrer überreizten Nerven gehalten.

»Nehmt Euch in Acht«, warnen Zettel und Klopfzeichen. »Hütet Eure Zunge.« Es gäbe Gefangene, die sich in gute Konfidenten verwandelt hatten. Angst, verrenkte Glieder und die Aussicht auf Gnade hätten zu Aussagen gegen Eltern und Kinder, Ehepartner und engste Freunde geführt. Schon über dreißig Zeugen hätten Manuel Bautista Pérez schwer belastet, und niemand wisse, wer als Freund zu betrachten sei und wer als Verräter.

Wo hatte man Juan hingeschafft? Es gab ja so viele Geheimkerker in Lima! Sogar unter einigen Klöstern hat man Verliese angelegt. Elvira stellte sich vor, wie die Opfer der Inquisition dort unten geschunden wurden, während

man über ihnen gleichzeitig ergreifende Messen zelebrierte ... War Juan überhaupt noch am Leben?

Eines Tages – oder war es zu nächtlicher Stunde? – huscht
Doña Mayor de Luna in ihre Zelle. Elvira muss sich Mühe
geben, um ihre Bestürzung über das Aussehen der früher
so eleganten Frau zu verbergen. Die schäbige Kleidung
schlottert um den abgemagerten Leib, die Haut hängt fal-
tig um Hals, Kinn und Arme. Ihr Körpergeruch entspricht
der ungenügenden Waschgelegenheit. Was Elvira aber am
meisten bewegt, ist das mit grober Schminke bekleisterte
Gesicht. Die mit Zuckerlösung, Eierschnee und Talkpuder
angereicherte Schicht nimmt sich wie eine gespenstische
Maske aus. Vergeblich bemüht sich Elvira zu erraten, dank
welcher Schliche die verwöhnte Frau wohl zu diesen grotesken Schönheitsmitteln gelangt sein mochte. Sie lässt
sich auf der Kante der Zellenpritsche nieder. Kerzengerade
sitzt sie da und bedauert, die Erkundigung nach dem Ergehen der Familie Elviras nicht beantworten zu können.
Enriquillo befände sich wohl in guter Obhut. Die Mama?
Sie wollte gehört haben, dass Doña Felipa wohlauf sei.
Oder zumindest, fügt sie zweideutig hinzu, dass sie nicht
leide.

Dann kommt sie auf ihre eigenen Sorgen zu sprechen.
Ihre Tochter Isabel Antonia, mit der sie in Briefwechsel zu
stehen scheint, hatte selbst unter der Folter die absurden
Anschuldigungen einer Pulververschwörung abgestritten.
Eine kuriose Inkrimination, waren es doch ausgerechnet
katholische Verschwörer gewesen, die ein halbes Jahrhun-
dert zuvor versucht hatten, das englische Parlament in die
Luft zu sprengen. Es folgt ein tiefer Seufzer: Von ihrer
Schwester Mencía fehle jegliche Nachricht.

Ganz unerwartet bricht sie in gellendes Gelächter aus, das
Elvira zusammenfahren lässt: »Ja, und mein übervorsich-

tiger Herr Gemahl! Es sieht aus, als habe er seine wertvolle Haut in Sicherheit gebracht. Was haltet Ihr davon? Uns mag der Teufel holen im Kerker, und mein Capitán Don Antonio macht sich aus dem Staub und überlässt uns unserem Schicksal. Und apropos ...«

Sie unterbricht sich. Ihr Blick verliert sich im Dunkel der Zelle.

»Apropos?«, mahnt Elvira nach geziemender Wartezeit. Doña Mayor erhebt sich und stößt einen neuen Seufzer aus. Es handele sich um Manuel Bautista, den einstigen Konkurrenten ihres Mannes. Ihm zuliebe habe sie es auf sich genommen, sie aufzusuchen. Das Herz ihrer Zuhörerin pocht verräterisch. »Ist ihm etwas zugestoßen?«

»Wie man es so nehmen will.«

Er habe seinen kämpferischen Geist verloren, verweigere Speise und Trank und stiere wortlos vor sich hin. Und dies, obwohl er noch vor kurzem drei Drehungen auf der Seilfolter ausgehalten habe, ohne sich auch nur mit einer einzigen Silbe zu verraten. Ob sie, Elvira, auf die er so große Stücke halte, ihn nicht zur Aufmunterung aufsuchen wolle. Sie habe bereits alles Notwendige mit dem bestechlichen Kerkermeister abgesprochen, fügt sie schnell hinzu, um jeglicher Widerrede zuvorzukommen.

Einen Augenblick lang überkommen Elvira Bedenken: Sähe sie in den Augen Manuels etwa weniger abstoßend aus als Doña Mayor? Dann aber erklärt sie sich bereit, dem Wunsch der heruntergekommenen Gestalt Folge zu leisten.

Als sie durch die langen Galerien eilen, äußert Doña Mayor die Vermutung, Manuel habe den Verlust seiner Sammlung indianischen Golds und seines berühmten Reisewagens nicht überwinden können. Für einen Apfel und ein Ei habe ein früherer Lieferant Don Manuels die Kunstsammlung in Bausch und Bogen ersteigert. Und die Karosse sei für dreitausendachthundert Pesos an einen Günstling des Vizekönigs gegangen.

Obwohl sie ihre Begleiterin auf den Zustand Manuels vorbereitet hatte, ist Elvira erschüttert, als sie den einst so stolzen Kaufherrn, den »Gran Capitán seiner Nation«, wiedersieht. Längst hat sie das Zeitgefühl verlassen. Wie viele Wochen oder gar Monate sind wohl vergangen, seit er sich als Überbringer der Todesnachricht ihres Vaters bei ihr eingestellt hatte, damals noch im Vollbesitz seiner Geisteskräfte? Nun kauert er, völlig ergraut, mit ungepflegtem Bart und erloschenem Blick, im äußersten Winkel seiner Zelle. Kaum dass er ihren Gruß erwidert. Doña Mayor verlässt die Zelle auf Zehenspitzen.

»Was mit Eurer Sammlung und mit Eurem Gefährt geschehen ist, tut mir wirklich sehr leid«, beginnt die Besucherin unbeholfen das Gespräch.
Manuel erhebt den Kopf kaum merklich. Seine Nase wirkt riesenhaft im abgemagerten Gesicht.
»Mit meiner Sammlung?«, versucht er, sich zu entsinnen. »Ach so: das indianische Gold!«, murmelt er dann. Eine gleichgültige Handbewegung. »Ist schon nicht mehr wichtig.« Nach einer Weile, die unerwartete Frage:
»Elvira: Kannst du mir sagen, wofür wir leben und kämpfen?«
Sie schweigt. Weder auf die Frage noch auf das vertraute Du war sie vorbereitet gewesen.
»Ich verließ mich auf das Geschichtsbewusstsein unserer Nation«, fährt er kaum hörbar fort. »Und ich habe mich getäuscht.« Er blickt auf und erkundigt sich, ob sie den Bachiller Maldonado endlich kennengelernt habe.

Elvira nickt. Die Einsamkeit dieses verbitterten Mannes erreicht sie, seine Sehnsucht nach menschlicher Wärme.

»Ein Symbol aus Fleisch und Blut!«, fährt er fort. »Ein tapferer Mann. Dazu entschlossen, für seine Überzeugung zu leben und zu sterben. Anders als unsere wankelmütigen Leidensgefährten plagen ihn keine Zweifel. Ist stolz darauf, ein Jude zu sein. Verteidigt die Würde unserer Nation.«

»Ich weiß«, antwortet sie mit der herausfordernden Ironie vergangener Tage. »Ein Simson, ein wahnsinnig gewordener Makkabäer, der sich anschickt, zu Ehren des Herrgotts den ›flammenden Altar‹ zu besteigen.« Manuel schweigt, in Gedanken versunken. Dabei heftet er den Blick auf den Fußboden aus gestampftem Lehm. Erst nach einer Weile seufzt er: »Eine verspielte Chance!« Der Verlust der Karosse und der indianischen Kunstschätze? Bagatellen, verglichen mit dem Zusammenbruch seiner politischen Träume. Das glückliche Spanien der drei Kulturen? Die gleichen Rechte für sämtliche Minderheiten des Reiches? Nichts weiter als ein Traum! Vielleicht sei er ein paar Jahrhunderte zu früh zur Welt gekommen. Der verbissene Krieg gegen die hebräische Nation gehe unvermindert weiter; weder die diplomatischen Bemühungen noch die Kreditsperren oder gar die Flotten der falschen Freunde eilten ihr zu Hilfe. Er habe sich mit geheimen Botschaften an die *Homens de negócios* gewandt, an die in Madrid zu Einfluss gekommenen Marranen. An Jacobo Cansino. An die Hofbankiers Juan Núñez de Sarabia und Daniel Cortizos. An den königlichen Chronisten Rodrigo Méndez Silva. »Glaubst du, auch nur ein Einziger hätte sich für uns eingesetzt? Nichts dergleichen! Keiner wollte seine Geschäftsinteressen für uns *Peruleros* aufs Spiel setzen.«

Während Elvira diesem zutiefst enttäuschten Mann zuhört, sieht sie in ihm immer mehr das hilflose Kind, während sie die Rolle der trostspendenden Mutter übernimmt. Davon überzeugt, ihr sei nur daran gelegen, ihn seelisch aufzurichten, und ohne so recht zu verstehen, wie es geschieht, kommt sie ihm näher und umschlingt ihn mit ihren von der Haft geschwächten Armen. Dann küssen sie sich, mehr beklommen als begierig. Auf der Suche vielleicht nach dem flüchtigen Abglanz eines Paradieses, dessen Zutritt ihnen verwehrt ist.

Hingabe, höchstes Glück? Unmögliche Ziele!

Ernüchtert lösen sie sich aus der Umarmung.

»Besser, du verlässt mich jetzt«, murmelt Manuel.

Der erregte Rhythmus der Klopfzeichen an den Wänden überträgt die Nachricht von Zelle zu Zelle: »Manuel … Bautista … Pérez … hat Hand an sich gelegt … Fraglich … ob er … seine Wunden … überlebt.«

Elvira macht sich die Verwirrung der Wachen zunutze. Sie stolpert durch die Galerien. Erreicht atemlos die Zelle Manuels.

Dort findet sie ihn reglos auf seinem Lager ausgestreckt. Sein Atem geht schwach, verloren hat er den Blick zur Decke gerichtet. Sie ruft ihn beim Namen; eine Antwort erhält sie nicht. Mit einem Etuimesser habe er sich sechs Stiche im Unterleib und in den Leisten beigebracht, zwei davon seien sehr tief, brummt der Gefängnisarzt, ärgerlich über die ihm erwachsenen Scherereien. Und sie solle gefälligst machen, dass sie verschwinde. Was habe sie überhaupt hier verloren, bei dieser halben Leiche mit den Wunden im Unterleib? Sie möge sich lieber einen strammen Folterknecht zum Schatz nehmen; man weiß ja, wie die mit den Weibern umgehen können, bei ihren in der Praxis erworbenen Kenntnissen der Anatomie und Physiologie des weiblichen Körpers. Die er übrigens auch beherrsche und liebebedürftigen Damen gerne zur Verfügung stelle.

Angeekelt flieht Elvira vor dem Zyniker.

Die Aufsicht in den Kerkern wurde verschärft. Die Inquisitoren versuchten – mit kümmerlichem Erfolg – die Käuflichkeit ihrer Beamten durch Androhung härterer Strafen zu unterbinden. Den Gerüchten zufolge erhole sich Manuel nur langsam, da ihm der Lebenswillen abhandengekommen sei.

Gewisperte Kommentare. Alles sei nur Komödie gewesen, um die Aufmerksamkeit auf sich zu lenken ... Er habe den Tod gesucht, um zu vermeiden, früher oder später seine Freunde unter der Folter zu verraten ... Er habe den Verlust seines Prunkwagens nicht verschmerzen können ... Die Nachricht, der Vizekönig habe seiner Verurteilung zugestimmt, habe ihm den Rest gegeben.

Elvira hört sich alle Mutmaßungen an und schweigt.

Über den Verbleib der Ihren und über den Gang ihres Prozesses hielt man sie im Ungewissen. Vielleicht sammelte das Gericht weitere Aussagen von rachsüchtigen Sklavinnen oder von Musiklehrern zweifelhaften Rufes. Vielleicht hatte sich die Inquisition ihres Schwesterchens bemächtigt. Was würde Beatriz zu Protokoll geben? Und was würde sie selbst angesichts der sie bedrohenden Torturen aussagen?

Als die Kerkerwärter erschienen, um sie abzuholen, war Elvira davon überzeugt, sie seien gekommen, um sie in die

Folterkammer zu bringen. Groß war daher ihr Erstaunen, als sie in den Audienzsaal geführt wurde, wo sie erneut dem Gremium strengblickender Männer gegenüberstand. Irgendetwas Außergewöhnliches musste sich ereignet haben, das die Prozessordnung umgestoßen hatte.

Ein Auditor las die Anklageschrift vor. Bevor er sich zurückzog, erklärte er eidesstattlich, dass ihn keine bösen Absichten leiteten. Während Elvira noch über die Kürze des Plädoyers staunte, das, soweit sie dies beurteilen konnte, keine besonders schwerwiegenden Beschuldigungen enthielt, sondern vor allem den Vorwurf, sie habe als Enkelin Gebüßter unerlaubten Luxus zur Schau getragen, eröffnete ihr der Lizentiat Mañozca, das Tribunal habe in seiner Güte beschlossen, einen Anwalt zu ihrer Verteidigung zu ernennen. Diese Neuigkeit nahm sie gelassen hin. Zur Genüge war ihr bekannt, dass die zugebilligten Rechtsbeistände nichts weiter waren als besoldete Beamte des Heiligen Offiziums, die sich mit ihren Klienten nur in Anwesenheit der Inquisitoren unterhalten durften. Ihre Hauptaufgabe bestand darin, den Angeklagten zuzusetzen, damit sie sich geständig zeigten. Sobald sie sich von deren Schuld überzeugt hatten, mussten sie ihr Mandat niederlegen, um nicht als Komplizen der Ketzer eingestuft zu werden. Was konnte sie von einer solchen Hilfe erwarten?

Irgendjemand nähert sich dem auf dem Tisch aufgestellten Kruzifix. Eine helle Stimme legt den Amtseid ab und gelobt, der Angeklagten getreulich beizustehen und über alles, war er zu sehen oder zu hören bekäme, Schweigen zu bewahren. Ohne wirkliches Interesse hebt Elvira den Blick, um den Beauftragten ihrer Scheinverteidigung zu betrachten.

Es gelingt ihr gerade noch, den Schrei der Überraschung

zu unterdrücken, den ihr ein Blick aus grünlichen Augen zu entreißen droht. Die Augen Cristóbals! Cristóbal Castro y Gaytán, der sie einst vor dem schwarzen Hund gerettet und ihr den ersten Kuss gegeben hatte – ihr Strafverteidiger! Trotz der vielen Jahre, in denen sie ihn nicht gesehen hatte, erkannte sie ihn sofort. So jung und schon Advokat des Santo Oficios! Castro y Gaytán, der Verwandte hochvermögender Kleriker.

Seine undurchdringliche Haltung dämpft ihre Begeisterung. So hart war sein Blick, so unpersönlich seine Rede, dass sie Zweifel beschleichen. Eine Sinnestäuschung, die Folge der langen Einzelhaft?

Irgendjemand fordert sie auf, die Wahrheit zu gestehen. Beweise, Ratifizierungen, Gerichtsakten, Mahnungen. Die Voruntersuchung, Anklageschriften. Die gewissen Aussagen gewisser Personen. Die Wahrheit, die Wahrheit, die Wahrheit! Milde und Barmherzigkeit ...

Wenige Tage darauf das *Autillo*, ein geheimes Bußverfahren in einer Kapelle. Bei geringen Vergehen für bevorzugte Häftlinge vorgesehen. *Christi nomine invocato.* »Ich, Elvira de Acosta y Enríquez, erkläre bei diesem Kreuz und den allerheiligsten Evangelien, dass ich den wahren katholischen und apostolischen Glauben anerkenne. Und ich schwöre ab und verwerfe jegliche Ketzerei, insbesondere jene, derer ich als leicht verdächtig befunden wurde. Und ich erkläre eidesstattlich und verspreche, dass ich dem heiligen Glauben, den die heilige Mutter Kirche wahrt und lehrt, anhänge und ihn ständig bewahren werde ...«

Grüne Kerzen, schwarze Kreuze. Grüne Augen. »Und ich erkläre, dass alle, die sich gegen diesen heiligen katholischen Glauben wenden, die Aburteilung verdienen. Und ich gelobe, mich nie mit jenen zusammenzutun ... Und ich schwöre und gelobe, dass ich demütig und geduldig die Strafe auf mich nehme, die mir auferlegt wurde oder in Zukunft auferlegt werden sollte ... Und ich bestimme und willige mit Freuden ein, dass, sollte ich eines Tages (was Gott verhindern möge) gegen diese Bestimmungen oder gegen einen Teil derselben verstoßen, als Unbußfertige angesehen werde, und dass ich mich in diesem Fall der ganzen Strenge der heiligen Bestimmungen unterwerfe ... Und so mögen alle Anwesenden meine Zeugen sein ...«

Der Anwalt – Cristóbal? Ein Phantom? – war der Zeremonie ferngeblieben, denn er hatte seine Aufgabe hinter sich gebracht. Der Notar schrieb und schrieb. *Otrosí*: Und noch etwas. Unter Androhung des großen Kirchenbanns *latae sententiae* und weiterer Strafen befahl man ihr, über alles, was ihr in diesem Prozess widerfahren war, striktes Stillschweigen zu wahren.

Jeglichen eigenen Willens beraubt, unterschrieb sie das Protokoll an der Stelle, die der Notar mit dem Zeigefinger bezeichnete. Die bedingte Freiheit! Die unfassbare, unglaubliche, unerträgliche Freiheit!

Mehr als zwei Jahre Haft waren verstrichen, als Elvira unvorbereitet in eine verwandelte Welt entlassen wurde. Eine lange Frist für eine Gefangene, der in den Verliesen der Inquisition jegliches Zeitgefühl abhandengekommen war. Ganz in der Nähe des Kerkers fallen ihr die Ruinen eines vom Brand verheerten Stadtviertels auf. Wochenlang hatte diese Katastrophe das Stadtgespräch gebildet, ohne dass die Nachricht bis zu ihr gedrungen wäre. Sie stößt auf Schwierigkeiten, den Gesprächen der Passanten zu folgen, mit ihren Anspielungen auf Personen und Ereignisse, die ihr fremd sind.

Neue Anlagen, neue Gebäude, neue Gesichter. Altvertraute Gesichter, die sich von ihr abwenden.

»Erkennt Ihr mich denn nicht?«, dringt sie in die Bewohner ihres früheren Hauses. »Ich bin Doña Elvira Acosta, die Gattin des Juan Rodríguez Duarte. Ihr könnt mich doch nicht vergessen haben!«

»Ihr müsst einem Irrtum unterliegen, Señora.« Reverenzen. Türen, die sich schließen. Fenster, die sich insgeheim einen Spaltbreit öffnen.

»Mein Junge! In Gottes und der Heiligen Jungfrau Namen! Wer kann mir sagen, wo sich Enriquillo aufhält?«
Blicke, die sich abwenden. Schultern, die sich bedauernd heben. Zeigefinger, die vielsagend auf die Stirn tippen. Niemand hat etwas von jenem – »wie sagte Euer Gnaden? Enriquillo?« – hat etwas von einem Knaben dieses Namens vernommen, erklären die Besitzer des Hauses, das sie bis zu ihrer Inhaftierung bewohnt hatte. Legitime Besitzer, die das Anwesen in einer öffentlichen Versteigerung erworben haben. Etwas überstürzt womöglich. Zu einem ungewöhnlich günstigen Preis vielleicht. Aber unanfechtbar und durchaus rechtsgültig.

»Euer Gnaden gestatten!« Die Tür wird ihr vor der Nase zugeknallt, vor der Nase der Unbekannten. Der Unbekannten? Nun ja, man kann sich doch wirklich nicht aller Bewohner der Stadt entsinnen.

Sie erreicht die Gasse der Wundertaten, in der Nähe des väterlichen Hauses, das ihr durch seine Verfallserscheinungen verändert vorkommt. Dort stößt sie auf eine uralte Frau: ein Gerippe fast, mit schütterem Haar. Die Gestalt kommt ihr irgendwie bekannt vor. Sie erweckt den

Eindruck, als habe sie lange vor dem Haus gewartet, tagelang womöglich.

»Endlich! Willkommen zu Hause, Elvirilla«, stößt sie mit einer melodischen Stimme aus, die eigentlich nicht zu ihrem Aussehen passt.

»Mutter!«, entfährt es Elvira. Schluchzend schließt sie das Gespenst in die Arme. »Mama, Mamita, was hat man Euch angetan!«

Doña Felipa vergießt keine Tränen. Sie nimmt die Tochter an die Hand, so wie sie es gelegentlich getan hatte – selten genug –, als diese ein kleines Mädchen gewesen war. Kramt einen schmiedeeisernen Schlüssel hervor. Den alten Schlüssel eines längst verschwundenen Hauses in Spanien, der Rodrigo sein Leben lang begleitet hatte; unerklärlich, wie er in ihren Besitz gelangt war. Auf ihrem Gesicht zeigt sich ein schalkhaftes Lächeln. Oder war es nur eine nervöse Grimasse?

»Wein doch nicht, Töchterchen! Was soll denn das Geheule! Wir gehen ja schon nach Hause. Bestimmt wartet Papa schon auf uns; hoffentlich hat María, das faule Aas, das Abendbrot für Dieguillo und unsere kleine Beatriz vorbereitet; das Dickerchen hat doch ständig Hunger.«

Elvira machte es sich zur Gewohnheit, die Vorstadtbezirke aufzusuchen, wo die Indios hausten; wo sich im Gestrüpp entlaufene Sklaven verbargen, und wo es Spelunken gab, in denen die Mestizen verkehrten. »Wem ist der Aufenthalt meines Kindes bekannt?« Es gelang ihr sogar, einige der Sklaven ausfindig zu machen, die einst im »Haus des Pilatus« gedient hatten. »Habt ihr meinen Enriquillo gesehen?« Ab und zu ein vager Hinweis. Doch alle Spuren führten ins Leere.

Mit ihrer verstörten Mutter konnte sie nicht rechnen. Und als sie in ihrer Ratlosigkeit ihre Schwester im Kloster aufsuchen wollte, wurde ihr beschieden, man dürfe Beatriz in ihrer Zurückgezogenheit nicht mit trivialen Anliegen behelligen.

Sie suchte den Kontakt zu alten Bekannten, die von der Inquisition verschont geblieben waren. Einfach war der Kontakt nicht. Manche beschämten sie, indem sie ihr gelegentlich etwas Geld zusteckten. Ihre prekäre Lage zwang sie zur erniedrigenden Annahme dieser Zuwendungen. Früher, in ihrem verflossenen Lebensabschnitt, war kein Tag vergangen, ohne dass ihr irgendein Geck bewundernde Schmeicheleien ins Ohr geflüstert hätte. Es war ihr klar: In ihrem jetzigen Zustand würde es niemandem einfallen, ihr, der von der Haft geschwächten Frau, Komplimente zu machen.

Verständnislos musste sie mit ansehen, dass es Männer und Frauen gab, deren Gedanken nicht ständig um die Inquisition kreisten. Und dies, obwohl die Stadt von Gerüchten erfüllt war und ein jeder jedem misstraute. Die Einwohner Limas aßen und tranken mit gutem Appetit. Sie schacherten und feilschten, kauften und verkauften, vergnügten sich beim Tanz oder beim Stierkampf, widmeten sich ihren Ehrenhändeln und Liebesaffairen, ganz als gäbe es weder geheime Verliese noch Audienzsäle. Und für die Mehrzahl der Bevölkerung existierten die ja wirklich nicht.

Viele Nächte durchwachte sie. Und fand sie endlich Schlaf, so wurde sie von Albträumen geplagt. Dann rannte sie völlig entblößt durch endlose Gänge, gejagt von ihren Verfolgern. Oder ein Kreuz erschien ihr, an dem der blutige Leichnam ihres Kindchens hing. Oder Juan wurde vor ihren Augen ausgepeitscht.

Tagsüber besuchte sie die Bauerngüter, wo der Inkaweizen heranreifte und das Milchvieh in der Luzerne graste. In allen Hütten am Wegesrand sprach sie vor, in den Werkstätten, in den Schulen. »Wer kann mir etwas über den Verbleib meines Enriquillos sagen, gute Leute?«

Als sie nicht mehr weiterwusste, suchte sie Paco auf, einen Indio, der im Ruf stand, mit *Uchimachi*, dem Gott der Koka, zu kommunizieren. Von ihm erwartete sie Auskunft über Enriquillo. »Er lebt«, wahrsagte der Hellseher, »aber ich kann ihn nicht sehen, sondern nur fühlen.« Und als ihn die verzweifelte Mutter fragte, ob sie ihr Kind je wiederfinden würde, hallte eine hohle Stimme durch das Geraschel der auf dem Boden der Hütte ausgebreiteten getrockneten Kokablätter. »Ja und nein«, glaubte sie zu verstehen.

Der Frühling kam, der Sommer. Elvira saß ermattet hinter ihrem verwahrlosten Haus und sah zerstreut den Insekten zu, die den wilden Blumen ihren Besuch abstatteten. Dabei dachte sie an Juan, über dessen Schicksal sie genauso wenig wusste wie über das Enriquillos.

Das Summen der Insekten drang an ihr Ohr und vermischte sich mit dem Gehämmer und Gesäge, das seit dem frühen Morgen aus der Ferne erklang. Elvira schloss die Augen und schlief ein. Im Traum erschien ihr der Bachiller Maldonado mit irrem Blick, der ihr ankündigte, dass er in Bälde den flammenden Altar zu Ehren Gottes besteigen werde.

Erschrocken fuhr sie hoch. Das Hämmern und Gesäge zitterte noch immer in der Luft. Sie trat auf die Straße, entschlossen, die Suche nach ihrem Sohn wieder aufzunehmen.

Der Zimmermannslärm erreichte auch die Gefangenen in ihren Kerkern. Sie deuteten es als böses Omen. Manuel Bautista Pérez gelang es, den Arzt Tomé Quaresma und seinen Schwager Sebastián Duarte um sich zu versammeln. Eine geheime Zusammenkunft; die bestochenen Gefängniswärter drückten die Augen zu. Ein Kriegsrat, um den Aufstand zu beschließen, die Rebellion, auf die der Schwager Manuels noch immer hoffte, nachdem sich die Hilfe von außen als illusorisch erwiesen hatte:

»Die bewaffnete Erhebung, Brüder! Und wäre es nur, um unsere Haut so teuer wie möglich zu verkaufen.«

»Mit welchen Waffen? Mit wessen Unterstützung?«, wollte Manuel Bautista wissen.

»Das ganze Volk wird uns zu Hilfe eilen, um das verhasste Tribunal zu vernichten«, drängte Sebastián. »Mit Schwertern werden sie uns unterstützen, mit Musketen, mit Pistolen und Lanzen ...«

»Das ›ganze Volk‹ wartet nur auf das große Theater und zollt den Verteidigern des ›wahren Glaubens‹ Beifall. Oder hast du schon vergessen, wie es den wenigen ergangen ist, denen die Flucht aus dem Kerker gelungen war?«

»Sie wurden ergriffen und dem Tribunal zurückgebracht«, musste Sebastián Duarte kleinlaut zugeben.

»Erjagt und ausgeliefert vom ›ganzen Volk‹«, präzisierte Manuel.

Tomé Quaresma unternahm den Versuch, von der unmittelbaren Gefahr abzulenken, indem er sich der Geschichte bediente. Er fing bei Sisebut an, dem achthundert Jahre zuvor zum Katholizismus übergetretenen König der Westgoten. Ihm sagte man die ersten bedeutenden Judenverfolgungen auf der Iberischen Halbinsel nach. Noch immer zeigten sich viele Spanier stolz auf ihre westgotische Rasse, egal ob sie der wirklich angehörten oder ob sie von römischen Legionären oder von Iberern abstammten. Anschließend erwähnte er den Erzbischof Juan Martínez Silíceo, für den schon vor hundert Jahren die Reinheit des Blutes wichtiger gewesen sei als die des Glaubens. Diese Vorgeschichte müsse man beachten, um das Wesen der Inquisition richtig verstehen und bekämpfen zu können ...

Manuel, noch einmal der selbstbewusste Großkaufmann früherer Zeiten, bereitete den unfruchtbaren Ausführungen des alten Arztes ein Ende. Genug der Worte! Er habe sich einen Plan ausgedacht, der solle unverzüglich ausgeführt werden.

Ein Ablenkungsmanöver! Alle Mitgefangenen sollten ihre Geständnisse widerrufen und die größtmögliche Anzahl guter Altchristen belasten. Das Tribunal sei dadurch gezwungen, eine Generalamnestie zu erlassen; somit gewinne man zumindest Zeit.

»Und der bewaffnete Aufstand?«, erkundigte sich Sebastián.

»Der kommt danach«, versprach Manuel. War die Aktion erst einmal angelaufen, so würde sie bald ihren eigenen Gesetzen gehorchen und die Gefangenen, ihre Freunde, Teilhaber und Verwandten mitreißen.

Trotz bitterer Erfahrung und Enttäuschungen, die ihn sogar zu einem Selbstmordversuch veranlasst hatten, klammerte er sich noch immer an die Hoffnung, in letzter Minute würden die Retter aus Amsterdam in Erscheinung treten und die Marranen am Hof Madrids ihren Einfluss geltend machen. Doch obwohl eine ganze Anzahl der fälschlich Beschuldigten tatsächlich unter der Folter zusammenbrachen und kompromittierende Geständnisse ablegten, konnte die Aktion den Lauf der Ereignisse nicht aufhalten.

Vergebens sandte Sebastián Duarte seine Botschaft durch die Kerkerwände: »Erhebet Euch, Brüder! Lasset nicht zu, dass man uns abschlachtet wie die Kälber! Der Herr sei mit uns!«

Doch der Herr war nicht mit ihnen. Es fehlte nicht an Denunzianten, die Manuel Bautista und Sebastián Duarte verrieten. Und viele der Belasteten, die längere Zeit hindurch ihre Unschuld beteuert hatten und in einem späteren Stadium zur »tränenreichen Zurschaustellung ihrer Reue und redlicher Zerknirschung« Zuflucht genommen hatten, setzten zuletzt ihre Hoffnung nur noch auf die Gnade ihrer illustren und sehr barmherzigen Richter.
Der Aufstand fand nicht statt.

12 Maldonado de Silva oder Eli, Eli! Lamah sabactani?

Auf dem Platz der Inquisition, just dort, wo wenige Jahre zuvor der verwesende Kadaver eines Meeresungeheuers gelegen hatte, erfolgte unter Trommelwirbel und Fanfarenstößen der erste Aufruf zum Glaubensschauspiel. Am dreiundzwanzigsten Januar, dem Tag des Sankt Ildefonso, fände ein *auto de fe* zur Erhöhung des heiligen katholischen Glaubens statt. Allen sich dazu einstellenden Zuschauern wurde der Ablass in Aussicht gestellt.

Wochenlang sprach die Stadt von nichts anderem als von der Errichtung der fünf Sitzreihen beherbergenden Haupttribüne mit ihrer dreizehnreihigen Galerie für die Sondergäste und der durch zierliche Gitter abgetrennten Nebentribüne für die Damen. Man kommentierte den Altar, die Predigerkanzel und das mit abscheulichen Teufelsfratzen bemalte Podium, auf dem die Sünder ihr Urteil entgegennehmen würden; bestaunte die kostbaren Teppiche und Gobelins, die Vorhänge aus goldgesticktem Brokat, die silbernen Räucherpfannen und die Kruzifixe aus Ebenholz und Elfenbein; brachte dem mit dem Abbild des Heiligen Geistes geschmückten Thronhimmel bewundernde Ehrfurcht entgegen. Wahrlich: Das Glaubensgericht hatte alle Pracht des Landes aufgeboten, um das mit dem Vermögen der Verurteilten finanzierte Volksfest würdig zu gestalten. Ein aus düsterer Urzeit aufsteigender Blutrausch, der das Gebot »Du sollst nicht töten« außer

Kraft setzte. Begleitet von allerlei mystischem Zeremoniell sollten Manuel Bautista und viele der ihm Nahestehenden dem Gott der Liebe zum Opfer dargebracht werden.

Mit verschleiertem Gesicht wohnte Elvira dem makabren Spektakel bei. Zeugin war sie, dazu verurteilt, jede Einzelheit in sich aufzunehmen. War verdammt dazu, in die Haut der Verurteilten zu schlüpfen. Verdammt, sich schuldig zu fühlen, weil sie kein Schandkleid trug, nicht ausgepeitscht und nicht auf die Galeeren geschickt wurde. Verdammt, weil sie vom Scheiterhaufen verschont blieb. Sie registrierte den Ausdruck der Blasiertheit der Inquisitoren und ihrer Helfershelfer. Die vom Terror verzerrten Gesichter der Verurteilten. Die obszönen Bemerkungen der Männer und das erregte Gekreisch der Weiber. Den Gestank der Exkremente und des Erbrochenen der Betrunkenen. *Die scharfen Körperausdünstungen der Menschenmasse. Knoblauchatem und ungewaschene Leiber stinken auf der Plaza mayor von Buenos Ayres.*

Am Samstagnachmittag vor dem *auto de fe* fand die Prozession des grünen Kreuzes statt. Sie wurde von den Dominikanern in ihrer weißen Tracht angeführt. Ihnen folgten die Augustiner, die Barmherzigen Brüder, die Angehörigen der Gesellschaft Jesu und die Johanniter. Über ihren Köpfen flatterte das Glaubensbanner aus schwarzem Samt mit goldenen Quasten, versehen mit dem Leitspruch des Heiligen Offiziums: *Exurge Domine et judica causam tuam.* Ein vielstimmiger Chor ertönte.
Nachdem die Hymnen verklungen waren, wurden den Verurteilten die Sambenitos aufgezwungen. Aus der Beschaffenheit dieser entehrenden Maskerade ging ihr Urteil hervor, das man ihnen bis zu diesem Augenblick vor-

enthalten hatte. Die nach unten gerichteten Flammen der Ornamente bedeuteten, dass sie mit dem Leben davonkamen. Den Todgeweihten hingegen gab man das sie am nächsten Tag erwartende Schicksal bekannt, indem man sie in gelbe, bis zu den Knien reichende Gewänder kleidete, die mit nach oben gerichteten Flammen, mit Teufeln, Schlangen und Drachen bemalt waren. Von weitem sah Elvira die hervorquellenden Augen der Geängstigten, die feuchten Flecken in der Kleidung derer, die in ihrem Schrecken Urin verloren. Und sie schrie nicht auf. Wie gelähmt verhielt sie sich, steif und stumm.

Von Juan keine Spur. Zum Glück, wie sie sich einredete. Als sie Manuel Bautista gewahrte, löste sie sich aus ihrer Erstarrung und versuchte, sich ihm bemerkbar zu machen, ungeachtet der damit verbundenen Gefahr. Erst als sie sein abwesender Blick flüchtig streifte, glaubte sie zu verstehen, dass er diese Welt bereits hinter sich gelassen hatte.

Einer Traumwandlerin gleich war sie zur Stelle, als im Morgengrauen des Sonntags der Zug der Pönitenten das Gebäude des Heiligen Offiziums verließ, bewacht von zwei Reihen Infanteristen. Ein Knäuel Priester und Mönche umgab die unheimliche Prozession. Gestikulierend drangen sie auf die Unglücklichen ein, um sie in letzter Minute zur Reue zu bewegen. Die leichten Sünder – Zauberer und Bigamisten – führten den Zug an. Ihnen folgten, angetan mit ihren Sambenitos, die Judaizierenden. Fast allen trugen dicke Seile um den Hals. Elvira war ihre Bedeutung bekannt: Jeder der darin geknüpften Knoten bedeutete hundert der dem Träger zugedachten Hiebe. Die zum Flammentod Verurteilten beschlossen den Aufmarsch.

Man hatte ihnen grüne Kreuze in die Hand gedrückt. Nur Manuel Bautista und Maldonado de Silva war es gelungen, sich dieser Erniedrigung zu entziehen. Stattdessen hatten die einfallsreichen Glaubenshüter dem Bachiller eine Schnur umgehängt, an der die Traktate baumelten, die er in den langen Jahren seiner Haft verfasst hatte. Diese sollten den Flammen übergeben werden, zusammen mit ihrem Verfasser.

Der Zug wand sich durch die Straßen, vorbei am Kloster der Nonnen der Heiligen Empfängnis, vorbei an den Toren der Hutmacher. Er überquerte den Hauptplatz, näherte sich der Gasse der Krämer und der der Schreiber, um endlich am Blutgerüst einzutreffen. Die Schaulustigen drängten sich nicht nur an den Straßenrändern, sondern hielten sogar die Fenster, Balkone, ja selbst Bäume und Dächer in dichten Menschentrauben besetzt. Ein sämtliche Sinne erregendes Volksfest, dessen Blutrausch selbst die grausamsten Stierkämpfe bei weitem übertraf! Und dennoch kam es Elvira in einer Anwandlung der Distanznahme in den Sinn, dass all diese hier versammelten Menschen eigentlich nicht böse seien. Unter normalen Umständen täten sie keiner Fliege etwas zuleide. Nur: Wann sind die Umstände normal? *Ein normales Leben wünschst du dir?... Ein höchst unbescheidener Wunsch,* so die Mutter.

Die hinter ihrem Schleier verborgene Elvira bemühte sich, ihren Mann unter all den Verurteilten zu entdecken, die da vorüberzogen, vom Volk beschimpft und angespien, die Gesichter zu sardonischen Grimassen gefroren, den starren Blick ins Leere gerichtet. Einige hatte man mit eisernen Birnen geknebelt, anderen hatte man das Kinn in ein Eisengestell gezwängt, um zu verhindern, dass sie das Gesicht schamvoll senkten.

Dann erblickte sie ihn und ihr stockte der Atem.

»Juan!«, schrie sie heißer. »Juan!«

Er trottete weiter, zerlumpt, hundemager, sorgsam darum bemüht, die Flamme der Kerze in seiner Hand nicht ausgehen zu lassen. Erleichtert stellte sie fest, dass er den Sambenito der Ausgesöhnten trug.

Endlich wandte er ihr das Gesicht zu, ohne dabei seinen schlurfenden Gang zu unterbrechen. So verzweifelt sah er seine Frau an, so elend und verloren, dass sie sich unwillkürlich duckte. Als sie sich schier eine Ewigkeit später überwand und den Kopf wieder hob, konnte sie gerade noch seinen halbverdeckten Rücken mit einem Blick erhaschen.

Lange starrte sie ihm nach. Ohne es sich so recht einzugestehen, klammerte sie sich insgeheim immer noch an die Hoffnung auf ein Wunder in letzter Minute: ein Gnadenedikt aus Madrid. Eine Bulle, die die hebräische Nation vielleicht dem Papst abgekauft hatte. Kindische Erwartungen, getragen von einer Woge zärtlicher Zuneigung, vielleicht sogar der Liebe.

Der Vizekönig mit seinem Gefolge! Das Metall der Trompeten blitzte in der Sonne auf; deren schmetternde Dissonanzen hallten durch die Luft. In Elviras Nähe zog ein Regiment vornehmer Caballeros vorbei. Hinter ihnen schritten die Mitglieder des Handelskonsulats einher, dieser Körperschaft, der Manuel Bautista einst an leitender Stelle angehört hatte. Plötzlich drang eine Bassstimme an ihr Ohr, die ihr bekannt vorkam. Sie erkannte Don Francisco, den neuen Besitzer der wohlfeil erworbenen Kunstsammlung Manuels. *Das Eldorado existiert, auch wenn wir es nie entdecken werden. Eine Illusion … ein Traum … Erreicht Euch der Abglanz der Seele?* … Wichtigtuerisch erteilte der Pockennarbige den Umstehenden Auskunft über Leben und Treiben der Professoren und Rektoren der königlichen Universität, der Obergerichtsräte, Notare, Sekretäre, Pfründner, Domherren, *Regidore* und *Alcalden*, von denen es in der Menge wimmelte. Erstaunlich, welches Wissen der kleine Gernegroß von sich gab!

Sie traute ihren Augen nicht, als sie Cristóbal an der Seite des Sekretärs des Offiziums entdeckte. Ein schwarzer Umhang wies ihn als Advokaten aus. »Viel Ehre für diesen Grünschnabel«, vernahm sie einen Kommentar Don Franciscos, der ihre letzten Zweifel zerstreute: »Ein gewisser Lizentiat Cristóbal Castro y Gaytán, der seine Karriere der Fürsprache einflussreicher Verwandten verdankt.« Bestätigungsheischend wandte er sich an Elvira: »Worauf es hierzulande ankommt, das sind die guten Beziehungen, nicht wahr, gnädige Señora?«

Der Verdacht überkam sie, er habe sie trotz ihres Schleiers erkannt und delektiere sich nun an ihrer Verlegenheit. Zu ihrer Erleichterung wurde er vom Ehrenpförtner der Inquisition abgelenkt, der hoch zu Ross auftauchte. Er trug die silberne Schatulle mit den Urteilen. Hinter ihm ritt der Kornett mit der vergoldeten Schüssel, in der sich die Richter die Hände waschen würden wie weiland Pontius Pilatus.

Endlich gelang es ihr, der Kanzel näher zu kommen, von der herab das Glaubensbekenntnis verkündet wurde, auf das erst der Vizekönig, dann die ihn umgebenden Würdenträger ihren Schwur ablegten. Sämtliche Anwesenden erhoben die rechte Hand und fielen in ein zweifaches Amen ein. Dann ließ der Generalkommissar und Qualifikator des obersten Glaubensgerichts eine Schimpfkanonade auf die Verurteilten los, die ständig vom Gejohle des Publikums unterbrochen wurde: »Ruchloses und treuloses Ju-

denpack, Heuchler, Betrüger, verfluchte und bösartige Verbrecher, räudige Hunde, die ihr den Auswurf eurer Mägen wieder aufleckt, den ihr in eurer Gottesverleugnung ausgestoßen habt; unwissende Verbrecher, Scheinchristen und echte Juden, Beschnittene und Verschnittene, Ketzergesindel, perverses, stinkendes Judengeschmeiß ...«
Zeugin war Elvira. Eine zum Schweigen verdammte Zeugin.

Außer dem Feuertod hielt das Heilige Tribunal ein ganzes Arsenal weniger spektakulärer Todesarten für seine Opfer bereit. Selbst die Robustesten unter den Verurteilten hielten kaum mehr als zweihundert Peitschenhiebe aus, ohne auf der Strecke zu bleiben oder zum Krüppel verstümmelt zu werden. Und nur wenige Jahre Galeerendienst reichten aus, um einen Sträfling ums Leben zu bringen, der, ständig angekettet, von verdorbenen Rationen kümmerlich ernährt, der Peitsche, der Schwindsucht und dem Skorbut ausgesetzt, inmitten seiner Exkremente dahinvegetieren musste. Das war – neben der Würgschraube, die den in letzter Minute Bekehrten den qualvolleren Flammentod ersparte – die Milde und Barmherzigkeit der Verkünder der frohen Botschaft Christi.

»Simón Ossorio, alias Simón Rodriguez, hundert Hiebe und sechs Jahre unbesoldeter Galeerendienst. Lebenslängliche Verbannung aus den Indias« ... »Antonio Cordero, ein gefügiger Konfident, der um Gnade bat. Zur Aussöhnung zugelassen. Dazu verurteilt, im *Auto* vorgeführt zu werden. Vermögenseinziehung, Sambenito, grüne Kerze, formelle *Abschwörung*. Nach Verlesung des Urteils, auf Grund seiner Verdienste Ablegung des Sambenitos. Immerwährende Verbannung aus den Indias« ...

»Amaro Dionis: Sambenito, formelle Abschwörung mit Kerze in den Händen, Vermögenseinziehung, lebenslänglicher Kerker in Sevilla« ... »Doña Mayor de Luna: zur Aussöhnung zugelassen, mit Sambenito, grüner Kerze und Strick um den Hals. Nach formeller Abschwörung, lebenslänglicher Kerker in Sevilla. Und wegen der Nachrichten, die sie anderen Häftlingen heimlich zustellte, hundert Rutenhiebe auf öffentlicher Straße ...«

Leichenblass die Doña Mayor, eine uralte Frau mit schmutzig grauem, schütterem Haar. Die erschauerte, als man dazu überging, das Urteil ihrer Tochter zu verlesen:

»Doña Isabel Antonia, Tochter des flüchtigen Don Antonio Morón und der Doña Mayor de Luna, Gattin des Rodrigo Váez Perisa, der auf diesem *Auto* in persona *relaxiert* wird ...«

Der durchdringende Schrei Isabels, die solcherart von der ihrem Mann zugedachten Todesart in Kenntnis gesetzt wurde, veranlasste den geistlichen Herrn auf der Kanzel zu einer Geste des Unwillens. Er erhob seine Stimme, um besser verstanden zu werden:

»... verhaftet als judaizierende Jüdin. Vermögenseinziehung. Wollte ihre Verbrechen bis zuletzt nicht eingestehen und wandte verschiedene Listen und Kniffe an, um ihre Delikte zu verbergen. Und setzte sich mit ihrer besagten Mutter in Verbindung und beantwortete deren Zettel, die ihr jene chiffriert im Gefängnis zukommen ließ ...«

Eine vorübergehende Geistesabwesenheit verhinderte Elvira daran, die Urteilsverkündung in sich aufzunehmen. Als sie sich wieder gefasst hatte, war die Reihe bereits am Ehemann ihrer Freundin Mencía:

»Enrique Núñez de Espinosa, verheiratet mit Doña Mencía de Luna, der Schädlichste aller Juden des Königreichs, weil er seinen Kumpanen verriet, was im Santo

Oficio vor sich geht und wie man prozessiert ... Zehn Jahre Galeere und danach lebenslänglicher Kerker in Sevilla. Und wegen seiner Widersprüchlichkeit und seiner unvollständigen Geständnisse zweihundert Hiebe ...«

Elvira versuchte, ihre Freundin Mencía ausfindig zu machen. Unter den Verurteilten war sie nicht zu sehen. Ihr Name wurde übergangen.

»Juan Rodríguez Duarte ...«

Die Welt Elviras geriet ins Wanken. Viele Sätze des Urteils entgingen ihr. »Dreiunddreißig Jahre alt ...«

»... Mit Vermögenseinziehung als Jude, der dem Gesetz Mosis anhängt. Stritt viele Tage lang alles ab, gestand dann aber, judaizierender Jude zu sein und bat um Gnade ... Zur Aussöhnung zugelassen ...«

Juan war also zu Kreuze gekrochen. Wer war sie, die gerade noch einmal Davongekommene, ihm dies zu verübeln? Ein lebendiger Hund ist besser als ein toter Löwe.

»... Mit Sambenito, eine grüne Kerze in der Hand ... Vier Jahre Galeerendienst. Verbannung aus den Indias und nach Beendigung des Ruderdienstes lebenslängliche Kerkerhaft in Sevilla.«

›Und ich, eine Witwe zu Lebzeiten meines Gatten. Und Enriquillo, ein Waisenkind. Juan hat recht behalten: Das Schicksal hat ihn eingeholt.‹ Sie fühlte sich versucht, zu fliehen. Und verharrte doch wie angewurzelt weiter auf ihrem Posten, eingekeilt zwischen der erregten Menschenmenge. Als Zeugin.

›Wenigstens wird er nicht ausgepeitscht‹, sagte sie sich zum Trost. Als ob vier Jahre Ruderdienst und – sollte er diesen wider Erwarten überleben – die anschließende lebenslängliche Haft nicht Unglück genug gewesen wäre.

›Gelegentlich gelingt dem einen oder anderen die Flucht. Man weiß von Sträflingen, die es fertiggebracht haben, nach Italien oder nach den Niederlanden zu entkommen.

Oder die in die Hände von Piraten gefallen waren und dann von ihren Glaubensgenossen losgekauft wurden. Oder ein rettender Schiffsbruch ...‹ Kommentare, Hoffnungsfetzen.

Und weitere Vermögenseinziehungen, Hiebe, Galeerendienst. Lebenslänglicher Kerker. Unter diesen, Pablo Rodriguez: »Zuerst stritt er alles ab, wurde dann geständig und bat um Gnade ...«

»Die zur Relaxierung Verurteilten *in persona!* Gleich werden die Todesurteile verlesen!« Die Damen führen ihre Riechfläschchen zur Nase; die Ehrengäste, die sich in den Zwischenpausen an den dargebotenen Erfrischungen und Leckerbissen erlabt hatten, nehmen ihre Plätze wieder ein.

Dem königlichen Kaplan Bachiller Francisco de Valladolid gebührt die Ehre, die ersten Urteile zu verlesen. »... Diego López de Fonseca: Vermögenseinziehung und wegen der Verleugnung seiner Delikte dem weltlichen Arm zur Relaxierung zu übergeben, mit der Empfehlung, Milde und Barmherzigkeit walten zu lassen« ... »Der Bachiller Francisco Maldonado de Silva, geprüfter Chirurg, über fünfzig Jahre alt ...«

Von weitem erkennt Elvira die hagere Prophetengestalt, die ihre Hand zur Muschel gekrümmt ans Ohr hält, um das Urteil besser zu verstehen. »Vermögenseinziehung. Dem weltlichen Arm zur Relaxierung zu übergeben, mit der Empfehlung, Milde und Barmherzigkeit walten zu lassen.« Kaum ist das Urteil verklungen, als sich eine Böe erhebt. Die Windstöße zerfetzen den Baldachin über der Zuschauertribüne. Die gellende Stimme des Bachillers übertönt das Getöse:

»Das hat der Gott Israels angeordnet!«, kreischt er. »Um mich vom Himmel herab von Angesicht zu Angesicht zu sehen.«

Zwei Franziskanermönche, unterstützt von einem mit seinem Amtsstab fuchtelnden Aufseher, beeilen sich, ihn durch einen Knebel mundtot zu machen.

»... Juan Rodriguez de Silva, der den Verrückten gespielt hatte ... Joan de Acevedo, der seine Geständnisse änderte und widerrief ... alle zur Relaxierung an die Justiz und den weltlichen Arm auszuliefern ... Milde und Barmherzigkeit ... Vermögenseinziehung ...«

»... Manuel Bautista Pérez: von allen vier Seiten Neuchrist, ein Mann, der viel Ansehen genoss, sechsundvierzig Jahre alt ...«

›Still! Nicht aufschreien! Zeugin, nichts weiter als Zeugin!‹

Aufrecht steht Manuel in seinem Spottkostüm vor seinen Richtern. Er schien sich wieder gefasst zu haben. Wie viele seiner früheren Freunde mochten jetzt auf ihn blicken? ›Seltsam‹, geht es Elvira durch den Kopf, ›in wenigen Stunden wird seine Existenz ausgelöscht sein, ein Häufchen Asche. Und dennoch sieht er überheblich auf die Menge seiner Feinde, die gekommen sind, um seine Hinrichtung festlich zu begehen.‹

Einige Sekunden lang macht Elvira von weitem den Inquisitor Mañozca aus und bildet sich ein, den Ausdruck des Triumphs in seinem dünkelhaften Gesicht wahrzunehmen. Und jäh überkommt sie die Erkenntnis, dass sich zwischen ihm und Manuel Bautista ein jahrelanger Zweikampf abgespielt hatte. Entgegen aller Logik beschleichen sie Zweifel, wer der beiden dieser von ihren Überzeugungen durchdrungenen Männer den Sieg davongetragen hatte.

Ist es nur die Ausgeburt ihrer überreizten Nerven? Auf einmal glaubt sie zu sehen, wie sich die ausgemergelten Arme der Verurteilten erheben. Die Bewegung geht von Tomé Quaresma aus. Anfänglich tastend, dann entschlossener, ergreift er mit der Rechten die Linke Manuels; dieser fasst die Hand Sebastián Duartes; der wiederum drückt brüderlich die Hand Rodrigo Váez Perisas. Elvira kommt es vor, als wüchsen diese vier Männer in ihren entehrenden Trachten, die grotesken Tüten auf dem Kopf, in den Himmel. Wirklichkeit oder ein Trugbild, das sich ihr darbietet? Vier Giganten stehen auf der Bühne und verdunkeln, für eine Sternenminute nur, den falschen Glanz des Vizekönigs und der Inquisitoren.

Die Kette der Todgeweihten ist nicht von Bestand. Ein Trupp Soldaten eilt herbei, um die Ordnung wiederherzustellen.

Verstört folgt Elvira dem Zug der zum entehrenden Tod Verdammten. Wie berührt von einem bösen Zauberbann begleitet sie die erregte Menge über die Rimac-Brücke, um anschließend in die Sankt-Lorenz-Straße einzubiegen, die zum Scheiterhaufen vor der Stadt führt. Einigen Burschen gelingt es, mit ihren Fackeln die Bärte Tomé Quaresmas und Maldonado de Silvas zu versengen. Als »die Barbierung der Juden« bezeichnet man dieses Vergnügen, dem die Umstehenden grölenden Beifall spenden. *Die Schwarzen schlagen mit bleischweren Knüppeln auf die jaulenden Hunde ein, die sich im Todeskampf auf der Straße wälzen ...*

Dreizehn Pfosten erheben sich auf dem Scheiterhaufen. Dreizehn Eisenringe stehen bereit, um die Hälse der Todeskandidaten zu umschließen. Die Verurteilten werden auf das Brandgerüst gestoßen. Die Menge drängt sich nach vorne, versucht, die gefesselten Opfer anzugreifen. Manuel gelingt es, sich von seinen Schindern loszureißen. Er nähert sich Sebastián Duarte. Die beiden umarmen sich und tauschen den Friedenskuss der Juden. Empört tobt die Menge. Blut wollen sie sehen, Todesqualen; keine Küsse.

Dann strebt Manuel dem ihm bestimmten Pfahl zu und fährt, selbstbewusst bis zuletzt, seinen Henkersknecht an: »Obwaltet Eurer Pflicht!«

Prasselnd züngeln die ersten Flammen hoch. Ein paar Unentwegte wagen sich in die Nähe und werfen mitgebrachte Holzscheite ins Feuer – eine fromme Tat, vergelt's euch Gott! Von allen vier Seiten prasselt der Brand empor. Schwarzer Rauch bedeckt den Himmel. In einem neuerlichen Augenblick der Verwirrung glaubt Elvira, das verzweifelte Gemuhe einer grausam geschändeten Kuh zu vernehmen, den Widerhall eines viele Jahrzehnte zurückliegenden Erlebnisses. Das Gebrüll aus vielen Kehlen zwingt sie in die Gegenwart zurück: Eine tausendköpfige Bestie ergötzt sich an der Qual der Männer, die verzweifelt an ihren Ketten zerren, deren Leiber sich winden und krümmen, bevor ihre Sambenitos und kurz darauf ihre Haare Feuer fangen, bevor sie von innen heraus erglühen und schließlich bersten. Und plötzlich wird der Lärm von einem aus anonymem Mund hervorgestoßenen, vom Rauch fast erstickten Todesschrei übertönt, vom Glaubensbekenntnis der Juden: *Sch'mah Israel, Adonai eloheinu, Adonai echad!* Höre, Israel, Adonai ist unser Gott, Adonai ist einzig!

Zeugin, oh Gott! Nicht schwach werden! Die Hitze ertragen und den Übelkeit erregenden Gestank des verbrannten Fleischs! Sie fühlt sich einer Ohnmacht nahe.

Aus den Gerichtsakten: »Der Oberalguacil des Gerichtshofes, der Hauptnotar Diego Xaramillo de Andrade und die Gerichtsdiener wohnten dem Akt bei und wandten sich erst ab, als der Sekretär bezeugte, dass sich alle in Asche verwandelt hatten.«
Asche, in alle vier Winde verstreut. »*Mit Milde und Barmherzigkeit, denn die Kirche verabscheut das Blutvergießen.*«

Kurz vor Sonnenuntergang wurden alle weiteren vom Tribunal Belangten ihren Richtern zugeführt, vor denen sie sich auf die Knie werfen mussten, um *Abbitte* zu leisten. Elvira sah Juan nur von weitem. Vergebens bemühte sie sich, ihm näher zu kommen, um sich wenigstens durch einen Blick von ihm zu verabschieden. Ob er wohl einen Gedanken für sie übrig hatte? Ob er sich nach seinem kleinen Sohn sehnte? Ob er sich vor dem entsetzlichen Dasein eines Galeerensklaven ängstigte? Oder ob er sein Urteil als gerechte Strafe auffasste, weil er als Kind seinem durch die Straßen gepeitschten Vater nicht beigestanden hatte? *Und ich, sein kleiner Sohn, muss seine Erniedrigung mit ansehen. Und kann nur hilflos heulen ...*

Juan de Mañozca hatte es sich zur Aufgabe gemacht, die Glaubensfragen persönlich zu stellen. Die zur Aussöhnung Zugelassenen gelobten, alle gegen den heiligen katholischen Glauben, gegen den heiligen Apostolischen Stuhl und die heilige römische Kirche gerichteten Ketzereien zu verwerfen, zu verabscheuen und zu verurteilen.

Unter Absingung des *Miserere mei* verteilten die Offizianten unter den solchermaßen Gebüßten frisch geschnittene Quittenstecklinge, das Symbol neusprießenden Lebens. Als die Sündenlossprechung verkündet wurde, stimmten die Musiker die Hymne *Veni creator spiritus* an. Das große Kruzifix der Kathedrale wurde enthüllt. Deren Glocken erklangen; kurz darauf fielen auch die übrigen Kirchenglocken in das Geläute ein. Und somit fand diese Zeremonie ihr Ende.

Ziellos streifte Elvira durch die Straßen, in denen sich lärmendes Gesindel herumtrieb: predigende Mönche, Dirnen, Taschendiebe und Betrunkene. Ein Zug Dominikaner glitt vorüber. Ihnen voraus wurde ein von Fackeln illuminiertes grünes Kreuz getragen. Wie von übernatürlichen Kräften bewegt, schwebte es durch die Nacht, unberührt von den Freuden und Leiden des irdischen Jammertals.
Erst jetzt machten sich die Auswirkung der seelischen Last bemerkbar, der sie so lange wie hypnotisiert widerstanden hatte. Sie sank bewusstlos zu Boden.
Als sie endlich wieder zu sich kam, war es still um sie herum geworden. Sie war noch damit beschäftigt, ihre steif gewordenen Glieder zu reiben, als sie ein Augenpaar gewahrte, das sie im trüben Licht der Morgendämmerung betrachtete.
»Cristóbal!«, kam es ihr über die Lippen. *Die grünen Augen, der erste Kuss. Priester, mein Sohn, Priester!*
»Cristóbal?«, lächelte ein junger Mönch. »Ich bin Bruder Anselmo.«
Verwirrt versuchte sie, den in seiner Franziskanertracht vor ihr Stehenden zu erkennen. Sein gütiger Blick flößte ihr Vertrauen ein.

»Vermutlich ist Euer Gnaden vom Hunger geschwächt«, sagte Bruder Anselmo und reichte ihr eine Tortilla.
Mit knappem Dank ergriff sie das fettige Fladenbrot und begann, es zu verschlingen.

»Was treibt Ihr zu solcher Stunde auf der Straße?«, fragte sie ihn kauend. »Müsstet Ihr Euch nicht schon längst in Eurem Dormitorium befinden?«

»Müsste ich«, gab Anselmo zu. »Aber wir erleben heute eine außergewöhnliche Nacht. Alle Dämonen der Hölle sind losgelassen.«
Elvira nickte nur, noch immer kauend und schluckend.

»Heute hat man unseren Heiland erneut verraten«, hörte sie zu ihrer Verwunderung die Stimme des Mönchs. »Seine Botschaft der Liebe hat man verleugnet.« Nach einer Weile fügte er leise hinzu: »Die Stimme des Bluts deines Bruders schreit zu mir auf vom Boden.«
Er wandte sich ab. Bevor er Elvira verließ, malte er eine segnende Handbewegung in die Luft: »Der Heilige Geist erleuchte Euch und spende Euch Seinen Trost!«

Kurz darauf füllten sich die Straßen mit den Menschen, die gekommen waren, um den Auspeitschungen beizuwohnen. Die Stimme des Ausrufers auf dem Platz der Inquisition: »Das ist die gerechte Strafe, die das Santo Oficio der Inquisition diesen Männern und Frauen zuteilwerden lässt ... Wer sündigt, muss büßen!« Muss büßen ... büßen ... büßennn ...
In Zehnergruppen, angeführt vom Oberhenker, eingefasst von einer Doppelreihe Soldaten und von den Familiaren, wurden Männer und Frauen gleichermaßen mit bloßem Oberkörper durch die Straßen getrieben. Elvira konnte den Blick nicht von den schmerz- und schamverzerrten

Gesichtern ihrer Bekannten wenden, deren Fleisch von Peitschenhieben zerfetzt wurde. Schaudernd sah sie, wie das Blut aus den Wunden quoll, wie die Gedemütigten strauchelten, hinfielen und an den Haaren wieder emporgerissen wurden. Hörte das Sausen der laut abgezählten Hiebe, das Schluchzen und Ächzen der Gepeinigten und die Zoten der Zuschauer über die zur Schau gestellten Brüste der Frauen. Scham überkam sie und das brennende Gefühl der Schuld. Die ungeheure Gewissensnot, den Züchtigungen nicht ausgesetzt zu sein. Die – so bildete sie sich ein – auch ihr galten.

Sie schwankte und begann, sich zu erbrechen. Ein qualvolles Gewürge, wie es einst ihre Mutter bedrängt hatte, als der infame Spitzel in ihr Heim eingedrungen war. Die Sinne drohten ihr zu schwinden. Tränen liefen ihr über die Wangen. Sie wollte sterben.

Aber sie bewahrte die Sinne. Und sie starb nicht. Als der Anfall endlich vorüber war, richtete sie sich auf und trachtete danach, sich zurechtzufinden. Sie näherte sich einer Bewässerungsrinne am Straßenrand und wusch sich das Gesicht. Und ein erstickter Schrei stieg in ihr auf: »Nie wieder! Nie wieder!«

Nie wieder? ...

13 Doña Felipa oder die Geisterschlacht

Lange betrachtete Elvira ihre leise schnarchende Mutter. Der geöffnete Mund verlieh ihrem Profil etwas Totenmaskenhaftes. Eine hutzelige Greisin mit eingefallenen Wangen. Erst jetzt fiel der Tochter auf, dass sie das Gesichtszucken verloren hatte, das sie an ihr gewohnt war. Endlich riss sie sich von diesem Anblick los und tastete das Lager der Schlafenden ab, auf der Suche nach dem alten Schlüssel, dem Talisman der Familie, den Felipa dort verwahrt hielt. Ihn in der Hand, schlich sie sich aus der Tür in Richtung zur Rimac-Brücke.

Minutenlang stand sie dort in Gedanken versunken, den Blick auf den schäumenden Fluss gerichtet. Dem Fluch der Vergangenheit entfliehen zu können! Schließlich raffte sie sich auf, sah sich vorsichtig nach allen Seiten um, holte dann weit aus und schleuderte den symbolbelasteten Schlüssel in die Flut, wo er rasch versank.

Noch bevor sie ihr Haus wieder betrat, vernahm sie das Rumoren der Mutter. Gleichzeitig entdeckte sie ein Leinenbeutelchen auf der Türschwelle. Geistesabwesend las sie es vom Boden auf.

Sie fand die Mutter in heller Aufregung vor. Kopflos rannte sie von einer Ecke in die andere und kramte in den beiden Truhen im Raum. »Der Schlüssel!«, zeterte sie. »Stell dir vor, Elvi: Man hat unseren Hausschlüssel gestohlen! Ach, nun werden wir niemals mehr heimkehren können!«

Ihre Augen, aus denen alles Leben entflohen schien, füllten sich mit Tränen. Dennoch bereute die Tochter ihre Tat nicht, sondern fühlte sich wie von einer inneren Last befreit.

Als sie den vor der Tür gefundenen Beutel öffnete, fielen ihr zwei blanke Dukaten entgegen. Geld, das Mutter und Tochter lange Zeit über Wasser halten würde. Hastig versteckte sie den Schatz, in dessen Besitz sie so unverhofft gelangt war. Erst später begann sie, sich Gedanken über den unbekannten Wohltäter zu machen. Ihn zu erraten gelang ihr nicht, sosehr sie auch ihr Gehirn zermarterte.

Elviras Leben verlief nun gleichzeitig auf zwei verschiedenen Ebenen. Der Tag gehörte der Gegenwart an, die in eine ungewisse Zukunft mündete. Die Nacht hingegen blieb der Vergangenheit verhaftet. Tagsüber die Suche nach Enriquillo und, notgedrungen, der ihr widerwärtige Kontakt mit den Kreisen, denen gegenüber sich das Schicksal als gnädig erwiesen hatte.

Konvertiten jüdischen Bluts, die sich in Sicherheit wiegten und so taten, als sei die Welt in Ordnung: Weinimporteure, Händler in Seide und Moschus, Silberschmiede, Abenteurer. Mehr als einen hatte Elvira als armen Teufel gekannt. Jetzt stellten sie ihren verdächtig schnell erworbenen Reichtum zur Schau, indem sie die Fassaden ihrer Häuser schmückten und mit ihren Spenden zur Errichtung der Triumphbögen beitrugen, die zur feierlichen Amtseinführung des fünfzehnten Vizekönigs Perus, Don Pedro de Toledo y Leyva, Marquis zu Mancera, errichtet wurden, der dem Grafen de Chinchón folgte. Vorlaute

Besserwisser behaupteten, der scheidende Vizekönig beklage den Verlust, den das kreditschädigende *auto de fe* der Wirtschaft des Landes zugefügt hatte. Der wiege schwerer als seinerzeit der Untergang der Armada.

In ihren unruhigen Nächten jedoch wurde Elvira von den Geistern Juans und Manuel Bautistas heimgesucht, von der Erscheinung der Gefolterten, der Ausgepeitschten, der Relaxierten in ihren Schandkleidern. Dann biss sie in ihre Kissen, um nicht aufzuschreien, und schlug sich den Kopf am Bettpfosten wund, um nicht denken zu müssen. Aber die Quälgeister ließen nicht ab von ihr. Riefen sie als Kronzeugin auf. Klagten sie an, weil sie mit dem Leben davongekommen war. Die nächtliche Welt: die dunkle Kehrseite ihrer Existenz.

Längere Zeit verstrich, bis allmählich der innere Widerstand in ihr heranreifte. Zaghaft zunächst, später mit zunehmender Energie, stellte sie sich dem Kampf gegen die sie bedrängenden Gespenster. Sie war entschlossen, weiterzuleben.

Felipa träumte. Manchmal weinte sie im Schlaf ein wimmerndes Kinderweinen. Dann wiederum konnte sie in unheimliches Gelächter ausbrechen, das ihre Tochter erschaudern ließ. Die bemühte sich, in den Irrgarten einzudringen, in dem der Geist ihrer Mutter ein und aus ging. Längst hatte sie den Versuch aufgegeben, die Mutter in die Wirklichkeit des Alltags zurückzuführen. Denn insgeheim fürchtete sie sich vor ihren Fragen: »Was ist denn mit deinem Vater los, dass er sich überhaupt nicht blicken lässt?« »Hält es denn keine Menschenseele für nötig, mich auf dem Laufenden zu halten?«

Manchmal kam es Elvira vor, als befände sich ihre Mutter

am Rand des Zeitschachts, der schnurstracks in die Vergangenheit führte. Von Zeit zu Zeit flackerten Bruchteile der Legende auf, die sie sich unter Zuhilfenahme von Fragmenten ihrer wahren Lebensgeschichte zurechtgezimmert hatte. »Rodrigo befindet sich auf Geschäftsreisen; Beatriz muss bald von ihren Lektionen zurückkommen; Diego betreibt seine Aufnahme in die Universität; María hat schon wieder einmal das Essen anbrennen lassen; die Schwarzen sind heutzutage wirklich nichts mehr wert. Guiomar ist zu eingebildet, um meinen Besuch zu erwidern, die hochnäsige Gans.« *Königspalmen, die sich unter dem wolkenlosen Himmel Brasiliens wiegen. Die berühmten Gelehrten in ihrem Stammbaum.*

So glitt die Mutter hinab in den Abgrund. Elvira hätte es nicht sonderlich verwundert, wenn sie eines Tages von dort unten mit einer in Bahía de Todos los Santos gepflückten Blume im Haar aufgetaucht wäre.

Sie unternahm alles in ihrer Macht Stehende, um die Verirrte daran zu hindern, sich aus dieser Welt hinwegzustehlen. Bildete die doch das letzte Glied, das sie mit ihrer Vergangenheit verband. Sie gab sich Mühe, die Mutter von früher wiederzufinden. Jene junge Frau, die schwer an ihrer Lebenslast getragen hatte. Die ständig unter Lufthunger litt und durch deren hübsches Gesicht grimassenhaftes Zucken wetterleuchtete.

Endlich fiel ihr eine List ein, um die Mutter ans diesseitige Ufer des Lebens zu locken. Geheimnisvolle Boten überbrachten Briefe von Beatriz und Diego, von Rodrigo und sogar von Manuel Bautista und seiner Gattin Guiomar. Willig akzeptierte die alte Frau diese Täuschung. Nie äußerte sie den naheliegenden Wunsch, die Briefe ausgehändigt zu bekommen, um sie mit ihren eigenen, wenn auch vom grauen Star geschwächten Augen zu lesen. In wachsender Epistelsüchtigkeit begnügte sie sich mit der Vorlesung. Wer hinterging wohl wen?

»Ich vermisse Nachrichten deines Vaters«, beklagte sie sich. Tags darauf wollte es der Zufall, dass ein Brief von ihm eintraf. Rodrigo befand sich im Süden Chiles, um Wolle und Ziegenfelle einzukaufen. Es folgte eine detaillierte Beschreibung von Concepción mit seinem Hafen und dem Bio-Bio-Fluss, der die natürliche Grenze zwischen dem spanischen Territorium und dem araukanischen Königreich bildete. Er sehne sich nach seiner Familie, las die erfinderische Tochter vor, er entbiete all seinen Lieben recht zärtliche Grüße und hoffe, vor Einbruch des Winters zurück zu sein.

»Sendet er uns nur zärtliche oder ›recht zärtliche‹ Grüße?«, erkundigte sich die Mutter, die es genau wissen wollte. Elvira suchte den Satz mit dem Zeigefinger und buchstabierte: »R e c h t zärtliche Grüße.«
Ein verjüngendes Lächeln überzog das runzelige Gesicht Felipas.

»Und was treibt wohl Diego?«, begehrte sie zu erfahren. Da kam schon der Bote angeritten und überbrachte einen Brief aus dem fernen Corrientes: »Ich denke ständig an Euch, geliebte Eltern«, und sein vierter Sohn sei glücklich angekommen und in den Bund Abrahams aufgenommen worden. »Schade, dass es meine Geschäfte nicht gestatten, Euch zu besuchen, um Euch Eure Enkel zu zeigen. Der Älteste heißt ... ja, er heißt Rodrigo.«

»Rodrigo? ... Weißt du ... Ich habe Sehnsucht nach meinem Enkel.«
Sie zog die Stirn kraus; eine Erinnerung regte sich in ihr, die sie nicht einordnen konnte.

»Klein-Enrique?«, murmelte sie vor sich hin. Sie sah die Tochter unsicher an. »Enriquillo?«

Elvira blieb die Antwort schuldig, und die Mutter vergaß schnell jenes beunruhigende Echo aus einer vergangenen Welt.

»Warum lässt sich eigentlich Guiomar nie bei mir blicken?«, maulte sie.

»Wenn mich nicht alles täuscht, so kam just heute Morgen ein Brief von ihr«, erfand Elvira bereitwillig. »Soll ich ihn Euch vorlesen?« Guiomar teilte der geschätzten Kusine mit, dass sie sich mit den Kindern noch immer in der Sommerresidenz in den Bergen aufhalte. Sobald die Hitze nachlasse, kehre sie in die Stadt zurück und würde sie besuchen.

»Jetzt bin ich also die ›geschätzte Kusine‹«, kicherte Felipa. »Sie scheint ihre Arroganz mir gegenüber abgelegt zu haben.«

Es war nicht zu verkennen: die Briefe, diese Phantasieprodukte einer stillschweigenden Verschwörung, wirkten sich belebend auf die Mutter aus. Sie aß mit Appetit, riss die Fenster auf wie ehedem und verbrachte, wenn es so über sie kam, weiterhin Stunden mit der Suche nach dem abhandengekommenen Schlüssel.

»Kam denn heute kein Brief für mich?«, forderte sie ungehalten, als reklamiere sie ihr gutes Recht.

»Von wem erwarten wir heute Nachrichten, Mutter?«

»Von deiner Schwester. Von Beatriz.«

Und schon traf das gewünschte Schreiben ein und verbreitete einen Duft nach Lavendel und Weihrauch.

Als Elvira eines Tages zu bedenken gab, dass es sich doch eigentlich gehöre, die erhaltenen Briefe zu beantworten, sah dies die Mutter sofort ein und schickte sich an, ihr konfuse Texte zu diktieren.

Im Laufe der Wochen vervollkommnete sie die Fähigkeit, in ihrem Zeitschacht auf und ab zu gleiten. Sie verweilte an den stillen Stränden Brasiliens, flüchtete sich in ihr Heim in Buenos Ayres oder unterhielt sich mit ihren Bekannten in Córdoba oder Santiago. Ob sie wohl je aus diesen Traumgefilden zurückfinden würde?, fragte sich Elvira oftmals. Dabei fiel es ihr schwer, zu entscheiden, ob ein solches Erwachen begrüßenswert wäre oder nicht.

Sie zuckte zusammen, als die Mutter während eines Mittagessens die Hand auf ihren Arm legte und mit brüchiger Stimme ein Lied anstimmte:

»Schneeweiß bist du gekleidet.
Und weiß ist deine Gestalt.
Weiße Blüten fallen ab von dir,
von deiner Schönheit ...«

Den Rest des Textes hatte sie offenbar vergessen, leise trällerte sie die Melodie vor sich hin und verstummte dann.

Nach einer Weile, die Frage:

»Darf ich dich um einen Gefallen bitten, Elvi?«

Die Tochter nickte.

Felipa stierte auf das vor ihr stehende Fischgericht:

»Du sollst mir beim Essen helfen.« Und als sie das Zaudern Elviras bemerkte, reichte sie ihr den Löffel: »Bitte füttere mich! Siehst du nicht, wie mir die Hände zittern?«

Die Tochter nahm den Löffel, blies auf den warmen Bissen und schob ihn der Mutter vorsichtig in den geöffneten Mund.

Ergriffen bemerkte sie das zufriedene Lächeln, das ihre Züge verklärte und ihre Runzeln glättete.

Ein zweites Mal näherte sie den Löffel dem erwartungsvollen Gesicht. Wieder öffnete die Mutter den Mund. Doch bevor ihn der Bissen erreichen konnte, entwich ihm ein Seufzer, der sich anhörte wie das leise Pfeifen eines Blasebalgs. Sie kippte vornüber; dumpf schlug ihr Kopf auf die Tischplatte. Dann sackte sie in sich zusammen, glitt vom Stuhl und sank lautlos zu Boden. Das glückliche Lächeln stand noch in ihrem Gesicht.

Elvira ließ die Mutter in aller Stille bestatten. Die paar zur Totenwache erschienenen alten Leutchen bedauerten, dass die Verblichene aus dieser Welt geschieden war, ohne die Tröstungen der heiligen Religion mit auf den Weg bekommen zu haben. Das Begräbnis auf dem Gottesacker. Die Responsorien. »Ruhet sanft! Wenigstens bettet man Euch in geweihte Erde.«
Als sich Elvira im Kreise der wenigen Teilnehmer umsah, entdeckte sie drei Nonnen in dunkler Tracht. Sie hielten sich halb versteckt im Hintergrund, ließen ihre Rosenkränze zwischen den Fingern gleiten und bewegten die Lippen in lautlosem Gebet. Ihr Herz zog sich zusammen, als sie in einer der Frauen die mollige Gestalt Beatrizens erkannte. Obwohl sie beide in der gleichen Stadt wohnten, hatte sie ihre Schwester seit Jahren nicht zu Gesicht bekommen. Wer weiß, auf welch verschlungenen Wegen die Nachricht vom Tod der Mutter in die Abgeschiedenheit ihres Klosters gedrungen war! Nach Abschluss der Trauerzeremonie wollte sich Elvira ihr nähern, um sie in die Arme zu schließen. Vergebens hielt sie Ausschau nach ihr. Sie hatte sich unbemerkt davongemacht, zusammen mit ihren Begleiterinnen. Die Ahnung beschlich Elvira, es müsse das letzte Mal gewesen sein, dass sie ihrer Schwester ansichtig wurde.

Die Nachrichten über den Volksaufstand in Portugal erreichten Lima mit großer Verspätung. Wochenlang versuchten die Behörden, die Ereignisse vor dem Volk geheim zu halten. Als dies nicht länger möglich war, bemühten sie sich, deren Bedeutung herunterzuspielen. Auch von Kriegsvorbereitungen in Brasilien wurde gemunkelt, bei denen die Holländer die Hand im Spiel haben sollten. Da die Befürchtung aufkam, deren unter dem Befehl Hendrik Breants stehende Flotte könne die chilenischen Hafenstädte Valdivia und Valparaíso einnehmen, ordnete der Vizekönig eine verschärfte Bewachung des Hafens von Callao an. Die altchristlichen Mitglieder der Miliz veranstalteten militärische Übungen, um sich im Umgang nicht nur mit Musketen, sondern sogar mit museumsreifen Armbrüsten und Lanzen vertraut zu machen. Das Misstrauen gegen die Neuchristen wuchs; man schloss nicht aus, dass sich Spione unter ihnen befanden. Die Behörden legten ein Register an, in das sich alle Christen jüdischen Ursprungs einzutragen hatten. Diesen wurde befohlen, alle in ihrem Besitz befindlichen Waffen abzugeben. Anordnungen, denen allerdings nur wenige Folge leisteten.

Als eine Delegation der Betroffenen am Hof des Vizekönigs vorsprach, weigerte sich der, »jene Gauner« zu empfangen, die »Jesus Christus ans Kreuz geschlagen hatten«. Schmunzelnd erzählte man sich, wie es seinem Hofmarschall dann doch gelungen war, das Gemüt seines Herrn zu besänftigen, indem er ihn darauf hinwies, dass sich unter den Bittstellern drei der wohlhabendsten Kaufherren der Stadt befänden. Ein Argument, das den Grafen umstimmte und zum Ausruf veranlasste: »Also führt die armen Teufel endlich herein! Christus ist ja schon lange tot; wer weiß, ob das, was man den Juden zur Last legt, nicht übertrieben ist und auf übler Nachrede beruht.«

Als Ergebnis dieser Audienz wurden den als Portugiesen Verdächtigten zwar nicht die beschlagnahmten Feuerwaffen, aber doch ihre Schwerter und Dolche zurückgegeben. Die von der Aktion verursachten Verwaltungsspesen allerdings mussten sie bis zum letzten *Vellón* entrichten. Und es fehlte nicht an Stimmen, die den neuen Vizekönig als Ketzer bezeichneten, der die Judenstämmlinge begünstige.

Solch unruhige Zeiten waren wirklich nicht dazu angetan, die Haustür beim erstbesten Pochen des Klopfers zu öffnen. Und erst recht nicht zu nächtlicher Stunde. Und ganz gewiss nicht, wenn auf die Frage »Wer da?« anstelle einer konkreten Auskunft nur ein »Gut Freund!« ertönt. Elvira zögerte. Aber wenn es sich um eine Nachricht von Enriquillo handelt? Oder von Juan, dem vielleicht die Flucht gelungen war?

»Machet auf, Doña Elvira!«
›Immerhin ruft man mich beim Namen.‹ Sie öffnete die Tür einen Spalt. Und prallte zurück.

»Heilige Mutter Gottes!«

»Unbefleckt empfangen!«
Cristóbal Castro y Gaytán trat über die Schwelle. Perplex starrte sie auf den hochgewachsenen, schwarz gekleideten Mann. Sie bildete sich ein, im Kerzenlicht die großen, grünlich schimmernden Augen zu erkennen, die sie musterten. *Ein schwarzer Hund springt aus dem Gestrüpp ihrer Erinnerungen und fletscht die Zähne.* Sie zupfte sich das Kleid zurecht, ordnete verstohlen ihre Frisur und bedauerte, nicht besser auf diesen unerwarteten Besuch vorbereitet zu sein.

»Ihr kommt zu mir! ... Trotz des damit verbundenen

Risikos ... Ich dachte schon, Ihr würdet mich nicht mehr kennen.«

»Die nussbraunen Augen«, sagte er lächelnd und bewies ihr damit, dass auch er ihre erste Begegnung und den ersten Kuss nicht vergessen hatte.

»So groß ist die Gefahr für unsereins nun auch wieder nicht, Doña Elvira. Ich komme, weil ich Euch eine Erklärung schuldig bin.«
Ein so einflussreicher Herr sollte ihr eine Erklärung schuldig sein?

»Ich beklage zutiefst, dass es mir damals nicht gelang, Euren Casus zu suspendieren. Mehr als eine Abschwörung *de levi* war nicht zu erreichen. Zu viele Zeugenaussagen hatten sich – bestimmt aus reiner Bosheit! – gegen Euch angesammelt.«

»Immerhin brachtet Ihr es fertig, mich aus dem Kerker zu befreien. Dafür bin ich Euch meinen ewigen Dank schuldig. Und wahrscheinlich verdanke ich Euch auch, dass ich das Häuschen meiner Eltern bewohnen darf, obwohl es doch eigentlich zum beschlagnahmten Ketzergut gehört.«
Sie bereute ihre Worte, kaum dass sie ihr entschlüpft waren. Denn ihr Instinkt sagte ihr, dass er sich einen herzlicheren Ausdruck des Dankes erwartet hatte. Er räusperte sich:

»Nur Euer Leib wurde gerettet, Doña Elvira, die äußere Hülle. Aber wie steht es um Eure unsterbliche Seele?«
Cristóbal sah sie ernst an. Elvira schlug die Augen nieder, und plötzlich überkam sie die Erkenntnis:

»Die Dukaten! Euren Gnaden habe ich die Goldstücke zu verdanken, die uns damals vor dem Hungertod bewahrten!«
Der trübe Schein der Talgkerze gestattete keine scharfe

Sicht. Sie erriet die abwehrende Handbewegung ihres einstigen Freundes.

»Vergelt's Euch Gott!«, rang sie sich ab.

»Ich schließe Euch ständig in meine Gebete ein«, erwiderte Cristóbal förmlich. »Ich flehe zu unserem Heiland, er möge sich in seiner Barmherzigkeit Eures Seelenheils annehmen.«

Sie konnte nicht länger an sich halten. Indem sie ihre missliche Lage vergaß, ließ sie es zu, dass ihr verstorbener Vater aus ihr sprach:

»Wie erklärt Ihr Euch, dass die messianischen Zeiten noch immer auf sich warten lassen, wo doch der Erlöser schon erschienen sein soll? Und wie könnt Ihr dulden, dass seine irdischen Stellvertreter in Seinem heiligen Namen foltern und morden?«

Cristóbal Castro y Gaytán bekreuzigte sich schweigend. Wer darf sich unterstehen, die Wohltat der heiligen Religion in Frage zu stellen, die den Sterblichen die Angst vor den Schrecken des Jenseits nimmt?

Elvira, unfähig, solche Gedanken zu erraten, hoffte, er möge die grauen Strähnen in ihrem Haar übersehen. Hoffte inständig, dass er, vom Zauber des Augenblicks berührt, noch einmal das junge Mädchen in ihr erblicken möge, von dem er womöglich als Student geträumt hatte. Der Besucher umfasste den ärmlichen Raum mit seinen Blicken. Hier gab es keine Teppiche, keine Gemälde, oder auch nur ein anständiges Bett. Die Auswirkung der Vermögenseinziehung erweckte sein Berufsinteresse:

»Hat man Euch nichts von Eurem Vermögen zurückerstattet?«

»Ihr wisst doch selbst am besten, wie es um die Geschäfte des Heiligen Offiziums bestellt ist.«

Gerade weil er diese so gut kannte, war er der Ansicht, sie

müsse die Herausgabe ihrer Mitgift anstreben. »Das Vermögen Eures Gatten und Eurer Eltern fiel zwar dem Sequester anheim, aber in Eurem Prozess war lediglich von einer Kautelarmaßnahme die Rede. Die Euch rechtmäßig zustehende Mitgift könnt Ihr folglich zurückfordern.«

Elvira zuckte gleichgültig mit den Schultern. Wenig war ihr an den irdischen Gütern gelegen; ganz andere Sorgen quälten sie.

Doch der Advokat in ihm ließ nicht locker. Es müsse doch einen Ehevertrag geben, eine von Zeugen beglaubigte Urkunde, mit der sie die Rechtmäßigkeit ihrer Ansprüche belegen könne.

»Das Tribunal der Heiligen Inquisition ist immer gerecht«, behauptete er vorwurfsvoll. Als er ihre resignierte Geste bemerkt, ließ er sich zu einer Einschränkung herab: »Was die formellen Aspekte anbelangt, jedenfalls.«

All ihr einstiger Besitz stamme entweder von ihrem Vater oder von ihrem Mann, erklärte sie tonlos. Beide habe man der Glaubensdelikte schuldig befunden. Und da alle Transaktionen, einschließlich der Schenkungen oder letztwilligen Vermachungen, rückwirkend ungültig seien, läge ihr Fall aussichtslos.

Selbstsicher stellte ihr Cristóbal seine Beratung in Aussicht, damit ihr Gerechtigkeit zuteilwerde. Eine anonyme Hilfestellung, wie er betonte. »Vielleicht benötigen wir ein paar Zeugen, das wird ja zu bewerkstelligen sein; eine Bittschrift muss eingereicht werden ...«

»Don Cristóbal!«, unterbrach sie seine Ausführungen. Ihre raue Stimme klang derartig verzweifelt, dass er verstummte und sie verwundert ansah. Verwundert und, wie ihr vorkam, auch ein wenig indigniert. Sie flehte ihn an:

»Euer Gnaden haben Zugang zu allen Archiven des Tribunals. Ich bitte Euch inständigst: verratet mir, wo man mein Kind hingebracht hat!«

Wieder ganz der Anwalt des Santo Oficios, erklärte er ihr mit fingierter Geduld, ihm sei die sträfliche Aktion bekannt, mit der die ... nun ja, die ... die Portugiesenstämmlinge damals die geplante gutchristliche Erziehung ihrer Nachkommen verhindert hatten. Eine verurteilungswürdige Tat, wie sie wohl selbst einsehen müsse.

Demütig stellte Elvira richtig, ihr Sohn habe mit jenem Kindertransport nichts zu tun gehabt. Erst als sie ins Gefängnis eingeliefert wurde, habe sie ihn aus den Augen verloren.

»Don Cristóbal! Warum errettet Ihr mich zweimal aus Lebensgefahr, wenn Ihr mir meinen Sohn nicht zurückgeben könnt? Gebt mir ein Zeichen, einen kleinen Hinweis! Was nützt mir alles Gold der Welt, wenn man mir mein Kind vorenthält?«

Und dann vergaß sie sich völlig und fiel ihm schluchzend zu Füßen.

»Doña Elvira! Erhebt Euch!«, forderte Cristóbal mit einer Stimme, in der Widerwille mitschwang. Während sie sich mühsam erhob, rang er sich die Auskunft ab, dass man Ketzerkinder gelegentlich nach Chile gebracht habe, wo sie von altchristlichen Familien adoptiert worden waren, um sie im wahren Glauben aufzuziehen.

»Adoptiert von chilenischen Familien?«, fragte sie atemlos.

»Warum denn nicht? Je weiter weg, desto besser für alle Beteiligten.«

Er müsse jetzt gehen, eröffnete er ihr anschließend, stellte ihr aber einen weiteren Besuch in Aussicht. Die Hand, die sie ihm entgegenstreckte, übersah er zerstreut und beschränkte sich auf eine steife Verbeugung. Sie begriff: Nach Verblassen der Zauberminute sah er in ihr nur noch ein schlecht gekleidetes, vom Leid gezeichnetes Frauenzimmer.

In den Träumen der folgenden Nacht wähnte sie sich in ihre Jungmädchenzeit zurückversetzt, als ihr alle Wege noch offengestanden hatten. Im Halbschlaf überkam sie die müßige Frage, wie ihr Leben verlaufen wäre, wenn sie – allen familiären und gesellschaftlichen Widerständen zum Trotz – Cristóbal geehelicht hätte. Wäre ihr es wohl gelungen, seine Leidenschaft zu entfachen, obwohl auch sein Herz vereist war, wenn auch aus ganz anderen Gründen als das Juans? Abwegige Gedankenspiele, die schon verflogen waren, als sie sich am nächsten Morgen mit zerschlagenen Gliedern von ihrem Lager erhob.

Cristóbal tauchte nie mehr auf. Verbittert vermutete die enttäuschte Elvira, er sei seines neuen Spielzeugs müde geworden, des Spiels mit dem Feuer. Sie konnte nicht wissen, dass sich der Lizentiat Don Cristóbal Castro y Gaytán seiner Sache allzu sicher gefühlt hatte. In Überschätzung des Gewichts seiner Beziehungen hatte er es unterlassen, den Spannungen zwischen dem Lizentiaten Mañozca und dessen Kollegen Rechnung zu tragen. So fiel er den Intrigen Mañozcas zum Opfer, die eigentlich gegen seinen Kollegen, den Inquisitor Gaytán de Castro y Castillo, gerichtet waren. Den wollte er treffen, indem er seinen von ihm protegierten Großneffen verfolgte.

Don Francisco, jenem zwielichtigen Händler mit indianischen Kultgegenständen, war es vorbehalten gewesen, den Denunzianten abzugeben. Solcherart wollte er sich beim Inquisitionstribunal einschmeicheln, wo man den einheimischen Göttern feindlich gesinnt war und das heidnische Gold am liebsten in den Schmelztiegeln sah. Er hatte die heimliche Visite Cristóbals bei einer Dame zweifelhafter Glaubenstreue angezeigt, was Mañozca den willkommenen Anlass zum Einschreiten diente.

Nur wenige Wochen nach seinem Besuch bei Elvira wurde Cristóbal außer Landes geschafft. Seine Spur verlor sich in Sevilla.

Die Gesellschaft, der sie trotz alledem noch immer angehörte, behandelte sie mit vorsichtiger Zurückhaltung. Diejenigen, die ihr Christentum betont zur Schau trugen und nun unter neuen Namen lebten, gingen ihr aus dem Weg. Durch ihr Verhalten trugen sie dazu bei, die Register der Inquisition in Unordnung zu bringen. Da gab es Halb- und Viertelportugiesen, die stolz auf ihre Nachkommen waren, die es zu Beamten, Offizieren und Priestern gebracht hatten. Aber so sorglos sie sich auch gaben – insgeheim fürchteten auch sie sich. Eine Furcht allerdings, die sie nicht einmal vor sich selbst zugaben.

Anfänglich vermutete Elvira, die ihr von den ihr verbliebenen Bekannten entgegengebrachte Reserve sei nur auf die unheilvolle Nähe zur Inquisition zurückzuführen, die auf ihr lastete. Vielleicht war sie auch durch die Bedürftigkeit bedingt, die in ihrer Lebensführung zum Ausdruck kam, und ganz gewiss durch ihre irritierende Angewohnheit, unangenehme Dinge beim rechten Namen zu nennen. Es dauerte eine geraume Zeit, bis sie aus den ihr zugetragenen Andeutungen begriff, dass man ihrer zur Schau getragenen Armut keinen Glauben schenkte. Empört erfuhr sie von Gerüchten, die wahrhaben wollten, sie sei die Mätresse des gebüßten Manuel Bautista Pérez gewesen. Aus diesem und keinem anderen Grund habe die eifersüchtige Guiomar ihren Mann angezeigt. Manuel sei es nämlich gelungen, Elvira rechtzeitig zur Verwalterin seines immensen Vermögens einzusetzen, das, zum nicht geringen Teil vor der Habgier des Santo Oficios in Sicherheit gebracht, auf der ganzen Welt verteilt und versteckt sei. Nur diesem Umstand sei es zu verdanken, dass sie damals ungeschoren aus den Kerkern entlassen worden war. Freigekauft habe sie sich! Ihre Unschuldsbeteuerungen stießen auf besserwisserisches Grinsen. Sie musste die Erfahrung machen, dass es selbst offenkundigen Tatsachen nicht immer gelingt, eingefleischte Vorurteile zu zerstreuen.

Im Gegensatz zu den aufgeputzten Damen erschien sie in schwarzen Trauerkleidern auf den Gesellschaften. Dort stellte sie ihren Scharfblick unter Beweis, indem sie die turbulenten Weltereignisse analysierte. Beunruhigende Feststellungen, die niemand gerne hörte. Sie gab die Vermutung zum Besten, die Politik des ehrgeizigen Franzosenkönigs Ludwig XIV. beschleunige den Niedergang des spanischen Imperiums und begünstige demzufolge die Unabhängigkeitsbestrebungen seiner amerikanischen Territorien. Der Sturz des Grafen-Herzogs Olivares werde die spanischen Bankiers in Mitleidenschaft ziehen, deren semitische Nasen man bisher diskret übersehen hatte. Ganz zu schweigen von den zweitausend neuchristlichen Kaufleuten Sevillas, die bis vor kurzem die nicht uneigennützige Protektion des nun in Ungnade gefallenen Ministers genossen hatten. Und von da bis zur Zunahme der Verfolgungen der Neuchristen in den Indias sei nur noch ein kleiner Schritt.

»Spinnereien!«, hielt man ihr gereizt vor. Die Obrigkeit habe ganz andere Sorgen. Die Besetzung der Insel Chiloé im Süden Chiles durch die Holländer, die nun Valdivia bedrohten, um ein Beispiel zu nennen. Ganz zu schweigen von der zerrütteten Wirtschaftslage des Landes.

»Eben!«, konterte Elvira schroff. Die Regierung würde nach Schuldigen Ausschau halten, die sie für diese Übelstände verantwortlich machen könne.

Ihre Bekannten wandten sich ärgerlich ab, derartige Kassandrarufe waren ihnen lästig. Man ließ sie in einem Winkel stehen, wo sie ihren Gedanken anhing. Dabei erreichte sie plötzlich ein Hoffnungsschimmer. Wäre es nicht möglich, fragte sie sich in Unkenntnis der wahren Umstände, dass die kriegerischen Auseinandersetzungen im Süden zur Befreiung Juans geführt hatten? Vielleicht war die Galeere, auf der er sich befand, vom Feind gerammt worden und die Rudersklaven längst in Sicherheit. Wer weiß, vielleicht befand sich Juan bereits in Amsterdam und versuchte, die Verbindung mit ihr aufzunehmen. Wachträume, um den Schmerz der Wirklichkeit ertragen zu können.

Es verging kein Sonntag, ohne dass die vom Schicksal Verschonten der heiligen Messe beiwohnten und sich am Anblick der goldenen Kelche und Monstranzen erbauten, von denen nicht wenige von Gläubigen unreinen Geblüts gestiftet worden waren. Von düsteren Prophezeiungen wollten diese Herrschaften nichts wissen.

Je mehr die zum kritischen Blick erzogene Elvira die unangenehmen Tatsachen vorbrachte, umso häufiger ließ man sie fühlen, was man von ihr hielt. »Und wie weit ist Eure Eingabe beim Tribunal des Heiligen Offiziums schon gediehen?«, erkundigten sich die jetzt tonangebenden Damen mit süßlicher Anteilnahme. Inzwischen machten sie keinen Hehl daraus, dass sie der bedrängten finanziellen Lage der gewesenen Geliebten eines Manuel Bautista

Pérez keinen Glauben schenkten. Der Lebenswandel gewisser Ketzergattinnen war ja stadtbekannt. Die Vermögen ihrer bedauernswerten Ehemänner hatte man eingezogen. Während die Verurteilten auf den Galeeren oder in den Kerkern Sevillas schmachteten, hatte sich mehr als eine der hinterbliebenen Ehefrauen einen Liebhaber zugelegt, mit dem sie sich in Lima vergnügte.

Nein: Sie war gewiss keines jener verstörten Weiber, die sich durch ihr skandalöses Treiben am Schicksal rächen wollten, das ihnen so übel mitgespielt hatte. Und das Gesuch, das sie auf Anregung Cristóbals der Inquisitionsbehörde unterbreitet hatte, um einen Teil ihrer Mitgift für Enriquillo zu retten, befand sich seit Monaten in den Händen Manuel de Montealegres, der zum Verteidiger ihres Anspruchs ernannt worden war. Wie ihr ein Sekretär, zu dem vorzudringen ihr gelungen war, erklärte, waren die Herren des Tribunals durch wichtige Zivil- und Kriminalprozesse derartig in Anspruch genommen, dass sie sich momentan außerstande sahen, einen solch untergeordneten Fall zu bearbeiten.

Klatsch. Intrigen. Gerüchte, die das Kartenspiel würzten, während man die Schokolade zu sich nahm oder am *Pisco* nippte. »Hört das Neueste von Doña Guiomar Enríquez, Don Manuel Bautista Pérez' Witwe! In Mexiko hält sie sich jetzt auf. Dort, in Neuspanien, hat sie viele Verwandte.«

»Dort wird zurzeit ein genauso schreckliches *auto de fe* vorbereitet, wie das, welches wir hier erleben mussten«, behauptete Elvira.

»Doña Elvira muss immer unken!«

»Unlängst wurde Tomás de Sobremonte zum zweiten Mal verhaftet, und seit Jahren läuft dort ein Prozess gegen

eine ganze Reihe von Neuchristen«, beharrte sie ungerührt und erkundigte sich übergangslos nach den spurlos
verschwundenen Kindern.

»Von welchen Kindern sprecht Ihr denn?«
Sie erwähnte die von Doña Enriqueta Soldana durch-
geführte Rettungsaktion. Am Vorabend des … nun ja …
man wisse schon. Aber längst nicht alle Kinder seien damals in Sicherheit gebracht worden. Viele der Kleinen blieben, ihrer Eltern beraubt, schutzlos zurück.

»Ach so! Jene Kinder …« Niemand wusste Bescheid über
deren Verbleib. Die Vermutung wurde laut, sie seien unter
falschen Namen bei gut altchristlichen Familien untergebracht worden.

»Aber die meisten Kinder befanden sich noch bei ihren
Eltern, als man diese damals verhaftete. Es heißt doch, die
Kleinen seien noch tagelang gesehen worden, wie sie wei-
nend, nach ihren Müttern rufend, hungrig durch die Straßen irrten«, bohrte Elvira weiter.

»Solche Fälle mag es gegeben haben«, räumte man unwillig ein. Manche dieser verlassenen Kinder habe man
damals nach Chile geschafft, wo sie geschäftstüchtige Familiare bei kinderlosen Ehepaaren unterbrachten. Böse
Zungen behaupteten, diese honorigen Herren hätten als
Vermittlungsgebühr für jedes der adoptierten Kinder einen
Batzen Silberpatacones eingesackt.

»Nach Chile wurden die Kinder verkauft, sagt Ihr?«
»Nach Santiago, so heißt es. Natürlich nicht ›verkauft‹ … In Sicherheit gebracht, würde ich sagen. Gegen
eine Vergütung, gewiss, aber nicht verkauft, als handle es
sich um Sklaven. Aber was ist Euch nur, Doña Elvira?«

»Cristóbal hatte also recht.«
»Cristóbal? Von welchem Cristóbal sprecht Ihr denn?«
»Nicht der Rede wert, gute Señora. Verzeiht! Ich dachte

nur laut. Das passiert mir gelegentlich, müsst Ihr wissen. Seitdem man mich im Kerker gehalten hat. In Einzelhaft.«

Wenige Wochen nach dieser Unterhaltung veräußerte Elvira ihre wenigen Habseligkeiten. Der Erlös reichte gerade aus, um ihr die Reise nach Chile zu ermöglichen. Nach Santiago, wo Enriquillo bestimmt schon längst auf sie wartete.

14 Andresillo oder das Erdbeben von Chile

Das enge Zusammenleben mit den Passagieren des Zwei-
masters, der sie nach Chile bringen sollte, empfand Elvira
als lästig. Bald musste sie die Folgen der Aufmerksamkeit
verspüren, die sie als eine alleinstehende reisende Dame
auf sich zog. Denn noch bevor das Schiff den Hafen von
Callao richtig verlassen hatte, machten sich zwei auffällig
gekleidete Schwestern an sie heran. Glucksend ließen sie
durchblicken, sie wüssten genau Bescheid über die intimsten Geheimnisse ihrer Mitreisenden.
Stark parfümiert, um den Gestank an Bord aushalten zu
können, setzten sie ihr zu, sie möge gestehen, was ohnehin Gott und aller Welt bekannt sei. Man sei im Bild, wes-
wegen sich die Dame nach Santiago begebe: um ihren Anspruch auf den Nachlass des Herrn Manuel Bautista Pérez
geltend zu machen, der vom dortigen Comisarius der Inquisition, dem Lizentiaten Tomás Pérez, angefochten
werde.
Als das Opfer ihrer Neugierde versicherte, noch nie etwas
von jenem Tomás Pérez gehört zu haben, kramten die aufdringlichen Preziösen ihre Kenntnisse hervor, hocherfreut,
ihr Wissen zur Schau stellen zu können. Jener zänkische
Mensch sei mit dem königlichen Gerichtshof, dem Kir-
chenrat und sogar mit dem Bischof Fray Gaspar de Villareal zerstritten, da er die gleichen Ehrenbezeugungen be-
anspruchte, die seinen Vorgesetzten in Lima gebührten.
Er habe sich angemaßt, in das Nachlassverfahren Manuel

Bautistas einzugreifen. Und Doña Elvira solle gefälligst nicht so unschuldig dreinschauen, sondern auspacken. Sie müsse ja am besten wissen, wohin das Vermögen verschoben worden sei, um es dem Griff der habgierigen Streiter Gottes zu entziehen. Und was ihr Liebesleben anbelange, so könne sie mit ihrer beider Diskretion und Billigung rechnen. »Schließlich lebt man nur einmal, und wer sich auf Erden nicht vergnügt, ist bescheuert.«
Elvira zeigte sich verblüfft. Von welchen Ansprüchen war die Rede, von welchem Liebesleben? Sie seien nicht auf den Kopf gefallen, erwiderten die klatschlüsternen Frauenzimmer, sondern lebenserfahren und weit davon entfernt, das keusche Dasein der Himmelsbräutchen zu führen. Also raus mit der Sprache: Wie war's mit dem prächtigen Mannsbild Manuel gewesen, der, wie sie sich lebhaft ausmalen konnten, mit den Weibern im Bett umgehen konnte, dass ihnen Sehen und Hören verging? Und wie mit dem milchgesichtigen Cristóbal de Castro vom Inquisitionsgericht, den sie insgeheim glücklich gemacht hatte, als Lohn, dass er sie vor dem Tod auf dem Scheiterhaufen bewahrt hatte? Ihnen könne sie's ruhig anvertrauen; sie fänden nichts dabei. Sie sei ja praktisch Witwe, und wenn man erst einmal eine Vettel von vierzig ist, dann ist eh alles aus. Nach kurzer Beratung unter sich boten sie ihr dann ihre Tinkturen an, um die grauen Strähnen im Haar zu verdecken; damit sähe sie gleich um zehn Jahre jünger aus. Und ein wenig Schminke könne ihren Wangen auch nichts schaden.
Vergebens erklärte Elvira, sie habe Manuel Bautista als Berater und Lehrmeister geschätzt und achte Guiomar, seine Witwe. Auf ihre Beteuerung, sämtliche Gedanken an verbotene Liebschaften lägen ihr ferne, erntete sie nur ungläubiges Gepluster; ihre vorgefasste Meinung ließen

sich die Schwestern nicht ausreden. Sie wussten, was sie wussten, und das Schönste im Leben sei nun einmal das Vergnügen mit einem geilen Kerl im Bett.

Um ihr Gesicht der Meeresbrise auszusetzen, vor allem aber, um dem unmissverständlichen Miauen, Gekichere und Gekreisch der ordinären Weiber zu entgehen, die sich in irgendwelchen Winkeln ihren Vergnügungen hingaben, verbrachte sie halbe Nächte an Deck. Es war auf der Höhe von Arica, als sie am Bug die im Mondglanz schimmernde glatte See auf sich einwirken ließ. Sachte hob und senkte sich das Schiff, als atmete es. Steuerbords kam ihnen eine Brigg entgegen; ihre Umrisse zeichneten sich silhouettenhaft gegen den klaren Himmel ab. Das Blinken zweier dort geschwenkter Laternen übermittelte der Wache ihres Fahrzeugs irgendwelche Nachrichten. Womöglich hatte man Piraten gesichtet. Oder ein Seeungeheuer. Angesichts dieser Lichter, deren Zeichen sie nicht zu deuten wusste, überkam sie ein Gefühl der Unrast. Da reiste sie nun einer ungewissen Zukunft entgegen, auf der Suche nach dem verschollenen Sohn. Zum ersten Mal überkamen sie Zweifel am Sinn ihres Vorhabens. War es nur die Spur Enriquillos, die sie mit solcher Hartnäckigkeit verfolgte? Und wenn sie wirklich dem im Entstehen befindlichen Neuland entgegenfuhr, das ihr Vater mehr als einmal angedeutet hatte? So viel noch nie Dagewesenes regte sich auf der anscheinend so festgefügten Welt – politische Utopien und Kontinente umfassende Handelsprojekte, Dichterphantasien und Träume vom Goldenen Zeitalter: Kräfte, die morgen schon, in hundert Jahren oder vielleicht nie ihre Früchte zeigen würden.
Die unerwartete Bewegung eines Ballens in ihrer Nähe

ließ sie zusammenfahren. Beim näheren Hinsehen erkannte sie einen Alten, der sich ihr bereits als Diego Palma Pestañas vorgestellt hatte. Leise ächzend richtete er sich auf. »In einer Nacht wie dieser«, erinnerte er sich, »wurde das Schiff meines Vaters vom Piraten Robert Withrington aufgebracht. An den Ufern des Río de la Plata geschah's. Ein halbes Jahrhundert muss es schon her sein; es war das erste Mal gewesen, dass ich meinen Vater begleiten durfte.«

Anschließend erging er sich in einer verworrenen Erzählung von Indianerüberfällen, vergrabenen Silberschätzen und den merkantilen Expeditionen eines geschäftstüchtigen Bischofs namens Fray Francisco de Vitoria, der auch beim Handel mit afrikanischen Sklaven mitverdiente.

Er verstummte. In der eingetretenen Stille waren nur noch die Schiffsgeräusche zu vernehmen – ein leichtes Knarren und Ächzen und das Geflatter eines losen Segels –, begleitet von den rhythmischen Schlägen der Wellen.

»Hoffentlich bleiben meinem Sohn solche Erfahrungen erspart«, seufzte er nach einer Weile. So erfuhr seine Zuhörerin vom Dasein Klein-Andrés', dem Sohn Palmas – sofern man den Beteuerungen seiner zweiten und derzeitigen Gattin Glauben schenken wollte, der jüngeren der beiden exaltierten Frauen an Bord. Obwohl das Schiff kaum Platz für Verstecke bot, war der Kleine Elviras Aufmerksamkeit bisher entgangen. Er sei das einzige Wesen, eröffnete ihr der geschwätzige Greis, das ihn noch ans Leben binde. Kein weiteres Mitglied seiner in alle vier Winde zerstobenen Familie sei ihm verblieben.

Elvira schwieg und strengte ihre Augen an, um den sich backbords entlangziehenden fernen Küstenstreifen besser erkennen zu können. Ein heißer Luftstrom ließ die Nähe der Wüste Atacama erahnen, die sich in diesen Breitengraden vom Meeresstrand bis zum Fuß der Anden erstreckt. Den Salzgeschmack auf ihren Lippen empfand sie als angenehm.

Als das Gelächter der mannstollen Schwestern erneut die Stille zerriss, fuhren beide zusammen. Elvira empfand Mitleid mit dem Alten, für den sie keinen Trost hatte. Sie ließ ihn stehen, um ihr Lager aufzusuchen. Dabei setzte ihr eine innere Unruhe zu, der sie sich zu verweigern suchte. Vielleicht hatten die zudringlichen Geschwister so unrecht nicht, indem sie auch bei ihr anrüchige Gelüste voraussetzten? *Die Erbsünde! Sich der Beichte willig zu unterziehen, wie dies Teresilla fertigbringt, um losgesprochen zu werden!*

Tags darauf entdeckte sie Andresillo. Ein schmächtiges Kerlchen, das sie verängstigt aus seinem Versteck hinter einer Taurolle anblinzelte. Auf ihren Anruf reagierte es nicht. Nur der Glanz seiner braunen Augen verriet die innere Bewegung. *In wenigen Tagen werde ich Enriquillo wiedersehen. Ob er mir wohl auch mit einem so schreckerfüllten Blick begegnen wird wie dieses Kind?*

»Du Schlingel! Hast du keine Lust, mit mir zu reden?«, sprach sie ihn an und gab sich Mühe, ihrer rauen Stimme einen zärtlichen Klang zu verleihen. Der Junge schüttelte das Köpfchen, ohne den Blick von ihr zu wenden. Als sie sich ihm näherte, zog er sich hinter einen Stapel Fässer zurück.

»Komm näher, Andresillo«, lockte sie ihn. Unentschlossen machte er ein paar Schritte auf sie zu, blieb jedoch fluchtbereit in einiger Entfernung stehen. Sie strengte sich an, die Angst zu verscheuchen, die sich in seinen Augen widerspiegelte. Erst als sie das lautlose Beben der Lippen des Jungen bemerkte, nahm sie betroffen wahr, dass er stumm war.

»Gib mir deine Hand, Andresillo«, forderte sie ihn auf. Er gehorchte zögernd. Taub war er also nicht.

Ein Gefühl der Zärtlichkeit überwältigte sie. Jäh drückte sie den verschüchterten Kleinen an ihre Brust. Der ließ es geschehen. Sie spürte die Wärme seines Körpers und sein stürmisch schlagendes Herz. Und zum ersten Mal seit langer Zeit fühlte sie wieder eine Melodie in ihrem Innern aufsteigen. Sachte berührte sie das Haar des Knaben mit ihren Lippen und stammelte die liebevollen Mutterworte in sein Ohr, die sich in ihr angestaut hatten.

Von diesem Augenblick an folgte ihr Klein-Andrés tagsüber auf Schritt und Tritt; nachts kuschelte er sich neben sie aufs Lager. Träumend glaubte sie manchmal, Enriquillo neben sich liegen zu haben. Sie drückte das Kind dann fest an sich, bis sie erwachte und sich der Unstatthaftigkeit ihrer Gefühlsverwirrung bewusst wurde. Anfänglich fürchtete sie die Eifersucht der Mutter, doch die hatte nichts dagegen einzuwenden, dass man ihr die Pflichten abnahm, die sie an ihrem fidelen Treiben hinderten.

»Hat er denn noch nie ein Wort von sich gegeben, kein ›Papa‹, kein ›Mama‹?«, erkundigte sich Elvira bei Palma.

»Ein paar Silben schon ...«, entsann sich der. »Aber eines Tages verstummte er.« Er unterbrach sich, als habe er schon zu viel verraten, und schüttelte den Kopf.

»Warum wohl?«

»Ich weiß nicht, Euer Gnaden. Weiß es wirklich nicht ...« Er starrte angestrengt zum Horizont. Nach einer Weile fügte er nachdenklich hinzu: »Und wenn ich's recht bedenke, hat er auch noch nie gelacht. Nicht einmal gelächelt hat er. Bis zum heutigen Tag.« Erneut verfiel er in

Schweigen, so dass das Gekreisch der um die Masten kreisenden Möven überdeutlich zu hören war. Es dauerte minutenlang, bis er sich die Feststellung abrang: »Und heute Morgen, Euer Gnaden, ja, heute Morgen hab' ich gesehen, wie er Euch anlächelte.«

»Ja. Manchmal lächelt er mir ein ganz klein wenig zu«, bestätigte Elvira.

Der Alte nickte und schlich sich wortlos davon.

Als sie die bunt angestrichenen Holzhäuser wiedererkannte, welche die grünen Hügel Valparaisos schmückten, durchzog sie ein Heimatgefühl, dem sie nicht so recht traute. Heimatgefühl – wenn auch nur flüchtig und schnell verweht – einem Landstrich gegenüber, in dem sie doch nur wenige Jahre verbracht hatte? ›Heimatlosigkeitsgefühl ist eigentlich besser angebracht‹, wäre womöglich ihrem kontemplativen Vater eingefallen. Sie musste an die Fahrt denken, die sie einst nach Lima geführt hatte. Wie viele Jahre des Glücks, wie viele des Leids waren inzwischen verstrichen! Besorgt fragte sie sich, was sie wohl in Santiago erwarten würde. Der Gedanke, in Kürze Enriquillo in ihre Arme schließen zu dürfen, war nicht nur beseligend, er hatte auch etwas Beunruhigendes an sich, das sie sich genauso wenig erklären konnte wie das wehmütige Heimatgefühl beim Anblick der Hügel von Valparaiso.

Dazu kam, dass ihr der Gedanke an die bevorstehende Trennung von Andresillo zusetzte.

Ihre Freundin Teresilla war bereits seit mehreren Jahren mit einem Caballero namens Ramos de Zúñiga verheiratet und bewohnte ein geräumiges Gebäude, ganz in der Nähe des Klosters der Franziskaner. Mit heller Freude hieß sie die Besucherin willkommen und gewährte ihr spontan ihre Gastfreundschaft.

Ihr Haus war mit Zierrat vollgepfropft, auf den sie stolz zu sein schien, während er Elviras in Lima verfeinertem Geschmack widersprach. Kohlenbecken aus getriebenem Kupfer standen auf dem teppichbelegten Fußboden herum, und in allen Winkeln stieß man auf schillernd glasierte Tonkrüge, Messingkandelaber und Heiligenstatuetten aus polychromiertem Holz. Nur dass anstelle authentischer Gemälde einheimischer Künstler die plumpen Kopien der Bilder Zurbaráns, Murillos und Valdés Leal y Cerezos an den Wänden hingen. Dass die Silberschüsseln aus minderwertigen Legierungen bestanden. Und dass sich das Porzellan, hielt man es gegen das Licht, als billige Manufaktur offenbarte. Der Herr des Hauses schien der Quantität größere Bedeutung beizumessen als der Qualität. Sein Konterfei, in gravitätischer Pose von unbeholfener Künstlerhand in Öl festgehalten, musterte von der Zimmerwand herab die Beschauer mit hochmütigen Blicken und rief unangenehme Erinnerungen in Elvira hervor. Erinnerungen an Bilder und goldgerahmte Spiegel, mit denen sie, ein Kind noch, im Haus des alten Castro in Buenos Ayres schlechte Erfahrungen gemacht hatte. *Gewiss kamt Ihr, um auszukundschaften, was es auf der anderen Seite zu sehen gibt!* Ganz geheuer kam er ihr nicht vor, dieser Don Martín Zúñiga mit seinem würdevollen Gehabe, hinter dem sich Dinge zu verbergen schienen, über die man besser nicht redet. ›... *Was es auf der anderen Seite zu sehen gibt ...*‹ Er war Oberbuchhalter der Stadt und betätigte sich freiberuflich als Bewahrer guter Sitten und alter Tradition. ›... *auf der anderen Seite ...*‹ Die Schneiderstochter war behäbiger geworden, hatte aber ihren Charme nicht eingebüßt. Wenn sie lachte, zeigten sich noch immer die Grübchen auf ihren Wangen. Schon beim ersten Gespräch mit ihrer Freundin betonte sie – übereifrig, wie es Elvira vorkam –, Gott habe sie mit einem guten Ehemann und mit drei wohlgeratenen Söhnen gesegnet. Wenn nur das Unglück damals nicht über sie hereingebrochen wäre!

»Welches Unglück denn?«

»Nun ja, das klägliche Ende meiner geliebten Eltern.« Die unmutige Miene Don Martín Zúñigas entging Elvira nicht. Es war ihm anzusehen, dass er seine Frau gerne zum Schweigen gebracht hätte.

»Stellt Euch die Bosheit der Menschen vor!«, plauderte Teresilla weiter, ohne Rücksicht auf ihren Mann zu nehmen. »Da gab es doch tatsächlich jemanden, der meine arme Schwester anzeigte. Sie sei dem Teufel verfallen!«

»Als das Heilige Offizium die Unschuld der armen Irren feststellte, ließ man sie laufen, das könnt Ihr nicht abstreiten«, erhob Don Martín Einspruch.

»Man entließ sie aus dem Kerker, das ist wahr«, räumte seine Gattin ein. »Aber vorher unterwarf man sie der Folter, und kurz darauf nahm sie der Herrgott zu sich, und meine armen Eltern ...«

»Papperlapapp! Der Tod Eurer Eltern hat überhaupt nichts mit dieser Angelegenheit zu tun«, fuhr ihr Don Martín über den Mund.

»... und meine armen Eltern segneten im Jahr darauf das Zeitliche. Fast gleichzeitig gingen sie ins Jenseits ein. Die ihm aufgebürdeten Gerichtskosten hatten Vater an den Bettelstab gebracht.«

Don Martín Ramos de Zúñiga konnte nicht länger an sich halten. Seine Halsadern schwollen an, und er schlug mit der Faust auf den Tisch, was bei einem so auf gute Umgangsformen bedachten Herrn erstaunlich wirkte. Als er sich wieder gefasst hatte, erklärte er gereizt, er lasse nichts auf die Inquisition kommen, die von den Engländern zur Schwarzen Legende verteufelt werde, um Spaniens Ruf zu schädigen. Doch – und dabei benutzte er seine dicken Finger zum Aufzählen der Argumente – dieser heiligen Einrichtung obliege es erstens, die Rechte des Heilands auf Erden wahrzunehmen; stelle zweitens eine Notwendigkeit dar, um die Einheit des Volkes zu gewährleisten; vollstrecke drittens überhaupt keine Todesurteile, denn die Kirche verabscheue das Blutvergießen. Und viertens könne niemand abstreiten, dass sich das Heilige Tribunal peinlich genau an die vorgeschriebene Prozessordnung halte, während man in Deutschland, Frankreich oder in der Schweiz Tausende als Hexen beschuldigte Weiber ohne Gerichtsverfahren verbrenne, unter ihnen sogar zwei- bis vierjährige Kinder.

Davon abgesehen teile er die Überzeugung seiner Vorgesetzten: Der intensiven Missionstätigkeit der Kirche komme eine erstrangige politische Bedeutung zu, denn von ihr leiteten sich die legalen Ansprüche auf den Kontinent ab, der den allerkatholischsten Majestäten vom Heiligen Vater zugesprochen worden war, auf dass sie dort den christlichen Glauben verbreitete.

Als sei damit alles gesagt, wechselte er das Thema und kam auf die Stierkämpfe zu sprechen. Dann verbreitete er sich über die Sporteln, Zulagen und Prämien, die ihm als einem königlichen Beamten zustanden, über Privilegien, Gratifikationen und Kanzleiintrigen. Dabei wirkte seine altertümelnde Redeweise – so versteifte er sich zum Beispiel darauf, seine Stadt mit dem umständlichen Gründungsnamen Santiago del Nuevo Extremo zu bezeichnen – ziemlich lächerlich.

»Was ist eigentlich aus Eurer Musik geworden?«, erkundigte sich Elvira eines Tages bei ihrer Freundin.

Dabei wies sie auf die an der Wand hängende Gitarre.

»Bei drei wilden Buben bleibt einem wenig Zeit für Musik«, erklärte Teresilla. »Allerdings kann mir niemand das Singen verwehren.«

Die beiden sahen sich einen Moment lang schweigend an.

»Ich singe, wenn ich mich alleine weiß und mich niemand hören kann«, gestand sie dann.

Sie hätte wirklich einen freundlicheren Mann verdient, ging es Elvira durch den Kopf.

»Wichtig ist, sich die Lust zum Singen zu bewahren«, meinte Teresilla. »Gott sei Dank habe ich meinen Frohsinn nicht verloren.«

»Da habt Ihr großes Glück«, erwiderte die Freundin. »Mit Euren Kindern und mit Eurem Mann.«

Die nickte zustimmend, und Elvira spürte die Kluft, die sie bei aller Zuneigung von der Gattin eines städtischen Oberbuchhalters trennte, der, wie sie erkannte, den Hang zum Jähzorn hinter seinem gravitätischen Gehabe zu verbergen suchte.

Seine Stellung berechtigte Zúñiga, einen bevorzugten Sitz in der Kathedrale einzunehmen, wenn auch nicht gerade in der vordersten Reihe. Schon nach wenigen Tagen gab er seiner Frau zu verstehen, dass er nicht gewillt sei, diese Position durch ihren riskanten Umgang mit Personen zweifelhaften Rufs aufs Spiel zu setzen. Die Scherereien mit dem Schwiegervater hätten ihm schon genug zu schaffen gemacht: Es sei damals wahrlich nicht einfach gewesen, dessen Renommee als ehrbarer Schneidermeister zu verteidigen. Obwohl sich seine Unschuld erwies, habe der Konflikt mit den Inquisitionsbehörden eben doch einen Schatten des Verdachts auf ihn geworfen, der ihn über den Tod hinaus verfolge.

Das Benehmen seiner beiden Schwäger trug auch nicht dazu bei, den die ganze Familie belastenden Makel zu beseitigen. Seit ihrer Rückkunft aus Valdivia trieben sie sich in den Kneipen herum und rühmten sich dort ihrer Heldentaten, die hauptsächlich darin bestanden, Indios zu erjagen und als Kriegsbeute zu verkaufen. Als besonders unangenehm dürfte Don Martín ihre Angewohnheit empfunden haben, ihn bei jeder Gelegenheit anzupumpen. Seine üble Laune hatte also durchaus triftige Gründe.

Er war es, der Elvira beiläufig von der Absetzung des Tomás Pérez in Kenntnis setzte, jenes von der Mutter Andresillos erwähnten Inquisitionskommissars. Dessen eigenmächtiges Verhalten verurteilte er nicht weniger wie das Verhökern der Regierungsposten an die Meistbietenden, ohne zuvor deren Reinblütigkeit zu überprüfen. Im Laufe des Gesprächs führte er Elvira sichtlich verärgert auch die Schwierigkeiten vor Augen, die der Auffindung ihres Kindes entgegenstanden. Sie solle sich keinen übertriebenen Hoffnungen hingeben. Und wie sie den Jungen denn überhaupt noch erkennen wolle.

Sie verließe sich auf ihr Mutterherz, bekannte sie. Das Mutterherz sei ein höchst trügerischer Kompass, meinte er wegwerfend. Er wusste von etlichen Familien, die Kinder unbekannten Ursprungs angenommen hätten. Eine christliche Geste; die Adoption habe jene Waisen vom ererbten Makel ihrer Geburt befreit. Doña Elvira möge seine Offenheit entschuldigen: Die Judenstämmlinge sollten endlich aufhören, sich für das auserwählte Volk zu halten. »Heute sind es wir, die spanische Nation, die von Gott dazu auserwählt wurde, den wahren Glauben unter den Heiden zu verbreiten. Das müsstet Ihr doch einsehen!«

Elvira verzieh ihm seine Offenheit und sah bereitwillig ein, was man von ihr verlangte.

Sehr zum Verdruss ihrer Gastgeber durchstreifte sie die Straßen und Anlagen Santiagos. Suchte die Werkstätten auf, um mit den Lehrlingen ins Gespräch zu kommen. Hielt Kinder auf offener Straße an, um sie auszuhorchen, und sprach mit den Zöglingen der Schulen des Heiligen Antonius und des Sankt Diego de Alcalá. »Habt Ihr zufällig einen kleinen elternlosen Jungen aus Lima gesehen?« Mehrmals war ihr, als verrate ihr das Pochen ihres Herzens: Der Kleine dort müsse es sein, mein Enriquillo, mein Sohn! Armes getäuschtes Herz! Sie wurde zum Gespött der Bevölkerung. Schlimmer noch: Es gab Personen, denen ihr Gebaren verdächtig vorkam.

Andererseits fehlte es nicht an ins Ohr getuschelten Hinweisen: Sie solle doch einmal bei der Gattin eines gewissen königlichen Richters nachforschen, bei de la Fuente, dem Hauptmann des Korps der Adeligen ... Verschworene, die sich gegenseitig deckten. Wohlmeinende, die alles aufboten, um sie von der Aussichtslosigkeit ihrer Bemühungen zu überzeugen: Nur noch in ihrer Erinnerung lebe Enriquillo als Kleinkind weiter. Inzwischen müsse er, vorausgesetzt, er sei überhaupt noch am Leben, zu einem großen Bengel herangewachsen sein, dem das unverhoffte Auftauchen einer ihm fremden Mutter nur seelischen Schaden zufügen würde. »Schlagt ihn Euch aus dem Kopf, vergesst ihn, gnädige Frau, zu seinem eigenen Besten! Und zu Eurem auch!«

Aber welche Mutter kann ihr Kind vergessen? Tagtäglich

durchwanderte sie die Straßen. Stellte Fragen. Gab die Hoffnung nicht auf. Rang nächtens mit ihren Gespenstern.

Vermutlich hätte ihr Benehmen früher oder später den Argwohn des neu ernannten Kommissars der Inquisition oder den der Ziviljustiz hervorgerufen, wäre nicht eines Montagabends die Katastrophe über die Stadt hereingebrochen, die innerhalb weniger Minuten das Leben der Einwohner Santiagos von Grund auf verändern sollte.

Um halb elf Uhr abends wurden die Bewohner der Stadt durch eine minutenlang anhaltende heftige Erschütterung aufgeschreckt, die von furchteinflößendem unterirdischem Rumoren begleitet war. Wenige Augenblicke später fiel die Mehrzahl der Gebäude mit ohrenbetäubendem Getöse ein.

Instinktiv suchte Elvira Schutz im nächsten Türrahmen, bevor sie ins Freie stürzte. Ein Erdstoß warf sie zu Boden. Auf allen vieren kriechend erreichte sie einen Baum, dessen Stamm sie im Liegen umfasste. Dort verharrte sie in Erwartung der nächsten Bodenwelle, die vielleicht das Ende bedeutete. Jammern erfüllte die Luft: »Vater unser, vergib uns unsere Sünden!« »Das Jüngste Gericht naht!« Und der aus tiefster Seele aufsteigende Schrei der Sterbenden: »Mutter!« ... »Mamaaa!« »*Mamita querida!*«

Ihr Herz pochte wild, als sie das Krachen der vom Santa-Lucía-Hügel herabfallenden Felsbrocken vernahm. Menschen und Tiere mit sich reißend, wälzten sie sich lawinengleich durch die Straßen. Der Himmel war mit schwarzen Wolken verdeckt; dichte Staubsäulen stiegen aus dem Schutt auf. Ein weiterer Stoß, und noch einer! Dazu das schreckliche Geräusch, das widerhallte, als berste ein Felsen in tausend Stücke. Schwankend versuchte sie, sich zu erheben. Aber ein neuer Erdstoß warf sie wieder zu Boden. Sie empfand stechende Schmerzen und verlor die Orientierung.

Menschen irrten ziellos umher, halbnackt, mit gelöstem Haar. Laut schreiend stolperten sie über die verstreuten Trümmer. Schleppten absurde Habseligkeiten mit sich herum, trugen Kinder im Arm. Strauchelten, erhoben sich wieder, riefen nach einem Arzt, öfters noch nach einem Priester, um zu beichten und die Letzte Ölung zu empfangen. »Jesus, erbarme Dich der reuigen Sünder!« Herrenlose Pferde galoppierten wiehernd durch die Straßen. Aus vielen Häusern schlugen Flammen. Unterm Schutt begrabene Verletzte stießen durchdringende Klagelaute aus. Das Gejaule der Hunde vermengte sich mit dem unterirdischen Gepolter und den Klängen einer Glocke, die durch das Beben in Schwingung versetzt worden war. Das Läuten riss jäh ab: Der letzte Glockenturm Santiagos war in sich zusammengefallen.

Entsetzt bemerkte sie den Spalt in der Hauswand, der sich langsam verbreiterte. Getöse drang an ihr Ohr. Dann vergingen ihr die Sinne. Als sie nach einer ganzen Weile wieder zu sich kam, brannten ihr die Augen. Der Mörtelstaub! Aus der Ferne drang das Krachen einstürzender Häuser und ein aus dem Gebirge schallender Lärm an ihr Ohr, der sich anhörte wie Kampfgetümmel. Ein Gewicht lastete auf ihrer Brust. Als sie den Versuch unternahm, sich aufzurichten, musste sie feststellen, dass sie von einem dicken Balken eingeklemmt war. Sie betastete ihre blutende Stirn und rief um Hilfe. Nach einer Weile befreiten sie vier mit Stricken und Fackeln ausgerüstete Franziskaner aus ihrer Lage.

»Alles versammelt sich auf dem Hauptplatz!«, rief ihr

einer der Mönche zu, bevor er weitereilte. Sie bemühte sich, ihre Gedanken zu ordnen, rief nach Teresilla und nach Don Martín. Aber nur das Bellen eines Hundes antwortete ihr. Es hörte sich an, als läge das Tier noch an der Kette. Mühsam humpelte sie zum Hauptflügel des Hauses ihrer Gastgeber, das sich, anscheinend unbeschädigt, inmitten der Ruinen erhob, die Türen sperrangelweit geöffnet. Als sie den Wohnraum betreten wollte, strauchelte sie über die auf den Teppichen verstreuten Trümmer und Möbelreste. Von den Bewohnern keine Spur.

Auf dem Platz vor der Kathedrale drängte sich das Volk, das den Trost der Religion suchte. Trotz leichter Verletzungen hatte der Bischof für die Errichtung eines Altars unter freiem Himmel gesorgt. Eine Gruppe barfüßiger Mönche geißelte sich in aller Öffentlichkeit. Die Franziskaner führten das Bildnis der hilfreichen Muttergottes mit sich, die Augustiner schulterten ihr wundersam gerettetes Kruzifix. Die Dornenkrone des Schmerzensmannes in der Kathedrale war bis zum Hals herabgerutscht; dreimal habe er das Antlitz abgewandt, erzählte man sich. Elvira bahnte sich den Weg durch die Menschenmenge. Dabei fing sie absurde Kommentare auf: Eine India habe Drillinge zur Welt gebracht; eines der Kinder habe, kaum geboren, das Unglück prophezeit. Feuerkugeln wollte man beobachtet haben, die aus den Fenstern geflogen und in andere eingedrungen seien. Deutlich habe man die Stimmen der Dämonen in den Kordilleren vernommen. Die Standbilder vieler Märtyrer zeigten den frommen Betrachtern den Rücken und ließen sich, aller Bemühungen zum Trotz, nicht mehr in ihre gewohnten Stellungen bringen. Der aus den Trümmern des Tempels der Jesuiten geborgene Christus habe aus seinen Wunden geblutet. Als sich der Bischof dem in aller Eile errichteten Feldaltar näherte, sank das versammelte Volk schweigend in die Knie. In seiner Predigt prangerte Fray Villareal die wahre Ursache des göttlichen Strafgerichts an. Schuld daran trügen einzig und allein die Zivilbehörden, weil sie Kompetenzstreitigkeiten mit den geistlichen Herren vom Zaun gebrochen hätten. Aber, beruhigte er seine Gemeinde, die allgemeine Reue habe den Zorn Gottes besänftigt, weitere Beben seien daher nicht mehr zu befürchten.

In der durch Fackelschein nur schwach erhellten Nacht stieß Elvira inmitten des Menschengewühls unversehens auf Teresilla. Schluchzend umarmten sich die beiden. »Habt Ihr schon die Prophezeiung der frommen Rosales vernommen?«, die erste Frage Teresillas. »Die Erde wird sich auftun und uns alle verschlingen!« Als sie etwas zu sich gekommen war, berichtete sie der Freundin, ihr Mann sei beauftragt, den Richter Heredia zu unterstützen, der befürchte, die Indios und Neger könnten sich zusammenrotten, um die Spanier aus ganz Chile zu vertreiben. Darum habe er angeordnet, sämtliche Soldaten zu mobilisieren, derer man habhaft werden konnte. Dass man ihre beiden Brüder mit als Erste eingezogen habe, sei dem Betreiben ihres Mannes zu verdanken.

Als der Morgen heraufdämmerte, erwies es sich, dass viele Lebensmittel verschüttet, die Mühlen eingefallen und die meisten Kanäle verstopft waren. Verwundete lagen stöhnend auf den Straßen, die verlassenen Häuser wurden von Plünderern heimgesucht, und im Gebüsch der Vorstädte hielten sich entlaufene Sklaven versteckt. Es hieß, die Gräber auf dem Kirchhof hätten sich geöffnet und die Gebeine der Verstorbenen seien durch die Luft gewirbelt. Entgegen der Versicherung des Bischofs wurden die Bewohner der Stadt an den darauffolgenden Tagen von weiteren, allerdings schwächeren Erdstößen beunruhigt. Breite Erdspalten hatten sich aufgetan, aus denen sich übelriechender Schlamm ergoss. Viele Quellen dagegen waren versiegt, wodurch das Trinkwasser knapp wurde. Santiago hatte sich in ein riesiges Notlager verwandelt; die Menschen hausten in Gärten und auf leeren Grundstücken und mieden die Nähe des baufälligen Mauerwerks. Die wenigen Gotteshäuser, die nicht gänzlich zerstört waren, füllten sich wie nie zuvor. Und der Kommissar der Inquisition konnte eine erfreuliche Zunahme zerknirschter Büßer verzeichnen, die eigene und fremde Sünden anzeigten.

Der Gouverneur Don Martín de Mujica hielt sich zum Zeitpunkt der Katastrophe in Concepción auf. Als ihn die Hiobsbotschaft der Katastrophe erreichte, ließ er umgehend zweitausend Pesos aus seiner Privatschatulle überweisen, mit der Verfügung, vordringlich für den Unterhalt der Nonnen zu sorgen. Der Vizekönig in Lima für sein Teil veranlasste die Abhaltung von Prozessionen und Bittgottesdiensten. Der knauserige König im Escorial hingegen verweigerte der heimgesuchten Stadt Steuererleichterungen jeglicher Art, wie sich aus den monatelang später eingehenden Anordnungen ergeben sollte.

Der Winter ließ sich besonders hart an. Auf wolkenbruchartigen Regen folgte tagelanger Schneefall. Die Flüsse traten über ihre Ufer; Tausende von Kühen ertranken in den Fluten. Die Obrigkeit stellte für den Wiederaufbau der heimgesuchten Stadt einunddreißigtausend Pesos zur Verfügung, wovon zwanzigtausend an die Kirchen und Klöster verteilt wurden. Zu allem Unglück verbreitete sich unter den Schwarzen und Indios eine Epidemie: das sogenannte »Feuer im Kopf«, welches mehr Opfer erheischte als das Erdbeben. Das hatte an die tausend Tote gefordert. Der sich daraus ergebende Mangel an Arbeitskräften machte sich bald fühlbar, zumal die politischen Unruhen in Portugal den Nachschub frischer Sklaven erschwerten.

Don Martín war während dieser Zeit nur selten zu Hause anzutreffen. Er gehörte jetzt der Kommission an, der es oblag, Indios in den Frondienst zu pressen, um die Wiederherstellung der Stadt voranzutreiben – eine Maßnahme, die bewirkte, dass sich viele der Bedrohten aus dem Staub machten. Dennoch erhob sich nur vier Monate nach der Zerstörung der Kathedrale ein neuer Tempel an der gleichen Stelle.

Es gab kaum einen Überlebenden, der nicht den Tod eines Verwandten oder eines Freundes zu beklagen hatte. Auffallend war die erstaunlich große Anzahl spurlos Verschwundener. Niemand hätte sagen können, ob ein Vermisster einem Verbrechen zum Opfer gefallen, ob er unerkannt in ein Massengrab gelangt war oder ob er sich, die allgemeine Verwirrung nutzend, abgesetzt hatte, um anderenorts ein neues Leben zu beginnen, fernab von seiner Familie und von seinen Schulden. Unter den umgekommenen Honorationen, denen ein christliches Begräbnis zuteilgeworden war, befand sich ein Hauptmann des Korps der Adeligen – ein gewisser Don Matías de la Fuente. Neben ihm hatte man dessen Sprössling zur ewigen Ruhe gebettet, auch er ein Opfer der Katastrophe. Einem Gerücht zufolge war es in Wirklichkeit der kleiner Enrique Duarte y Acosta gewesen, den man da unter falschem Namen bestattet hatte: den Sohn eines Ketzers aus Lima. Ein Familiar habe ihn – so erzählte man sich – dem kinderlosen

Ehepaar de la Fuente gegen Zahlung einiger Patacones überlassen. Elvira war dieses Gerücht zu Ohren gekommen; Glauben schenkte sie ihm nicht. Denn die behördlichen Register waren derartig in Unordnung geraten, dass niemand mit Bestimmtheit hätte sagen können, wie sich die Ereignisse der letzten Monate abgespielt hatten. Außerdem, so sagte sie sich, war es unwahrscheinlich, dass der Überbringer des Knaben dessen wahren Namen gekannt hatte. Zweifel über Zweifel; Hoffnungsschimmer, die nie ganz erloschen.

Nicht nur die Anzahl der Toten und Abhandengekommenen verwirrte sie, sondern auch das beunruhigende Auftauchen eines Heers von Missgestalten zwischen den Trümmerhalden. Bettler mit verstümmelten Gliedmaßen, Mestizinnen mit leerem Blick, an deren schlappen Brüsten rattenähnliche Säuglinge hingen, blinde Sklaven, Monstra mit von Lepra zerfressenen Visagen hielten sie in Atem. Unförmiges Menschenfleisch, das da zuckte, kroch, sich am Boden wälzte, Gestank verbreitend, heulend und schluchzend. Wie von der Hölle ausgestoßen, hatten sie ihre Schlupfwinkel verlassen und gewährten einen Blick in eine Unterwelt, die dem Auge für gewöhnlich verborgen bleibt.

In dieser Welt des Grauens stieß sie auf einen Arzt, der damit beschäftigt war, die Wunden der Unglücklichen zu verbinden und tröstend auf sie einzureden. Als er sie bemerkte, unterbrach er seine Tätigkeit, um sie aus zusammengekniffenen Augen zu mustern. »Doña Elvira Acosta, wenn ich mich recht entsinne?«, fragte er dann und stellte sich vor: Diego de Sotelo. Er habe sie vor Jahren in Córdoba kennengelernt, im Hause ihrer Eltern. »Viel hat sich inzwischen ereignet«, fügte er hinzu und lächelte schmerzlich.

Elvira nickte stumm. Eine Szene kam ihr in den Sinn, der sie bei ihrer Ankunft in Buenos Ayres beigewohnt hatte. Peitschenschwingende Aufseher treiben einen Trupp aneinandergeketteter Sklaven an ihr vorbei. Zwei bitterlich weinende schwarze Kinder flehen sie in ihrer Not um Hilfe an. Sie selbst, ein kleines Emigrantenmädchen, hatte natürlich keinen Beistand leisten können. *Nimm, kleines Negermädchen, nimm meine Puppe!* Die unlautere Besänftigung ihres Gewissens vermittels dieser Pseudoerinnerung.

»Auch diese sind unsere Brüder«, hörte sie den Arzt sagen, der mit einer Kopfbewegung auf die ihn umgebenden Elendsgestalten wies. »Der geplagte Leib ist das Grab der unsterblichen Seele.«

»Platon«, erwiderte Elvira.

Sotelo betrachtete sie erstaunt und nickte anerkennend. Dann wandte er sich von ihr ab und nahm seine Tätigkeit wieder auf. Sie sah ihm noch eine Zeitlang zu, bis sie sich mit knappem Gruß entfernte.

Als der Winter vorüber war, entschloss sich Elvira, den Zúñigas für ihre Gastfreundschaft im notdürftig wiederhergestellten Haus zu danken und sich eine neue Unterkunft zu suchen.

»Bleibt doch noch eine Weile bei uns wohnen«, drang Teresilla in ihre Freundin. Ihr Lächeln glich, trotz der Grübchen, in letzter Zeit immer mehr einer Maske.

Ihr Ehemann unterstützte die freundliche Aufforderung seiner Frau nur halbherzig. »Darf ich fragen, wohin Ihr ziehen wollt?«, erkundigte er sich.

Elvira musste gestehen, dass sie sich darüber noch keine

Gedanken gemacht habe. Insgeheim rechnete sie mit dem aus dem gemeinsam erlittenen Unglück erwachsenen Kameradschaftsgeist der Bevölkerung. Eine solche Stimmung der Solidarität hatte es sicherlich seit der Einnahme des Landes durch die ersten Siedler nicht mehr gegeben.

»Da fällt mir ein«, ließ Don Martín plötzlich verlauten. »Heute Morgen kam ein Herr vorbei, der nach Euch fragte.«

Elvira fühlte einen Stich im Herzen: bestimmt eine Botschaft von Enriquillo!, schoss es ihr durch den Kopf. »Hat er keine Nachricht für mich hinterlassen?«

Ihr Gastgeber verneinte, während er sie prüfend ansah. Ein Caballero mit stark portugiesischem Akzent sei es gewesen. Seinen Namen habe er nicht nennen wollen.

»Gewiss kommt er wieder zurück«, meinte sie.

»Möchte ich bezweifeln«, gab Zúñiga zurück. Sein Gesichtsausdruck ließ darauf schließen, dass er seine guten Gründe zu dieser Annahme hatte.

Kurz darauf machte sie ihre Absichten wahr und bezog ein Zimmer im fast unbeschädigten Wohnsitz der Witwe eines Hufschmieds, die ihr täglich von neuem versicherte, sie habe bessere Zeiten gesehen.

Dort fand sie der Unbekannte, der sich im Hause der Zúñigas nach ihr erkundigt hatte. Von weitem sei er angereist, erklärte er geheimnisvoll und forderte sie auf, Platz zu nehmen. Und schwerwiegend seien die Nachrichten, die er ihr unter vier Augen zu übermitteln habe, fuhr er fort. Irgendwie kam ihr der Mann bekannt vor; vielleicht lag es am singenden Tonfall seiner Stimme, die vage Erinnerungen in ihr wachrief. Zu ihrem Unbehagen fühlte sie, wie ihre Knie zitterten. Der Mann zog umständlich ein bräunliches Blatt Papier aus der Rocktasche und hielt es unschlüssig in der Hand.

»Wer seid Ihr?«, wollte sie wissen. »Wer schickt Euch?«

»Was kümmert Euch mein Name?«, wehrte der Fremde ab und legte den Zeigefinger auf seine Lippen, um sie zu veranlassen, ihre Stimme zu dämpfen; gewiss horchte die Witwe mit den besseren Zeiten an der Tür.

Plötzlich entschloss er sich und drehte das Papier in seinen Händen um. Elvira fuhr überrascht von ihrem Sitz auf und führte die rechte Hand zum Mund, um ihren Schrei zu unterdrücken. Denn was sie vor sich sah, war ein unbeholfen gezeichnetes Doppelporträt. Sie selbst war darauf zu erkennen und Juan, ihr Mann.

»*Baruch atah Adonai dajan haemet*«, entfuhr es ihr. »Gelobt sei Adonai, der gerechte Richter.«

Der Besucher sah sie erstaunt an. Offenbar hatte er diese Reaktion nicht erwartet.

Während sie weiter auf das Papier starrte, schossen ihr viele Fragen durch den Kopf. Die Handschrift ihres Mannes war genauso unverkennbar, wie die Botschaft, die sie enthielt. Eine Kohlezeichnung auf zerknittertem Papier: das stilisierte Abbild einer Frau, die im Herzen des Galeerensträflings nicht gealtert war. Daneben er selbst, auch er aus dem Gedächtnis gezeichnet, denn über einen Spiegel hatte er nicht verfügt.

»›Mächtiger als der Tod ist die Liebe‹, heißt es im Hohelied Salomons«, unterbrach der Fremde nach einer Weile das eingetretene Schweigen.

Warum konnte der Mensch nicht endlich den Mund halten? Mächtiger als der Tod? Mächtiger als die unüberwindlichen Kräfte, die sich ihrer Leidenschaft entgegengestellt hatten? Nein, es war ihr nicht gelungen, den Fluch zu bezwingen, der Juan in früher Kindheit getroffen hatte, als er die Erniedrigung seines Vaters mit hatte ansehen müssen.

Die Tränen stiegen in ihr hoch. In ihr, die fast nie weinte. ›Zu spät!‹, spottet eine innere Stimme. ›Zu spät zur Reue‹. Warum müht sich der Schwätzer damit ab, ihr zu erklären, was sie längst erraten hat? Als er den Tod herannahen fühlte, nahm Juan einen Fetzen Papier zur Hand, um seine Skizze anzufertigen. Steckte sie einem Leidensgefährten zu, dem die Flucht gelang, als das Boot kurz darauf von englischen Korsaren gekapert wurde. Von Hand zu Hand war die Liebesbotschaft ihres sterbenden Mannes gegangen und hatte nun ihr Ziel erreicht.

»Jidgadal wejidkadasch schemei rabah …« Der Emissär hatte sich erhoben und rezitierte das uralte Gebet zur Verherrlichung Seines Namens.

»Erhoben und geheiligt sei Sein Name in der Welt, die er nach Seinem Willen erschaffen hat. Ausbreiten möge sich Sein Reich zu unseren Lebenszeiten … bald, in naher Zukunft!«

»Amen!«, murmelte die Witwe des Juan Rodríguez Duarte.

Als sie, wenige Wochen danach, aus der Sonntagsmesse kam, entdeckte sie unter den Gläubigen Andresillo an der Hand seiner Mutter.

»Andrés!«, schrie sie auf und breitete ihre Arme aus. Das Kind riss sich von seiner Mutter los und lief auf Elvira zu.

»El…vi…ra! Ich hat… hatte s… s… solche S… Sehnsucht nach dir.«

»Aber du kannst ja sprechen!«, stellte sie überrascht fest.

Die Mutter gesellte sich zu ihnen. Seit ihrer Ankunft in Santiago war sie Elvira nicht mehr zu Gesicht gekommen, obwohl sie mehr als einmal den Wunsch empfunden hatte, wenigstens Andresillo ausfindig zu machen, wo sich doch die Suche nach ihrem eigenen Sohn als immer aussichtsloser erwies. Die Veränderung der einst so aufgeputzten Frau war nicht zu übersehen. Lächerlich ihr Versuch, die Flicken ihrer abgerissenen Kleidung durch allerhand bunte Bänder zu verbrämen.

»Euer Sohn hat die Sprache erlangt! Erzählt mir doch, wie dieses Wunder zustande kam!«

»Je nun«, erwiderte sie und warf unruhige Blicke um sich, als wäre sie auf der Suche nach bekannten Gesichtern. »Mitten während des großen Erbebens fing er auf einmal zu sprechen an.« Übergangslos jammerte sie dann über das Strafgericht Gottes, das sie getroffen habe. Ausgerechnet sie! Ihr Mann sei von einer einfallenden Mauer erschlagen worden, ihre Schwester verschollen, als hätte sie sich in Luft aufgelöst. Und sie selbst befinde sich schutzlos in der fremden Stadt, ohne Freunde, ohne Geld und ohne feste Bleibe. »Aber noch habe ich mir meine Reize bewahrt, mit denen ich einen Mann glücklich machen kann«, sprach sie sich selber Mut zu.

Das waren die letzten Worte, die Elvira von ihr vernahm. Sie wurde von der Menschenmasse abgedrängt. Als es ihr endlich gelungen war, sich aus der Menge zu lösen, stellte sie verwundert fest, dass sie Andresillo an der Hand hielt, während dessen Mutter verschwunden war.

Ohne allzu großen Eifer an den Tag zu legen, bemühte sie sich, diese wieder aufzufinden. Doch das leichtsinnige Weib schien sich aus dem Staub gemacht zu haben. Im Vertrauen womöglich auf die Reize, die sie, gemäß eigenem Befund, noch immer besaß, war sie vielleicht heilfroh ge-

wesen, sich auf diese nahezu natürliche Weise der Sorgepflicht ihres Kleinen gegenüber entledigt zu haben. Elvira
für ihr Teil handelte wie ihre Komplizin, indem sie ihre
Suche nach der Mutter etwas vorschnell aufgab und sich
wenige Tage später anschickte, mit Andresillo nach Lima
zurückzukehren. Der Kleine leistete keinen Widerstand
gegen die Entführung.

Elvira allerdings fühlte sich widersprüchlichen Empfindungen ausgesetzt. Auch wenn sie sich einredete, in stillschweigender Übereinstimmung mit der Mutter gehandelt zu haben, gelang es ihr nicht, das Schuldgefühl
loszuwerden, das sie heimsuchte, weil sie gewissermaßen
ihre Muttergefühle dem eigenen Fleisch und Blut gegenüber auf Andresillo übertragen hatte. Dabei zwang sie
sich zur Hoffnung, den Sohn eines Tages auf irgendeine
Weise wiederzufinden. Irgendwo. Irgendwann.

15 Violante oder die transkontinentale Treibjagd

Dass es Elvira bei ihrer Rückkehr schien, das vorgefunde-
ne Lima unterscheide sich in geradezu unheimlicher Weise von der Stadt, die sie sich im Gedächtnis bewahrt hatte,
war wohl weniger den während ihrer Abwesenheit erfolgten äußerlichen Veränderungen zuzuschreiben als ihrer
inneren Verfassung. Doch dauerte es eine ganze Weile, bis
sie sich eingestand, dass sie die erlittenen seelischen Er-
schütterungen zu einer anderen gemacht hatten. Aus was
dieses Anderssein bestand, hätte sie nicht sagen können.
Sie empfand lediglich, zunächst noch dunkel, dass sie aus
der Lähmung erwacht war, die sie seit Jahren beherrscht
hatte. Nach vielem Grübeln gestand sie sich ein, dass ihre
planlose Suche nach Enriquillo nicht nur der Betäubung
ihrer Schuldgefühle gedient, sondern sie auch der Leidenschaftlichkeit beraubt hatte, die sie einst dem Leben entgegengebracht hatte. Eine Leidenschaftlichkeit, die sie
nun auf die Fürsorge um Andresillo konzentrierte.
Sie hatte sich in einem weitläufigen, wenn auch recht be-
scheiden eingerichteten Haus niedergelassen. Im Innenhof hielt sie Pflanzen: Geranien, Farne, Nelken und Ge-
würzkräuter. Auch ein Mimosenstöckchen gedieh dort
unter ihrer Pflege. Nachdenklich beobachtete sie von Zeit
zu Zeit das Zittern seiner Ästchen, wobei sie dann an ihre
frühere Freundin Mencía denken musste. Der Erdboden
schien sie verschlungen zu haben. Ob sie unter der Folter
zur Verräterin geworden war?

Auf die schüchterne Bitte ihres Ziehsohns hin ließ sie im Patio einen großen Vogelbauer zimmern. Vor dessen Stäben verbrachte Andrés viele Stunden, um, ganz in sich gekehrt, das flatternde, hüpfende, zänkische Treiben der im Käfig untergebrachten Papageien zu verfolgen.

Mehr als einer zerbrach sich den Kopf über das Schicksal dieses seltsamen Knaben. Der Versuchung, ihn als ihren wiedergefundenen Enrique auszugeben, widerstand sie, denn sie wollte sich weder an ihrem eigenen Sohn versündigen noch an Andrés. Bei aller Hinneigung – einfach war ihre Beziehung zu diesem stillen Jungen nicht, der wortkarg seinen eigenbrötlerischen Spielen nachging. Am liebsten nahm er ein Stück Papier und einen Kohlestift zur Hand, um stundenlang zu zeichnen. Fabeltiere, Gruselwesen aller Art, in Flammen stehende Gebäude drückten eine innere Welt aus, die niemandem Zulass gewährte. Manchmal brachte er seine Ziehmutter mit seinen Fragen in Verlegenheit: »Wo komme ich eigentlich her?« »Wo blieben Papa und Mama?« Die schleppend hervorgebrachten Sätze erweckten den Eindruck, als müsse jedes seiner Worte eine Hürde überwinden, bevor es ihm über die Lippen kam. Statt einer Antwort, die ihr nicht zur Verfügung stand, begnügte sie sich dann damit, ihm zärtlich übers Haar zu streichen.

Die Stadt mochte sich in ihren Augen verändert haben, doch eine frivole Gesellschaft trieb weiterhin ihr lustiges Dasein. Nur dass andere die Stelle der Bekannten Elviras eingenommen hatten. Manchmal beschlich sie das Gefühl, sie begegne den gespenstischen Schemen ihrer Verwandten und Freunde von früher. Oder vielmehr Schauspielern, die in die Rollen jener Toten und Verbannten

geschlüpft waren und diese nun auf groteske Weise nach-
äfften.

Da konnte es geschehen, dass sich unversehens ein Abgrund vor ihren Füßen auftat, aus dessen Tiefe sie die
Monster der Vergangenheit anblickten. So etwa, als eines
Tages ein gewisser Luis Diamante, den sie in ihrem einstigen Leben als einen armen Schlucker gekannt hatte, in
ihrer Gegenwart Klage über den Mangel an umlaufenden
Reales führte. Da ihr Silbergehalt wesentlich über dem der
im Mutterland geprägten Münzen lag, stellten sie einen
beliebten Exportartikel dar und verschwanden daher Jahr
für Jahr kurz vor dem Auslaufen der Überseeflotte vom
Markt. Um die Verknappung dieses Zahlungsmittels
zu verdeutlichen, hatte Diamante den Einfall, mit einer
Geste komischer Verzweiflung die leeren Schubladen seines Geldschränkchens aufzuziehen. Da erkannte sie bestürzt das tragbare Möbelstück mit bunt bemaltem Vor-
derteil und Beschlägen aus Messing und Schildpatt, das
sich vormals im Besitz Manuel Bautistas befunden hatte.

Doch die Ungeheuerlichkeiten des Prozesses des großen
Komplotts kamen nur selten zur Sprache. Als sie auf einer
geselligen Veranstaltung einmal den Ansatz machte, jenes
auto de fe zu erwähnen, das über ein Dutzend ihrer Bekannten auf den Scheiterhaufen gebracht hatte, wurde sie
von Bartolomé Bel angefahren, dessen beide älteren Brüder damals öffentlich ausgepeitscht und dann auf die
Galeeren geschickt worden waren: »Gibt es denn überhaupt kein anderes Thema? Man muss doch vergessen
können!« Und wenn es wirklich irgendjemand wagte, Bezug auf die damaligen Ereignisse zu nehmen, so bediente
sich der des Vokabulars des Glaubenstribunals. War dann
von Gebüßten, Relaxierten oder Ausgesöhnten die Rede,
so klang das in den Ohren Elviras wie eine Anerkennung

und Hinnahme der absurden Regeln, denen die Verurteilten zum Opfer gefallen waren.

Bei solchen Gelegenheiten schien ihr, sie wohne dem Verhalten jener Schicksalsblinden bei, die ihre vom Erdbeben verwüsteten Häuser stur an der alten Stätte wiedererrichteten, ohne sich Gedanken über die Gefahren zu machen, die von den vulkanisch aktiven Anden ausgingen. Sollte sie wirklich die einzige Person Limas sein, die das sachte Beben der Mimosen auf den Balkonen der Stadt wahrnahm, das unterirdische Rumoren, das nichts Gutes verhieß? Auf dem Fest, das man einem Neffen des von der Inquisition gebüßten Amaro Dionis anlässlich seiner Verleihung eines Ehrenpostens am Hof des Vizekönigs gab, erheiterte der – auch er ein lustiger Vogel, wie es sein verblichener Onkel gewesen war – seine Zuhörer, indem er den spitzbübischen Einfall des Königs von Marokko zum Besten gab, ausgerechnet den hochberühmten Rabbi Jacobo ben Aharon Saportas in diplomatischer Mission zum spanischen Hof zu entsenden. Diese Anekdote veranlasste José Maria Ossorio – einen Vetter jenes Simón Ossorio, der sich damals trotz der Protektion der Gräfin von Lerma in den Schlingen des Schauprozesses verfangen hatte –, die Abfuhr zu schildern, die Serenissima dem Heiligen Vater erteilt hatte, als der die Auslieferung der Marranen forderte, die sich in Venedig niedergelassen hatten.

Mit einer Mischung von Bewunderung und Neid unterhielt man sich über die gewinnträchtigen Zuckerplantagen in Pernambuco. Dabei übertrieb man die Höhe der Kredite, die deren Besitzer einigen ihrer Glaubensgenossen gewährten, die sich letzthin unter dem Lord Protector Oliver Cromwell in England niedergelassen hatten. Dort widmeten sie sich, wie man sagte, Überseegeschäften. Man sprach vom beängstigenden Auftauchen eines Kometen und von der Gefahr, die das neuerliche Aufkreuzen der Türken für das christliche Abendland darstellte.

Nur dass der inzwischen nach Neuspanien versetzte Inquisitor Juan Sáenz de Mañozca im Rahmen eines aufwendigen Verfahrens dort über zweihundert Männer und Frauen abgeurteilt hatte – das schien in Lima niemanden den Schlaf zu rauben. Wen kümmerte es schon, dass sich unter den Verbrannten Tomás Treviño de Sobremonte befunden hatte, jener »Heilige des Gesetzes der Juden«, der väterlicherseits von altchristlichen Hidalgos, von der Mutter her von Juden abstammte? Und dass der greise Simón Váez Sevilla, der, wie sich Elvira erinnerte, seinem Geschäftsfreund Manuel Bautista einst das von diesem verbrannte Thorafragment verehrt hatte, zwar mit dem Leben davongekommen war, jedoch sein ganzes Vermögen eingebüßt hatte? Nein, vor solchen beängstigenden Geschehnissen verschloss man die Augen. Befremdet hörte Elvira den mit mehr oder weniger geistreichem Galgenhumor ausgestatteten Damen und Herren zu, die über fast alles Bescheid wussten, was auf der weiten Welt vor sich ging, und die glaubten, das Beben im fernen Mexiko gehe sie nichts an. Mehr als einmal musste sie der Lehren ihres Vaters gedenken, der ihr mit wissendem Lächeln die dem Auge verborgenen Dimensionen gezeigt hatte, die doppelten Böden des Daseins. Es ist seltsam, wunderte sie sich, dass man für gewöhnlich die Parallelwelten ignoriert, von denen man umgeben ist.

Zu später Nachtstunde wurde Elvira von einem Zwerg aufgesucht. Angetan mit einer prächtigen Galauniform, hätte man ihn für den Hofnarren des Vizekönigs halten können. Er entbot ihr einen knappen Gruß und musterte sie aus melancholischen Augen. Dann überreichte er ihr einen Brief und entfernte sich wieder, ohne sich auf ein Gespräch einzulassen.

Elvira erbrach das Siegel und entfaltete ein langes Schreiben mit der Handschrift Guiomars. Den Fängen der mexikanischen Inquisition war sie mit knapper Not entkommen. Doch sei es ihr nicht gelungen, die Generalstaaten zu erreichen. Sie könne von Glück sagen, dass sie und ihre Schwester ein Schiff gefunden hatten, das sie für schweres Geld nach Manila brachte – ausgerechnet nach diesem entlegenen Nest, der Zufluchtsstätte allen möglichen Gesindels. Aber eine andere Alternative habe sich ihr nicht geboten. Ihre Schwester Isabel sei leider kurz nach der Ankunft gestorben: das Opfer einer der vielen Tropenkrankheiten Philippiniens. Sie selbst habe die Hoffnung nicht aufgegeben, sich eines Tages mit ihren aus den Augen verlorenen Söhnen zu vereinen, von denen seit der Rettungsaktion der Mütter von Lima jegliche Nachricht fehle. Gemeinsam mit ihnen wolle sie ein neues Leben in Sevilla beginnen. Denn noch immer sehne sie sich nach den Stätten ihrer Geburt.

Elvira war erstaunt über das kindlich anrührende Geständnis dieser einst so unnahbaren Witwe Manuels, die sich trotz des ihr angetanen Unrechts von ihrer alten Heimat innerlich nicht hatte lösen können. Besonders aber jammerte sie das ungewisse Schicksal derer Kinder, von denen man fälschlich behauptet hatte, sie seien mit der Mutter vereint und in Sicherheit.

Weder ihren Schmerz noch ihre kleinen Alltagsfreuden hatte Guiomar dem Papier anvertraut, und auch über die Weise, wie sie ihre Tage in Manila verbrachte, schwieg sie sich aus. Doch obwohl das Schreiben die Gefühle seiner

Verfasserin nicht preisgab, schien es doch den verzweifelten Versuch darzustellen, der sie im Exil umgebenden Isolierung zu entrinnen. Ein waghalsiges Unternehmen, trotz der ausgiebig benutzten sympathetischen Tinte (die längst keine Geheimhaltung mehr gewährleistete) und trotz des extravaganten Überbringers, der gerade wegen seines auffallenden Aufzugs über allen Verdacht erhaben schien!

Später, als sie den Brief überdachte, kam sie zum Schluss, er müsse eine verschlüsselte Botschaft enthalten. Denn nachdem die Verfasserin ihre Enttäuschung über die Mittelmäßigkeit der Männer geäußert hatte, denen nach den Heimsuchungen in Lima, Cartagena de las Indias und Mexiko mangels charismatischer Eliten die Führungsrolle der Nation zugefallen war, erwähnte sie die längst verstorbene Schwiegermutter Simón Váez Sevillas. Ihr sei es zu verdanken, dass die Hoffnung auf das baldige Kommen des Messias in ihrer Gemeinde nicht erloschen sei. Keine Folter habe es fertiggebracht, ihr den Namen auch nur eines einzigen ihrer Mitstreiter zu entreißen.

Warum, so grübelte Elvira, hatte die Witwe Manuel Bautistas jene Frau, die sie mit der heldenhaften Mutter der Makkabäer verglich, in ihrem Brief erwähnt? Sie rief sich die Abschiedsblicke ins Gedächtnis, die Guiomar mit ihrem Mann gewechselt hatte, als man sich anschickte, diesen abzuführen. Dabei verstärkte sich ihr seit damals gehegter Verdacht, die ahnenstolze Frau sei die Urheberin der politischen Aspirationen ihres Mannes gewesen, die darauf abzielten, die Hebräer dem spanischen Volkskörper einzugliedern, ohne aber ihren Glauben und ihre geistige Unabhängigkeit anzutasten. Hinter den Bemühungen Manuel Bautistas – das erschloss sich Elvira erst jetzt mit Deutlichkeit – hatte Guiomar gestanden, klug genug, um sich im Hintergrund zu halten. Und nun – so hatte es den Anschein – erwartete sie von ihr, der Jüngeren, dass sie das Werk weiterführe.

Eine Möglichkeit, der Absenderin ein Antwortschreiben zukommen zu lassen, sah sie nicht. Längst hatte sich der wortkarge Sendbote aus dem Staub gemacht. Nur in Gedanken erwiderte sie deren Brief, durchsetzt mit wahrhaft aufrührerischen Ideen. War es denn wirklich so wichtig, fragte sie sich, das Hemd vor Sabbatbeginn zu wechseln anstatt am Sonntag; den Tag des Großen Fastens einzuhalten und sich standhaft zu weigern, Schweinefleisch oder schuppenlose Fische über die Lippen zu bringen?

Noch immer wurde sie in ihren Träumen von den Männern heimgesucht, die, brüderlich einander bei den Händen fassend, den Opfertod erlitten hatten. Ein Sieg des Geistes über die Gewalt! Gewiss. Aber mit Todesfolge. Lohnte sich dieser Einsatz? Vielleicht war es den überlebenden Konvertiten bestimmt, den göttlichen Funken in die Welt der Götzendiener zu tragen, die Botschaft des brennenden Dornbuschs, die der Zehn Gebote, die Forderung der Propheten nach Gerechtigkeit. Es waren rebellische Gedanken, die da in der Tochter des Agnostikers Rodrigo Acosta heranreiften.

Doch gab es überhaupt noch einsatzbereite Männer und Frauen, die gewillt waren, sich für solch hehre Ziele herzugeben? Ihre neuen Bekannten jedenfalls trachteten lediglich danach, ungeschoren ihren Geschäften nachgehen zu können, geleitet vom Wunsch, in der sie umgebenden Bevölkerung aufzugehen, ohne sich um göttliche Funken und brennende Dornbüsche zu scheren.

Das Schreiben Guiomars endete mit einem Zitat aus dem Psalm 95: »Denn er ist unser Gott und wir das Volk Seiner

344

Weide, die Schafherde Seiner Hand, heute noch, wolltet ihr seiner Stimme nur gehorchen.«
Noch am gleichen Abend verbrannte sie den Brief.

An Sonn- und Feiertagen verhüllte sie Kopf und Schultern mit ihrer Mantille und ließ sich mit ihrem Ziehsohn in der heiligen Messe sehen. Mit geziemender Häufigkeit ging sie zur Beichte. Freilich vermied sie beim Empfang der heiligen Kommunion den Anblick der Hostie; unterließ es, die Gebete mit ihrem Amen zu bekräftigen, und trat nur dann in den Beichtstuhl, wenn er von einem Priester besetzt war, der ihr Vertrauen besaß.
Zerstreut hörte sie sich die schadenfrohen Kommentare über das Gerangel des neuen Vizekönigs, des Grafen Alba y Lista, mit dem Santo Oficio an: Zwistigkeiten, die ihm den Ruf eines »Ketzer-Vizekönigs« eingebracht hatten. Und als Dreingabe das Gerede über die von den Glaubenswächtern ausgestreute Anschuldigung, alle Heimsuchungen der letzten Jahre, angefangen von den Erdbeben der letzten Jahre bis zum Untergang einer Silber-Galeone an den Klippen von Chanduy, habe Gott geschickt, um den ruchlosen Grafen zu bestrafen, der es gewagt hatte, die Inquisitoren in ihre Schranken zu verweisen. Die halfen dem himmlischen Groll nach, indem sie dem alten Leibarzt des Vizekönigs, dem Engländer César Nicolás Wanderer, einen Prozess anhängten und ihn als Gotteslästerer straften.
Die Damen und Herren spürten die an Verachtung grenzende Gleichgültigkeit, die ihnen Elvira entgegenbrachte, und rächten sich auf subtile Weise. Mit gespielter Anteilnahme eröffneten sie ihr, dass man ihren Lebensstil bemängle und sich den Kopf über ihre Einnahmequellen

zerbreche. Doch über diese schwieg sie sich aus. Wohl-
weislich. Denn sie war sich darüber im Klaren, dass ihre
Enthüllungen auf Unglauben gestoßen wären. Außerdem
scheute sie davor zurück, die Geheimnisse der Inquisition
preiszugeben. War es doch der Unberechenbarkeit dieser
durch und durch bürokratischen Institution zuzuschreiben, dass man ihr überraschenderweise einen gewissen
Teil ihres beschlagnahmten Vermögens zurückerstattet
hatte, wenn auch unter Abzug der beachtlichen Verwaltungsspesen. Ein äußerst seltener Ausnahmefall, der, wie
sie ahnte, den letzten Freundschaftsdienst Cristóbals darstellte. Kurz vor seiner Deportation war es ihm gelungen,
dass man seinen Freund Manuel de Montealegre zum Verteidiger ihres Anspruchs ernannte. Das Gesuch nahm seinen Lauf, bis es eines Tages tatsächlich den gewünschten
Erfolg zeigte. Ohne diesen finanziellen Rückhalt wäre ihre
problematische Stellung als alleinstehende Frau in der
dortigen Gesellschaft unerträglich gewesen.
Vor allem aber beanstandeten die falschen Freundinnen
ihr zur Schau getragenes Lächeln. Man fand es überheblich, ja geradezu herausfordernd. Ganz zu schweigen vom
Leuchten ihrer Augen, das eine Leidenschaft verriet, vor
der es einigen der Damen graute. Für ihre kleine Bibliothek hatten sie nur ein vielsagendes Kopfschütteln übrig –
eine Frau, die liest! Und mehr als einmal äußerten sie die
ungefragte Ansicht, Andrés sei alt genug, um in eine Lehre
gesteckt zu werden; sie möge endlich aufhören, ihn wie
ein kleines Kind zu behandeln.

Hin und wieder erreichten sie eher zufällig, dem zitternd
verhallenden Ton einer fernen Glocke gleich, Nachrichten
aus der Welt, die sie hinter sich gelassen hatte. Ein Skla-

venhändler, der in San Miguel de Tucumán haltgemacht hatte, übermittelte ihr den Gruß Blanca de Portos. Ihre Schönheitsmittel und Liebestränke fänden großen Anklang. Und ob sie die Freundin nicht einmal besuchen wollte. Von einem chilenischen Weinexporteur erfuhr sie vom jähen Ende des Ehemanns ihrer Freundin Teresilla, der begonnen habe, heimlich zu trinken. Eines Sonntags, auf dem Nachhauseweg von der Messe, sei Zúñiga nichtsahnend an der Seite seiner Gattin die Cañada entlangpromeniert, als sich ein vorüberreitender Oberamtmann von seiner als unzureichend empfundenen Reverenz gekränkt fühlte. Daraufhin sei der Beleidigte vom Pferd gesprungen, habe seinen Degen gezogen und Don Martín kurzerhand niedergestochen. Wenige Tage später sei er, wohlversorgt mit den heiligen Sakramenten, dem Wundfieber erlegen. Eine Zeitlang trug sie sich mit dem Gedanken, ihrer Freundin zu kondolieren, aber nie fühlte sie sich so recht aufgelegt zum Briefeschreiben. Und schließlich blieb es beim Vorsatz, denn die Sorgen, die ihr Andrés bereitete, nahmen sie voll in Anspruch.

So ganz unberechtigt war die Kritik der Klatschbasen am Gebaren des Heranwachsenden nämlich nicht. Eines Nachts hatten sie unheimliche Laute aus dem Schlaf geschreckt. Es war Andrés, der in seinen Angstträumen stöhnte. Mit einer Kerze in der Hand näherte sie sich seinem Lager und stellte besorgt fest, dass er sich zähneknirschend hin und her wälzte, ohne die Augen zu öffnen. Erst als sie behutsam auf ihn einsprach und seine Hand erfasste, beruhigte er sich allmählich. Das Stöhnen und Ächzen wiederholte sich in den folgenden Nächten. Mit der Zeit machten sich Veränderungen im Verhalten des schlaksig aufgeschossenen Jungen bemerkbar. Des Morgens hatte Elvira ihre Last, ihn aus dem Bett zu bekommen; häufig klagte er über Kopfstechen; abends schlich er lange herum, bevor er endlich seine Schlafstätte aufsuchte. Stundenlang konnte er, einen Kohlestift zwischen den Fingern, vor einem leeren Blatt Papier sitzen, ohne sich zu einer Zeichnung aufzuraffen. Tagsüber trieb er sich ziellos auf der Straße herum; viel Zeit verlor er auch mit dem Füttern seiner Papageien. Die bunten Vögel schienen es ihm zu danken; zutraulich ließen sie sich auf seiner ausgestreckten Hand nieder. Freundschaften mit Gleichaltrigen schloss er nicht.

Seine Pflegemutter ließ die mahnenden Ratschläge der aufdringlichen Topfguckerinnen geduldig über sich ergehen. »Höchste Zeit, dass er einen ordentlichen Beruf erlernt. Warum bringt Ihr ihn nicht bei einem Minenbesitzer unter?« »Besser noch, im Kontor eines Großkaufmanns; Schreiben und Rechnen hat er ja gelernt.« »Oder Lehrling in einer Werft im Norden.« »Oder ein Posten in der Verwaltung eines Weinguts im Süden.« »Und warum nicht ein solides Handwerk? Ist doch keine Schande, auch wenn solche Beschäftigungen eher einem Mestizen anstehen. Aber Kunsttischler zum Beispiel; dafür scheint er ja ein besonderes Geschick aufzuweisen.«

Als er ihr eröffnete, dass er studieren wolle, um die Laufbahn eines Advokaten einzuschlagen, unterstützte sie diese Absicht sofort, in der Hoffnung, ihm sei mehr Glück beschieden als einst Diego, ihrem kleinen Bruder in Cordoba. Wochenlang sprachen die beiden von nichts anderem. Andrés suchte das Rektorat der San Marcos-Universität auf, um seine Aufnahme in die Wege zu leiten. Dann wurde es wieder still um das Studium; man hatte offenbar Anstoß an seiner fragwürdigen Herkunft genommen. Eine Zeitlang trug er sich mit dem Gedanken, zur See zu gehen, doch auch dieses Vorhaben ließ er bald fallen. Wenn Elvira ihn so ratlos vor sich sah, erfüllte sie tiefes Mitleid. Zu gerne hätte sie ihm eine heiterere Umgebung geboten, hätte mit ihm so unbeschwert gelacht, wie ihr dies Teresilla in Santiago vorgeführt hatte. Aber ihre witzigen Bemerkungen wirkten sarkastisch und ihr Lachen gezwungen.

Die Wohlmeinenden wurden nicht müde, sie mit ihren Ratschlägen zu bedrängen: »Seht Euch doch bloß die Söhne Luna Fonsecas an, oder den tüchtigen Neffen der Heredias! Wie geschwind die vorankommen im Leben!« ... »Und gesetzt der Fall, Euer Gnaden, Andrés möchte gar nicht so geschwind vorankommen wie die Sprösslinge Luna Fonsecas oder der tüchtige Neffe des Herrn Heredia?«, gab sie zurück, als ihr endlich der Geduldsfaden riss. Fühlte sie sich unbeobachtet, strich sie ihm gerne zärtlich übers Haar und versuchte, sich ihren Kummer nicht anmerken zu lassen. Denn sie erkannte sehr wohl, dass er in einem unsichtbaren Kerker gefangen war.

Um ihn auf andere Gedanken zu bringen, besuchte sie mit ihm bisweilen die Veranstaltungen der literarischen Zirkel Limas. Da saß er dann schweigend in einer Ecke und hörte sich die vorgetragenen Gedichte an, die Musik der zu Gast weilenden Künstler und die Dramen eines Lope de Vega, Calderón de la Barca oder Tirso de Molina, die man mit verteilten Rollen las. Ihr Vater hätte sich in diesem Kreis wohlgefühlt, wo man – wenn auch nur vorsichtig, die von Descartes erdachten Koordinaten erwähnte, die das menschliche Dasein mit dem Licht der Vernunft erhellten. *Cogito, ergo sum.* Selbst die Spekulationen über das religiöse Empfinden eines gewissen Pascal hätten seinen Beifall gefunden, trotz dessen Warnung vor einer bedingungslosen Unterwerfung unter die Herrschaft der Vernunft. Bisweilen warf Elvira prüfende Blicke auf ihren Ziehsohn. Seine innere Teilnahme an den Gesprächen schien sich in Grenzen zu halten. Dennoch, so sagte sie sich, würde seine Generation, die Generation des verschollenen Enriquillo also, einst die Früchte der neuen Ideen genießen, deren Heranreifen sie, wenn auch nur aus der Ferne, wahrzunehmen glaubte. In solchen Momenten blinkte in ihr die Ahnung einer Zukunft auf, die vielleicht erst in hundert oder zweihundert Jahren Gestalt annehmen würde. Wenn überhaupt.

Das gespannte Verhältnis Elviras zu ihren Bekannten führte dazu, dass man ihr Haus tunlichst mied – ein Verhalten, das sie ohne allzu großes Bedauern hinnahm. Daher fühlte sie sich verunsichert, als eines morgens ein ihr Unbekannter in ihre Abgeschiedenheit vordrang und ihr zuflüsterte, er müsse sie in delikater Mission sprechen. Einführend stellte er sich als Isaac Zacuto vor. Ein Nachkomme des berühmten Astronomen und Mathematikers Abraham Zacuto, wie er hinzufügte, dessen wissenschaftliches Interesse auch ihn beseele. Er räusperte sich und nestelte eine Zeitlang unschlüssig an seinem Spitzenkragen. Endlich eröffnete er ihr den Anlass seines Besuches. Die Schergen der Inquisition hätten unlängst einen Arzt mitsamt seiner Familie aus Chile angeschleppt, um ihm in Lima als Judenverdächtigen den Prozess zu machen. Ein gewisser Diego de Sotelo. Allerdings sei dies nicht der wirkliche Namen dieses rechtschaffenen Mannes.

»Diego de Sotelo!«, rief Elvira überrascht aus. In ihrer Erinnerung tauchte der Arzt auf, der ihr auf den Trümmern Santiagos inmitten der Leprakranken begegnet war, der den geschundenen Leib als das Gefängnis der Seele bezeichnet und ihr die tätige Menschenliebe vorgeführt hatte.

»Ihr kennt ihn also?« Das erleichtere die Bitte, die er im Namen seiner Auftraggeber an sie herantragen wolle.

»Eure Auftraggeber?«

»Wohltätige Philosophen, die nicht genannt sein wollen.« Es handle sich um das Töchterchen der beiden. Doña Elvira solle das Kind aufnehmen, um es zu retten. Auf ein derartiges Ansinnen war sie nicht vorbereitet.

»Man erwartet also von mir, dass ich das Kind ...«

»... Violante ...«

»... dass ich Violante an Kindes statt annehme? Als ob die Inquisition mich nicht schon längst beschattet!«

›Und wer hat sich meines armen Enriquillos angenommen?‹, durchfuhr es sie so überdeutlich, dass Zacuto unter ihren unausgesprochenen Worten zusammenzuckte.

Dann kam ihr der Brief Guiomars in den Sinn, in dem diese eine heldenhafte Mutter erwähnt hatte. Und wenn sich das Heldentum nicht in welterschütternden Taten äußerte, sondern sich aus vielen kleinen Gesten des Alltags zusammensetzte? Was der Mann wohl unter »wohltätigen Philosophen« verstand?

Sie bat um Bedenkzeit.

Beim nächsten Besuch Zacutos enthüllte ihr der nicht nur die wahren Namen der Gefangenen – Rodrigo Henríquez de Fonseca und Doña Leonor de Andrade –, sondern auch die abstruse Geschichte ihrer Verfolgung. In Málaga war

ein Familiar beim Kommissar des Heiligen Offiziums vorstellig geworden, um zu melden, der Oberzöllner der
Stadt habe ihm berichtet, ihm sei das verdächtige Verhalten eines gewissen Medikus zu Ohren gekommen. Der
habe einem Morisken anvertraut, er verzehre nur das vor
seinen Augen geschlachtete Geflügel, um sicherzugehen,
dass es nicht *trefah* sei, also rituell unrein für die Juden.
Auf diese Klatschgeschichte hin hatte das Inquisitionsgericht beschlossen, ein geheimes Ermittlungsverfahren
in die Wege zu leiten, wobei sich herausstellte, dass der
Verdächtigte einige verbotene Schriften der griechischen
Philosophen besaß. Doch dem rechtzeitig gewarnten Arzt
war es gelungen, unter falschem Namen – Sotelo – zusammen mit seiner jungen Frau und einem Schwager gerade
noch rechtzeitig nach Buenos Ayres zu entkommen.
Er hatte gehofft, dort sein Auskommen zu finden. Doch die
Verwandten, mit deren Hilfe er gerechnet hatte, kümmerten sich nur um ihre eigenen Geschäfte und wollten von
dem lästigen Neuankömmling nichts wissen. Zudem verbündeten sich die Ärzte des Städtchens gegen den unliebsa-
men Konkurrenten und machten ihm das Leben schwer.
Daraufhin zog er den Paraná stromaufwärts. In Asunción
del Paraguay ging er eine Zeitlang ungestört seinem Beruf
nach, bis ein Patient, der sich falsch behandelt fühlte, mit
einer Anzeige beim dortigen Kommissar der Inquisition
drohte, weil er angeblich viele Psalmen Davids in Spanisch
aufsagen könne und mehrere verdächtige Bücher besitze.
Der Beschuldigte erkaufte sich das Schweigen des Denunzianten. Da er aber der Abmachung nicht traute, setzte er
sich nach Córdoba ab, wo er sich schnell die Sympathie
der Einwohnerschaft erwarb. Er glaubte, dort endlich eine
sichere Zuflucht gefunden zu haben. Da kam es zu dem
Vorfall mit dem Amulett.

Als seine Gattin Doña Leonor der Geburt ihres ersten Kindes entgegensah, entdeckte eine Nachbarin den jüdischen Talisman an der Tür des Gemachs, in dem man die Kreißende untergebracht hatte. Groß war die Empörung der frömmelnden Jungfer; vergeblich die Beteuerung Sotelos, nicht zu wissen, wie dieses Pergament in sein Haus gelangt war. Das *Corpus Delicti* ließ sich nicht ableugnen: eine *Kemiah* mit der Darstellung eines Baums, dem Namen der Engel und den vier hebräischen Buchstaben Adonais, des unaussprechlichen Namens. Wer es betrachte und berühre, der lenke alle Gefahren von sich ab und zöge die Eigenschaften Gottes an. Vermutlich hatte es die abergläubische Wehmutter in bester Absicht angebracht.

Die Befürchtung, die entrüstete Nachbarin könne ihr Gewissen durch eine Anzeige beim Inquisitionskommissar erleichtern, veranlasste die Sotelos, schweren Herzens erneut aufzubrechen. Auf der strapaziösen Fahrt nach Chile starb das Neugeborene. Am Fuß der Anden mussten sie es in harter Erde begraben, ohne zu ahnen, dass ihnen die Bürokraten der Heiligen Inquisition quer über den Ozean auf den Fersen blieben. Weil sie die nach jüdischem Ritus geschlachteten Hühner vorzogen. Beim Glaubensgericht zu Lima war ein Schreiben der Suprema aus Madrid mit der voraussichtlichen Reiseroute der Arztfamilie eingetroffen. Unverzüglich sei das Ehepaar zu ergreifen und ihr Vermögen sicherzustellen.

Zacuto verfügte, wie er versicherte, über gute Verbindungen am Hof des Vizekönigs, denn ein dort tätiger Astrologe teile nicht nur dessen Glauben an die Macht der Zahlen, die ja schon für Pythagoras Ursprung und Wesen aller Dinge gewesen waren, sondern auch seine Experimentierfreude, auf der Suche nach dem Stein der Weisen. Es war durch die Vermittlung dieses mathematisch interessierten Höflings, dass Elvira die nicht alltägliche Genehmigung erhielt, Sotelo im Kerker aufzusuchen.

Als sie die dunkle Zelle betrat, erblickte sie eine struppige Gestalt, die in sich zusammengefallen in einer Ecke saß. Nur mit Mühe erkannte sie in ihr den Arzt Sotelo. Die feuchten Lappen, die er sich um seine von der Folter verrenkten, geschwollenen Glieder gewickelt hatte, sagten genug über seinen Zustand aus. Das also hatten sie aus dem Mann gemacht, der alle Menschen als seine Brüder betrachtete!

»Don Diego! Erkennt Ihr mich nicht?«, sprach sie ihn an. Schweigen. Von draußen drang der entfernte Gesang eines Knaben an ihr Ohr:

»Ach! So viele Frauen blieben ohne Mann;
so viele Männer ohne ihre Frauen.
So vielen Kindern nahm man ihre Eltern;
so vielen Mädchen ihre Mütter.
So viele Waisen blieben ohne Trost;
so viele Täubchen ohne Nest.«

»Gewiss das Kind eines Gefangenen, das seinem Vater oder seiner Mutter ein Lebenszeichen zukommen lassen will«, kam ihr über die Lippen.

»Ein Kind, ja«, murmelte Sotelo; wer weiß, was er verstanden hatte.

Gestank nach Exkrementen, nach Fäulnis, nach Angst. Das Quietschen einer Tür. Schritte. Schlüsselgeklirr. Stöhnen. Ein langgezogener Schmerzensschrei, ein einziger.

»Ich habe erfahren, dass auch Eure Gattin – Doña Francisca, nicht wahr? – und Euer Töchterchen inhaftiert wurden.«

Sotelo betrachtete seine Besucherin blinzelnd. Die ihn seit Monaten umgebende Dunkelheit musste sein Sehvermögen in Mitleidenschaft gezogen haben.

»Leonor«, berichtigte er den Namen seiner Frau. »Violante haben sie uns belassen. Ein Kindchen, kaum zwei Jahre alt. Im Kerker, wo es die Sonne nie zu sehen bekommt!«

»Ich kam, um es in Sicherheit zu bringen.«

Sotelo räusperte sich. Dann flüsterte er:

»Hütet Eure Zunge! Von der Frau in der Nebenzelle heißt es, sie sei eine Zauberin. Sie versuchte schon, sich mit mir in Verbindung zu setzen. Sicherlich ist sie einer der Lockspitzel, die eingesetzt werden, um uns auszuhorchen.«

Elviras Gedanken verweilten bei der kleinen Violante, die sie noch nicht kannte. Sie überlegte, wie sie das Kind zu sich nehmen könne, ohne Aufsehen zu erregen.

Ein neuer Schmerzenslaut, der in den Verliesen widerhallte, ließ sie zusammenfahren.

»Oh, diese Schreie!«, stöhnte der Gefangene und hielt sich die Ohren zu, obwohl der Ruf bereits verhallt war. »Könnt Ihr sie hören, die Schreie? ... Sie verfolgen mich ständig ... lassen mir keine Ruhe. Sagt mir, was soll aus unserem armen Kindchen werden? Ein hungriges, elternloses Bettelkind, ausgestoßen, ohne Liebe, ohne einen einzigen Vellón ...« Er stierte vor sich hin.

Bellende Befehle. Flüche. Kettengerassel. Geflüster. Die Folter. Die Vergangenheit:

Die Nachricht vom Tod des Vaters ... Der Selbstmordversuch Manuel Bautistas ... Der letzte Blick Juans ... Enriquillo ... Die spurlos verschwundene Freundin Mencía ... Der Lizentiat Mañozca, der so viele Bluturteile auf dem Gewissen hatte. Unlängst in Mexiko gestorben. Friedlich. Im eigenen Himmelbett, versehen mit der

Letzten Ölung ... Die Befreiung durch Cristóbal; die mir durch die
unverdiente Rettung aufgebürdete Schuld ... Die Verpflichtung ...
Juan, der es geschafft hat, mir eine letzte Liebesbotschaft zu über-
mitteln. Ein kleines Mädchen namens Elvira spielt am sonnigen
Meeresstrand von Bahía mit seinem Hündchen ... Königspalmen ...
Zuckerrohrfelder. Blaublaue Himmelskuppel ...
Ein kleines Mädchen kauert traurig im dunklen Kerker ...
Klein-Elvira, Violante ...
»Ich komme wieder, Don Diego«, versprach sie.

Und sie kam wieder. Ein zweites Mal gelangte sie in den
Kerker und – was wesentlich schwieriger war – brachte es
eine Stunde später fertig, ihn unbehelligt zu verlassen, ein
stilles Kind im Arm. Nicht nur die Beziehungen des Höflings, sondern auch die in die Hände der Aufseher ge-
drückten Silberstücke erwiesen sich bei der Durch-
führung dieser Aktion als hilfreich.
Man hatte sie zur Frau des Arztes vorgelassen. Doña
Leonor de Andrade! In Córdoba war sie ihr flüchtig als
Doña Francisca begegnet. Eine Namensänderung, um die
bösen Geister irrezuführen, wie man dies bei Schwerkran-
ken vorzunehmen pflegt?
Vom ersten Augenblick an fühlte sich Elvira zu Violante
hingezogen: ein verwahrlostes, schmächtiges Kind, das
zwar noch kaum laufen konnte, jedoch bereits deutlich
sprach. Still hantierte es in einem Winkel der Zelle mit der
winzigen Stoffpuppe, die sie ihm mitgebracht hatte ...
Nimm, kleines Negermädchen, nimm die Puppe, die ich dir schen-
ke, damit du nicht mehr weinst. Peitschenschwingende Aufseher,
drei stolpernde Kinder ...
»Ihr wollt Euch meiner Kleinen annehmen?«, fragte die
Mutter zaghaft.

Als Elvira dies mit einer Kopfbewegung bestätigte, warf ihr Doña Leonor einen prüfenden Blick zu. Nach kurzem Zögern entschloss sie sich:

»Ja, bitte nehmt sie mit Euch! So wird sie die Sonne kennenlernen. Und den blauen Himmel mit den Vögeln drin. Kann sich vielleicht eines Tages des Lebens erfreuen ...« Sie verstummte.

»Ich werde mich gerne um die Kleine kümmern, bis Euer Gnaden hier herauskommt«, versprach Elvira. Als sie ein schicksalsergebener Blick traf, gab sie sich Mühe, hoffnungsvoll dreinzusehen. »Bald werdet Ihr wieder frei sein«, fügte sie unbeholfen hinzu. »Die Zeiten haben sich geändert.«

Ohne auf diese nichtssagende Behauptung zu achten, drückte die Gefangene ihr Töchterchen an sich und bedeckte es mit Küssen. »Sorgt dafür, dass sie ihre Eltern nicht vergisst. Darum bitte ich Euch inständig, liebe Señora«, erflehte sie mit tränenerstickter Stimme. »Und verbergt sie gut vor den Hunden!«

»Mamita, Liebste! Ich will bei Euch bleiben, bitte, bitte! Ganz brav will ich sein, aber schickt mich nicht fort!«, piepste das Kind verängstigt und klammerte sich an seine Mutter. Elvira befürchtete eine dramatische Trennungsszene, die den Kerkermeister zum Einschreiten veranlassen könnte. Aber Violante, das verschmierte Gesichtchen tränennass, fügte sich schnell in ihr Los und gehorchte ihrer Mutter.

Die Zeiten mochten sich geändert haben. Aber die Macht des Heiligen Offiziums war ungebrochen. Zwar stand kein kostspieliges *auto de fe* in Aussicht, um gleich dreizehn Todgeweihte in Asche zu verwandeln. Aber die illustren

Inquisitoren zeigten sich jederzeit zur Abhaltung bescheidenerer Volksfeste bereit, um die absurdesten Verbrechen zu ahnden. Menschen wurden bestraft, weil sie die Gewohnheit hatten, in Pflanzenöl statt in Schweineschmalz zu braten, die Gewohnheit, den Herd am Samstag nicht zu beheizen, oder einen Brotlaib »verkehrt herum« anzuschneiden. Eine junge Witwe, noch dazu eine Komödiantin, hatte unter der Folter gestanden, einst zu mitternächtlicher Stunde auf ihren Liebhaber gewartet zu haben. Als der nicht gekommen war, habe sie in ihrer Ungeduld den Teufel beschworen. Daraufhin hallten gewaltige Schritte durch die Gasse, so dass sie vor Schreck in Ohnmacht gefallen sei. Diesem Geständnis hatte sie es zuzuschreiben, dass man sie in entehrendem Aufzug durch die Straßen jagte.

Eine Reihe bislang unbescholtener Leute aus dem Volk mussten gebüßt werden, weil es sich herausgestellt hatte, dass sie nicht restlos von der Heiligkeit der Sakramente überzeugt waren. Der greise Präzeptor eines der Söhne des Vizekönigs, obendrein ein Franzose, wurde als Apostat verurteilt. Die Folter hatte an den Tag gebracht, dass er den perversen Lehren Epikurs anhing.

Ein *auto de fe* wurde angekündigt: nicht so prunkvoll wie das der *Gran complicidad*, für die Betroffenen aber nicht weniger fatal. Zu den Verurteilten, unter denen sich sogar ein vom bösen Geist besessener, dem Scheiterhaufen verfallener Hund befand, gehörten auch die Eltern Violantes. Deren Strafmaß hatte Elvira trotz ihrer Beziehungen zum gefälligen Hofastrologen genauso wenig in Erfahrung bringen können wie den Inhalt eines Schreibens aus der Kanzlei des Großinquisitors, in dem die Prozessakten des Bachillers Sotelo, alias Fonseca, zur Überprüfung angefordert wurden. Die Weisung, eine endgültige Entscheidung des Falles aus Madrid abzuwarten, sollte für Rodrigo-

Diego und seine Frau Francisca-Leonor zu spät eintreffen. Die Glaubensrichter Limas hatten sich als schneller erwiesen als die Madrider Tintenkleckser.

Mehrere Jahre verstrichen, bis Elvira endlich den Moment für gekommen sah, der Einladung ihrer Freundin Blanca Folge zu leisten, sie in Tucumán zu besuchen. Nachdem sie das Unentbehrliche ihrer Habe verpackt und das Entbehrliche verramscht hatte, rief sie Andrés und Violante zu sich, um mit ihnen ein letztes Mal die Straßen und Anlagen Limas zu durchstreifen.

Sie kamen am Kloster Beatrizens vorbei und am Palast der Inquisition; schlenderten die Alameda entlang, warfen einen Blick auf die unlängst fertiggestellten Kirchen und auf den Palast des Vizekönigs. Aus den Fenstern vom »Haus des Pilatus« blickten fremde Gesichter. Menschen, für die der Name von Manuel Bautista Pérez nichts weiter war als Schall und Rauch. Ob man sich auf den Balkonen Limas noch immer Zittermimosen hielt? Der Strauch, den sie in ihrem Hof gepflegt hatte, war im vergangenen Sommer verdorrt.

Sie verweilte auf der Brücke, die den Rimac überspannte, um nachdenklich den rauschenden Fluss zu betrachten. Dabei kam ihr der alte Schlüssel in den Sinn, den sie von dieser Stelle aus ins Wasser geschleudert hatte. Ihre Hoffnung, sich durch diese Handlung ihrer bösen Erinnerungen zu entledigen, hatte sich als trügerisch erwiesen.

Zuletzt bestieg sie mit den Kindern den Santa-Lucía-Hügel, wie sie dies in längst verflossener Zeit in Gesellschaft Juans getan hatte. Noch ein letztes Mal genoss sie von dort aus den Anblick dieser herrlichen Stadt, in der sie so viel Glück erlebt hatte und so schreckliches Leid.

Im Morgengrauen eines Februartages, der heiß zu werden versprach, kehrte sie Lima den Rücken. Eine wochenlange Reise lag vor der kleinen Reisegruppe, der sie sich mit den Kindern angeschlossen hatte.

Sie versuchte sich vorzustellen, wie sich die sie begleitenden jungen Menschen in den Augen Fremder ausnehmen mochten. Ein hoch aufgeschossener Halbwüchsiger, der ihr in keiner Weise ähnlich sah. Und ein kleines, auffallend blasses Mädchen mit den gleichen dunkel blitzenden Augen, die man ihr nachsagte. An der zärtlichen Geste, mit der Andrés die vorzeitig erschöpfte Violante auf seine Schultern hob, erkannte sie zu ihrer Genugtuung, dass er die Kleine als Schwester akzeptiert hatte. Sie schien seine Gefühle zu erwidern. Ständig suchte sie seine Nähe.

Sie gab sich keinen Illusionen hin: Nach menschlichem Ermessen würde sie Lima nie mehr betreten. *Geliebtes Lima, du Königsstadt, Wiege meines Enriquillo, Grabstätte meiner Eltern, Ort der Marter, der Liebe und des grausamen Todes!*

16 Blanca oder die messianischen Zeitläufte

Es wurde Herbst, bis Elvira Acosta an einem noch immer schwülen Spätnachmittag durch ihr Eintreffen in San Miguel de Tucumán für erhebliches Aufsehen sorgte. Den Anblick fremder Reisender war man in dem am Fuße des Aconquijas gelegenen Städtchens gewohnt, war sogar stolz darauf, da deren Kommen und Gehen die Bedeutung der Ortschaft als Verkehrszentrum hervorhob. Doch eine ohne männliche Begleitung reisende Dame stellte eine Seltenheit dar. Eine offenbar wohlhabende Witwe aus Lima, die nicht nur zwei ungleiche Kinder mit sich führte, sondern auch eine Sklavin und eine in den Augen der Gaffer ungewöhnlich große Zahl von Reisetruhen. Sie erkundigte sich nach dem Wohnsitz der Doña Blanca de Rodrigues Porto. Ausgerechnet nach der hinkenden Blanca, der ein Flair des nicht ganz Geheuren oder zumindest des Extravaganten anhaftete!

Diensteifrig wiesen ihr die Herumstehenden die Richtung. Als sie aber ihr Gepäck unter der Obhut ihrer Schwarzen zurückließ, um sich mit Andrés und Violante auf den Weg zu machen, drängten ihr die Nichtstuer ihre Begleitung auf, obwohl es wirklich nicht schwer war, sich in der kaum hundert Häuser zählenden Ortschaft zurechtzufinden.

Fast empfand sie Mitleid mit dem neugierigen Völkchen, das sich abmühte, sie auszuholen. Sichtlich in der Hoffnung, sie als Gegenleistung für die erteilte Auskunft zum Sprechen zu bringen, berichtete man ihr über die Tätigkeit Blancas. Ob ihr der Ruf ihrer Pomaden und Schönheitswasser bekannt sei, wollte man dann wissen. Und als sich diese Fangfrage als unergiebig erwies, erwähnte man mit versteckter Anzüglichkeit die aus den Retorten Doña Blancas stammenden Liebestränke. Mit Gold würden die aufgewogen, denn ihre Rezepturen enthielten zu Pulver zerstoßene Bezoare und Smaragde. Da konnte sie nicht länger an sich halten. »Smaragdpulver?« Das müsse doch zumindest unverdaulich, wenn nicht gar gesundheitsschädlich sein. Die geäußerte Skepsis veranlasste die aufdringliche Schar, die Zaubermittel Blancas zu preisen, die, zur rechten Zeit am rechten Ort angewandt, sogar ewige Jugend bewirkten, oder doch fast. Selbst hochgestellte Persönlichkeiten bedienten sich der Wunderpräparate aus der Küche der Hinkenden. In aller Heimlichkeit natürlich, denn ihrem Ansehen seien sie schuldig, in der Öffentlichkeit solche Produkte nicht weniger zu verdammen wie etwa den Genuss der Kokablätter.

Das Erreichen des Ziels enthob Elvira der Notwendigkeit einer Erklärung, obgleich – das war vorauszusehen – selbst ihr Schweigen Anlass zum deutelnden Kommentar geben würde. Denn keine Antwort ist bekanntlich auch eine Antwort, und eine besonders ergiebige obendrein, da sie die verschiedensten Auslegungen zulässt.

Das Geschnatter ihrer Begleiter musste Blanca die Ankunft ihrer Besucherin angekündigt haben, denn sie erwartete diese, auf einen Stock gestützt, im Vorgarten ihres Hauses. Elvira stellte es auf den ersten Blick fest: Bei der Apothekerstochter schienen die verjüngenden Elixiere versagt zu haben. Ihre hochgewölbte Stirn und die großen dunklen Augen allerdings hatten nichts von ihrer Anziehungskraft verloren und ließen die verkrümmte Körperhaltung und die Falten im Gesicht vergessen.

»Die Zeit steht nicht still, meine Liebe«, stellte Blanca fest, kaum hatten die Freundinnen die Umarmungen und Küsse hinter sich gebracht. Dabei unterließ sie, zu erläutern, wen von beiden sie als das Opfer des unersättlichen Chronos ansah.

»Ja, natürlich die Zeit ...«, bestätigte Elvira zerstreut, während sie in Blancas Begleitung das Haus betrat, gefolgt von den Kindern, denen diese noch keine Beachtung geschenkt hatte. Und schlagartig schien ihr, als hätte sie nicht nur die Türschwelle überschritten, sondern auch eine Zeitmarke. Für einen Augenblick war alles wie früher, als sie in Córdoba die Freundschaft und die silbernen Klänge eines Cembalos verbunden hatten. Keine Toten standen zwischen ihnen, und die Schemen der Vergangenheit rührten sich nicht.

Im Hause Blancas empfingen sie Düfte, die sie an die in der Apotheke von Córdoba vorherrschenden Gerüche erinnerten. Sie drangen aus der geräumigen Küche, hinter deren halbgeöffneter Tür sie von einer dicken Schwarzen neugierig angestarrt wurde. Inmitten der auf Regalen und Tischen scheinbar wahllos verteilten Tiegel, Mörser und Reibschalen entdeckte sie mehrere Krüge und Töpfe aus glasiertem Steingut, die ihr bekannt vorkamen. Als sie sah, wie sich Andrés um die Entzifferung der Inschriften bemühte: »Asphalto«, »Zv. rosato«, »Aqua chameanel«, »Acqua de calidonia«, fiel ihr ein, wie Diego, ihr kleiner Bruder, den Apotheker einst bedrängt hatte, ihn in die Eigenschaften der Substanzen einzuweihen, die sich hinter den verschnörkelten Aufschriften verbargen.

In Blanca schienen sich ähnliche Erinnerungen zu regen, denn unvermittelt erkundigte sie sich bei ihrer Freundin nach deren Bruder. Sie zeigte sich nicht erstaunt, als ihr Elvira gestand, seit vielen Jahren nichts mehr von ihm gehört zu haben.

»Und das sind also deine Kinder, sozusagen«, stellte sie daraufhin fest, indem sie auf Violante und Andrés deutete. Beunruhigt sah Elvira, wie Andrés plötzlich die Augen weit aufriss, bis nur noch das Weiße sichtbar war – ein Tick, mit dem er seine Umgebung manchmal erschreckte.

»Sozusagen«, bestätigte sie dann leichthin. Dabei verfolgte sie aus den Augenwinkeln, wie sich Andrés, der sich seiner Grimasse anscheinend nicht bewusst geworden war, zur Kleinen herunterneigte, um ihr etwas ins Ohr zu flüstern. Worauf diese bewundernd zu ihm aufsah.

Später, als sich ihr die Gelegenheit bot, die Wohnräume Blancas näher in Augenschein zu nehmen, erkannte sie, dass die Albarellen und Chevretten nahezu das einzige Gut darstellten, das die Tochter vom väterlichen Inventar bewahrt hatte.

Tucumán sei von einem einzigen wild wuchernden Riesengarten voller wohlriechender Zitrus- und Jasminblüten umgeben, erklärte ihr Blanca später. In jedem Winkel wüchsen aromatische und heilkräftige Kräuter, Gräser und Wurzeln. Die Indianerweiber brächten sie ihr, und sie ziehe ihre Essenzen und Säfte daraus. »Aber die wichtigste Ingredienz meiner Produkte ist natürlich die in meine Präparate gesetzte Erwartung«, verriet sie mit wissendem Lächeln, das dem ihres Vaters ähnelte. »Ich biete Illusionen an. Du machst dir keinen Begriff, wie wundertätig sich die Hoffnungsbereitschaft meiner Kunden auf deren Allgemeinbefinden auswirkt. Ja, wenn man nur genügend Glauben aufbringt, dann lässt sich eigentlich alles erreichen im Leben!«

»Und du, Blanca, glaubst du auch?«, entfuhr es Elvira.

Gewiss glaube sie, versicherte sie nach kurzem Nachdenken. Ihr Vater habe ihr alte arabische Rezepte hinterlassen, um hautglättende Pomaden herzustellen; Schminken, die verlebte Gesichter verjüngen, Tropfen, die erloschenen Augen zu neuem Glanz verhelfen, Tinkturen, die ergrautes Haar verdecken, Stärkungsmittel sogar, die erschlafften Gliedern neue Kräfte zuführen. Sie unterbrach sich, um an einem mit Salbe gefüllten Tiegel zu schnuppern, den ihr die Schwarze zur Begutachtung gereicht hatte.

Während ihr Elvira bei dieser Tätigkeit zusah, stieg in ihr die Erinnerung an die Phantasien und Hoffnungen hoch, die sich in ihrem Leben so oft als trügerisch erwiesen hatten. Als sie verschämt ihr Spiegelbild erwähnte, das ihr die Notwendigkeit vor Augen führte, auch Zuflucht zu solcher Kosmetika zu nehmen, schüttelte Blanca lächelnd den Kopf. Die Freundin wisse doch, dass diese Mittel nur dann ihre Wirkung entfalten könnten, wenn man den Glauben mitbringe. Bei Skeptikern hingegen versagten sie. Elvira widersprach – letztendlich bediene auch sie sich auch längst Haartinkturen und faltenglättender Salben, deren Effekt sich allerdings in Grenzen halte.

»Da siehst du ja selbst, dass ich recht habe!«

Behutsam tasteten sich ihre Gespräche voran; beide fürchteten sie die Fußangeln und verborgenen Fallen. Sie umkreisten Themen, zuckten zurück vor den entsetzlichen Jugenderlebnissen Blancas und vor dem Menschenbrandopfer in Lima. Vermieden sorgsam das Schwelgen im Weißt-du-noch und Erinnerst-du-dich, stießen vor und schreckten zurück, experimentierten und verwarfen. Erwähnte Elvira ihre gottseligen Eltern – den von Zweifeln geplagten Papa, die ahnungsbelastete Mama –, so evozierte Blanca ihren Vater, der zeitlebens gegen seine Gespenster gekämpft hatte, bis er eines Tages die Waffen strecken musste. Kam Elvira auf ihr zerstörtes Eheglück zu sprechen, so machte die Freundin das in Lima genossene Luxusleben zur Zielscheibe ihres Spotts, hinter dem sich der Neid regte.

Es war ihr anzumerken: Wie sie ihre Freundin so vor sich sah, für provinzielle Verhältnisse elegant, mit geraden Gliedern und immer noch mit untadliger Figur und strahlendem Blick, fiel es Blanca schwer, ihr Gefühl der Bitterkeit zu unterdrücken. Zwar hatte Elvira ihren Mann unter tragischen Umständen verloren, aber zuvor durfte sie jahrelang die Ehefreuden genießen. Und hatte man ihr auch den Sohn weggenommen, so war sie doch des Mutterglücks teilhaft geworden. Und hatte obendrein Ersatz gefunden: einen fast schon erwachsenen Jüngling mit verschlossenem Gesichtsausdruck und ein Mädchen, das ihr seltsamerweise sogar ähnlich sah. Auffallend ähnlich! Wie sie zu diesem gekommen war, blieb ihr schleierhaft, denn von der Geschichte mit dem Arzt, den sie im Kerker besucht haben wollte, glaubte sie kein Wort. Nie war ihr in Córdoba ein Arzt namens Sotelo begegnet. Und die Affaire mit Baltasar, dem Musikus, hatte sie auch nicht vergessen. Erst hatte die Freundin alles daran gesetzt, um ihn ihr abspenstig zu machen, dann hatte sie sich abgewandt und ihr die ernüchternde Entdeckung überlassen, dass der flammende Blick des Andalusiers nichts weiter war als Strohfeuer. Denn ihn zog es zu den Knaben seines Chors. Mit leeren Händen stand sie da; die Schönheitsmittel und Liebestränke bereitete sie für andere zu; ihr halfen sie nicht.

Ohne zu ahnen, was für beschämende Erinnerungen Blanca mit dem andalusischen Maestro verband, kam Elvira bei einer späteren Gelegenheit auf die Ideenhochflüge

Baltasars zu sprechen. Dabei nahm sie verwundert den flackernden Glanz der Augen ihrer Freundin wahr, der ihr unheimlich vorkam. »Was ist dir, Blanca?«, fragte sie besorgt. Doch die Hinkende wollte nicht mit der Sprache heraus. Vielleicht, deutete sie an, erfüllen sich die Erwartungen des Andalusiers noch in unseren Tagen, wenn auch anders als prophezeit. Noch aber sei der Zeitpunkt nicht gekommen, um sie einzuweihen, beschied sie geheimnisvoll. Elvira drang nicht weiter in sie.

Blancas Launenhaftigkeit setzte ihr mehr zu, als sie sich eingestehen wollte. Besonders die Anwesenheit der Kinder schien sie zu reizen. Dabei hatte Andrés aufgehört, der ziellose Bursche zu sein, der seiner Ziehmutter so viele Sorgen bereitet hatte. Er war zu einem attraktiven jungen Mann herangewachsen, der das Interesse der Jungfern Tucumáns hervorrief. Ein von diesem unbeachtetes Interesse allerdings. Dass er eine Lehrlingsstelle in einer Tischlerei angenommen hatte, machte Elvira nicht gerade glücklich. Handwerkliche Beschäftigungen standen eher einem anstelligen Indianer als ihrem Ziehsohn zu. Wenn sie dann aber sah, mit welcher Hingabe er das Holz bearbeitete, schämte sie sich ihrer Vorurteile. Vor allem aber stellte sie erleichtert fest, dass er seine häufigen Kopfschmerzen und seine bösen Träume überwunden hatte.

Dafür gab er ihr nun zu anderen, wenn auch schwerer greifbaren Sorgen Anlass. Das enge Verhältnis zu seiner Ziehschwester war es, was sie beunruhigte. Die jungen Leute – die fragile Violante und Andrés, dessen schleppende Sprache mehr verschwieg als bekannte –, beide um ihre Kindheit betrogen, hatten allem Anschein nach ein

Bündnis geschlossen, das sie von der Außenwelt weitgehend abriegelte.

Sie wanderten gerne Hand in Hand durch die der Ortschaft vorgelagerten Weinberge, vorbei an den Gemüse- und Obstgärten, an den Indianerhütten mit den umliegenden Maisfeldern, den Bataten- und Kürbispflanzungen, um dann hinter der Mühle in die Schluchten der Calchaquí-Täler zu dringen. Andrés, der seine Begleiterin vor Schlangen und Ungeziefer beschützte, wusste um sämtliche Baumsorten Bescheid: die Algarrobos mit ihren fleischigen Schoten, die hohen Pacarás, die hartholzigen Lapachos und die Tarcos in ihrem lila Blütenkleid. Er wies zu den Baumkronen empor, die sich fünfzig oder sechzig Fuß über der Erde wiegten, und beschrieb das Leben, das sich dort oben im dichten Laubgewirr abspielte, im ständigen Kontakt mit der Sonne. Eine fremde Welt, in der Luftnelken gediehen, Lianen und tückische Pflanzen, die Mensch und Tier – gerieten sie in ihre Nähe – mit ihren klebrigen Tentakeln ergriffen, um sie zu vertilgen. Ein Kosmos, belebt von Feen und Dämonen, von vielfarbigen Riesenfaltern und von Vögeln, wie man sie hier unten, auf der Erde, nicht zu sehen bekommt. »Und bevölkert nicht nur von Schmetterlingen und Vögeln«, eröffnete er dann dem Mädchen, das andächtig an seinen Lippen hing, »sondern auch von zahlreichen ätherischen Wesen, die den meisten Menschen unsichtbar bleiben.«

»Ätherische Wesen?«

»So ist es, Violante! Nymphen, unerlöste Seelen. Und weiße Pferdchen, die in den Vollmondnächten von den Bergen herunterschweben, über die Baumwipfel hinweg. Die *Calimayo*-Pferdchen, von denen die Indianer ihren Kindern und Kindeskindern erzählen.«

»Glaubst du, dass ich sie sehen kann?«

Andrés liebkoste seine Ziehschwester mit den Blicken.

»Ganz bestimmt«, versicherte er ihr überzeugt. »Mädchen wie du können solche Pferdchen sehen.«

Violante schwieg und dachte über die Worte ihres Ziehbruders nach.

»Ich möchte, Andy ...«, setzte sie dann kaum hörbar an. »Ich hätte für mein Leben gern meine Eltern wiedergefunden ... Keine Nacht vergeht, in der ich nicht von ihnen träume. Von den Küssen meiner Mamita ... Warum kommen sie nicht, um mich endlich abzuholen?«

Auch er erhalte nächtliche Besuche, gestand Andrés in seiner stockenden Sprache. Doch er fürchte sich nicht. Und auch sie brauche keine Angst zu haben; er werde sie beschützen, das ganze Leben lang.

»Solange ich lebe, Andy?«

»Solange du lebst, Violita!«

Die Sonne war untergegangen. Opalisierend brach sich der Schein des Mondes in den fein wogenden Dunstschleiern des Tales.

Violante sah sie zuerst. Schutzsuchend schmiegte sie sich an ihren großen Bruder.

»Schau nur, schau! Die Calimayos schweben von den Bergen herab!«

Andrés umschloss die Erschauernde zärtlich mit seinen Armen. Ein Trupp zierlicher blütenweißer Pferde zog lautlos durch die Nacht. Die Flügel elegant angezogen, die Hälse nach vorne gereckt, bewegten sie die Beine und Schultern in ruhigem Rhythmus, so, als ruderten sie durch ein schimmerndes Nebelmeer.

Zeit und Raum waren von den jungen Menschenkindern geglitten wie lästige Kleidungsstücke. Keines der beiden wäre überrascht gewesen, wenn es auf dem Rücken eines der Tiere den Vater oder die Mutter hätte reiten sehen.

Die Calimayos waren längst entschwunden, als sich die beiden endlich voneinander lösten. Still, umgeben vom Flor einer unerklärlichen Traurigkeit, traten sie den Weg zurück nach Hause an.

Elvira war mit den Kindern in einem Häuschen in unmittelbarer Nachbarschaft Blancas untergekommen. Mit viel gutem Willen, doch mit mangelnder Handfertigkeit versuchte sie, sich im Laboratorium ihrer Freundin nützlich zu machen. Das war nicht leicht, denn Blanca erwies sich als unduldsame Lehrmeisterin, die sich gerne über die »zwei linken Hände« ihrer Freundin lustig machte. Doch eines Tages schien ihr der Augenblick gekommen, sie in das Geheimnis einzuweihen, das ihre Gedanken ständig beschäftigte und zu ihrer Gereiztheit beitrug: Unlängst seien nämlich höchst bedeutsame Nachrichten aus Europa eingetroffen.

Einem Handelsmann, so verriet sie, der mit einer für Hochperu bestimmten Ladung Schwarzer durch die Stadt gekommen war, einer jener Neuchristen, die sich gerne als Katalaner ausgaben, verdanke man eine Kunde, die die ganze Welt in Aufruhr gebracht habe. Das *annus mirabilis*, auch *annus terribilis* genannt, stehe bevor. Nachdem das messianische Jahr der Befreiung 1648 auf Gottes unerforschlichen Beschluss hin nur Unglück über die Judenheit gebracht hatte, fieberten die Gläubigen der ganzen Welt nun dem Jahre 1666 entgegen, dem Jahr der Gnade und Befreiung. Gerüchte besagten, der Ruf des Allmächtigen sei an einen jungen *Kabbalisten* aus Smyrna ergangen. Nach mehreren Jahren der Askese habe der den unaussprechlichen Namen Gottes laut von der Kanzel herab verkündet, um solcherart kundzugeben, dass Sein Reich in seiner ganzen Herrlichkeit entstanden sei. Jener Gesalbte – »Sabbatai Zwi, ein Marrane wie wir beide« – sei ein auffallend schöner Mann, von mächtiger Gestalt und angenehmer Stimme. Anschaulich habe der Händler den Taumel beschrieben, der die Juden – nicht nur die des Ottomanischen Reiches, sondern auch die der Generalstaaten, Polens, Italiens und Deutschlands – ergriffen hatte.

»Noch wissen wir nichts Genaueres«, fügte sie schnell hinzu, wie um sich vor Enttäuschungen abzusichern. Jeden Augenblick aber müsse die Bestätigung dieser Kunde eintreffen. Es fehle nicht an eifernden Rabbinern, die ihn mit dem Bann belegt hätten, so dass er aus seiner Heimatstadt habe fliehen müssen. In Saloniki, einer Hochburg der Kabbalisten, habe er nun vorübergehend Zuflucht gefunden und sich dort mit der Thora vermählt.

»Mit der Thora vermählt?«, verwunderte sich Elvira und erfuhr daraufhin, dass es sich hierbei um die mystische Vereinigung mit der Tochter des Himmels handle. Einflussreiche Persönlichkeiten verteidigten den göttlichen Mann, auch wenn es noch immer solche gebe, die ihn mit Verwünschungen überhäuften. Aber gehörten solche Verfolgungen etwa nicht zum Schicksal des Erlösers, auf dass durch sein stellvertretendes Leiden die messianischen Wehen erleichtert werden?
So schwärmerisch drückte sich Blanca aus. Und ihr Gesicht strahlte.

Das unabhängige Dasein Elviras war den traditionsbewussten Kreisen des Städtchens nicht weniger ein Dorn im Auge wie die unkonventionelle Lebensführung einer ledigen Blanca de Porto. Die Existenz dieser beiden Frauen verstieß gegen die Landessitten. Blanca selbst hatte es einmal überspitzt ausgedrückt: Für eine anständige Frau über zwanzig gäbe es hierzulande nur eines von dreien: der Ehestand, das Witwentum oder das Klosterleben.

Um mit sich selbst ins Reine zu kommen, entschloss sich Elvira schließlich, ihre Sklavin zu verkaufen und sich in eine Art Klausur zurückzuziehen. Als sie wenig später einige der Patres der nahe gelegenen Jesuiten-Mission San José kennenlernte und ihnen den ungewöhnlichen Wunsch vortrug, mit den beiden Kindern vorübergehend in ihrer Niederlassung Zuflucht zu finden, zeigten sich diese sofort einverstanden. Violante könne die Schule der Mission besuchen. Andrés böte sich die Gelegenheit, die Holzschnitzkunst zu erlernen, da sie einen Meister dieses Faches beschäftigen, einen Mestizen aus Cuzco, der sich auf die Anfertigung von Heiligenfiguren verstehe. Dass den Patres das Seelenheil der jungen Menschenkinder mehr am Herzen lag als die in ihren Augen ohnehin fragwürdige Einkehr einer alternden Frau, konnte ihnen Elvira nicht verdenken. Der Beichtiger, den sie kurz nach ihrer Ankunft aufsuchte, hörte sich ihr Sündenregister an. Ohne sie mit zudringlichen Fragen zu bedrängen, legte er ihr leichte Bußen auf. In San José verfügte man über viel Zeit.

Die Zuckerrohrpflanzungen auf den Versuchsfeldern der Jesuiten erinnerten sie anheimelnd an die Plantagen ihrer brasilianischen Kindheit. Nicht zuletzt war es dieses nostalgische Gefühl, das sie veranlasste, ihren Aufenthalt in der Mission zu verlängern. Bis eines Tages ein Bote aus Tucumán angeritten kam und ihr ein versiegeltes Briefchen überbrachte, das nur zwei hingekritzelte Sätze enthielt: »Kehre unverzüglich zurück! Die frohe Botschaft traf ein!«

Die Patres verlangten ihr keine Erklärung ab, sondern ließen sie in Begleitung Violantes ziehen. Ganz in sich versunken saß diese in der Kutsche, die sie nach Tucumán zurückbrachte. Es war ihr anzusehen: sie vermisste Andrés, der es vorgezogen hatte, bis auf weiteres in San José zu bleiben. Seine Entscheidung hatte die mütterliche Zustimmung gefunden, denn die Hingabe, mit der er Schnitzmesser und Meißel, Achatstein und Polierlappen handhabte, schien ihr zu bestätigen, dass er endlich seine Bestimmung gefunden hatte, wodurch er den ihm zusetzenden bösen Geistern entronnen schien. Außerdem begrüßte sie insgeheim die Trennung der beiden jungen Menschen, deren innige Vertrautheit ihr nicht geheuer vorkam.

In Tucumán angekommen, fand sie Blanca in heller Aufregung vor. Kaum erblickte sie die Freundin, als sie ihr triumphierend entgegenrief, sie habe recht behalten. Ihr herausfordernder Ton schien Elvira unangebracht; sie hatte ja noch nie Stellung zu den Messias-Nachrichten bezogen. Doch in den Augen Blancas kam eine ausbleibende Stellungnahme einer Ablehnung gleich. Ablehnung aber hielt sie in ihrem Bekehrungseifer für Verrat.

Ja, der Messias habe sich zu erkennen gegeben, Halleluja! Sabbatai Zwi, der Gesalbte! Die Bevölkerung Gazas, Aleppos, Salonikis und neuerdings auch Smyrnas jubele ihm zu. Die Juden in Hamburg und Venedig, in Amsterdam und Livorno, in Avignon, Frankfurt und Fürth veräußerten ihre Siebensachen und machten sich auf, um, wie sie es nannten, nach Zion heimzukehren.

Mit wachsendem Staunen nahm Elvira wahr, wie sehr sich Blanca während der kurzen Zeit ihrer Trennung verändert hatte. Ihr Gang war freier geworden; fast übersah man ihr altes Leiden. Ein breiter grüner Seidengürtel, das Erkennungszeichen der Sabbatianer, verlieh ihrer Kleidung einen Anstrich von Extravaganz. Ihre Stimme überschlug sich in hohen Tonlagen, und ihren Gebärden haftete etwas Fanatisches an, das die zur Skepsis erzogene Elvira abstieß.

Erst am späten Abend kam es zu einem längeren Gespräch. Die beiden hatten im Innenhof Platz genommen. Die Luft war von Wohlgerüchen erfüllt; Leuchtkäfer umkreisten sie. Da verkündete Blanca, sie werde sich demnächst nach Jerusalem aufmachen. Schon habe sie ihrer Sklavin die Freiheit geschenkt und stehe nun in Verhandlung mit dem Apotheker der Stadt, um ihm ihre Einrichtungen zu verkaufen. Sie zeigte auf eine bauchige Tonne an der Hauswand. In ihr werde sie alle Kleidungsstücke unterbringen, die sie mitzunehmen gedenke. Denn was benötigte man schon an irdischen Gütern im Reiche Gottes?

Erst angesichts dieser Vorbereitungen erfasste Elvira die Bedeutung der Ereignisse, die sich in der fernen Türkei abspielten. Über die man in Tucumán mit fast einjähriger Verspätung Ungewisses erfuhr, das sich jedoch in den Köpfen Blancas und ihrer Gesinnungsgenossen alsbald in soeben erlebte Gegenwart verwandelte. In eine Realität, die wirklicher war als alle lokalen Begebenheiten. Neben der nicht nur die Nachrichten über die Seeschlachten zwischen England und Holland, oder die spärlich durchsickernden Einzelheiten über den Sieg der Portugiesen in Montes Claros verblassten, sondern sogar die schaurigen Berichte über ein unlängst in Lima abgehaltenes *auto de fe*.

Ein Agent der Hamburger Kreditanstalt Berenberg sei es gewesen, teilte ihr Blanca mit, der auf seiner Durchreise nach Potosí die Neuigkeit mitgebracht hatte, die seitdem ihr ganzes Leben bestimme. Ein untersetzter blonder Herr, der sie noch am Tage seiner Ankunft aufgesucht habe, um einige ihrer Produkte »käuflich zu erwerben«, wie er sich in seinem umständlichen Spanisch ausdrückte. Ein Hamburger Protestant, der unter mächtigem Schutz stand, den er einem Handelsabkommen zwischen der Krone und seinen Brotgebern verdankte.

Solches hatte er Blanca anvertraut, während er ihre Produkte »käuflich erwarb«. Die Frau des ihn beherbergenden Wirtes hatte den Bericht durch die Preisgabe einer recht seltsamen Angewohnheit ihres Gastes ergänzt. Unter seiner untadeligen Kleidung, so brachte sie in Umlauf, trage er linnene Unterwäsche – eine verblüffende Extravaganz! Bald sprach es sich herum, dass er nicht nur sein eigenes Essbesteck mit sich führe: Messer, Löffel und sogar eine zweizinkige Gabel, sondern außerdem eine Taschenuhr in der Größe einer Männerfaust, der ersten ihrer Art, die man in Tucumán je in Betrieb gesehen hatte. Denn das uralte Nürnberger Ei des Gouverneurs hatte bereits den Geist aufgegeben, bevor er es von seinem Großvater geerbt hatte. Dessen ungeachtet trug er es ständig mit sich herum, denn wollte man der Legende Glauben schenken, so handelte es sich dabei um ein Präsent des Herzogs von Lerma.

Aus dem Mund dieses weitgereisten Liebhabers der Spezialitäten Blancas also, des Trägers linnener Unterwäsche und Besitzers einer vernehmlich tickenden Taschenuhr, stammten die sensationellen Neuigkeiten, die Blanca ihrer Freundin nun auftischte. Neuigkeiten, die ein gutes Jahr alt waren.

Die sich heimlich einfindenden Männer und Frauen unterschiedlichen Alters hatten alle grüne Bänder um die Hüfte geschlungen; was Elvira seltsam berührte, war doch grün auch die Lieblingsfarbe des Heiligen Tribunals mit seinen grünen Kerzen. Allen stand die Leidenschaft im erregten Gesicht. Sie waren gekommen, um sich über die neuesten Wundertaten des Gesalbten zu informieren, dessen Anhängerschaft unaufhörlich wachse. Gelehrte, reiche Steuerpächter und Rabbiner hätten ihn anerkannt. In den Synagogen bete man, auf dass seine Majestät erhöht und sein Reich groß werde. Einer der Anwesenden wollte wissen, dass sich Sabbatai Zwi dem sagenhaften Sambation-Fluss nähere. Dort werde er sich mit der zehnjährigen Tochter Moses' vermählen.

Catalina, eine ausgemergelte ältliche Jungfer, beschrieb mit halbgeschlossenen Augen die Begeisterung, die das Erscheinen des Messias im Gefolge seiner Sekretäre und seines Propheten Nathan in den Gemeinden der Türkei ausgelöst habe. Ihre Schilderung war so lebendig, dass man hätte meinen können, sie berichte aus eigener Anschauung. Und vielleicht tat sie dies wirklich, sofern man die Anschauung im Geiste gelten lassen will: In den girlandengeschmückten Straßen der Judenviertel drängten sich die Prozessionen der Messias-Anhänger, die Synagogen erbebten vom Schall des *Schofarhorns*, würdige Matronen und kleine Kinder fielen in Trance. Und im von der Pest heimgesuchten London gäbe es Juden, die hundert Pfund gegen zehn wetteten, in weniger als zwei Jahren werde Sabbatai zum König von Jerusalem gekrönt. Als er die Abschaffung vieler talmudischer Bestimmungen verkündet und den Fastentag des 9. Ab, den Tag des Gedenkens an die Zerstörung des Tempels von Jerusalem, zum Freudentag erklärt habe, an dem er seinen Geburtstag feiere, sei ihm die Mehrzahl der Gemeinden gefolgt. Die wenigen Rabbiner, die sich der Volksbegeisterung widersetzten, riskierten ihr Leben.

An diesen Punkt ihrer Ausführungen angelangt, unterbrach sich Catalina und warf Elvira einen hasserfüllten Blick zu.

»Verflucht alle Glaubensschwachen, deren Zweifel die Ankunft des Messias verzögert!«, zischelte sie.

Ein verlegenes Schweigen entstand, worauf ein älterer Mann das Wort ergriff. Er habe erfahren, dass das Antlitz des Erwählten hell aufleuchte und seinem Körper ein angenehmer Geruch entströme, sobald er anhebe, seine Gebete zu verrichten. Als er sodann behauptete, Sabbatai habe »unlängst« in der Synagoge von Smyrna Würden und Ämter unter seine Anhänger verteilt und bei dieser Gelegenheit seinen Leibarzt zum König von Portugal ernannt, meldete sich Elvira zu Wort.

Mit unbeweglicher Miene erkundigte sie sich, wie wohl der König von Portugal reagieren würde, sollte er erfahren, dass ihm der Arzt Sabbatai Zwis den Thron streitig machte. Die Anwesenden scharrten unmutig mit den Füßen. Es müsse wohl seine Gründe haben, dass sich die Judenheit der ganzen Welt im Aufbruch befinde, argumentierte ein Soldat, in dem Elvira nie einen heimlichen Juden vermutet hätte. Überall stehe das Geschäftsleben still, wusste ein Altkleiderhändler zu berichten. Man übe Buße und verkaufe seine irdische Habe für einen Bruchteil ihres Wertes. In Deutschland und Frankreich machten sich die Juden auf, um ins Land der Verheißung zu gelangen. Sehr zum Unwillen der Fürsten übrigens, die ihr Steuervieh nicht verlieren wollten, grinste ein anderer. Und lange könne es nicht mehr dauern, bis sich die Erwartungen erfüllten und die Leiden in der Fremde ihr Ende fanden.

Blanca erwähnte die Kinderehen, die, wie sie erfahren hatte, geschlossen würden, damit der verbleibende Rest noch ungeborener Seelen in die Körper der Kleinen eingehe. Denn es hieße, der Sohn Davids würde nicht erscheinen, bevor nicht alle im Seelenvorratshaus befindlichen Seelen verteilt seien.

Wo man denn derartige Hochzeiten begehe, erkundigte sich Elvira.

Vielerorts, bestätigte der Mann, dem man die Nachricht von der beschlossenen Entthronung des Königs von Portugal verdankte. In Smyrna zum Beispiel, oder in Saloniki. Wie um seinen Worten ein größeres Gewicht zu verleihen, reichte er ein verknittertes Blatt herum: einen Aufruf, womöglich von Samuel Primo aus Smyrna, oder sogar vom Propheten Nathan aus Gaza selbst verfasst.

Wieder ergriff Blanca das Wort. Sie schien gewillt, sich der Skepsis ihrer Freundin zu widersetzen, ganz als sei es die allein, deren Zweifel die Verwirklichung einer grandiosen Vision verhindere. Mit eigenen Augen habe der Hamburger Abnehmer ihrer Pomaden gesehen, wie die Juden seiner Heimatstadt, angetan mit ihren grünen Hüftgürteln, angeführt von den greisen Vorstehern der Gemeinde, Thorarollen in den Armen wiegend, sich vor der portugiesischen Synagoge frenetischen Tänzen hingegeben hätten. Und ob sie etwa glaube, der angesehene Philosoph Benjamin Musafia, der einstige Leibarzt Christians IV. von Dänemark, wisse nicht, was er tue, als er eine von den Juden Amsterdams an den Messias gerichtete Grußadresse als Erster unterzeichnete?

Elvira unterdrückte die ihr auf der Zunge liegende Bemerkung, dass die geschilderten Zustände zwar viel über die Messias-Besessenheit der unterdrückten Juden aussage, sehr wenig aber über die Authentizität des Messias von Smyrna.

Doch als die bevorstehende Erweckung der Toten Erwähnung fand, überfiel sie unversehens die Sehnsucht nach ihrem Sohn. Dem wahren. Dem einzigen. Enriquillo! ... Und plötzlich fühlte sie sich von der heißen Welle der Begeisterung erfasst, die von diesen einfachen Menschen ausging. Die frohe Botschaft durchdrang sie. Vielleicht genügte wirklich der Glaube an das Reich Gottes, um das Volk der Juden aus seiner Ohnmacht zu erwecken? Vielleicht bedurfte es tatsächlich jener rückhaltlosen Hingabe, der sie einst bei Maldonado de Silva, dem »Eli Nazareno«, begegnet war? Vielleicht erwies sich ein unkritischer, Leib und Seele erfassender Fanatismus wirksamer als die Diplomatie eines Manuel Bautista? *Der siebte Engel hat schon die Posaune angesetzt, hatte einst ein Musiklehrer lispelnd verkündet.*

Aber die Ernüchterung überkam sie bald. Sie glaubte, ihren skeptisch lächelnden Vater vor sich zu sehen. Kleinlaut schlich sie sich zum Lager Violantes. Betrachtete lang ihren zusammengerollten kleinen Körper und versuchte, sich das Los vorzustellen, das sie erwartete. Würde sie eines Tages die äußere und innere Freiheit genießen, die sie, Elvira Acosta, nie kennengelernt hatte?

Als sie in den Kreis der Parteigänger Sabbatai Zwis zurückkehrte, kam sie gerade zurecht, um sich die Pläne anzuhören, die diese schmiedeten, um nach Jerusalem zu gelangen. Die Narren schienen vergessen zu haben, wo sie sich befanden. Hofften sie wirklich, auf einer Himmelswolke durch die Lüfte zu entschwinden, wie dies einige Phantasten in Aussicht stellten? Sie hielt den Mund. Was hätte sie gegen so viel blinden Glauben unternehmen können, gegen einen Glauben, dessen bergeversetzenden Eigenschaften sie misstraute? Der Mann mit dem Flugblatt war nichts weiter als ein Hausierer, von dem es hieß, er habe bis vor kurzem geweihte Heiligenbilder und Medaillen vertrieben. Catalina war ein simples Flickmädchen ohne Grips und ohne Mann. Und Blanca, nun ja, die schwärmerische Blanca ...!

Niemand in Tucumán konnte zu jenem Zeitpunkt wissen, dass Sabbatai Zwi mittlerweile nach Konstantinopel gereist war, im Wahn befangen, der Sultan werde ihm als dem mächtigsten Herrscher auf Erden huldigen. Seine Anhänger am anderen Ende der Welt malten sich noch den Kniefall des Sultans vor dem Gesalbten aus, als ihn die türkischen Behörden schon längst in der Festung von Abydus in Gewahrsam genommen hatten. Eine schonende Behandlung dieses lästigen Falles. Denn an der Schaffung eines Märtyrers war dem klugen Sultan nicht gelegen.

Als die Nachricht über dieses Ereignis dann mit großer Verspätung Tucumán erreichte, versicherte Catalina zuerst entrüstet, sie glaube kein Wort dieser von den Widersachern des Messias ausgestreuten Verleumdungen. Blanca dagegen sah in der Gefangensetzung Zwis lediglich eine weitere Station des Leidenswegs, den dieser beschreiten müsse, damit die sein Erscheinen ankündigenden Prophezeiungen in Erfüllung gehen könnten. Ein soeben aus Lima eingetroffener Seidenhändler bestärkte sie in ihrer Ansicht. Der Messias sei in seinem Gefängnis – von seinen Jüngern als »Turm der Stärke« bezeichnet – mit allen Prärogativen seiner erhabenen Stellung ausgestattet. Er empfange dort seine Freunde, die ihm wertvolle Geschenke darbrächten. Denn mit seiner Haft nehme er die göttliche Strafe auf sich, die eigentlich allen Juden zugedacht sei.

Das halbe Dutzend Tucumáner Sabbatianer grübelte noch über die mystische Bedeutung der Inhaftierung des Erlösers nach, als eine erschütternde Nachricht eintraf. Ausgerechnet demselben Faktor der Berenbergs, dem man den Bericht über den Begeisterungsrausch der Hamburger Judenheit verdankte, war es vorbehalten, nun auf seiner Rückreise als der Übermittler der niederschmetternden Neuigkeit aufzutreten. Eine Aufgabe, die er nur widerstrebend erfüllte, denn er brachte Verständnis dafür auf, dass man ihm nicht glauben wollte. Dennoch bestand er auf dem Wahrheitsgehalt seiner Informationen, die den Ozean überquert hatten, zusammen mit der Berenberg'-schen Geschäftspost.

Der angebliche Messias hatte abgeschworen!

Der Klient Blancas war enttäuscht, als er erfuhr, dass deren Küche leergeräumt und der Haushalt aufgelöst war. Vorzeitig leergeräumt, überstürzt aufgelöst, wie er mit hartem deutschen Akzent tadelte, während er gleichzeitig seine berühmte Taschenuhr zu Rate zog, als ob der Zeit in dieser Gegend irgendeine Bedeutung zukäme. Mit Leichenbittermiene gestand er seine Sympathie für die Messias-Erwartungen der Kinder Israels und versicherte, die Konversion Sabbatai Zwis habe ihn kaum weniger getroffen als die Juden selbst. Um sein Leben bangend, habe der vor dem Thron des Sultans Mohammed IV. seinen Judenhut gegen einen weißen Turban eingetauscht und sich durch diese theatralische Geste in Mehmed Effendi verwandelt, Pensionsempfänger ihrer Ottomanischen Majestät.

Die Juden auf der ganzen Welt empfanden das von dem ältlichen Nähmädchen Catalina giftsprühend als Verrat bezeichnete Ereignis als das größte Unglück ihres Lebens. Hätte man ihn wenigstens verbrannt, geköpft, gehängt oder ans Kreuz geschlagen! Gar manchem wäre ein toter Messias lieber gewesen als ein abtrünniger. Begierig griffen viele die aus Italien überbrachte Behauptung des Philosophen Abraham Miguel Cardoso auf, ein Geist habe sich der irdischen Hülle des Gesalbten bemächtigt und an dessen Stelle den Turban angenommen, während der wahre Messias in den Himmel versetzt worden sei.

Die Sabbatianer Tucumáns kamen nicht mehr zusammen. Catalina kehrte zu Nadel und Faden zurück, der Mann mit den Flugschriften zu seinem Bauchladen. Ohne irgendwelche Spuren zu hinterlassen, verebbten die Wogen der Messias-Begeisterung, die, Meere und Gebirge überwindend, eine kurzlebige Bewegung in den Tälern der Calchaquí-Indianer hervorgerufen hatte.

Nur Blanca, die Mystikerin, blieb ihrer Überzeugung treu. Sie ließ den Deckel auf die Tonne nageln, in der sich ihre ganze Habe befand, und schickte sich an, die vermutlich letzte Reise ihres Lebens anzutreten.
Die Stunden vor dem Abschied verbrachten die beiden Freundinnen gemeinsam im Garten Blancas, dessen hochgewuchertes Unkraut die bevorstehende Verwahrlosung vorausnahm. Es war eine schwüle, mondlose Nacht, die von aufdringlichen Stechmücken bevölkert war. Ohne es sich eingestehen zu wollen, spürten beide Frauen, dass der unaufhaltsame Prozess der Entfremdung zwischen ihnen schon eingesetzt hatte. Blanca beabsichtigte, sich im Morgengrauen einer Gruppe von Kaufleuten anzuschließen, die nach Buenos Ayres reisten. Das Geld für die Bestechung der dortigen Hafenbehörden führte sie mit sich.
Sie hielt es für wahrscheinlich, dass Sabbatai Zwi seinen

Glauben gewechselt habe, um seine göttliche Aufgabe unter den Mohammedanern zu erfüllen. Um ihr gefällig zu sein, äußerte Elvira die Vermutung, er verkörpere die Träume seines Volkes in einer nie gekannten Verdichtung, so dass sie sowohl ihm selbst wie auch seinen Anhängern zur greifbaren Wirklichkeit geworden seien.

Blanca sah belustigt auf: »Du bleibst doch immer die Gleiche! Glaubst du denn wirklich, man könne das Wesen unseres Erlösers mit dem Verstand erfassen?«

Beide zuckten zusammen, als Blancas unlängst in die Freiheit entlassene Sklavin heulend angerannt kam, um sich ihrer früheren Herrin zu Füßen zu werfen. Sie umfasste deren Beine und flehte augenrollend, Blanca möge sie mit sich nehmen. Erst als ihr versichert wurde, man habe für sie vorgesorgt und werde sie nicht Hungers sterben lassen, beruhigte sie sich.

»Weißt du, Blanca«, meinte Elvira nachdenklich. »Solange es noch Unterdrückte unter uns gibt, die Angst vor ihrer Freiheit haben, so lange bleibt es dem Messias versagt, uns zu erlösen.«

Blanca enthielt sich einer Erwiderung. Sie erweckte den Eindruck, als hätte sie ihre Reise bereits angetreten. Als sei sie im Geiste längst in Venedig angelangt, in El Kairo oder gar in Jerusalem, der ewigen Stadt. Vielleicht tönte schon das goldene Schofarhorn in ihren Ohren.

Als sie vom Ausflug ihrer Seele zurückkehrte, die Frage:

»Und du, Elvira?«

Die blieb ihr die Antwort schuldig.

Der Morgen dämmerte bereits, als in der Ferne das Geknarr und Gebimmel der Ochsenkarren erklang.

»Nun denn ... So lebe wohl, liebe Schwester. Und Gott mit dir!«

›Als ihre liebe Schwester hat sie mich bezeichnet‹, überkam es Elvira gerührt. Einen Augenblick lang tauchten die kindlichen Züge Beatrizens vor ihrem geistigen Auge auf, ihrer leiblichen Schwester.

»Gott sei mit dir, meine Schwester!«

Gestützt auf die Schwarze, die sie in der Taille umschlungen hielt, schleppte sich Blanca zur Tür. Dabei hinkte sie stärker denn je. Ihr unförmiger Körper hob sich gegen den Schimmer des Himmels ab. Noch war es nicht hell genug, um den Ausdruck ihres Gesichtes deutlich zu erkennen. Möge sie nie ins Land des Messias gelangen, wünschte ihr Elvira insgeheim. Denn nur solange man ein unerreichtes Ziel vor Augen hat, kann man sich seine Träume bewahren und bleibt von der ernüchternden Wirklichkeit verschont. Eine längst vergessen geglaubte Szene wurde in ihrem Gedächtnis lebendig: die anlässlich ihres Besuchs im kleinen Museum Manuel Bautistas von diesem angesichts der kunstvollen Miniatur einer Fähre der Muiscas vorgebrachte Aussage: »*Das Eldorado existiert, auch wenn wir es nie entdecken werden. Eine Illusion ... ein Traum ... Und daher dauerhafter als die greifbare Realität, die der ätzenden Wirkung der Zeit ausgesetzt ist.*«

Ungelenk bestieg Blanca das Gefährt. Oben angelangt, drehte sie sich schwerfällig nach der zurückgebliebenen Freundin um und deutete ein Schwenken ihrer Arme an, um ihr einen letzten Gruß zuzuwinken.

Wenige Wochen später kehrte Andrés zurück. Er habe sich in aller Freundschaft von den Patres in San José verabschiedet. Dabei machte sich wieder sein beunruhigender Tick bemerkbar, der ihn dazu zwang, die Augen brüsk aufzureißen und zu verdrehen, bis nur noch das Weiße sichtbar war. Das sah aus, als suchten ihn unsägliche Schrecken heim.

Mehr war von ihm nicht zu erfahren.

17 Andrés oder der Christus der Pönitenz

Die Abreise Blancas hinterließ in Elvira ein Gefühl der Leere. Was hatte sie noch in San Miguel de Tucumán verloren, in einem Ort, zu dem sie keine enge Beziehung hatte?

Dazu kam die Sorge um die Zukunft Andrés', ihres so schwer ansprechbaren Ziehsohns, und Violantes, die zu einer zarten Schönheit erblüht war. Wortkarg und scheu, hielten die beiden eng zusammen. Zu eng vielleicht. So innig, dass es ihnen schwerfiel, den Kontakt zur Umwelt herzustellen. Was sie allerdings nicht sonderlich zu stören schien. Andrés und Violante: schicksalhaft aneinandergekettet.

Elvira sehnte sich nach Hause zurück. Nach welchem Zuhause aber? Nach Lima etwa, das imprägniert war vom Geruch des Scheiterhaufens, auf dem man ihre Freunde lebendigen Leibes verbrannt hatte? Nach Bahía de Todos los Santos, der unerreichbaren Geburtsstätte, die ihr noch immer in den Träumen erschien, mit zunehmendem Alter sogar häufiger denn je? Oder gar nach der Welt der Acostas, Enríquez' und Espinosas, der versunkenen Urheimat, mit der sie über Generationen hinweg durch unsichtbare Bande verbunden blieb, obwohl sie nie iberischen Boden betreten hatte? Heimweh ohne klar umrissene Bestimmung. Dann schon eher die Sehnsucht nach der kleinen Stadt am Ufer des Río de la Plata, dessen Fluten silbern im Mondschein glänzten: Buenos Ayres, die Stadt, die sie noch immer in sich trug, erbaut aus den Ziegeln einer Illusion, die sich als haltbarer erwiesen als die Mauern aus Mörtel und Stein.

Noch war sie sich unschlüssig, ob sie ihrem Drang folgen sollte, als es ruchbar wurde, der Kommissar der Inquisition habe einen gewissen Capitán Álvaro Rodrigues de Acevedo als rückfälligen Judaizierenden verhaftet und nach Lima schaffen lassen. Diese alarmierende Nachricht drängte sie zu ihrer Entscheidung.

»Wir kehren nach Hause zurück«, verhieß sie den Kindern, die in fremden Augen längst aufgehört hatten, solche zu sein, »nach Buenos Ayres.« »Nach Hause?«, verwunderten sich die einstimmig, »nach Buenos Ayres?« »Nun ja, bedenkt man es richtig, so geht man ja immer nach Hause«, versuchte sie, sich vor ihnen zu rechtfertigen, und registrierte die verstohlenen Blicke, welche die beiden miteinander wechselten.

An einem Frühlingstag brach der Kaufmannszug auf, dem sie sich angeschlossen hatte. Wieder einmal musste sie die Entbehrungen einer viele Wochen langen Reise auf sich nehmen, war den Flöhen, Läusen, fliegenden Wanzen, giftigen Schlangen und Stechmücken ausgesetzt, dem sämtliche Kleidung durchdringenden Staub und der Gefahr, von Indios oder von wilden Tieren angegriffen zu werden. Wie so oft zuvor erlebte sie die geronnene, zu Blöcken erstarrte Zeit, während die Schemen ihrer Vergangenheit die Ochsenkarren umkreisten. Die ließen sich genauso wenig verscheuchen wie die Bremsen- oder die Moskitoschwärme. Die Tatsache, dass ihr Magenverstimmung und Durst, die spärlichen Waschgelegenheiten und die Verrichtung der Notdurft hinter den Büschen mehr zu schaffen machten als früher, bewies ihr, dass sie nicht mehr die Jüngste war.

Freilich: Die sie heimsuchenden Schattengeschöpfe waren ihr diesmal nicht so feindlich gesinnt wie bei früheren Gelegenheiten. Eher im Gegenteil. Denn, als sie erst einmal Córdoba hinter sich gelassen hatte, trugen sie dazu bei, sie in der Hoffnung zu bestärken, alte Bekannte anzutreffen, die sie freudig aufnehmen würden. Gaukelten ihr einladend geöffnete Freundesarme vor und verhießen ihr die Wiedersehensfreude der Barragáns, der Vegas, Zárates und Vergaras. Schulfreunde, unvergessene Spielkameraden.

Doch in Buenos Ayres angelangt, erlebte sie nur Enttäuschungen. Fremd waren ihr die Gesichter und die Sprechweise der Vorübergehenden; fremd die meisten der Familiennamen. Selbst die Straßenbilder hatten sich verändert. Da stand sie nun fassungslos vor dem Anwesen in der San-Francisco-Straße, das einst ihr Heim gewesen war. Ein Gebäude, das, genau genommen, von den Grundmauern abgesehen, längst nicht mehr das von damals war, da die schnell verrottenden Baumaterialien ständig erneuert werden mussten. Jetzt wurde das Haus von der kinderreichen Familie der Navarro de Toledo y Escobar bewohnt. Bürger, die zu den ersten Kreisen der Stadt gehörten. *Encomenderos* mehrerer Landgüter, Ratsherren, Generalverweser, Konzessionäre von Salinen und Mitinhaber von Lastkähnen, die den Paraná-Strom bis hinauf nach Asunción befuhren.

Doña Justina war die Dame des Hauses. Das ins Auge springende goldene Kreuz an prominenter Stelle ihres mächtigen Busens brachte den gesellschaftlichen Rang der Matrone zum Ausdruck. Sie empfing den überraschenden

Besuch mit höflicher Zurückhaltung. »Doña Elvira, sagt Ihr? Die verwitwete Tochter von Don Rodrigo Acosta und Doña Felipa Enríquez?« Sie verneinte bedauernd und musterte die vor ihr stehende Gruppe. Das gepflegte Aussehen dieser Dame mittleren Alters sagte ihr zu. Dann erwies sich ihre Gastfreundschaft als ausgeprägter als ihr Misstrauen. Sie forderte die Ankömmlinge auf, näherzutreten. »Gewiss kamt Ihr angereist, um an den Festlichkeiten unseres Schutzpatrons teilzunehmen?«, mutmaßte sie.

»San Martín de Tours«, erinnerte sich Elvira.

»Ganz richtig«, bestätigte Doña Justina in einem Tonfall, der Elvira genauso bekannt vorkam wie das Lachen hinter vorgehaltener Hand, mit dem die Dame versuchte, ihr lückenhaftes Gebiss zu verbergen. In wenigen Wochen würden die Straßen und Häuser in der Festbeleuchtung unzähliger Fackeln und mit Fohlenfett gespeister Lampen erstrahlen. Außer den Stierkämpfen auf der Plaza mayor sei ein Maskenfest vorgesehen und für die gehobenen Kreise ein Ball im Fort, der Residenz des Gouverneurs.

»Und natürlich wird es auch einen Umzug der Standarten geben. Die Vertreter der Krone und die der Kirche werden antreten«, ergänzte Elvira zu ihrer eigenen Verwunderung die Ankündigung und zeigte sich nicht erstaunt, als Doña Justina ein verächtliches »nicht sehr aufregend« fallenließ, bevor sie die umgehende Epidemie erwähnte, von der sie befürchtete, sie könne die vorgesehenen Vergnügungen beeinträchtigen.

Die inzwischen angetretenen Kinder des Hauses (»sechs Söhne, Euer Gnaden, ohne die drei armen Engelchen mitzuzählen, die der Heiland zu sich gerufen hat; und unser Ältester ist schon seit zwei Jahren verheiratet«) redeten wichtigtuerisch von Stangenspielen und den lustigen

Wettläufen, an denen sie teilzunehmen gedachten. Besondere Erwartungen brachten sie den prächtigen Feuerwerken entgegen, die Thomás de Pacheco, der Pyrotechniker der Stadt, veranstalten werde.

Erst als Elvira im Laufe des Gesprächs erfuhr, dass Doña Justina eine der zahlreichen Enkelkinder Juan de Vergaras war, fiel ihr deren Ähnlichkeit mit Doña Ana de Trigueros Barragán auf. Mit einer Großmutter also, die die Enkelin vermutlich nicht gekannt hatte und die ihr doch viele Gesten, Redewendungen und die Haltung ihres fülligen Körpers vererbt hatte. Der theatralische Auftritt der Dame in ihrem Elternhaus war ihr unvergesslich geblieben. Als ihr Blick auf ein rotes Prunkkissen mit golddurchwirkten Quasten fiel, trat sie näher, um es genauer zu betrachten. Fraglos war es das Kissen, das ihre Mutter einst Doña Ana verehrt hatte. ›Gefällt es Euer Gnaden?‹ klang die mütterliche Stimme in ihren Ohren. ›Es sei Euer! Ein bescheidener Beweis meiner Hochachtung.‹

Doña Justina, die nicht ahnen konnte, welche Erinnerungen das Kissen in ihrer Besucherin wachgerufen hatte, schien das vorlaute Geplapper ihrer Sprösslinge lästig zu werden. Sie ergriff die Gelegenheit einer Gesprächspause, um der Besucherin ihren Zweitgeborenen vorzustellen. Hernán war ein vierschrötiger Bursche, dessen Gesichtszüge Rücksichtslosigkeit und kindliche Verweichlichung in sonderbarer Mischung erkennen ließen. Nachdem er die drei Fremden, deren seltsam anmutende Aussprache ihn belustigte, eine Zeitlang angegafft hatte, ließ er sich dazu herab, sie zum Ball des Gouverneurs einzuladen.

Da Elvira dieser unerwarteten Aufforderung nicht gleich zustimmte und sich auch die sie begleitenden jungen Leute unentschlossen zeigten, kräuselte er schmollend die Lippen. Mit Nachdruck erklärte er, es würde ihm zur Ehre gereichen, wenn sie seiner Einladung Folge leisteten. Eine Floskel, die klang, als sei er davon überzeugt, dass es in Wirklichkeit sie, die Angereisten, seien, denen es anstünde, sich von seinem Anerbieten geschmeichelt zu fühlen. Erst als ihm Elvira ihr Erscheinen auf dem Fest zusagte, schien er zufriedengestellt. Dabei konnten sie nicht wissen, wie willkommen sie ihm mit ihrem in Lima erworbenen Flair und vor allem mit der sie begleitenden Tochter waren. Denn die Schönen seines Bekanntenkreises verschmähten ihn trotz seines klingenden Familiennamens, da sie die frisch aus Spanien angereisten Jünglinge mit ihrer feineren Lebensart den ortsansässigen Rüpeln vorzogen.

Die Herrin des Hauses erhob sich und bot ihren Gästen eine Führung durch ihre Wohnung an. Eine den Gepflogenheiten des Landes widersprechende Aufforderung, die sie mit der Erklärung rechtfertigte, das Anwesen sei ja, wie sie soeben erfahren hatte, einst das Heim Doña Elviras gewesen. Die sah sich daraufhin dazu genötigt, sämtliche Möbelstücke, Wandbehänge, Teppiche und Gemälde mit gebührender Höflichkeit zu bewundern.

Kaum hatte sie ihren Fuß in den Patio gesetzt, verwundert, dass er sich als viel kleiner erwies, als sie ihn in Erinnerung hatte, als sie auch schon die alten Bäume wiedererkannte, deren Kronen noch immer in ihren Träumen rauschten. Sie glaubte, die Stimme ihres Verlobten zu vernehmen: ›Sieh zum Mond auf, Geliebte! Dort am Himmel werden sich unsere Blicke und Gedanken treffen.‹

Doña Justina, vollbusig, tatkräftig und sich ihrer sicher, wusste nichts von längst verblichenen Verlobten, die den Hinterbliebenen Botschaften aus dem Jenseits zuraunten. Hingegen schwebte ihr ein verwegenes Ziel vor Augen, eine Eingabe, die ihr der Himmel gesandt hatte. Mit einem Seitenblick auf Violante begann sie, das Lob ihres Zweitgeborenen zu singen. Sein Vater beabsichtige, demnächst ein lukratives Amt für ihn zu erwerben. Eines, das saftige Sporteln abwarf.

Elvira hörte ihrer Gastgeberin zerstreut zu, bis sie von der halbverfallenen Sklavenhütte abgelenkt wurde, die sie zwischen den neu errichteten Stallungen gewahrte. Ihr früheres Wohnhaus war nicht mehr dasselbe wie ehemals; die Stadt hatte sich bis zur Unkenntlichkeit gewandelt. Die fensterlose Lehmhütte aber befand sich noch an der Stelle, wo sie die Rückkehrende vor Jahrzehnten zum letzten Mal gesehen hatte. Die Erinnerung an die ganz bestimmt längst verstorbene María drängte sich ihr auf – an die Sklavin, die der Familie ihre Verwünschung hinterlassen hatte: ein von Nadeln durchbohrtes Idol, umgeben von stinkenden Kräutern. Trotz aller Aufgeklärtheit wurde sie das Gefühl nicht los, der jenem Sinnbild abgrundtiefen Hasses innewohnende Fluch der Afrikanerin könne sich noch immer als wirksam erweisen.

Der Feuerwerker Thomás Pacheco war Linkshänder. An der rechten Hand fehlten ihm zwei Finger. Diese Verstümmelung verdankte er nicht etwa seinem gefährlichen Beruf, sondern – wollte man seiner Behauptung Glauben schenken – einem in Ehren empfangenen holländischen Säbelhieb, den er sich in der Schlacht auf den Dünen von Niewpoort zugezogen hatte. Dort habe er eine Batterie von Feldschlangen befehligt. Doña Justina bezweifelte allerdings diese Heldentaten und äußerte Elvira gegenüber den Verdacht, der Mann sei nichts weiter als einer der vielen Hochstapler, die sich, kaum der Karavelle aus Spanien entstiegen, unverfroren den Rang eines Hidalgos zuzulegen pflegten.

Mit ansprechenden Gesichtszügen ausgestattet und äußerst redegewandt, gelang es ihm stets, seine Mitmenschen zu bestricken. Er war mit einer Izarra Inojosa verheiratet: Doña Escolástica, der Tochter und Enkelin von Majoren. Doña Justina bescheinigte ihr ein friedfertiges Wesen, konnte aber nicht umhin, sie als eine dürre Vogelscheuche zu bezeichnen, der das Mutterglück versagt blieb. Doña Elvira solle sich ja nicht vom Schein der Leutseligkeit blenden lassen, mit der sich der Feuerwerker zu umgeben verstehe. Ein Feuerwerker, pah! Schon dass er es auf den Rang eines Familiars der Inquisition abgesehen hatte, um seine Stellung in der Gesellschaft zu festigen, lasse auf die Hintergründigkeit seines Charakters schließen. Überhaupt wisse man ja nie, was sich hinter den Mannsbildern verbirgt, auch wenn sie sich als biedere Kavaliere aufspielen. Die Frauen seien wehrlose Puppen in den Händen der Männer. Sie habe im Leben genug Erfahrung über das weibliche Schicksal gesammelt, das dürfe ihr Doña Elvira getrost glauben.

Als Elvira Don Thomás aufsuchte, um eines seiner Häuser zu mieten, wurde sie von diesem geradezu freudestrahlend empfangen. Von Herzen gerne werde er ihr das gewünschte Anwesen verpachten, obwohl sich bereits mehrere Anwärter dafür gemeldet hätten. Aber selbstverständlich gebe er der Dame den Vorzug, von der schon so viel Gutes an sein Ohr gedrungen sei. Aus reiner Freundschaft täte er es. Denn auf das Geld sei er nicht angewiesen. Noch immer sehe er sich als einen Diener der Krone und sein Vermögen verdanke er nicht etwa seinem Beruf, den er nur ausübe, um den Umgang mit dem Schießpulver nicht ganz zu verlernen. Seine wirklichen Geschäfte seien ganz anderer Art, die zu erklären nicht einfach sei. So plauderte er unterhaltsam.

Er hätte nicht nötig gehabt, seine stadtbekannte Tätigkeit so geheimnistuerisch zu umschreiben, war sie doch so alt wie die Gesetze, die den freien Handel einschränken. Elvira hatte es von Doña Justina erfahren, die allerdings an jedem etwas auszusetzen hatte: Es seien natürlich keine Sklaven und auch keine unversteuerten Silberbarren, die durch seine Hände gingen; für solche Transaktionen fehle es ihm am dafür erforderlichen Kapital und wohl auch an den Verbindungen. Er musste sich damit begnügen, Artikel des täglichen Bedarfs ins Land zu schmuggeln. Immer wenn ein Schneider eine neue Schere benötigte, ein Tischler Sägen oder Zangen, eine Putzmacherin seidene Bänder, sprang der stets hilfsbereite Linkshänder ein, der durch einen glücklichen Zufall soeben einen Posten der benötigten Waren erhalten hatte, freilich zu gepfefferten Preisen. Dass er sich auch als Geldverleiher betätigte, ergab sich fast zwangsläufig. Eine menschenfreundliche Beschäftigung, wie zu betonen er nicht müde wurde. Denn in einem Land, in dem es keine Banken gab, sei man sonst auf die teuren, nicht jedermann zugänglichen Kredite der Großkaufleute und der Klöster angewiesen. Die uneingelösten Pfänder trugen zum ständig wachsenden Vermögen des rührigen Feuerwerkers bei.

Doch von derartig prosaischen Dingen sprach er nicht mit Elvira, als die ihn aufsuchte. Sondern es drängte ihn, seine Kollegen in Lima zu erwähnen, jene Pyrotechniker am Hof des Vizekönigs, die sich mit ihren farbigen Leuchtkaskaden, Sonnenrädern und bengalischen Feuern goldene Nasen verdienten. Obwohl auch dort die Wirtschaft stark gelitten habe und die Bäume nicht in den Himmel wüchsen. »Nicht wahr, Doña Elvira?«

Sie gab zu bedenken, dass sie Lima vor längerer Zeit verlassen habe und daher nicht auf dem Laufenden über die dortigen Verhältnisse sei.

Don Thomás zeigte sich gut unterrichtet. »Die Erdbebengefahr und das ungesunde Klima, nicht wahr, Señora?«

»Das Klima, Euer Gnaden?«

Nun ja. Ungesund für gewisse Personen, erläuterte er ihr mit herzerquickend breitem Lächeln, wobei er sein noch lückenloses Gebiss entblößte. Das Heilige Offizium sehe sich dort zu einer verstärkten Tätigkeit genötigt. Hier aber hätte sie nichts zu befürchten. »Nicht wahr?«

Anscheinend hatte er viel über dieses Thema nachgedacht, um im Bilde zu sein, falls er es eines Tages wirklich zum Familiar bringen sollte. Gerne hätte Elvira in Erfahrung gebracht, wie weit der leutselige Herr über ihre Vorgeschichte informiert war.

Die von Doña Justina angekündigten Volksbelustigungen zu Ehren des Schutzpatrons der Stadt kamen Elvira recht kümmerlich vor: ein Tedeum in der vom Einsturz bedrohten Kathedrale, deren kahle Wände man mit verschlissenen Teppichen behängt hatte; die nächtliche Zurschaustellung der Feuerwerkskünste Thomás Pachecos, die Stangenspiele der Jugendlichen und eine Reihe dilettantischer Stierkämpfe auf dem in eine Arena verwandelten Hauptplatz.

Die Vorbereitungen zum Ball beim Gouverneur, dem Höhepunkt der Festivitäten, waren in aller Munde. Dieses Ereignis ließ für ein paar Stunden die Inflation vergessen, die den Einwohnern der Stadt Kummer bereitete. In kurzer Zeit war nämlich der Preis des Silbers um nicht weniger als zweihundertsechzig Prozent gestiegen, was eine Teuerungswelle zur Folge hatte, die der ärmeren, von der Hand in den Mund lebenden Bevölkerungsschicht zusetzte, während die Reichen davon profitierten.

Daneben war es das aufkeimende Idyll zwischen Hernán Navarro de Toledo und Violante, der bildhübschen Tochter Doña Elviras, das den Stadtklatsch bereicherte. Die beiden Haussklavinnen Doña Justinas verrieten ihren jeweils besten Freundinnen das arrogante Benehmen Hernáns, das der bei seinem Heiratsantrag an den Tag gelegt hatte. Auf diesem Umweg erfuhr Elvira, wie der junge Mann mit wichtigtuerischer Gebärde einen schweren Ring hervorgezogen habe – ein Familienerbstück, das ihm zu diesem Behuf von der umsichtigen Mutter ausgehändigt worden war, begleitet von der Ermahnung, er möge es zärtlich an den Finger der Erwählten zu stecken. Von Zärtlichkeit allerdings sei bei dem Flegel nichts zu merken gewesen, behaupteten die klatschsüchtigen Schwarzen. Mehr an den Umgang mit wilden Rindern gewöhnt als an den mit keuschen Jungfern, habe er mit seinem Schmuckstück vor den Augen Violantes herumgefuchtelt und sie von seinem Entschluss in Kenntnis gesetzt, sie zu ehelichen. Nach diesen Worten, die eher wie die Verkündung einer ehrenvollen Auszeichnung klangen als eine Liebeserklärung, habe er versucht, sie auf den Mund zu küssen, um, wie er sich ausdrückte (die Mutter schien ihm den Satz eingeprägt zu haben), »den Pakt zu besiegeln«. Womit er allerdings lediglich erreichte, dass das Mädchen, fast ein Kind noch, erschreckt aus dem Zimmer huschte.

Mit jener vom Hausgesinde erspähten Szene hatte es begonnen – kein vielversprechender Anfang, wie sich jeder eingestehen musste, der die unstandesgemäße Verbindung des Sprösslings eines der angesehensten Bürger der Stadt mit einer Jungfer kommentierte, deren Herkunft zu allerhand Getuschel Anlass gab. Auch die wenige Wochen später erfolgte Bekanntgabe des Ehekontraktes, in dem sowohl die unbedeutende Mitgift der Braut bis aufs letzte Hemd festgelegt war, wie auch das beachtliche Vermögen, welches der Freier einbrachte, trugen nicht zum Aufschluss über die Hintergründe dieser Beziehung bei.

Vergeblich suchte die vor den Kopf gestoßene Elvira nach einer Erklärung des Verhaltens ihrer Ziehtochter, die ihr so unversehens entglitten war. Nie wäre ihr in den Sinn gekommen, dass Violante für die raffinierte Rache einer enttäuschten Frau missbraucht würde, deren Gatte nur noch für seine Geschäfte lebte und dem der gesellschaftliche Rang weitaus wichtiger war als die Rücksicht auf eine aufgeplusterte alte Schachtel, die ihre Pflicht als Gebärmutter längst hinter sich gebracht hatte. Kaum hatte Justina vom stets gut informierten Feuerwerker Don Thomás den wahren Ursprung Violantes, ihres Ziehbruders und ihrer angeblichen Mutter erfahren, als es ihr klar wurde, wie sie ihren Mann abstrafen könne, auch wenn sie dabei ihre ureigensten Überzeugungen verraten und sich tief ins eigene Fleisch schneiden müsse. Mit der Verunreinigung des guten Bluts der Navarros de Toledo würde sie ihren ahnenstolzen Gemahl Don Alonzo an seiner empfindlichsten Stelle treffen.

Ihr verhätschelter Sohn hatte sich schon mehrere Körbe bei den lokalen Heiratskandidatinnen geholt. Ihn zur Ehe mit Violante zu überreden war daher ein Kinderspiel. Die Gründe aber, die Violante dazu veranlasst haben konnten, eine derartig ungleiche Verbindung einzugehen, blieben Elvira lange Zeit hindurch verschlossen.

Wie vorauszusehen war, tobte Don Alonzo anfänglich

ganz gewaltig und drohte dem missratenen Sohn mit Enterbung. Doch nach wenigen Tagen fügte er sich murrend, denn gegen den Willen seiner Frau hatte er sich, wenn es wirklich hart auf hart ging, noch nie durchsetzen können. Zumal sich diese dank der Verdienste ihrer Vorfahren und der Zuhilfenahme von allerlei Zuwendungen sowohl des Beistands des Gouverneurs wie auch des Segens der Kirche erfreute.

Elvira sah in der Heirat eine Opferung Violantes, der sie machtlos gegenüberstand. Bis zuletzt bemühte sie sich um die Herbeiführung einer intimen Unterredung mit der geliebten Ziehtochter. Doch erhielt sie von der lediglich lahme Erklärungen.

Andrés ging seiner Seelenschwester während dieser kritischen Zeit aus dem Weg, denn er litt unsäglich unter dem Verzicht, der ihm und Violante durch die Umstände aufgezwungen worden war. Schwer war es den beiden gefallen, sich den Konventionen einer Gesellschaft zu unterwerfen, die gewohnt war, in ihnen Bruder und Schwester zu sehen. In Unkenntnis darüber, dass der Feuerwerker schon längst die wahren Familienverhältnisse ausfindig gemacht hatte, waren sie davon überzeugt, dass eine Bekanntgabe dieser Umstände verhängnisvolle Folgen nach sich gezogen hätte. Gewiss war in den Registern des Heiligen Offiziums die sträfliche Entführung eines Ketzerkindes aus den Verliesen zu Lima genauestens festgehalten.

Die Hochzeit wurde mit geradezu unziemlicher Hast ausgerichtet. Der zur Schau gestellte Prunk entsprach der Pracht, die ein Navarro de Toledo y Escobar beanspruchen konnte. In den Augen Elviras freilich nichts weiter als kleinstädtische Veranstaltungen, wie sie eben einem etwas groß geratenen Dorf zustanden. Einer Ortschaft, die, ohne die Schwarzen, Indios und Mestizen zu berücksichtigen, kaum mehr als dreieinhalbtausend Einwohner zählte.

Der Bischof stand der Zeremonie in der Kathedrale höchstpersönlich vor. Elvira, die ihre Stellung als Brautmutter mit gemischten Gefühlen wahrnahm, folgte ihr geistesabwesend. Ihr fröstelte; fremd fühlte sie sich inmitten der vielen Festteilnehmer. Und fremd erschien ihr Violante, die Tochter ihres Herzens. In Spitzen und Tüll gehüllt, behängt mit mehrfach geschlungenen Perlen- und Korallenketten – einem Brautgeschenk Doña Justinas, die sich, bedrängt vom schlechten Gewissen, nicht lumpen lassen wollte –, glich sie einer jener in den Nischen der Kirche Limas aufgestellten Muttergottesstatuen mit Glasaugen, die unter der Last ihrer Juwelen schier zusammenbrechen. Seltsam entrückt sah sie aus, wie einer anderen Welt zugehörig, von der sie, ihre Ziehmutter, sich ausgeschlossen wusste.

Andrés saß neben Elvira. Als sie seine verstörten Züge gewahrte, überfiel sie die Erinnerung an die Verkündung des Glaubensedikts, dem sie als junges Mädchen in diesem Tempel beigewohnt hatte. Die Flüche und Drohungen, die sie beim Anathemaedikt über sich hatte ergehen lassen müssen, brannten ihr noch immer auf der Seele. *Aus ihren Häusern sind sie zu vertreiben, tausendfach verflucht im Leben und im Tod mit allen Flüchen des Alten und des Neuen Paktes.*

Hart klopfte ihr Herz. Vergangenheit verdrängte Gegenwart. Einen Augenblick lang war ihr, als sei sie von Masken umgeben, hinter denen sich die Personen aus Fleisch und Blut verbargen. Wohin sie auch blickte, überall begegnete sie Gesichtern, die ihr drohend fremd und dennoch beängstigend vertraut vorkamen. Gewiss beobachtete man sie heimlich von allen Seiten.

Die weltliche Veranstaltung fand im Hause der Eltern des Bräutigams statt. Don Alonzo Navarro de Toledo begrüßte seine Gäste, tauschte Reverenzen aus, nahm Glückwünsche entgegen. Es war ihm gelungen, die Niederlage in der Auseinandersetzung mit seiner Frau in einen Triumph zu verwandeln. Er konnte zufrieden sein, denn keiner der illustren Namen fehlte auf dem Fest. Encomenderos, Ratsherren, Geistliche und Offiziere waren erschienen. Einflussreiche Caballeros mit ihren nach vorletzter Mode gekleidete Damen.

Elvira dagegen war kein Sieg beschieden. Sie fühlte sich vereinsamt inmitten des Trubels. Als das Orchester zu spielen anhub, hätte sie sich am liebsten unbemerkt davongeschlichen.

Doña Justina kam auf sie zu, vollbusig, triumphierend, wie ihr schien, herausstaffiert wie weiland ihre Großmutter Doña Ana: »Warum so trübsinnig, Doña Elvira? Ist unsere Feier denn gar nicht nach Eurem Geschmack?« Elvira beeilte sich, das Orchester zu loben und sich anerkennend über die herumgereichten Leckerbissen auszulassen, obwohl sie deren Qualität an eine abfällige Bemerkung Guiomars erinnerte, derzufolge das Porzellan und das Silber an den Tischen am Río de la Plata wesentlich feiner seien als die auf den Tellern befindlichen Speisen ... *Was wohl aus Guiomar geworden war? Und was aus deren Kindern?* ... Und mitten im Festtrubel erreichte sie plötzlich das Gesichtchen Enriquillos, nahm Gestalt an und verblasste wieder, als sie von der Dame des Hauses in die Wirklichkeit zurückgezwungen wurde: »Das bescheidene Orchester ist also nach Eurem Geschmack? Das ehrt mich wirklich. Unsere Violante verriet mir, dass Ihr Cembalo spielt.«

»Früher einmal, verehrte Freundin. Vor sehr, sehr langer Zeit klimperte ich darauf herum. Nicht der Rede wert.«

»Zu schade! Ich hätte Euch so gerne einmal spielen gehört«, bedauerte die Mutter des Bräutigams und sah ihr eindringlich in die Augen. Was sie wohl in deren Tiefe suchte? ›Unsere Violante‹, wiederholte Elvira in Gedanken die Redewendung Doña Justinas und fühlte einen Stich in der Herzgegend.

Der unerwartete Auftritt Thomás Pachecos setzte dem Gespräch ein Ende. Niemand wusste, wer ihn dazu aufgefordert hatte. Aber hier war er nun, gefolgt von zwei jungen Mestizen, die seine Girandolen, Schwärmer, Sprühlichter und Leuchtkugeln anschleppten. Mit artiger Verbeugung und bestrickendem Lächeln bat er die hochverehrten Herrschaften, sich in den Garten zu bemühen, um den Feuerzauber zu genießen, den er zu Ehren der jungfräulichen Braut und zur Ergötzung aller Gäste zum Besten geben wolle. Eine einladende Geste seiner linken, unversehrten Hand begleitete die wohlgesetzte Rede. Als Elvira ihren Mietsherrn sah, überkam sie ein Schauer. Einen Augenblick lang kam es ihr vor, als habe er sich verkleidet und verberge sein wahres Gesicht – auch er – hinter einer Maske. Sie fühlte sich erst dann erleichtert, als sie feststellte, dass diese Verwandlung durch die Perücke bedingt war, die er sich zu dieser Gelegenheit aufgesetzt hatte. *Der doppelte Boden, mein kluges Töchterlein ...*

Die windstille, mondlose Herbstnacht schien wie geschaffen für das Feuerwerk. Das Spektakel begann recht harmlos mit dem üblichen Geknall der Kanonenschüsse und dem Geknatter funkensprühender Drehkreuze. Es folgten die Leuchtraketen, der Regen bunter Flammenkaskaden, die zischend aufblitzenden Lichtbuketts und die schmatzend explodierenden Granatkugeln. Und als sich der Himmel mit einem Gewirr vielfarbig funkelnder Sterne und Kometen überzog, belohnte anhaltender Applaus die meisterliche Hand des Pyrotechnikers. Dieser Beifall aber ging jäh unter im höllischen Lärm der höchst seltsamen Feuerwerkskörper, von denen es hieß, Don Thomás habe sie eigens aus China kommen lassen. Deren rülpsende und furzende Geräusche hatten das Gejaul und Gewieher der erschrockenen Haustiere der ganzen Nachbarschaft zur Folge.

Der Urheber des Skandals hatte sich bereits aus dem Staub gemacht. Nur der Schwefelgestank erinnerte noch eine ganze Weile an die Veranstaltung, die niemand bestellt hatte.

Als zum Tanz aufgespielt wurde, verließ Elvira das Fest, ohne sich zu verabschieden und ohne Geleit zu beanspruchen. Während sie in der Dunkelheit den kurzen Weg nach Hause zurücktastete, glaubte sie sich noch immer den widerwärtigen Lauten der Vorstellung ausgesetzt.

Leises Weinen empfing sie, als sie ihr Haus betrat. Andrés! Ohne eine Leuchte anzuzünden, näherte sie sich seiner Schlafstätte. Da lag er zusammengerollt unter seinem Moskitonetz und wimmerte wie ein kleines Kind. Bestürzt stand sie da und war versucht, ihn in die Arme zu schließen, abzuküssen und zu beschwichtigen, wie damals, als sie ihn auf dem Schiff entdeckt hatte, ein verängstigtes Jungchen, das nicht sprechen konnte. Behutsam strich sie ihm übers Haar, über die Schultern, über die Arme. Er schien die Liebkosung nicht zu bemerken. Lange wachte sie bei ihm; ein anderer Trost stand ihr nicht zur Verfügung.

Es dauerte Monate, bis ihr die Gründe zugetragen wurden, die Violante zu ihrem verhängnisvollen Schritt bewogen hatten. Die Haussklavinnen der Navarro de Toledo y Escobars hatten es der Schwarzen zugetragen, die Elvira betreute. Diese wiederum hatte ihrer Herrin das Geheimnis mitgeteilt. Erpressung sei's gewesen. Eine niederträchtige Erpressung, mit der Doña Justina ihren Willen bei Violante durchgesetzt habe. Sie habe das unerfahrene Mädchen mit der Drohung eingeschüchtert, ihr unzüchtiges Verhältnis zum Bruder anzuzeigen. Zumal sie aus sicherer Quelle erfahren habe, log sie, dass beide von Relaxierten abstammten, deren Sambenitos an den Wänden der Kathedrale Limas zur Schande ihrer Nachkommen aufgehängt seien. Um Andrés vor einer solchen Gefahr zu schützen, habe sich Violante daraufhin verkuppeln lassen, ohne ihre Familie ins Vertrauen zu ziehen. Doña Justina war es nämlich weiterhin eingefallen, ihrem Opfer Schweigepflicht aufzuerlegen. Widrigenfalls sehe sie sich veranlasst, den Comisarius einzuschalten. Und im Übrigen sei es schließlich kein Malheur, einen ihrer Söhne zum Gemahl zu bekommen, nach dem sich sämtliche altchristliche Jungfern der Stadt die Finger abschleckten.

Seitdem der damalige Kommissar der Inquisition den Herrgottsschnitzer Manuel de Couto auf Grund der Anzeige einer verschmähten Geliebten in Gewahrsam genommen und in Ketten geschlagen nach Lima verfrachtet hatte, gab es keinen Kunsthandwerker mehr in Buenos Ayres, der das Talent besessen hätte, die Figuren zu befreien, die in den Augen eines Künstlers jedem Brocken Stein und jedem Stück Holz innewohnen.

Aus diesem Grund begrüßte die Geistlichkeit der Stadt den Entschluss Andresens, eine kleine Werkstatt zu eröffnen, um den in Tucumán erlernten Beruf auszuüben. Nachdem er einige von den Franziskanern in Auftrag gegebene Heiligenfiguren zur Zufriedenheit ihres Klosters ausgeführt hatte, suchten ihn nach und nach die zur Wohlhabenheit gelangten Einwohner auf, die ihrer Kirche eine Schnitzarbeit stiften wollten. Auf solche Weise hofften sie, den Himmel für sich geneigt zu machen. Da sie die fromme Absicht aber möglichst billig zu stehen kommen sollte, unterließen sie es nie, den schüchtern geforderten Preis des Künstlers zu drücken.

Als die Anzahl der Aufträge zunahm, stellte der einen Gehilfen ein. Es dauerte nicht lange, bis dieser beunruhigende Nachrichten in der Stadt verbreitete. Tagsüber, so seine Behauptung, gehe der junge Meister seiner normalen Arbeit nach, wenn er nicht gerade die Zeit mit seinen Vögeln vertrödle, die in einem großen Käfig herumflatterten. Tagsüber also schneide, bemale und vergolde er normalerweise die Bildnisse des Heilands, der Apostel und sämtlicher Märtyrer des Almanachs. Bei Nacht aber, im flackernden Kerzenschein, entstünden unter seinen Händen Ungeheuer und Dämonen. Als das Gerücht die Ohren des Glaubenskommissars erreichte, befand er, jene Missgestalten müssten nicht unbedingt frevelhafter Natur sein. Denn auch die Wasserspeier vieler Kathedralen seien mit gräulichen Fratzen ausgestattet, um den Sündern auf Erden die Ausgeburten der Hölle vor Augen zu führen, die sie nach ihrem Tode erwarteten. Um aber der Anzeige auf den Grund zu gehen, entsandte er drei Prüfer in die Werkstatt. Strengblickende Dominikaner, die nicht nur die verdächtigen Figuren aus Holz begutachteten, sondern natürlich auch Andrés, den als ungesellig bekannten Schöpfer derselben.

Die gelehrten Herren besahen sich zunächst die im Hofe lagernden Baumstämme der Algarrobos, Lapachos und Urundays. Dann nahmen sie die profanen Schnitzarbeiten in Augenschein, die ihnen äußerst ketzerverdächtig vorkamen. Die geflügelten Pferde, die vermutlich der griechischen Mythologie entstammten, ließen sie gerade noch gelten. Und der halbnackte Mann, der, von einem Balken niedergestreckt, mit verzweifelt geöffnetem Mund, die Arme gen Himmel gereckt, sterbend unter einem Trümmerhaufen lag, konnte zur Not als ein Ausdruck der Todesqual eines reuigen Sünders gedeutet werden. Aber das verzückte, ganz dem Laster hingegebene Liebespaar war unzweifelhaft obszön. Besonders anstößig fanden die Qualifikatoren einen aus rötlichem Hartholz gemeißelten Kopf, der von einem spitzen Finger durchbohrt wurde, so dass die Gehirnmasse an den Schläfen austrat. Ein Machwerk, befanden sie, das nicht nur geschmacklos war, sondern überdies eine Verspottung der Würde des in Gottes Ebenbild erschaffenen Menschen darstelle. Es müsse umgehend vernichtet werden.

»Was bezweckt Ihr eigentlich mit der Anfertigung solch gotteslästerlicher Geschöpfe?«

Andrés konnte keine befriedigende Antwort erteilen. Nichts Besonderes habe er bezweckt, meinte er stockend. Er hantiere mit seinen Messern und Beiteln, ohne sich Bestimmtes vorzunehmen. Und dabei kämen eben diese Figuren heraus.

»Wollt Ihr damit zum Ausdruck bringen, diese Schnitzereien entständen absichtslos, oder etwa gar gegen Euren Willen?«, hakte der Älteste der drei Prüfer listig ein. Vermutlich witterte er einen Pakt mit dem Teufel.

»Nein. So ist es auch wieder nicht«, versuchte Andrés sich in seiner schleppenden Sprechweise verständlich zu machen. Es gelang ihm aber nicht, den komplizierten Vorgang zu verdeutlichen, der zum schöpferischen Akt führt. Dazu fehlten ihm die Worte. Zu seinem Glück. Denn durch weitere Aussagen hätte er sich unweigerlich der Ketzerei verdächtig gemacht.

Als Andrés seiner Ziehmutter von jener Inspektion erzählte, musste sie sich über die Behutsamkeit wundern, mit der die Mitarbeiter des Kommissars hier vorgegangen waren. Vergebens grübelte sie darüber nach, was sie bewogen haben mochte, den unvorsichtigen Heiligenschnitzer lediglich zu verwarnen, ihm die Herstellung profaner Bildnisse zu untersagen und als heilsame Bußübung die Gratislieferung eines großen Kruzifixes für die Kathedrale anzuordnen.

Um seinen Christus der Pönitenz zu schaffen, wählte Andrés einen dicken Stamm aus den Wäldern des Nordens, zu dessen Transport es eines Gespanns zweier kräftiger Zugochsen bedurfte. Das rostbraune, steinharte Holz bot seinen Messern, die er wie eine Axt führte, zähen Widerstand. Verbissen werkelte er Tag und Nacht. Er vergaß Essen und Schlaf; seine Hände bedeckten sich mit Schwielen. So hieb und meißelte er, bis sich aus dem Holzblock eine Figur löste, die durch die Einfachheit ihrer Linien überwältigend wirkte. Die Vertikale des Kreuzes war mit dem Rücken des Sterbenden verschmolzen, der all seine

Kraft aufzubieten schien, um sich von ihr abzustemmen. Sein Gesichtsausdruck, die Dornenkrone, deren Stacheln sich in den Schädel bohrten, die Muskeln des schmerzgekrümmten Leibes wirkten auf den Betrachter wie ein einziger Aufschrei. Verdichteten sich zur Frage des Psalmisten, die der in seiner Todesqual vereinsamte Menschensohn an den himmlischen Vater richtete: »Eli, Eli, mein Gott, warum hast Du mich verlassen?!«

Die Patres, die gekommen waren, um das Schnitzwerk in Augenschein zu nehmen, wussten nicht so recht, was sie davon halten sollten. Sie hatten eine sauber geglättete Skulptur erwartet, konnten sich aber der wuchtigen Sprache dieses Kruzifixes nicht entziehen, in dessen Primitivität der gebildetste der geistlichen Herren sowohl katalanische als auch indianische Einflüsse zu erkennen glaubte. Als sie sich wieder gefasst hatten, beanstandeten sie die mangelhafte Kunstfertigkeit der Arbeit. Auch nahmen sie Anstoß an den Rissen im Holz, die aussahen wie offene Wunden in von der Hagiographie nicht vorgesehenen Körperteilen und die ihrer Ansicht nach den Wert der Skulptur verminderten.

»Zumindest kann man erwarten, dass Ihr die Schamteile des Herrn mit einem Lendentuch verhüllt, wie es der Anstand gebietet«, bekrittelte der Wortführer der Sachverständigen.

»Außerdem müsst Ihr das Holz säuberlich abschmirgeln, damit es nicht aussieht, als sei die Arbeit halbfertig«, forderte einer seiner Kollegen.

Andrés nahm sich Zeit mit seiner Antwort. Er fuhr mit den Fingerkuppen leicht über die Skulptur, um noch einmal deren raue Oberfläche zu überprüfen. Trat einige Schritte zurück und betrachtete sein Werk mit zusammengekniffenen Augen.

Dann schüttelte er den Kopf. Man konnte sehen, wie er um die rechten Worte rang. »Der Christus der Pönitenz«, erklärte er schließlich, »gehört mir schon nicht mehr. Ich schaue ihn an. Und er gibt mir den Blick zurück, so dass ich vor Ehrfurcht die Mütze ziehen muss, als befände ich mich in der Kirche.«

Die Patres tauschten schweigend Blicke. Vielleicht waren sie von der Bestimmtheit beeindruckt, mit der der junge Künstler seine Schöpfung verteidigte; vielleicht waren sie trotz ihrer Einwände ergriffen von der gewaltigen Botschaft des Kruzifixes, das, weil es ein echtes Kunstwerk war, weder Abstriche noch Zutaten erlaubte.

Sie ließen die gewichtige Figur abholen. Der Bischof wies sie zurück; in der Kathedrale sei so ein Machwerk fehl am Platz. Sie gelangte in die Kapelle eines Indianerdorfs, aus der sie ein paar Jahrzehnte später spurlos verschwand.

Während ihr Ziehsohn mit seinem Werk beschäftigt gewesen war, hatte ihn Elvira nicht zu sehen bekommen. Jetzt kehrte er zu ihr zurück, erschöpft, wortkarg, mit wirrem Bart, erschreckend mager. Sie empfing ihn, ohne Fragen zu stellen. Und als er über Kopfschmerzen klagte, bereitete sie ihm einen Kräutertee, der ihm als kleines Kind gutgetan hatte.

»Violante erwartet ein Kind«, teilte sie ihm mit.

»So, so«, murmelte er mit matter Stimme.

Er zog sich in seine Kammer zurück. Als sie sich kurz darauf nach ihm umsah, fand sie ihn in tiefen Schlaf gesunken. So wie er ging und stand, hatte er sich in seiner schmutzigen Kleidung auf sein Lager geworfen. Einen ganzen Tag und zwei Nächte lag er fast regungslos da. Ab und zu hörte sie, wie er im Schlaf aufstöhnte, als erleide er grausame Foltern. Und da litt sie mit ihm.

Wenige Tage später verabschiedete er sich von ihr. Ein bestimmtes Ziel habe er nicht. ›Die Geschichte wiederholt sich immer wieder‹, flüsterte ihr der Geist ihrer Mutter zu, als sie Andrés voll düsterer Ahnungen ziehen ließ. ›Immer wieder, immer wieder. Und wir sind gefesselt an das Schicksalsrad ...‹ ›Nein, Mama!‹, widersprach sie im Stillen. ›Wenn wir unsere ganze Kraft aufbieten, können wir die Fesseln von uns abschütteln.‹

Wochenlang ließ Andrés nichts von sich hören. Bis Elvira eines Tages von einem Händler aufgesucht wurde, der den Tigre, das Flussdelta des Río de la Plata, mit seinem Boot befuhr, um Waren des täglichen Gebrauchs gegen die Korbflechtereien und Nutriafelle der dort hausenden Indianer einzutauschen. Der übermittelte ihr die Grüße ihres Ziehsohns. Er habe ihn auf einer der vielen Inseln des Deltas angetroffen, unweit der Stelle, wo der Paraná Guazú mit dem Miní zusammenfließt. Dort bewohne er eine Schilfhütte, umgeben von stacheligem Gestrüpp, von Binsen, Ceibobüschen und haushohem Gras. Die Indianer seien seine Kameraden, die von der Gesellschaft Geächteten seine Freunde. Heruntergekommen sehe er aus, das müsse er schon sagen. Hundemager, das Haupthaar und der Bart verwahrlost. Manchmal hocke er den lieben langen Tag lang versonnen am Ufer und angle oder füttere die Vögel, die sich gerne in seiner Nähe niederließen; manchmal bleibe er einfach auf seinem Feldbett liegen und starre vor sich hin. Sobald es aber über ihn komme, nehme er sein Werkzeug zur Hand und arbeite stundenlang hintereinanderweg. Schnitzte Figuren und Masken, die Albträumen entsprungen zu sein schienen. Verzerrte

Gesichter, Chimären, halb Mensch, halb Bestie, perverse Teufel.

»Lichterloh auf den Scheiterhaufen Brennende etwa? Ausgepeitschte? Angekettete Galeerensklaven? Und Leichen unter vom Erdbeben zerstörten Häusern?«

Der Händler, ein schlichter Mann, der weder lesen noch schreiben konnte, zog die Stirn kraus und dachte nach. Jawohl, bestätigte er nach einer Weile, etwas befremdet über die Fragerei. Jetzt, da die Señora sie erwähne, erinnere er sich derartiger Figuren.

Dann fiel ihm eine Gruppe geflügelter Pferdchen ein, die er unter den Figuren Andrés' entdeckt habe. Aber die interessierten Elvira weniger.

Der Besucher fuhr mit seinem Bericht fort. »Da habt Ihr die Figuren vor Augen, in der Hütte Eures Sohnes. Stehen sie zum Verkauf?, frage ich ihn. Und er starrt mich nur an, mit weit aufgerissenen Augen, die er verdreht, bis nur noch das Weiße sichtbar ist. Eine solche Idee sei ihm noch nie gekommen. Es sind meine besten Freunde, antwortet er. Die einzigen, die mich nie im Stich lassen. Und dann besieht man sich die Figuren genauer. Und die gucken zurück, richtig Angst kann man bekommen, das dürft Ihr mir glauben, Señora. Denn wenn man sie lange genug anschaut, dann meint man, sie erwachten zum Leben. Genau das meint man dann. So, als bewegten sie die Köpfe und zwinkerten einem zu. Plumpvertraulich können sie zwinkern, ganz als wären's die Spießgesellen von einem. Und man befürchtet, sie könnten gleich den Mund auftun und zu reden anfangen mit zirpenden Stimmchen. Besser, sie tun's nicht, denke ich. Und auf einmal überkommt es mich: das sind ja nur arme Christenmenschen, die ein böser Zauberer in das verwandelt hat, was sie jetzt sind. In kleine hölzerne Figuren. Ich will nicht behaupten, dass

Euer Sohn ein Hexenmeister oder ein Zauberer sei. Gott bewahre! Bitte, versteht mich nicht falsch. Aber ich habe gesehen, wie er mit seinen Eisen umgeht, und da fiel's mir auf: sobald er mit dem Schnitzen anfängt, da steht er unter fremdem Befehl. Hoffentlich sind's die Befehle guter Geister, denen er da gehorcht.«

Elvira bedankte sich für den Bericht und entlohnte den Mann mit ein paar Münzen.

Es war eine schwere Geburt. Wenige Tage nach der Niederkunft zeigten sich die ersten Symptome des Wochenbettfiebers. Der Arzt wurde herbeigerufen, der, nachdem er den Urin Violantes begutachtet und ihren beschleunigten Puls gefühlt hatte, einen Heiltrank verschrieb. Dann ließ er in Essenzen getränkte Lappen auf die Stirn der Kranken legen, um ihr Fieber zu senken und die Kopfschmerzen zu lindern, über die sie klagte. Ansonsten empfahl er den anwesenden Frauen, fleißig zu beten und sich nach einer Amme für den Säugling umzusehen.

»Ich habe bereits ein halbes Dutzend geweihter Kerzen gestiftet«, ließ Justina verlauten. »Und jetzt werde ich auch noch ein Gelübde ablegen.« Sie schien es darauf abgesehen zu haben, sich sowohl mit der Religion wie auch mit der Wissenschaft gutzustellen, denn sie erkundigte sich beim Arzt, ob er nicht einen Aderlass für angebracht halte.

»Nicht solange das Fieber anhält«, gab er unwirsch zur Antwort. Man sah ihm seine Abneigung gegen derartige Laienvorschläge an.

Elvira fiel der sehnsüchtige Blick auf, mit dem Violante zur Tür starrte, offenbar in Erwartung eines Besuches. Auch der Arzt hatte den Blick bemerkt. Befremdet erkundigte er sich nach dem Gatten der Wöchnerin.

Hernán war nicht aufzufinden. Gleich nach der Geburt seiner Tochter war er mit seinen Kumpanen verschwunden, um das Ereignis zu begießen und um den Ärger über seine Frau loszuwerden, die ihm anstelle eines Stammhalters nur ein Mädchen geboren hatte. Zu dieser Stunde schnarchte er bestimmt sternhagelbesoffen in irgendeiner Kneipe.

»Betet, gnädige Damen, betet!«, verabschiedete sich der Arzt, der es auf einmal eilig hatte.

Kurz darauf erschien Andrés. Ein die Entfernung überbrückender Ruf hatte ihn erreicht, eine schwache, aber durchdringende Stimme.

Als er Violantes Zimmer betrat, schlummerte sie. Ihre Hände zupften unruhig an der Bettdecke. Kaum hatte er sie vorsichtig auf die Stirn geküsst, als sie die Augen aufschlug.

»Du hast mich gerufen, Schwesterlein.«

»Andy! Die Pferdchen ... Andy. Liebster ... Siehst du, wie sie ... von den Bergen herabschweben?«

Ihre Stimme, ein schwaches Murmeln nur.

»Die Calimayos, Violita. Sie breiten ihre Flügel aus.«

»Und sie ziehen weiter, Brüderlein ... Fliegen auf und davon ...«

Es gelang Andrés, ihre sich rastlos auf und ab bewegende Rechte zu ergreifen. Er drückte sie mit sanfter Gewalt, als wolle er das entrinnende Leben zurückhalten.

»Auf ihrem Rücken tragen sie ...«

»... unsere Eltern, die reiten auf ihnen. Ich seh's genau.«

»Sie winken uns zu, wir sollen ihnen folgen ... Nach Hause ...«

»Nach Hause ... Immer nach Hause, Brüderlein ... Die

Pferdchen rufen mich ... Und ich muss dich ... verlassen. Verzeih, dass ... ich ... dich ... alleine lasse ... Allein ... auf ... der ... kalten Welt, Andy, Liebster ...«

Unbemerkt hatte Elvira die Szene durch den Türspalt verfolgt. Sie musste ihre schwachen Augen anstrengen; die Tränen behinderten ihre Sicht. Wie durch Nebelschwaden sah sie ungläubig, wie das Gesicht der Kranken immer kleiner wurde, bis es dem des verschüchterten Mädelchens glich, das sie einst aus dem Kerker geholt und von seiner Mutter getrennt hatte. Von einer Mutter, deren letzter Wunsch es gewesen war, das Kind möge seine Eltern nie vergessen. Sah, wie Andrés noch immer die jetzt regungslose Hand hielt. Da konnte sie sich nicht länger aufrecht halten und brach schluchzend zusammen.

Verweint wohnte sie der Beerdigung Violantes bei, schweigend der Taufe deren Töchterchens, die schon am Tage darauf stattfand, aus Besorgnis, die Kleine könne ungetauft sterben. Aber sie blieb am Leben, die Winzigkleine, und wurde auf den Namen der Großmutter getauft. Der echten: Justina. Und alle fanden, das Kind sehe Elvira auffallend ähnlich.

Ein Jahr lang trug Elvira tiefe Trauer. Niemand hatte etwas dagegen einzuwenden, dass sie sich, unterstützt von einer Amme, des Säuglings annahm, dem sie ihre ganze Liebe zuwendete.

18 Diego oder die Rückkehr nach Hause

Andrés hatte sich verabschiedet, um zu seiner Insel zurückzukehren. Doch schon wenige Tage später tauchte er wieder in Buenos Ayres auf. Wie sich herausstellte, hatte während seiner Abwesenheit ein anhaltender Südwestwind die Wassermassen des Río de la Plata aufgestaut und dadurch deren Abfluss ins Meer verhindert. Das hatte zur Folge, dass seine Behausung mitsamt den Skulpturen und dem Werkzeug in den Fluten versunken war. Schlamm und faulende Pflanzen bedeckten jetzt die Stelle, wo sich noch kurz zuvor seine Hütte befunden hatte. Ein einziges Schnitzwerk konnte er retten: ein geflügeltes Pferdchen, das sich in den Binsen verfangen hatte.

Nun richtete er sich erneut bei Elvira ein. Ein liebebedürftiges Kind in ihren Augen. Nur körperlich anwesend allerdings, während sein Schweigen und sein verlorener Blick die Abwesenheit seines Geists verrieten. Nach und nach nahm er seine Tätigkeit als Herrgottsschnitzer wieder auf. Die Arbeiten aus seiner Werkstatt erfreuten sich großer Beliebtheit, obwohl immer wieder Klagen laut wurden, er halte nie die versprochenen Lieferfristen ein, da er sich nur dann zur Arbeit bequeme, wenn er Lust dazu verspürte. Dagegen zeigte er sich stets bereit, sich mit der kleinen Justina abzugeben. Kaum war sie alt genug dafür, brachte er ihr die ersten Spiele bei. Hoppe, hoppe Reiter. Verstecken. Himmel und Hölle. Auch fertigte er Puppen mit engelsgleichen Gesichtern für sie an. Und ein kleines Schaukelpferd; das hatte zusammengefaltete Flügel. Stundenlang konnte er sich mit dem Kind unterhalten; ernsthaft hörte ihm dieses zu.

Im Gegensatz zu ihrem Sohn und ihrem Mann, die sich nie blicken ließen, kam Doña Justina manchmal vorbei, um sich ein Bild von der Entwicklung der Enkelin zu machen, die ihren Namen trug. Sie machte keinen Hehl aus ihrem Missfallen über das innige Verhältnis zwischen Andrés und der Kleinen. Ihren Freundinnen gegenüber erklärte sie, der junge Mann habe ihr schon bei der ersten Begegnung einen unerklärlichen Widerwillen eingeflößt. Gerechtfertigt, wie sich herausstellen sollte, als die bei ihm vorgefundenen gotteslästerlichen Figuren und kurz darauf ein, wie es hieß, obszöner Christus der Pönitenz einen kleinen Skandal ausgelöst hatten.

Kurz nach dem zweiten Namenstag seines Töchterchens heiratete Hernán eine Großkusine. Leocadia Aguilar Mondragón war einige Jahre älter als er und hatte sich schon mit dem Schicksal einer sitzengebliebenen Jungfer abgefunden, als ihr das späte Glück gewissermaßen in letzter Minute in den Schoß gefallen war. Soweit man den rüpelhaften Witwer als Glück, und sei es auch nur als ein spätes, betrachten konnte. Kaum befand sie sich unter der Haube, als sie Einspruch gegen die Erziehung ihrer Stieftochter durch eine Elvira Acosta de Duarte erhob. Öffentlich begründete sie ihre Bedenken mit der verminderten Sehkraft der alten Dame, vertraulich mit ihrer Unzuverlässigkeit in Glaubenssachen.

Und so geschah es, dass man Elvira die Kleine wegnahm, die ihr ans alternde Herz gewachsen war. »Schließlich bin ich der Vater des Kindes«, erklärte ihr Hernán patzig. »Doña Leocadia ist wie dazu geschaffen, meiner Tochter eine treusorgende Mutter zu sein. Außerdem ist sie noch jung und benötigt kein Vergrößerungsglas, um einen Brief entziffern zu können. Ich hoffe, Ihr nehmt mir meine Offenheit nicht übel.« Dann räusperte er sich und übermittelte den Wunsch seiner Mutter, Andrés möge sich in Zukunft seinem Hause fernhalten.

Wie weit Doña Leocadia befähigt war, Geschriebenes zu lesen, sei es mit oder ohne Vergrößerungsglas, entzog sich der Kenntnis Elviras. Doch die Dame nahm die Pflicht ernst, diese Stieftochter nach ihren eigenen Prinzipien zu erziehen und deren durch ihre zweifelhafte Abstammung bedingten schlechten Anlagen energisch zu bekämpfen. Elvira schwieg zu diesem Vorhaben. Welche Gegenargumente hätte sie auch vorbringen können? Eines Tages würde das Mädchen voraussichtlich einen guten Altchristen zum Mann bekommen. Niemand würde ihren Nachkommen die Berechtigung streitig machen, als Patrizier verehrt zu werden, als ebenbürtige Mitglieder der neuen Gesellschaft: Offiziere und Ratsherren, Priester und Großgrundbesitzer, nach denen man Straßen, Dörfer und ganze Städte benennen würde. Aus deren Mitte eines Tages sogar ein Träumer aufstehen könnte oder ein Revolutionär, der die Berufung zum Messias in sich fühlte.

Auch Andrés entfernte sich mehr und mehr von seiner alten Ziehmutter, vereinnahmt von magischen Kräften, gegen die sie machtlos war. Und Enrique, ihr Enriquillo ... nichts weiter als ein nie verblassender Traum, der sie mit leeren Händen beließ. Was blieb ihr sonst noch vom Leben? Was, mit Ausnahme der Erinnerungen, von denen sie nicht wusste, wie weit sie ihnen trauen durfte?

Es war ihrer seelischen Verfassung zuzuschreiben, dass sie auf den Gedanken kam, sich mit ihren Geschwistern in Verbindung zu setzen. Sie hätte nicht sagen können, warum es plötzlich über sie gekommen war, ihre Sehnsucht mit kritzeliger Schrift den Briefen anzuvertrauen, die sie in die Weite sandte, wie ein Schiffsbrüchiger seine Flaschenpost. Der Eingang ihres Schreibens an Beatriz wurde von der Oberin ihres Klosters bestätigt. Daraus ging hervor, dass der Allmächtige die Schwester Beatriz schon vor geraumer Zeit von ihren irdischen Leiden erlöst habe. Von Diego erhielt sie keine Antwort. Je einsamer es um sie herum wurde, umso mehr sehnte sie sich nach ihm.

Eines Spätnachmittags befand sie sich auf dem Rückweg vom Besuch bei der kleinen Justina, die sich ihr gegenüber befangen gezeigt hatte. Damals, bei der Übergabe an ihren Vater, hatte sie sich verzweifelt an ihren Rock geklammert, genau wie es vor vielen Jahren ihre Mutter getan hatte, als sich die ihr Fremde anschickte, sie mit sich zu nehmen. Seit mehreren Monaten lebte die Kleine nun bereits im Hause ihres Vaters und ihrer gestrengen Stiefmutter, die sich redlich abmühte, deren angeborene schlechte Anlagen zu bekämpfen.

Eine junge Sklavin trottete an der Seite Elviras, denn seit kurzem fühlte sie sich zu unsicher, um sich ohne Begleitung auf die Straße zu wagen. Ab und zu überkamen sie Schwindelgefühle, ihre geschwollenen Beine machten ihr zu schaffen, und gelegentlich wurde sie von Schmerzen in der Brust und im Unterleib geplagt. In die Nähe ihres Hauses angelangt, glaubte sie, im Abenddämmerlicht eine Gestalt zu erkennen, die bemüht war, ihre kläffenden Hunde zu besänftigen.

›Mein Bruder!‹, durchzuckte es sie.

»Diego!«, schrie sie auf, während sich in ihrer Brust ziehenden Schmerzen bemerkbar machten.

Der Fremde betrachtete sie erstaunt. »Woher kennen mich Euer Gnaden?«

Elvira schüttelte verwirrt den Kopf. Dabei fühlte sie das Zittern ihrer Knie und das Hämmern ihres Herzens. »Verzeiht einer alten Frau, die nur noch wenig sieht, mein Herr«, brachte sie stockend hervor. »Es war mir, als sähe ich meinen Bruder vor mir. Aber natürlich, wenn ich es mir recht überlege ... und jetzt, da ich Eure Stimme vernehme ... da erkenne ich meinen Irrtum. Diego könnte gut und gerne Euer Vater sein.«

»Ein seltsamer Zufall, gnädige Señora. Ich heiße nämlich tatsächlich Diego. Wie mein Vater und mein Großvater.«

»Euer Gnaden scheinen nicht von hier zu sein. Ich merke es an der Aussprache.«

»Ich stamme aus San Juan de Vera de las Siete Corrientes und kehre soeben aus Spanien zurück.«

»So kamt Ihr wohl auf der Karavelle angereist, die heute Mittag einlief?«

Eine alberne Frage, wie sie sich sofort schalt. Es geschah ja nicht alle Tage, dass ein Dreimaster im Hafen von Buenos Ayres vor Anker ging.

»Ganz richtig, Señora. Ich habe mich immer noch nicht ganz von der Fahrt erholt.«

»Piraten?«

Nein, davon waren sie verschont geblieben. Aber mehrmals seien sie in Unwetter geraten, Stürme hätten die Segel zerfetzt, ein Mast sei zerbrochen. Und dazu noch der scheußliche Fraß an Bord. Aber auch wenn ihm die Strapazen noch in den Knochen steckten, wolle er ehestens seine Geschäfte in der Stadt hinter sich bringen. Er müsse ohne Verzögerung nach Corrientes und anschließend nach Lima weiterreisen. Die Zeit sei ihm auf den Fersen.

Er habe erfahren, dass dies das Haus eines gewissen Don Thomás de Pacheco sei. Den wolle er aufsuchen, um ihm ein Angebot zu unterbreiten. Vielleicht sei die späte Stunde ungeschickt gewählt. Und vermutlich sei es ungezogen, so mir nichts, dir nichts hereinzuschneien. Aber, wie gesagt, er sei pressiert.

Er muss sehr jung sein, kam es Elvira in den Sinn. Sie stellte die Dinge richtig und bemühte sich, der Herkunft jenes Burschen, der sich Diego nannte, auf die Spur zu kommen. »Diego Acosta y Saravia, Euer Diener!« Als sich herausstellte, dass sie wirklich einen Großneffen vor sich hatte, konnte sie nicht an sich halten. Außer sich vor Freude, umarmte und küsste sie den erstaunten Sohn des Erstgeborenen ihres Bruders, ohne sich darum zu kümmern, dass der junge Mann sich verlegen zurückhielt, überrascht vom Ausbruch der Zärtlichkeit einer ihm fremden, nahezu zahnlosen alten Frau.

»Ich hatte schon alle Hoffnung aufgegeben, in diesem Leben noch einmal jemandem meines eigenen Blutes zu begegnen«, stammelte sie, während sie ihm ihre Gastfreundschaft aufnötigte. »Denn meine einzige Schwester ...« Sie beschloss den Satz mit einer resignierten Handbewegung. »Und alle anderen Verwandten ...« Auch dieser Satz blieb in der Schwebe.

Allmählich beruhigte sich ihr Herz, und die Schmerzen im Brustkorb verebbten. Kaum hatten sie Platz genommen, als sie sich eindringlich nach ihrem Bruder erkundigte.

»Der Alte ist noch am Leben«, versicherte Diego ausweichend.

»Der Alte? ... Ach so, ich verstehe.«

Um die Verlegenheit über seine Taktlosigkeit zu vertuschen, zählte der junge Mann rasch ein gutes Dutzend Onkel, Tanten und Brüder auf, sowie eine Unmenge von Vettern und Kusinen. Erst nach einer Weile entschloss er sich, die Lebensgeschichte des Großvaters vor dieser seltsamen Tante auszubreiten.

Es gelang ihm, dessen Leben vor dem inneren Auge seiner Zuhörerin entstehen zu lassen. Mit dem, was er ihr eröffnete, und nicht weniger mit dem, war er verschwieg, konnte sie sich das Dasein des Bruders vorstellen.

Aus dem Munde des Enkels erfuhr sie von der Existenz María Beléns, der sanftmütigen *Kreolin*, die sich ihr Bruder einst zur Frau genommen hatte. Der Erzählung Diegos nach zu schließen: ein mütterliches Geschöpf mit fahlbräunlichem Teint und kuhäugigem Blick, das zur Fülle neigte und dem viele Kinder das Leben verdankten. Im Laufe der Jahre habe ihn dann sein Schwiegervater – ein Nachkomme von Encomenderos, dessen Landgüter er, der Großvater, jahrelang mit Erfolg verwaltet hatte – zum Teilhaber an seinen Geschäften gemacht.

Aus den Andeutungen des jungen Mannes ging hervor, dass der Großvater in seiner Jugend ab und zu kurzlebige Techtelmechtel mit den Landestöchtern unterhalten hatte, wie dies in seinen Kreisen Gepflogenheit war. Die Zahl der sich aus solchen Abenteuern ergebenden illegitimen Kinder hielt sich offenbar in Grenzen und schien das Eheglück nicht weiter beeinträchtigt zu haben.

Auf großangelegte Geschäfte habe er nie Wert gelegt. Und die ihm mehr als einmal angetragene Ehre, sich zum Ratsherrn wählen zu lassen, hatte er stets höflich abgelehnt. Doch wenn man an ihn herantrat, so unterließ er es nie, den Bürgerkommissionen seinen bedächtigen Rat und seine finanzielle Unterstützung angedeihen zu lassen. Auch knauserte er nicht mit seinen Beiträgen zum Bau der Kathedrale. Wenn die Strohdächer und die dicken Luftziegelmauern während der heißen Jahreszeit kaum ausreichten, um die Mittagsglut zu mildern, liebte er es, lange Siestas zu halten. Niemand fand sich, dem er geistreichen Fragen hätte stellen können. Mit der Zeit setzte er Fett an und wurde träge.

Mit seinen Nachbarn unterhielt er sich für gewöhnlich stundenlang über die Wetteraussichten, über Vieh und Weiden, über die lokalen Ereignisse. Er pflegte ein geradezu freundschaftliches Verhältnis zum Kommissar der Inquisition; mit dem Pfarrer spielte er gerne Karten. Er ließ sich auf allen Festen sehen – auf den Namenstagen, Neujahrsfeiern und Kindstaufen, wo er sich im Allgemeinen mehrere Becher Weins genehmigte. Anschließend fiel er meist in brütendes Schweigen, aus dem er erst aufschreckte, wenn die ausgehöhlte Kalabasse mit dem Aufguss des aus silbernem Röhrchen geschlürften Matetees reihum ging.

Längst war alle Unrast von ihm gewichen. Er beichtete regelmäßig und empfing die heilige Kommunion. Und bis zum Ableben der Großmutter sei kaum ein Sonntag vergangen, an dem er nicht an deren Arm die Messe besucht hätte.

Hier schaltete der Besucher eine Pause ein. Es sah aus, als suche er nach den rechten Worten. Nach einer Weile gab er behutsam zu verstehen, seit dem Tod seiner Frau sei der Großvater nicht mehr der von früher. Als ihn Elvira fragend ansah, versuchte er, sich genauer auszudrücken. Der alte Herr betrage sich seltsam. Allerdings: zu behaupten, er sei nicht mehr recht bei Trost, werde seinem Zustand nicht gerecht. Einer seiner Onkel, ein belesener Pfarrer, habe sich anders ausgedrückt. Großvater habe sich vom Leben zurückgezogen, so hatte es der Onkel genannt. Obwohl er sich eigentlich noch recht guter Gesundheit erfreue.

Wie sie das auffassen solle, drang Elvira in den Großneffen, der in ihren schwachen Augen ihrem Bruder immer ähnlicher wurde, je länger sie ihn betrachtete. Jenem
kleinen Bruder, den sie vor vielen Jahrzehnten das letzte
Mal gesehen hatte, als er sich in Córdoba von ihr verabschiedet hatte.

Er sei innerlich erkaltet und habe jegliches Interesse am
Leben verloren, so sei es aufzufassen. So jedenfalls drücke
sich der Onkel aus. Stundenlang hocke er in seinem Korb-
sessel und starre vor sich hin. Einfach so. Fange er aber zu
schwätzen an, dann erzähle er immer wieder dieselben Ge-
schichten von anno dazumal. Von den Schiffen im Hafen
von Buenos Ayres und dem dortigen Warenlager seines
Vaters. Von seinem Schwesterchen am Lagerfeuer in der
Pampa.

»Von seiner Schwester, sagt Ihr?«

Der junge Mann sah Elvira fragend an. Dann verstand er:

»Ach so! Klar, damit wart natürlich Ihr gemeint!«

Elvira nickte.

Diego fuhr mit seiner Erzählung fort. Oft sei die Rede von
einem Jesuiten in Córdoba gewesen, der ihm den rechten
Weg gewiesen habe. Doch an das, was sich ein paar Stunden zuvor ereignet hatte, an das könne er sich nicht erinnern.

Er zögerte; es war ihm anzusehen, dass er sich im Unklaren
darüber war, ob er die alte Dame mit der ganzen Wahrheit
belasten dürfe. Endlich entschloss er sich:

»Manchmal läuft er uns davon, der Großvater. Dann
müssen wir ihn suchen gehen. Einmal entdeckte ich ihn
oben auf der Paraná-Böschung. Der Schreck fuhr mir in
die Glieder; es sah aus, als wolle er sich in die Tiefe stürzen.
Hatte er aber gar nicht vor, der Alte, der auf die Flut unter
sich starrte, ohne mich zu bemerken. Auf einmal – Ihr

könnt es glauben oder nicht, Tante –, auf einmal da sehe ich, wie er ein Papier aus der Rocktasche zieht, einen alten Brief, nehme ich an, und es in tausend Fetzen zerreißt. Streut sie in den Wind, die Schnipsel, die davonsegeln wie ein Schwarm weißer Schmetterlinge. Und er steht reglos auf der Anhöhe und verfolgt sie mit den Blicken, bis sie unten im Fluss verschwinden.«

»Tausend Fetzen, in den Wind gestreut, sagt Ihr?«

»Genau so war es, Tante. Ich sehe noch heute vor mir, wie sie in der Luft schweben. Als wären's Falter. Oder winzige Vögel. Und er stiert hinter ihnen her, wer weiß, was er sich dabei gedacht hat.«

Ein Lagerfeuer am Wegesrand. Umgeben von den Gerüchen und den Lauten der Natur. Der Schrei eines Käuzchens, das Blinken der Glühkäfer, ein fernes Fauchen. Die frische Stimme Diegos an meiner Seite. Advocatus Diaboli nennen ihn seine Lehrer wegen seiner Scharfsinnigkeit. Beabsichtigt, an der Universität von Córdoba zu studieren, mein geliebter kleiner Bruder … Ein Brief geht von Lima nach San Juan de Vera de las Siete Corrientes ab, nie erhalte ich eine Antwort … Ein Brief, in dem ich ihm die Geburt Enriquillos melde.

Papierfetzen, in den Wind gesät. Nichts weiter als Fetzen.

Nach dem Abendessen schilderte ihr Diego vertrauensselig die Geschäfte, die ihn nach Buenos Ayres geführt hatten. Es sei ihm gelungen, einem in finanzielle Schwierigkeiten geratenen Peruaner das Anrecht auf einen begehrten Posten abzukaufen. Mit diesem Patent im Gepäck sei er nach Spanien gereist, um in den Hofkanzleien Madrids vorstellig zu werden. Dort habe ihm ein vom Freund eines Freundes empfohlener Beamter die wertvolle Urkunde gegen sechs *Corregidor*-Diplome eingetauscht. Ein gefälliger Kanzlist im Indienrat habe es unterlassen, die Namen der Begünstigten einzusetzen. Ein Pseudo-Versehen, für das der einfallsreiche Jüngling fünfhundert Pesos pro Zertifikat hinlegen musste. Zu diesen Spesen seien weitere tausend Pesos pro Titel für den Freund seines Freundes gekommen. Nun erhoffe er sich einen Erlös von fünfzehntausend Pesos für jedes der sechs Blanko-Patente – mehr als der Großvater mit seiner Viehzucht je erzielt habe.

Während sich Elvira noch damit abmühte, den verzwickten Geschäftsvorgang zu überdenken, den ihr der draufgängerische junge Mann auseinandergesetzt hatte, rückte der mit einer weiteren Überraschung heraus. Mit spitzbübischer Miene verriet er, dass er nicht nur Corregidor-Patente mit sich führe, sondern auch die Originalakten einiger Inquisitionsprozesse. Dokumente, von deren Verkauf er sich gutes Geld erhoffe, denn die Nachkommen der damals Verurteilten zeigten brennendes Interesse daran, nicht nur die mit Namensschildern gekennzeichneten Sambenitos von den Wänden den Kirchen verschwinden zu lassen, sondern auch die belastenden Protokolle aus den Archiven. Solcherart trachteten sie danach, die Schande ihrer Vorfahren ungeschehen zu machen, um endlich in den Genuss der gesellschaftlichen Vorteile unbescholtener Altchristen zu gelangen.

Ein waghalsiges Unterfangen, wie Elvira meinte. Fänden die Spitzel des Heiligen Tribunals derartige Dokumente in seinem Besitz, so wäre es um ihn geschehen. Der Jüngling jedoch hatte für solche Bedenken nur ein abfälliges Achselzucken übrig. Und als sie ihn fragte, wie er zu seiner gefährlichen Ware gelangt war, die er für seine Erpressungen verwenden wollte, erwiderte er feixend, im Spanischen Königreich sei eben alles käuflich. Selbst die im Staatsarchiv von Simancas lagernden Unterlagen der Inquisition hätten ihren Preis. Im Übrigen plane er keine Erpressungen, sondern biete eine nützliche Dienstleistung an, die ihr Geld gut und gerne wert sei.

›Erstklassige Ware gegen gutes Geld‹, die unverschämte Stimme eines Espeiretas in Buenos Ayres.

Zum Beweis seiner Geschäftstüchtigkeit öffnete Diego ein Geheimfach seiner inzwischen herbeigeschafften Reisetruhe und entnahm ihm ein Aktenbündel. Als Elvira, bewaffnet mit einer Lupe, einen Blick auf das erste Konvolut warf, traute sie ihren Augen nicht. Sollte sie tatsächlich ausgerechnet das Folterprotokoll ihrer Freundin Mencía de Luna vor sich haben? Während sie das Schriftstück mühsam entzifferte, überkam sie Schmerz und Empörung. Und Scham, da sie dieser Freundin damals misstraut hatte, weil sie sich in ihrer Kerkerzelle nicht mehr hatte blicken lassen. Das Aktenstück zitterte in ihren Händen.

CHRISTI NOMINE INVOCATO.

Wir fällen das Urteil auf Grund der richterlichen Verfügungen und Verhandlungsprotokolle in diesem Verfahren, sowie unter Berücksichtigung der Indizien und Verdachtsmomente, die sich aus jenen gegen Doña Mencía de Luna ergeben, die wir dazu verurteilen müssen und hiermit verurteilen, peinlich verhört zu werden. Und somit ordnen Wir an, dass sie der Folter so lange unterworfen bleibe, wie Wir es für richtig befinden, auf dass sie die Wahrheit gestehe. Und sollte sie während der genannten Folterung sterben oder zum Krüppel werden, oder Blut verlieren oder ihre Glieder verstümmelt werden, hätte sie sich dies ausschließlich ihrem eigenen Verschulden zuzuschreiben, da sie nicht die Wahrheit sagen wollte.

Daraufhin wurde befohlen, sie in die Folterkammer zu bringen, wohin sich auch die Herren Inquisitoren und Richter begaben, mit Ausnahme des Herrn Inquisitors Gaytán, der zurückblieb und nicht mitging. Sie wurde ermahnt, die Wahrheit zu gestehen, anderenfalls sie auf den Foltergürtel käme. Sie sagte, dass sie nie dem Glauben zuwidergehandelt hätte. Sie wurde entblößt, an den Zehen angebunden und auf den Gürtel gelegt. Und ein Seil wurde zwischen die Zehen geführt und dem Schienbein, den Armen und den Waden entlang gezogen, um sie solcherart auf die Seilfolter zu spannen.

Als man sie auszog, sagte sie, dass sie nichts getan hätte und falls sie bei der Folterung etwas aussagen sollte, weil sie die Qualen nicht auszuhalten imstande sei, so wäre dies null und nichtig, weil sie es aus Angst vor der Folterung sagen würde.

Man ordnete die erste Drehung an, und als sie solchermaßen eingespannt war, sagte sie: Ich bin Jüdin, ich bin Jüdin, und ich will es sagen. Und sie hörte nicht auf, das zu sagen.

Befragt, in welcher Weise sie Jüdin sei, sagte sie, dass man aufschreiben solle, was immer man wolle, und sie sagte: Jesus, ich sterbe, seht nur das viele Blut, das ich verliere, das kommt davon, weil ich Judenblut habe.

Man befahl, die zweite Drehung vorzunehmen, und als sie solchermaßen eingespannt war, jammerte sie und sagte: ach, ach. Und dann verstummte sie, und in diesem Zustand blieb sie ohne Bewusstsein; man sprengte etwas Wasser über sie, und obwohl man sich eine Zeitlang um sie bemühte, kam sie nicht wieder zu sich. Darum sagten die Herren Inquisitoren und Richter, man möge die Folter unterbrechen, um sie immer dann zu wiederholen, wenn die Herren es für gut befänden, und besagte Herren verließen die Kammer, und ich, der endunterschreibende Notar, blieb bei ihr, zusammen mit den Profossen, die bei diesem peinlichen Verhör assistierten. Und dann kam Joan Riesco herein, ein Gehilfe in besagten Geheimkerkern, und sie banden besagte Doña Mencía de Luna von besagten zwei Drehungen der *Mancuerda* los, und sie kam nicht zu sich. Ganz im Gegenteil: Ihr Puls schlug nicht mehr, die Augen waren gebrochen, die Lippen des Mundes purpurn, das Gesicht und die Füße an allen Stellen kalt, und obwohl man ihr dreimal einen Spiegel vor das Gesicht hielt, blieb dieser so klar wie zuvor, so dass es allen Anzeichen nach so schien, als sei Doña Mencía de Luna eines natürlichen Todes gestorben, was ich hiermit bescheinige. – Juan Castillo de Benavídez.

»Erst vor ein paar Jahren wurde diese Mencía de Luna relaxiert«, wusste Diego zu berichten.
Als Elvira verwundert aufsah, erläuterte er: »Nur ihr Bildnis wurde dem Scheiterhaufen übergeben. Und selbstverständlich ihre Gebeine, die sich bis dahin in ungeweihter Erde befunden hatten.«

»Selbstverständlich«, erwiderte Elvira nachdenklich. »Denn sie starb ja eines natürlichen Todes.«

»Ihr Vermögen hatte man schon bei ihrer Festnahme eingezogen. Der Prozess lief weiter. Über ihren Tod hinaus.«

»Über den natürlichen Tod hinaus. Gottes Mühlen mahlen langsam.«

»Aber sicher, Tante. Äußerst sicher mahlen sie. Eines Tages kam es dann zur Urteilssprechung ... Aber was ist Euch? Ihr seht plötzlich so käsig aus. Kreideweiß.«

»Alterserscheinungen, Diego. Macht Euch nichts daraus.«

Als sie sich wieder gefasst hatte, gab sie zu bedenken, dass Mencía, soviel sie wisse, ohne Nachkommen geblieben war. Wem wolle er dieses Protokoll anbieten? Aber der junge Mann zeigte sich zuversichtlich. Irgendwelche Familienangehörige würde er schon auftreiben. Wenn nicht von jener Mencía, so vielleicht den Enkel einer Schwester. Es sei kaum zu glauben, wie viele angesehene Leute Interesse an der Beseitigung derartiger Akten hätten. Dann wechselte er das Thema.

Don Thomás de Pacheco setzte sein gewinnendes Lächeln ein, um den Jüngling aus Corrientes zu bestricken, der in Begleitung seiner »verehrten Frau Tante« erschienen war.

»Das Patent eines Corregidors? Schön und gut, aber in Buenos Ayres lässt sich mit so einem Wisch nicht viel anfangen. Außerdem habe ich leider keine Nachkommen, jedenfalls keine legitimen, denen ich den Titel vererben könnte. Und, ganz im Vertrauen, demnächst werde ich zum Familiar ernannt. Was soll mir dann ein weiterer Titel?«

»In Lima zahlt man mir dafür fünfzigtausend.«

»Das glaube ich Euch gern. Nur befinden wir uns hier nicht in Lima, sondern am Arsch der Welt.« Er warf Elvira einen Seitenblick zu, spielte den Verlegenen und verbesserte sich rasch: »Am Ende der Welt, will ich sagen. Wenn Ihr hier fünftausend erzielt, dann könnt Ihr froh sein.«

»Also, dann auf nach Lima!«

»Ich zahle allerdings in bar.«

Nach längerem Feilschen legte der Feuerwerker zu guter Letzt siebentausendfünfhundert Pesos für eine Urkunde hin, die ihn berechtigte, den Titel eines Corregidors zu führen.

Am Tag nachdem er sein Geld eingesackt hatte, verabschiedete sich Diego, um auf dem Flussweg nach Corrientes zurückzukehren, wo ihn, wie er der Tante erklärte, dringliche Angelegenheiten erwarteten. Nur zu gerne hätte sie ihn begleitet, um ihren Bruder noch einmal in die Arme zu schließen. Doch da ihr Gesundheitszustand eine so anstrengende Reise nicht gestattete, begnügte sie sich damit, dem jungen Diego ein Schreiben für seinen Großvater mitzugeben, über das sie lange gebrütet hatte.

Anstatt einer Antwort erhielt sie nach geraumer Zeit ein Briefchen des rührigen Enkels, aus dem hervorging, dass er den Großvater leider nicht mehr lebend angetroffen habe. Nur wenige Wochen vor seiner Rückkunft habe er das Zeitliche gesegnet. Die ganze Stadt habe am Begräbnis ihres geachteten Mitbürgers teilgenommen.

Elvira trauerte um den geliebten Bruder. Gleichzeitig aber erfüllte sie die Gewissheit mit Befriedigung, dass es – wenn auch in für sie unerreichbarer Ferne – noch Menschen ihres Blutes gab.

Nur bei seltenen Gelegenheiten – einem Namenstag etwa, zu Weihnachten oder zu Ostern – sprach Elvira bei Doña Justina vor, die ihr nicht mehr in die Augen sehen konnte. Die Tochter Violantes, der diese Besuche in Wirklichkeit galten, zeigte sich ihr gegenüber von Mal zu Mal abweisender: Sie wollte mit der halbblinden Mümmelgreisin nichts zu tun haben. Niemand rügte ihr ungezogenes Benehmen, das wohl dem Einfluss Doña Leocadias zu verdanken war. Diese kam erst im zweiten Jahr ihrer Ehe in andere Umstände. Sie gebar Hernán den ersehnten Stammhalter, der die kleine Justina aus dem Mittelpunkt ihrer Aufmerksamkeit drängte, freilich ohne sie ganz aus ihrer besitzergreifenden Fürsorge zu entlassen.

Als Justina ihrer Erstkommunion entgegensah, kam Elvira wieder einmal zu Bewusstsein, wie schnell die Jahre vergangen waren und wie rasant ihr Leben seinem Ende entgegentrieb. Sie schenkte der Sechsjährigen zu diesem Ereignis ein goldenes Kettchen mit einem elfenbeinernen Kreuz. Dass es dem glich, welches ihr Juan einst umgehängt hatte, als er auf Freiersfüßen nach Buenos Ayres gekommen war, blieb ihr Geheimnis. Wie eine kleine Braut sah das Mädchen aus, stolz auf sein weißes Kleid. Und war seiner Mutter wie aus dem Gesicht geschnitten.
Allgemeines Befremden rief Andrés hervor, der, trotz des frostigen Empfangs, mit dem er in diesem Hause rechnen musste, ein schweres Paket anschleppte. Als es das Mädchen neugierig auspackte, kam zu deren Enttäuschung eine Muttergottesskulptur zum Vorschein, die er für das Kind geschnitzt hatte. Eine seltsame Gabe für eine Erstkommunikantin! Dass die Skulptur der verstorbenen Violante ähnelte, bemerkte niemand. Unschlüssig blickte die kleine Justina auf ihre Stiefmutter. Die Navarros de Toledo y Escobar schienen sich im Zweifel, ob sie die Entgegennahme des ungewöhnlichen Geschenks bewilligen sollten. Erst nachdem sich zwei der anwesenden Priester anerkennend über das Kunstwerk geäußert hatten, wurde es genehmigt und Andrés ein knapper Dank zugebilligt.

Die meisten der Veranstaltungen, die für das hundertste Jubiläum der zweiten und endgültigen Gründung der Stadt vorgesehen waren, hatte man wegen der Epidemie absagen müssen, die zu diesem Zeitpunkt Buenos Ayres wieder einmal heimsuchte. Doch nur kurz darauf erwachte die Ortschaft aus dem Dämmerzustand, in dem sie während des ersten Jahrhunderts ihrer Existenz befangen gewesen war. Nicht etwa, dass Silberadern oder Goldfelder entdeckt worden wären, oder dass politische Ereignisse, Kriege oder Friedensschlüsse das Städtchen ins Rampenlicht der Weltbühne gerückt hätten. Sondern es waren die unscheinbaren Ereignisse des Alltags, die es mit sich brachten, dass es nach und nach seinen ländlich-provinziellen Charakter ablegte. Die längst fälligen Renovierungsarbeiten an der Kathedrale wurden in Angriff genommen. Die meisten Häuser wurden nicht mehr mit Lehm und Luftziegeln, sondern mit in Kalkmörtel gesetzten Ziegelsteinen errichtet; die Fassaden weiß oder farbig gestrichen, die Fenster mit Holzläden und vereinzelt sogar mit schmiedeeisernen Gittern versehen. Neue Kirchen, Klöster und Amtsgebäude entstanden, die Hafenanlagen wurden ausgebaut. Nachts war der Ruf eines Nachtwächters zu vernehmen; Pechfackeln sorgten für die nächtliche Beleuchtung der wichtigsten Straßenecken.

Man feierte Hochzeiten und zelebrierte Totenmessen, brachte seine Kinder zur Taufe, führte Prozesse und vertrug sich wieder. Eine Gelbfieberepidemie forderte Hunderte von Todesopfern, und drei aufeinanderfolgende Heuschreckeneinfälle hinterließen kahle Äcker und Weiden in der Gegend. Volksfeste wurden veranstaltet, Prozessionen, Verkündigungen des Glaubensedikts, Stiergefechte sowie blutige Hahnenkämpfe, bei denen Hernán Navarro de Toledo und seine Kumpane viel Geld verwetteten. Und zwei judaizierende Ketzer wurden dem Glaubenstribunal zu Lima überantwortet.

Auf eine jahrelang anhaltende Inflation folgte eine nicht weniger drastische Deflation, wodurch viele Menschen in

Bedrängnis gerieten. Die Holländer hatten ihre kurzlebige maritime Vormachtstellung an die Engländer abgeben müssen, mit denen man in Buenos Ayres nun mehr oder weniger offen paktierte. Und die Auswirkungen der Madrider Hofintrigen unter dem angeblich von den Jesuiten verhexten König Karl II. machten sich selbst hier, am südlichsten Zipfel des untergehenden Weltreichs, störend bemerkbar. Neben der Silberförderung bildeten der Schmuggel, die Seeräuberei und der Sklavenhandel nach wie vor das Rückgrat der Wirtschaft des Kontinents, da war keine Änderung in Sicht.

Am entgegengesetzten Ufer des Río de la Plata lag Colonia de Sacramento. Ein vorgeschobener Posten der Portugiesen, deren vor wenigen Jahren erfolgte Gründung ein Dorn im Auge der spanischen Bürokratie war. Denn im Schutze der Nacht begaben sich die Flotillen der einfallsreichen Kaufmannschaft von Buenos Ayres in jene Niederlassung, um sich mit Waren einzudecken, die lediglich auf diesem Weg erhältlich waren. Und nicht nur Waren wurden von dort aus ins Land geschleust, sondern mit dem verbotenen Handelsaustausch gelangten auch moderne Ideen über den Fluss. Ideen, die Kirche und Thron gleichermaßen gefährdeten. Gewiss: In Brasilien wurden die Interessen des alleinseligmachenden Glaubens nicht weniger streng wahrgenommen als in den spanischen Territorien. Erst vor kurzem hatte man auf einer Hochzeitsfeier in Rio de Janeiro Dutzende von Judenverdächtigen festgenommen, nach Lissabon geschafft und dort eine ganze Anzahl von ihnen relaxiert. Aber im Süden Brasiliens wurden die behördlichen Kontrollen lasch gehandhabt, mit stillvergnügtem Händereiben sozusagen, weil man dem Nachbarn die dicken Knüppel gönnte, die ihm durch das Unterlaufen des Handelsmonopolos zwischen die Beine geworfen wurden.

Die auf diesem Weg ins Land dringenden Ideen fielen auf fruchtbaren Boden. Die Rückverlegung des für die südlichen Provinzen zuständigen königlichen Gerichtshofs von Charcas nach Buenos Ayres hatte nämlich mehrere Advokaten und Notare angezogen, die, zusammen mit einigen jungen Ärzten, Apothekern und fortschrittlichen Schulmeistern, einen kleinen Kreis geistig interessierter Menschen bildeten. Es sprach sowohl für sie wie auch für Elvira Acosta, dass sie sich deren zaghaften Annäherungsversuchen nicht verschlossen, sondern die alte Dame trotz ihrer Gebrechlichkeit und ihrer Sehbehinderung in ihrer Mitte duldeten.

Da wurden etwa Huygens und Papin erwähnt, bislang unbekannte Namen im literarischen Zirkel. Einer der anwesenden Lizentiaten klärte seine Zuhörer darüber auf, dass diese Physiker auf dem besten Weg seien, die Kräfte der Natur zu bändigen. Die Räder, Kolben und Zylinder der von ihnen erdachten Maschinen seien dazu berufen, in naher Zukunft die Arbeit der sich von Jahr zu Jahr verteuernden Sklaven und selbst die der Haustiere zu übernehmen, was wahrhaft paradiesische Zustände auf Erden zur Folge haben werde.

Diese optimistische Prognose löste eine Diskussion aus, der Elvira mit wachsender Aufmerksamkeit zuhörte. Nur noch als Schatten konnte sie die jungen Leute wahrnehmen, die sich da zusammengefunden hatten. Aber je weniger sie ihre Umwelt erkannte, umso schärfer wurde ihr Blick nach innen, umso tiefer drang er unter die Oberfläche der Dinge. Metaphysische Fragen wurden aufgeworfen, auf die man, wenn überhaupt, vielleicht erst in kommenden Jahrhunderten eine Antwort finden würde. Vernunft und Wissenschaft anstelle des Aberglaubens! Der Name eines Engländers fiel: Newton, ein Mathematiker, den viele Pythagoras gleichstellten. Er habe die Anschauungen Descartes' revidiert und Keplers Weltbild durch seine sogenannte Gravitationshypothese erhärtet.

Einer der Anwesenden erwähnte einen unlängst gestorbenen jüdischen Philosophen namens Benedictus de Spinoza. Der habe viele Widersprüche in der Heiligen Schrift aufgedeckt und deren göttlichen Ursprung in Frage gestellt. Nicht genug damit, habe er den Gottesbegriff neu formuliert. Anscheinend sah er Gott in allem Seienden: *Deus sive natura.* Genaueres wusste niemand, außer der Tatsache, dass ihn die Judengemeinde Amsterdams mit dem *Cherem* belegt hatte, mit dem großen Bannfluch, was ihn zur unsteten Lebensführung eines Ausgestoßenen verurteilte, an den niemand seines Umfelds das Wort richten durfte.

Diese Unterhaltungen schienen Elvira in gewisser Hinsicht eine Weiterführung der Gespräche zu sein, an denen sie sich vor Jahren in Lima beteiligt hatte, damals, nach ihrer Rückkunft aus Chile in Begleitung Andresens. Nur dass sie sich weniger spekulativ anhörten als jene, weil sie, wie ihr schien, auf nachprüfbaren wissenschaftlichen Erkenntnissen beruhten.

Ein junger Medikus berichtete über die ungeahnte Welt, die das Mikroskop erschlossen habe: die roten Blutkörperchen etwa, oder die *Fibrae*, jene dem unbewaffneten Auge verborgenen Fäserchen, die man als die eigentlichen Träger des Lebens ansehen dürfe, da deren *Tonus* das Allgemeinbefinden des Menschen bestimme. Von den Keimen, die ein Holländer bereits vor einem halben Jahrhundert mit seinen Linsen im menschlichen Speichel und im Kot entdeckt habe, behauptete er, sie seien die eigentliche Ursache vieler Krankheiten, einschließlich des Schwarzen Tods, der unlängst in Spanien zweihundertfünfzigtausend Opfer gefordert habe.

Ein alterfahrener Arzt wollte es besser wissen. Veränderungen in der chemischen Zusammensetzung der Säfte des menschlichen Körpers seien es, die man für sämtliche Krankheiten verantwortlich machen müsse, behauptete er sichtlich gereizt. Die Säure des Blutes sorge für den Gesundheitszustand von Mensch und Tier, nicht etwa irgendwelche *Fibrae* oder Keime. Als einer seiner jüngeren Kollegen wagte, Widerspruch anzumelden, indem er auf die Erkenntnisse hinwies, die man den Mikroskopen verdanke, entgegnete der Ältere wegwerfend, diese neumodischen Theorien seien lediglich das Resultat der den Linsen jener Instrumente anhaftenden optischen Mängel.

In den sich anbahnenden Streit hinein ließ sich auf einmal Elvira mit krächzender Altweiberstimme hören. Alle richteten erstaunte Blicke auf sie, denn im Allgemeinen benahm sie sich zurückhaltend. Die Jugend sei zu beneiden, verkündete sie nun, die den Sieg der neuen Wissenschaften erleben dürfe, wenn sämtliche Geheimnisse der Natur offenbart seien und die menschliche Vernunft ihren Triumph antrete. »Eine herrliche Zukunft erwartet Euch«, fügte sie in Verkennung der im Menschen schlummernden irrationalen Kräfte hinzu, denn sie hatte sich ihre optimistische Grundeinstellung trotz der von ihrem Vater übernommenen Skepsis und aller bitteren Erfahrungen bewahrt. »Auch wenn ein hoher Preis entrichtet werden muss«, fügte sie nach einer Weile noch nachdenklich hinzu und bedauerte im Stillen, mit keiner melodischeren Stimme gesegnet zu sein. »Was für ein Preis?«, ließ sich plötzlich die Gattin des Feuerwerkers Pacheco vernehmen. Doña Escolástica hatte sich, von den meisten unbemerkt, in einer Ecke niedergelassen. Elvira zog es zunächst vor, die herausfordernde Frage zu überhören. Längst hatte sie durchschaut, dass die Spindeldürre von ihrem Mann, dem ewigen Aspiranten eines Familiarpostens, dazu angehalten war, hinter seiner Hausmieterin herzuspionieren. Als ihr das erwartungsvolle Schweigen der Anwesenden lästig wurde, kam ihr die Erinnerung an einen Ausspruch Pascals zu Hilfe, den sie, an Doña Escolástica gewandt, von sich gab: »Man muss Mathematiker sein, Skeptiker und gläubiger Christ.« Der armen Frau war die Anstrengung anzusehen, mit dem sie sich diesen Satz einzuprägen versuchte, um ihn ihrem Mann wortgetreu weitergeben zu können.

Elvira lächelte vor sich hin. Vielleicht lächelte sie dem Zitat Pascals nach, das sie einst aus dem Mund ihres Vaters vernommen hatte, dessen Abstand nehmendes Zögern vor der Erwähnung der dritten Voraussetzung – der des gläubigen Christen – sie nicht vergessen hatte. Nach menschlicher Voraussicht war ihr nicht beschieden, den verheißenen Triumph der Wissenschaft zu erleben, der das irdische Jammertal in ein Paradies verwandeln und eine natürliche, dem Menschen gemäße Religion hervorbringen würde. Doch war sie dem Schicksal dankbar, dass sie wenigstens die Vorboten jener heraufdämmernden Zeit begrüßen durfte, die ihre späten Tage mit neuem Inhalt belebten.

Es war das letzte Mal, dass sie auf einem Treffen ihrer Freunde gesehen wurde.

*

Meine Uhr läuft ab; deutlich höre ich ihr Ticken. Ich misstraue
meinem Herzen, das mich nicht mehr schlafen lässt; aufrecht auf
meinem Lager sitzend verbringe ich halbe Nächte ... Justina und
Andrés wird es vergönnt sein, das Licht eines neuen Zeitalters zu
erleben. In irgendeiner Kammer ihrer Herzen werde ich weiter-
leben. Und vielleicht lebe ich auch in Enriquillo weiter, in meinem
eigen Fleisch und Blut. Bin womöglich dazu auserkoren, den kom-
menden Geschlechtern das Erbe meiner Vorfahren zu übermitteln.
Das Bindeglied einer langen Kette. Nicht umsonst gelitten, nicht
vergebens gelebt zu haben!
Die Dunkelheit bricht über mich herein. Die Glocken dröhnen in
meinen Ohren, Totengeläut. Andrés, Andresillo, mit aufgerisse-
nen Augen siehst du dich deinen Gespenstern gegenüber ... Ach,
dieses Ziehen in der Brust! ... Die Atemnot ... Violante, Violita, mein
armes Kind, das seiner Liebe entsagen musste! ...
Ich will mich in meinen Zeitschacht flüchten, sein Eingang be-
findet sich hinter dem großen Spiegel an der Wand. Den wird man
bald mit Tüchern verhängen. Aus Furcht vor den Bildern, die sich
im Kristall verfangen könnten. Zu den Verbrannten zieht es mich
hin. Zu den Geächteten.
Luft! Luft zum Atmen! Mich friert so sehr ... Mehr Decken! ...
und einen warmen Ziegelstein zu meinen Füßen! Andresillo,
reich mir deine Hand ... Luft, Luft!
Dreht mich mit dem Gesicht zur Wand! ... Die Zeitfalle schnappt
zu ... Vergießet lebendiges Wasser! ... Höre, Israel. Adonai ist unser
einziger Gott! In Seinem Namen entbiete ich Euch meinen Gruß:
Eli Judío Nazareno, Francisco de Maldonado, du Retter der Ehre
unseres Volkes ... Und auch dir gilt mein Gruß: Manuel Bautista,
du realistischer Träumer, du träumender Realist! Wir werden sie
besiegen ... Nicht mit Gewalt, nicht mit der Waffe, sondern mit
dem Geist, verkündet der Prophet ... Mencía, liebe Freundin!
Hast auf die Mutterschaft verzichtet, weil dir dein Mimosenstöck-
lein das unterirdische Beben verkündete ... Still! ... Silbern er-

klingt das Cembalo Blancas, dazwischen tönt das unbeschwerte Lachen Teresillas ... Blanca folgt dem Messias aus Smyrna, ihr Glaube weist in die Zukunft ... Versetzt Berge, versetzt die Kordilleren ...

Oh, Juan, mein Bräutigam, mein von seiner Vergangenheit verfolgter Poet, dem man die Kindheit geraubt hat ... Wir waren so glücklich miteinander in Lima, der Königsstadt. Ich werde dein vereistes Herz zum Schmelzen bringen, auf dass es lebendig schlage. Dein Kuss verdunkelt die grünen Augen Cristóbals ... Papa, mein wissend vor sich hinlächelnder Papa, mit seinen Madrider Dichterfreunden ... Mama reißt grimassierend das Fenster auf ...

Luft, mehr Luft! ... Dieguillo, mein aufgewecktes Brüderchen, begleitet mich zum Strand. Schwanzwedelnd tänzelt mein Hündchen Pequi vor uns her ... Blaublauer Himmel, blaublaues Meer, weißweißer Sand ... Königspalmen wiegen sich unter der sanftsanften Brise ...

Enrique, Enriquillo! Endlich! ... Komm in meine Arme, mein Schatz, mein Alles! So ist's recht, ganz nah an mich geschmiegt, damit ich die Wärme deines Körpers spüre und das Pochen deines Herzens ... Endlich ... endlich zu Hause.

*

Glossar

Abbitte, Abschwörung Verhältnismäßig geringe Strafe der Inquisition, bei leichtem Verdacht als **de levi**, bei schwerem als **de vehementi** verhängt, ohne Freiheitsstrafe, aber mit Gütereinziehung verbunden, eine Schande, die ein ganzes Geschlecht traf. Siehe auch **Aussöhnung**.

Adonai *(hebr.)* Wörtlich: »Mein Herr«. Umschreibung des unaussprechlichen Namen Gottes JHWH.

Alcalde Hier: Stadtrichter. Amtmann.

Alguacil Oberster Gerichtsdiener.

Almosen In diesem Zusammenhang: Vom Inquisitionsgericht verhängte Geldbuße, die oftmals die Hälfte oder mehr des Vermögens des Verurteilten umfasste.

Anathemaedikt Die feierliche Bestätigung des periodisch verkündeten Glaubensedikts, das einige Wochen nach diesem erfolgte.

Araukaner Indianervolk, das die Anden im Süden Chiles und Argentiniens bevölkerte. Es widerstand lange den spanischen Eroberern und bewahrte sich, obwohl ständig bekriegt, bis Ende des 19. Jh.s eine gewisse Selbständigkeit.

Aussöhnung (mit der Kirche. Reconciliación). Rückführung in den Schoß der Kirche. Eine nicht immer klar definierte mindere Strafe der Inquisition, verbunden mit öffentlicher Zurschaustellung und größerer Vermögenseinbuße. Siehe auch **Abbitte**.

Autillo (Auto particular). Viele Inquisitionsprozesse, die geringere Vergehen betrafen, wurden in Kirchen oder im Gerichtssaal unter Ausschluss der Öffentlichkeit erledigt.

Auto Hier: Veranstaltung, auf der ein Urteil vollzogen wurde.

Auto de fe (Auto publico). Der »Glaubensakt«, öffentliche Feierlichkeit, auf der die Ketzer verurteilt und bestraft wurden. Die letzte Hinrichtung eines Ketzers fand am 31. Juli 1826 in Valencia statt.

Bachiller Bakkalaureus. Dr. theol., gelegentlich aber auch auf Ärzte angewandt.

Baile, Baile general In diesem Zusammenhang: Einstiger Titel für die einflussreichen Finanzverwalter der spanischen Könige.

Beneméritos Konservative Partei im Buenos Aires des XVII. Jh.s.

Berachah *(hebr.)* Segensspruch.

Bezoare Im Magen der **Guanakos** und **Vikunjas** gebildete Steine, denen therapeutische Wirkungen nachgesagt wurde.

Buenos Ayres (Santa María de Buenos Ayres de la Santísima Trinidad). Verkürzte Schreibweise des heutigen Buenos Aires.

Büßen »Gebüßt werden« heißt zu einer Strafe verurteilt werden.

Cabildo Rathaus. Ratsversammlung. Bildete einen, allerdings nur begrenzten, Ausgleich zur Macht der Krone. Zuständig für lokale Belange.

Calimayo *(indianisch)* Geflügelte Pferde: Fabelwesen der Volksmythologie Tucumáns.

Capitán Hauptmann, Rittmeister. Oft ein ziviler Ehrentitel. **Capitán General**. Militärischer Oberbefehlshaber

einer Provinz, meist vom zuständigen Gouverneur aus-
geübter Posten.

Caput alienum *(lat.)* In C.A. peinlich Befragten wurden
Aussagen gegen Dritte abgefoltert.

Cherem *(hebr.)* Bann. Exkommunikation.

Chicha *(ind.)* Ein aus gegorenem Maismehl hergestelltes
alkoholisches Getränk der Indios.

Chirurg Im damaligen Sprachgebrauch Feldscher oder
Wundarzt.

Complicidad *(span.)* Im damaligen Sprachgebrauch: Verschwörung. Komplott.

Composiciones *(span.)* Hier: Absprachen. Vergleichsver-
fahren.

Confederados Liberale Partei im Buenos Aires des
XVII. Jh.s.

Confisco Gütereinziehung.

Corregidor Ein Titel, der Oberamtmann, Vorsitzender
des Stadtrats, königlicher Comisarius oder einfach ge-
hobener Verwaltungsbeamter bedeuten konnte.

Deutsche Kriege Im spanischen Sprachgebiet: der Dreißig-
jährige Krieg.

Don Ursprünglich Adelstitel. Später allgemein als höf-
liche Anredeform benutzt. Als **doña** wurden die Damen angeredet.

Dublone Goldmünze, entsprach etwa dem Dukaten.
Münze im Wert von 40 **Reales**.

Eloheinu *(hebr.)* »Unser Gott«. Eine der Bezeichnungen,
um den unaussprechlichen Namen Gottes zu umschreiben.

Encomendero *(span.)* Inhaber einer »Encomienda«, meist
auf zwei bis drei Generationen vererblich. »Encomienda« meint die Übertragung der Tribute, die die Indianer einer Gegend zu entrichten hatten. Begehrtes Privi-

leg, mit dem verdiente Veteranen belohnt wurden, die man mit Ländereien und leibeigenen indianischen Arbeitskräften belehnte. Als Gegenleistung mussten sich die **Encomenderos** zur Katechisierung der Eingeborenen und zur Landesverteidigung verpflichten. Das Entstehen einer neuen Adelsschicht in Übersee wollte die Krone vermeiden.

Escudo Goldmünze. Entspricht dem Dukaten.

Espeireta *(port.)* Spitzel. Spion.

Estanzia Landgut.

Familiar *(span.)* In diesem Zusammenhang: Ehrenamtlicher Laienmitarbeiter der Inquisition, sozial etwa auf der Stufe eines **Hidalgos** stehend. In der Fachliteratur gelegentlich als »Vertrauter« übersetzt.

Gebüßter Hier: von der Inquisition Verurteilter oder Vorbestrafter.

Glaubensedikt Die feierliche Verkündung des »Ketzerkatalogs«, in dem einmal im Jahr die Gläubigen dazu aufgefordert wurden, eigene und fremde Glaubensdelikte anzuzeigen.

Gnadenfrist Die dem **Glaubensedikt** folgende Frist, während der die Gläubigen ihre und fremde Sünden freiwillig anzeigen konnten, allerdings ohne deswegen straffrei auszugehen.

Graf-Herzog, Conde-Duque Gaspar de Guzmán, Conde de Olivares y Duque de Luca. Von 1621 bis 1643 einflussreicher Minister Philipps IV.

Gran Capitán Oberbefehlshaber. Siehe **Capitán**.

Guanako Kamelartiger Verwandter der Lamas und **Vikunjas**.

Heiliges Offizium (*span.* **Santo Oficio**). Inquisitionsgericht.

Hidalgo Angehöriger des niedrigen spanischen Adels.

Homens de negócios *(port.)* »Geschäftsleute«. Umschreibung der **Portugiesen** oder **Neuchristen**.

Huaquero *(hispanisiertes indianisch)* Grabräuber, abgeleitet von »huaca« oder »guaca« *(quechua)*: Grab.

In contumaciam *(lat.)* »Verstocktheit«. Hier: Auflehnung gegen die gerichtliche Autorität.

Indias (Las Indias, Spanisch-Indien). Das spanische Amerika, ein – zumindest juristisch gesehen – gleichberechtigtes Reich neben den anderen Kronländern, also bis ins XVIII. Jh. nominell keine Kolonie.

Indio(s) Indianer.

In effigie *(lat.)* Im Bildnis. Hatte sich ein Sünder durch den Tod oder durch die Flucht der Strafe entzogen, »richtete« man sein Bildnis hin, um ihn wenigstens symbolisch zu **relaxieren**.

Jidgadal wejidkadasch ... *(aram.)* Anfangsworte des **Kaddisch**gebets.

Judaizante *(span.)* »Judaizierender«, gelegentlich fälschlich als »Judaist« übersetzt. Heimlicher Anhänger der jüdischen Religion oder mit dieser sympathisierend.

Kabbala *(hebr.)* Engere Bezeichnung der jüdischen Mystik.

Kaddisch In aramäischer Sprache verfasstes Gebet zur Verkündung der Heiligkeit Gottes, welches die Juden zum Andenken an ihre Toten verrichten.

Kemiah *(hebr.)* Amulett.

Kiddusch *(hebr.)* Heiligung des Weins zu festlichen Anlässen.

Kommissar Hier: der Comisarius der Inquisition. Örtlicher Vertreter der Inquisitionsbehörden, meist ein Kleriker, dem die erste Ermittlung von Verdächtigen unterstand.

Konfident Spitzel, zur Denunziation gezwungen, von der Inquisition als »Mitarbeiter« bezeichnet.

Konquistador Eroberer. Angehöriger der spanischen Streitkräfte, die den Kontinent eroberten und, zusammen mit den **Ur-Siedlern**, eine privilegierte Bevölkerungsschicht bildete.

Kreole In diesem Zusammenhang: die in Lateinamerika geborenen Nachkommen der spanischen Einwanderer.

Ladino Mischsprache der Sepharden, enthält alt-spanische Vokabeln, durchsetzt mit hebräischen Ausdrücken.

Legua Spanische Meile. Ca. 5 km.

Lima Residenzstadt des Vizekönigreichs Peru. Von den Spaniern mit dem Namen »Ciudad de los Reyes« (Königsstadt) belegt, zum Gedenken an die Heiligen Drei Könige, doch setzte sich diese Bezeichnung nicht durch.

Lizentiat Akademischer Titel, entspricht dem Dr. jur. oder dem Dr. theol. Manchmal auch anstatt **Bachiller** benutzt.

Mancuerda *(span.)* Seilfolter.

Mapuche Ein im Süden des heutigen Chiles beheimateter, zu den **Araukanern** zählender Indianerstamm und dessen Angehörige.

Marrane *(span.* »marrano«: Schwein). Im XVI. Jh. eingeführte Bezeichnung für »Neuchristen« jüdischen Ursprungs.

Mazzah *(hebr.)* Ungesäuerte Fladen. Während der Pessachtage in Erinnerung an den Auszug der Kinder Israels aus Ägypten verzehrt, die in der Hast des Aufbruchs keine Zeit hatten, normal gesäuertes Brot zu backen. Siehe **Passah**.

Meschudanim *(pl. hebr.)* Freiwillig zum Christentum übergetretene Juden.

Mita (Encomienda mitaya). Turnusweise Rekrutierung der Indianer, die zum Frondienst gezwungen wurden, vor allem in den Silberbergwerken Oberperus.

Morbus Gallicus (Franzosenkrankheit). Syphilis.

Nação *(port.)* **Nación** *(span.)* Nation. Im XVI. und XVII Jh. häufig für die Gemeinschaft der Juden und Neuchristen angewandt.

Neuchristen (Cristianos nuevos). Konvertiten und deren Nachkommen. Im Gegensatz zu den Altchristen (Cristianos viejos oder Cristianos lindos).

Neuspanien (Nueva España). Vizekönigreich, das etwa die Territorien des heutigen Mexikos und des Südens der USA umfasste.

Neugranada (Nueva Granada). Verwaltungsbezirk, ab 1717 Vizekönigreich, das ungefähr die heutigen Territorien Venezuelas, Kolumbiens und Ekuadors umfasste.

Passah *(hebr.* Pessach). Eines der drei Hauptfeste der jüdischen Religion, an dem man die Befreiung der Kinder Israels aus dem ägyptischen Joch feiert. Besondere Bedeutung kommt dem **Seder** zu, dem im Familienkreis abgehaltenen Abendmahl. Ähnlich wie das von ihm abgeleiteten christliche Osterfest, ein Fest des Frühlings.

Patacón, *pl.* **Patacones** Silbermünze, im Wert von 5 **Pesos**.

Peru Das Vizekönigreich Peru umfasste in der Zeit des Romans mehr oder weniger die Territorien der heutigen Staaten Peru, Chile, Bolivien, Paraguay, Argentinien und Uruguay.

Perulero Abgeleitet von Peru. Verächtliche Bezeichnung für die in Peru lebenden Emporkömmlinge.

Peso Münze im Wert von 8 **Reales**.

Pisco *(indianisch)* Traubenschnaps aus Chile und Peru.

Plaza mayor *(span.)* Hauptplatz.

Portugiese Hier: die Umschreibung für **Neuchristen**, die von nach Portugal geflüchteten spanischen Juden abstammen.

Qualifikator Sachverständiger in Glaubenssachen.

Quena *(ind.)* Indianerflöte.

Quinoa Inkaweizen, eine südamerikanische Getreideart.

Real (Silberreal) Münze. 8 Reales entsprachen einem **Peso**. *(span. pl.* Reales).

Regidor Ratsherr. Mitglied des **Cabildo**.

Relaxierung, relaxieren Verbrennung auf dem Scheiterhaufen.

Sabbat (Schabbat, *hebr.*) Samstag, der Ruhetag der Juden.

Sambenito Abgeleitet von San Benito. Schandkleid, das die Inquisition den Verurteilten aufzwang, um sie zu erniedrigen.

Santo Oficio *(span.)* (»Heiliges Gericht«). Die spanische Inquisition.

Sch'ma Israel *(hebr.)* »Höre, Israel« (... Adonai ist unser Gott, Adonai ist einzig). Wichtigster Glaubenssatz der Juden.

Schofar *(hebr.)* Widderhorn, das die Juden zu bestimmten festlichen Anlässen ertönen lassen, vor allem am Neujahrsfest und am Ausgang des Versöhnungstags.

Seder Siehe: **Passah**.

Sekte Hier: alle nichtkatholischen Religionen.

Sepharad *(hebr.* meist für Spanien). Davon abgeleitet: **Sephardim**, Sepharden, die Juden der Iberischen Halbinsel und deren Nachkommen.

Suprema *(span.)* (Consejo de la Suprema y General Inquisición). Oberster Rat der Inquisition, dem der Großinquisitor vorstand.

Tallith *(hebr.)* Gebetsmantel.

Terotero *(ind.)* Ein Vogel, den man sich mit gestutzten Flügeln in den Gärten hielt, wo er durch sein Geschrei beim Auftauchen Fremder als »Wachtier« Verwendung fand.

Thora *(hebr.)* Lehre. Gesetz. Pentateuch sowie die Perga-
mentrolle, welche die 5 Bücher Mosis enthält und besondere Verehrung genießt.

Tikkun *(hebr.)* Hier: Gebetsbüchlein mit Gebeten für besondere Gelegenheiten, unter dem Einfluss der Kabbalisten entstanden.

Trefah *(hebr.)* Nach den jüdischen Speisegesetzen unrein.

Tribunal *(span.* Gerichtshof). Hier: Glaubensgericht.

Tucumán Gebräuchliche Kurzform der Stadt San Miguel
de Tucumán.

Uchimachi Der Gott der Kokablätter, den die indianischen
Wahrsager des Andengebiets als Orakel anzurufen
pflegten.

Ur-Siedler Nach erfolgter Eroberung fand die Besiedlung
der Indias statt, die »colonización«. Die ersten Siedler
und deren Nachkommen genossen besondere Bürger-
rechte.

Vellón Scheidemünze aus Kupfer.

Vikunja Kamelartige Tiere der Kordilleren, wegen ihrer
feinen Wolle geschätzt.

Waikuna *(ind.)* Exkremente der Lamas, **Guanakos** und
Alpakas, die im baumlosen Gebirge im getrockneten
Zustand als Brennmaterial benutzt werden.

Zambo *(span.)* Nachkomme eines Schwarzen und einer
Indianerin.